TRONO DE MONSTROS

The Throne of Broken Gods © Amber V. Nicole, 2024
Tradução © 2024 by Book One
Todos os direitos de tradução reservados e protegidos pela Lei 9.610 de 19/02/1998. Nenhuma parte desta publicação, sem autorização prévia por escrito da editora, poderá ser reproduzida ou transmitida sejam quais forem os meios empregados: eletrônicos, mecânicos, fotográficos, gravação ou quaisquer outros.

Coordenadora editorial	*Francine C. Silva*
Tradução	*Lina Machado*
Preparação:	*Thaís Mannoni*
Revisão	*Tássia Carvalho e Aline Graça*
Capa	*Renato Klisman*
Projeto gráfico e diagramação	*Bárbara Rodrigues*
Impressão	*Pifferprint*

Dados Internacionais de Catalogação na Publicação (CIP)
Angélica Ilacqua CRB-8/7057

N549L Nicole, Amber V.
    Trono de Monstros / Amber V. Nicole ; tradução de Lina Machado. — São Paulo : Inside Books, 2024.
    512 p. (Coleção Deuses & Monstros; 2)

ISBN 978-65-85086-43-1
Título original: *The Throne of Broken Gods*

1. Literatura fantástica I. Título II. Machado, Lina III. Série

24-4602   CDD 808.838

AMBER V. NICOLE

TRONO DE MONSTROS

SÉRIE
DEUSES & MONSTROS
VOLUME 2

São Paulo
2024

Houve um tempo em que o mundo fazia sentido. Minha irmã adoeceu, e Kaden a salvou, devolvendo-lhe a respiração quando o mundo ameaçou tomá-la. Ele me transformou, tornando-me uma dos seus, presenteando-me com poderes extraordinários que faziam até as criaturas noturnas estremecerem. Em troca, eu fazia o que ele mandava e me importava com ele à minha maneira. Claro, meu horário de trabalho não era dos melhores, e às vezes as coisas ficavam complicadas. "Mate esta pessoa, Dianna. Mutile-o, Dianna. Traga-me aquilo, Dianna." Ele era bastante exigente, mas era fácil. Fazia sentido. Tudo fazia sentido antes dele.

Um Deus-Rei. Chamavam-no de Destruidor de Mundos. Não era minha intenção trazê-lo de volta, mas, quando matei um de seus celestiais em batalha, ele retornou com sede de vingança, e o mundo parou. O último deus vivo estava caminhando neste plano de novo, e o Outro Mundo estremeceu.

Kaden estava buscando uma relíquia antiga e mandou que a encontrássemos. Eu entrei escondida no conselho mortal para descobrir se o Destruidor de Mundos a levara com ele. Minha necessidade de manter Gabby a salvo havia sido a força motriz da minha vida por séculos, porém havia algo no Destruidor de Mundos. Como uma mariposa atraída pelas chamas, eu não conseguia ficar longe dele. Esse foi meu primeiro erro. Meu segundo foi ser capturada. Ele e seus asseclas me aprisionaram, tentando, sem sucesso, extrair meus segredos. Durante uma tentativa fracassada de resgate, fiz uma escolha – movida pelo medo, o amor e um desejo profundo de manter Gabby a salvo – que mudou tudo.

Então veio a parte difícil. Outra troca pela vida de Gabby e um acordo feito com meu inimigo, o Destruidor de Mundos. Seu povo a protegeria enquanto eu o ajudava a caçar o artefato. Por ela eu faria isso. Eu não tive escolha. Dizem que o inimigo do meu inimigo é meu amigo, mas as consequências da minha traição me cortariam profundamente.

Permaneci com Liam, trabalhei com ele. Os dias se tornaram meses enquanto procurávamos a relíquia. Olhares furiosos se transformaram em olhares acalorados, discussões se transformaram em risadas, e a faísca entre nós se tornou chamas abrasadoras. Nosso ódio um pelo outro desapareceu, substituído por algo muito mais mortal e muito mais doce.

Depois de passar semanas com aliados e navegar pela crescente tensão entre nós, finalmente conseguimos uma pista concreta e partimos para terminar a nossa missão. Encontramos o Livro de Azrael em uma tumba há muito esquecida e caímos em uma armadilha. Em um ato desesperado para salvar Samkiel e o mundo, arrisquei minha vida. Samkiel me salvou em vez de obter o livro.

Com o livro em mãos inimigas, partimos para o plano B e viajamos até os resquícios do mundo dele. Visitamos um destino que revelou uma profecia sobre o que estava por vir e como o fim do mundo estava próximo.

Sem que soubéssemos, havia traidores entre nós. Pessoas a quem confiei minha vida e a de Gabby trabalhavam para Kaden. Elas se aproveitaram da nossa ausência e, por causa da minha traição, pegaram a pessoa que eu mais amava e a entregaram a Kaden.

Retornamos imediatamente a Onuna, procurando por ela sem sucesso, até uma transmissão ao vivo na TV que abrangeu todo o mundo e atravessou os reinos. Kaden tinha uma mensagem para nós – para mim – e queria que o mundo também a ouvisse.

Foi apenas um estalo, uma única quebra, e o mundo que antes fazia sentido deixou de fazer.

"É assim que o mundo acaba", sussurrou o destino, e eu ia mostrar para todos o quanto o destino estava certo.

Dianna

I
SAMKIEL

Haviam se passado vinte mil, cento e sessenta minutos desde que ela partira, e eu contei cada um deles. Meus olhos se voltaram para o grande relógio do outro lado da sala. Sessenta e um agora.

— Quer dizer que uma fera gigante com asas escamadas destrói metade da Cidade Prateada e simplesmente desaparece? — A apresentadora se remexe na cadeira enquanto me encara. O nome dela era Jill, não era? Ou era Jasmim?

Metal escaldante queimou minha pele quando empurrei uma grande placa de cima de mim. O chão estremeceu quando saí do buraco que meu corpo havia feito ao desabar na rua. Meus ouvidos zumbiam, e, quando os toquei, meus dedos ficaram úmidos. O brilho prateado neles me disse tudo que eu precisava saber. Sangue. Ela gritou tão alto que estourou meus tímpanos.

Joguei a cabeça para trás quando outro rugido de partir o coração iluminou o céu. Eram dor e raiva e completo desengano. Sacudiu as janelas próximas, e me perguntei se poderia ser ouvido através dos reinos.

Um poderoso bater de asas, depois outro, e ela alçou voo. Trovões irromperam no céu no rastro dela, a velocidade de sua subida deslocou o ar. Luzes e sirenes soaram na rua, enquanto as chamas faziam cócegas nos edifícios ao meu redor.

Eu não conseguia parar de pensar no tempo que passamos juntos, cada segundo desde o primeiro até o último. As palavras de Dianna ecoavam como se estivéssemos de volta àquela maldita mansão.

O sorriso dela despertou algo em mim, e, pela primeira vez em um milênio, senti o gelo no qual envolvi meu coração se rachar. Ela me observava por trás daqueles cílios grossos, seus olhos castanhos eram cheios de afeto, como se eu valesse alguma coisa. Ela estendeu um dedinho, e prendi a respiração. O que havia de errado comigo?

— Eu prometo com o mindinho que nunca vou deixar você, Alteza.

Mais daquelas palavras estranhas dela, mas elas significavam algo para mim. Todos que eu amava haviam me deixado. Eu os perdi e me isolei, no entanto, essa criatura... não, essa mulher, me prometeu algo pelo qual eu havia implorado. Palavras tão simples, um ato tão simples haviam rompido algo em mim e mudaram meu mundo.

Encarei o céu noturno vazio, observando suas asas escuras baterem pelo céu e sua forma elegante desaparecendo nas nuvens turbulentas. Afastando-se de mim.

—Você prometeu — sussurrei, enquanto as sirenes continuavam a berrar.

Um barulho inundou a redação, tirando-me da memória e me jogando de volta ao presente. Luzes quentes ardiam sobre nós. Eu não lembrava o nome da mulher sentada à minha frente, apesar de várias pessoas o terem repetido para mim.

Desaparecida? Isso é o que estavam dizendo. Ela abriu um buraco naquele prédio e em meu peito quando fugiu.

Coloquei um sorriso no rosto, feito de falsidade e desespero. Inclinei-me para a frente.

— *Desaparecida* é um nome impróprio, para dizer o mínimo. Como sabe, é muito fácil criaturas poderosas se esconderem.

Um leve rubor surgiu em suas bochechas, e meu estômago se revirou. Como era fácil manipular os mortais com um sorriso e palavras gentis. Eles não faziam ideia do que estava por vir. As baixas que eu temia aconteceriam em breve.

— Sim, e, falando nisso, como gostaria que as pessoas o chamassem? — Ela se aproximou, colocando uma mecha de cabelo atrás da orelha. — Já que retornou oficialmente.

Não pensei nem hesitei. Eu sabia a resposta e a tinha negado por tempo demais.

— Samkiel. — Forcei outro sorriso falso. Eles não conseguiam perceber? — Pode ser Samkiel. — Liam era um escudo atrás do qual eu me escondia, como se pudesse fingir ser outra coisa senão o Destruidor de Mundos. Liam foi minha tentativa de um novo começo, mesmo que falha. E Liam me custou tudo. Se eu tivesse sido o rei sobre quem todos os textos haviam sido escritos, se eu tivesse sido o protetor para quem os antigos deuses construíam monumentos, talvez eu pudesse tê-la salvado, ajudado mais. Portanto, Samkiel era quem eu era. Quem eu seria para sempre. E Liam morreu com qualquer parte do coração de Dianna destruído naquela noite.

De volta à Guilda em Boel, espalmei as mãos sobre a mesa.

Vincent suspirou ao meu lado e cruzou os braços.

— Eles tinham perguntas às quais deveriam se ater. Peço desculpas.

Vincent lançou um olhar duro para o homem magro atrás de mim. Ele ajustou os óculos e mexeu no tablet que carregava para todo lado.

— Juro que eles escolheram as próprias perguntas, meu senhor. Eu nunca... — Ele fez uma pausa. — Vou dar um jeito nisso.

Suspirei e fui até a janela antes de me virar para encará-los. Gregory. Esse era o nome dele. Era um membro do Conselho enviado como conselheiro para ajudar a aliviar a crescente animosidade entre os mortais. Vincent gostava dele. Parecia que todos gostavam de Gregory. Todos percebiam que eu precisava de ajuda extra, mas Gregory não podia me ajudar com meu problema.

— Qual é o seu cargo mesmo? — perguntei a Gregory, lançando mais um olhar furioso para Vincent, sabendo que ele tinha mais envolvimento nisso do que o celestial trêmulo.

Greg engoliu em seco.

— O Artigo 623 da Casa de Dreadwell estabelece que todos os monarcas governantes devem ter um conselheiro. Com todo o respeito, meu senhor, seus pais tinham um, e o senhor também precisa de um. Eu deveria ter sido nomeado no momento de seu retorno, mas isso não ocorreu. Já que o senhor retornou de fato, o Conselho entende que já passou da hora de eu assumir minha posição. Sou mais do que apto para lidar com a mídia. Tenho experiência também em questões políticas, legislativas e judiciais. Sou o profissional qualificado.

— Certo — assenti, e o ar na sala ficou pesado. Vincent se mexeu e ajeitou alguns papéis em sua mesa. — Como é um profissional qualificado, posso presumir que acidentes como o de hoje não voltarão a acontecer. Certo?

Gregory olhou para Vincent e depois para baixo, evitando contato visual comigo.

— Vou lidar com esta situação atual.

— Fantástico — respondi e me voltei para a janela, olhando para o céu claro e os mortais abaixo. Os passos dele recuaram, e ouvi a porta ser fechada um segundo depois.

A energia falhou, e respirei fundo, acalmando meus nervos. As lâmpadas zumbiram, e respirei de novo, inspirando pelo nariz e expirando devagar pela boca.

– Você tem que expelir um pouco disso. – Vincent se aproximou, enfiando as mãos nos bolsos. – Outra tempestade de raios não faria mal – comentou ele, apontando para a janela.

Eu balancei a cabeça.

– Está chovendo há dias.

– E já secou. Vá em frente. Você precisa.

Levantei a cabeça, sentindo o formigamento familiar sob a pele enquanto eu invocava a energia. Senti cada átomo. Eles se chocavam uns contra os outros, formando a tempestade. Uma onda de poder saiu de mim, e respirei novamente. O sol desapareceu, nuvens espessas rolaram pelo céu. O trovão fez o mundo estremecer, as nuvens se abriram, e a chuva caiu como se alguém tivesse aberto uma grande torneira. Ouvi os xingamentos dos mortais na rua quando o vento uivou.

– Está se sentindo melhor?

– Não.

Meu reflexo me encarava da janela molhada de chuva. Os ternos com que tinham me vestido deveriam fazer com que os mortais me vissem como mais acessível, mas eu sabia que na verdade era para mostrar a eles que não eu estava desmoronando. Meu rosto estava barbeado, e meu cabelo estava curto. Queriam que me enxergassem como alguém inteiro, e não como o rei quebrado sobre o qual sabiam tão pouco.

Dê sorrisos falsos. Pareça apresentável, como se todo o seu mundo não estivesse em ruínas.

Finja. Finja. Finja.

Foi o que Vincent disse, o que ele pregava. Ele queria que os mortais se sentissem seguros, e não como se o mundo estivesse à beira de mais uma catástrofe.

Raios cruzaram o céu, e a porta se abriu. Meus olhos examinaram o reflexo na janela. Eu ansiava por vê-la irromper pela porta, trazendo um prato de comida para mim, com um sorriso florescendo em suas bochechas, como ela fazia na mansão dos Vanderkai.

"Está vendo o rosto? É rabugento, igual a você."

Eu me virei, conforme a imagem dela desaparecia, e Logan entrou apressado, segurando um tablet menor que o de Greg.

– Encontramos algo.

Afastei-me da janela e já estava ao lado de Logan em um instante.

Logan me entregou o tablet, um gráfico era exibido na tela. Linhas azuis, amarelas e vermelhas mostravam uma tendência crescente. Examinei a tela, notando os pequenos números na parte inferior. O tempo estava marcado em trinta minutos, mas, ainda assim, não fazia sentido.

– O que estou vendo? – suspirei, esfregando minha testa.

Vincent recuou para trás de sua mesa, observando Logan e a mim.

– As ondas que você vê mostram interferência eletromagnética, basicamente o que a TV e o rádio emitem durante uma transmissão. Elas aumentaram bem aqui quando Kaden começou a falar e ficaram assim até ele... – Ele parou, e eu sabia que parte dele estava sofrendo pela morte de Gabby, mesmo que ele nunca falasse sobre isso. – De qualquer forma, parou logo depois.

– E?

Vincent limpou a garganta.

– Logan acha que estava transmitindo não apenas para nós, mas para além de Onuna.

Logan lançou um olhar de escárnio para Vincent.

– Não estou errado. O sinal disparou a tal ponto que o tornou acessível não apenas para todas as TVs e rádios deste reino, mas também além.

Vincent revirou os olhos.

– Tanto faz. Eu acho que não há meio possível pelo qual conseguiria alcançar além deste reino. Eles estão selados. E, mesmo que fosse possível, quem Kaden contataria? Todos estão mortos. Realmente acha que alguma entidade cósmica sobreviveu tanto tempo e quer uma transmissão especial sobre Dianna?

– Por que estou ouvindo falar disso agora? – perguntei com uma carranca, olhando para os dois.

Logan limpou a garganta.

–Vincent achou que era uma pista inútil para mais um beco sem saída, mas, assim que vi o gráfico, soube que estava no rumo certo.

Vincent limpou a garganta.

– Precisamos nos concentrar em garantir que os mortais estejam confortáveis, em vez de ficarmos perseguindo nosso próprio rabo por causa de pistas e suposições. Os picos podem ser da energia que ambos expeliram quando ela…

–Você não responde a Vincent – rebati. Eu não tinha a intenção de falar daquela maneira com ele, mas sabia que tinha feito isso com bastante frequência nas últimas duas semanas. Logan fez uma cara feia para Vincent, e me inclinei e peguei o dispositivo. Ignorando a troca de olhares de ambos, estudei a tela. – Se, por acaso, Logan não estiver errado, para quem ele falaria? Mais importante ainda: por que estariam interessados em Dianna e sua irmã?

Logan deu de ombros.

– Não sei, mas sei que houve um pico de energia suficientemente elevado que não apenas afetou toda a tecnologia, mas também atingiu os satélites. Podemos não ser capazes de alcançar reinos, mas…

– Mas nada. É impossível – disse Vincent, interrompendo Logan.

A briga deles ficou em segundo plano enquanto eu encarava o gráfico. Logan não estava errado sobre o pico, mas foi a linha que se seguiu que fez os ruídos, as luzes e o mundo desaparecerem. Despencou imediatamente após a morte de Gabby. Uma linha reta e ininterrupta que se arrastava pela tela. O grito dela ecoou de novo na minha mente.

– Obrigado, Logan – finalmente falei, parando-os no meio da discussão. Ainda olhando para o tablet, dei-lhes as costas e saí.

– Ainda temos mais uma entrevista! – chamou Vincent, mas ele não me seguiu.

– Cancele.

– Não posso – ouvi Vincent sussurrar.

– Bem, então você comparece – respondeu-lhe Logan.

As vozes deles foram sumindo conforme eu me dirigia para a sala de conferências principal. Peguei o elevador e subi vários andares, e meus olhos examinavam e memorizavam aquele gráfico como um milhão de possibilidades passando pela minha cabeça. Se Logan estava certo, quem se importava o suficiente para querer testemunhar tal coisa?

Abri as portas duplas de mogno, e as luzes da sala de conferências já estavam acesas. A cadeira de couro escuro girou em minha direção e parou, encarando-me. Unhas bem cuidadas tamborilaram na mesa, e ela sorriu para mim.

– É nova?

Dianna.

II
SAMKIEL

– Dianna. O nome dela deixou meus lábios em um sussurro, e quase esmaguei o tablet. Ela se levantou e deu a volta na mesa. Dei um grande passo em sua direção e a envolvi em meus braços. Seu corpo se pressionou contra o meu, e eu quase chorei. Seu calor penetrou em minhas roupas, a parte de mim que pertencia a ela despertou com um berro. Eu tinha sentido tanto sua falta. Ela estava ali, inteira e bem. Eu podia tocá-la, senti-la. Abaixei meus lábios para roçar os dela, precisando dessa conexão, mas ela virou a cabeça. Naquele instante, percebi que não sentia os braços dela em volta de mim. Suas mãos agarraram meus braços, e ela me empurrou para trás, forçando-me a soltá-la.

– Esta roupa é cara. Tenha cuidado.

Meu coração deu um salto quando ela deu um passo para trás, ajustando o blazer decotado que usava. Passou as mãos por cima da roupa como se estivesse esfregando a sensação do meu toque.

– Estive procurando por você. Onde esteve? Já se passaram semanas. Duas, para ser exato.

Ela se virou, afastando uma mecha de cabelo do rosto.

– Você contou?

– Eu conto cada segundo que você passa longe.

Uma risada suave deixou seus lábios, suas sobrancelhas se ergueram, e ela passou os dedos sobre a mesa, reorganizando algumas das canetas.

– Está exagerando um pouco, não?

Meu coração parou quando outra parte de mim de repente ficou em alerta máximo.

– O que há com você?

– Nada, para dizer verdade. – Ela fez uma pausa como se estivesse pensando. – Ah, você quer dizer desde que surtei? – Ela acenou com a caneta no ar antes de batê-la na palma da mão. – Admito que foi um pouco dramático. Desculpe pelo seu prédio, mas você o consertou, então está tudo bem.

Eu sacudi a cabeça.

– Eu não me importo com o prédio. Você foi embora depois...

– Ah, aquilo. – Ela deu de ombros. – Sim, bem, tenho muito o que fazer e precisava espairecer, sabe?

– Dianna. – O nome dela saiu dos meus lábios em um apelo angustiado. Eu tinha sentido sua dor, lembrado dela, e agora ela tentava enterrá-la.

– Ah, não faça essa cara. Estou bem. – Ela piscou para mim, estendendo o dedo mínimo e balançando-o no ar. – Promessa de mindinho.

– Eu a ofendi de alguma forma? – perguntei, meu peito se contraindo. Ela estava agindo com tanto desdém.

– Ofender? – Ela sufocou uma risada. – Deuses, às vezes esqueço o quanto você é antigo. O que isso quer dizer?

– Só estou tentando entender o que está acontecendo.

Ela girou a caneta entre os dedos.

– Sobre o quê?

– Nós.

Ela bufou.

– Nós? Não existe nós. – Ela acenou com a mão, a palma voltada para mim. – A marca desapareceu. Não estamos mais trabalhando juntos. Lembra?

– Isso é tudo que fui para você? Trabalho?

– Escute, foi legal. Nós nos divertimos, mas não precisa ser nada sério. Sabe, pensei que, dada a sua história, você entenderia.

– Minha história?

– Você já teve casos antes. Lembra? Eu os vi. – Ela bateu com um dedo na têmpora, sorrindo de leve.

O sangue palpitava em meus ouvidos, meu coração batia dez vezes mais rápido. Aquilo estava errado. Ela estava... mentindo. Aquela não era ela. Eu sabia. Sabia o que tínhamos, o que ambos tínhamos sentido. A dor em meu coração se transformou em uma resolução devastadora. Eu tinha treinado guerreiros para bloquear suas emoções e reprimi-las para se prepararem para batalhas que poderiam custar suas vidas. Era isso que Dianna estava fazendo, estava tentando desesperadamente me afastar para se preparar para a guerra. A guerra dela.

Cruzei os braços sobre o peito.

– Por que você está fazendo isso?

– Porque conheço você. Eu sei que você vai se preocupar e atrapalhar, mas estou muito bem. Só tenho que matar algumas pessoas. – Ela fez uma pausa, um sorriso brincalhão se alargou. – Ou algumas centenas.

Dei um passo em direção a ela, fechando o espaço entre nós.

– Você sabe que não vou deixar isso acontecer.

Dianna continuou brincando com a caneta.

– Eu sei. – Ela deu um passo para mais perto de mim, suas mãos acariciaram meu peito. Estremeci quando ela beliscou meu queixo e seus lábios se curvaram em um sorriso. – É por isso que estou aqui para alertá-lo.

O canto dos meus lábios se ergueu em um meio-sorriso.

– Alertar-me? Dianna, voltamos a ameaçar um ao outro depois de tudo?

– Não é uma ameaça, é mais uma promessa. Então, você fica fora do meu caminho, eu fico fora do seu, e todo mundo vai para casa feliz.

– Uma promessa? Você não pode me machucar. Você sabe disso.

Era mentira. As palavras dela não tinham feito nada além de me despedaçar, uma atrás da outra. Eu estava me sentindo arrasado com a forma como ela olhava para mim, como se nenhuma parte dela se importasse. Aquilo era dor.

Ela se afastou de mim, arrastando a caneta pela borda da longa mesa.

– A propósito, estou gostando da limpeza que vocês todos estão realizando. – Ela lançou outro sorriso por cima do ombro. Desta vez, notei que não alcançou seus olhos. Era uma sombra desbotada de seu verdadeiro sorriso, e eu ansiava por vê-lo de novo. – Você não cansa de ficar tão lindo na frente de todas aquelas câmeras? Quer dizer, gosto do novo corte de cabelo, tão elegante.

– Dianna.

– Além disso, voltou a ser Samkiel, hein? Desistiu daquela história de Liam? Acho que faz sentido. Em algum momento, a gente cansa de fingir ser algo que não é. Quero dizer, eu cansei. – Ela folheou algumas folhas em cima da mesa.

– Dianna.

– Além disso, você não vai encontrá-los pesquisando. Provavelmente estão reunidos em suas propriedades, escondidos feito covardes.

Estendi a mão e agarrei o braço dela, virando-a para mim.

– Escute, sei que você está sofrendo, não importa o que diga. Deixe-me ajudá-la.

– Eu acabei de falar como.

– Isso não é... – Minhas palavras foram sumindo, a parte racional do meu cérebro foi assumindo o controle. O choque de vê-la tinha diminuído, e finalmente registrei o cheiro forte que emanava dela. Meu estômago se revirou. – Por que você está cheirando a sangue mortal?

O sorriso dela foi totalmente venenoso.

Em um segundo, eu estava na frente dela. No seguinte, ela tinha me jogado em cima da mesa, minhas costas bateram com força suficiente para que a madeira rangesse e rachasse com a força do impacto.

Dianna agarrou meu pescoço e se inclinou por cima mim. Tentei me sentar, mas ela me segurou com surpreendente facilidade. Dizer que fiquei chocado era um eufemismo. Mesmo quando Dianna e eu treinamos juntos, ela nunca tinha sido mais forte do que eu ou capaz de me imobilizar e me segurar. Ela esteve se alimentando de mortais – e de muitos deles.

– Vamos deixar uma coisa bem clara. Eu conheço você. Você é gentil e bom e todas essas coisas que *nós* não somos. Você vai querer me ajudar, mas não tem como. A única coisa que pode fazer por mim é ficar fora do meu caminho. Vim aqui para pedir com educação. Não vou pedir de novo. Entre no meu caminho e vai pagar com sangue, igual a eles, igual a ele. Então, que tal você fingir que não está vendo, assim como fez há mil anos, hein?

– Você sabe que não respondo bem a ameaças. – Minha mão agarrou seu pulso fino, mas não tentei remover o aperto da minha garganta. Eu podia fingir submissão se fosse necessário. Eu a deixaria pensar que estava em vantagem, desde que isso a mantivesse falando.

– Tudo bem. Apenas lembre que você pode ser imortal, mas seus amigos, família e aqueles que confiam em você – ela estalou a língua – não são. Então, quantos você quer perder por não me deixar fazer o que preciso?

As peças se encaixaram na minha mente, e uma imagem sombria se formou.

– Pretende massacrar todos os responsáveis pela morte dela?

Esse era seu plano? Lembrei-me do berro, do grito quando sua irmã morreu. Meus pesadelos giraram em torno dele por semanas. Eu ainda conseguia sentir a dor do meu corpo atravessando paredes, janelas e metal com a força do som. Aquela não era ela. Aquela concha vazia e sem emoção não era a minha Dianna.

– Essa não é você, Dianna. Não importa o que aconteça, você nunca falaria comigo desse jeito. Nem me ameaçaria.

Ela riu e se soltou.

– Você realmente leva a sério toda essa coisa de herói, hein? Esta é a parte em que me diz que conhece meu verdadeiro eu? Por favor, vou vomitar todo o meu almoço.

Esfreguei meu pescoço, aliviando a leve dor, e fiquei de pé com um movimento suave. A mesa abaixo de mim rangeu, a ruptura entre nós aumentou.

– Eu procurei por ela, por Gabby, e procurei por você desde o instante em que partiu.

Dianna fez uma pausa, seu sorriso falso desapareceu, algo supurou por trás de seus olhos. Qualquer que fosse a falsa persona que ela usava, ela se quebrou com minhas palavras. Vi o brilho da vida por trás daqueles olhos vermelhos.

– Não consegui encontrá-la, mas tentei. Supus que você tivesse conseguido, mas sua expressão me diz o contrário.

Ela não falou nada e apenas me encarou. Sendo assim, estendi a mão, apertando as dela entre as minhas. Ela baixou o olhar, observando-as, mas não se moveu, não se esquivou de mim como tinha feito antes.

– Sei que você está sofrendo, Dianna. Não importa o que diga ou use contra mim, sei o motivo. Já estive nessa situação. Você também sabe disso. Você está sofrendo e sozinha, e eu… deixe-me ajudá-la. Por favor. Você não é assim.

Seus olhos se arregalaram, e nossos olhares se chocaram quando ela arrancou as mãos das minhas. Eu sabia que o que tinha falado atingira um ponto sensível e a abalara de alguma forma.

– Agora sou.

Balancei minha cabeça.

– Não, não acredito em você e nunca vou acreditar. Você me mostrou quem era meses atrás. Lembro-me de cada segundo de cada dia. Você me ajudou e cuidou de mim quando não precisava fazê-lo. Arriscou sua vida por todo mundo. Posso usar armadura para ir à guerra, mas esta é a sua versão. Você está trancando tudo para se proteger, reprimindo, mas sei, sem nenhuma dúvida, que minha Dianna ainda está aí.

A porta se abriu.

– Consegui resolver sua recente preocupação… – As palavras de Gregory morreram quando ele olhou para mim e depois para Dianna.

Um segundo foi suficiente. Dianna esticou a mão para trás de mim, pegou um pequeno objeto da mesa e atirou-o no ar. Ele voou em uma velocidade vertiginosa, e ouvi quando atingiu o alvo. Meu coração se contraiu quando um baque se seguiu, e Gregory caiu de cara no chão com a caneta enfiada na parte de trás de seu crânio. A luz azul emergiu de seu corpo e pairou ao seu redor por um segundo antes de disparar pelo teto.

– Acredita em mim agora?

Eu não respondi nada. Como poderia? Mal tinha processado os últimos minutos, e agora Dianna havia assassinado um celestial na minha frente como se não fosse nada.

– Aí está um cadáver. Se você entrar no meu caminho, não tenho problema algum em acrescentar mais. Eu vou conseguir minha vingança. Eles sabiam o preço de tocá-la, e, se ficar no meu caminho, você também saberá. Finja que não vê, Samkiel. Isso não tem relação com você.

Um alarme soou, a energia foi desligada, e um redemoinho de raios prateados iluminou a área perto da porta. Uma fumaça entrou na sala, misturada com uma substância química que fazia criaturas do Outro Mundo tremerem. Era um novo mecanismo de defesa que Vincent havia instalado depois do último ataque dela à Guilda, mas já era tarde demais.

Dianna olhou para as luzes bruxuleantes e depois para mim.

– Quando eu queimar este mundo até que vire cinzas e você me pintar como a vilã, lembre-se, eu realmente tentei ser boa… uma vez.

Sua forma se transformou, a névoa escura a engolfou, então fiquei sozinho na sala.

E a mais pura verdade era que eu estava aterrorizado em tantos níveis que não sabia por onde começar.

III
CAMILLA

— Camilla. Precisamos reunir nossas coisas e fugir. A ilha não é mais segura.

Bati com o dedo na minha taça. O brilho suave da luz do teto iluminava Quincy e os outros membros do clã na porta. Todos estavam arrumados e prontos para partir, com as malas espalhadas pelo chão ao seu redor. Senti seus olhos em mim, a bolsa que ela tinha pendurada em diagonal no peito estava cheia dos pequenos crânios que ela colecionava.

— Nenhum lugar é seguro, Quincy. Não mais.

— A Mão já tomou todos os outros locais, mas não sabem sobre o esconderijo na costa. Quero dizer, para onde mais podemos ir?

Uma risada suave deixou meus lábios.

— Iassulyn provavelmente. — Quincy se aproximou da mesa, e os cachos loiros e macios emolduravam seu rosto. — Vá, leve o restante deles. Não importa para onde vocês vão. Ela não irá atrás de vocês.

Quincy colocou a mão no meu braço com um aperto leve.

— Que a deusa cuide de você.

— Todos os deuses antigos estão mortos, meu amor — sussurrei. Forcei um sorriso, e ela assentiu antes de se virar, e os outros pegaram suas malas e a seguiram. Ouvi o tom preocupado de sua conversa, o som de seus passos desaparecendo conforme se dirigiam para a porta.

O vento havia parado, a ilha estava o mais silenciosa que já estivera desde que eu a havia reivindicado. O copo frio tocou meus lábios, o sabor doce e ácido do vinho explodiu em minha boca. Eu o estava guardando para uma ocasião especial que jamais aconteceria. Saboreei o gosto e observei as chamas verde-esmeralda dançarem sob a lareira.

— *O que você fez?* — Puxei a manga de Drake, *fazendo-o se virar para mim*. Várias criaturas do Outro Mundo saíam do estúdio sussurrando entre si. Os cadáveres que Tobias tinha usado para o pequeno espetáculo de Kaden caíram no chão sem terem mais utilidade.

Drake me encarou, e a agonia escureceu os olhos dourados do príncipe vampiro.

— Fiz o que Kaden ordenou. O que tínhamos que fazer.

— Isso foi um erro, e você sabe. Você sabe. Ela era sua amiga.

— E ela era sua ex-amante. Você a entregou tanto quanto eu — retrucou ele, arrancando o braço do meu aperto. — Eu não tive escolha, Camilla. Nenhum de nós tem, por causa de Kaden, por causa da Ordem. Ouça, Ethan é meu irmão, minha única família. Não importa como eu me sinta, não podia permitir que ele perdesse sua parceira.

Seus olhos se suavizaram por trás da máscara monstruosa que usava. Eu sabia que uma parte dele se arrependia do que tinha feito, mas ele estava preso à família.

— Ela virá atrás de nós agora. De todos nós. Você ouviu o grito da morte e sentiu o mundo tremer. Gabby era uma coleira que prendia uma fera raivosa, e agora essa amarra se foi. Não há como pará-la.

Consigo sentir agora. Todos conseguimos. Algo mudou, algo antigo e... – Eu não tinha palavras para explicar o que estava sentindo, mas fazia com que o terror me atravessasse.

Drake apenas deu de ombros, como se as palavras também lhe faltassem.

– Talvez a morte seja uma bênção depois de tudo o que fizemos.

Antes que eu pudesse responder, a voz de Ethan cortou a multidão que se afastava, chamando pelo irmão. Seu rosto não continha nenhum remorso enquanto ele se agarrava à esposa que havia condenado a todos nós.

– Vá para casa, Camilla. Passe algum tempo com seu clã, porque ela virá, e não creio que Kaden ou Samkiel sejam capazes de impedi-la agora.

Um arrepio gelado me atravessou enquanto eu o observava partir. Apertei meus braços mais ainda em torno de mim e voltei para o estúdio. Havia uma última coisa que eu precisava fazer. Alguns chamariam isso de remorso ou culpa, mas de qualquer forma eu me recusava a entregar outra arma a Kaden.

Inclinei a cabeça para trás, cruzando um braço por cima do outro. O que tínhamos feito? Mesmo que nosso relacionamento não tivesse terminado em bons termos, tomar de Dianna a única coisa que ela amava era imperdoável. Kaden e a Ordem eram mais velhos e mais poderosos que todos nós. Eles eram imbatíveis. Minhas mãos estavam tão sujas quanto as de Drake, assim como as de todos no Conselho de Kaden. Aos olhos dela, éramos todos responsáveis. E éramos. Talvez Drake estivesse certo. Talvez a morte fosse uma bênção.

Girei o líquido vermelho cintilante na minha taça. Um trovão ressoou acima, mas, quando olhei pela janela, não vi sequer uma nuvem no céu. Soube, então, que não tinha sido um trovão a romper a noite. Não me sobressaltei nem me mexi quando os gritos começaram, apenas olhei para minha taça, observando as ondulações se formando no líquido vermelho-sangue. Meu coração não acelerou nem mudou de ritmo quando senti minha casa tremer. Senti a canção da magia percorrendo minha pele enquanto eles tentavam revidar, mas não havia como lutar – não contra a vingança, não contra a ruína, não contra a morte.

As portas duplas se abriram violentamente e se chocaram contra a parede com força suficiente para partir a madeira pesada. O ar frio tomou a sala, e minha pele exposta se arrepiou, meu vestido era uma tentativa ridícula de me proteger do frio que me percorria. As velas ao longo das paredes e do teto arderam e se apagaram. Um silêncio encheu a mansão, sem mais gritos ou feitiços, nem mesmo o som de batimentos cardíacos na casa além dos meus. Tomei outro gole do meu vinho sem tirar os olhos das chamas verdes da lareira. Até elas pareciam se encolher para longe do que acabara de entrar.

– Sabe. – Os saltos dela estalavam no chão, lentos e deliberados. – Eu tinha me esquecido de Quincy.

Endireitei meus ombros, sabendo que ela não havia poupado nenhum deles.

– Ela era uma bruxa jovem.

– Hmm, ela era fofa. Frágil, mas fofa. Lembro-me de ver os cachos dela na tela. Sempre tão brilhantes e com movimento. Preciso de um bom hidratante.

Eu sabia exatamente a que tela ela se referia e me lembrei de como meu estômago se embrulhou quando Tobias girou a câmera em nossa direção. Ela memorizou cada rosto ali e agora queria sangue. Eu estava errada. Ninguém no meu clã estava seguro. Eu tinha condenado todos eles.

– Você reformou o lugar desde a última vez que estive aqui – comentou ela, com a voz vazia e desprovida de emoção. – Está bonito. Bem, pelo menos estava.

Virei-me e quase deixei minha taça de vinho cair. As chamas verdes saltaram mais alto, minha magia ardia como se quisesse me proteger do que caminhava em minha direção. As unhas dela arranhavam a mesa, desbastando a pedra lisa. O poder sombrio e ancestral que emanava dela fez meu corpo tremer. Eu me lembrava de quando ela era uma fração do que eu sentia nesta sala, mas isso foi antes, quando Gabby estava viva para puxá-la para longe do abismo. Agora não havia Gabby, e aquele fio de navalha no qual ela sempre se equilibrou era coisa do passado. Ela havia mergulhado de cabeça, cortando-se em pedaços enquanto despencava.

Os olhos outrora castanhos de Dianna agora sangravam completamente rubros – era a Ig'Morruthen tornando sua presença conhecida, a fera não se escondia mais. Suas maçãs do rosto estavam mais marcadas. O terninho que ela usava se ajustava aos seus músculos enganosamente magros e femininos, exibindo o melhor de suas curvas. A bainha do casaco balançava em uma brisa invisível atrás dela. Ela estivera se alimentando. Bastante.

– Sim, tive que comprar móveis novos depois que você e Samkiel quase destruíram o lugar. – Engoli o resto do meu vinho e coloquei a taça vazia em cima da mesa antes que o tremor em minhas mãos me fizesse derrubá-la.

Ela fez uma pausa, então eu vi. A fúria, a raiva e o ódio desapareceram por um mero segundo. Minha magia também sentiu. O poder destrutivo que ela mantinha ao seu redor como um escudo se rompeu, como se o nome dele fosse a canção de um amante persuadindo uma fera trêmula. Mas minha esperança, junto com aquela canção, durou apenas um segundo antes que ela se corrigisse. Não acho que ela notou a reação visceral que demonstrou à menção a ele.

– Ah, Dianna, você não consegue esconder seu coração mesmo quando está completamente perdida. Kaden também sabia disso. Por que acha que ele agiu de forma tão precipitada? – Eu estava certa. Eu estava certa quando os vi juntos pela primeira vez. Kaden percebeu, e esse era o verdadeiro problema. A reação dela, embora minúscula, era apenas mais uma prova. – A propósito, onde está Samkiel?

Os olhos dela ficaram um pouco mais escuros, e logo ela estava diante de mim. Ela me agarrou pelo queixo, levantando-me e impedindo qualquer outra coisa que eu pudesse ter dito.

– Você sabe que eu não tenho apetite para bruxas desde… – Seu sorriso era leve e tortuoso quando ela examinou meu rosto antes de seu olhar abaixar mais. – Bem, você se lembra.

– Apenas faça – grunhi entre os dentes cerrados, mas ela me soltou.

– Ah, não seja tão dramática. Não é o seu estilo. – Caí no chão, apoiando-me nas mãos. Ela passou por mim, puxando uma cadeira. Sentando-se, colocou os calcanhares sobre a mesa e cruzou os tornozelos. – Não sei se é pura arrogância ou idiotice que faria você voltar para o único lugar onde sabia que eu a procuraria.

– O que posso dizer? Eu não tinha interesse em adiar o inevitável. – Levantei-me, enxugando as mãos na frente do vestido.

Ela estalou a língua, inspecionando as unhas.

– Sempre soube que você era a bruxa mais inteligente. Nunca entendi por que ele queria tanto Santiago.

– Santiago obedece às ordens melhor do que eu.

Ela suspirou.

– Acho que vamos ver quanto a isso.

Eu me remexi, confusa. As palavras de Dianna faziam parecer que ela não estava ali para me partir em pedaços.

– Você não vai me matar? – sussurrei surpresa. Eu nem tinha considerado a possibilidade.

Ela encolheu os ombros como se não fosse a ameaça na sala naquele momento, mas eu sabia do que ela era capaz quando se alimentava de verdade. Isso a tornava quase intocável. Eu me lembrava da primeira vez que ela escorregou. Foi há muito tempo, porém jamais esqueci. Somente Gabby conseguiria trazê-la de volta, e ela se foi.

– Matar você? Camilla, sejamos honestas. Se eu a quisesse morta, você teria morrido no segundo em que cheguei aqui. Estou aqui para conversar.

– Conversar? – Engoli em seco. De certa forma, essa perspectiva era ainda mais aterrorizante..

Ela assentiu.

– Sim. Agora sente-se.

Recusei-me a obedecer. Num segundo Dianna já estava atrás de mim, agarrando-me pela nuca e me forçando a sentar à mesa. Como ela se moveu tão depressa? Ela nem sequer perturbou o ar. Mãos de aço me forçaram a me abaixar, e minha bunda bateu na cadeira. Ela reapareceu do outro lado.

– Pronto. Assim está melhor. – Ela inclinou a cabeça, me examinando. – O que há de errado, Cam Cam?

Cam Cam. Meu apelido. Só ela usava, e eu não o ouvia havia séculos.

– Onde está todo o poder das bruxas? O sarcasmo e a magia. Onde está aquela que me enganou? Aquela que ficou parada lá enquanto ela morria. Hein?

Engoli em seco.

– Eu não achava que ele faria aquilo. Ninguém achava.

– É mesmo? – Ela riu baixinho. – Você o conhece tão bem quanto eu. Então, não queira bancar a inocente. Você sabe o que acontece agora. Todos vocês sabem. – Ela se recostou, mexendo em um longo colar com corrente de ouro. – Mas está tudo bem, porque você tem algo do qual eu preciso.

Balancei minha cabeça.

– Eu não sei onde ele está. Foi embora depois que aconteceu. Abriu um portal quando ouviu… Tobias e ele foram embora.

Ela se inclinou para a frente, e a sala escureceu. As portas atrás dela se fecharam devagar, o rangido das dobradiças fez um arrepio descer pela minha espinha. Seus olhos reluziam, iluminando a sala. Eram quase tão radiantes quanto o sorriso dela. Quanto ela consumiu para ter tanto controle?

– Ah, eu não preciso que você o encontre ainda.

– Então do que você precisa? – Minha pergunta pairou no ar, e me arrependi quase no mesmo instante. O sorriso dela aumentou, os caninos ficaram totalmente expostos. Parecia que não estava mais tentando esconder a Ig'Morruthen. Lembrei-me de quando ela verificava religiosamente o espelho para garantir que seu reflexo ainda retratava sua casca mortal. Agora parecia que ela também havia perdido essa parte de si.

– Mais poder.

Meus olhos examinaram seu rosto, e endireitei minha postura.

– Se vamos deixar de lado as formalidades e não vamos mentir, como você disse, seu poder supera em muito o meu. Você tem o poder de Kaden percorrendo cada parte sua, além de ter voltado a se alimentar. Com todo o respeito, você está errada. Não precisa de mim.

Ela estalou a língua, apontando um dedo para mim.

– É aí que você está enganada. Não estou lidando apenas com Kaden. Estou lidando com Samkiel e sua legião de celestiais que acreditam em paz, amor e sentimentos confusos. Qualquer um deles ficaria mais do que feliz em aparecer quando eu destruir tudo.

Naquele momento, meu coração bateu com força.

– O que quer dizer?

– Eu fiz besteira. – Ela colocou a cabeça entre as mãos e a balançou. – Achei que ele fosse igual a Kaden, sabe? Que ele não se importaria com o que eu fizesse. Havia momentos em que Kaden passava semanas sem falar comigo. Eu estava errada sobre Samkiel, mas não entendo o porquê. Nós nem fizemos sexo.

Engoli em seco, dizendo algo que esperava que não a levasse a arrancar minha cabeça.

—Você sabe que as pessoas podem se importar com você sem que façam sexo, não sabe?

Seus olhos se ergueram, e qualquer indício de humor tinha desaparecido. Ela pôs as mãos espalmadas sobre a mesa. Eu não sabia o que tinha falado, mas um lampejo de emoção atravessou suas feições. Ela rapidamente o enterrou. Eu teria perdido se não estivesse olhando para ela.

— Estou apenas dizendo que ele vai tentar impedir você. Ele não vai parar até pegá-la, e não como Kaden. Todos nós vimos a maneira como Samkiel a olha, como ele age perto de você. Kaden tinha pessoas observando desde o instante em que você foi embora. Kaden quer possuí-la, mas com Samkiel é mais do que isso, e parte de você sabe disso.

Esperei que ela explodisse, que me corrigisse ou que, talvez, erguesse a mão e me incinerasse, mas a resposta dela foi completamente inesperada.

Um sorriso forçado curvou seus lábios.

— Isso é adorável. De qualquer forma, dito isso, preciso que você faça algo para mim.

Eu pisquei. Aquela não era Dianna. O que quer que tenha se quebrado quando a irmã dela morreu a transformou em um nível profundo. Ela não se importava mesmo? Enviei um pouco de magia por baixo da mesa. Ela se chocou contra uma parede antes mesmo de alcançar Dianna e zuniu. Eu sibilei, puxando a magia de volta para mim.

— Muito bem. — Joguei meu cabelo por cima do ombro, tentando manter a fachada de despreocupada, mas estava falhando.

Os lábios de Dianna se curvaram em um pequeno sorriso, e ela assentiu para mim.

— Olha só. Está vendo? Você já está sendo útil.

Baixei o olhar, observando minhas unhas enquanto passava um polegar sobre o outro. Que escolha eu tinha? Lutar? Mesmo que o fizesse, sabia que não conseguiria pará-la. Eu sabia o que Kaden era de verdade e não tive chance. Eu tinha a esperança de que ela ia me matar rapidamente quando chegasse, para que eu não tivesse que falar a próxima parte em voz alta. Teria sido melhor que ela o encontrasse depois de ter me reduzido a cinzas, mas, se eu escondesse isso agora, seria muito pior quando ela descobrisse o que eu tinha feito.

Respirei fundo e soltei:

— Eu estou com o corpo dela.

A sala ficou silenciosa.

— Eu o peguei depois que aconteceu. Eles foram embora assim que ouviram seu grito. Acho que todas as criaturas do Outro Mundo escutaram. Mesmo a quilômetros de distância, nós o sentimos. O poder ondulou pelo mundo quando você gritou, mesmo que você não tenha percebido.

Eu ergui o olhar. O pequeno sorriso que ela exibia poucos segundos antes havia sumido de seu rosto. Sua mandíbula ficou tensa, sua expressão me lembrou muito do Destruidor de Mundos. Ela não percebia quão profundamente eles estavam conectados? Ela não sentia? E agora queria minha ajuda para evitá-lo enquanto despedaçava Onuna.

— Sei que em sua cultura existem ritos que devem ser realizados, e eu não queria que Kaden ficasse com… ficasse com o corpo dela. Eu não queria que Tobias a levantasse e tentasse magoar você ainda mais. Além disso, foi um feitiço simples para preservá-la.

A escuridão, densa e pesada, reunia-se em todos os cantos, sugando todo o ar da sala. Os olhos de Dianna encontraram os meus, e eu sabia que ela estivera procurando pela irmã e não conseguira achá-la.

Encontrei seu olhar enquanto ela sussurrava uma palavra.

– Onde?

Levantei-me da mesa, e os olhos dela nunca deixaram os meus enquanto eu erguia a mão. Uma parede se moveu atrás de nós, uma porta apareceu no canto mais distante. Segui naquela direção, e ela se pôs de pé para me seguir. Andamos pelo corredor estreito, o silêncio entre nós era opressivo. Chamas esmeralda se acenderam nas arandelas das paredes enquanto passávamos. Os cabelos da minha nuca ficaram em pé com ela às minhas costas. Meu corpo gritava *perigo,* mas continuei andando, um pé na frente do outro.

O corredor se abriu para uma grande sala. Torci meu pulso, e mais magia saltou de uma tocha presa à parede para outra. Frascos com ossos e penas repousavam nas prateleiras. Uma pintura descartada e parcialmente rasgada da minha casa cobria a parede dos fundos. Arte antiga e relíquias que eu tinha colecionado se espalhavam pela sala.

Parei na entrada e me afastei para o lado para lhe dar passagem. As chamas nas paredes se curvaram para longe dela quando ela passou. Ali, no centro da mesa de pedra, coberto por um fino lençol, jazia o corpo de Gabby.

Dianna puxou o pano, e o mundo parou.

Eu esperava um grito, uma parede de chamas, violência e arroubo. Minha respiração acelerou. Eu esperava que minha cabeça caísse no chão, separada dos meus ombros por uma das lâminas dela. Eu esperava sua ira e vingança, mas o que recebi pareceu muito pior.

Dianna ficou parada acima do corpo da irmã, sem tirar os olhos do rosto dela. Ela levantou uma das mãos e delicadamente afastou o cabelo de Gabby de seu rosto pálido. Vi as narinas de Dianna se dilatarem e soube que a realidade a tinha golpeado com força. O feitiço que lancei ajudava, mas eu não conseguia impedir a morte, mesmo com toda a minha magia.

– Na minha cultura, dizem que resta apenas uma casca quando se morre. A alma vai embora, levando com ela cada parte que torna você quem você é. Você é recebido em um grande paraíso de luz e amor. Não há mais dor ou preocupação, apenas o paraíso. – Ela passou a mão do outro lado do cabelo de Gabby, como se estivesse tentando colocá-lo de volta no lugar. – Ela está tão fria.

Os olhos de Dianna nunca se afastaram da irmã, não havia nem um suspiro ou lampejo de emoção modificando suas feições. Juntei as mãos e pressionei os nós dos dedos contra os lábios, engolindo as lágrimas pela dor dela. O aposento ficou mortalmente silencioso, gavinhas de escuridão saíam das sombras, atraídas por ela e sua agonia.

Dianna estendeu a mão mais uma vez, afastando o cabelo do rosto de Gabriella.

– A princípio pensei que talvez estivesse errada. Talvez tivesse sido um sonho terrível e eu ainda poderia encontrá-la, sabe? Que estupidez! Mesmo depois de sentir aquela marca queimar minha palma, eu tinha esperança, mas vê-la assim? – Ela lhe deu um beijo na testa antes de se endireitar. – Eu de fato não tenho mais ninguém agora.

– Eu...

Chamas crepitantes envolveram o corpo de Gabriella, e eu arquejei, esquecendo minhas palavras de conforto. A silhueta de Dianna contra o brilho furioso, ambas as mãos estendidas, fogo jorrando de suas palmas. Tropecei para trás, o choque tomou conta de mim, enquanto a irmã que ela tanto amava ardia entre nós.

Ela encarou as chamas crepitantes. Suas pontas se estendiam, buscando mais combustível. Eu temia que minha casa fosse pegar fogo conosco dentro dela, mas, enquanto eu observava, elas não lamberam o teto nem uma vez. Ela as controlava, seu calor e sua intensidade.

– Enterrei meu pai. Enterrei minha mãe. Agora vou enterrá-la.

Dianna não se mexeu. Ela apenas ficou parada diante da pira ardente. Dores fantasmas arrepiaram as laterais do meu corpo, o peito e a garganta quando me lembrei da fera com garras que me atacou e quase me despedaçou havia apenas um mês. Tentei manter a coluna ereta, mas cada célula do meu corpo gritava para que eu atacasse, me defendesse ou fugisse. Ela se parecia muito com Kaden naquele momento, cada poder sombrio e sinistro que ela tinha herdado dele estava gravado em sua pele.

– Medo não cheira bem em você, Camilla.

Engoli em seco e tentei recuperar a compostura.

–Você está diferente. Todos conseguem sentir.

Seus olhos encontraram os meus através das chamas, o fedor do corpo em chamas revirava meu estômago.

– Que bom.

– Farei o que você quiser. – As palavras saíram um pouco mais rápido do que eu pretendia.

– Eu sei que fará.

O crepitar do fogo e o cheiro eram demais, até para mim, e me virei para sair.

Dianna me chamou:

–Vou precisar de uma urna e mais uma coisa de você antes de começarmos.

Virei-me para ela com meu coração disparado.

– Começar o quê?

Ela me lançou um olhar, as chamas iluminavam sua silhueta escura.

– Desmantelar um império.

IV
DIANNA

182 DIAS

Afastei os fios de cabelo soltos que dançavam em meu rosto conforme a brisa do oceano soprava, anunciando a chegada da noite. Saltos na praia eram uma péssima ideia, meus pés afundavam ainda mais na areia. Nenhum pássaro ou mortal murmurava por perto. O único som era o quebrar das ondas. O sol, uma fera ígnea, pintava as nuvens com um fulgor rosa e amarelo enquanto se punha. Estreitei os olhos por trás dos óculos escuros que usava, a luz do sol já começava a me dar dor de cabeça. O anoitecer estava a caminho, e a brisa ficou um pouco mais fria quando eu senti seu chamado.

Fechei os olhos, e aquela voz sussurrava de volta para mim enquanto aumentava meu aperto na urna que carregava.

O que acha de voltar para as Ilhas Sandsun? Há uma parte isolada e sem sinalização na praia que eu encontrei enquanto estava escondida. Tem penhascos onde podemos mergulhar, e é tão lindo. Não vamos juntas a uma praia assim há pelo menos trinta anos. Não vou nem chamar Rick. Será apenas uma viagem agradável, relaxante e divertida de irmãs. Vão ser nossas primeiras férias. Por favor, por favor, por favor!

Meus olhos se abriram quando a voz dela sumiu, meus dedos se cravavam na tampa da urna.

— Não são as férias ideais, mas é para onde você queria vir. Antes tarde do que nunca — falei, olhando para a urna preta e dourada em minhas mãos. Camilla a encontrou, e eu coloquei nela todas as suas cinzas. O Ritual de Havlousin precisava ser realizado. Foi o que nosso pai e nossa mãe nos ensinaram. Nossa cultura exigia isso para garantir um lugar de descanso final além das estrelas, embora naquele momento eu não soubesse em que acreditava. O paraíso parecia uma piada, mas ali estava eu, espalhando os restos mortais dela para que cada parte pudesse ser reutilizada. Nossos pais tinham nos ensinado que o corpo era apenas um recipiente. Restava apenas uma casca quando a alma, a parte mais essencial, partia. Talvez fosse por isso que eu me sentia assim. Eu era apenas uma casca agora? Parecia que meu peito estava sendo esmagado por mil rochas. Não havia movimento nem vida, não mais. Eu sabia que deveria chorar e gritar, mas não vinha nada.

— Você precisava de mim, e eu nem estava lá. Eu estava tão distraída com... — Minha garganta se fechou quando imaginei o rosto dele. Samkiel. Outra emoção me atingiu, fazendo meu estômago se revirar. Reprimi-a, e outra fechadura surgiu na minha mente, no meu coração. — Eu devia ter ido embora com você. Poderíamos ter nos escondido, deixando-os lutar por aquele livro estúpido. Sinto muito, Gabs.

Fiz uma pausa, procurando por palavras. Meus dedos roçavam a tampa, as ondas implacáveis se chocavam contra a costa, a batida constante preenchia o silêncio.

– Sabe, eu pensei nisso. Talvez tivesse sido melhor se tivéssemos morrido em Eoria. Eu devia ter ficado com você lá em vez de implorar a qualquer deus que ouvisse para salvá-la. Desse modo, Drake não teria nos encontrado e não teríamos sido levadas até Kaden.

Meu lábio se curvou, lembrando aquele dia. Mer-Ka era meu nome de nascimento. Ain era o de Gabby, e Eoria era o lar onde tínhamos conhecido a paz tanto tempo atrás.

Despedaçado.

– *Siga-me. – Ele inclinou a cabeça em direção à aba de pano que servia como nossa porta. Ele a carregava nos braços como se ela não pesasse nada. Quão forte esse homem estranho era? Engoli em seco e assenti, acompanhando-o. Enquanto ele tivesse Ain, eu faria tudo o que ele dissesse e o seguiria para qualquer lugar.*

Saí de nossa casa, meus pés mal faziam ruído atrás dele. Ele não chegou para ver se eu o seguia, movendo-se silencioso e ligeiro, como se estivesse andando no ar. Passamos por casas de pedra vazias à esquerda e à direita. Metade de nossa aldeia tinha ido embora no instante que os pedaços caíram do céu. Eles sabiam que algo ruim estava por vir, mas meus pais não ouviram. Eles não acreditavam que houvesse perigo. Agora, vendo Ain tossir, desejei tê-los perturbado mais.

– P-para onde está nos levando? – perguntei, e minha voz soava tão assustada quanto eu me sentia.

Ele se virou um pouco, oferecendo-me um pequeno sorriso por cima do ombro.

– Eu tenho um amigo que talvez possa ajudar.

Balancei a cabeça de novo para evitar seus olhos. Eles pareciam dançar com fogo derretido, e as bordas douradas não eram naturais. Ele era mais do que lindo, com cachos escuros que emolduravam seu rosto. Sua pele era do mesmo tom que a de Ain e a minha. Eu nunca tinha visto outra pessoa que se parecesse com ele. Talvez ele fosse de outro mundo também. Eu tinha implorado por um salvador. Talvez ele fosse o meu. Ele de fato se parecia com as imagens que minha mãe me mostrava dos anjos alados nos quais ela acreditava. Ela tinha me contado histórias sobre quão fortes e poderosos eles eram, e aquele homem com certeza parecia ser. Ele carregava minha irmã sem fazer esforço. Não que alguma de nós pesasse muito àquela altura. Nossa comida de verdade tinha acabado semanas antes, e estávamos sobrevivendo à base das rações que eu conseguia encontrar. Eu dava a maior parte para ela, mesmo quando ela brigava comigo, mas eu tinha prometido à minha mãe e ao meu pai que cuidaria dela. Ela era minha irmãzinha. Eu não a deixaria morrer de fome.

Observei a parte de trás dos cachos escuros dele enquanto caminhávamos indo em direção a uma parte abandonada da cidade. Um desconforto me arrepiou quando ele parou diante de um templo destruído e disforme que estava parcialmente desmoronado. Ele começou a descer uma escada de pedra marrom com estátuas de cada lado lascadas e gastas a ponto de serem irreconhecíveis.

Engoli o nó na garganta.

– Não podemos estar aqui. Estão fechados porque são instáveis. Não são seguros. Corremos o risco de ser esmagados.

Ele se virou, olhando para mim como se eu fosse louca.

– Espere aqui. Preciso falar com eles. Eu voltarei para buscar você.

Eu suspirei.

– Eles? Quantos estão aqui?

– Apenas espere. – Ele sorriu como se pudesse ouvir as batidas do meu coração, e procurei acalmar meus medos.

– Você não vai levar minha irmã sabe Deus para onde sem mim. – Eu me aproximei, olhando dele para o buraco escuro e vazio no chão. Eu lutaria com ele se fosse preciso, mesmo sabendo que não venceria. Seus músculos eram aparentes através das roupas finas que ele usava. O tecido incomum cruzava todo o seu corpo, agarrando-se fielmente ao seu físico. Ele deve ter lido a minha expressão, porque sorriu suavemente mais uma vez.

– Olha, agradeço por tentar ajudar, mas ela – apontei para minha irmã quando ela se apoiou nele e tossiu mais uma vez – não pode ficar sozinha ali. Eu não sei quem você é, mas ela mal está respirando do jeito que está agora.

– Meu nome é Drake. – Ele sorriu. – Agora você sabe quem eu sou. Por favor, espere aqui.

Comecei a protestar, mas seus olhos brilharam um pouco mais. Minha boca se fechou, e a ansiedade deixou meu corpo. Talvez fosse uma boa ideia.

– Está bem, vou esperar aqui.

Ele sorriu mais uma vez, depois se virou, desaparecendo nos degraus de pedra e saindo da minha vista. Andei de um lado para o outro apesar da exaustão, torcendo os dedos enquanto esperava.

E esperava.

E esperava.

Parei, encarei a escadaria de pedra e suspirei. "Espere aqui", ele disse. Eu tinha que esperar ali, mas por quê? Meu coração batia com força. Ele estava com minha irmã e ia ajudá-la. Eu precisava esperar, porém, mais uma vez, por quê? Movi meu pé, batendo-o na areia, meu corpo resistia à ordem que ele tinha me dado. Flexionei minhas mãos uma, duas vezes, meu estômago se embrulhava. Eu precisava chegar até Ain. Ele a havia levado, e eu não o conhecia nem sabia quem mais estava lá. O que foi que eu fiz? Espere aqui. Não. Eu não podia esperar por ela. Eu me movi, com meus pés se arrastando na areia. Não pensei em nada além de chegar a Ain quando comecei a descer os degraus.

Eu espalmei as mãos contra as paredes mais próximas de mim, arrastando meus dedos ao longo da pedra suja, conforme eu começava minha descida com cuidado. Estava escuro como breu, e eu não conseguia ver nada. Aquilo era uma má ideia. Eu sabia, mas que escolha eu tinha? As paredes terminaram quando meus pés chegaram ao chão sólido. Estendi as mãos à minha frente, tentando agarrar qualquer coisa.

– Drake? – sussurrei, tentando atrair a atenção do lindo estranho, mas não ouvi nada. – Drake? – sussurrei mais uma vez.

Ouvi um farfalhar perto de mim, como se algo estivesse deslizando pela areia. Eu tinha me esquecido das víboras-da-areia que adoravam lugares escuros e frescos. O que eu estava pensando? Certo, certo, eu conseguia fazer isso. Eu conseguia fazer isso. Era pela minha irmã. Respirei fundo, certificando-me de evitar a área onde ouvi aquele pequeno movimento, e fui para o lado oposto. Mantive as mãos estendidas, desejando não esbarrar em nada enquanto seguia em frente devagar, mas sem parar.

Uma parede sólida finalmente encontrou meus dedos e suspirei de alívio, traçando a textura irregular da parede e os símbolos gravados na pedra. Continuei andando, mantendo as mãos na parede. Deuses, eu queria conseguir enxergar. Ainda estava tão escuro. Como ele enxergou alguma coisa? Meus pensamentos divagantes pararam quando ouvi vozes. No início, eram murmúrios suaves, mas, quanto mais me aproximava, mais altas soavam. Alguém estava discutindo.

– Não queremos uma carcaça que está se decompondo de dentro para fora. Não vou comer isso – ouvi alguém dizer e engoli em seco.

– Ela não é para comer. Eu a trouxe para Kaden.

– Quer dizer que pretende me alimentar com restos, vampiro? – respondeu uma voz profunda. Vampiro? O que era um vampiro?

Cheguei mais perto, e as vozes aumentaram. Vi uma luz fraca à frente e suspirei de alívio antes de tirar as mãos da parede e me esgueirar adiante. Não havia muita luz, mas era o suficiente para me levar até eles. Derramava-se no final do templo, lançando sombras dançantes na parede oposta – muitas sombras.

– Não – respondeu o anjo de cabelos cacheados. – Pretendo que você a salve. Sei que você é capaz.

– E por que eu faria isso?

Houve uma pequena pausa quando me aproximei.

– Talvez outra pessoa para ajudar você com seus planos.

Parei na porta, com medo de interromper a conversa.

– Hum, eu não preciso de mais. Mate-a.

Meu coração desabou, e não pensei antes de entrar correndo na sala.

– Não! – gritei, derrapando e parando na frente de Ain. Abri meus braços, tentando protegê-la com meu corpo. Ain apertou os braços ao redor de si, congelada de medo.

O terror tomou conta de mim. Eu não tinha acabado de entrar em uma câmara com dois homens conversando. Eu tinha entrado em uma câmara com mais de uma dúzia de pessoas. Estavam todas vestidas com trajes de várias cores e todas olhavam para mim.

– Vocês são os viajantes de quem estavam falando. Aqueles que cruzaram o deserto a pé e saíram intactos.

– É assim que nos descrevem? – O homem grande na minha frente riu, e alguns outros na sala se juntaram a ele. Engoli em seco, observando-o. Ele era mais alto do que eu, e isso era alguma coisa. Meus olhos se afastaram das grossas sandálias pretas que ele usava, passando pela saia de pregas e pela ampla extensão do seu peito musculoso. Sua pele era mais escura que a minha, não como as areias do meu lar, mas mais profunda. Os trajes vermelhos que cobriam seus ombros e parte de seu peito contrastavam lindamente com os tons profundos.

Aquele tinha que ser o líder. O poder que irradiava dele era quase físico. Ele tinha seu cabelo com dreads preso em uma trança grossa que desaparecia descendo por suas costas, as laterais eram cortadas tão rentes, que dava para ver o couro cabeludo. Ele era incrivelmente lindo, porém letal, como as coloridas víboras-da-areia que podiam atacar a qualquer momento. Seus olhos castanho-claros encontraram os meus.

– Somente aqueles abençoados pelos deuses conseguiriam cruzar as grandes areias e sobreviver – sussurrei, olhando ao redor da sala.

Os outros na câmara olharam para nós como se estivessem apenas esperando pela ordem dele para matar Ain e a mim.

– Abençoados pelos deuses? – Ele deu uma risada aguda enquanto olhava para os outros atrás de si. Eles riram ou me encararam. Ele voltou a olhar para mim, dando de ombros levemente. – Acho que depende de para quem você ora.

Drake deu um passo à frente.

– Kaden, peço desculpas. Eu a compeli a esperar lá fora. Não sei como...

Kaden, o homem belo e aterrorizante, virou-se para ele e ergueu uma sobrancelha. Drake abaixou a cabeça e recuou, parando perto de outro homem notavelmente semelhante a ele. Os outros na sala se entreolharam, sussurrando entre si.

Kaden se concentrou em mim de novo.

– Compelida, e, ainda assim, aqui está você diante de mim – comentou ele. Aproximei-me de Ain e a abracei. Eles falavam uns com os outros acima de nossas cabeças. Lancei um olhar para a porta disforme. Eu poderia tentar correr com ela. Talvez pudéssemos alcançá-la antes que...

– Excelente. – Kaden bateu palmas, chamando minha atenção de volta. – Ela fica. Ela é minha agora.

Suas palavras atingiram minha pele como ácido, e algo dentro de mim se partiu. Sem me importar por estar em menor número e em uma câmara cheia de pessoas que poderiam matar minha irmã e a mim, alcancei e desembainhei a pequena adaga escondida na parte interna da minha coxa. Kaden observou, aparentemente sem a menor preocupação.

Meu pai tinha me dado a lâmina quando me ensinou como me defender. Na época, não entendi por que ele insistiu tanto nas instruções. Mas, assim que o céu desabou, perguntei-me se o meu pai era abençoado com a visão sobre a qual os sumos sacerdotes sempre murmuravam. Ele tinha previsto o que estava por vir e nos queria a salvo? Não importava. Eu agradecia aos deuses antigos por aquelas lições, porque eu precisava delas naquele momento.

– Eu não pertenço a ninguém. – Lembrei-me das palavras do meu pai sobre onde golpear e como ferir até o maior dos oponentes. Virilha, garganta ou acertar os olhos e arrancá-los. Segurei o cabo de lado, a lâmina em um ângulo, mantendo-a à minha frente. Ele me observou, seu sorriso se alargou antes de explodir em risadas mais uma vez.

– Ora, geniosa. Adoro. Diga-me, você mantém todas as suas armas entre as pernas?

O comentário foi grosseiro e nojento, mas não hesitei. Meu pai me ensinou a não cair nos truques e palavras de um inimigo.

– Aproxime-se, e eu lhe mostrarei.

Seu sorriso não desapareceu quando ele deu um passo para mais perto.

– Assim?

Ataquei, golpeando seu rosto com a lâmina. Olhos de diversas cores iluminaram o espaço. Vários homens avançaram mais depressa do que eu era capaz de acompanhar. Os olhos de Kaden não brilhavam mais como avelã, mas tinham assumido um vermelho-sangue puro. O corte em sua bochecha se fechou, e arquejei, deixando cair minha lâmina e tropeçando de volta para ficar ao lado da minha irmã. Monstros. Eu estava em uma sala cheia de monstros.

– Ah, realmente geniosa – declarou ele, enxugando o sangue da bochecha como se não fosse nada, mas os murmúrios atrás de mim me diziam o contrário.

– O que você é? – Minha voz era apenas um sussurro.

Ele se agachou e estendeu uma mão enorme em minha direção. Eu recuei, bloqueando o corpo de Ain. Ele pegou a adaga que eu havia deixado cair, colocando a ponta contra o próprio dedo. Ele a girou, a lâmina brilhava na penumbra da caverna. Ela me parecera vidro quando a ganhei, mas naquele momento brilhava como uma pedra preciosa.

– Isso é adorável. Onde a conseguiu, linda?

– Meu pai – respondi, sem saber o porquê.

Ele falou algo naquela língua estranha, e uma mulher com cabelos tão vermelhos quanto sangue se moveu. Outro homem, muito alto e magro, repetiu as palavras, e, em seguida, fez-se silêncio. Kaden assentiu e segurou a adaga por cima do ombro. Um homem todo trajado, com rosto e cabelo cobertos, deu um passo à frente para pegá-la. Kaden cruzou as mãos e me estudou.

– O que você é? – perguntei mais uma vez, e minha voz estava trêmula.

– Algo que pode ajudar sua irmã.

Meu coração batia forte.

– Não, eu ouvi você. Você ameaçou matá-la.

– É verdade. – Ele não tentou mentir. – Mas desde então mudei de ideia. Agora você tem algo que eu quero.

– E o que é?

Os olhos dele percorreram meu corpo, e, por mais inocente que eu fosse, tive minha resposta.

– Você.

– Para quê? – Engoli em seco.

Ele sorriu mais uma vez, olhando para as criaturas atrás de si antes de olhar de volta para mim.

– Drake não estava errado. Eu preciso de mais pessoas para o que estou construindo. Sua irmã está fraca, morrendo. Ela é inútil para mim. Mas você? Você é perfeita.

Meu peito doeu com a forma como ele falou dela. Eu sabia quão perto da morte ela estava, o que significava que eu não tinha tempo a perder.

– Você pode salvá-la? – Engoli em seco, sabendo que me entregaria a essas criaturas, esses monstros, caso fosse preciso. Por ela, eu nem questionaria. Como poderia?

– Tobias – chamou ele, acenando com a mão, mas sem desviar o olhar de mim. – Alistair. Levem a irmã dela para baixo, por favor.

Um homem emergiu das sombras. O bronze de suas roupas lançava um lindo brilho em sua pele escura e profunda. Seu cabelo era uma versão mais curta do cabelo de Kaden. Seus olhos ficaram avermelhados quando ele se concentrou em mim, seu rosto era uma máscara de emoções indecifráveis. Ele avançou como um predador em minha direção, seguido por uma segunda criatura. A pele do segundo homem era pálida como o luar, mas o mais impressionante nele era a cor do cabelo. Era o branco puro do açúcar, e ele o tinha prendido no topo da cabeça. Eu nunca tinha visto um tom tão bonito.

Aquele chamado Tobias passou por mim e estendeu a mão para Ain. Eu mudei de posição, movendo-me para protegê-la. Na respiração seguinte, eu estava de pé, contida por um aperto semelhante a um torno. Kaden me levantou alto e me afastou dos dois homens, enquanto eles pegavam minha irmã pelos braços. Ela gemeu, tentando se manter acordada. Estendeu a mão para mim, e eu para ela, nossas mãos esticadas uma na direção da outra. Lutei contra Kaden, enquanto a levavam para longe de mim.

— Shh... Está tudo bem — sussurrou ele, tentando me acalmar, mas tudo que eu via era ela indo embora.

Olhei para Kaden, meu pânico era algo vivo dentro de mim.

— O que eles vão fazer com ela?

— Nada... — ele fez uma pausa — ... ainda.

Resisti com mais força a seu aperto, mas só consegui machucar mais meus braços. Ele era forte, forte demais, mas eu deveria saber, pelo brilho vermelho de seus olhos, que estava lidando com alguma... outra coisa.

— Seu mentiroso! — berrei. — Você disse que ia ajudá-la.

— E vou, mas primeiro devo garantir que funcione. Caso contrário, não vale a pena.

Parei de lutar.

— Garantir que o que funciona?

— Você vai ter que aceitar.

Kaden sorriu mais uma vez e mudou de posição. Ele me segurou com facilidade com uma das mãos e levou o pulso à boca. Assisti com horror a presas como as de uma víbora-da-areia surgirem. As pontas afiadas pressionaram a pele dele, e fiz uma careta. Ele segurou a mão acima do meu rosto, e o sangue, mais escuro do que eu já tinha visto, caiu em minha direção. Eu me desviei, mas ele agarrou minha nuca, mantendo-me parada. Abri a boca para gritar, e ele pressionou o pulso contra meus lábios. Um líquido quente encheu minha boca, garganta e pulmões. Tinha gosto de veneno, ardia como ácido e me fez gritar contra sua carne. Mais e mais descia pela minha garganta enquanto eu me debatia. Quanto mais eu lutava, mais intenso era o brilho dos seus olhos. Ele se inclinou para mais perto, apoiando a cabeça na minha enquanto me alimentava. Meu estômago se revirava, o sangue me dava vontade de vomitar.

— Shh... Pense na sua irmã. No quanto você quer que ela viva. No quanto precisa dela para viver.

Parei de me debater, parei de lutar, e ele se afastou. Ele conhecia a minha fraqueza. Ele já havia descoberto o que seria necessário para me controlar. Eu queria que Ain vivesse. Como eu poderia não querer?

Minhas mãos se ergueram, agarrando o braço dele e pressionando mais seu pulso contra a minha boca. Suguei com força, engolindo mais daquele líquido terrível para dentro do meu corpo. Eu queria. Se fosse salvar Ain, eu queria tudo o que ele me desse, mesmo que parecesse que minhas entranhas estavam sendo rasgadas e refeitas. Os olhos dele encontraram os meus, seu humor zombeteiro ia morrendo conforme eu tomava mais. Meu aperto aumentou, espremendo o máximo que pude. Ele disse que, caso funcionasse, eu teria poder, e era de poder que eu precisava. Se eu tivesse o suficiente, ninguém poderia machucar Ain ou a mim de novo.

Senti algo em mim mudar. Parte de mim se despedaçou e morreu, enquanto outra coisa despertou e rastejou sob minha pele. A queimação diminuiu aos poucos, torcendo-se e transformando-se em outra

*coisa, algo mais sombrio. A luz das velas na sala tremeluziu, e as criaturas que nos observavam move-
ram-se inquietas. O sorriso de Kaden aumentou como se ele tivesse entendido algo que eu não entendi.*

*Ele arrancou o pulso do meu aperto. Tossi e quase caí de joelhos. Lutei para respirar, meus pulmões
e peito pareciam estar em chamas. Ele agarrou meu braço, puxando-me para ficar de pé e me firmando.*

Observei enquanto a pele de seu pulso se fechava e sequei meu rosto.

*— Como posso saber se funciona? — perguntei, com minha voz totalmente rouca, como se o sangue
que ele tinha me dado tivesse garras que a rasgaram.*

*— Você terá o tipo de poder com o qual apenas sonhou — respondeu ele, estendendo a mão para
acariciar minha bochecha e repousando-a no meu pescoço. — Mas só se você sobreviver.*

*Essa foi a última coisa que ouvi antes de ele puxar minha cabeça para o lado. Foi apenas um
estalo, e, ainda assim, meu mundo mudou para sempre.*

A memória desapareceu, a luz dura da realidade retornou quando minhas mãos começaram a esquentar. O sol mergulhou lentamente no oceano, retirando a luz do mundo.

— Eu fui tão egoísta, porque não conseguia imaginar um mundo sem você nele, então
Kaden não me deu escolha. Assim como não lhe dei nenhuma. Talvez eu seja igual a
ele. — Chamas queimaram em minhas mãos, a urna se rachou. — Portanto, que assim seja.

As chamas rugiram enquanto eu me concentrava, a urna foi se transformando em poeira
incandescente e libertando-a. Fiquei ali observando as cinzas dançando e girando ao meu
redor antes de flutuarem para o céu noturno estrelado. A lua crescente refletia na água,
suavizando a escuridão implacável. Fiquei ali até que as últimas brasas flutuassem para longe
o suficiente para que eu não conseguisse diferenciá-las das estrelas. Uma estrela parecia
cintilar um pouco mais forte, reluzindo alegremente para mim como se estivesse acenando.

Um clarão esmeralda surgiu às minhas costas.

— Está feito — declarou Camilla.

— Ótimo.

Eu conseguia ouvir os batimentos cardíacos de Camilla acelerarem. Conseguia ouvir
muitas coisas agora. Muito mais do que eu costumava ouvir. Todos os meus sentidos estavam intensificados. Eu não tinha percebido o quanto estava suprimindo minha verdadeira
natureza. Fiquei em silêncio, olhando atentamente para aquela estrela radiante.

— E agora?

— Não me lembro de você ser tão covarde antes. — Virei-me para ela e revirei os
olhos. — Acalme seu coração estúpido. Não vou matá-la. Você a trouxe de volta para mim.
Contanto que faça o que eu mandar, você acaba de ganhar imunidade.

V
SAMKIEL

UMA SEMANA DEPOIS

Meus dedos dançaram sobre o lençol de seda limpo. Nossos aromas não mais permaneciam ali, apenas a memória.

— Este será o seu quarto enquanto você ficar aqui — informou a vampira baixa e de cabelos escuros, empurrando as grandes portas escuras esculpidas. Entrei, e o aroma de colônia atacou meus sentidos. Voltei minha cabeça para as enormes cômodas que deduzi que continham mais itens do que eu precisava. Um terno como o que Logan havia providenciado para mim estava estendido no meio de uma grande cama de dossel.

— Meu Senhor Ethan lhe forneceu tudo de que precisa, mas, se houver algo que possamos fazer por você... particularmente, por favor, avise. — O olhar dela correu pelo meu corpo sugestivamente. Ouvi as risadas dos outros vampiros de onde estavam, próximo à porta.

O calor do olhar dela devia ter mexido com algo dentro de mim, mas não o fez. Não como a mulher lá em cima, que me ignorou desde o momento em que encontrou seu amigo. Meu lábio se ergueu com a noção de que eu me rebaixaria a me importar.

Ele não era nada.

— Isso não será necessário.

Houve suspiros de decepção vindos do corredor.

— Bem — declarou a pequena vampira à minha frente —, se mudar de ideia... — Ela olhou para mim por mais um momento, e seu olhar se demorou no meu por mais tempo do que eu gostaria antes que ela fosse embora, fechando as portas atrás de si.

Seus sussurros impróprios flutuavam pelo corredor, enquanto eu me virava em direção ao quarto. Perguntei-me se o de Dianna era do mesmo tamanho ou maior. Espere, não, não, eu não queria saber. Sacudindo a cabeça, ergui o olhar, acalmando meus nervos. Tudo ali era excessivamente ornamentado, como se eles estivessem compensando pelo poder que sabiam que não possuíam. Avancei mais para dentro do quarto, passando pelos móveis pequenos demais para mim e, por fim, consegui chegar ao banheiro. Depois de tomar um banho e me vestir, peguei o pequeno dispositivo que Logan tinha me dado. Abotoei o último botão da camisa antes de ligar para ele. O telefone tocou algumas vezes antes que uma fina voz feminina fosse filtrada.

— Senhorita Martinez? — perguntei, surpreso que a irmã de Dianna tivesse atendido.

— Ah, oi. Se está procurando Logan, ele não está aqui — informou Gabby. Ouvi quando ela deu uma mordida em alguma coisa e fez um barulho alto em meu ouvido enquanto mastigava.

— E por que Logan abandonou seu posto?

A risada dela ecoou pelo telefone.

— Dianna está certa. Você fala engraçado.

O comentário dela fez meu peito reagir de uma forma estranha. Uma pequena vibração, como as asas de um pássaro, espalhou calor em mim.

— Dianna fala sobre mim?

O silêncio caiu como se ela tivesse percebido que havia falado algo que não devia.

— Por falar na minha irmã, como ela está?

Engoli em seco.

— Ela está bem.

— Hmm, e vocês estão se dando bem… bem?

A maneira como ela pronunciou aquela palavra, me imitando, me lembrou tanto Dianna, que levou um pequeno sorriso aos meus lábios. Parecia que eu estava me apegando à mulher mal-humorada e de cabelos escuros. Eu podia senti-la mesmo naquele momento. A água corrente em seu quarto tinha sido fechada. Perguntei-me se os Vanderkai tinham me colocado no quarto abaixo do dela como uma forma de me provocar. Ela receberia amantes acima de mim? Eu sacudi minha cabeça. Por que esse pensamento passaria pela minha mente? Culpei o cansaço, a viagem e ter sido engolfado pelo perfume dela por noites demais. Se ficássemos ali, ela ficaria longe de mim também? Olhei de relance para a cama e soube que precisava que ela mantivesse distância, especialmente depois do sonho que tive apenas algumas horas antes. Eu a queria demais e, para ser honesto, não conseguia resistir a ela quando estava perto.

— Onde Logan está? — perguntei, e minha voz foi ficando severa enquanto meu sorriso diminuía. — Você não deve ser deixada sozinha.

— Acalme-se — falou Gabby, igual à irmã. — Ele está por perto… mais ou menos. Neverra e ele normalmente dão uma escapulida por cerca de trinta minutos ou mais para fazer uma coisa. Acho que estão tentando respeitar meu espaço, embora não me incomodaria.

— Eles deixaram você sozinha para fazer o quê?

— Aquilo! Sabe? Sexo — respondeu ela, falando depressa, e sua voz era um sussurro abafado.

Fiz um barulho exasperado, enquanto esfregava a ponte do nariz. Grosseira. Definitivamente irmã dela.

— Certo, por favor, peça a ele que retorne minha ligação assim que Neverra e ele voltarem.

— Está planejando fazer com minha irmã?

Quase deixei o telefone cair.

— Senhorita Martinez, posso garantir que não é minha intenção — consegui responder, mesmo que o sonho da noite anterior me dissesse o contrário.

Gabby não falou nada enquanto mastigava, com aquele ruído vindo do telefone.

— Por quê? Você a acha feia?

— Absolutamente não.

— Que fala alto demais?

— De modo algum.

— Ela é má com você? Ela era má comigo, às vezes, quando éramos pequenas, mas roubei seus brinquedos e depois suas roupas quando ficamos mais velhas.

— Ela não é má comigo.

Não mais do que eu merecia e apenas quando ela estava com raiva de mim.

— Ah, então é porque você acha que ela é um monstro?

— Eu nunca… Por que está me questionando sobre minhas intenções em relação à sua irmã tão minuciosamente?

Ela mastigou mais uma vez.

— Estou apenas verificando suas intenções.

— Minhas intenções são claras. Sempre foram. Vamos encontrar o livro e depois mantê-lo a salvo. Nada mais. — Olhei para o alto, ouvindo os pés dela se movendo pelo chão. — Não menos.

— Hmm, bem, que pena. Minha irmã passou por muitas coisas ruins. Tive que ajudá-la a sair de algumas dessas coisas e nem sempre tive certeza de que ela ia conseguir. Seria bom ter alguém com boas intenções na vida dela.

A voz de Dianna vinda de cima abafou tudo o que sua irmã disse quando ela falou com alguém. Meus dentes se cerraram quando percebi quem estava no quarto com ela.

— Bem, eu não me preocuparia com isso. Parece que o vampiro que vai nos hospedar está cheio de intenções.

Gabby riu, e percebi exatamente como eu soava.

— Drake? Faça-me o favor. Se eles fossem fazer sexo, teria sido quando eu a recebi de volta de Novas pela primeira vez. Ela estava em uma situação sombria naquela época, muito sombria. Eu a ajudei, e depois eles se tornaram muito próximos.

— Você a ajudou? — A curiosidade tomou conta de mim. — O que aconteceu?

— Essa é uma informação ultrassecreta de irmãs. Talvez um dia, se suas intenções mudarem, ela conte a você. Ou talvez não conte. Tudo o que estou dizendo é que qualquer um teria sorte de ser amado por minha irmã. Eu nunca desisti dela, e, se vocês serão parceiros nessa missão, talvez não desistam um do outro.

— Certo. — Um pequeno sorriso me escapou quando me sentei na cama. Eu me abaixei e calcei um sapato e depois o outro enquanto Gabby continuava a falar.

— Além disso, aí vai uma informação ultrassecreta enquanto vocês trabalham juntos. Ela nunca vai pedir ajuda, confie em mim. Ela é teimosa e se mete nas coisas sem pensar. Dianna acha que é invencível, então, por favor, tome cuidado com isso também. É dura consigo mesma e pensa que está errando quando não errou, o que é irritante, porque acho que ela é perfeita, mas não importa. Além disso, nunca conte a ela que falei isso. Ela faz uma cara torcendo o nariz quando alguém lhe diz algo fofo, é hilária. Ah, e fique de olho nela se ela ficar quieta. Normalmente, isso quer dizer que está planejando algo extremo. Ela gosta de se trancar na própria cabeça. Sempre fez isso.

— Todas essas informações são muito valiosas. — Dei um pequeno sorriso e me levantei.

— Escute, só estou tentando garantir que minha irmã retorne inteira para mim.

— Eu garanto que ela vai.

— Ótimo. — Ela deu outra mordida. — Ela não é como você ou qualquer outra pessoa imagina. Ela é boa, engraçada e inteligente, gentil… bem, quando quer ser.

— Sim, estou… aprendendo.

— Ótimo. — Outra mordida. — Além disso, nunca conte a ela que tivemos essa conversa.

— Juro que não vou.

— Obrigada. Você não é tão terrível quanto ela falou.

Sorri e comecei a responder, mas as palavras morreram em meus lábios quando ouvi o que parecia ser uma fungada ou um choro suave. Minha cabeça caiu para trás, meu olhar se fixou no teto. Escutei com atenção e ouvi o ronco da voz daquele vampiro irritante. Drake.

— Peço desculpas, mas preciso ir. — Não esperei ela responder antes de desligar o telefone e subir depressa. Se ele a tivesse machucado, eu o esfolaria vivo.

— Samkiel — chamou Logan, afastando-me da memória.

— O que foi?

— As vans estão carregadas, e está tudo pronto. Só precisamos escoltá-los — informou ele, segurando o batente da porta com uma das mãos. Logan parecia um pouco cansado. Ele estava com a aparência de como eu me sentia. Sua barba tinha crescido, bem como seu cabelo. Já haviam se passado três semanas desde a destruição na Cidade Prateada. Três semanas desde que Neverra tinha desaparecido. Três semanas procurando as pessoas que Dianna jurou caçar, conduzindo-me de volta a Zarall.

Balancei a cabeça, e meu olhar se desviou para a cama mais uma vez antes de eu responder:

– Estarei lá embaixo em um instante.

Logan saiu da sala, e seus passos desapareceram no corredor. Suspirei e encarei a cama. Eu devia tê-la tirado dali, independentemente daquelas pistas minúsculas e estúpidas e de sua confiança naqueles que ela acreditava serem seus amigos. Poderíamos ter retornado para a Guilda e passado mais tempo pesquisando do meu jeito. Eu podia tê-la mantido a salvo, mantido a irmã dela a salvo. A culpa ameaçava me devorar como uma fera raivosa e violenta.

Afastei-me da cama e saí do quarto. Meus pés estavam no limiar da porta quando senti seu cheiro, o sutil ardor de canela. Entre uma respiração e outra, eu havia me transportado de um lado a outro do quarto, meus poderes mais erráticos do que nunca. Minha mão tremia ligeiramente quando a estendi e peguei a roupa cinza. Agarrei-a com ambas as mãos, levando-a ao nariz e inspirando. Com o aroma dela vieram as memórias, imagens passando pela minha mente, uma por uma. Dianna sorrindo, rindo e o som daquela música horrível e excêntrica tocando enquanto os brinquedos rangiam ao fundo.

Afastei a jaqueta do rosto. Foi a que dei a Dianna naquele dia no festival, quando ela ficou com frio. Foi um gesto que vi um homem mortal fazer e do qual ela riu.

Ao baixar a jaqueta, notei uma pequena faixa branca e cinza saindo de um dos bolsos. Meu peito se contraiu quando puxei o pedaço de papel estreito e observei as imagens. Dianna ria em uma, sorria em outra e franzia o cenho para mim na última. Mas a do meio era a minha favorita. Ela segurava meu rosto, virando-me em direção à câmera.

Meu coração doía. Eu tinha tanto medo de nunca mais vê-la rir ou sorrir novamente. Eu não tinha percebido quão profundamente meus sentimentos por ela haviam crescido ao longo dos meses que passamos juntos. O quanto eu estava completamente apegado à minha impetuosa tentadora. Só percebi quando já era tarde demais e ela já havia partido, levando consigo uma parte de mim. Minha cabeça girou quando uma raiva cega e intensa tomou conta de mim, eclipsando a tristeza. Eles fizeram isso. Eles tomaram sua felicidade e pagariam muito caro por isso.

Coloquei as fotos no bolso e saí do quarto com a jaqueta na mão. Diversos celestiais passaram por mim nos corredores enquanto retiravam todas as coisas da propriedade dos Vanderkai. Parei uma jovem que tinha vários sacos de evidências revestidos com fita vermelha.

– Pegue isso e coloque-a na van com o resto das evidências – instruí, entregando-lhe a jaqueta.

Ela assentiu e colocou-a dentro de um saco plástico antes de desaparecer escada abaixo. Subi os degraus de dois em dois, vozes enchiam o andar principal, cabeças se curvavam enquanto eu passava. As portas da frente permaneciam abertas, e celestiais passavam para colocar vários itens nas vans na entrada.

Contornei o corrimão e entrei de fato no cômodo principal. Logan estava parado de braços cruzados, com dois guardas celestiais de cada lado. Mais guardas cercavam os vampiros, observando-os atentamente.

– Tudo o que vocês possuem agora é meu, todas as propriedades, casas, itens, relíquias e contas bancárias. Meu – declarei. Drake olhou para mim antes de olhar para Ethan e sua esposa, Naomi. Ethan amava tanto Naomi que ele tinha condenado o mundo por causa dela. – Vocês não possuem mais nada. Não possuirão nada no futuro, se é que terão um quando seu julgamento terminar.

A fúria que tinha crescido dentro de mim no andar superior borbulhou em meu sangue enquanto eu me aproximava de Drake.

– Valeu a pena? Você consegue dormir bem sabendo o que destruiu? – perguntei, com meus olhos fixos nos de Drake, conforme eu me elevava acima dele. O suéter, as calças e os sapatos surrados que ele usava não eram os itens caros que costumava vestir. O outrora extravagante e alegre príncipe parecia uma sombra do homem que tinha flertado, rido e brincado com minha Dianna. Não, ele parecia quase quebrado. Seus olhos, vermelhos e vazios, me encaravam.

Ethan interveio, interrompendo-me, enquanto eu continuava encarando Drake.

– Eu fiz o que tinha que fazer por quem amo. Pela minha família. Creio que você seria capaz de entender, certo?

– Ela escondeu você e sua família de Kaden, e, em troca, você tirou a dela! – gritei, e as luzes da sala piscaram em resposta. – Você o deixou levar Gabriella. Você ficou parado, permitiu que ele assassinasse a última integrante da família dela, e acha que eu entenderia isso? Realmente acha que pode justificar o que fez? Espero que tenham gostado do pouco tempo que passaram juntos, porque, pelo meu poder, vocês não se verão novamente.

Vi, de canto de olho, Drake abaixar a cabeça, enquanto Ethan inspirava fundo. A esposa, a mulher baixa e de cabelos escuros ao seu lado, agarrou seu braço com mais força.

– Isso não fazia parte do plano, garanto. Kaden queria atrair Dianna. Só isso. Ele sempre quis Dianna e sempre vai querer. E está disposto a fazer coisas drásticas para recuperá-la. Tenho certeza de que você também compreende isso.

Minha mandíbula ficou tensa. Ele não sabia do que eu seria capaz de arriscar para ter Dianna de volta. Eu precisava dela. Precisava dela feliz, inteira e comigo.

– Todos vocês serão levados ao Conselho de Hadramiel para serem julgados. Você e Drake cometeram traição. Você não apenas sequestrou Gabriella, mas também levou uma integrante d'A Mão, um crime passível de morte. Além disso, nem sequer falamos em cúmplices de assassinato. Terão sorte se eu não mandar todos para a Aniquilação quando acabar. – Olhei para Ethan, depois para Drake. – Fui claro?

Ethan olhou para a esposa e estendeu a mão, apertando a que ela tinha sobre seu ombro. As marcas idênticas nos dedos dos dois chamaram minha atenção antes que ele se voltasse para mim.

– Estamos muito conscientes das consequências, mas não posso dizer que me arrependo. Amo minha esposa e conhecia os riscos. Não conseguíamos enxergar outra maneira…

– Havia! – rebati, e minha determinação vacilou. Várias lâmpadas explodiram, fazendo chover cacos de vidro no chão. Senti a sala condensar mil ou mais átomos vibrando com uma força que mal conseguia controlar nas últimas semanas. Carregado. Essa foi a palavra que Logan usou. Tudo ao meu redor parecia carregado. Senti Logan se mover ao meu lado. Uma ligeira mudança, como se ele estivesse em guarda, protegendo não a eles, mas a mim. Um trovão estalou no horizonte antes que eu controlasse meu temperamento. – Passamos quantas semanas em sua casa? Você poderia ter me contado, contado a ela. Eu poderia ter ajudado vocês, todos vocês, e, ainda assim, vocês não fizeram nada. Você condenou sua família em vez de salvá-la. Se tivesse nos contado, talvez o resultado fosse diferente.

– Ele não é o que você pensa que ele é.

Bufei, meus dedos roçaram a ponte do meu nariz, minha dor de cabeça aumentava.

– Além de um megalomaníaco arrogante. Eu sei o que *ele* é. – Drake e Ethan olharam para mim como se eu fosse um idiota. – Ele é um dos Reis de Yejedin. Isso não importa. Lutei contra reis, feras e deuses e venci. Todos sabiam disso, mas esperam que eu sinta pena de vocês por terem se aliado a um psicopata? Não é pena o que sinto por vocês.

Ethan falou, mas não escutei o que ele disse. Não estava interessado em mais desculpas. Meus olhos se fecharam, e passei a mão sobre a testa. As dores de cabeça estavam voltando. Eu não tinha dormido desde que aquilo acontecera, desde que ela fora embora, e Logan também não.

– Sabem, temos um nome em nosso mundo para o que você é – disse, falando por cima de Ethan, e meus olhos se abriram. – Não há tradução em sua língua, mas significa o mais inferior dos homens. Vocês são covardes. Traidores. Conheci feras cinzentas sem pele que lutam com mais intensidade do que vocês dois. Na verdade vocês valem menos do que a merda que os roedores deixam para trás. Dizem amá-la e se importar com ela, mas entregaram para ele a única pessoa que Dianna amava. – Fiz uma pausa, tentando controlar o trovão em meu peito e as nuvens que cresciam lá fora. Respirei fundo, balançando a cabeça enquanto os observava. –Tiraram uma pessoa de mim com suas ações, uma pessoa *muito* preciosa para mim. E agora ajudaram um lunático a corromper seu coração já partido, dilacerando-o em um milhão de pedaços. São peças que vou recolher e consertar, mas o que vocês fizeram é imperdoável. Pretendo fazê-los sofrer por essa transgressão. A morte seria uma gentileza, e vocês não merecem nenhuma.

Virei-me para Logan, o desgosto me corroía.

–Tire-os da minha vista. Quero carros e celas de prisão separados para cada. Um não falará com o outro até o julgamento e terão sorte se eu os deixar comer.

Drake assentiu e olhou para o irmão, enquanto os celestiais de Logan se aproximavam dos dois. Os guardas pegaram algemas e prenderam-nas com segurança nos pulsos dos três vampiros. Ethan e a esposa ficaram submissos até que os celestiais os separassem.

– Não pode fazer isso! – gritou Ethan, enquanto tiravam Naomi da sala. Os guardas escoltaram Drake em seguida, de cabeça baixa. Ethan continuou a gritar. – Por favor, Samkiel! Acabei de recuperá-la. Deixe-me apodrecer numa cela com ela. Não me importo com o que vai acontecer depois. Por favor!

Não respondi, e Logan acenou com a cabeça em direção ao celestial ao lado de Ethan.

– Olha, sei como você se sente. Entendo. Sei que você a ama. Kaden também sabe disso. Por que acha que ele fez o que fez? – argumentou Ethan, com sua voz cheia de desespero.

Estreitei meus olhos. Cada palavra que ele falava apenas adicionava combustível à minha raiva.

– Ele vai mantê-la longe de você nem que seja a última coisa que faça. Vocês são fortes demais juntos, poderosos demais para o que ele planejou, para o que *eles* planejaram. Se ela tivesse ficado com você, teria estragado tudo. Vocês dois nunca deviam ter se conhecido – afirmou Ethan, lutando contra o domínio dos celestiais.

A raiva devastadora que ameaçava me consumir esfriou com essas palavras.

– O quê? – Levantei a mão. Os dois guardas pararam logo depois da porta. – O que você sabe?

– Sabíamos que não seríamos capazes de lutar contra ele, não conseguiríamos matá-lo. Mas vocês dois juntos? Vocês dois têm poder suficiente para destruir mundos, e ele e todos os outros sabem disso. Você é uma ameaça para ele e para os outros, e Dianna também. Por que acha que pressionamos tanto enquanto vocês dois estavam aqui? Até Camilla tentou. Não importava se estávamos ligados a Kaden, tínhamos que tentar – declarou Ethan.

Tinha que tentar. Tinha que ver.

As palavras passaram pela minha cabeça. Semelhantes às que Roccurrem havia falado em seu reino.

– Não direi mais nada, a menos que prometa que posso pelo menos ficar com minha esposa enquanto nos detém. – A exigência de Ethan me tirou dos meus pensamentos.

A energia explodiu de mim, destruindo as lâmpadas que restavam na mansão. Cerrei os punhos, cobrindo toda a casa com escuridão. Os guardas o soltaram quando ergui Ethan do chão. Eu o segurei no alto, e seu comportamento arrogante já tinha desaparecido. Ele não era mais um rei, mas um homem quebrado. Perguntei-me o que Kaden tinha feito ou dito para fazer até mesmo Ethan se encolher.

– Os acordos acabaram. Não tem mais. Não farei mais barganhas nem alianças. Vai me contar o que sabe...

Minha pele se arrepiou, e minhas palavras pararam, os pelos na minha nuca se eriçaram. O mundo ficou estático de medo. Ouvi as asas de vários pássaros voando para o céu e os passos de animais pequenos e grandes se afastando depressa da área. Então senti.

Ela.

Meu coração batia rapidamente em meu peito, seu som competia com o barulho das armas disparando lá fora. Um uivo selvagem rasgou o ar noturno, seguido por gritos ensurdecedores. Celestiais gritavam ordens uns para os outros, e a luz fazia um clarão toda vez que um gatilho era puxado. Abaixei Ethan, sem me preocupar em ver se ele ia fugir ou me seguir. Fiz uma curva, subindo os degraus de pedra três de cada vez. Logan ergueu sua arma de ablazone, virando-se de um lado para o outro, instruindo seus homens a permanecer alinhados. Eles foram arrastados para a floresta densa, um por um, seguidos por qualquer vampiro que não estivesse detido em uma das vans.

Drake apoiou as mãos espalmadas na janela da van. Olhou através do vidro para a floresta escura, com o medo espreitando no fundo de seus olhos.

Os faróis iluminavam partes da floresta, mas uma quietude anormal a dominava. Nem uma única criatura viva permanecia nas árvores ao redor. Apenas os batimentos cardíacos dos meus celestiais ecoavam ali. Todas as criaturas vivas em um raio de 80 quilômetros haviam fugido para salvar suas vidas.

Parei ao lado de Logan.

– Lobisomens?

Logan balançou a cabeça, mantendo os olhos na orla da floresta.

– Lobisomens, não. Apenas um lobo.

Balancei a cabeça, o cheiro que senti não era de fera.

– Não é um lobo. É um Ig'Morruthen.

– Ela está aqui – sussurrou Logan.

Ouvi passos atrás de mim.

– Onde minha esposa está? – perguntou Ethan.

Sua resposta veio um segundo depois. Dianna emergiu da escuridão, seu olhar rubro passou pelos celestiais e parou em mim. Senti Ethan se mexer atrás de mim, e os olhos dela piscaram para ele, sua expressão se contorcia. Eu sabia duas coisas com absoluta certeza. Primeiro que, quando ela ia lutar, usava o cabelo preso, como o tinha agora, com o longo rabo de cavalo balançando atrás de si. Em segundo lugar, aquela criatura cruel não era a minha Dianna.

Anos de guerra prepararam meu estômago para atrocidades repugnantes, mas vê-la segurando tão despreocupadamente a cabeça da esposa de Ethan na palma da mão me deu um nó no estômago.

Todos pararam e prenderam a respiração. Meu corpo pulsou, o poder dentro de mim veio à tona. Não por desejo, mas por medo dela; meu corpo se preparava para agir, para proteger. O poder girava em torno de si, sua magia era muito maior do que quando nos conhecemos. Dobrava-se e curvava-se, envolvendo todo o seu corpo com sua força multifacetada e rica. Senti meu poder se aglutinar em minhas mãos e luz surgir em minhas palmas. Apaguei-o quase imediatamente, mas pude perceber, pelo sorriso que apareceu no canto da sua boca, que ela tinha notado.

Ela estava diferente. Todos sentíamos. Até a floresta agia como se quisesse se afastar. A energia dela deslizou contra a minha quase abrasiva. Logan se remexeu ao meu lado como se desejasse que seu próprio poder se acalmasse e não reagisse, porque aquela era Dianna. Ela não era perigosa. Não era letal ou uma ameaça para nós. Eu sabia disso em minha alma. Ela era Dianna. Minha Dianna.

Dianna saiu da floresta, movendo-se com a elegância confortável de um predador. Ela estava caçando, os vampiros eram suas presas. Jogou a massa carnuda de uma mão para a outra, e ouvi os joelhos de Ethan baterem no chão ao meu lado.

– Isso era tudo o que minha irmã valia? – perguntou ela, e seu olhar passava de Ethan para Drake, onde ele ainda estava sentado na van. – Meio quilo de carne? – Ela parou, segurando a cabeça decepada na palma da mão. A pele rachou, brasas vermelhas eram visíveis entre as rachaduras antes de explodirem em chamas. Ela queimou, a morte verdadeira levava o que antes havia sido a esposa de Ethan. Dianna inclinou-se para a frente, soprando as cinzas da palma da mão. O ato foi o mais cruel e sádico que eu já tinha visto.

O grito de angústia de Ethan penetrou as batidas do meu coração. Pés se arrastavam conforme os vampiros tentavam fugir.

–Você não escuta. – Dianna limpou as mãos e virou-se para mim. – Eu falei para você ficar fora disso.

Ela deu outro passo, e os celestiais mais próximos a ela deram um para trás.

– E você sabe como reajo a ameaças.

– Bem, como eu disse... – Ela parou, seus olhos me examinaram da cabeça aos pés. Um sorriso apareceu no canto de sua boca, uma presa apareceu. – Foi um aviso.

Meu corpo reagiu quase violentamente quando ela parou perto de mim. Seu poder, a maneira como cheirava a sangue e o aroma que irradiava dela me contavam uma verdade terrível. Ela esteve se alimentando com voracidade. Cada célula gritava perigo, mesmo enquanto minha alma sussurrava que era mentira. Meu coração perdeu o compasso, e tenho certeza de que todos ouviram, mas eu não conseguia evitar. Não importava o que acontecesse, Dianna me tirava o fôlego sem sequer tentar. Fui um tolo por ter negado o que sentia por ela. Um idiota completo e absoluto. Eu nunca mais seria capaz de mentir sobre isso, nem planejava fazê-lo, e agora, independentemente do derramamento de sangue, um fato simples parecia ser verdade. Eu sentia muita falta dela.

– Onde você esteve? – Não era a pergunta que eu originalmente queria fazer, mas minha preocupação e apreensão por ela vieram à tona, superando a parte racional do meu cérebro.

– Desculpe, tirei alguns dias de folga. Eu tinha que cuidar de um funeral. – Ela deu de ombros, e meu coração afundou, uma compreensão fria me atingiu igual a um maremoto.

–Você encontrou Gabriella.

Ela ergueu um dedo como se isso não tivesse importância.

– Na verdade, Camilla encontrou.

–Você está com Camilla? – Quase recuei.

–Ah, não fique tão magoado, amado. Ou devo dizer ex-amado? Não estou *com* ela. Ela só está viva porque se provou útil, e matei todo o clã dela, então acho que estamos quites por enquanto. Além disso, um feitiçozinho dela me contou que eu teria de esperar todos vocês saírem do esconderijo. – Ela olhou para Ethan ainda ajoelhado e depois para Drake trancado na van. – Quero dizer, reconheço um covarde quando vejo um.

Dianna não estava enrolando. Estava calculando suas chances e fazendo um plano sobre como passar por mim para chegar até eles.

– Onde Neverra está? – A voz de Logan falhou, seu tom era suplicante, e a pergunta pairou no ar.

Os olhos dela se voltaram para Logan como se a voz dele fosse um insulto. Ela inclinou um pouco a cabeça, e o veneno encheu seu sorriso. Todos os vestígios da mulher que brincava e ria comigo haviam desaparecido.

– Não sei. Dê uma olhada no necrotério. – Ela fez uma pausa e sorriu cruelmente. – Mas acho que isso também não ajudaria, já que todos vocês explodem em mil partículas de luz quando morrem.

Notei Logan olhando para a marca de Dhihsin em seu dedo. Ele sabia que, se a companheira estivesse de fato morta, a marca que os unia também desapareceria. Pude ver que ele se apegava a essa esperança.

– Sabe, isso foi inteligente – comentou Dianna, e seus olhos se voltaram para os meus. Quando nossos olhares se chocaram, algo pequeno e breve faiscou sob as brasas vermelhas ardentes de suas íris, mas, com a mesma rapidez, a raiva o substituiu. Os lábios dela se retraíram em um grunhido silencioso, revelando os caninos afiados e alongados. – Encontrá-los antes que eu pudesse fazer isso. Planeja salvar todos os envolvidos na morte dela?

– Não. Estou aqui para salvar você.

– Eu? Que fofo, mas você está mil anos atrasado para isso – declarou ela, com arrependimento brilhando em seus olhos.

– Eles vão pagar pelo que fizeram, Dianna. Vão encarar a justiça por...

– Justiça? – Uma risada doentia escapou dela enquanto estalava a língua entre os dentes. – Ah, você é nobre mesmo. Ambos sabemos que não há justiça no nosso mundo. Sangue deve ser pago com sangue.

– Não.

– Aí está de novo. Sua palavra favorita. – O rosto dela ficou rígido. – Você realmente é um cavaleiro de armadura brilhante, não é? Ou pelo menos finge ser. Tão bondoso ajudando aqueles que mutilam e matam. No entanto, creio que você se identifica, já que mutila e mata. Igual a seu pai e todos os reis e monarcas antes dele. Não é assim que os impérios funcionam?

– Pare. – A palavra foi concisa, curta e tinha poder suficiente por trás. Logan deu um passo à frente. Ela sabia o que era capaz de me ferir e estava usando esse conhecimento como uma arma contra mim.

– Eu acertei um ponto sensível? – O sorriso de Dianna se alargou um pouco. – Que tal outro? O grande e poderoso rei, só que você não é. Você não é poderoso. Eu sei o que o assusta, o que o enfraquece, o que o fere. Eles não o chamam de Destruidor de Mundos de brincadeira. Então, o que foi? Acredita em justiça agora? – ela zombou antes de colocar as mãos nos quadris, com os dedos ensanguentados se movendo inquietos. – Certo. Eu também posso ser justa. Por terem cuidado *dela,* por terem dado um lar a ela, eu lhes concederei uma dádiva. Vá embora. Leve Logan e seus homens e vá embora.

– Dianna.

– Basta ir para casa. Volte para seus castelos e torres de prata. Vá para casa e deixe os monstros cuidarem de seus assuntos.

Meu coração despencou, porque eu sabia que o que eu temia estava por vir. Sabia com cada célula do meu corpo. Eu não tinha palavras para descrever a dor que sentia. O que estava para acontecer mudaria tudo para ela, para nós e para eles.

– Dianna. Não posso. Deve haver ordem em qualquer reino. Deve haver.

– Desde quando? – Ela atirou as palavras em mim, revestindo-as de veneno. – Você passou mil anos longe. Passe mais mil.

– Sabe que não posso. Deve haver um limite. Sabe disso e sabe que sou eu. Caso contrário, não haveria nada além do caos completo. Matá-los não é fazer justiça nem ficar quite. É erradicação e vingança. Depois que a vingança acabar, você não terá nada. Dessa forma, só vai fazer mais inimigos, e não menos. Confie em mim. Sei que você está sofrendo.

Um pequeno sorriso dançou em suas feições antes que suas sobrancelhas se unissem. Eu conhecia aquele olhar. Era um dos muitos que eu havia memorizado, e sabia o que ela estava pensando.

– Não interprete errado minhas palavras. – Dei um pequeno passo em direção a ela, e a terra fez barulho sob minha bota. – Quero ajudá-la. Não precisa ficar sozinha. Não precisa passar por essa tremenda dor e perda sozinha. Isso, matá-los, não é a maneira de curar nada, e, quando toda a raiva e tristeza passarem, você não terá nada além de um vazio. Confie em mim. Por favor.

Dianna hesitou. Foi breve, mas acendeu a brasa de esperança que eu trazia em meu peito, esperança de que ela ainda estivesse ali.

– Confiei em você antes. Quando estávamos em Novas, confiei quando você disse que Kaden não ia machucá-la. Você falou que ela era uma âncora, então dei ouvidos. Fiquei e esperei com você, e eu... – Ela fechou os olhos apertados, como se desejasse fechar alguma parte profunda de si. Ela respirou fundo e seus olhos se abriram no instante seguinte. – Não há uma versão disso em que qualquer pessoa envolvida permaneça viva, mas você já sabe disso. Sabe que estou indo atrás de Kaden.

Balancei a cabeça.

– Também sei o que você precisa fazer para ter a força necessária para isso. O que deve consumir e quanto tempo se passou desde a última vez que consumiu. Eu sei o que vai causar a você. O que já causou.

Ela sorriu mais uma vez, o vermelho de seus olhos brilhou um pouco mais.

– Sim, porque você conhece seus inimigos, certo? Os traiçoeiros Ig'Morruthens. Eles são a única coisa que os deuses temiam. A única coisa criada para feri-los.

– Pode haver outra maneira. Eu sei que pode. Vou ajudá-la como você me ajudou.

– Está bem. – Ela encolheu um ombro, a curva de seu lábio se ergueu. – Mate-os.

– Como?

– Você quer ajudar? Ajude. Mate-os. Agora mesmo. Comece com Ethan. Certifique-se de que Drake veja e mate todos os membros do clã. Deixe-o para o final, para que ele saiba como é perder todo mundo.

– Dianna.

– Faça. – Ela ergueu a mão em direção a eles, acenando. – Quer ajudar? Ajude.

Eu não respondi.

– Foi o que pensei. – Ela deu um passo à frente, sua voz era quase um sussurro. – Porque, no final das contas, sempre haverá uma divisão, como você disse. Você de um lado, eu do outro.

– Não precisa ser assim.

– Não? Isso não lembra a você quando nos conhecemos? Quando entrei escondida na Guilda. Você sabia que eu nem deveria estar naquela reunião? Era para eu procurar o livro com Alistair e Tobias enquanto todos vocês estavam lá embaixo. Mas não consegui resistir. Eu queria tanto protegê-la que amarrei uma adaga na coxa e entrei. Assim que pisei naquele prédio, fui arrebatada. Nem precisei procurar por você. Eu conseguia senti-lo através das paredes.

Ela fechou os olhos, oscilando suavemente, como se estivesse saboreando o ar entre nós. Fechei minhas mãos, tentando impedir que tremessem, no momento que os olhos dela se abriam, e suas profundezas eram uma massa rodopiante vermelho-sangue que centralizava todo o meu mundo.

–Você é energia pura e ofuscante. Faz todo o meu ser formigar. Você também consegue sentir? Você me sente?

Inclinei a cabeça, observando-a. Pensando bem, eu não sentia, e ela sabia. A atração que eu sentia me levava até a floresta.

–Você está me distraindo.

Seus lábios se estenderam em um sorriso lento.

–Você me conhece tão bem.

As árvores atrás dela balançaram, e sua forma diante de mim desapareceu em um redemoinho de magia verde. Uma poderosa cabeça com escamas ergueu-se acima das árvores, com vários chifres projetando-se para trás, protegendo o enorme crânio. Suas mandíbulas estavam abertas, um brilho laranja florescia no fundo de sua garganta. Tive um segundo para reagir, um segundo para decidir quem salvar e um segundo para ter sucesso. Um rugido de chamas saiu de sua boca, dizimando tudo em seu caminho.

Agarrei Logan e abri o portal, reaparecendo vários quilômetros mais fundo na floresta. A explosão irrompeu atrás de nós. O calor lambeu minha pele, chamas consumiram a jaqueta que eu usava. Eu me levantei e a joguei fora. A mansão estava pegando fogo, uma nuvem de fumaça alcançava o céu. O brilho profundo das chamas atravessava a copa das árvores. Os outros celestiais estavam tossindo. Eu tinha usado apenas uma parcela do encantamento que meu pai me ensinou eras atrás para forçá-los para fora da mansão.

– Tire os outros daqui – ordenei.

Comecei a voltar para a mansão em chamas. A floresta ao redor gritava enquanto as árvores se quebravam e queimavam.

–Você está louco. – Logan agarrou meu braço. – Não posso deixar você.

– Eu ficarei bem, Logan.

–Você a viu? Está sentindo esse calor? Está mais quente do que antes. Ela está mais forte, Samkiel, e não posso perder você também. – Eu sabia que ele estava sendo movido pelo medo e pela falta de sono, a parte lógica de seu cérebro estava em modo de sobrevivência.

– Esqueceu-se de que sou imortal de verdade e também à prova de fogo? As chamas dela não me ferem. Você está em perigo, não eu.

Logan olhou para mim e depois para a mansão, um brilho faiscava em seus olhos.

–Você se lembra de Shangulion?

Franzi as sobrancelhas antes de entender.

– Sim.

– Eu tenho um plano.

VI
DIANNA

Outro chute no estômago fez Drake tossir. As chamas lambiam as paredes, elevando-se mais ainda conforme devoravam cada cortina, quadro e pintura. Escombros desabaram quando outra parte da mansão desmoronou.

– Sabe – grunhi, inclinando a cabeça para trás e levantando os braços –, tenho que ser honesta comigo mesma agora. Sou mesmo uma vaca egoísta.

Outro chute, e o corpo dele foi jogado pro alto antes de cair de volta no chão.

– Odeio quando as pessoas mexem no que é meu.

Outro chute fez Drake deslizar pelo chão, chocando-se contra a parede oposta com força o bastante para rachar a pedra. Ele gemeu e cuspiu sangue no chão.

– Além disso – ri, dando um passo à frente –, quer saber o que é tão engraçado? Eu honestamente acreditei que era outra maldita ilusão. Que estupidez!

Eu o levantei pela frente da camisa. Um soco abriu um corte em sua bochecha.

– Imagine como me senti quando aquele acordo de sangue se rompeu.

Outro soco.

– A dor lancinante enquanto a observava cair no chão.

Outro soco.

– E meu eu estúpido percebendo que o único que eu pensava ser meu *amigo* tinha me traído.

O sangue escorria do canto do lábio cortado de Drake enquanto ele se curava devagar, mas o corte na bochecha tentou se fechar e não conseguiu.

– Não sabíamos que ele ia matar Gabby – falou Drake, com a voz embargada e cheia de dor, conforme tentava se ajeitar em minhas mãos. – Só nos disseram para trazê-la até ele. É isso. Juro.

– Você não tem o direito de falar o nome dela. Você nunca vai ter o direito de falar o nome dela – sibilei as palavras por entre dentes cerrados e dei uma joelhada em seu estômago. Ele caiu para a frente, sem sequer reagir, não como antes. – Acredita que arrisquei tudo para esconder sua família dele enquanto você vendia a minha?

– Lamento. Lamento mesmo, Dianna. – Drake estremeceu.

– É mesmo? – Puxei a cabeça dele para trás, forçando-o a me encarar. – Também lamento. Lamento ter confiado em você, acreditado em você, ajudado você. Lamento ter seguido você naquele maldito deserto. Lamento minha ingenuidade de achar que você era um anjo enviado para nos salvar. Acima de tudo, lamento ter pensado que tinha um amigo de verdade.

Minha voz falhou, a emoção quase me dominou. Meus olhos arderam e minha visão ficou turva, lágrimas ameaçaram transbordar. Acontecia a mesma coisa toda vez que eu falava com Samkiel. Fechei os olhos, imaginando outro cadeado em uma corrente na porta de uma casa distante. Engoli em seco e abri os olhos para encarar Drake, afastando aquelas emoções. O alívio me inundou quando o novo cadeado se formou e se trancou, deixando apenas ódio frio e puro.

–Você me traiu da pior maneira possível. Espero que, quando eu o reduzir a cinzas, você não consiga ver sua família na vida após a morte, da mesma forma que nunca mais a verei.

Drake apenas assentiu, a derrota se apoderou dele.

– Acabe com isso.

Agarrei sua nuca, puxando até que seu pescoço ficasse exposto. Ele não lutou, não se mexeu. Meu olhar dançou em sua garganta.

– Eu vou, mas primeiro quero ver como aconteceu.

Os músculos de seu pescoço se flexionaram, a veia abaixo de sua mandíbula latejava. Abaixei a boca até o pulso acelerado. Minhas presas aumentaram devagar, perfurando sua carne. O sangue se derramou em minha boca, enviando-me para longe daquele lugar.

Eu estava de pé perto da grande janela emoldurada da mansão, observando Samkiel e Dianna avançando pelo jardim. O jantar tinha sido menos desastroso do que pensei que seria. O que era ótimo, considerando que Ethan não tinha exatamente sido agradável como tínhamos combinado.

Ethan suspirou atrás de mim.

– Acredita mesmo que o que Camilla viu é verdade?

– Os ancestrais de Camilla são tão antigos que é impossível datar sua origem. Se uma força mágica de repente começa a dar visões a ela, então, sim, acredito.

Eu bufei.

– Uma força mágica? Você parece nosso pai. Acha que o destino está intervindo?

Ethan deu outra longa tragada em seu charuto.

– Não acredito em destino.

– Por que antagonizá-lo tanto? – Afastei-me da janela quando eles sumiram no jardim.

– Diz o antagonista. – Ethan deu uma tragada no charuto, a brasa laranja ardeu na ponta.

– Achei que o vestido era uma boa ideia. Só queria ver se ele olha para ela como Kaden olha.

– Como ele olha?

– Como um troféu a ser conquistado, um pedaço de carne.

Ethan exalou uma nuvem de fumaça antes de bater o charuto no cinzeiro à sua frente.

– E como o Destruidor de Mundos olha para ela, irmão?

– Como eu olhava para Seraphine anos atrás e como você olha para Naomi. – Ethan encontrou meu olhar. – Como se o mundo não existisse sem ela.

Os olhos de Ethan se desviaram dos meus.

– Pelo bem do mundo, espero que você esteja certo.

Assenti, e Ethan bufou. Ele deu outra tragada no charuto, mas parou no meio. Seu olhar se fixou no espelho do outro lado do escritório. Estava vibrando, e o reflexo oscilou.

– Ele está chamando. Coloque uma música para abafar o som e garanta que eles vão ficar no jardim.

Eu bati uma continência para ele.

A visão cintilou, e o cenário mudou.

A luz do sol dançava sobre a Cidade Prateada, e ajustei os óculos de sol no meu rosto.

– Como sabe sobre essa cafeteria, Drake? Você nunca esteve na Cidade Prateada, não é? – Gabriella brincou e riu, cutucando meu lado com um único dedo.

Minha cabeça se afastou do pescoço dele. Ofeguei, o sangue escorria dos meus lábios e cobria meu queixo. Labaredas crepitantes dançavam atrás de mim, a mansão em chamas e em ruínas foi voltando à vista. Gabby. Sua voz era tão clara, nítida e feliz. Será que eu tinha esquecido? Já? Será que o sangue que eu tinha consumido já tinha roubado minhas memórias dela? Segurei a cabeça de Drake quando ele se escorou em mim. Minha respiração tornava-se irregular conforme o sorriso dela dançava em meu subconsciente. Mais. Eu precisava de mais.

41

Abaixei a cabeça de novo, afundando mais as minhas presas. Drake gemeu, e consegui sentir a vibração do som contra meus lábios. Minha mão segurou sua nuca, forçando-o a se aproximar.

A Cidade Prateada voltou, só que desta vez estávamos na cafeteria, parados na fila.

– *Peça o que quiser. É por minha conta.*

Sorri para ela, esperando ser convincente. Se vampiros pudessem suar, eu estaria pingando. Ela sorriu para mim, e eu odiei. Não sorria para mim, Gabby. Receio que não estejamos aqui para nos divertir.

A celestial de cabelos escuros que estava com ela encontrou meu olhar, estreitando os olhos um pouco. Ela pairava ao lado de Gabby, protetora, mantendo-a ao seu alcance. Dianna adoraria ver. Balancei a cabeça, tentando afastar o pensamento antes de dar minha melhor expressão falsa.

– *E o que você quiser também, senhora Neverra.*

Esse era o nome dela. Ela era companheira de Logan. Felizmente, ele estava fora. O único problema era Rick. O homem mortal estava olhando feio para mim desde o começo.

– *Então, de onde conhece Gabriella?* – *perguntou Rick, com uma pitada de ciúme exalando dele enquanto permanecia grudado ao lado dela. Tive pena dele por amá-la, sabendo o que estava por vir.*

Gabriella deu um tapinha nele, sabendo por que tinha perguntado. A interação me lembrou muito de Dianna.

– *Trabalho com a irmã dela. Nós nos conhecemos há muito tempo.* – *Sorri para Gabriella.*

Gabriela sorriu.

– *Quer dizer que Samkiel mandou você para cá?*

– *Sim.* – *Pisquei de volta, quando a fila avançou.* – *Ele é tão bom. As histórias estão completamente erradas.*

Gabriella deu uma risadinha e colocou uma mecha de cabelo atrás da orelha.

– *Como Dianna está?*

Claro, sua única preocupação seria a irmã. Elas tinham isso em comum também.

– *Atrevida como sempre.*

Ela sorriu para mim e me cutucou de brincadeira, assim como a irmã sempre fazia.

– *Senti saudades de você. Você devia visitar mais depois que isso acabar.*

Não diga isso e não sorria para mim, por favor.

– *Claro* – *concordei, forçando um sorriso tenso.*

O barista sorriu para nós quando chegamos ao balcão.

– *Bem-vindos, o que...*

Suas palavras se esvaíram, seus olhos ficaram vidrados, uma marionete que não estava mais em serviço. O café inteiro parou quando o cabo que controlava tudo se rompeu. Kaden apareceu vindo de trás da parede que separava o café da cozinha, com Tobias à sua direita. Kaden tomou um gole de café e abaixou o copo de plástico bege.

– *Sabe, para uma cidade altamente respeitada, era de se pensar que não deixariam qualquer um entrar.* – *Kaden girou o café em seu copo.*

Meu estômago afundou quando ele sorriu para mim, e vi o momento exato em que o medo inundou Gabriella.

– *Drake. Nós temos que ir.*

Dei um passo para longe dela, para longe de todos; o espaço era uma separação final de tantas maneiras malditas.

– *Sinto muito, Gabriella. Se serve de alguma coisa, eu me importava com vocês duas de verdade.*

Os olhos dela cintilaram, e ela agarrou o braço de Rick.

– *O que você fez?*

Meu estômago se contraiu com a acusação na voz dela e a traição em seus olhos.

– *O que me mandaram fazer. Levar você para longe o suficiente da Guilda. Desse modo, o reforço não teria tempo de chegar.*

Neverra não hesitou. Duas lâminas apareceram em suas mãos, e o poder emanava delas quando se posicionou à frente de Gabriella.

— Vocês dois vão morrer aqui — declarou ela, com a voz fria.

Ela era uma celestial poderosa e destemida.

— Ah, adoro quando vocês tentam lutar — falou Kaden, sorrindo para Tobias, que apenas sorriu de volta.

O sorriso de Kaden se tornou letal. Tobias ergueu a mão, e as pessoas na cafeteria se curvaram e se quebraram, os cadáveres voltaram a ser o que eram na morte. Depois, eles nos cercaram um por um, preparando-se para ajudar seu mestre. Neverra parou, observando horrorizada. Gabriella levantou as mãos para cobrir a boca, seu terror era óbvio.

— Não vai vencer aqui, celestialzinha, mas quero vê-la tentar — provocou Kaden.

O espaço estremeceu, e as imagens ficaram distorcidas.

Neverra girou em direção a Kaden, suas espadas cantaram no ar. Não importava quantos corpos ela derrubava. Estavam em menor número. Com uma das mãos, Kaden agarrou Neverra pelo pescoço, e um portal flamejante se abriu no chão. Ela lutou, mas ele era mais forte. As lâminas dela caíram, e ele riu antes de atirá-la no fosso de escuridão.

A cafeteria tremeu, e a realidade distorceu-se como se o tempo estivesse acelerado.

Tobias segurava um Rick desacordado pelo pescoço. Hematomas cobriam seu rosto como se ele tivesse tentado lutar e perdido.

O mundo estremeceu novamente.

Gabby esperneou e gritou nas mãos de Kaden, com lágrimas escorrendo por suas bochechas. Ele pulou com ela no portal e desapareceu.

A escuridão me consumiu quando eu os segui.

Inclinei a cabeça para trás, a memória foi desaparecendo. Eu tinha drenado quase todo o sangue de Drake e não me importava. Ele a levou até Kaden. Ver, sentir o que ele sentia e saber que ele nem ao menos tentou impedir. Não hesitou nem sequer pensou em mudar de ideia, e isso destruía qualquer ligação ou preocupação que pudesse ter permanecido. O fragmento do meu coração que me restava estava em frangalhos. Eu não tinha amigos de verdade. Nunca tive e, por causa dele, também não tinha família. A conexão final havia se rompido, e todas as emoções dentro de mim pareceram morrer.

— Lamento muito — conseguiu ofegar Drake enquanto eu o segurava.

Minhas presas se retraíram.

— Não, mas vai lamentar — declarei, com a voz embargada. A memória dela flutuou para longe de mim. — Todos vocês vão.

VII
SAMKIEL

A floresta se despedaçou, as árvores se partiam e quebravam conforme o incêndio se alastrava, a fumaça espessa sufocava o ar, lançando o mundo na escuridão que a consumia naquele momento. O fogo dançava em todas as direções, a força do poder que ela lançava deixava cicatrizes em Onuna e revestia tudo com cinzas espessas e negras. Nada permanecia vivo em seu rastro, nada. As árvores faiscavam e explodiam, soltando brasas no ar. O calor chegava até mim em ondas, escaldante em sua intensidade. Esse fogo tinha nascido da raiva e da tristeza, e ela estava queimando forte e rápido demais.

Cinzas opacas jaziam perto dos degraus da entrada da mansão parcialmente incendiada, e eu sabia que Ethan não estava mais vivo. Fui até a van carbonizada que continha Drake. A porta havia sido arrancada, mas não havia cinzas lá dentro. Perguntei-me se ele havia fugido para evitar as chamas ou se ela o havia tirado de lá.

Uma das janelas do andar de cima da mansão explodiu, as labaredas saíam em busca de ar. A lateral de pedra desmoronou devido ao ataque de Dianna, e a estrutura rangia, tentando manter-se de pé. O lugar desabaria em breve. Engoli o nó que crescia em minha garganta e subi os degraus enegrecidos até a casa destruída. A porta da frente não existia mais, e entrei com cautela. O outrora rico e ornamentado interior fedia a madeira e pedra carbonizadas. A fumaça vinha rolando do corredor da extrema direita, portanto foi para lá que me dirigi. Virei uma esquina e depois a próxima, na esperança de encontrá-la antes que ela o matasse. Eu não podia permitir, mas não pelas razões que ela imaginava. Uma parte de mim temia que, se ela fizesse isso, eu a perderia para sempre.

Estava escuro e silencioso, e aquela parte da mansão ainda estava intocada pelo caos que reinava lá fora. Dei um passo e depois outro, e eram leves. O lustre pretensioso acima de mim oscilava lentamente de um lado para o outro, era a única coisa se movendo além de mim. A escuridão se avolumava em cada canto, e senti olhos me observando conforme avançava pela casa. Expandi meus sentidos e escutei, tentando localizá-los, mas não ouvi nada.

– Eu vi.

A voz dela sussurrou em meu ouvido, assustando-me. Girei, esperando vê-la bem atrás de mim, mas não havia ninguém ali. Impossível.

– Eu vi como ele a enganou.

Virei-me devagar, procurando por ela no cômodo, mas ela não estava em lugar algum. Sua voz parecia vir de todos os lugares ao mesmo tempo, mas ainda era uma carícia íntima no meu ouvido.

– Quando me alimentei dele, vi como a atraiu, o que ele falou. Drake sempre foi tão elegante com as palavras, sabe? Ela ficou feliz em vê-lo. E acreditou nele porque eu lhe disse que ele era confiável. Eu disse muitas coisas a ela.

Avancei mais para dentro da mansão, o ar foi ficando mais pesado a cada passo. Entrei em outra sala, e as grandes portas bateram atrás de mim. Os anéis em minhas mãos vibraram, sentindo uma ameaça crescente. Mas não era uma ameaça. Era Dianna. Minha Dianna.

– Não é culpa sua – gritei.

Uma voz de veludo e gelo me acariciou, provocando arrepios na minha pele e inundando meu subconsciente, acionando meus instintos de fuga ou luta.

– Não?

Virei-me em direção à voz dela, agora sólida e completa, e congelei. Ela estava na porta em arco do corredor, segurando um Drake ensanguentado e ferido pelo colarinho. O grande corte no pescoço dele sangrava, encharcando suas roupas esfarrapadas. Aproximei-me com as mãos estendidas ao lado do corpo.

– Sempre o herói. – Os olhos dela vagaram por mim antes que ela encontrasse meu olhar. – Sempre me considerei um monstro e suponho que agora seja verdade. Você não tem ideia do que eu fiz. De tudo o que farei. Eu costumava odiar essa parte de mim. Não percebi quão libertador seria apenas não me importar e abraçá-la por completo. – Um sorriso lento surgiu em seu rosto, suas presas cintilavam enquanto ela apertava o pescoço de Drake com tanta força que o sangue se derramava sobre os nós dos dedos dela. – Eu não a odeio mais.

– Dianna. – Mantive minhas mãos espalmadas, mostrando a ela que não tinha intenção de lhe fazer mal.

– Sabe, esse nem é meu nome de verdade.

– Como? – Sacudi a cabeça, abaixando uma mão.

– É Mer-Ka. Ain nos fez trocá-los quando chegamos a Onuna. Um novo começo, ela argumentou. São nomes de um dos programas estúpidos que ela tolamente idolatrava. Dianna e Gabby, irmãs de uma cidade pequena, com vidas, empregos e tudo o que ela achava que poderíamos ter também. – A vingança ardia nas profundezas de seu olhar, tão forte e pura, que me pegou desprevenido. – Mas você e eu sabemos a verdade. Não há normalidade em nosso mundo. Não há finais felizes. Não podemos nem salvar as pessoas que amamos.

Aquele olhar estava de volta, aquele olhar angustiante e brutal.

– Eu nunca contei a você que conversei com Gabby.

Ela parou e inclinou a cabeça em um movimento estranho.

– Nesta mansão, meses atrás. Quando chegamos aqui. – Lancei um olhar para trás dela, conforme Logan se aproximava. Suas mãos se moveram, runas apareceram sob seus pés. Eu precisava que os olhos dela permanecessem em mim, que focassem em mim. – Liguei para saber como estavam os outros, mas Gabby atendeu. Ela falou de uma época semelhante a esta. Como, quando você se transformou pela primeira vez, foi fácil fingir que você era algo que não era devido à culpa que sentia. Ela também me falou que nunca desistiu de você. Eu também não vou desistir.

– Você não é ela – rosnou Dianna, segurando Drake um pouco mais forte.

Encarei aquele olhar brutal e caótico com firmeza.

– Claro que não. A maneira como cuido de você é muito diferente. Até onde irei por você é incalculável. Recuso-me a permitir que se machuque, não importa quão vil ou cruel seja comigo. Sei que está sofrendo. Está de luto, e alguém como você vai sofrer com tanta intensidade e profundidade quanto ama.

– Você está errado. – Suas unhas se cravaram mais fundo no pescoço de Drake. – Já estou além disso. Agora? Quero apenas sangue.

Suas mãos se incendiaram, as chamas lamberam Drake. Ele berrou tão alto, que bloqueou o som dos passos de Logan, que se aproximava. Ele se esgueirou por trás de Dianna e tirou Drake dos braços dela, deixando-o cair ao meu lado. Drake tombou no chão, e Logan veio para o meu outro lado, murmurando baixinho.

– Não fuja – ordenei a Drake, mas ele nem sequer levantou a cabeça.

Dianna praguejou e avançou com as mãos envoltas em chamas. O corpo dela atingiu uma parede invisível quando a última runa se formou sob seus pés. Ela olhou para baixo e para nós com uma expressão de raiva. Usando uma adaga em chamas, Logan cortou a palma da própria mão, falando nossa antiga língua. A luz da prisão dela se acendeu, a coluna que a continha subiu até o teto. Envolveu-a em um cilindro de prata destinado a prender. O anel se selou, prendendo-a por completo, e seu grito me fez estremecer. Seus punhos se chocavam e batiam contra ele, sua raiva aflorava para a superfície. Ela esperneou e cuspiu, tal qual um animal selvagem preso em uma armadilha. Ela havia consumido demais, e a prisão não apenas a conteria, mas também a torturaria enquanto estivesse presa. A constatação fez meu estômago se revirar.

– Ela não pode ficar assim. – Olhei para Logan, enquanto ele enxugava a testa, tentando recuperar o fôlego. Ela já estava sentindo dor o bastante. Eu não lhe causaria mais.

– Eu não usei uma runa de incineração. É algo básico e serve apenas para segurar. – Ele olhou para os entalhes no chão e depois para ela. – Não acho que ela esteja sentindo dor. Acho que está furiosa.

O fogo havia nos alcançado ali, mas, a um olhar dela, as chamas se dissiparam. Recuaram, ardendo no canto escuro, esperando impacientemente pela ordem dela. Nuvens se formaram lá fora, rolando pelo céu. Não havia trovões nem relâmpagos, apenas escuridão invasora.

– Samkiel. Juro que não a estou machucando – sibilou Logan, presumindo que eu tivesse causado a mudança repentina no tempo. Não tinha sido eu, e percebi que talvez nunca tivesse sido eu. Os anéis em meus dedos começaram a vibrar.

Perigo! Perigo!

Olhei para Logan, que olhou para os anéis em sua mão e depois para mim. Ele também sentia. Dianna ficou imóvel no centro da contenção rúnica, seus olhos encontraram os meus, e suas mãos se abriram ao lado do corpo.

– Você não pode mais me conter. Ninguém pode.

Assim que a última palavra saiu de seus lábios, ela bateu as palmas das mãos no chão abaixo de si. Um fogo disparou dela, enchendo o círculo com chamas alaranjadas e avermelhadas. Elevou-se em direção ao teto, como uma coluna de destruição buscando uma saída. Eu não conseguia mais vê-la, pois as labaredas eram espessas e intensas demais. Logan e eu demos um passo para trás. Vimos as runas no chão queimarem uma por uma. Elas chiaram, a fumaça saía de cada marca conforme o poder dela as sobrepujava e extinguia. O anel de contenção vacilou por um instante, depois se refez, mas por pouco.

– Dianna, pare. Eu sei que dói, mas pense. Por favor. Se for atrás dele *sozinha,* ele vai matar você. Veja o que Tobias fez conosco. Eles são os Reis de Yejedin. Foram necessários deuses para derrotar um. Deuses, Dianna. No plural.

Ela não deu atenção e soltou outro rugido estrondoso. Asas se libertaram quando o círculo explodiu, seguidas por aquela cauda enorme e mortífera.

Meu coração parou, e não pensei, agi por puro instinto. Em um minuto estávamos na mansão em ruínas; no seguinte, estávamos a quase um quilômetro de distância, na floresta densa. Logan tossiu atrás de mim, enquanto eu observava a forma gigantesca dela se lançar para o céu. Ela desceu, cuspindo fogo nas árvores antes de passar pela mansão em incendiando e seguir em direção ao jardim. Meu coração se partiu ainda mais com a determinação dela de apagar todas as lembranças deste lugar, até mesmo de nós dois.

Um último rugido terrível cortou o ar. Aquelas asas grossas e poderosas bateram contra o vento, lançando-a para o céu e para longe dali. Engoli a onda de tristeza e virei as costas.

Logan se inclinou por cima de uma forma encolhida enquanto as labaredas crepitavam atrás dele. Ao longe, a mansão destruída implodiu. As cinzas se elevaram em uma nuvem espessa, cobrindo a lua e as estrelas.

Agarrei a gola da camisa queimada de Drake e o levantei.

– Está vendo agora? Está vendo o que sua traição custou a mim e ao mundo?

Logan agarrou a manga da minha camisa, interrompendo minha fala. Finalmente observei Drake. Ele não estava lutando, tinha queimaduras no pescoço, na lateral do rosto e no torso. Ele não estava se curando. Eu o coloquei de pé, minha raiva foi diminuindo, e o medo tomando seu lugar. As pernas cederam quando seus pés tocaram o solo, suas costas se chocaram contra a árvore próxima. Ele tossiu e gemeu, segurando o peito.

– Temos que ir – falei. As cinzas, a fumaça e as brasas tornavam quase impossível ver ou respirar. Memórias de Rashearim em chamas me inundaram. Eu conhecia o verdadeiro poder de um Ig'Morruthen e os danos que eram capazes de causar. Eles poderiam reduzir até mesmo os mundos mais fortes a cinzas e ruínas. Apenas nunca tinha imaginado que veria minha Dianna sucumbir aos impulsos destrutivos. Meu coração dolorido a buscava, esperando por uma resposta, mas nenhuma veio. Sentia-me vazio e oprimido ao mesmo tempo, sem saber se era eu ou se a estava sentindo.

– Não consigo. – Drake tossiu, tentando se sentar, mas falhando.

– Você tem que conseguir – respondi, puxando-o de pé. – Não tenho tempo para isso. – A alternativa era Drake morrer, e eu não queria isso. Ele era a última esperança, o último lampejo de vida nela, e eu precisava dele vivo por Dianna.

Ele empurrou meu braço, pegando-me de surpresa, deslizando pela árvore até se sentar com um baque surdo.

Coloquei as mãos nos quadris, minha frustração aumentando. Logan passou por mim e se inclinou para agarrar Drake, mas ele o afastou.

– Podemos descansar quando chegarmos à Cidade Prateada. Agora, levante-se.

Drake me deu um sorriso ensanguentado e tirou a mão do peito que sangrava.

– Não, realmente não consigo.

Naquele momento, eu vi, e minha esperança morreu. Uma adaga dos renegados parcialmente quebrada se projetava do meio do peito dele, cravada fundo. O último esforço de Dianna, porque ela sabia que eu tentaria salvá-lo, por isso garantiu que ele morreria de qualquer maneira. Caí de joelhos em um instante. Coloquei uma mão aberta no peito dele enquanto tentava retirar a arma.

Não, não, não!

– Dianna gosta de carregar pequenas adagas. – Drake sorriu, o sangue borbulhava a cada respiração. Sua mão segurou a minha. – É tarde demais, Destruidor de Mundos. Eu consigo sentir. A morte final é como a chamamos. Não é tão ruim quanto eu pensava, na verdade.

– Não! – gritei, e as linhas prateadas subiram pelo meu braço. Se eu conseguisse me concentrar, poderia removê-la e curá-lo conforme a tirava. Eu só precisava me concentrar.

– Eu sabia que você gostava de mim – comentou Drake, com um sorriso que foi seguido por uma tosse úmida que apenas afundou mais a lâmina. Merda.

– Não posso perder você. Você é minha última esperança. – Minha voz falhou quando abaixei a cabeça.

– Confie em mim. Eu não sou.

Segurei a ponte do meu nariz, meus dedos estavam escorregadios por causa do sangue e das cinzas dele. Algo em mim se rompeu, lágrimas arderam em meus olhos.

– Como vou recuperá-la?

–Você não precisa de mim para isso. Eu traí e perdi minha amiga mais verdadeira. – Ele balançou a cabeça, o esforço lhe causava dor.

– Não posso perdê-la. – Minha voz falhou desta vez.

–Você não vai.

Olhei para ele.

– O que você quer dizer?

– Eu vi, quando ela saiu da floresta, um clarão nos olhos dela, como se parte de Dianna tentasse rastejar até a superfície para você. Achei que Gabby fosse a última âncora, mas é você. Você é o único elo dela com qualquer mortalidade que lhe resta. Portanto, não deixe Kaden vencer, não importa o que ela diga ou faça. Confie em mim. Você é a única coisa com a qual ela se importa agora.

Ele tentou se sentar e estremeceu de dor. A luz das chamas atrás de nós projetava sombras em seu rosto ensanguentado e carbonizado enquanto ele olhava para sua casa em ruínas.

– Eu devia ter tentado mais. Você tem razão. Eu queria ajudar minha família, mas Dianna também era minha família. É uma pena que eu tenha percebido isso tarde demais.

Os olhos amarelos de Drake cintilaram com lágrimas, uma após a outra escorria pelo seu rosto. Eu sabia que ele sentia algum remorso pelo que havia feito. Logan se ajoelhou ao lado de Drake, seu rosto pareceu se suavizar.

Drake se virou para mim.

– Dianna está mais forte agora. Todas as criaturas do Outro Mundo sentiram quando Gabby morreu. O mundo mudou, mas ela ainda é Dianna. Ainda é a garota que salvei no deserto, que se importava tanto com os outros, que seguiu um estranho até um mundo terrível. Ela ainda é a garota que gosta de flores e lindos presentes de Deuses-Reis autoritários. Ela é doce, gentil, engraçada e ama com toda a sua alma. É por isso que ela está assim. Está ferida. Está sofrendo. Se você a ama, ame-a de verdade, não desista. O verdadeiro amor vale a pena. Vale a pena lutar por ele. Lembre-se disso.

Assenti, ouvindo a batida rítmica de seu coração parar por um momento longo demais. Os olhos cor de âmbar escureceram ligeiramente. Ele não era mais o príncipe vampiro brincalhão, mas um homem que sabia que suas ações haviam sido erradas.

Ele sorriu, as lágrimas que escorriam por seu rosto chiaram, conforme linhas laranja e douradas racharam a pele de seu rosto. A dor distorceu suas feições, a carne de seus braços se partiu.

–Apenas não desista dela. – A voz dele era uma ferida aberta agora. – Gabby não desistiria.

– Eu não vou. Eu juro.

Drake lutou para virar a cabeça e olhar para Logan.

– Sinto muito por Neverra, mas ela está viva. – Algo se aliviou na expressão de Logan, e percebi que ele precisava ouvir isso em voz alta, mesmo que a marca em sua mão permanecesse. – Kaden está com ela. Você apenas tem que encontrá-lo. Procure onde o mundo se abre.

As palavras saíram de seus lábios em um sussurro entrecortado. Foi a última coisa que ele falou antes que seu corpo se transformasse em cinzas e seus restos mortais se unissem aos de sua família e de seu lar no vento.

– Que merda aconteceu? – A voz de Vincent foi a primeira que ouvimos em meio ao caos quando as portas se abriram no último andar da Guilda.

Logan e eu saímos, cobertos da cabeça aos pés de fuligem e sangue. Seguimos em direção à sala de conferências principal. Havia algo de que eu precisava lá. Celestiais corriam em círculos com telefones nos ouvidos. Uma faixa vermelha brilhava nas muitas telas espalhadas pela sala, uma imagem distorcida da forma Ig'Morruthen de Dianna voava para longe da devastação de uma Zarall em chamas exibida em cada uma delas.

– Ei, estou falando com vocês dois – chamou Vincent, acompanhando Logan e a mim.

– Tive que extinguir um incêndio florestal – respondi.

– Não vejo qual é o problema – falou Logan, apontando a cabeça em direção a uma tela enquanto passávamos. – Você estaria mentindo se dissesse que os protegeria em vez de alguém de quem você gosta.

– O quê? – Vincent praticamente gritou em meio ao caos de todos falando ao mesmo tempo. – O que aconteceu?

– É uma loucura ficar chateado com ela. Eu faria a mesma coisa. Eu mataria qualquer um que ferisse Neverra. Então, por que nos importamos se eles estão vivos?

Empurrei as grandes portas com um pouco mais de força do que pretendia.

– Nós não nos importamos.

– De quem estamos falando? Por que Zarall inteira está em chamas? – questionou Vincent.

Eu os ignorei enquanto Logan contava a Vincent o que ocorrera nas últimas horas. Chegamos à sala de conferências principal e fui direto para a pilha de livros e pergaminhos em cima da mesa. Suspirei e comecei a procurar o que queria.

Vincent pairou ao meu lado.

– Samkiel, se ela está matando…

– Eu sei.

– Sabe o quê? – perguntou Logan. – Como falei, ela está matando os vilões. É isso que queremos, certo?

Meu coração doía quando encontrei o texto que buscava. *Cadros: a história de diversas guerras.* Abri e folheei, procurando o que precisava.

– Eu me importo com ela, não com eles. Mas matá-los não será suficiente. Você e eu sabemos disso. Ela precisará de mais poder, principalmente se for atrás de Kaden. Em nosso tempo juntos, ela nunca se alimentou de mortais ou de sangue. Ela está se alimentando agora, e isso a fará se descontrolar ainda mais. O que acontece quando um Ig'Morruthen consome demais?

Eles ficaram calados quando o texto se abriu de repente, e as páginas se expandiram em uma linha diagonal, expondo as palavras na parte superior. *"A primeira regra de Pharthar."* Criada quando os Ig'Morruthens apareceram pela primeira vez, representava exatamente o que eu temia que pudesse acontecer.

– Desolação pura e absoluta. É isso que temo. Posso ser o Destruidor de Mundos, mas eles foram os primeiros destruidores de mundos.

Dei um passo para trás, passando a mão sobre meus olhos. Minha cabeça latejava, relembrando a última hora, vendo-a, mas não era ela, sentindo-a, mas não era ela.

– Certo, mas é Dianna, não uma fera voraz – falou Logan atrás de mim. Vincent fez um barulho baixo com a garganta.

– Eu sei, mas existe um mito. Um do qual me recordo da época em que meu pai e eu sitiamos Jurnagun pela primeira vez. Ele me contou que eu tinha a habilidade de sentir Ig'Morruthens. Embora possamos ter nossas diferenças, todos somos feitos do mesmo caos flutuante do universo. Quando os deuses passam por eventos traumáticos, eles petrificam e se transformam em rocha. Cada molécula endurece como se não quisesse mais existir. Ig'Morruthens são diferentes. A sede de sangue pode consumir a função cognitiva do cérebro Ig'Morruthen. Eles consomem de mais de uma maneira. O excesso de sangue pode levar a massacres, alterações de humor e comportamento errático.

Passei a mão pelo cabelo enquanto tentava me lembrar de cada detalhe do meu treinamento.

– É como se um interruptor fosse acionado, qualquer coisa mortal neles é apagada como uma chama, e resta apenas a fera. Meu pai explicou que os verdadeiramente ruins são famintos de luz e amor, cheiram a destruição absoluta. Ele falou que alguns dos mais antigos e poderosos até temiam o sol. Há histórias de Ig'Morruthens sendo queimados pela luz do sol, como se o poder das trevas usado para criá-los a detestasse. Dianna não segue ninguém, mas está no caminho que Kaden traçou para ela. Não vou perdê-la por causa de um tirano. Eu me recuso.

A sala ficou em silêncio.

– De agora em diante, vocês estão ao meu lado por completo ou não estão. E se não estiverem… – declarei, sustentando seus olhares.

– Eu estou – afirmaram ambos sem hesitação.

– O Conselho de Hadramiel permanece alheio a este assunto. Culpe uma tempestade rápida e relâmpagos terríveis pelo estado de Zarall. Um deslize do meu poder – mandei.

– Entendido. –Vincent ficou um pouco mais ereto. –Vou fazer com que todas as guildas e os embaixadores tenham a mesma informação.

Eu assenti.

Vincent saiu, sua missão era clara, e eu sabia que ele ia cumpri-la. Logan ficou, como sempre. Ele olhou para a marca em seu dedo.

– Ele os liberou.

– O quê? – perguntou Logan.

– Kaden liberou os responsáveis sem proteção. Ele quer que ela mate, que se alimente até que deixe de existir, e, depois, sinto que a esperança dele é que Dianna não tenha ninguém a quem recorrer além dele; outra maneira doentia de tê-la de volta. Kaden espera que eu seja o rei das lendas. O matador de monstros e feras, protetor de reinos e mundos, mas ela é a minha… – Parei, incapaz de dizer as palavras.

– Eu sei.

Claro que Logan sabia. Ele me conhecia melhor do que a maioria e era o mais próximo que eu poderia ter de um irmão.

– Se soubesse que havia uma pequena chance de salvar aquela que você ama, você também tentaria, certo? Usaria de todos os meios necessários? Não importando o título?

Logan me lançou um olhar como se o que eu tinha dito fosse absurdo.

– Claro. Sem pensar duas vezes.

–Vincent pode concordar agora, mas… Não importa o que aconteça, o que eu ordene, você está do meu lado, correto?

–Você nunca precisa perguntar. Nunca.

Assenti mais uma vez.

– Se houvesse pelo menos uma fração de chance de salvar Neverra, eu aproveitaria.

Engoli em seco, colocando a mão na testa, uma dor de cabeça crescia por trás dos meus olhos.

– Nós vamos. Podemos fazer as duas coisas. Salvar Neverra, Dianna e o mundo.

Logan conseguiu forçar um sorriso, mesmo que eu não conseguisse.

VIII
DIANNA

UM MÊS DEPOIS

 Meu polegar passou sobre o metal frio do cadeado conforme ele se solidificava em minha mão. Ergui o olhar enquanto outra fileira de correntes cruzava a madeira. A porta se curvou, batidas altas soavam do outro lado. Tranquei o cadeado, limpei as mãos nas calças e virei as costas, indo até o outro lado do salão. Os murmúrios atrás da porta diminuíram quando virei a esquina.

 — Você está ficando sem tempo. — A voz de Gabby ressoou pela sala.

 Abaixei-me e peguei um pincel da caixa retangular no chão. Mergulhei na tinta antes de me aproximar dela.

 — Como assim? — perguntei, deslizando o pincel contra a parede, e a grossa camada branca apagou o papel de parede fino e rasgado.

 Aquela casa era mais antiga e definitivamente precisava de reformas, mas era nossa. Nossa primeira casa de verdade desde Eoria e a primeira coisa em que gastei dinheiro depois de matar um sindicato que Kaden desejava que desaparecesse.

 — Não nos resta muito tempo para decorar. — Ela olhou para mim com marcas de tinta branca no rosto, mãos e roupas. Abaixou o pincel e sorriu para mim, seus rabos de cavalo frouxos dançavam em volta de seus ombros, mechas de cabelo estavam grudadas nas laterais de seu rosto. — Sabe aqueles meses em que Onuna está mais distante do sol? Sempre foram meus favoritos. Adoro a Celebração do Outono.

 Eu bufei, revirando os olhos, enquanto me inclinava para pegar mais tinta com meu pincel. Já havíamos substituído o piso e a cozinha. Agora, a última tarefa era pintar as paredes. A sala era o maior cômodo e o que tínhamos deixado para o final.

 — É a sua cara gostar do frio intenso.

 — Não apenas do frio, mas adoro as luzes e a música.

 — Humm-hmm… E não tem nada a ver com os presentes? — Olhei para ela, levantando apenas uma sobrancelha.

 O sorriso dela alcançou seus olhos enquanto ela sacudia a cabeça, dando de ombros.

 — Certo, está bem, quero dizer, também gosto disso, mas são apenas meses de felicidade para mim.

 Bati meu ombro contra o dela.

 — Eu sei, eu sei. Você sabe que gosto de implicar com você.

 Ela se abaixou e pegou o pincel, preparando-se para pintar a outra extremidade da parede.

 — Eu não consigo acreditar. Depois disso, vamos ter acabado. Parece que estamos trabalhando nessa casa há eras, mas pelo menos é nossa. Nossa primeira casa de verdade desde… tudo. — Ela encolheu os ombros, desviando os olhos.

 — É nossa. — Sorri em resposta. — E vou garantir que ninguém a encontre ou possa tomá-la.

Ela sorriu, largando o pincel quando abaixei o meu. Ela colocou as mãos nos quadris, olhando para a parte da parede que havíamos concluído. Inclinei-me para mais perto dela e estendi a mão para traçar as letras na tinta molhada.

– O que está fazendo? – perguntou Gabby.

– Tornando-a nossa.

Quando terminei, dei um passo para trás, e as letras QRMA estavam escritas na parede. Gabby sorriu e olhou para as primeiras letras do nome dela, de nossos pais e do meu.

– Acho que mamãe e papai também iam gostar daqui. Principalmente por causa das estações.

– E a celebração de que você tanto gosta – provoquei.

Ela riu, voltando para a parede com o pincel.

– Sim, isso também. Nós devíamos decorar este ano. Se você estiver aqui.

– Vou estar aqui. Quero passar um tempo com você antes de você ir para a universidade.

Ela ficou quieta por um momento.

– Mas só se Kaden permitir.

Eu bufei.

– Bem, se Kaden disser "não", vou simplesmente fugir. Você sabe que sou boa em escapar. – Pisquei, tentando fazê-la sorrir mais uma vez. Ela não era uma fã dos meus termos atuais, mas estávamos ali, vivas e inteiras. Isso era tudo que importava para mim.

– Acho que sim.

– Ei, você sabe que eu faria qualquer coisa por você. – Eu me aproximei, forçando-a a olhar para mim. Desta vez, seu sorriso não alcançou os olhos.

– Eu sei. Agora volte ao trabalho, porque não vou terminar isso sozinha, sua folgada – disse ela, tentando me bater com o pincel.

Eu bufei e revirei os olhos.

– Que tentativa patética, Gabs. Você tem que fazer melhor.

Ela mostrou a língua para mim, e eu sorri.

– Precisamos de mais tinta. Espere aqui. – Na cozinha, peguei várias latas da pilha. Ela tinha comprado demais de novo. Eu ri e voltei para a sala. – Você achou mesmo que precisávamos de vinte dessas, Gabs? – Um pequeno zumbido veio de trás de mim, e parei, apertando ainda mais a lata que segurava. Eu me virei devagar. A porta da frente chacoalhou, a maçaneta vibrou, e uma luz vermelha brilhou ao redor das bordas. Esgueirou-se por baixo da porta, com as gavinhas deslizando em minha direção, iluminando a sala.

Deixei cair a lata de tinta, a tampa saltou e deslizou pelo chão. Recuei quando a luz aumentou e a porta tremeu.

– Cuidado com a lua vermelho-sangue.

– O quê? – Virei-me para encarar uma versão opaca e fraturada da minha irmã. Ela me encarava de volta, como uma sombra desbotada de seu antigo eu. Seus olhos pálidos e sem vida pareciam ver através de mim. Uma espessa faixa de hematomas se formou em seu pescoço, e o som daquele estalo terrível inundou meus ouvidos mais uma vez.

Ela olhou para mim mais uma vez, sua pele era cinzenta e doentia. Meu peito se agitou quando ela avançou. A casa estremeceu, uma rachadura se formou no teto, e detritos caíram ao redor dela. Ela cambaleou para a frente e agarrou meus ombros.

Abri os olhos. A voz de Gabby ecoava em meus ouvidos, mas ela não me assombrava mais. A luz do sol entrava pelas cortinas abertas, revelando a suíte de hotel sofisticada.

Um corpo quente estava aninhado à lateral nua do meu corpo, lembrando-me da razão de eu estar ali. Sentei-me e me espreguicei. O braço em volta de mim caiu no chão com um baque suave, não mais conectado ao cara que tinha me levado para seu lindo quarto. Virei-me para olhar a bagunça na cama.

Webster Malone era um dos lacaios de Kaden. Agora ele era um traficante de armas sem braços para usá-las. Webster não era horrível de se olhar, tinha sido bonito até eu pôr as mãos nele. Ele tinha cabelos loiros, e seus olhos verdes fitavam algum lugar distante. Assim como os dela.

Eu queria chorar, gritar, fazer alguma coisa, mas nada veio. Eu sentia nos raros momentos em que dormia. A dor apertava meu peito, sua força subia pela minha garganta, mas depois simplesmente parava. Eu não chorei nem derramei uma única lágrima desde o acidente. Eu me sentia entorpecida. Talvez eu estivesse quebrada.

Uma luz verde-esmeralda cintilante se manifestou na suíte.

— Você está sendo descuidada.

Eu me virei e vi a imagem oca de Camilla parada perto da cama. Ela olhou para a destruição e partes de corpos por todo o quarto. Todos eles haviam se aliado a Malone. Isso tinha sido um erro.

— Eu não ligo.

Joguei o lençol para o lado e me levantei. Camilla desviou o olhar e suspirou.

— Pois deveria. Deixar um rastro enquanto você quer que fiquemos fora do radar só fará com que Samkiel a encontre mais rápido.

Limpei a lateral do rosto com as costas da mão.

— Eu sei. É por isso que estou deixando um presentinho para ele desta vez.

Cambaleei, atravessando a imagem vazia que ela projetou.

— Isso é uma retaliação pelo toque de recolher mundial?

Sorri maliciosamente.

— Talvez.

Camilla suspirou.

— Juro, esta é apenas mais uma versão prolongada de flerte para vocês dois.

— Eu não estou flertando. — Olhei para ela, e um grunhido baixo saiu da minha garganta. — Este será um sinal claro para ele de que a garota que ele procura desapareceu.

— Um sinal claro para quem?

Eu a ignorei, mas parei quando ela estalou os dedos e a grande tela na parede ligou. Estava silenciada, mas a faixa na parte inferior mostrava os destaques das notícias atuais. Mesmo de tão longe quanto Camilla estava, ela ainda podia exercer poder ali. Nunca entendi por que Kaden escolheu Santiago em vez de Camilla quando ela era claramente mais poderosa. Perda dele, ganho meu.

Camilla apontou para a tela.

— Você mata, e ele caça você. Dianna, ele trancou o mundo para procurá-la. Ninguém pode sair depois do anoitecer. Todos os lugares onde ele pensa que você pode estar estão sendo vigiados. Está procurando qualquer sinal seu, e isso — ela acenou para o quarto — é um maldito farol, Dianna.

— Não me diga que você está com medo — zombei.

Camilla balançou a cabeça.

— Não, mas não consigo encobrir isso, procurar os outros e esconder um templo no meio de Eoria.

Acenei com a mão para ela e fui em direção ao chuveiro.

— Não quero que você limpe isso.

— Por quê?

Fiz uma pausa, com uma mão no batente da porta, voltando-me para ela com um meio sorriso brincando em meus lábios.

– Eu falei. Quero mandar uma mensagem.

– Bem, esta é uma maneira de fazer isso. Acho que vão entender a mensagem. – Ela engoliu em seco, tentando evitar olhar para o quarto cheio de sangue.

– Enquanto você está aqui, pode criar algumas roupas novas para mim sem todo o sangue? Obrigada.

Não a esperei responder antes de entrar no banheiro. Camilla não estava errada. Ao trancar o mundo, Samkiel atrapalhava a velocidade com que todos se locomoviam. Até mesmo encontrar um dos informantes de Kaden era difícil, e essa paralisação só tornava as coisas mais desafiadoras. Quem diria que sequestrar uma bruxa, massacrar um clã e destruir uma linhagem de vampiros colocaria Samkiel em alerta máximo?

Liguei o chuveiro e esperei até que o vapor subisse antes de entrar. A água deslizou pela minha pele, mas não senti nenhum lampejo de calor. Não estava quente o bastante. Nunca estava. Eu não conseguia sentir nada. Nem a água contra minha pele, nem os lábios, dentes ou mãos que tinham me tocado na noite passada. Eu não sentia nada além do vazio doloroso e já tão familiar. Um vácuo havia sido criado no segundo em que ela morreu, e eu não sabia como curá-lo. Pensei nisso pegando a esponja macia e esfregando minha pele, sem saber se queria voltar a sentir. Minha pele brilhava, limpa, lisa e sem marcas. As únicas feridas que eu carregava estavam dentro de mim.

Saí do chuveiro, o vapor se enrolava e brincava ao redor do meu corpo. Peguei o roupão que estava atrás da porta e parei na frente do espelho. Minha mão passou pelo vidro frio, a névoa derreteu sob meu toque. O reflexo que me encarou de volta era eu, mas não exatamente eu. Minha pele brilhava, meus olhos estavam mais luminosos, e minhas feições mais nítidas e atraentes. Uma criatura sedutora e cativante olhava para mim, uma vantagem de ser o que eu sempre havia sido destinada a ser.

Uma predadora. Um monstro.

Virei-me, voltando para o cômodo principal. O eu astral de Camilla permanecia. Ela roía as unhas, observando o que estava passando na tela. Andei pela suíte, passando pelos sofás e cadeiras macios, procurando a pasta que tinha visto na noite anterior. Um pequeno sorriso curvou meus lábios quando vi a maleta enfiada no canto. Agarrei-a e joguei os arquivos e duas armas em cima da mesa.

A forma de Camilla apareceu ao lado da mesa.

– Isso é o que estou pensando?

Assenti e examinei algumas páginas.

– Vamos, Webster. Onde está o carregamento? – Eu o sentira na noite anterior, num clarão de memória, quando me alimentei. Eu tinha visto alguns lugares subterrâneos, alguns navios perto de um cais e algum tipo de sala de reuniões. A visão estava confusa, o que era novidade para mim, mas lembrei-me dele sentado a uma mesa. Talvez Kaden suspeitasse que alguns de seus homens estavam na minha lista de alvos e tivesse achado uma forma de bloquear até mesmo meus sonhos de sangue. Eu não me surpreenderia.

Uma palavra me chamou a atenção nos recibos.

– Ferro?

Camilla se aproximou.

– Por que ferro?

– Não sei, mas pretendo descobrir – respondi, baixando as páginas sobre a mesa. Meus dedos deslizaram sobre os números e os nomes ao lado deles. Fiz uma pausa em Denvior Edge. Eu conhecia aquele lugar. Era um antigo local de ancoragem no Mar de Banisle.

– Acha que ele está enviando coisas para Novas?

Balancei minha cabeça.

– Não, a ilha praticamente desapareceu. – Inclinei-me para a frente, pensando. Se ele estivesse usando as docas, estaria despachando alguma coisa, mas para onde? Novas não passava de escombros e cinzas depois que a destruí, então não estava mais lá.

– Eu irei à reunião à qual Malone deveria comparecer hoje à noite e...

– Você continua matando sem ter pistas, Dianna – repreendeu Camilla.

– Está bem, vou torturá-los até que falem e depois matá-los. – Afastei-me da mesa e peguei as roupas que Camilla havia criado para mim.

– Estamos bem cientes da ameaça crescente, mas prometo que não é o que parece.

Parei em meio ao movimento, meu peito se contraiu por causa daquela voz. Minhas mãos se fecharam no tecido do roupão, enquanto eu agarrava meu peito, e a batida constante do meu coração falhou como se estivesse tentando encontrar um novo ritmo.

Samkiel.

Virei a cabeça bruscamente em direção à tela, a qual o rosto de Samkiel ocupava.

Camilla cruzou os braços, e eu sabia que ela estava esperando por isso antes de ativar o som da televisão.

– Eles o fizeram parecer tão... normal com esses ternos e gravatas que colocaram nele; ou pelo menos tentaram. Ele é lindo demais para isso. Ainda me parece divino demais. – Ela fez uma pausa. – Pergunto-me quantas vezes o obrigam a dar essas entrevistas para que todos se sintam seguros.

Eu não falei nada.

– Sei que está tudo quieto há cerca de um mês com as novas regras e regulamentos, mas como pode afirmar isso com segurança depois de tudo o que aconteceu? Todos nós vimos a ameaça, e agora, com você de volta, acredito que estamos todos um pouco nervosos. – Uma risada feminina encheu o ar depois que ela falou, e a câmera deu uma panorâmica. Observei quando ele se inclinou para a frente em seu terno caro e cruzou as mãos. Camilla estava certa. Ele era bonito demais. Meu coração acelerou ao vê-lo. Ele sorriu, ressaltando aquele queixo estúpido e perfeito. A apresentadora caiu como se fosse uma patinha.

– Bem, com o novo toque de recolher e mais celestiais pelas cidades, creio que...

Minha cabeça ficou em silêncio enquanto a voz dele inundava o quarto de hotel. A tela mostrava cada linha perfeita de suas feições, mas não era sua beleza que fazia meu coração doer tanto que parecia que ia explodir. Gelo espetou minha pele, uma onda de frio ameaçou me consumir, conforme minha mente me lembrava de outro quarto e de outra tela me encarando. Meu peito se agitou, minha respiração se tornou irregular. O hotel desapareceu, a estática invadiu meus ouvidos. A única coisa que eu conseguia ouvir eram aquelas malditas palavras.

Quais foram suas intenções com esse relacionamento fracassado?

Você não é nada para ele e nunca será.

Acha mesmo que ele escolheria você depois que tudo isso acabasse?

Seja realista.

Mesmo que eu não ganhe, você ainda vai perder.

Lembre-se, eu amo você...

Minha mão disparou para a frente. Um túnel de chamas avançou, queimando através da forma sombria de Camilla, criando um buraco no maldito rosto de Samkiel e na tela. Camilla desapareceu, e o quarto se transformou em um inferno flamejante. Faíscas chiaram, e chamas subiram pelas paredes, enchendo a suíte com fumaça. Alarmes atravessaram o ar, acompanhados de gritos e pés correndo pelos corredores.

Saí, deixando o quarto em chamas.

– Está atrasado, Malone – disse um homem embrutecido, cuspindo um jato de sumo de tabaco para o lado. Sua careca brilhava ao luar, tatuagens decoravam a lateral do seu pescoço. Mortal, ele tinha cheiro de mortal, e eu conseguia ouvir outras 84 pessoas por perto. Isso incluía as que estavam dentro do pequeno bar. Enquanto Tobias não aparecesse, eu ficaria bem. Aqueles eram criminosos de baixo escalão da variedade mortal.

– A mensagem que recebi dizia hoje à noite às dez – argumentei, enquanto ele chutava a porta lateral. Uma pequena janela de metal deslizou para trás, e alguém espiou antes de fechá-la.

– O chefe adiantou. Ele está ficando nervoso. Olha, cara, não faço as regras. Só entre.

Donte era seu nome, capanga e um dos guarda-costas de Webster. Seu tamanho intimidaria a maioria, mas ele não teria a menor chance, a não ser que fosse secretamente do Outro Mundo.

A porta se abriu, e a música berrou, o som vinha de além da parede adjacente. Donte e eu passamos pelo cara magrelo da porta. Ouvi as vozes de dois homens ficarem mais altas conforme avançávamos pelo corredor vermelho.

– Trapaceiro de merda.

– Eu não tenho cartas extras, seu idiota. Você é apenas um péssimo perdedor.

Donte abriu a porta, revelando uma pequena sala de estoque. Alguém bateu com o punho na mesa, e as fichas caíram no chão. Contei apenas cinco homens ali. Bem, seis se me incluísse. Os batimentos cardíacos deles me disseram que não eram do Outro Mundo, e meu estômago roncou.

– Com fome, chefe? – perguntou Donte. Isso chamou a atenção da sala. Várias cabeças se viraram em nossa direção quando a porta se fechou.

– Já estava na hora de aparecer, Malone – disse um homem ao redor do charuto pendurado na boca. Eu o reconheci pelas memórias de Malone. A linha do cabelo havia se retraído até se curvar nas laterais da cabeça, o cabelo grisalho revelava sua idade. Sua voz era rouca, e seus pulmões chiavam a cada respiração, indicando anos e anos como fumante.

Edgar. Sim, esse era o nome dele.

Os outros homens ouviram, um deles embaralhava e distribuía uma nova mão.

– Quer jogar enquanto esperamos? – convidou Edgar, tirando o charuto dos lábios e jogando as cinzas para o lado.

Meus punhos se cerraram ao lado do corpo, meu olhar se estreitou. O cheiro flutuava no ar, despertando memórias dolorosas de amigos que pensei serem de confiança, mas que me traíram da pior maneira. Traidores. Eles eram todos traidores. Era de se esperar que eu já tivesse aprendido. Ninguém se importava de fato comigo ou me protegia. Ninguém além dela, e agora ela se fora por causa deles.

Eu odiava charutos.

– Acha que temos tempo para uma merda de jogo? – Minha voz, profunda e masculina, ecoou pela sala. Todos pararam e olharam para mim. Os dois homens de cada lado de Edgar me encararam boquiabertos, e um tom de rosa escureceu a pele clara deles. Meu comentário só rendeu um grunhido do homem bronzeado que estudava suas cartas.

Edgar se remexeu na cadeira.

– Está com pressa, Malone? – perguntou ele, lançando-me um olhar duro por cima de suas cartas. – Sabe muito bem que não nos movemos até ele ligar.

Balancei a cabeça devagar. Eram todos apenas malditos peões.

– Certo.

Donte ficou na porta, observando em silêncio. Puxei uma cadeira vazia, as pernas raspando no chão. Ajustei a jaqueta que usava e sentei-me com cuidado. Webster não era o menor dos caras, isso era certo.

O homem embaralhou e redistribuiu as cartas. Recostei-me, respirando fundo enquanto olhava para a mão que havia recebido: dois reis, um ás, um três e um cinco. Minha memória era uma merda quando se tratava desse jogo. Joguei apenas algumas vezes e, mesmo assim, mais por tédio do que por qualquer outra coisa. Era algo que Alistair forçava Tobias e eu a fazermos enquanto esperávamos por Kaden.

Parecia que eu estava sempre esperando por Kaden.

– *Você é péssima nisso.* – *Alistair riu, pegando minhas cartas de volta enquanto estávamos sentados à mesa em Novas.*

– *Sinto muito. Não é meu forte. Para mim não tem lógica.*

Tobias resmungou baixinho, recebendo um olhar de Alistair. Balancei a cabeça enquanto Alistair pegava as cartas e se aproximava para me mostrar.

– *Veja.* – *Alistair virou as cartas, colocando-as na minha frente.* – *Qual você acha que é o mais forte?*

Revirei os olhos e apontei.

– *Obviamente, o rei e a rainha.*

Tobias fez um barulho estrangulado que parecia uma risada, enquanto Alistair esfregava o queixo.

– *No xadrez, sim, mas neste jogo não. O ás é a carta decisiva, que vence a batalha principal, por assim dizer.*

– *O ás?*

– *É o que parece completamente despretensioso perto desses idiotas.* – *Ele apontou para o rei e a rainha.* – *Mas, quando você o tem em mãos, pode governar o mundo. Bem, acho que a mesa, por assim dizer.*

– *Podemos jogar agora?* – *exclamou Tobias, segurando as cartas sob o queixo.*

Alistair pegou as cartas e embaralhou-as enquanto olhava para mim.

– *Há um monte de outras regras e truques, mas vamos apenas nos ater ao básico para Tobias não chorar a noite toda.*

Ele embaralhou mais uma vez e distribuiu as cartas.

– *Basta lembrar, Dianna. O ás é o que importa. E se você conseguir colocar um ás com um rei?* – *Ele assobiou baixinho.* – *Invencível.*

– Se ele nos fizer esperar mais, vou ficar irritado – resmungou outro homem, me tirando dos meus pensamentos.

– Você já está irritado.

– Tudo está sendo vigiado. Temos sorte de podermos nos mover tanto quanto podemos.

Alguns resmungaram em concordância, xingando o toque de recolher.

– Há semanas forneço esses malditos materiais e ele ainda não pagou – reclamou Edgar. Cada homem jogou uma carta. Semanas? Minhas sobrancelhas se franziram, enquanto eu tentava entender o que Malone sabia, mas eu tinha comido demais. Todas as memórias estavam embaçadas ou nem estavam presentes, mas, ainda assim, não fazia sentido. Kaden sempre pagava. Normalmente, ele pagava com sangue caso você errasse, mas não mentia sobre negócios. Essa, entre outras, era a razão pela qual ele tinha tantos seguidores. Kaden lhes fornecia tudo de que precisavam, e eles o seguiam como cães adestrados.

Inspirei fundo e foi então que senti o cheiro. O cheiro que emanava do homem do outro lado da mesa foi breve, mas inconfundível. Olhei para ele. Ele talvez tivesse pouco mais de 20 anos, mas o maldito couro caro e a grossa corrente de ouro em volta do pescoço com o maldito símbolo cruzado gritavam Santiago e seu maldito clã. Minha mandíbula se contraiu. Esse era o chefe de quem estavam falando, não Kaden.

Joguei uma carta, perdendo de propósito. Eu precisava de mais informações.

– Então, estamos esperando Santiago? Típico. – Não escondi meu sarcasmo. Eu não me importava.

Edgar bufou, e outra pessoa riu.

– Sim, bem, ele tem o navio de que precisamos, e não vou permitir que meus homens ou qualquer outra pessoa carreguem tanto ferro.

Ferro. Perfeito.

– Malone. Você trouxe as transcrições? Parece estar de mãos vazias. – Edgar apontou o charuto para mim. Cada movimento daquele maldito charuto fazia a fera dentro de mim se agitar e atacar minha pele, implorando para sair. Eu queria arrancá-lo da mão dele e enfiá-lo em seu olho.

– Não vou trazer nada para cá agora. Não confio em todos vocês. – Dei de ombros e misturei minhas cartas mais uma vez.

O silêncio caiu antes que a sala explodisse em gargalhadas.

– Isso é justo. A vadia manipuladora de fogo de Kaden tem estragado muitas de nossas rotas e esforços.

O cara na minha frente sibilou:

– Não diga o nome dela.

O homem ao lado dele riu.

– Por quê? Tem medo de invocá-la? Não seja um covarde supersticioso.

– Covarde? Ou inteligente? Veja o que sobrou do clã dos Vanderkai e Camilla. Eles não são mais nada além de cinzas e ruína. Dizem que se ouve um trovão antes que ela chegue, mas não é um trovão. São suas asas. Morte alada. Depois, tudo o que resta é fogo, fogo mais quente que o sol...

– Me chupa, Emmett – retrucou o homem à frente dele. – Pare de dar ouvidos a tudo que sussurram para você.

O homem ao meu lado zombou.

– Faça-me o favor, ela teve o que merecia. – Ele se recostou, cruzando os braços. – Eu não sei o que ela esperava ao trair Kaden, matar Alistair, se unir ao Destruidor de Mundos e depois transar com ele. É culpa dela. Ela é a razão pela qual o mundo está trancado, e temos que nos encontrar em bares infestados de ratos.

O silêncio caiu mais uma vez, e olhei para as cartas em minhas mãos.

– Sabe – o homem mais próximo de Edgar coçou a barba irregular –, eu me questiono se eles estavam trepando enquanto Kaden assassinava a irmã dela.

Seguiu-se um coro de risadas e piadas grosseiras, mas não ouvi nada, meu sangue fervia. As batidas aceleradas encheram meus ouvidos como tambores em um campo de batalha. A escuridão açoitou todos os cantos do espaço, enquanto uma dor, profunda e primitiva, crescia em minha barriga. Ele expressou o único pensamento que me atormentava, a única coisa que me assombrava acima de tudo.

A verdade.

É culpa dela.

Um cadeado na porta de uma casa chacoalhou.

– Para esclarecer – minha voz cortou o riso deles, enquanto eu olhava para as cartas em minha mão –, nunca trepei com o Destruidor de Mundos e me masturbei mais vezes do que ele.

A sala ficou em silêncio, e todos os olhos se voltaram para mim. Pela maneira como a cor desapareceu de seus rostos e seus batimentos cardíacos falharam, eu sabia que o brilho vermelho penetrante dos meus olhos irradiava sob o disfarce de Malone. Senti a Ig'Morruthen em mim se agitar com presas, dentes e armadura de escamas impenetráveis. Indestrutível, primitiva e furiosa.

Não enxerguei nada, minha visão ficou turva com a sede de sangue. Eles riam da morte dela como se ela merecesse, mas Gabriella era a pessoa mais gentil e amorosa do mundo e agora ela se fora por minha causa.

Agarrei a borda da mesa e empurrei com tanta força, que cortei em dois o homem sentado à minha frente quando ela colidiu com a parede. Os homens que restaram ficaram de pé, buscando suas armas nas cinturas. Virei-me para o canalha ao meu lado e arranquei a cabeça de seus ombros, seu corpo desabou para a frente, pintando todos por perto de vermelho.

Donte pegou a arma no canto mais distante e ouvi vários tiros ecoando dentro da sala. Não senti nenhuma dor, apenas aquela ira estrondosa e vingativa correndo em meu sangue. Primeiro, eu precisava prender o líder. Eu ia me preocupar com os outros em um segundo. Os olhos de Edgar se fixaram em mim e pude ver o momento em que ele descobriu. Ele sabia por que eu estava ali. Avancei, e ele deu alguns passos para trás.

Chutei, batendo a lateral do meu pé contra seu joelho e quebrando-o. Ele caiu, com a boca aberta em um grito silencioso.

– Fique. Precisamos conversar.

O homem de Santiago que usava a corrente de ouro tentou fugir, mas arranquei a perna da mesa virada e a atirei tão forte que ela atravessou seu peito. Seus joelhos bateram com força no chão quando ele caiu.

O som *pop, pop, pop* atrás de mim me disse que Donte ainda estava descarregando a arma em mim. Quando girei, vi o clarão da próxima rodada.

– Onde está Webster, sua vadia?

Olhei para o meu terno e enfiei um dedo em um buraco na minha camisa, sentindo minha pele voltando a se fechar. Ergui a mão, lambendo o sangue dos dedos enquanto Donte observava, arregalando os olhos.

– Webster está em pedaços. Quer saber qual era o gosto dele? – Minha forma derreteu, e a fumaça negra se dissipou enquanto a carcaça de Webster desaparecia, deixando apenas a mim mesma.

– *Demônio* – sussurrou, e para ele talvez eu parecesse com os demônios de suas lendas. Eu usava um conjunto de terninho vermelho e salto alto combinando, e minhas mãos estavam cobertas com meu próprio sangue.

– Na verdade, é Dianna. – Empurrei-o contra a parede, sua arma caiu no chão. Levantei minha cabeça antes de afundar minhas presas bem fundo. O corpo dele tremia enquanto ele tentava me afastar sem sucesso. Seus gritos se transformaram em gemidos e depois em silêncio conforme eu bebia profundamente. A fome sempre presente rugia, exigindo mais, nunca estava saciada, nunca estava cheia, nunca estava… completa.

Memórias passaram rapidamente pelo meu cérebro, correndo em uma velocidade confusa. Afastei-me quando ouvi um movimento atrás de mim. Virei-me, permitindo que o corpo de Donte deslizasse para o chão com um baque surdo.

Edgar virou a cabeça em minha direção, seu rosto se contorcia de dor enquanto ele tentava, sem sucesso, ficar de pé. Ele estava segurando a perna, recuando e se afastando de mim.

– Sabe, tenho me alimentado mais do que nunca graças à minha irmã falecida. Sabe, aquela da qual todos vocês adoram zombar – comentei, avançando em direção a ele, limpando a boca com as costas da mão. – Isso desbloqueou todo um novo mundo de poder em mim. É muito divertido. Quer ver um truque que aprendi?

Levantei a mão, e a escuridão crescente na sala se arrastou em minha direção. Ela chicoteava e se enrolava como se entendesse cada um dos meus pensamentos e sentimentos.

– Não acho que seja minha. Acho que é de Kaden, mas ele me fez e criou isso, então aqui estamos. – A escuridão aumentou, agarrando a lâmpada pendurada no centro da sala. Ela explodiu, lançando o espaço na escuridão total.

Aproximei-me, e ele choramingou na escuridão, ouvindo meus saltos contra o chão de cimento. Ele examinou a sala em busca de mim, mas seus olhos mortais não o ajudaram. Ao passar, inclinei-me e quebrei outra perna da mesa, e o medo contorcia o rosto dele, conforme tentava se afastar. Passei por cima de dois mortos, vítimas da péssima mira de Donte com a arma, e parei na frente de Edgar.

– Muito legal, certo? – sussurrei, inclinando-me e agarrando-o pelas costas da camisa.

Ele gritou, assustado, quando eu o ergui com uma mão. Joguei-o contra a parede e enfiei a perna da mesa em sua barriga; houve um grito e, em seguida, sangue explodindo de sua boca. Ele tentou puxar a madeira.

– Não se preocupe. Evitei os órgãos vitais. Gabby me ensinou tudo sobre anatomia mortal. Eu a ajudava a estudar para as provas com sorvete e fichas de anotação quando estava em casa. Eram poucos momentos e distantes entre si, mas eu valorizava cada um deles. – Torci meu pulso na última palavra, fazendo-o gritar de dor. – Sei que, se eu tirar isso, você vai sangrar até a morte em minutos.

Ele cerrou os dentes com mais força.

– Sabe, eles sempre se perguntavam o que aconteceria com você se finalmente quebrasse a coleira. Acho que agora sabemos.

Torci um pouco mais a perna quebrada da mesa.

– Onde Kaden está?

– Eu não sei – grunhiu ele, tentando segurar a madeira que o mantinha contra a parede.

Que pena. Eu acreditava nele de verdade.

– Certo. – Levantei um único ombro. – Santiago. Diga-me onde encontrar aquele maldito covarde.

Ele ofegou buscando o ar, com o rosto pálido.

– Santiago não nos diz nada além de quando devemos fazer o desembarque e em que cais ele estará, só isso. Ele está ocupado demais se escondendo de *você*.

– Bom, ele está sendo inteligente pelo menos uma vez. – Eu não torci desta vez. – Quando é a próxima entrega?

– Não sei. Ele nos manda uma mensagem no dia. É isso, eu juro.

Parei para procurar nos bolsos dele. Joguei uma carteira no chão. Ela caiu com um baque, minhas mãos vagavam sobre ele. Cavei mais fundo, pescando seu celular. A tela se iluminou quando olhei para ela e revelou uma foto de Edgar e uma mulher. Linhas de riso enrugavam-se ao redor dos olhos dela, combinando com as dele, e, contra todo bom senso, parei.

– Quem é? – Virei o telefone para ele, a tela iluminou suas feições. Medo, puro e simples, brilhou em seus olhos.

– Minha esposa.

– Ah. Então, você tem alguém que ama? Ótimo. Diga-me onde está Santiago ou eu a encontrarei. Ela pode se juntar à esposa de Ethan.

Ele riu da minha ameaça.

– Você está muito atrasada. A morte a tirou de mim anos atrás. Ela morreu em uma cama de hospital enquanto eu tentava conseguir dinheiro para o tratamento de câncer dela.

Edgar mostrou os dentes em um sorriso vermelho-sangue para qualquer que fosse a expressão que viu em meu rosto. Ele assentiu, um suspiro escapou de seus lábios.

– Surpresa? Não deveria estar. Você, acima de todos, deveria saber que até os monstros amam alguma coisa.

Encarei-o, e compartilhamos um breve momento de compreensão antes que eu mudasse de assunto.

– Qual é o código?

Ele arquejou os números, e recuei. Deixei-o pendurado ali enquanto desbloqueava o telefone. A tela se iluminou, várias janelas me encaravam, contendo alguns números desconhecidos e uma mensagem nova sobre as docas.

– Parece que ele passou uma data de entrega.

Virei-me, levando o telefone comigo e dirigindo-me para a porta. Ouvi Edgar gemer atrás de mim, ainda preso à parede.

Ele riu, e o sangue borbulhou em sua garganta.

– Sabe, suas reações fazem sentido agora.

Não sei por que fui indulgente com ele, mas parei, com o pé no batente.

– Como é?

– Eu perdi alguém. Nós todos perdemos. A dor é luto, mas você não está de luto. Você pulou direto para a raiva e a vingança, porque se sente culpada.

Culpada.

A palavra soou na minha cabeça avançando em direção a uma porta fechada por correntes. Senti minhas presas se estenderem e as pontas pressionarem meus lábios.

– Você hesitou, garota. Eu notei durante o jogo de cartas, mesmo através do seu disfarce, e notei quando você viu meu telefone. Conheço esse olhar. Todos os monstros amam alguma coisa. – Ele soltou uma risada molhada. – Você e o Destruidor de Mundos. Isso é o que mais dói, não é? Você se apaixonou por ele, enquanto Kaden levava sua irmã. Já passei por isso. Vocês podiam não estar transando quando ele a levou, mas não estavam lá quando ela precisou de você. Não estava lá porque você...

Um som saiu dos meus lábios, mais animal que mortal. Eu me movi tão depressa que ele só percebeu quando estava no chão, agarrando a própria barriga com o sangue se empoçando ao seu redor.

– Você não viu nada – sibilei, atirando a perna de madeira do outro lado da sala. – Agora, diga "oi" para sua falecida esposa.

Sua risada fraca se transformou em um gemido úmido. Dei-lhe as costas e deixei aquele maldito lugar.

IX
SAMKIEL

Puxei minha gravata no segundo em que pisamos no corredor da redação. Vincent e Logan seguiam ao meu lado conforme passávamos pelos mortais. Vários tentaram nos impedir, querendo falar comigo ou que eu assinasse alguma coisa. Recusei-me a parar, evitando a todos. Com um puxão final, consegui arrancar a gravata.

— Detesto isso. Detesto os ternos, as reuniões, as entrevistas, tudo.

— Sinto muito, chefe. Tenho que fazê-lo parecer profissional e tudo mais para o restante do mundo.

— Por que tudo neste mundo tem que ser tão restritivo? — grunhi e abri os dois primeiros botões da camisa. O terno foi o próximo a ser aberto. Não eram só as roupas. Eram os espaços, os quartos, o maldito mundo inteiro. Eu me sentia enjaulado.

Vincent passou à minha frente e manteve a porta aberta. O sol lançava um brilho dourado sobre tudo, o dia estava lindo demais diante da guerra que aos poucos se desenvolvia.

— É assim que os mortais são. Eles precisam confiar e acreditar em você. Temos que fazê-los entender que tudo o que Kaden disse é mentira. Eles precisam se sentir seguros.

Apenas balancei a cabeça.

— Mais quantas aparições?

Logan fez uma careta, e eu soube que não ia gostar da resposta.

— Cerca de oito — respondeu Vincent.

Não, não gostei. Eu não queria dar entrevistas. Queria encontrá-la. Fazia um mês que ela tinha matado os Vanderkai e incendiado a mansão. Um mês de silêncio sem respostas. Um mês desde que tranquei o mundo e estabeleci novas regulamentações para todos os seres vivos em Onuna. O mundo agora conhecia monstros e deuses, e os mortais obedeciam com mais do que boa vontade.

Vincent fez vários avanços em relação aos sistemas de alerta para os humanos e a dispositivos e ferramentas para fazê-los sentirem-se protegidos, mas minhas regras ainda se aplicavam. Ninguém saía depois do anoitecer, havia políticas rígidas sobre aonde iam, o que faziam, identificação para viajar e tudo mais. Eu não queria mais sangue derramado neste mundo por causa dos meus erros.

Eu precisava encontrá-la, mas não tinha pistas. Esperava conseguir fazê-lo o mais rápido possível, mas os dias se transformaram em semanas. Parecia que, quanto mais eu tentava restringir o mundo, mais fácil era para ela se esconder. Tudo o que eu podia fazer era torcer para que ela cometesse um deslize.

As poucas criaturas do Outro Mundo que permaneciam trancadas abaixo da Cidade Prateada pararam de falar depois de algumas perguntas. Considerando os restos carbonizados que tivemos que eliminar, meu controle sobre meus poderes estava falhando. Essa era apenas uma das razões pelas quais decidi deixar o interrogatório para outros. Suspirei, a frustração tomava conta de mim. Eu não tinha outras criaturas do Outro Mundo a quem perguntar. Dianna matou os mais próximos a si, e aqueles que não conseguiu matar haviam se escondido.

– Se sairmos daqui agora, poderemos chegar a...

Um toque agudo me interrompeu, e Vincent levou o telefone ao ouvido. Seus olhos encontraram os meus, depois os de Logan. Ele assentiu e disse, a quem estava do outro lado, que estaríamos lá. Não precisei perguntar o que tinham falado. Eu ouvi.

Um hotel incendiado.

Celestiais vasculhavam os escombros, reunindo qualquer coisa que pudesse ser evidência para levar de volta à Guilda. Alguns carregavam sacolas, enquanto outros carregavam pequenos dispositivos que brilhavam com energia celestial, procurando por qualquer coisa do Outro Mundo.

Passei por cima de outro pedaço de madeira carbonizado no quarto de hotel escuro. O cheiro de sangue, cinzas e morte pairava pesadamente no ar, mergulhando-me em memórias de campos de batalha, tambores de guerra e chamas destrutivas. Cidades queimadas até se transformarem em esqueletos de metal, edifícios derretidos e retorcidos, o mesmo fedor maldito. Agachei-me, virando os restos de uma cadeira quebrada. O que pareciam páginas viraram cinzas. Eu conhecia alguns celestiais e deuses que eram capazes de controlar chamas, mas nada igual àquilo.

Ninguém igual a ela.

– Temos que chamar o conselho, Samkiel. Não podemos varrer isso para debaixo do tapete. Há corpos aqui – argumentou Vincent, com a voz áspera. Levantei-me e limpei as mãos nas calças. A suíte, ou o que restava dela, estava um desastre completo e absoluto. O corredor e os quartos vizinhos pareciam intactos e limpos. Parecia que ela havia perdido o controle, que a raiva havia jorrado dela em um ataque de fúria.

– Ainda não.

Vincent zombou, balançando a cabeça.

– Por quê? Porque você não quer Imogen aqui?

– Vincent – chamou Logan, sem tirar os olhos de sua busca pelas cinzas, com um aviso em seu tom.

– O conselho quer torná-la sua conselheira mais uma vez.

– Não estamos falando sobre isso agora – retruquei.

– Eles falaram isso? – perguntou Logan.

– Sim, e você sabe que Cameron e Xavier virão em seguida.

Embora Dianna soubesse do meu passado com Imogen, a presença dela ainda poderia despertar o ciúme de Dianna, tornando-a ainda mais volátil. Eu não queria testar essa teoria por ora. Se eu convocasse o restante d'A Mão, poderia levá-la ainda mais ao limite. Também solidificaria a única coisa que eu não queria que fosse verdade. Se A Mão estivesse ali, eu a teria perdido para sempre.

– Eu não invoco A Mão levianamente. Vocês sabem disso, e por enquanto não preciso de todos aqui. Se eu os convocar, todos, não é para capturar. É para uma guerra. Kaden verá isso como tal, e ainda não temos o menor controle sobre Dianna.

– E você não quer lutar contra dois Ig'Morruthens? – Vincent perguntou.

– Com Tobias são três – acrescentou Logan.

– No entanto, não estamos discutindo isso no momento.

Vincent ergueu uma única sobrancelha.

– Eu não avançaria para a guerra, mas, a julgar por este quarto, precisamos da ajuda. Não temos pistas e estamos um passo atrás dela e de Kaden. De novo. Precisamos de mais pessoas.

– Ainda. Não. – As palavras saíram de mim tensas e cortantes, e Vincent não discutiu desta vez.

Meu olhar parou na mancha escura na parede oposta, e fiquei observando, paralisado. Ela florescia na forma que indicava fluxo arterial, e perguntei-me quão quente o fogo teria que arder para marcar o sangue tão fundo na madeira.

Um jovem celestial entrou pela porta, tropeçando nos escombros ao se aproximar.

– Coletamos dados do proprietário conforme solicitado – declarou ele. Ele se concentrou em Vincent, parecendo incapaz de sustentar meu olhar.

– Esta foi a única filmagem que encontramos de alguém entrando e saindo deste quarto. – Ele girou o tablet em nossa direção, pressionando alguns botões côncavos. Luzes azuis brilharam no topo antes que a tela ganhasse vida. Um vídeo do corredor mostrou alguns mortais entrando e saindo. Aproximei-me, com Logan e Vincent ao meu lado, bem mais altos que o celestial. Ele permaneceu no lugar mesmo que suas mãos tremessem, fazendo o tablet balançar.

Meu coração parou quando um punhado de mulheres apareceu, rindo e dançando. Uma se destacou no meio do grupo. Ali. Eu a vi. Só que não era ela. Estava usando outro disfarce mortal, mas eu reconhecia Dianna, não importa a forma que ela assumisse. Era a maneira como ela se movia, todos os seus gestos eram inerentemente Dianna. Ela não conseguia se esconder por trás de capas e artifícios. Não comigo. Sua pele estava mais pálida do que seu tom dourado natural nesta forma, e as pontas de seus cachos loiros curtos eram de um rosa que combinava com seu vestido minúsculo. Ela dava gritinhos e ria com as outras conforme o grupo se aproximava da porta. Levantei a cabeça e olhei ao redor da sala. Então eu soube por que o fedor de sangue e morte estava tão intenso. Ainda estavam todos ali.

– A princípio – começou o jovem celestial – nem achamos que fosse ela. Não até… Bem, vocês vão ver.

Olhei para o tablet e reconheci sua linguagem corporal. Ela sempre usava as mesmas táticas em sua sedução: um balanço dos quadris, um movimento do cabelo e leves toques na parte superior do tronco. Dianna me lembrava uma serpente, lenta e deliberadamente atraindo sua presa antes de dar o bote. Doía assistir, mas não consegui desviar o olhar. Esfreguei a mão sobre a linha uniforme do meu queixo, faminto por vê-la, mesmo que ela não estivesse em sua forma natural. As roupas que ela preferia sempre mostravam um pouco demais, mas ela não precisava daquilo para chamar a atenção. Seu sorriso iluminava todo o ambiente, atraindo homens e mulheres. Sua risada era como música para minha alma.

Um homem correu atrás dela, agarrando-a pela cintura com um braço e rodando-a para o lado. Ambos riram, e meu estômago se revirou. Ele entregou a maleta que carregava para outro homem e abriu a porta. As mulheres correram para dentro, mas Dianna ficou para trás, encostada na parede. Ela o chamou para mais perto com um dedo esguio e um convite no olhar, uma sedutora preparando uma armadilha. O homem caiu na armadilha com entusiasmo, suas mãos desceram pelas laterais e pelos quadris para segurar as nádegas de Dianna com tanta força, que grunhiu e deu um pulo. Meus dentes se cerraram, e minha mandíbula ficou tensa quando ele empurrou o corpo contra o dela antes de tomar sua boca.

Eu sabia como era beijar aqueles lábios. Era pura felicidade, e eu o odiava por provar o que era meu. Uma dor retorceu meu estômago, a agonia foi suficiente para fazer minha respiração falhar. Quase fui cortado na minha juventude enquanto aprendia a manejar uma lâmina em batalha, e aquilo era pior. Era uma agonia pura e intensa, e eu queria invocar a Aniquilação e atacá-lo. Como ele ousava tocá-la, acariciá-la? Ele não a conhecia nem se importava com ela. Dianna era apenas mais um corpo para ele. As luzes piscaram na sala, e a tela do tablet ficou preta por um breve segundo. Todos pararam e olharam para mim. Eu precisava me controlar. O que havia de errado comigo? Respirei fundo, tentando me acalmar e controlar minhas emoções.

Meus punhos se cerraram às minhas costas, e a tela voltou. Ninguém disse nada, e por um bom motivo. A parte primitiva do cérebro responsável pela sua sobrevivência dizia-lhes para ficarem muito imóveis e quietos. Eu não tinha cem por cento de certeza de que não os incineraria por engano. Não quis nem desejei ninguém por mais de mil anos, mas Dianna despertou uma parte de mim morta havia muito tempo. O vazio e a solidão que haviam se tornado uma realidade da minha existência desapareciam quando eu estava na presença dela. Agora ela se fora. Dianna havia me mostrado o que significava sentir-se em paz e depois arrancou isso de mim.

Na tela, o homem a levantou. Ela passou as pernas em volta da cintura dele antes que desaparecessem atrás da porta.

— Por que estamos vendo isso? – questionou Logan, vindo em minha defesa depois de uma rápida olhada para mim.

— S-sinto muito. – O celestial apertou outro botão, e os pequenos números brancos na borda da tela avançaram rapidamente pelas horas. Os dois haviam passado horas ali. A raiva tomou conta de mim enquanto eu lutava para não imaginar todas as coisas que poderiam ter feito. Ele a tomou em todas as partes daquele lugar? Ela tinha gostado? Será que ela fez os mesmos sons que fez para mim antes? Reprimi um gemido, sentindo como se estivesse sendo eviscerado.

— Está vendo esta parte? – falou o celestial, felizmente me tirando dos meus pensamentos. Ele diminuiu a velocidade do vídeo, os segundos foram passando. A porta se abriu, e um brilho alaranjado iluminou o corredor escuro. Dianna apareceu em sua verdadeira forma, seu lindo cabelo escuro caía em ondas pelas costas. Ela se virou e caminhou pelo corredor sem olhar para trás, ignorando as chamas que a seguiam vindas do quarto. – Ela saiu sem a maleta. O homem com quem ela veio tinha uma maleta, e Dianna saiu sem ela, o que significa que ainda está aqui.

— Você me fez assistir isso por causa de uma maleta que poderia apenas ter mencionado? – perguntei, mal conseguindo evitar o rosnado da minha voz.

O celestial engoliu em seco, olhando para Vincent antes de gaguejar:

— E-eu…

— Está removido do seu cargo – declarei. Vincent arrancou o tablet das mãos dele, e o celestial saiu correndo. Virei-me, lutando contra a vontade de o seguir e estrangulá-lo.

— Samkiel, pense com clareza. – Logan se aproximou, sua voz era quase um sussurro. – Por que ela se permitiria ser filmada por câmeras? Ela sabia que estava ali. Toda a exibição. Isso? Dianna quer mandar uma mensagem. Ela está descontente com sua decisão de trancar Onuna. Pense com calma e, com todo o respeito, não demita mais ninguém.

Ignorei Logan, incapaz de processar o que ele estava dizendo, mesmo que ele tentasse entender a situação. Os outros celestiais evitaram meu olhar e retornaram ao trabalho. Avancei mais para dentro da suíte, visando ao centro. Logan e Vincent me seguiram, mas pararam quando arregacei as mangas. Eles recuaram, acenando para os celestiais voltarem para os cantos do aposento. Concentrando-me no crescente nó de dor em meu peito, usei meu poder. A pele ao longo dos meus braços se iluminou com o desenho intrincado do meu povo, as tatuagens arderam com prata derretida. Eu sabia que combinavam com as linhas do meu rosto e com as íris dos meus olhos.

O quarto vibrava conforme itens carbonizados e danificados começavam a se reparar. Celestiais agarraram-se às paredes, tentando permanecer de pé. Levantei as mãos, retornando a suíte ao que era apenas algumas horas antes. Cadeiras, mesas e sofás reformados após a destruição. Vários celestiais saltaram para trás e saíram do caminho enquanto a sala se tornava o que era antes do incêndio.

– Ah, deuses.

Não precisei olhar para saber o que havia ali. Eu conseguia sentir o cheiro do sangue e da morte. Já não era um aroma remanescente, mas fresco e sem o fedor subjacente de carne queimada.

– Samkiel. – Vi o rosto de Logan, terror e dor enchiam seus olhos. Não era compaixão pelo que restava do homem na cama nem pelos outros corpos espalhados pelo quarto, mas medo pela sua esposa desaparecida. Se Dianna era capaz de fazer isso, o que Kaden poderia fazer?

– Nós a encontraremos. Prometo. – Estendi a mão, apoiando-a em seu ombro e apertando de leve. Ele assentiu e forçou um breve sorriso. Olhei além dele. Uma jovem que trabalhava para Vincent se inclinou e pegou uma calcinha vermelha de renda.

Meu coração congelou. *Levantei um punhado de tecido fino preso por cordões cruzados. Se eram imobilizadores, não pareciam adequados. Talvez fossem uma arma com a qual eu não estava familiarizado.*

– O que é isso? – perguntei, virando-me para Dianna. Ela havia deixado algumas gavetas abertas em seu quarto, e a curiosidade tomou conta de mim.

Dianna saiu do grande closet usando uma camisa folgada e calças cinza largas. Ela tinha tomado banho e tirado o vestido que fiz para ela depois que voltamos do jardim. Seus olhos se arregalaram quando viu o que eu estava segurando, e correu até mim.

– Ai, meus deuses, Liam, me dê isso – sibilou Dianna, agarrando o material da minha mão e me empurrando. Ela fechou a gaveta e fez uma careta para mim. – Fique longe da minha cômoda, fazendo o favor, agradeço.

Dei de ombros com tanta indiferença quanto consegui.

– Foi você quem deixou aberta. Eu só estava curioso para saber o que seu amigo comprou para você. Ela balançou a cabeça e sorriu para mim antes de ir para a cama.

– O que é aquilo? É algo que você veste? – perguntei, ainda com a curiosidade despertada.

Ela saltou na cama e engatinhou até o meio. Eu seria um mentiroso se dissesse que a visão não me afetou. Ela era agradável em muitas áreas.

Ela puxou as cobertas para baixo.

– São calcinhas, Liam.

Essa palavra me pareceu estranha, ou talvez eu não estivesse prestando atenção aos vídeos que Logan havia fornecido.

Franzi as sobrancelhas e fui até o outro lado da cama.

– O que é isso?

Um sorriso curvou os lábios dela.

– Você está brincando, não é?

Sentei-me no meu lado da cama e balancei a cabeça. Não entendi por que ela presumia que eu faria piada sobre uma pergunta.

– A regra número um da nossa amizade é que você não vai mentir para mim. Eu literalmente, e contra a minha vontade, vi você tirá-la de mulheres com os dentes.

A compreensão me atingiu como um meteoro. Senti meu rosto ficar sem expressão e meu corpo esquentar.

– Aquilo são roupas íntimas? – Apontei para a gaveta.

Ela riu, riu de verdade.

– *Sim. O que achou que eram? Dispositivos de tortura?*

Não respondi.

– Ah, deuses, você realmente pensou isso. – Ela riu ainda mais, aninhando-se na cama e agarrando o edredom grosso para se enrolar. Deitei na cama e descansei um braço abaixo da minha cabeça. Outro pensamento me atormentava como uma fera selvagem, e, antes que eu pudesse impedi-lo, a pergunta surgiu dos meus lábios.

– Por que Drake sabe o que você veste por baixo das roupas? Ele tirou sua roupa íntima com os dentes?

Ela estendeu a mão e deu um tapa de brincadeira no meu peito. Reagi como sempre fiz, porque isso a fazia sorrir. Não o sorriso normal, mas um sorriso breve que fazia o nariz dela se enrugar.

– Ai. – Eu me encolhi, esfregando o local onde ela me bateu.

– Ah, nem doeu, seu bebezão. – Lá estava ele, aquele sorriso. Eu precisava de um nome para ele. – E não. Ele estava comigo quando levei Gabby às compras em Ruuman, anos atrás. Agora vá dormir e pare de pensar nas minhas calcinhas.

– Prometo que não é nisso que estou pensando.

Dianna riu e fechou os olhos, aconchegando-se ainda mais na cama.

– Claro que não.

– Eu juro. – E era uma mentira descarada.

A memória desapareceu enquanto eu observava a mulher colocar aquele retalho de renda vermelha em um saco transparente e selá-lo. Minha mão caiu ao meu lado, e Logan se virou para ver o que havia chamado minha atenção.

Minha mandíbula ficou tensa, e me virei.

– Preciso que você e sua equipe descubram quem era esse homem e o que ele estava fazendo. Preciso de nomes, parentes mais próximos, qualquer coisa que possa encontrar.

– Samkiel.

– O que foi? – rebati, virando-me para Vincent.

– Acho que não vai precisar disso – respondeu ele, examinando algumas páginas que havia apanhado. – Parece que o nome dele era Webster Malone, e esses registros mostram transações de uma conta vinculada a Donvirr Edge.

– O que é isso?

– Vamos descobrir. – Vincent entregou os papéis ao celestial que pairava ao seu lado. O homem os agarrou e os escaneou rapidamente. Seus dedos voavam sobre o tablet fino que segurava, e, alguns minutos depois, ele virou o dispositivo para nos mostrar a imagem de uma doca. Cordas pendiam de uma ponte de madeira, e um grande navio ocupava o fundo.

– É uma doca de embarque. Transporte de mercadorias, principalmente alimentos. Houve algumas prisões por atividades ilegais e jogos de azar nos últimos anos.

– Certo, uma doca de embarque. Vou para lá.

– Parece bom. Vamos – disse Logan, caminhando em direção à porta.

– Não, Logan. Quero que todos vocês fiquem aqui e vejam o que mais conseguem encontrar. Descubram para quem ele trabalhava e o que mais ele podia saber.

Vincent colocou as mãos nos quadris e franziu a testa.

– Você vai precisar de uma carona. Podemos conseguir um comboio...

– Não preciso.

Eu não sabia se era a raiva que borbulhava dentro de mim ou se era o quarto que cheirava a excitação e morte, mas eu tinha que sair. Tinha que me afastar daquilo e de todos. Gavinhas de eletricidade dançavam ao meu redor, e a sala estremecia devido à raiva reprimida dentro de mim. Em um minuto, eu estava na sala e, no outro, nas nuvens. Um eco estrondoso seguiu meu rastro. Um raio caiu, e a chuva desabou quando me virei em direção a Donvirr Edge.

X
SAMKIEL

A chuva caía, gotas ricocheteavam nas correntes de metal que balançavam ao vento crescente. Uma tempestade tinha me seguido até ali, uma tempestade que criei por acidente. Livrei-me do terno ao pousar, o tecido das minhas roupas novas era leve, mas durável, como as que costumávamos usar em Rashearim. A camisa preta de manga comprida e a calça combinando tornavam mais fácil me camuflar com as sombras no final do beco. O cochilo que Logan me forçou a tirar dias antes tinha ajudado. Dormir, mesmo que por um momento, permitia que eu me recarregasse, mesmo se todos os meus sonhos fossem sobre ela mais uma vez.

Fiquei abaixado, observando a área, enquanto várias pessoas transportavam grandes caixas de madeira lacradas para um navio. Contei pelo menos cinquenta batimentos cardíacos, mas, pela magia que zumbia em suas peles, não eram mortais. Bruxos. Isso explicava como moviam aquelas caixas grandes com tanta facilidade.

– Vamos! – gritou um homem. – Essa tempestade não para, e temos mais duas. Não podemos nos atrasar.

Uma rajada de vento atingiu as docas, e o enorme navio cinzento balançou. Eu precisava me acalmar. Os anéis em meus dedos vibravam, implorando para que eu invocasse uma lâmina. Adoraria a oportunidade de gastar um pouco de energia. Sempre ajudou no passado, mas nunca estive perturbado por causa de uma mulher. Nunca foi por causa de alguém com quem me importasse tão profundamente.

Os homens carregaram as caixas restantes e fecharam as portas grossas da traseira de um grande caminhão. O motor acelerou, as luzes brilhavam conforme ele se afastava. Assim que o veículo saiu da frente, percebi que não se tratava de um navio de carga comum. Era enorme. Quanto material estava transportando? As árvores atrás da cerca curvavam-se sob a força do vento uivante, e a chuva continuava a atingir o concreto. Levantei meu capuz e estudei a linha das árvores, meus olhos se esforçavam contra a escuridão. Parecia que alguém ou alguma coisa estava ali, mas não vi nada.

Afastei a sensação, voltando a olhar para o navio, enquanto as últimas pessoas embarcavam. Elas faziam piadas conforme a rampa rangia devagar e desaparecia. Esperei até que o navio saísse do porto antes de subir novamente em direção ao céu.

Meus pés atingiram o convés com um baque suave. Aterrissei agachado e permaneci ali por um momento para ter certeza de que ninguém tinha ouvido ou vinha lá de baixo. Eu os tinha seguido do alto, enfrentando a tempestade por alguns quilômetros. As luzes da cidade estavam tão distantes naquele momento que era preciso ser uma criatura do Submundo ou do Outro Mundo para vê-las.

Para onde estavam indo? Originalmente, imaginei que estivessem indo para Novas, a antiga base de operações de Kaden e sua casa, mas ficava na direção oposta da que o navio tomou. Pareciam estar indo para o meio do nada. Andei, mantendo-me perto da ponte de comando. Ninguém estava ao leme, mas as bruxas a bordo haviam assumido o controle. Eu podia sentir a magia que exerciam.

Vozes ecoaram abaixo.

– Não vou voltar lá para a frente. Está frio demais e agora está chovendo. É como se a maldita tempestade estivesse nos seguindo.

Ouvi pés se arrastando e uma risada maldosa antes de outro homem responder:

– As instruções foram claras. Ele disse que precisamos de alguém de guarda, então você vai.

– Não, vá você. – Houve uma pausa, então o fedor de ansiedade flutuou no ar. – Você ouviu o que disseram. Estão a chamando de morte alada. Você ouve um estrondo igual ao de um trovão antes que ela desça e faça chover fogo. Ela está caçando qualquer um que esteja envolvido na morte daquela garota. Estamos acabados, e, claro, o idiota tinha que gravar.

– Adoraria que você chamasse Kaden de idiota na cara dele – respondeu a outra voz.

– Eu vou se você for assistir. – Uma risada profunda e rápida veio antes que eu ouvisse passos subindo as escadas.

– Ok, estamos combinados, e quero que *isto* seja registrado. – Sombras subiram as escadas devagar. Seus passos eram pesados contra os degraus de metal, nenhum dos dois tentava fazer silêncio.

O homem à frente se virou, rindo com o amigo.

– Estou surpreso que Santiago não tenha dito isso na cara dele. Meu...

Ele parou quando os olhos do amigo se arregalaram. Virou a cabeça lentamente em minha direção, tentando ver o que tinha feito seu amigo suar de repente. Seus olhos pararam em meu peito e depois subiram devagar.

Ele engoliu em seco, e o medo emanava dele.

– Ah, porra.

– Sua magia é fraca comparada à deusa que a criou – comentei, abrindo outra caixa. Era igual às outras: caixas e mais caixas de chapas e barras de ferro. O navio balançou, as ondas pesadas o atingiam. A sala cheirava a ferro e à carne queimada das bruxas que tentaram, mas não conseguiram me atacar. Santiago grunhia do teto, onde eu o segurava com meu poder. Folheei as páginas da prancheta, dando a volta em duas das caixas.

– Por que está transportando tanto ferro?

– Vá para Iassulyn! – grunhiu Santiago, lutando contra o domínio invisível. Minha cabeça se inclinou para cima, e abaixei a prancheta em minha mão.

– Você sabe da existência de Iassulyn? – Meus lábios se curvaram em uma carranca. – Estou impressionado. É um reino fora do tempo e do espaço. Um lugar tão brutal que só os mais vis e malditos acabam ali quando morrem.

Acenei com a mão, e seu corpo desabou no chão ao meu lado, aterrissando primeiro com o peito. Ele levantou a cabeça, e o corte no nariz ameaçava abrir de novo.

– Você decepou a porra das minhas mãos.

– Sim, sim, decepei. – Ajoelhei-me ao lado dele. – Avisei o que aconteceria se você colocasse as mãos nela. Você deveria ter ouvido.

Uma risada doentia e úmida saiu de seus lábios.

– Deuses, você realmente gosta dela. Patético.

– Diz o homem que… o que foi que ela disse? – Pausei. – Ah, sim, não aguentou receber um não. – Meu sangue ferveu ao lembrar o que ela havia dito naquele dia em El Donuma. Sei que ele nunca a tocou por completo, mas o fato de ele tentar me fez querer invocar a Aniquilação para acabar com ele.

– Ei, não pode me culpar por ficar curioso. Todo mundo que tocou nela se transformou em um cachorrinho domado. Até deuses, pelo que vejo.

Com um movimento da minha mão, o corpo dele atingiu o teto mais uma vez. Ouvi suas costelas se quebrando, e ele grunhiu antes de rir.

– Algum de vocês já considerou que talvez seja ela que é tão hipnotizante, e não o que há entre as pernas dela? – Usei meu poder para pressionar seu corpo com força suficiente contra o teto para que o metal rangesse.

– Ele não estava brincando. – A risada de Santiago morreu quando ele olhou para mim. – Você está mesmo apaixonado por ela.

O choque dele logo se transformou em um sorriso, depois em uma gargalhada, quando deixei cair minha mão. Segurei-o acima de mim e me virei para arrancar a tampa de outra caixa em vez de responder.

– Ah, cara, você está tão fodido. Realmente acha que Kaden, dentre todas as criaturas, vai deixar você ficar com ela? Deixar alguém tê-la de verdade? Ela é a primeira e única que ele já fez. Ele não vai deixá-la escapar. – Santiago grunhiu com a pressão do meu poder o comprimindo.

Eu sabia. Todo mundo sabia. Kaden havia provado que faria qualquer coisa para mantê-la, inclusive arrastá-la de volta em pedaços caso fosse necessário.

– Tenho plena consciência de até onde ele está disposto a ir. Ele a envenenou, a degradou, a ameaçou, fez com que monstros a arrastassem de volta para um buraco no chão enquanto ela gritava, retalhou-a, manipulou as pessoas mais próximas a ela para que a traíssem e depois tomou a única pessoa que ela amava porque ela se recusava a voltar para ele.

Com outro movimento da minha mão, Santiago desabou no chão. Aterrissou num amontoado e soltou uma tosse dolorida. Virei-me quando ele rolou de costas. Ele tinha um meio sorriso no rosto, como se fosse a coisa mais engraçada do mundo que Kaden tivesse feito tanto para magoá-la tão profundamente. Meu controle se rompeu.

– Acha isso engraçado?

As luzes do navio se apagaram, e o motor morreu. A escuridão total caiu quando um trovão, alto e pesado, crepitou no céu tão forte que podíamos ouvi-lo nas entranhas do navio. Coloquei a pranicheta de lado, o anel de prata enegrecido em meu dedo zumbia. Gavinhas de névoa roxa e preta flutuavam da lâmina da morte, e os olhos de Santiago se arregalaram, o sorriso e a risada desapareceram de sua expressão. Vi meus olhos reluzirem prateados no reflexo do seu olhar.

– Sabe o que é a Aniquilação, Santiago? – Aproximei dele a ponta da lâmina, enquanto ele lutava contra meu aperto invisível e semelhante a um torno. – É uma arma que fiz muito antes de você sequer pensar em existir. Era para ser um instrumento de paz formado durante minha ascensão. Contudo, eu carregava raiva e tristeza demais naquela época. Sentimentos que não consegui controlar transbordaram, e acabei criando isto. É toda emoção horrível que um deus não deveria sentir, mas aqui está. É uma verdadeira lâmina mortífera. Não há paz, nem Asteraoth, nem Iassulyn, nem nada. Ela transforma você em partículas para serem reutilizadas como o universo achar melhor. Sua consciência se acaba. Você não existe mais, nem as peculiaridades que o tornam especial, nem as memórias, sonhos ou pesadelos. É a morte verdadeira.

Santiago engoliu em seco, suor e medo escorriam dele. Olhei para a lâmina em minha mão e de volta para ele.

– Eu não a invocava desde a queda de Rashearim, não até ela. Sabe por quê? Porque não há limites que não ultrapassarei se isso significar mantê-la segura, em particular depois de tudo que vocês tiraram dela. É a lei suprema não tocar em ninguém na minha corte ou no que considero meu. Esse ato por si só é passível de morte, e ela é minha. Será o seu fim.

– Bem, pelo que ouvi dizer, acho que ela não sabe disso.

O sorriso dele morreu quando a ponta da lâmina tocou seu paletó. O material abaixo se desfez e virou cinzas, flutuando no ar ao nosso redor.

Os olhos de Santiago se arregalaram ao observar a propagação, então ele cedeu:

– Escute, não sei, ok? Não sei. – Ele tropeçou nas palavras como se não conseguisse falar rápido o bastante. Tirei a lâmina dele antes que se espalhasse ainda mais. – Kaden não conta nada a nenhum de nós, principalmente depois que Alistair morreu e ela foi embora. Ele não confia em ninguém além de Tobias agora. Se quer respostas, respostas de verdade, encontre-o.

– Por que o ferro? E os navios?

– Tudo que sei é que ele está construindo algo.

Minhas sobrancelhas franziram.

– Kaden não tem como construir uma arma para matar deuses com metais e minerais do Limbo, e é disso que ele precisaria para me matar. Somente Azrael poderia produzir algo do nada, e ele já morreu há muito tempo.

Santiago desviou o olhar preocupado da lâmina e me encarou como se tivessem crescido chifres em mim.

– Quem disse que Azrael está morto?

Minha cabeça recuou.

– Eu vi. Quando os Ig'Morruthens atacaram, ele morreu ajudando a esposa a escapar. A luz ardeu no céu. Como pode me dizer que não?

– Alistair poderia fazer você ver o que ele quisesse.

– Alistair? Alistair nunca pôs os pés em Rashearim. Você está tentando ganhar tempo com mentiras.

– Por que eu mentiria? – Ele praticamente gaguejou, como se tivesse medo de que eu aproximasse a Aniquilação dele mais uma vez. – Os Reis de Yejedin têm quase tanto poder quanto o seu pessoal.

– Reis? – Foi a minha vez de gaguejar. – Alistair não é um rei.

– Você realmente não sabe quem é Kaden, não é? – questionou Santiago, genuinamente confuso.

A informação corria rápido demais pelo meu cérebro. Se Alistair esteve lá, isso significava que Kaden e Tobias também estiveram? Mas como? Eu precisava de mais respostas. Eles eram os últimos três Reis de Yejedin? Teriam Nismera e os outros deuses traidores convocado não apenas os Ig'Morruthens, mas também os Reis?

Eu tinha visto Azrael morto, tinha visto ele se transformar naquela luz azul-claro. Comecei a falar o quanto suas palavras eram tolas, mas parei quando um trovão ressoou no céu mais uma vez. Só que o poder por trás dele não foi o meu daquela vez.

– Morte alada – sussurrou ele.

O coração de Santiago disparou, as batidas pareciam um tambor. Ele estava apavorado, e agora, não era por minha causa.

— Tire-me daqui vivo, e lhe contarei tudo o que sei. Prometo.

Parei e me virei; Santiago derrapou até parar quando o encarei. Levantei a mão, apertando meus dedos perto de seu rosto.

— Pare de falar.

Isso foi tudo o que ele fez. A chegada dela o reduziu a uma pilha de nervos. Ele sabia que Dianna estava à sua procura e praticamente mijou nas calças. Esperei para ouvir o fogo que sabia que ela lançaria contra o navio, mas ele não veio. As bruxas que deixei inconscientes já deveriam estar acordadas, mas não ouvi um único grito ou murmúrio. A pior parte era o silêncio.

Agarrei-o pelo ombro, com sua camisa se amontoando em minhas mãos, e o empurrei para a frente.

— Continue andando.

— Você não acha que é mais seguro afastar-se da área principal do navio? — sugeriu ele, fincando os calcanhares e tentando voltar.

— Não se engane, sua segurança não é minha preocupação — respondi, enquanto invocava uma espada de ablazone. Encostei a ponta da lâmina contra suas costas. Santiago fez uma pausa antes de suspirar e avançar de novo.

— Qual é o sentido de me ameaçar se você vai me matar, afinal? Você já arrancou minhas mãos. Não posso lançar magia agora.

Fiquei calado e o empurrei para a frente. Ele parou diante de uma das portas ovais de metal e olhou para a maçaneta antes de erguer os braços para mostrar que lhe faltavam as mãos. Minha mandíbula se apertou quando dei a volta nele para girar a grande alavanca e empurrar a porta pesada. Ela se abriu, revelando uma sala vazia sem saídas. Passei para o lado e balancei minha lâmina, gesticulando para ele entrar. Eu não confiava nele às minhas costas, com ou sem mãos.

— Você está vivo por dois motivos. O primeiro é que tem a informação que eu quero — respondi.

— Qual é o outro? — perguntou, virando-se quando percebeu que eu não o havia seguido.

Agarrei a borda da porta.

— Isca.

Santiago arregalou os olhos, e seu rosto ficou sem expressão por causa do choque quando bati a porta de metal.

— Você não pode me deixar aqui! — berrou, e o ouvi chutar a porta. — Ela vai me matar! Você não deveria ser o cara do bem?

Girei a maçaneta, trancando-o, e me encostei na porta.

— Eu nunca disse que era bom. Isso é apenas uma fábula que vocês contam a si mesmos, suponho. Dizem a si mesmos que serei misericordioso. Acreditam que, para ser a lei e governar os reinos, tenho que pelo menos ser neutro, porém às vezes um rei precisa ser um monstro.

Com um suspiro, me afastei da porta e invoquei meu fogo. Direcionando-o através dos meus olhos, derreti as bordas da porta. Continuei falando enquanto o trancava.

— Admito que pareço estar mais errático e estou ciente de que é por causa de Dianna. É confuso e frustrante. Nunca senti por outra pessoa o que sinto por ela. Ela me torna selvagem e possessivo, mas não do jeito que seu mestre é. Eu jamais a machucaria e não posso permitir que ela continue se machucando. É o que ela está fazendo, e dor dela aumenta a cada vez que mata. Ela se alimenta e acaba com outros para saciar a parte de si que nasceu da dor. Está tentando se enterrar sob essas mortes e provar a si mesma que é o monstro que todos vocês acreditam que ela seja. Nenhum de vocês a conhece. Ela é muito mais. Dianna foi gentil comigo e me ajudou quando eu não merecia, portanto, devo ser o mesmo para ela. Ela não tem mais ninguém. Kaden e vocês garantiram isso.

O calor pulsante em meus olhos cessou, e observei o metal esfriar. As batidas na porta pararam assim que comecei a falar. Ouvi-o suspirar e depois um baque quando ele se sentou no chão.

—Você é um idiota romântico incurável. — Foi a última coisa que o ouvi falar enquanto subia a escada de metal de dois em dois degraus.

XI
SAMKIEL

O trovão soou de novo, e eu sabia que não vinha das nuvens espessas que cobriam o céu. Fiquei parado no convés, incapaz de tirar os olhos da enorme serpe escura que sobrevoava o navio. Ela sabia que eu estava ali com Santiago, e eu podia senti-la calculando suas chances.

Ela atravessou uma faixa de nuvens e me virei, esperando que ela reaparecesse. A batida rítmica de suas asas poderosas parou, e os únicos sons eram o uivo do vento, o roçar incessante do mar contra o navio e o tamborilar da chuva. Para onde tinha ido? Eu sabia que ela não iria embora simplesmente. Virei-me devagar e parei quando um relâmpago piscou, iluminando o convés por um instante antes de a escuridão se abater de novo, e a preocupação e a tensão cresciam em meu peito. Outro raio dançou no céu, e meu coração deu um salto. Em um momento, eu estava sozinho no convés. No seguinte, ela estava a poucos metros de mim.

Era como se ela tivesse surgido da própria escuridão.

Deuses, ela sempre foi tão linda? Já fazia muito tempo que eu não a via, e estava faminto por sua presença. Dianna me encarou, seus olhos reluziam vermelhos, e as profundezas deles eram desconhecidas demais para que eu pudesse ler suas emoções. A roupa que ela usava contornava seu corpo perfeitamente. Eu havia memorizado cada uma daquelas curvas em meus sonhos quando o sono me pegava contra a minha vontade. O vento era cortante, soprando forte e frio, a tempestade ia aumentar.

Ela inclinou a cabeça, o corpo estava imóvel, como se estivesse ouvindo algo abaixo. Percebi que procurava por ele enquanto estava ali comigo.

– Não gosto de ficar longe de você por tanto tempo – gritei para ela.

Sua cabeça virou em minha direção, aqueles olhos vermelhos mudaram por uma fração de segundo, e juro que vi um toque de avelã. A alegria correu por mim ao ver que minhas palavras tiveram algum efeito sobre ela, mesmo que tenha sido passageiro. Sugeria uma chance, um pequeno raio de esperança. Seus olhos permaneceram focados em mim desta vez, mas ela ainda não falou, e a chuva e o vento aumentavam ao nosso redor.

Sorri devagar para ela, tentando manter sua atenção em mim.

– Viu algo de que gosta?

Os lábios de Dianna se retorceram em um pequeno sorriso.

– Esqueci o quanto você é enorme. Homens mortais demais, suponho.

Ela queria que aquele golpe doesse, que me distraísse, e doeu. Ela não era minha, não por completo. Dado o que estávamos enfrentando na época, nunca discutimos ser exclusivos, mas me queimava profundamente o fato de ela estar com outra pessoa, e ela sabia disso. Vi em seu rosto.

– A propósito, obrigado por deixar suas pistas – gritei acima do estrondo do trovão. – Achei que pelo menos seria mais cuidadosa. A menos que queira que eu encontre você.

– Dianna se moveu para a direita, lenta e deliberadamente, depois voltou para a esquerda, andando de um lado para o outro. Ela me fez lembrar mais uma vez das feras riztoure, felinos grandes, lindos, elegantes, porém apavorantes, de Rashearim. Ela era tudo isso, e ali estava, avaliando-me como uma presa.

– Webster era um traficante de armas que vendia mais do que armas. Ele mereceu o que teve.

– Se não queria que eu encontrasse você, provavelmente não deveria colocar fogo nos lugares. – Fiz uma pausa, outra parte de mim veio à tona, furiosa. – Ou deixar suas roupas íntimas de renda para trás.

– Roupa íntima de renda? – A risada dela saiu de sua língua como um ronronar, ecoando pela tempestade. – É uma calcinha, Samkiel. Você sabe disso e já viu muitas.

– Sim, mas lembro-me claramente da sua.

– Fico contente. Deixei como presente de despedida – respondeu ela, levantando o queixo novamente. – Outra maneira de dizer que a garota que você está tão desesperado para salvar já se foi há muito tempo e que ela não vai voltar.

Sorri, ignorando sua tentativa descarada de me afastar ainda mais, mesmo enquanto destroçava meu coração. Eu tinha outro plano.

– Admito que gostei do fato de você ter pensado em mim enquanto estava com outras pessoas – gritei acima da tempestade violenta. – Ajudou você a gozar ou ainda está insatisfeita, minha Dianna?

Qualquer resposta que ela tivesse preparado morreu no segundo em que essas palavras saíram dos meus lábios. Ela vacilou, e, embora tenha se corrigido quase de imediato, vi sua reação quando a chamei de minha. Vi o lampejo de reconhecimento em sua postura, como se ela ainda desejasse e valorizasse essas palavras. Naquele momento, eu sabia que tinha vencido. Ela também sabia disso.

– Vou considerar seu silêncio como um não.

Observei-a balançar a cabeça, a chuva grudava seu cabelo ao rosto.

– Por favor, isso é ciúme que ouço? O poderoso Destruidor de Mundos, a lenda em pessoa, sente ciúmes? Não me lembro disso em suas memórias.

– Não gosto que outros toquem no que é meu.

– Seu? – Uma risada aguda escapou dela, seguida por uma baforada de fumaça que saiu de seu nariz. – Quando concordamos com isso? Quando nos odiávamos? Naquela noite em que finalmente nos tocamos? Ou foi quando fiquei com você quando eles a levaram? Que parte?

– Dianna. – O nome dela saiu como um apelo.

– Samkiel. – Ela zombou de mim, estalando a língua. – Além disso, não precisa sentir ciúmes de Malone. Ele durou apenas alguns minutos antes de eu rasgá-lo em pedaços. – Seu sorriso era letal.

Tentei agir como se o fato de ela ter mencionado seu encontro com tanta indiferença não tivesse deixado meus nervos e meu temperamento à flor da pele, mas o céu me traiu. Um relâmpago cortou o céu, seguido por um trovão, minha energia perturbava a atmosfera. Ela percebeu, inclinando a cabeça para trás quando uma risada feita de pecado saiu de seus lábios. A chuva caía em seu rosto, a água escorria por seu pescoço.

– Ainda está tendo problemas, amor? Não está dormindo? – Ela me olhou de relance enquanto o ar continuava a roncar.

– Serei honesto com você se você for comigo.

– Honestidade?

– Sim. Honestamente, você ajudou mais do que imagina, e pretendo fazer o mesmo por você. Não importa que palavras diz ou se faz provocações que sabe que me afetam. Recuso-me a permitir que continue neste caminho destrutivo, Dianna.

Ela abaixou o olhar, balançando a cabeça como se estivesse contemplando minhas palavras. A água escorreu da ponta do seu nariz antes que ela olhasse para mim de novo. Linda, ela era linda até mesmo naquele momento. Nenhuma parte sua me assustava, não importava o quanto ela tentasse. As presas, os olhos, cada parte ainda era dela, e ela era a única que eu queria. Eu ansiava por Dianna exatamente como era, desde os cílios grossos que ela fechava contra a chuva até aquela boca carnuda e sensual, naquele momento pintada em um tom profundo de vermelho, até o cabelo penteado para trás e caindo bem abaixo dos ombros. Eu podia ver como a perda de Gabriella e o sangue consumido haviam-na transformado, mas para mim ela ainda era minha doce, protetora, carinhosa e ardente Dianna.

– Honestidade, então. Tudo bem, vou ser honesta. – Um lampejo de emoção dançou por trás de seus olhos, e aquela personalidade furiosa desapareceu por um segundo. Sua garganta oscilou quando ela continuou a olhar para mim. – Isso foi uma perda de tempo. Cada segundo que passei com você foi uma perda de tempo. Você foi um meio para um fim. Você deveria manter minha irmã a salvo e falhou até nisso. Eu deveria ter ido embora no instante em que tive chance. Qualquer pessoa inteligente teria feito isso. Agora ela está morta por sua culpa tanto quanto por minha, porque não conseguíamos tirar as mãos um do outro. Kaden a matou por causa de *você*, por causa de *mim*. Mais uma vez, fui lembrada de que não sou uma garota normal, apaixonada por um garoto normal que lhe deu flores e disse que ela era bonita. Fui burra por pensar que poderia ter pelo menos uma aparência de normalidade em minha vida. Fui fraca e patética e não percebi que o normal morreu no segundo em que morri naquele maldito deserto escaldante. E honestamente? Nunca mais serei ela de novo.

Ali estava. Dianna tentava se esconder por trás da violência e dos amantes que tinha, usando isso como uma armadura para proteger seu coração dilacerado. Ela tinha deixado a mensagem tentando me provar que realmente havia partido. Entretanto, eu sentia em minha alma o quanto era mentira. Ela era Dianna, minha Dianna, e eu via com clareza como ela estava quebrada naquele momento. As palavras que ela atirou em mim tinham a intenção de me magoar, mas se originavam em sua tristeza e dor avassaladoras. A mesma dor que se apoderou de minha alma quando Rashearim caiu.

– Você está errada, Dianna. Está tentando se convencer, mas sabe que eu teria feito qualquer coisa por você e por sua irmã. Culpar a si mesma e a mim não a trará de volta. – Meu coração desabou quando ela se virou de leve, com seus olhos faiscando um pouco mais. – Ainda me importo com você. Preciso de você. Quero você. Sempre vou querer.

– Bem, sendo assim, acho que isso é um problema, porque não me importo com você. Não quando o preço disso tirou tudo de mim. – Seus lábios se franziram em uma linha estreita. – Você não vale a pena.

Eu havia acertado um ponto fraco, e ela revidou.

– Não projete em mim. Conheço você, mesmo que odeie isso. Você se importa comigo. Sei o que senti antes e sei o que você sentiu. Foi real. É a única coisa que ainda consigo sentir de você, e não vou parar até tê-la de volta. Não vou deixar você sofrer sozinha. Sabe que não vou. Sou teimoso demais.

O crepitar de um relâmpago sibilou pelo céu. Um canto de seus lábios se torceu quando ela lançou um olhar para ele. Dianna engoliu em seco, a linha longa e estreita de seu pescoço oscilava conforme ela inclinava a cabeça para trás.

– Escreveram histórias sobre nós. Eu, a Ig'Morruthen, e você, Samkiel, o Destruidor de Mundos. Duas criaturas destinadas a derramar o sangue uma da outra até que o cosmos sangrasse. – Ela olhou para mim, seu olhar encontrou o meu e se manteve firme. – Não a transar uma com a outra.

Apenas dei de ombros enquanto a tempestade continuava a rugir.

– Bem, os tempos mudam.

Ela sorriu, mas foi um sorriso de aborrecimento, não o sorriso brilhante que eu desejava. Ela bateu as mãos uma contra a outra.

– Hum, bem, isso foi divertido, Samkiel, mas tenho um bruxo para matar. Portanto…

Eu sabia o que ela estava fazendo. Sua tentativa de evasão era aparente, mas era mais do que isso. Eu sabia melhor do que ninguém como ela estava. Quando meu pai morreu e destruí Rashearim, me tranquei nos destroços do meu mundo. Ela estava apenas trancando suas emoções dentro de si, tentando me afastar, tentando me bloquear, tentando não sentir.

– Dianna. – Dei um passo à frente. Ela estendeu a mão em minha direção, um anel escuro em seu dedo brilhou por um mero segundo quando ela invocou uma espada afiada e dentada feita de osso serrilhado e a segurou entre nós.

O choque prendeu meus pés no lugar, meu estômago se revirou.

Inconcebível.

– Como? – Minha voz era um sussurro quebrado.

Ela invocou uma lâmina de um anel. Era impossível que ela tivesse a magia bruta necessária para estabilizar o poder que ele continha.

– Outro momento honesto entre nós. Lembro-me das coisas que você me ensinou. Como lutar melhor, ser mais rápida, como derrubar algo muito maior que eu, como ser *letal*. Cada coisinha que me mostrou naquela maldita mansão quando só queria ficar perto de mim depois da nossa pequena discussão. Lembro-me de cada palavra que falou, inclusive de como devemos sempre ter uma arma. – Ela ergueu a lâmina, avaliando-a. – Camilla fez isso para mim. Demorou um pouco, mas aqui estamos.

– Era para isso que precisava dela? Para lutar contra mim?

Por que a raiva e o ciúme ganharam vida em minhas entranhas com essa compreensão?

– Eu sabia que você só ia me atrapalhar. Assim como o sangue que corre pelo seu corpo perfeito, salvar pessoas está enraizado no seu DNA. E, honestamente, isso não é muito legal? Os anéis são realmente uma ótima ideia.

Camilla forjou um anel de lâmina. Eu sabia que seus poderes eram incomparáveis mesmo ali, mas tanto poder e força eram catastróficos. E agora duas das mulheres mais poderosas que eu conhecia haviam unido forças.

– Sou uma criatura nascida do caos, nascida para destruir você. – Ela ergueu a lâmina, apontando para mim. – Você é o protetor de todos os doze reinos e de todas as dimensões intermediárias. Seremos o que sempre fomos destinados a ser, querido?

Ela se moveu depressa, depressa demais. Invoquei minha lâmina e a ergui, impedindo seu golpe pouco antes que atingisse meu rosto. O som pesado do aço ressoou, e parte de mim se quebrou.

Meu corpo caiu no chão, todo o ar foi expulso dos meus pulmões. Fiquei de pé e invoquei outra arma de ablazone. Eu me recusava a desistir dela. Ela ainda estava lá. Havia sido apenas um lampejo, enterrado sob a raiva e a vingança, mas eu vi, e isso bastava.

Luzes faiscavam, lançando uma tonalidade cinza-azulada a cada rotação dos raios amarelos golpeados. Examinei o buraco que ela fez no convés depois de me atingir com chama suficiente para arder. Minhas roupas permaneceram intactas, exceto pelos poucos cortes feitos pela lâmina. Ela praticamente dançava com aquela arma. Mesmo que eu fosse o alvo, ela era impressionante.

Espiei dentro do buraco e a segui. No momento em que meus pés tocaram o chão, caí de joelhos. A espada de Dianna atingiu o metal logo acima da minha cabeça e ficou presa. Seus olhos reluziram quando ela arrancou a lâmina da parede.

Levantei-me e dei um passo para o lado, fora do seu alcance.

– Como ficou tão boa em empunhar uma espada? Você detesta espadas.

Ela avançou correndo, e bloqueei o golpe que desferiu contra mim. Mantive-a ali por alguns segundos, a força por trás de seu golpe era dez vezes maior. Ela se inclinou e sorriu, estalando caninos tão afiados quanto a lâmina que empunhava. Seu primeiro golpe acertou meu queixo com força suficiente para me atirar contra a parede vizinha. Afastei-me da parede, abaixando-me mais uma vez quando ela golpeou, e a lâmina faiscou contra a parede onde eu estivera.

– Você só pode aperfeiçoar algo se treinar. – Ela jogou minhas palavras de volta para mim com uma voz zombeteira. – Outra lição que você me ensinou.

– Ah, quer dizer que você presta atenção no que eu falo?

Um cano estourou onde ela bateu contra a parede, lançando uma nuvem de vapor sibilante pelo corredor.

– Sabe, vi você na tela, exibindo-se e sorrindo para aqueles mortais estúpidos como se nada tivesse acontecido. Tão precioso, dizendo a todos que não têm nada a temer. Você é uma piada. – Ela me perseguiu através do vapor cinzento, virando a lâmina enquanto girava o pulso.

– Tenho que manter as aparências, Dianna. Era apenas isso. Você sabe. Os mortais já estão alvoroçados.

– Sim, você parecia tão infeliz com todos praticamente babando por você.

Um pensamento passou pela minha cabeça.

– Foi assim que pareci? Quanto tempo você ficou olhando para mim?

Ela se moveu novamente, e eu bloqueei.

– Ele a exibiu, Samkiel, daquela maneira, e você aparece lá como se não significasse nada. Minta para mim de novo sobre o quanto se importa comigo – rosnou ela, e seu pé disparou para me chutar no peito. Fui atirado para trás, a parede rangeu quando meu corpo a atingiu. Esfreguei a dor persistente em meu esterno e me levantei. Sim, sem dúvidas ela estava mais forte e cruel. Quando recuperei o fôlego, absorvi suas palavras.

– Dianna. Tenho que fazer com que o mundo, os mortais se sintam seguros, para manter o Conselho de Hadramiel afastado. Isso é tudo. Eu nunca faria nada de propósito para lhe causar mais dor.

O vapor continuava a sair do cano, enchendo o salão com uma névoa fina. Só pude ver os olhos vermelhos brilhantes e a silhueta quando ela deu um passo para trás, depois outro.

– Eu não me preocuparia comigo sentindo dor – comentou ela com um sorriso, e os dentes brancos faiscaram na escuridão.

Em um minuto, ela estava ali e no seguinte tinha sumido. Levantei-me e corri para onde ela estava. A fumaça envolvia meu corpo, mas o corredor estava vazio.

– Merda – rosnei baixinho. Outra palavra que Dianna tinha me ensinado saiu dos meus lábios. Ela estava me provocando, buscando por ele, aproximando-se de sua localização, e, como eu estava longe o bastante para não conseguir alcançá-la, ela tinha desaparecido.

Virei-me, invocando a arma em chamas de volta ao meu anel antes de disparar pelo corredor. Sabendo que não ia alcançá-lo antes dela, parei e me transportei, reaparecendo do lado de fora da porta de metal. Agarrei a alavanca e puxei, arrancando a porta das dobradiças.

Santiago deu um salto, seus olhos estavam arregalados de medo e choque. Sem lhe dar tempo para reagir, estendi a mão e agarrei-o pela frente da camisa, puxando-o para fora.

– Você está horrível – comentou ele, com o rosto sombrio, ao perceber os cortes e o sangue em minha jaqueta. Eu não tinha notado quantos golpes ela havia acertado durante a nossa luta, mas aparentemente causou alguns danos.

Arrastei-o, olhando para todos os corredores e esquinas, esperando que ela aparecesse. Fiquei surpreso que Dianna ainda não tivesse o alcançado. Santiago percebeu meu desconforto e apressou-se em me acompanhar.

– Sabe que eu poderia simplesmente ter transportado nós dois para fora daqui se você não tivesse cortado a porra das minhas mãos.

– Cale a boca – rebati, chegando ao fim do corredor. Olhei para a direita e para a esquerda, mas o único movimento eram as sombras criadas pelo brilho fraco das lâmpadas. Empurrei Santiago para a direita e para a placa de saída no final do corredor.

– Por que está me protegendo?

Meus ombros se contraíram quando parei e me virei para encará-lo, forçando-o a dar um passo para trás.

– Não estou – respondi entre os dentes cerrados.

– Mas é o que parece – ronronou Dianna do outro lado do corredor.

Os olhos de Santiago se arregalaram, o olhar dele focou atrás de mim. Virei-me devagar para encarar Dianna. Ela se encostou na parede, batendo a adaga dos renegados na ponta do calcanhar. Como ela tinha se aproximado de mim sem que eu notasse?

Aquela era a segunda vez.

– Por que não consigo mais sentir você? – Minhas sobrancelhas se franziram, e ouvi Santiago engolir em seco atrás de mim.

Os olhos dela se conectaram com os meus. Ela deu de ombros, afastando-se da parede e girando a espada na mão, exatamente como eu havia ensinado.

– É um segredo, e não somos mais melhores amigos.

Meu lábio se curvou, pronto para lhe dizer mais uma vez o quanto eu odiava aquela palavra, mas Santiago sussurrou atrás de mim.

– Você é mais Kaden do que nunca.

– Algo do tipo. – Um lento meio sorriso surgiu em seu rosto. – Está pronto para morrer agora? Eu me movi, bloqueando-o com meu corpo.

– Dianna. Por mais que eu queira que ele morra, não podemos. Você não pode.

Ela fez uma pausa, seu sorriso se tornou letal enquanto ela balançava a cabeça.

– Ah, posso sim. Quer assistir?

Levantei a mão.

– Pense. Ele sabe onde Kaden está e para onde estão enviando isso. Ele disse que Azrael está vivo, Dianna. Você sabe o que isso quer dizer?

Ela fechou os olhos brevemente, seus ombros caíram quando inclinou a cabeça para trás. Eu a vi abaixar a lâmina, mas sua mão a apertou mais.

– É só com essa merda que você se importa – retrucou ela, e sua voz era apenas um sussurro.

– O quê? Não. – Balancei a cabeça, deixando cair a mão. – Ele é valioso, Dianna. Só isso.

– Não – ela me encarou, e, por um segundo, vi a dor e o sofrimento reluzirem em seus olhos cheios de brasas quando ela apontou a lâmina para mim –, ela era.

– Ela era, e ele vai pagar por isso. Realmente pensa que eu me importo se Santiago sobreviver depois de tudo o que ele fez a você? – Dianna inclinou a cabeça, ouvindo. Chamei sua atenção dela e segui em frente. – Preciso de informações e pretendo extraí-las da mesma forma que tenho feito há séculos.

Dianna cruzou os braços, segurando a espada preguiçosamente na mão.

– Então, esse é o seu plano? Usar a energia que você usou em mim até que ele fale e diga onde Kaden está?

– Sim. – Eu balancei a cabeça.

– E depois? Vai matá-lo depois?

Acenei com a mão.

– Ele pagará por seus crimes. O Conselho de Hadramiel cuidará de sua execução como tem feito há eras.

– Por seus crimes? Que herói. – Ela sufocou uma risada. – Você é adorável, sempre tão gentil ao ajudar os monstros, mas poderíamos pular tudo isso, e você poderia me deixar ficar com ele. Nem precisa sujar suas mãos perfeitas.

– Ou – engoli o nó que crescia na minha garganta – poderíamos chegar a um acordo e trabalhar juntos como fizemos antes.

– Já tentei isso. Não funcionou para nós, não é? – Ela franziu a testa e deu de ombros. – Portanto, dispenso. Você tem que fazer tudo de acordo com as regras, e eu prefiro mutilar, sabe? Quero dizer, ele seria o quê? Um prisioneiro para você e esse Conselho mítico?

– Ele seria um prisioneiro de guerra, sim.

Ela bateu o pé no chão enquanto olhava para baixo por um momento.

– Bem, seu prisioneiro de guerra fugiu, então…

Virei-me para trás e não vi nada além de um corredor vazio. As pequenas luzes no corredor ainda giravam. Xinguei baixinho e apoiei as mãos nos quadris antes de me voltar para ela.

– Como não o ouvi?

Dianna descruzou os braços, os longos cabelos ondulados balançaram sobre os ombros quando ela os encolheu.

– Você estava muito concentrado no seu discurso. Sinceramente, eu não queria interromper você. Santiago é um canalha que gosta de enfeitiçar os próprios pés para poder se esgueirar. Ele é desse tipo de rato.

– Ah – disse. Parte de mim sentia falta daquilo, e todo o meu eu sentia falta dela. Parecia tão certo estar na sua presença, ouvir sua voz, suas piadas, a maneira como trabalhávamos juntos, tudo isso. Mesmo que ela negasse nosso vínculo, eu ainda o sentia com clareza. Deuses, eu sentia falta de tudo, mas minha nostalgia durou pouco.

– Você o viu indo embora?

Ela assentiu.

– Sim.

– E você deixou.

Ela assentiu novamente.

– Sim.

– Por quê?

Ela soltou um suspiro lento, suas bochechas se inflavam enquanto ela avançava.

– Para ser justa, eu ia atrás de você depois de terminar com Santiago, mas, já que está aqui agora – sua voz caiu uma oitava, seus olhos brilharam um pouco mais, as presas desceram para enfeitar a borda de seu lábio inferior como se a Ig'Morruthen dentro de si tivesse subido à superfície –, tenho um plano melhor.

Dianna avançou, girando a espada acima da cabeça e na minha direção. Eu me esquivei, invocando uma lâmina do meu anel e erguendo-a para bloqueá-la. Seus ataques dela eram fortes e brutais, e até mesmo eu fiz uma careta diante da força por trás deles. Ela era forte antes, mas agora sua força era quase aterrorizante.

Afastei-me de seu segundo golpe, forçando-a a recuar. Demorou apenas um segundo para que ela avançasse de novo, tão depressa que nem a vi dobrar as sombras ao seu redor. Em um instante, ela estava à minha frente, no outro, atrás de mim, tal qual quando lutamos em Zarall. Minha espada passou por trás de mim, afastando sua lâmina dela quando ela tentou acertar minhas costas. Eu me virei em sua direção, mas Dianna havia sumido mais uma vez. A dor atingiu meu ombro. Outra rajada de ar e fogo deslizou ao longo da lateral do meu corpo, seguida por uma picada profunda e uma onda de sangue saindo do meu braço. Ela era tão veloz! Tentei bloqueá-la, mas outro golpe atingiu a parte de trás do meu joelho, me derrubando. Seus saltos estalaram no chão conforme ela andava ao meu redor, parando diante de mim. Um sorriso enfeitava seus lábios quando ela forçou meu queixo para cima com a parte plana de sua lâmina.

— Olhe só. Deuses sabem como se curvar.

— Se me queria de joelhos, Dianna, tudo o que precisava fazer era pedir. Você sabe disso.

— Tentador. — Ela balançou a lâmina sob meu queixo, forçando minha cabeça para trás. — Mas você deveria deixar a barba crescer um pouco de novo. Gosto como ela faz cócegas.

— O que você quiser.

Seu sorriso era todo presas e brutalidade fria.

— O que eu quiser?

— Sempre.

— Quero algo de você. — Ela se inclinou um pouco mais para perto, a ponta da lâmina pressionava meu pescoço. — Preciso que você sangre.

Mais rápido do que eu conseguia acompanhar, ela me agarrou pelo pescoço e me ergueu com a facilidade de um predador, os pequenos músculos de seu braço se contraíam com meu peso. Meus pés mal tocavam o chão, o que dizia muito, visto que eu era mais alto que ela. Não tive chance de falar nada antes que ela enfiasse a lâmina na minha barriga, prendendo-me ao casco de metal do navio. Gemi, segurando a lâmina conforme ela a empurrava mais para dentro da minha barriga. Ela olhou nos meus olhos, mordendo o canto do lábio, e se inclinou para mais perto.

— Eu já lhe falei o quanto adoro os sons que você faz? — Suas unhas cravaram-se na lateral do meu pescoço. — Faça-os de novo.

Sua voz era como veludo líquido em minha pele, minha alma, mesmo com uma lâmina irregular atravessando minha barriga. Ela soltou minha garganta devagar, passando os dedos pelo meu pescoço, traçando minha clavícula para acariciar meu peito. O sangue se acumulava e gotejava do meu ferimento, mas agora estava correndo em direção a outra parte do meu corpo. Ela ouviu minha respiração falhar, e seu sorriso aumentou, revelando caninos mais afiados que adagas. Ela cortou minha camisa com uma unha antes de abaixar a cabeça. O som que emiti quando a língua dela se espalmou contra minha pele nua não foi de dor. Ela olhou através dos cílios grossos, e era um olhar com o qual eu fantasiava desde Chasin.

— Aí está — falou ela, seguindo o rastro de sangue abaixo da lâmina com a língua.

Ela deu um passo para trás, e meu corpo esfriou sem o dela por perto. Observei enquanto ela puxava um pequeno frasco preso a uma corrente entre os seios. Abriu a tampa e cuspiu meu sangue dentro. O desejo se transformou em preocupação quando ela o encheu, fechou e enfiou por dentro da blusa mais uma vez.

Eu me lancei para a frente, mas sem sucesso. O que quer que ela tenha usado para atravessar a mim e à parede, fazia com que eu não conseguisse me mover. Meus dedos dos pés mal tocavam o chão, e eu não conseguia me apoiar para puxar.

— Aguente firme. — Ela piscou para mim antes de desaparecer em uma nuvem de névoa negra.

XII
DIANNA

Avancei pelo corredor usando a manga comprida da minha roupa para limpar o sangue de Samkiel da minha língua e lábios. Eu precisava tirar a porra do gosto dele. Tirar da minha cabeça, da minha boca, da minha... Parei ao ouvir o maldito coração de Santiago batendo um andar abaixo de mim. O fogo dançou na palma da minha mão, e lancei uma poderosa coluna de chamas no metal aos meus pés. Ele iluminou com um brilho vermelho-amarelado e derreteu, pingando no chão abaixo. Saltei pelo buraco que fiz e caí agachada. Santiago olhou para trás, e o vi falar a palavra *"merda"* antes de desaparecer em uma curva. Alonguei as unhas e estendi a mão para arranhá-las ao longo da parede, andando devagar pelo corredor enquanto assobiava uma antiga melodia eoriana. Faíscas e lascas voaram de baixo das minhas unhas, o som era um grito agudo. Eu estava atrás dele e não me importava que ele soubesse.

Aquilo era uma caçada, e Santiago era minha presa. Eu queria saborear. Ele estava preso, sem ter para onde ir nem ninguém para salvá-lo. Virei a curva bem no momento em que uma grossa porta de metal se fechou. Passaram-se apenas alguns segundos antes que eu estivesse na frente dela, e, com um chute firme, ela saiu voando das dobradiças. Um grande estrondo ricocheteou pela sala quando a porta atingiu a parede e caiu no chão.

— Sério, Santiago, isso está ficando constrangedor. Até para você. — Eu ri e entrei na sala pequena e mal-iluminada, esperando encontrá-lo encolhido em um canto, mijando nas calças, mas estava vazia. Que porra era aquela? Eu o vi entrar ali, e não havia saída.

— Procurando por mim?

Eu girei, meus lábios se curvaram em um rosnado, preparando-me para rasgar sua garganta com os dentes. Ele ergueu a mão e soprou um pó fino em meu rosto. Pisquei por reflexo, enviando o que quer que fosse para ainda mais fundo no meu corpo. Tropecei para trás, sentindo o metal se amassar quando bati na parede. A dor lancinante fez meus olhos lacrimejarem e minha garganta arder. Agarrei meu rosto, arranhando e coçando meus olhos, tentando me livrar daquilo.

— Sabe, é uma substância terrível. Não apenas pode cegar você, mas também ataca o sistema nervoso central. Kaden sabia que você viria atrás de nós e deu a todos uma maneira de se defender. Entretanto, acredito que não tenha ajudado os Vanderkai e Camilla.

Abrindo os olhos, tive que apertá-los para enxergá-lo, minha visão estava embaçada e irregular. Via dois dele, sua forma oscilava, até que me concentrei e o forcei ao foco.

— Vou estraçalhar você — rebati, e meu corpo começava a tremer. Minhas pernas e braços pareciam fracos, mas me esforcei para ficar de joelhos, tentando superar e ficar de pé.

Santiago limpou as mãos nas calças.

— Seu namorado realmente pensou que ele tinha feito alguma coisa cortando minhas mãos, mas você não contou sobre o presentinho que Kaden me deu quando me aliei a ele, não é? – Santiago deu de ombros antes de me chutar nas costelas com força suficiente para me tirar o fôlego. – Ele realmente cai quando a gente finge impotência, não é?

– Você é um bosta, Santiago. Sempre foi. – Agarrei minha cintura e fiquei de joelhos, usando a parede para me apoiar enquanto me levantava. Parecia que metade dos meus poderes haviam sido sugados de mim. Ficando em pé, tentei limpar mais daquele maldito pó enquanto avançava em sua direção. Havia vários Santiagos de novo, e todos riram de mim, o que só me enfureceu ainda mais. Eu os golpeei com minhas garras, mas não acertei nada além do ar enquanto tropeçava. Golpeei mais uma vez, e suas posições mudaram de novo. – Pare de se mover, porra! Fique quieto e deixe que eu mate você! – gritei.

Seu punho disparou, atingindo-me no rosto e atirando-me no chão. Aquele pó tinha surtido efeito um pouco mais rápido do que eu gostaria. Malditas bruxas. Uma das mãos dele me agarrou pela parte de trás do cabelo e torceu com força suficiente para me fazer estremecer. Ele se ajoelhou atrás de mim, puxando minha cabeça para trás. Cerrei os dentes contra a dor. Seu rosto apareceu a poucos centímetros do meu. Seu sorriso de escárnio se encheu de luxúria enquanto me observava com seus olhos caindo para o decote profundo do meu macacão.

– Sempre imaginei transar com você assim, sabe. Pode me chamar de curioso, mas eu me perguntava o que era tão bom que fez Kaden interromper os planos por mil anos. – Sua boca estava quente contra minha bochecha, fazendo a bile subir em meu estômago. Eu podia sentir a fera em mim, contorcendo-se e resistindo, lutando contra o feitiço que ele havia lançado. Pouco a pouco, minhas forças estavam voltando. – Mal posso esperar até que Kaden a tenha de volta. Talvez ele me deixe tê-la como punição por seu chilique. Quero dizer, é só isso. Ele tem coisas mais importantes com que se preocupar do que com você chorando pela sua *irmã morta*.

Minha mão disparou, agarrando-o pela nuca. Eu me virei e o joguei de costas, estremecendo quando ele puxou um punhado do meu cabelo. Antes que ele tivesse tempo de reagir, eu já estava em cima dele, erguendo-o em minha direção enquanto minhas presas desciam sobre seu pescoço. O sangue, quente e amargo, cobriu minha língua, e me concentrei em vascular cada memória que ele tinha.

Uma dor aguda e lancinante explodiu em meu crânio. Gritei e me afastei dele, minha cabeça parecia que ia explodir.

Rosnei, as presas pingavam com o seu sangue enquanto eu exclamava:

– O que você fez comigo?

– Realmente acha que não tínhamos um plano de contingência? Deuses, o quanto você é burra?

Esforcei-me para ficar de pé, minha cabeça latejando conforme ele reunia mais energia nas mãos.

– Kaden enfeitiçou o sangue de todas as criaturas do Outro Mundo, de todos no mundo que são importantes para ele, para que você não possa encontrá-lo. Você já deveria saber que ele não vai ser encontrado até que queira.

– Deuses, que bando de covardes. Vocês não podem nem morrer com dignidade. É bom saber que estão correndo por aí com o rabo entre as pernas, como os cachorrinhos que são.

Acertei um ponto fraco. A mão de Santiago se estendeu, o emaranhado de energia verde explodiu de sua palma. Acertou-me no peito e atravessou a parede de metal às minhas costas. Caí com um grunhido de dor, meus pulmões não funcionavam e meu peito estava côncavo. Os ossos sob minha pele voltaram ao lugar quando me sentei, grata por ter comido o bastante, ou aquele golpe teria me deixado quase inconsciente.

– Você está mais forte agora. Poderosa. Gosto disso. Você finalmente cedeu por completo, hein? Acho que ele estava certo. Tudo de que você precisava era um empurrãozinho.

Afastei o cabelo do rosto enquanto Santiago entrava, abaixando-se para evitar as pontas afiadas do metal ao redor do buraco que meu corpo havia feito. Ele brilhava, suavemente iluminado pela energia que emanava, e brilhou ainda mais quando invocou mais poder até suas mãos.

Faixas de energia verde dispararam, apertando minha garganta e me levantando do chão. Meus pés se arrastavam pelo piso conforme ele me puxava em sua direção. Os dentes de Santiago faiscaram brancos, e seus dedos se curvaram, apertando a faixa ao redor do meu pescoço. Eu só precisava fazê-lo se aproximar um pouco mais, mantê-lo falando e fazê-lo continuar a pensar que estava em vantagem.

– Sabe, não acho que você seria capaz de matar Kaden mesmo se o encontrasse. Será necessário um exército para detê-lo neste momento, e você está sozinha. Você não tem ninguém e, quando ele abrir esses reinos, vai desejar ter permanecido ao lado dele. – Ele me parou a alguns metros de distância e sorriu, e os tentáculos verdes me soltaram.

– Esse é o grande plano de Kaden? Ele quer abrir os reinos usando ferro? Os reinos só se abrirão quando Samkiel morrer, e ferro não pode matar a porra de um deus imortal. Vocês dois são idiotas.

Santiago riu como se eu tivesse contado uma piada.

– Somos? Faça-me o favor, é apenas um ingrediente.

Escondi meu sorriso, enquanto ele fazia exatamente o que eu precisava que ele fizesse. Falar.

– Ah, só um?

O sorriso desapareceu de seu rosto quando ele percebeu o que acabara de dizer.

– Você é uma vadia.

– Eu sei, mas sou uma vadia esperta. – Invoquei a adaga dos renegados do anel que Camilla havia feito para mim e me levantei em um movimento fluido. Santiago recuou em estado de choque, a energia verde girava ao redor dos nós de seus dedos. Ele atirou a magia em minha direção, desesperado. Dei um passo para trás e levantei a lâmina, e o poder dele ricocheteou nela exatamente como Camilla disse que faria. Ele lançou outra bola de energia, seguida de outra, e dançamos pelo que pareceu uma eternidade.

Cada golpe era intencional e letal. Havia uma razão pela qual Kaden nos preferia. Deslizei pelo chão, acertando um chute que o fez atravessar o corredor e entrar em outra sala. Eu o persegui, o que foi estúpido da minha parte. Assim que cheguei à soleira, Santiago usou sua magia para bater a grande porta de aço contra minha cabeça. Tropecei para trás, perdi o equilíbrio, e ele lançou um emaranhado de magia verde em mim. Ela me envolveu da garganta até os joelhos, segurando meus braços firmes contra meu corpo. Ele apertou e me ergueu no ar.

Deu um passo à frente, com a mão levantada, enquanto me jogava contra uma parede, depois outra. A dor me atravessou quando senti meu ombro se deslocar, mas não tive tempo de me concentrar nisso quando ele me atirou contra o teto e depois me lançou no chão.

Ele me ergueu no ar mais uma vez, e percebi a alegria maníaca distorcendo sua expressão. Ele me mataria ali se pudesse e, se não, ia me incapacitar o bastante para me levar até Kaden. Meus músculos se contraíram sob a magia com meu esforço.

– Mal posso esperar para voltar para ele com o ferro e você. Como é aquele dizer mortal? Dois coelhos, uma só... – Santiago parou no meio da frase. Esforcei-me para olhá-lo. Ele estava com o cenho franzido, e vi o brilho de uma lâmina prateada.

Em um minuto, ele estava de pé. No seguinte, seu corpo caía partido em dois pedaços, dividido ao meio por completo. O poder que me prendia desapareceu, e caí no chão, aterrissando de bunda com um baque surdo. Os olhos de Samkiel permaneceram focados em mim, enquanto ele passava por cima do cadáver de Santiago. Ele parou na minha frente e estendeu a mão para me ajudar a levantar. Encarei-o, com minhas narinas dilatadas, afastando sua mão com um tapa.

— Por que você fez isso? – gritei.

Ele franziu a testa, ofendido.

— Fazer o quê? Salvar você?

— Me salvar? – zombei. – Ele tinha informações, e eu estava conseguindo até que você apareceu para bancar o herói de novo e o matou.

— Informação? Com ele envolvendo você em magia ou atirando-a de um lado para outro da sala até você ficar machucada e ensanguentada? – Ele parecia ofendido. – Você estava...

— Eu não estava nada, seu idiota incompetente.

Levantei e coloquei meu ombro de volta no lugar com um grunhido. Passei por ele e pelo buraco na parede. Ele praguejou, e ouvi seus passos pesados me seguindo, sempre me seguindo.

— Dianna.

— Não! – berrei, atravessando o navio. – Pare de tentar me salvar, me ajudar e, pelo amor dos deuses, pare de me seguir como um cachorrinho perdido!

— Que raios quer dizer com isso?

— Estou dizendo para você parar de falar comigo como se de repente fôssemos amigos de novo, porque não somos.

— Ótimo. Eu desprezo essa palavra. Desejo ser muito mais do que amigo.

O calor se espalhou por todo o meu corpo quando uma lembrança repentina do quanto ele odiava aquela palavra me inundou. Ele fazia isso toda vez. Sempre me afetava.

Eu girei.

— Quantas vezes tenho que atear fogo em você, derrubar um prédio em cima de você ou esfaqueá-lo antes que me deixe em paz?

— Depois do que acabou de fazer? – Ele nem pareceu perturbado e deu de ombros. – A esta altura, estou começando a pensar que violência é uma preliminar para você.

— Nós dois sabemos que não é disso que gosto.

— Não é? – Ele se aproximou, envolvendo-me em seu calor e perfume. – Venha para casa e me ensine do que você gosta.

Casa. A palavra me atraiu, e vacilei. Senti meu corpo escorregar como se estivesse dando um passo à frente, como se eu estivesse considerando, como se ele fosse minha casa. Mas não. Eu estava fazendo de novo, deixando que ele me afetasse, permitindo que me distraísse e me fizesse sentir. Minha perna disparou e meu pé acertou em cheio, chutando-o entre as pernas tão rápido que ele não teve tempo de se esquivar. Ele gemeu e caiu no chão, desabando sobre si mesmo.

Olhei feio para ele, odiando o que me fazia sentir, e segui em direção à saída.

— Pode continuar fingindo que o que fizemos e pelo que passamos não significou nada para você, mas sei a verdade. Você me afetou profundamente, Dianna, e sei que você também sente isso. Eu sei – gritou ele atrás de mim.

Isso é o que mais dói, não é? Você se apaixonou por ele, enquanto Kaden levava sua irmã. Eu já passei por isso. Vocês podiam não estar transando quando ele a levou, mas não estavam lá quando ela precisou. Não estava lá porque você...

Um cadeado da porta de uma casa chacoalhou.

Minha visão ficou vermelha.

— Você não sabe nada! – sibilei, com chamas dançando nas minhas mãos. Virei-me e voltei em sua direção enquanto ele se levantava.

– As chamas em suas mãos me dizem algo diferente. Existe paixão entre nós.

Meu coração deu um salto, e o odiei isso. Eu o odiava. Estava errado. Ele estava mentindo e me distraindo. Fechei os olhos, desejando que as chamas se afastassem. Sacudi a cabeça antes de abri-los de novo para encará-lo.

– Olha, entendo. É natural. Você não esteve com uma mulher nem ninguém por mil anos. É normal se apegar, mas não é real. O que fizemos ou tivemos não era real.

Nunca vi Samkiel recuar tão rápido quanto fez naquele momento. Seria possível pensar que eu tinha dado um tapa nele ou dito a coisa mais desrespeitosa possível.

– Não tente simplificar meus sentimentos. Nunca.

– Ai, meus deuses. Você tem mais de mil anos e enfiou a mão dentro das minhas calças uma vez. O que foi? Você acha que teve uma visão divina?

A expressão dele se fechou quando a raiva surgiu em suas sobrancelhas.

– Essa não foi a única coisa que fizemos, e você sabe disso.

Meu interior se liquefez, e um calor inundou meu corpo. Memórias e imagens do que fizemos naquela maldita cabana, do gosto dele, de como ele me tocou e dos sons que ele fez voltaram à tona. Tive dificuldade de conter minhas reações, esforçando-me para extinguir as emoções e a fome que elas despertavam.

– Sabe o que eu sei? Que estamos em lados opostos. Sempre estivemos. Eu teria matado Zekiel. Esqueceu disso? Esqueceu que a única razão pela qual trabalhei para você foi minha irmã? Porque você tinha algo de que eu precisava, e eu tinha algo de que você precisava. Então, fizemos uma troca.

Mentira! Magoe-o! A fera gritou. *Faça-o ir embora.*

A dor brilhou em seus olhos cinza-escuros.

– Não faça isso. Não banalize isso.

– Não é? É isso. Era apenas isso. Tudo o que sempre foi, e você seria tão idiota quanto eu se pensou diferente. Você teve mil amantes, terá mais mil. Eu não sou tão especial. – Dei as costas para ele, afastando-me.

Samkiel apareceu à minha frente.

– Realmente acha que significa tão pouco para mim?

Eu gemi, frustrada com ele, com essa conversa e muito mais. Apoiei as mãos nos meus quadris enquanto inclinava meu olhar em direção ao dele.

– Quer saber? Acho que confiei em outro belo estranho para me ajudar a manter minha irmã a salvo quando eu devia ter cuidado disso sozinha. Eu devia ter sempre confiado em mim mesma.

– Você falou que lhe ensinei coisas, mas você também me ensinou. – O olhar de Samkiel se estreitou, uma das mãos apontava para mim. – Não pode fazer tudo sozinha, Dianna.

– Ah, poupe seu discurso de herói. – Revirei os olhos tentando me desviar. Ele se moveu num piscar de olhos, invadindo meu espaço e me forçando a inclinar a cabeça para trás para encará-lo. Isso me deixou maluca. Um Deus-Rei egoísta e arrogante que sabia que poderia ter quem quisesse. Ele sabia que poderia me ter, e eu permitiria de bom grado. Tentei e não consegui contorná-lo quando ele me bloqueou.

– Acha que não sei o que é isso? Você deixa Kaden entrar nessa sua cabeça linda com muita facilidade. Permite que as palavras dele distorçam o que ambos sabemos que não é verdade. Eu nunca machucaria você, Dianna, nunca a abandonaria. O que aconteceu com tudo o que falamos? O que aconteceu com seus fardos se tornando os meus? Sei que você está sentindo mais dor do que qualquer um deveria sentir neste momento. Deixe-me ajudar carregando um pouco desse peso para você.

Ele estendeu a mão para afastar uma mecha do meu cabelo. Uma nesga de calor me queimou profundamente ao menor toque de seu dedo na lateral do meu rosto, e aquela batida em meu peito se acelerou em dez vezes. Naquele momento, esqueci quanta dor estava sentindo, o quanto meu mundo era uma merda. Eu me esqueci dela, esqueci o que fizeram com ela. Ele me ofereceu um lugar onde deixar tudo. Ele se ofereceu para me ajudar a carregar o fardo, e o odiei ainda mais por isso. Eu era capaz de mudar minha forma, de me transformar em feras terríveis e de cuspir fogo. Eu tinha superforça, mas não era tão forte quando se tratava dele e dos meus sentimentos. Nem um pouco. Contra todas as células do meu corpo de rebelião e vingança, eu sabia que ele estava certo, sabia que ele faria exatamente aquilo. Uma parte de mim que estava atrás de uma porta trancada com correntes e aço ansiava por isso. Mas essa parte de mim tinha que morrer.

– Sabe em que pode me ajudar? Indo embora. Não quero você nem preciso de sua ajuda. Vou falar pela última vez para que entre nessa sua cabeça dura. Você não significa nada para mim. – Rosnei baixo e me preparei para empurrá-lo para longe, mas algo explodiu, e o barco chacoalhou violentamente. Sirenes soaram, e caímos com força contra a parede ao lado. Os olhos de Samkiel se voltaram para os meus como se questionassem o que eu tinha feito.

– Não sou eu – rebati.

Ele se afastou, lutando para ficar de pé, quando outra explosão, mais alta, ocorreu, esta mais próxima de nós. As chamas avançaram pelo corredor, e grandes pedaços de metal voaram em nossa direção, todos indo para cima dele.

Eu saltei e o derrubei, empurrando-o para o chão do navio. Ele bateu no piso com um baque surdo, e gritei de dor quando os estilhaços de metal atingiram minhas costas. Seus olhos se iluminaram, um prateado triunfante encontrou os meus. Percebi o que tinha acabado de fazer e como isso provava que tudo o que eu tinha dito era uma maldita mentira. Levantei-me e abri a boca para lançar mais insultos contra ele, para provar que ainda era uma causa perdida, mas o oceano chegou antes de mim. As ondas avançaram, roubando nosso ar e nos sugando para o mar.

Santiago havia dito que Kaden tinha um plano de contingência. Se ele não levasse o carregamento, se eu o tivesse capturado e matado, o navio explodiria, e a carga iria junto.

Kaden não queria ser encontrado e estava determinado a garantir que não seria.

XIII
SAMKIEL

Pisquei, retornando lentamente à consciência. Senti o puxão em meu braço, mãos fortes arrastando meu corpo pela areia fina. Minha visão estava embaralhada, e minha cabeça latejava, mas eu a vi. Uma deusa me puxava para mais longe das ondas. Teria Oceanuna me encontrado perdido e à deriva? Vi sua forma ágil e o grande corte em suas costas cicatrizando devagar. O cabelo escuro e molhado estava grudado em uma massa emaranhada sobre seus ombros e as costas. Meu corpo bateu no chão com um baque surdo, e minha garganta ardeu quando cuspi água salgada espessa e pesada, meu peito arfava e minha visão estava turva quando acordei. Olhos vermelhos me encaravam. Não era Oceanuna. Não era uma deusa. Uma Ig'Morruthen. Minha Ig'Morruthen.

– Dianna?

Assim que falei, ela se foi. Sua forma retornou à escuridão como se esta a possuísse, e parte de mim temia que talvez fosse verdade.

–Você parece acabado – brincou Vincent, quando entrei no prédio principal da Cidade Prateada. Estávamos vários andares acima, eu mancava encharcado de água do mar, e meus sapatos rangiam muito. Não passei despercebido. – Estou começando a acreditar que, toda vez que você sair, vai voltar desbaratado.

– Chega de entrevistas na televisão. Quero meu rosto completamente apagado das anteriores. Se os mortais desejam ouvir palavras de conforto, você as dirá, Vincent.

– E-está bem – gaguejou ele.

As palavras de Dianna ecoaram em meu crânio mais uma vez. Quão descuidado e estúpido eu fui por não perceber como aquilo ia doer? Priorizei meu título, meu trabalho, em vez de ela.

Balancei a cabeça, ignorando os celestiais que me observavam.

Minhas feridas tinham cicatrizado, mas minhas roupas continuavam rasgadas e esfarrapadas. Parecia que eu tinha lutado contra uma fera selvagem, e alguns diriam que sim, mas ela era minha e possuía uma parte de mim que ninguém havia tocado antes. Meu coração doía muito mais do que a dor que naquele momento se esvaía do meu corpo.

Vincent caminhou ao meu lado com uma expressão preocupada no rosto.

– Quer conversar sobre isso?

– Não.

Ele grunhiu.

– E deduzo que o navio não existe mais, certo?

– Atualmente está no fundo do oceano. Em pedaços.

– Santiago?

– Morto.

Ele balançou a cabeça.

– Ela realmente está matando todos os envolvidos.

– Não foi ela.

Chegamos a um elevador, e Vincent se inclinou para apertar o botão.

– Foi você?

– Santiago era um dos mais vis entre os vis. Ninguém vai sentir falta dele, e não sou generoso com aqueles que me atacam – respondi, e minha voz foi se aprofundando para um rosnado baixo.

Ou a atacam.

Vincent assentiu.

– Estou bem ciente, apenas presumi que íamos detê-lo por mais tempo para obter informações. Infelizmente, ainda não temos nada.

A porta do elevador se abriu, e entramos. Informações? Tudo o que ele me contou foram histórias que presumi serem falsas. Azrael ainda vivo? Alistair presente quando Rashearim caiu. Histórias. Tinham que ser. Eu saberia. Eu teria sentido.

– Você me ouviu?

Minha cabeça virou em direção a ele.

– Hum?

– Quando falaremos com o Conselho de Hadramiel?

– Quando for a hora.

Os números dançavam em uma pequena tela bem acima. Vincent mastigou o interior da bochecha, mas assentiu. Eu sabia que ele queria ação. Ele queria A Mão ali. Queria batalhas como as que havíamos travado muito tempo antes. Para ele, ela era apenas mais um Ig'Morruthen provocando caos e destruição. Ele acreditava que Dianna precisava ser abatida como uma fera raivosa. Senti seus olhos em mim, mas não sabia o que falar. Eu havia falhado, como tantas vezes antes. Portanto, não lhe contei o que descobri. Não lhe contei como Dianna quase me derrotou em uma luta, como ela se movia igual a mim, como talvez eu a tivesse treinado bem demais em Zarall. Nem contei-lhe o quanto isso a tornava perigosa.

– Onde está Logan? – Minha pergunta pareceu assustá-lo. Eu não tinha percebido quão quieto tudo havia ficado.

– Está fora à procura de Neverra.

Balancei a cabeça. Logan estava procurando por ela sem parar desde que aquilo começara, algo com que eu não me importava, mas ele não estava levando uma equipe consigo. Eu me preocupava com ele tal como me preocupava com ela. Tínhamos passado semanas procurando sem nenhuma pista. Dianna era a coisa mais próxima de uma informante que tínhamos quando se tratava do Outro Mundo, mas atualmente ela queria me ver morto.

– Ele levou uma equipe?

A porta do elevador se abriu para um grande saguão. Vários bancos longos ocupavam o corredor com vasos de plantas entre eles. As imagens esculpidas nas paredes eram lembranças do passado, retratando batalhas que eu preferiria esquecer, mas que a geração mais jovem adorava. Ninguém estava naquele andar àquela hora da noite, a maioria já tinha ido para casa havia tempo. Apenas uma equipe reduzida, como dizia Vincent, permanecia.

– Eu estaria mentindo caso dissesse que sim.

Fiz um barulho baixo e exasperado no fundo da garganta antes de parar e me virar para ele com um suspiro.

– Vá descansar um pouco. Não há mais nada para fazer esta noite que eu não possa cuidar sozinho.

Apenas mais pesquisas, mais busca por coisas que eu sabia que não ia encontrar.

Ele se encostou na parede do elevador, observando-me por um momento antes de sair.

– Eu posso ajudar.

Balancei a cabeça, com minha mão espalmada sobre minha barriga. Uma dor profunda ainda latejava no local onde ela me empalara.

– Só quero ficar sozinho.

– Eu sei, e é isso que me preocupa.

Ele estava sendo sincero. Eu sabia que todos se preocupavam. Eu tinha notado que estavam me observando com mais atenção nas últimas semanas, ficando mais próximos de mim, constantemente checando como eu estava. Eles tinham boas intenções, mas eu detestava aquilo. Eles não podiam fazer nada para consertar isso. Para me consertar.

– Vou tomar banho e me deitar, Vincent. Não acho que você gostaria de estar por perto para isso.

Ele forçou um sorriso que não alcançou seus olhos.

– Bem, você tem razão.

Afastei-me dele, falando:

– Avise a Logan que, se ele partir mais uma vez sem uma equipe, vai ficar sentado em uma cela por semanas.

– Sim, senhor. – Ouvi uma risada suave, seguida pela porta do elevador se fechando.

Eu estava falando sério. Não ia perder outra pessoa que fosse importante para mim.

Meu reflexo me encarou no espelho cheio de vapor. Longos fios escuros se enrolavam acima da minha testa. Meu cabelo estava ficando longo demais de novo, mas eu não me importava. Músculos cobriam meu corpo, mas eu não me sentia forte. Mil cicatrizes, representando mil fracassos diferentes, decoravam meu peito, braços, pernas e costas. Passei a mão pelo abdômen, lembrando-me de como Dianna enfiou aquela lâmina em mim com facilidade, como se eu não significasse nada. Uma parte sombria do meu cérebro pensou que talvez Drake estivesse errado. Ela tinha dito aquilo, mas depois me salvou, mesmo que eu não precisasse.

Outra ideia sombria passou pela minha cabeça. E se eu não conseguisse alcançá-la? Eu teria que abatê-la como fiz com todas as feras, criaturas e deuses antes? Será que eu seria capaz de acabar com aquele sorriso que me trouxe paz em uma época em que eu não queria nada além de desaparecer? Empurrei-me para longe da pia, e, com um movimento do meu pulso, calças cor de areia cobriram a metade inferior do meu corpo.

Entrei no quarto, mantendo as luzes baixas. Meus aposentos ficavam no topo do prédio. Uma grande janela permitia que eu visse os edifícios lá embaixo e as nuvens que dançavam entre eles. Era um quarto construído para um rei, um deus, mas eu não me sentia digno de nenhum dos títulos.

Havia cômodas encostadas nas paredes próximas ao banheiro. Uma cama grande o bastante para sete pessoas ficava no meio do quarto, e havia uma área de estar posicionada em frente às janelas à minha esquerda. Textos antigos que eu havia tirado do Conselho em minha última visita estavam em uma pilha bagunçada em cima da mesa. Peguei a pequena tira de fotos em preto e branco na mesa e voltei para a varanda.

O ar fresco da noite me cumprimentou quando passei pela soleira. A cidade abaixo estava quieta. Apenas os celestiais estavam nas ruas, impondo o toque de recolher. Cruzei os braços na frente do peito e observei as fotos. Os cantos dos meus olhos arderam enquanto eu passava o polegar pelas imagens. A favorita era a do meio, na qual Dianna teve que me forçar a olhar para a câmera. Ela falou que a lembrava de como eu nunca a escutava, mas estava errada. Eu escutava tudo, cada palavra, cada respiração. Eu escutava.

Olhei para o céu noturno. Cada estrela ali parecia uma paródia maçante do que eu sabia que existia. Suspirei e fiz a única coisa que não fazia havia muito tempo. Falei com os deuses antigos.

– Sei que, quando as almas morrem, nem eu consigo alcançá-las. É proibido, mas, por favor, imploro, se Gabriella estiver aí, se ela puder me ouvir, permitam que ela me ajude. Deem-me um sinal de que estou pelo menos no caminho certo.

Observei o céu, procurando por algum sinal. Balancei a cabeça, percebendo quão idiota aquilo era. Gabriella não poderia me alcançar nem me escutar. Inclinei-me para trás quando uma estrela distante, à minha direita, reluziu. Virei-me em direção a ela. Estava localizada bem acima das outras, mas um pouco mais intensa. Como eu não tinha notado antes?

– Você pode não ter sido igual a nós, Gabriella, mas, se conseguiu ajudá-la antes, isso a torna mais forte do que eu. Estou com medo de não conseguir alcançá-la a tempo, absolutamente apavorado, lutei e vi coisas que fariam outros orarem pela morte. – A estrela nem sequer piscou. Claro que não. Respirei fundo e observei as fotos na minha mão. – Mas prometo que não vou deixá-la se perder ainda mais. Nem vou desistir dela. Você não faria isso.

Saí da varanda e entrei. Ao me deitar e tentar me forçar a descansar, eu podia jurar que aquela mesma estrela brilhava mais forte do que as outras ao seu redor. Por outro lado, talvez eu estivesse apenas enlouquecendo, buscando sinais que não podiam chegar até aqui. Mesmo assim, aquela estrela estava cintilando.

XIV
DIANNA

TRÊS SEMANAS DEPOIS

Ela berrou, o grito foi tão alto que estourou a parede de tijolos atrás de mim. Senti o sangue escorrer dos meus ouvidos enquanto andava em sua direção. Malditas banshees. Ela estava ajoelhada, segurando o braço quebrado, o corte na testa sangrava. Estávamos em uma fábrica abandonada cheia de lixo. Peguei um pedaço de metal e o atirei no ar. O silêncio tomou conta, seguido por um barulho quando sua cabeça bateu no chão.

Sasha, líder das banshees, estava morta, com o restante de sua facção. A fábrica rangeu, as vigas não conseguiam mais suportar a quantidade de danos que causamos ali. Abaixei-me, agarrei sua cabeça pelo rabo de cavalo tingido de azul e desapareci.

Um baque úmido soou quando joguei a cabeça de Sasha no grande altar circular no meio da sala, derrubando vários itens no chão. Camilla gritou e recuou.

– Aí está. Encontre outro local para mim.

Ela engoliu em seco, com as mãos ainda no ar e os olhos arregalados. Runas marcavam a madeira escura do altar, e penas, pés de animais, sangue, ossos e uma variedade de pós o rodeavam. A cabeça da banshee combinava perfeitamente com todas as bobagens de bruxa.

Camilla sacudiu a cabeça, as longas e sedosas mechas de seu cabelo se moveram junto.

– Certo, mas vai demorar pelo menos um dia.

Encarei-a e senti meus olhos brilharem. Ela baixou o olhar.

– Eu não tenho um dia. Cada dia que desperdiçamos dá a Kaden mais um dia para tramar e planejar, e é mais um dia que tenho que me preocupar que o maldito Samkiel vá nos encontrar. – Minhas próximas palavras saíram em um grunhido cortante. – Faça. Melhor.

– Isso é o melhor que consigo fazer. – Seus olhos encontraram os meus, e faíscas de magia verde queimavam ali.

Cruzei os braços, um fio de fumaça saía de minhas narinas. Sustentei o olhar de Camilla e me aproximei. Ela teve a audácia de se encolher, mas não desviou o olhar. Eu era um pouco mais alta que ela, e os sapatos de salto alto que eu usava apenas aumentavam a diferença. Camilla não falou nem recuou, mas eu conseguia sentir o cheiro do medo exalando dela em ondas.

– Deixei você viva porque você serve a um propósito. Se esse não for mais o caso, ficarei mais do que feliz em enterrá-la com seu clã.

Um lampejo de emoção reluz em seus olhos.

– Falei que vou precisar de um dia. Não ajudei? Eu ocultei você para que ele…

Levantei minha mão, interrompendo-a. Eu não queria ouvir o nome de Samkiel. Era verdade que consegui evitá-lo durante semanas por causa de seu feitiço. Camilla havia escondido meu poder e localização, mas ele estava perto. Sempre esteve tão perto. Eu podia ser cruel se necessário, uma máquina de matar a sangue frio, mas, no minuto em que ele estava por perto, no minuto em que eu o via ou sentia seu cheiro, cada lembrança, cada emoção que eu tinha enterrado ameaçava me consumir, e eu não permitiria que isso acontecesse, de novo não.

Nunca mais.

— Estou bem ciente do que você fez e agora preciso de outro local. Como é que um mortal pode se esconder da grande e poderosa Camilla?

— Provavelmente porque estou usando a maior parte da minha magia para esconder este lugar do mundo e ocultar você.

Massageei minhas têmporas.

— Não pense que não incinerei você porque somos amigas. Use o sangue ou os olhos dela ou o que precisar. Ela estava perto dos outros naquela sala quando vocês ficaram assistindo a Kaden assassinar minha irmã.

Ela respirou fundo.

— Certo.

— Boa bruxa. — Um sorriso forçado curvou meus lábios. — E o talismã? Alguma sorte?

Camilla pegou um pequeno frasco verde.

— Mesmo com o sangue de Samkiel, preciso ter certeza de que é capaz de fazê-la entrar e sair sem virá-la do avesso.

— Quer dizer, esperar mais.

— Essas coisas levam tempo.

Esfreguei as mãos no rosto.

— Não tenho tempo.

Foi tudo que eu disse antes de virar as costas e descer pelo corredor com as pontas do meu longo casaco escuro flutuando atrás de mim.

Fiquei no andar inferior do templo, treinando e fazendo tudo o que podia para não pensar nem dormir enquanto Camilla trabalhava. O suor deslizava pela minha coluna quando me inclinei para a frente, respirando lenta e profundamente. Passei horas ali e ainda não parecia suficiente. A última lâmina que lancei no ar foi um pouco mais lenta do que antes. Eu precisava ser mais rápida. Suspirei e me levantei, enxugando a testa com a barra da minha regata e olhando ao redor da sala. Aquele lugar era uma grande exibição de ruínas meio desmoronadas, mas era um lar.

As espadas e diversas adagas que eu tinha acumulado quando explorei os escombros de Novas estavam espetadas nos vários bonecos de treinamento espalhados pela grande sala de pedra bege. Eu estava arfando, mas não estava cansada, nem de longe. Se quisesse matar Kaden, teria que ser mais forte e cruel que ele. Peguei outra adaga dos renegados, repetindo cada movimento que Samkiel tinha me ensinado, cada técnica, cada respiração e exercício de alongamento, buscando me tornar mais forte até mesmo do que ele. Ninguém podia me derrotar agora. Ninguém poderia me tocar. Eu seria uma força da natureza, da ruína e da destruição. Eu nunca mais seria ela, nunca mais seria aquela coisinha fraca e emotiva, nunca mais.

— *Levante os braços, Mer-Ka.* — *Meu pai balançou a cabeça, levantando os braços, me mostrando o que ele queria dizer. Segurava uma adaga que cintilava como vidro. Ele me disse que a comprou de um comerciante depois de ter saído para fazer compras em nossa pequena cidade. Parecia semelhante à que eu segurava, o punho reluzia. Eu queria essa, em vez da outra, e ele disse que eu poderia ficar com ela assim que a merecesse. Era meio-dia, o sol batia nas minhas costas, fazendo minhas roupas grudarem na minha pele já encharcada de suor.*

– Quanto tempo ainda tenho que treinar, papai?

Uma risada suave saiu de seus lábios quando ele apontou a adaga para mim.

– Você pediu para fazer isso, lembra?

Ele não estava errado. Deixei cair meu braço, os músculos cantaram de alívio.

– Ain é boa ajudando você e mamãe com remédios e as pessoas aqui, e eu… eu não sei onde me encaixo.

– E você considera que a luta e as lâminas são para você? – Uma expressão cruzou suas feições, uma que eu não tinha visto nele antes. Ele não estava me repreendendo de forma alguma, mas era como se soubesse um segredo que eu não conhecia e estava perto de descobrir.

– É libertador de certa forma. É como uma dança, mas com objetos pontiagudos. – Sorri.

– Sim, e também é uma boa habilidade para ter, para que possa proteger a si e a nossa família se necessário. – Ele sorriu devagar, com o sol batendo em seu rosto, fazendo-o parecer quase divino. A massa de cabelos grossos e bagunçados formava cachos em várias direções, iguais aos meus. Minha mãe sempre disse que puxei a aparência do meu pai. Nós dois tínhamos o mesmo cabelo escuro, pele cor de bronze e fogo. Ela sempre falava do fogo.

– Certo, então me ensine, e depois vamos comer.

Ele riu.

– E depois vamos comer.

Eu queria um lugar, um propósito, algo além de colinas de areia e tarefas rotineiras. Eu não conseguia explicar, e meus pais só me olharam de forma estranha quando lhes contei que sonhava com um mundo além do nosso, além das estrelas.

A memória desapareceu. Atirei outra adaga dos renegados no alvo de pedra improvisado do outro lado da sala. As que atirei antes estavam todas presas na cabeça em formato de caveira – duas para os olhos, três para o sorriso e duas no pescoço. Joguei a última adaga entre minhas mãos. A sala estava um desastre, assim como eu. Alvos de pedra foram reduzidos a cinzas e havia escombros para todo lado.

– Encontrei…

A adaga saiu da minha mão. Parou a poucos centímetros do rosto de Camilla, e ela a segurou ali com aquela magia verde brilhante. A adaga caiu quando ela baixou as mãos.

Limpei o suor da minha testa.

– Não se aproxime de mim de mansinho.

– Falei seu nome, mas você estava ocupada. – Ela acenou para a sala, reparando a bagunça que eu tinha feito. Meu peito se contraiu, lembrando como era fácil para Samkiel limpar toda bagunça que eu fazia.

Cerrei os dentes, odiando as lembranças e o que me faziam sentir, odiando ter sentido alguma coisa.

– Se eu quiser que você conserte alguma coisa, eu peço.

– Se vai treinar para matar Kaden e um deus, precisará de mais do que tijolos e manequins falsos. Eu posso ajudar.

Coloquei as mãos nos quadris, inclinei a cabeça para trás e suspirei.

– Você disse que encontrou algo. O que é?

– Lobos.

Era tudo que eu precisava ouvir. Sem dizer uma palavra, assenti e passei por ela, subindo os degraus de pedra esculpida. Eu precisava tomar um banho e me trocar. Se os lobos estavam andando pela floresta, isso queria dizer que estavam confortáveis o bastante para sair para caçar, o que era ótimo para mim e terrível para eles.

XV
DIANNA

O dardo acertou o alvo, provocando um longo gemido de Julian.
— No alvo! — Peguei o copo e bebi o sangue de lobisomem antes de batê-lo de volta na mesa. — Acho que eu deveria mudar a palavra para descrever isso, já que foram seus *ovos* que acertei com essa.

Julian estava pendurado na parede oposta, coberto de suor. Ele uivava, e todo o seu corpo estremeceu quando lancei outro dardo, que acertou o alvo.

Meus saltos ecoaram no chão de madeira arranhado. Alguns corpos drenados estavam caídos contra a parede oposta, e as duas mesas de sinuca tinham sido derrubadas.

— Você não vai me dizer mesmo onde está seu querido e velho pai, não é?

Ele balançou a cabeça quando me aproximei, um olho ensanguentado me encarava, o outro estava perdido em algum lugar do outro lado da sala.

— Por que prolongar o inevitável? Sabe que vou matar você, ele e todos os outros envolvidos. Então, por que não adiantar o processo?

— Não. — O poder girava no fundo de seu olho restante, o lobo lá dentro estava pronto para acabar comigo, mas eu o tinha drenado até quase a morte.

Suspirei e parei à sua frente, tirando o casaco dos ombros. Minhas mãos agarraram as laterais da minha camisa, e abri um pouco mais o decote. O rosto de Julian se contraiu quando expus a pele entre meus seios.

Apontei para uma pequena cicatriz. Estava quase completamente curada. Quase.

— Arranquei meu coração em uma tumba meses atrás. Pensei que fosse morrer, mas estava disposta a desistir da minha vida por aqueles de quem gosto e não via outra opção. Se Tobias conseguisse o livro, Samkiel e minha irmã morreriam. Mas isso foi quando eu acreditava no bem maior e na salvação das pessoas, blá-blá-blá.

A respiração dele ficou presa.

— Isso não me matou — olhei de relance para cima —, mas pensei em como é uma felicidade morrer por aqueles a quem se ama. — Recoloquei minha jaqueta e sustentei seu olhar. — Isso não é a mesma coisa. Não há glória na sua morte nem na deles. Você não os está salvando. Todos garantiram suas mortes no segundo em que deixaram Kaden ficar com ela e não se moveram para ajudar.

— Não podíamos, e você sabe disso! — retorquiu ele. — Você sabia o que Kaden faria e, ainda assim, se aliou ao Destruidor de Mundos. Você é a culpada por...

Minha mão acertou o rosto dele com tanta força que o sangue espirrou na parede. Agarrei-o pelo cabelo, forçando-o a olhar para mim.

— Onde estão os outros? — rosnei na cara dele.
— Não vou contar para você.

– Está bem.

Levantei minha mão livre, as garras substituíram as unhas, as pontas curvas reluziam. Rasguei o peito de Julian com elas. Ele sibilou e se contorceu de dor com a camisa em farrapos.

– Sei que lobisomens são animais de bando. Mesmo com todos se escondendo de mim, não estariam muito longe uns dos outros, principalmente o filho sabichão que precisava de uma noitada, certo? Também sei que uivam para se comunicar com sua alcateia e, com os vocais acentuados de sua espécie, podem ser ouvidos a quase 80 quilômetros de distância em terreno aberto.

Coloquei a ponta das minhas unhas no centro do peito dele, em cima do coração acelerado.

– Quer saber como é ter seu coração arrancado?

– Eu não vou chamá-lo.

– Você vai, sim. Tudo se quebra quando se aplica a pressão correta, até você. – As pontas das minhas unhas perfuraram sua pele, todo o seu corpo ficou rígido. Inclinei a cabeça, e minha voz abaixou uma oitava enquanto a Ig'Morruthen em mim rastejava para a superfície. – Agora, grite pelo papai.

A porta da frente se abriu. Continuei sentada no bar, limpando o sangue das cutículas.

– Você demorou bastante.

Pés correram para dentro da sala, indo em direção ao corpo pendurado de Julian. Um soluço suave escapou de uma garganta e depois de outra quando o alcançaram. Continuei a limpar as mãos. Aquele maldito cantinho estava quase impossível de limpar. Lambi a ponta da toalhinha e esfreguei, finalmente tirando a última mancha antes de colocar a toalha coberta de sangue no balcão. Levantei e estudei minhas unhas, as pontas irregulares depois de transformá-las em garras me incomodavam.

– Eu me pergunto, se eu pedisse com educação, Camilla me daria um conjunto permanente? Tem que haver alguma magia para isso, certo? Chega de unhas lascadas.

Caleb apareceu na minha frente, bufando e com o peito roncando com um rosnado baixo.

– O que você fez? – questionou ele.

Olhei para o corpo de Julian, enquanto os lobos o baixavam e o seguravam.

– Eu não fiz nada. Não é minha culpa que você tenha demorado demais.

– Matar meu filho será o pior erro que você cometeu…

– Não. – A sala tremeu com a força da minha voz, que chamou a atenção de todos os lobos presentes. – Você, como o restante, cometeu um erro pensando que eu era fraca quando ela era a única coisa que me mantinha na linha. Esta é a sua consequência. Eu avisei a você. Eu avisei a ele. Você escolhe.

– Você age como se pudéssemos desafiar Kaden.

– Essa é a desculpa mais fraca que já ouvi, já que vocês são todos criaturas sobrenaturais. Eu fiz. Eu o desafiei. – O pouquinho de controle que havia em mim e que queria respostas começou a se desgastar. – Deuses, Caleb, minhas bolas são maiores que as suas.

– Por que meu filho, Dianna? – disse ele, engasgado. – Como você é diferente de Kaden? Ele era inocente nisso tudo.

Os lobos se aproximaram, flexionando os punhos, prontos para morrer por seu alfa. Mantive meu olhar em Caleb, enquanto o bar caía em silêncio. Ninguém sequer respirava.

– Não, *ela* era inocente. Você usa seu filho como seu cão de caça pessoal. As lutas clandestinas e as trocas de dinheiro que mantêm Kaden informado. As informações que todos vocês transmitem para ele de um lado para outro. Não faça sermão agora, Caleb. Ambos sabemos que aqui somos todos mentirosos e assassinos. Nenhum de nós é inocente. Nenhum.

Caleb lançou um olhar para seus lobos e deu um passo à frente.

– O que você quer? – perguntou ele, e seu tom foi mudando.

– Seu sangue. Ceda-o, ou vou massacrar o restante de sua alcateia na sua frente e o tomo à força. – Inclinei a cabeça e sorri. – Sua escolha.

– Certo. Tome. Meu sangue vai rasgar sua cabeça.

Sorri com frieza.

– Vocês realmente acham que sou tão imbecil? Que eu não ia descobrir uma forma de contornar o estúpido plano de contingência de Kaden? Não sou uma idiota. Pedi a Camilla que lançasse um feitiço no abastecimento de água. Ajuda a eliminar magia do sangue de idiotas como você.

O rosto dele ficou inexpressivo, ele engoliu em seco.

– Exatamente. Agora, entregue-o.

Ele olhou do corpo de seu filho para sua alcateia, sua família. Chegou mais perto, e todos os predadores na sala se aproximaram dele. Seus olhos me encararam conforme ele enrolava a manga do suéter, expondo o braço. Ele cerrou o punho, as veias ao longo do braço se encheram.

– Não, obrigada. – Balancei minha cabeça e sorri. – Quero algo maior.

Ele engoliu em seco, e ouvi seu coração disparar. Expor seu pescoço era morte certa para seu lobo interior, mas ele obedeceu, estendendo a mão para desabotoar o colarinho. Caleb se inclinou para mim, e agarrei o cabelo de sua nuca. Levei sua garganta à minha boca, as presas perfuraram a carne. Memórias, rápidas e ligeiras, invadiram minha mente, mas havia apenas uma em que me concentrei.

Passos me seguiam enquanto eu seguia apressado pelo corredor. Como eu ia contar a eles? O que ele pediu era quase impossível de encontrar. Meus pensamentos morreram quando abri a porta do meu escritório. Tobias estava ao lado da minha mesa. Ele pegou o abridor de cartas e o estudou.

– Prata. Que bonitinho.

Engoli em seco e fechei a porta, trancando do lado de fora os poucos guardas da alcateia atrás de mim. Ajeitei minha gravata e dei a volta na grande mesa de mogno, lançando um olhar para as páginas de fases lunares que ele estivera folheando.

– A pasta à esquerda foi tudo o que conseguimos encontrar – falei, apontando para ela.

Ele me encarou com os olhos rubros flamejando enquanto pousava o abridor de cartas na mesa.

Tobias contornou a mesa, e me remexi, meus pelos de lobo se arrepiaram. Ele parou a poucos centímetros de mim e pegou a pasta. Abriu-a e digitalizou algumas páginas antes de fechá-la e me olhar. Ele colocou a mão no meu ombro, não por orgulho, mas como uma ameaça.

Engoli o nó crescente em minha garganta.

– Quanto às suas outras demandas, Julian e a alcateia as seguiram até onde conseguiram. Não sabemos onde ela está.

Tobias sorriu e sacudiu meu ombro com força antes de me soltar. Ele se afastou e disse:

– Não se preocupe. Você fez o que precisávamos. Quando o príncipe vampiro aparecer, traremos todos vocês para uma reunião. Estejam lá. Com todas as suas feras.

– Estaremos lá.

– Bom, é melhor que estejam. Será a última antes de nos prepararmos para o equinócio. A hora está se aproximando cada vez mais, e Kaden não vai correr o risco de se expor.

Eu balancei a cabeça.

– *Estou ciente.*

Tobias me estudou, seu olhar era duro e ameaçador. Ele finalmente assentiu e virou as costas. Senti seu poder se elevar, e um portal apareceu na parede, o ar vibrou em resposta. Pouco antes de ele entrar no poço escuro em chamas, ele olhou para mim por cima do ombro e falou:

– *Que reine o caos.*

Levantei a cabeça, passando a língua sobre minhas presas. A memória desapareceu, e o bar destruído retornou ao foco. Eu cambaleei, quase ajoelhada no chão com Caleb mole em meus braços. Sua pele tinha ficado cinza pálido, mas ele olhou para os lobos que praticamente vibravam no canto da sala, sinalizando para não atacarem.

Bati em seu rosto, e ele apertou os olhos, voltando seu foco para mim.

– O que é o equinócio?

Ele cerrou os dentes, tentando se sentar.

–Você já conseguiu o que queria. Deixe-me ir.

Minha mão disparou, e agarrei a frente de sua jaqueta, puxando-o para cima. Eu o levantei e o atirei no meio do bar. Com a outra mão, ergui uma parede de fogo, separando-nos dos outros. Vários uivos e ganidos soaram de trás das chamas enquanto a alcateia se mexia e tentava passar.

– O que você não vai fazer é brincar comigo. *O que é o equinócio?* – Envolvi sua garganta com a mão, minhas unhas se cravaram profundamente.

Caleb agarrou meu braço, seu rosto foi ficando vermelho enquanto ele ofegava por ar. Afrouxei a mão ligeiramente, dando-lhe espaço para falar.

–Tudo o que sei é que se trata de um grande evento celestial, só isso.

– Quando? – questionei.

– Isso não sei, só sei que vai ser em breve. Por isso Kaden precisava do livro tão rápido.

Então, ele tinha uma data e um plano o tempo todo, e eu não sabia. Ele escondeu tudo de mim. Ele planejava me sacrificar também? Ou não confiava em mim? Eu tinha sido muito idiota por permanecer por tanto tempo, mas não podia fazer nada a respeito agora.

– Quem mais sabe?

Caleb engoliu um nó na garganta.

–Todos na corte dele. Exceto você.

– Por quê? – As palavras vazaram como ácido.

– Não sei.

– Julian mentiu para mim sobre ter informações, e você também. Deveria se envergonhar. Até seus vira-latas deixam rastros, e tenho uma bruxa que me contou o que eu já sabia. Quem quer que você tenha mandado atrás de mim precisava ter um nariz muito poderoso para me rastrear até as fronteiras de Camilla. Também precisava saber caçar para que um deus ou eu não pudéssemos detectá-lo. Seu primo é fotógrafo, não?

O pulso dele falhou sob minha palma.

– Percebi os enquadramentos na tela quando Kaden as mostrou. Eram amadoras e com um ângulo ruim. Quem quer que as tenha tirado estava tentando se aproximar furtivamente do Destruidor de Mundos e de mim. Também me lembro dele se gabando da nova câmera que você comprou para ele. Um presente de aniversário, não foi?

Seus olhos não se desviaram dos meus.

– Não pode me culpar. Kaden comanda, e nós obedecemos. Como sempre foi. Devo fazer o que puder para me manter seguro. Você, acima de tudo, deveria entender.

Assenti devagar e estalei a língua.

– Eu entendo.

Minha mão apertou sua garganta, e deixei cair a parede de chamas.

– É por isso que quero que eles me vejam matando você. Depois, vou devorar sua alcateia, e quando *você* assistir do outro plano, enquanto eles morrem gritando, espero que fique arrasado como fiquei quando ela morreu.

Com um giro brutal, arranquei a cabeça dele e a joguei no meio da sala. O baque ecoou no espaço.

– Estou curiosa – falei, enquanto me virava, sacudindo o sangue das minhas mãos. Uma dúzia de lobos estalou os dentes para mim, seus rosnados eram um coro de morte conforme se aproximavam lentamente. – Quantos lobos são necessários para fazer um casaco de pele?

XVI
SAMKIEL

Você está ficando sem tempo.

Uma voz desconhecida sussurrou em minha mente, porém era mais que uma voz. Era um sentimento que eu não conseguia explicar. A primeira nevasca do inverno começou a cobrir o mundo com uma camada leve. Aterrissava na rua e nas calçadas, uma bela camada branca por cima da cidade. Eu estava entre os mortais e celestiais enquanto eles seguiam com seu dia agitado. Várias pessoas pararam para tirar fotos com seus celulares, mas a maioria não me incomodou. Algumas ficaram olhando por muito tempo, mas mantiveram distância mesmo enquanto sussurravam e olhavam boquiabertas.

Eu deveria estar acostumado com isso. Não tive nada além de seres me bajulando desde o minuto em que nasci. Fui seu símbolo de esperança e paz e uma promessa de um novo mundo. Uma responsabilidade que logo aprendi a odiar. Desencostei do poste e me virei em direção à grande vitrine. Meu reflexo brilhou de volta, o casaco longo ia até os joelhos por cima da camisa e calça escuras. Suspirei e olhei além, observando o interior. Logan se levantou de sua cadeira, e o cavalheiro mais velho tirava os restos de cabelo dos ombros dele enquanto sorria e ria. Logan lhe deu dinheiro mais que suficiente para pagar o corte de cabelo. O homem tentou recusar, mas não conseguiu. A sineta da porta tocou, e Logan se juntou a mim na rua, as pessoas saíam do seu caminho.

Entreguei-lhe um café com vapor dançando em cima.

– Sabia que a Guilda também tem barbeiros? – Logan aceitou o copo com gratidão e tomou um gole enquanto descíamos a calçada. Nós éramos muito mais altos que a maioria dos mortais, e eles saíam do nosso caminho quase por instinto. A Cidade Prateada havia se tornado um dos lugares mais populares de Onuna. Havia aumentado substancialmente desde que fora estabelecida e agora era uma cidade movimentada com edifícios que ultrapassavam as nuvens, repleta de negócios, lojas, armazéns e casas até onde a vista alcançava.

Olhei para ele enquanto tomava minha bebida.

– Sim, existem, mas eu precisava tirar você da Guilda. Quando não está isolado lá, você passa a noite toda fora.

Seus olhos se voltaram para os meus. Ele não explicou por que estava passando tanto tempo fora, mas eu sabia. Logan ainda procurava por Neverra. Ele procuraria até que a marca em sua mão queimasse. Até então, não havia nenhum vestígio dela neste reino, o que parecia inconcebível.

– Além disso, pense como um presente por como você me ajudou a não parecer tão – procurei a palavra exata – rústico, suponho.

Ele havia passado tanto tempo se preocupando com todos os outros que se deixou de lado. Seu cabelo estava rebelde e uma barba obscurecia seu rosto já havia algum tempo.

– Obrigado. – Ele forçou um sorriso, que não alcançou seus olhos. Nada existiu em seu olhar além de raiva e desespero por semanas. Eu o estava perdendo. Sabia disso e me recusava a permitir que acontecesse.

– Quer conversar?

Logan riu.

– É engraçado ouvir você dizer isso para mim. Quando você voltou, fui eu quem perguntou.

– As coisas mudam, suponho.

Logan era um dos meus amigos mais próximos, e eu detestava que ele visse tanta coisa, detestava que ele pudesse captar meu humor e me ler como um maldito livro aberto.

– Mudam mesmo.

Ele ficou calado por mais um momento, nós dois estávamos perdidos em nossas próprias cabeças, enquanto os carros buzinavam e as pessoas riam.

– Não é ela – falou Logan.

– Hum?

– Dianna. Não é ela. Não de verdade. Gabby conversou sobre isso uma vez com Nev e comigo. Como ela ficou mal quando se transformou. Ela também me falou que a arrastou de volta, e sei que você também vai conseguir. Ela está apenas de luto.

– Eu sei. Gabby me disse a mesma coisa, por incrível que pareça. Não com muitos detalhes, mas ela mencionou para mim.

– Você falou com ela? – Logan ergueu uma sobrancelha.

– Sim, liguei para falar com você, mas ela atendeu. Ela falava igual a Dianna. Como se nunca tivesse conhecido um estranho em sua vida.

– Ela fazia isso mesmo. – Logan sorriu suavemente.

Eu sabia que Logan se importava com a irmã de Dianna. Neverra também, e esse afeto fez com que Neverra ainda estivesse longe de nosso alcance.

– Espero que você saiba também que qualquer um com quem Dianna fique fisicamente enquanto está neste momento de desespero não significa nada para ela.

Parei, fechando os olhos quando ele acertou um ponto sensível. Eu me abri com ele depois do naufrágio daquele maldito navio, mas não falamos sobre isso desde então.

– É idiota ter sentimentos tão fortes em relação a isso.

– Eu não acho.

– Você sabe que eu queria matá-lo, aquele em quem ela tocou, como se ela já não tivesse espalhado o cadáver pela suíte. Eu queria juntar os pedaços dele e matá-lo de novo. A sensação que tive ao saber que alguém a tocou tão intimamente... – Sacudi minha cabeça. – Só senti isso em batalha, a raiva pura e ofuscante, mas lá estava eu contemplando o assassinato de um mero mortal. Um mortal, como se houvesse a menor competição em comparação a mim.

Um poste de luz acima de nós falhou antes de explodir.

Logan sorriu enquanto as poucas pessoas mais próximas de nós se afastavam um pouco mais depressa.

– Sou possessivo com Neverra no mesmo sentido.

– É diferente. Não tenho direito sobre Dianna. – Minha voz era pouco mais que um sussurro. – É estúpido da minha parte professar tal coisa quando nunca falamos sobre isso. Mesmo que me doa, nunca conversamos sobre nós dois dessa forma. Tudo aconteceu tão rápido, imagino. Em um momento, eu sentia como se não suportássemos ver um ao outro, e no seguinte... – Olhei para o copo em minha mão como se ele fosse me dar respostas.

– No seguinte, eu não suportava a ideia de ficar longe dela.

A mão de Logan pousou no meu ombro, apertando uma vez.

– Bem, creio que você deve expressar seus sentimentos quando tiver oportunidade. Suspirei.

– Sempre fui muito melhor em resolver meus problemas com punhos e espadas do que com palavras. Nunca houve alguém como Dianna para mim. Nunca tive alguém por quem me importasse tão intensamente. Acho que era mais fácil naquela época.

– Fácil? Talvez, mas você estava sozinho. Eu via, não importava quem estivesse ao seu redor ou quantas amantes você tivesse. Eu sempre notava. Aquele olhar fugaz antes de você se conter e afastá-lo. Eu não vi esse olhar quando você estava com ela, nem por um segundo, então, se é real para você, se puder amar essa garota, tudo vai valer a pena. – A mandíbula de Logan apertou quando ele olhou para o dedo e para trás. – Sempre vale a pena.

– Você é muito melhor em discursos do que eu. – Forcei um sorriso, suas palavras se gravaram em minha alma.

Logan deu de ombros e tomou um gole de café.

– Já convivi com muitos deuses.

– Entendo e vou seguir seu conselho. Se algum dia eu tiver essa chance, não hesitarei.

– Que bom. – Logan ficou em silêncio por um momento, a neve estalava sob nossos pés enquanto seguíamos pela calçada. – Mais de mil anos lutando ao seu lado, lutando contra incontáveis monstros, deuses e coisas que prefiro esquecer, e nem uma vez tive medo até agora. Isso parece diferente. Errado. Como se tivéssemos irritado uma fera elementar e onipotente e agora estivéssemos pagando por um crime que não cometemos.

Apenas balancei a cabeça. Logan não estava errado, de jeito nenhum. Eu também sentia isso. *Você está ficando sem tempo.*

Eu ouvia o sussurro toda vez que tentava fechar os olhos.

– Você está bem?

Olhei para ele, sem perceber que havia colocado a mão sobre os olhos, massageando a dor incômoda.

– Sim, apenas dor de cabeça.

– Mais frequentes?

Balancei a cabeça.

– Estou ficando mais frustrado. Não temos pistas. Ninguém fala e nada se move. O Outro Mundo está quieto, como se algo estivesse esperando o momento preciso para atacar. Isso está me desgastando. – E havia os sonhos. Mas eu não queria sobrecarregá-lo com as premonições angustiantes que mordiam meus calcanhares como feras vorazes.

Ele olhou para mim como se pudesse ler meus pensamentos.

– Você está se fechando novamente. Mesmo que não tenha retornado aos restos de nossa casa e se trancado, está nos deixando de novo. Não importa o quanto tente esconder, posso sentir.

Parei, e ele parou comigo, virando-se para mim. Meu dedo bateu na borda do copo.

– Você está parecendo Vincent agora.

– Como? Por estar preocupado com você?

– Não há nada com que se preocupar – menti. – Precisamos nos concentrar em impedir qualquer plano nefasto que Kaden esteja tramando com aquele livro.

Ele não acreditou em mim, nem tive tempo de tentar ser mais convincente. Felizmente, o telefone dele tocou, interrompendo nossa conversa. Ele atendeu, ouvindo, mas sem desviar o olhar de mim.

– Entendido – ele respondeu e desligou, suas palavras foram curtas e concisas. – Edgar está acordado.

Edgar, o senhor do crime, olhou para Vincent, Logan e para mim quando entramos na unidade de terapia intensiva. Ele usava uma camisola branca grossa, com um emaranhado de tubos e fios saindo de seu corpo em todas as direções. As máquinas giravam e apitavam, trabalhando para manter o mortal vivo.

– Vocês são uns grandes filhos da puta. – O monitor perto dele acelerou conforme sua frequência cardíaca aumentava. Medo? Talvez, mas algo me disse que não era o fato de estarmos ali que fazia seu coração bater tão irregularmente.

Vincent se mexeu, e cruzei os braços. Logan encostou-se na parede, parando perto da porta.

– Conte-me o que aconteceu.

Ele me lançou um olhar, os hematomas em seu rosto ainda eram visíveis. Os cortes e os braços enfaixados me diziam que Dianna o havia jogado em alguma coisa.

– Tivemos uma reunião. Esperávamos por Webster. – O nome era ácido em minhas veias. Eu não conseguia esquecer que ela deixou que ele a tocasse. – Ele apareceu, exceto que não era ele. Era *ela*.

O monitor apitou um pouco mais rápido.

– Ela estava rápida, mais rápida do que antes. Kaden sempre falou sobre como ela seria uma máquina de matar perfeita se simplesmente abandonasse a mortalidade. Acho que a irmã era apenas isso: sua mortalidade.

Isso eu já sabia. Gabby era o coração de Dianna, sua bússola moral. A única parte dela que a mantinha equilibrada e com os pés no chão. Gabby poderia alcançá-la muito melhor do que eu. Sem ela, o mundo de Dianna despedaçou-se, arrastando o meu consigo.

– Prossiga – pressionei, cada vez mais inquieto.

– Ela massacrou todos nós, perguntando sobre os navios que Santiago tinha. Ela também queria saber sobre o ferro que Kaden queria transportar.

– E você contou algo para ela sobre isso? É por isso que está vivo?

– Vivo é questionável. – Edgar tossiu, e ouvi o líquido ainda presente em seus pulmões, junto com um estalo sinistro. Se o sangue neles não o matasse, o câncer sob seu peito o faria.

– Como você sobreviveu?

Ele abaixou a cabeça, indicando o telefone. Olhei para Vincent. Ele o pegou e o entregou para mim. Apertei um botão, e a tela se iluminou, mostrando uma foto de Edgar e uma mulher, ambos sorrindo. Estavam num jardim, rodeados de flores, era uma imagem estranha e inocente para um homem conhecido por traficar carne mortal.

– Ela viu a foto e parou. Claro, eu estava muito bem empalado contra uma parede na hora.

Devolvi o telefone a Vincent, que o guardou no bolso. Tinha que ter acontecido antes de ela aparecer no navio. Senti cheiro de sangue nela e agora sabia de onde vinha.

– Sobre o que mais conversaram? Preciso de nomes e datas. O que você ia fazer depois da reunião? De quanto ferro a mais ele precisa? – Não contei a ele que havia fechado todo o tráfego marítimo dali até o Mar Naimer. Eu tinha celestiais em todos os portos, cais e docas. Não sobraria nada, a menos que eu permitisse, e nenhum ferro foi enviado para lugar algum desde a explosão.

Edgar deu de ombros, fazendo com que a linha de fluidos em seu braço se contraísse.

– Não sei. Apenas recebemos uma mensagem e seguimos ordens. Se não fazemos isso, Tobias aparece. Tobias é o único que fala com Kaden agora. Ele saberia, mas tenho a sensação de que você não vai encontrá-lo até que Kaden esteja pronto.

Eu não tinha dúvidas de que isso era verdade. Esfreguei o queixo, refletindo sobre a informação que Edgar me deu. Não estava nem perto do que eu precisava.

– Onde fica o esconderijo dele? Além de Novas? Outro local que ele frequentaria.

– Eu não sei, cara. Nós, os mortais, nunca estivemos tão perto dele. Somente aqueles que estão em seu círculo próximo têm alguma informação. Dianna pode saber, mas ela está limpando a casa.

Eu estava ficando mais frustrado a cada segundo. Não tínhamos nada. Eu estava um passo atrás dela e temia muito que fosse tarde demais quando a alcançasse. Como Kaden conseguia se esconder tão bem? Como ela conseguia? Eu tinha todos os recursos conhecidos neste reino procurando, mas não tínhamos nada. As luzes piscaram no quarto, as máquinas apitaram, e os alarmes soaram enquanto um pouco da minha frustração e energia vazavam. Vincent e Logan olharam para mim, mas não disseram nada.

– Você será levado sob custódia por seus crimes contra o Limbo. Sua estadia durará o tempo necessário até que seja julgado pelo Conselho de Hadramiel.

Ele riu e olhou pela grande janela de seu quarto, observando a neve girar no vento frio. Estávamos em um lugar alto o bastante ali para que fosse possível ver as montanhas ao longe.

– Ah, vivi uma vida longa e fiz coisas que gostaria de não ter feito, mas, pelo menos, com julgamento ou sem, verei Evelyn novamente. – Ele olhou para mim, um olhar estranho cruzou suas feições. – Você me perguntou por que ela parou. Ela não parou. A foto da minha esposa a fez hesitar, e eu poderia ter acabado com menos hematomas se não tivesse aberto a boca. Evelyn sempre dizia que eu falava demais.

– Explique-se.

Edgar tossiu mais uma vez.

– Ela estava fazendo um massacre naquele armazém, mas eu vi. Ela tinha o mesmo maldito olhar que vi tantas vezes no espelho. Entendi o porquê e posso ter jogado na cara dela, mas eu sabia que ia morrer de qualquer maneira.

Cada músculo do meu corpo ficou tenso, buscando instintivamente protegê-la, mesmo sabendo que ela não precisava. Logan se aproximou, pondo a mão no meu ombro.

– O que você disse a ela?

– Apenas falei a verdade. Falei que o motivo pelo qual ela está realmente furiosa é você.

– Eu?

O sorriso de Edgar fez seus olhos se enrugarem, como se minha reação por si só lhe dissesse tudo o que ele desejava saber.

– Sim. Até os monstros amam alguma coisa.

Abri a boca para responder, mas um estrondo alto varreu o céu, o som crescente sacudiu o hospital. As luzes se apagaram e depois acenderam com um zumbido baixo. Vincent olhou para mim, mas balancei a cabeça. Não fui eu. Meu coração começou a disparar quando Logan, Vincent e eu caminhamos até a janela.

Os prédios vizinhos ficaram escuros, toda a rede elétrica foi desligada por quilômetros, mas foram as três luzes iridescentes de cobalto disparando em direção à Cidade Prateada que me fizeram hesitar. Elas explodiram na atmosfera com tanta força que abalaram o mundo.

Virei-me em direção a Vincent com minha voz estrondosa.

– Você os chamou!

Vincent deu um passo para trás, arregalando os olhos enquanto erguia as mãos. Logan ficou ao meu lado.

– Não, não, não chamei. Eu juro.

Ele devia estar mentindo, porque eu não os convoquei, mas A Mão havia retornado.

XVII
DIANNA

OITO HORAS ANTES
AS RUÍNAS DE RASHEARIM

    O vento acariciava as finas penas negras das minhas asas, enquanto eu circulava o grande edifício de pontas afiadas nas ruínas de Rashearim. Eu me misturei com um pequeno bando, observando vários celestiais com tatuagens azuis entrando e saindo da enorme estrutura. O sol refletia em seus painéis semelhantes a vidro. Uma ponte dourada pavimentada ligava-a à grande cidade próxima, com um rio espesso e claro correndo abaixo dela. Árvores grandes e frondosas erguiam-se acima da estrutura, auxiliando-me nos meus esforços para permanecer escondida. Camilla tinha me ajudado a me camuflar, mas eu temia que sua magia não chegasse tão longe. Entretanto, estava tudo bem. Eu não precisava ficar ali por muito tempo, apenas o suficiente para pegar algumas coisas.

    Circulei mais uma vez, afastando-me do bando e indo em direção ao topo do prédio. Era o mesmo lugar para onde Samkiel tinha me levado na primeira vez que visitamos. Vi algumas figuras se afastando das estantes de livros e desaparecendo de vista. Diminuí a velocidade na descida e pousei no parapeito da varanda antes de saltar para mais perto da porta aberta.

    — Não houve nenhuma palavra de Samkiel, por isso não vamos agir — declarou uma linda mulher ruiva, unindo as mãos. As linhas azuis tatuadas que percorriam sua pele apenas realçavam suas feições. Seu cabelo avermelhado caía sobre os ombros, praticamente reluzindo contra sua pele de alabastro. Ela se virou, o longo vestido branco de seda arrastava-se atrás dela enquanto outro falava.

    — O mundo estremeceu. Ele invocou a Aniquilação, e, ainda assim, não recebemos nenhuma informação? Imogen expressou sua preocupação, porém esperamos como sempre. — Aproximei-me um pouco mais para ver quem falava, tomando cuidado para não me revelar. O homem suspirou, levantando-se da grande mesa de mármore esculpido no meio da sala. Ele era alto, magro e tinha um nariz que ocupava a maior parte do rosto, mas não ficava mal nele. Nenhuma linha brilhava em suas feições, portanto ele não era um celestial. Ele usava os mesmos trajes brancos e dourados que os outros. — Não importa, é melhor estar preparado para o que pode acontecer do que ficarmos esperando de novo.

    — Entendo sua inquietação, Leviathan, mas não estamos mais à beira de uma guerra. Os reinos estão selados e permanecerão assim enquanto ele respirar. Os deuses e criaturas do nosso passado já morreram há muito tempo. Se Samkiel invocou a Aniquilação, isso significa que ele eliminou a ameaça — argumentou a ruiva.

    Aquele devia ser o Conselho de Hadramiel.

    — Você tem o coração e a cabeça de uma tola, Elianna — retrucou Leviathan.

Elianna, é? Eu me arrepiei, fazendo o papel de pássaro enquanto ficava de olho na sala. Os outros dois membros presentes, uma mulher de cabelo curto e um homem de cabelo escuro como tinta, ambos celestiais, assistiam à conversa entre Leviathan e Elianna. Dei um passo para mais perto quando uma figura grande apareceu na minha frente, bloqueando minha visão. Estiquei a cabeça quando o celestial loiro que conheci quando estive ali com Samkiel se encostou na varanda. Ele usava o mesmo conjunto preto e dourado que os integrantes d'A Mão usavam, com botões e borlas douradas entrelaçadas. Caía nele como uma luva, delineando cada músculo esguio e poderoso.

– Perdido, passarinho?

Cameron. Era esse o nome dele.

Congelei quando ele se virou para mim e inclinou a cabeça. O longo rabo de cavalo moicano loiro caía pelas costas. Ele sentia a Ig'Morruthen sob minha pele? Tinha me farejado? Esse era seu truque. Ele tinha um olfato altamente desenvolvido. Um rastreador, dissera Samkiel, mas eu suspeitava mais que fosse um caçador. Minhas asas se esticaram, brincando com a espécie que eu vestia, como se não entendesse nada do que ele dizia.

– Conversando com pássaros agora? – Outro homem se aproximou, e sua voz era mais profunda.

Um sorriso se formou nos lábios de Cameron quando ele olhou por cima do ombro. O homem que se aproximou tinha as mãos cruzadas atrás das costas. Suas roupas eram iguais às de Cameron, e ele usava seus dreads em mechas duplas que caíam sobre seus ombros. Reconheci esse homem também. Xavier. Meu coração acelerou. Eu poderia levá-los. Claro que poderia, mas não ali, não naquele momento. Fui até lá por um motivo e esperava entrar e sair furtivamente.

Cameron sorriu e acenou com a cabeça uma vez para mim.

– Acho que nosso passarinho aqui está perdido.

– Ah? – Xavier se aproximou, encostando-se na grade do lado oposto ao meu. Não me mexi nem voei para longe, com medo de que, caso o fizesse, revelaria quem e o que eu era. Eu precisava estar no centro da sala para o que tinha ido fazer. Lutar contra eles tomaria muito do meu tempo e alertaria Samkiel. Notei como os animais reagiam aos celestiais. Pareciam gostar da presença deles, então permaneci calma. – Ou você está evitando outra reunião do Conselho.

Cameron bufou.

– Justo, mas estou cansado de ver Elianna e Leviathan praticamente se masturbando sobre qual será a próxima grande jogada.

– Eles estão apenas preocupados – Xavier retrucou, mas riu das palavras de Cameron. – Além disso, Samkiel estava um pouco peculiar em sua última visita. Portanto, talvez haja motivo para preocupação. Em especial considerando a morte de Gregory.

Cameron bateu os dedos no queixo.

– Eu gostava de Gregory.

– Não, não gostava. Você gostava de irritá-lo.

Cameron sorriu, lembrando-me um garotinho travesso.

– Ainda assim, se algo está acontecendo em Onuna e os celestiais estão morrendo, por que ele não nos chamou de volta?

Xavier encolheu os ombros e olhou para a floresta.

– Eu confio em Samkiel. Se houvesse uma ameaça, uma ameaça real, ele nos chamaria.

– Ou ele nos odeia.

Xavier riu.

– Se ele odeia alguém, definitivamente é você.

— Eu! Seria você. Lembra da espada larga que você perdeu?

Xavier bufou, e os dois continuaram a brincar. Concentrei-me de novo na sala do Conselho, onde Leviathan e Elianna ainda discutiam. Pulei alguns centímetros na varanda e bati minhas pequenas asas como se as estivesse esticando.

— Quanto quer apostar que eles vão transar depois disso? — Cameron esfregou as mãos e riu, e o som retumbou em seu peito largo.

Xavier riu novamente, desta vez com um som profundo e rico.

— Elianna transar com qualquer um é pedir que chova em Gouldurim. — Xavier fez uma pausa. — Cinquenta moedas de ouro, pelo menos.

O sorriso de resposta de Cameron iluminou seu rosto.

— Você tem uma aposta. — Ele voltou a se concentrar em mim, pondo a mão sob o queixo, com seus anéis de prata brilhando à luz do sol. — Agora você, passarinho. Perdeu seu bando? Onde está sua família?

Morta.

A palavra berrou dentro de mim, mas apenas trinei em resposta.

— É sério isso? — Soou uma voz feminina atrás deles, e olhos azuis puros olhavam para os dois. — Vocês dois?

Cameron e Xavier ficaram eretos como se ela os tivesse flagrado fazendo algo que não deviam.

Ela empurrou o cabelo loiro para trás, revelando o rosto perfeito. Usava as mesmas roupas dos membros do Conselho, mas as dela eram cortadas nas laterais para revelar as linhas elegantes de seu torso. Sua pele brilhava como se ela tivesse nascido da própria luz. Ela era mais magra do que nos sonhos de Samkiel, mas ainda tinha curvas e era uma das mulheres mais lindas que eu já tinha visto.

— Sinceramente, você está mesmo surpresa, Imogen? — suspirou Cameron, acenando em direção à sala do trono. — Fiquei entediado depois dos primeiros dez minutos.

— Não importa. Nós somos A Mão. Nós ficamos, assistimos, ouvimos, sabe disso. E você. — Sua voz ficou afiada quando ela olhou para Xavier. — Você não pode mantê-lo na linha por uma reunião?

Xavier sorriu.

— Desculpe-me. Vou me esforçar mais da próxima vez.

Cameron lançou um olhar de pura malícia para ele.

— Por favor, né, ele que me encoraja.

Eles riram, e Imogen revirou os olhos. Abri minhas asas e voltei para o céu. Não conseguia mais ficar ali. Meu estômago se revirou. Eles estavam felizes e brincando. Eram uma família, e eu os invejava tanto. O mundo deles continuava girando como se o meu não tivesse parado.

— Ah, droga, Imogen. Você assustou meu passarinho. — Ouvi Cameron dizer enquanto dava a volta no prédio, indo em direção à linha das árvores.

Horas. Fiquei parada ali por horas, observando e esperando, mas aquele maldito Conselho nunca saiu da câmara, nem uma vez. Eles não precisavam fazer xixi ou algo do tipo? Droga. Eu podia ver perfeitamente a varanda aberta de onde estava e os observei consultando livros, conversando, conversando e conversando. Às vezes, eu via o uniforme preto e dourado passando em frente à varanda conforme Cameron e Xavier faziam suas rondas. Todas as vezes o olhar de Cameron se concentrava na árvore frondosa onde eu estava empoleirada. Podia ser a exaustão tentando me pegar depois de todo o poder que foi necessário para chegar até ali ou talvez fosse apenas paranoia, mas juro que ele olhava direto para mim todas as vezes.

Afastei essa ideia, aninhando-me na parte espessa da árvore, e esperei.

E esperei.

E esperei.

O sol se pôs, e o mundo por fim ficou em silêncio.

Olhei para a varanda de novo. Desta vez não vi ninguém e não ouvi pés nem vozes. Finalmente. Não perdi tempo em subir ao céu, voando direto para a varanda. Assim que passei pela soleira, minha forma se transformou em fumaça escura, e voltei a ser eu mesma. Meus saltos bateram no chão de mármore, as caudas duplas que pendiam da minha jaqueta flutuavam atrás de mim a cada passo. O frasco encantado que Camilla tinha me dado repousava confortavelmente entre meus seios. Dei um tapinha nele, certificando-me de que não o havia perdido.

– *Derrame uma gota para entrar. Duas gotas para invocar o vórtice. Três gotas para retornar ao Limbo.*

A voz de Camilla flutuou na minha cabeça, lembrando-me do que fazer. Soltei um suspiro longo e lento, lembrando exatamente o que balançava no frasco entre meus seios. Continha o sangue de Samkiel que eu havia coletado naquele navio, e o sangue de um deus poderia abrir muitas portas.

A sala do Conselho estava silenciosa. As chamas tremeluziam nas arandelas, lançando poças de luz no chão. Virei-me, voltando para a varanda. Foi para lá que fomos depois de visitar Roccurrem pela primeira vez. Segurei os braços dele e o forcei a olhar para mim, a ouvir enquanto eu tentava exorcizar os demônios que o atormentavam. Eu me importava com ele mais do que queria admitir. Meus olhos ficaram quentes, a dor em meu peito ameaçava crescer.

E um cadeado na porta de uma casa chacoalhou.

Não. Não foi real. Foi apenas conveniente, na melhor das hipóteses. Estávamos obrigados a ficar juntos procurando aquele maldito livro. Foi apenas isso. Só isso, e me custou tudo. Afastei-me da beirada e daquelas lembranças, voltando minha atenção para os livros espalhados sobre a mesa. Textos e pergaminhos antigos que eu não conseguia ler. Hum. Eles podiam vir a ser úteis, no entanto. Minhas presas desceram quando levantei minha mão e mordi, e o sangue se acumulou na palma da minha mão. Eu o espalhei sobre os livros, entoando enquanto avançava.

– *Ves grun tella mortumon.* – *Retornem ao vazio.*

À medida que o sangue tocava os textos, eles saíam da sala um por um até não restar nada além de uma mesa vazia. Bom, então era hora do trabalho de verdade. Mergulhei a mão na camisa para pegar o frasco encantado e parei.

Eu não estava sozinha.

– Ora, você é linda e não é um passarinho, afinal!

Tirei a mão do corpete e me virei em direção à voz dele enquanto o aposento brilhava e mudava.

Não estava escuro ou vazio como a princípio pensei. Cameron estava casualmente apoiado na porta com uma arma de ablazone na mão. Xavier estava à minha direita, com as mãos cruzadas diante de si enquanto me observava. Não precisei olhar para saber que Imogen estava abrindo buracos nas minhas costas com o olhar e a própria espada estava desembainhada.

— Gostou? — Passei a mão pelo terninho branco que usava. A blusa expunha minha cintura, a jaqueta estava sobre meus ombros. — Achei que branco seria mais o estilo de vocês aqui. A falsa noção de todas as coisas boas e corretas no mundo. Eu queria estar o mais bonita possível e me encaixar.

Um assobio baixo saiu da boca de Cameron.

— Você é uma coisinha desagradável, não é?

— Você não faz ideia.

Um canto do lábio de Cameron se contraiu, enquanto os outros dois me rodeavam.

— Estou curiosa. — Minhas palavras foram curtas e genuinamente preocupadas. Eu não os tinha sentido ali o tempo todo. — Como funciona o seu pequeno truque de mágica?

— Se conhece este lugar, presumo que saiba sobre nós. Veja, Xavier aqui descende da Deusa-Bruxa, Kryella. Ele pode não ter todos os poderes dela, mas pode lançar um glamour muito eficaz.

— Que legal. — E inesperado, pensei. Merda. Aquilo levaria mais tempo do que eu havia planejado.

Os olhos de Cameron me observaram da cabeça aos pés, sem dúvida me examinando em busca de armas.

— Então, conte-me, passarinho, quem e o que exatamente você é?

XVIII
DIANNA

— Uma velha amiga.

— De Samkiel — declarou Xavier, não como uma pergunta, mas como uma constatação. Cameron sorriu e mordeu o lábio inferior, afastando-se da parede.

— Não sei. Conheço todos os *amigos* de Samkiel e teria me lembrado de você — comentou ele, olhando para mim.

Xavier inclinou a cabeça, me estudando.

— Qual é o cheiro dela? — perguntou para Cameron.

Cameron ergueu a cabeça e inspirou fundo, com os lábios se curvando em um sorriso lento.

— Canela. A mesma fragrância adorável que Imogen disse que Samkiel nunca trouxe para ela.

— Você — sibilou Imogen, olhando para Cameron em busca de confirmação antes de se voltar para mim. — Foi você quem usou meu rosto naquele dia.

Levantei as mãos fingindo rendição e balancei os dedos em um pequeno aceno.

— Culpada.

Bolas de fogo idênticas apareceram em minhas mãos no segundo seguinte, e eu as atirei em Imogen e Xavier, fazendo-os voar para trás. Cameron correu até mim, saltando em cima da mesa. Minha perna disparou, fazendo a grande mesa de mármore ser lançada contra a parede mais próxima com ele em cima. Livros voaram pelo ar, a parede tremeu com a força. O anel que Camilla fez para mim vibrou, e uma adaga dos renegados surgiu em minha mão enquanto eu girava.

O som de lâmina contra lâmina ecoou no salão do Conselho, e os olhos de Xavier se arregalaram. Ele notou as bordas irregulares dos ossos e meus olhos vermelhos e soube exatamente com o que estava lidando.

— Ig'Morruthen. — A palavra saiu de sua boca em um sussurro.

Empurrei-o um passo para trás, e suas tranças balançaram com a força do empurrão. Girei a lâmina na mão e dei um passo à frente.

— Chocante, não é?

Um arrepio de poder veio de trás de mim, e girei para a esquerda, bloqueando os golpes de Imogen e Cameron. Eu estava em desvantagem de habilidade e número, três contra um, mas aguentaria, bloqueando cada golpe e contra-atacando a cada movimento. Lembrei-me de quão depressa eles se moviam, para onde se moviam e da sensação de poder que os acompanhava a cada vez.

— *Você precisa respirar, Dianna. Caso contrário, vai ficar sem ar e sem vida.* — *Samkiel girou aquele estúpido bastão de madeira novamente. Eu queria arrancá-lo das mãos dele e enfiar na sua bunda. Fiquei deitada de costas no tapete, enquanto ele andava ao meu redor. Seus movimentos me lembravam os de um predador, lento e avaliador. Seus olhos permaneceram em mim de uma forma que dizia que ele poderia me comer viva, mas havia escolhido não o fazer.*

— Eu sei lutar, seu idiota. — Levantei do chão com um salto, aterrissando firmemente em pé, enquanto levantava meu bastão, tirando o dele do caminho. Ele ficou bem na minha frente e sorriu.

— Sim, outras criaturas talvez, mas não eu nem...

— A Mão. — Suspirei e revirei os olhos enquanto acenava com a mão. — Eu sei, eu sei. Você só me fala isso todos os dias.

O sorriso dele cresceu, mas ele estava certo. Contusões e marcas vermelhas marcavam seu peito nu perfeito, como evidências dos golpes que consegui acertar, mas eu não era capaz de derrotar qualquer um deles, ainda não.

Dei de ombros.

— Quer dizer, não que eu fosse lutar contra você ou eles.

— Não, mas eu ainda gostaria que você estivesse preparada para o que está por vir. — Ele levantou o bastão e bateu levemente no topo da minha cabeça, fazendo-me franzir a testa. — Agora, menos conversa. Lembre-se de respirar, pensar e se concentrar. Cada movimento tem que ser premeditado, e não movido por emoções ou sentimentos, ou você será desleixada. Tenho uma impressão de que Kaden usará ambos contra você. Ele tentará fazê-la vacilar, e, então — ele desapareceu e reapareceu na minha frente, me tirando do chão novamente —, você estará morta.

Olhei feio para ele enquanto caía de bunda novamente. Pelo menos Drake não estava nos assistindo daquela vez. Eu não aguentaria ouvi-lo rir de mim de novo enquanto eu levava uma surra.

Samkiel leu minha expressão e inclinou a cabeça.

— Apenas tente sentir minha presença.

Engoli em seco. Como eu não poderia? Eu o senti no dia em que o conheci, e minha consciência a seu respeito crescia a cada instante que passávamos juntos. Mesmo quando eu o evitava, tentando manter distância, ainda o sentia.

— Observe o ar ao meu redor. Verá as moléculas ficando carregadas quando puxamos a energia para nos movermos tão depressa.

Ele desapareceu e reapareceu do meu outro lado.

— Se prestar atenção e sentir, você vai me pegar.

Balancei a cabeça e fiquei de pé em um pulo. Samkiel sorriu para mim com um orgulho possessivo.

—Você é um passarinho ligeiro. — A voz de Cameron veio da minha esquerda pouco antes de eu sentir a mudança de ar, e ele apareceu à minha direita. Minha lâmina cantou quando golpeei na direção de sua cabeça. Ele se inclinou para trás, e meu golpe errou por pouco.

— Muito ligeiro.

Mesmo lutando, ele parecia impressionado. Escombros se mexeram atrás de mim quando Xavier saiu de uma pilha de destroços.

—Você não vai nos derrotar, Ig'Morruthen. Fomos treinados por Samkiel — declarou ele, sem nenhum vestígio do guerreiro tranquilo. Agora ele era apenas um distribuidor de morte e me tinha na mira.

— Treinados por Samkiel? — Eu ri. — Que engraçado. Eu também.

Imogen apontou sua espada para mim, mirando na minha cintura. Agarrei seu pulso e bati nele com o punho da minha espada. Ela largou a lâmina, grunhindo enquanto eu girava com ela nos braços. Cameron e Xavier congelaram.

Envolvi os longos cabelos loiros de Imogen em meu punho e bati a cabeça dela contra a mesa quebrada. Seu corpo amoleceu. Peguei-a e a joguei do outro lado da sala. Girando, agarrei a lâmina de Xavier, parando-a antes que ele pudesse me atravessar com a arma. O aço cortou minha mão, mas eu aguentei, e nossos olhares se encontraram.

Uma segunda explosão de energia atrás de mim anunciou o ataque de Cameron. Parecia que o fogo lambia minhas costas com uma língua afiada quando ele me atacou. Soltei a espada de Xavier e me esquivei, evitando por pouco seu golpe enquanto ele girava, mirando na minha cabeça. Caí e rolei para longe do chute de uma bota pesada. Levantando-me de um salto, tive cerca de dois segundos para lembrar por que fui tão cautelosa quando os conheci. Eu tinha dois segundos para me esquivar, para me mover, para escapar. Era como assistir a uma dança mortal. Para cada movimento que Cameron fazia, Xavier tinha um igual. Onde um empurrava, o outro puxava. Eles eram uma dupla mortal, e eu estava ficando cansada dos dois.

Observei e permiti que se aproximassem. Cameron mirou meu ombro, e Xavier, as minhas pernas. A dor era lancinante, mas nada que eu não pudesse suportar. Eu os atraí, concentrando-me em seus pontos fortes e fracos. Estudei seus passos da dança, aprendendo as táticas e habilidades que os tornavam tão letais. Um chutava mais baixo, o outro mirava mais alto. Um balançava a lâmina para a esquerda, e o outro para a direita, esperando que o oponente se esquivasse de uma e fosse pego pela outra. Eles seriam invencíveis se não fosse por uma coisa. Eu não tinha mais nada pelo que viver, e eles tinham.

A lâmina de Cameron girou para a esquerda, e me movi, erguendo a minha quando Xavier investiu da direita. Joguei minha espada para a outra mão, meu punho disparou e acertou o rosto de Xavier. Ele caiu sentado com um baque. Cameron correu em minha direção. Girei em um círculo fechado e dei um passo para o lado, minha lâmina brilhava. Os olhos de Xavier se arregalaram. Cameron parou, sua respiração seguinte foi um gorgolejo.

Sorri para Xavier, com Cameron parado entre nós e sangue azul pingando no chão e se acumulando entre seus pés. A espada de Cameron caiu no chão, e ele agarrou o próprio abdômen.

– Cuidado, não deixe cair seus órgãos – falei. Transferi meu peso e chutei Cameron com força suficiente para fazê-lo voar pela varanda.

Xavier não hesitou nem me deu mais um olhar. Ele ficou de pé em um instante e correu em direção ao parapeito. Sem hesitar, pulou da varanda atrás do amigo caído.

Um movimento atrás de mim me fez virar para a direita quando a cabeça loira de Imogen apareceu. Um grande corte marcava sua testa, mas seu crânio devia ter cicatrizado o suficiente para ela se mexer. Ela olhou para mim, com sangue cobalto escorrendo de sua têmpora e descendo pela lateral do rosto. Ela olhou para trás, onde Cameron e Xavier haviam caído, e raiva, pura e cruel, distorcia suas feições.

– Meninos e suas espadas, não é mesmo? – Sorri e tirei o sangue da minha lâmina enquanto ela invocava uma arma de ablazone de prata pura.

– Você não vai sair daqui viva – Imogen declarou e veio até mim.

– Ah, acho que vou. – Peguei o frasco entre meus seios e o levantei. Imogen parou, sem saber o que eu estava segurando e o que pretendia fazer com aquilo. Seus olhos seguiram meus movimentos enquanto eu recitava o encantamento e pingava duas gotas de sangue no chão. A sala escureceu e se curvou, uma abertura se formou diante de mim, um buraco giratório de estrelas e galáxias me encarava de volta.

Acenei para Imogen e disse:

– Nós nos vemos mais tarde. – Entrei e senti a escuridão me pressionar como um amante.

O grito de negação de Imogen foi a última coisa que ouvi antes de a fenda se fechar.

XIX
DIANNA

Coloquei as mãos sobre os joelhos, tentando evitar que meu almoço voltasse. Soltando um suspiro, me levantei. Malditos vórtices. Nunca ia me acostumar com eles. Invoquei a adaga dos renegados para o meu anel e girei, observando a sala rodopiante. Parecia exatamente a mesma de quando Samkiel me levou até ali, mas tive a sensação de que as coisas não mudavam muito no pequeno bolsão de universo de Roccurrem. Estrelas passavam zunindo, com cores variando do roxo-escuro a uma variedade de verdes e rosa. Uma galáxia inteira existia naquela sala, mas o cenário não era o que eu procurava.

– Roccurrem! – gritei. – Venha, venha, de onde quer que esteja!

Dei um passo à frente, minhas unhas se alongaram quando as raspei no céu vizinho. Ele brilhou e se curvou como se estivesse tentando se desvencilhar, e sorri.

– Por favor, pare com isso. É doloroso.

Levantei minhas unhas, inspecionando o material escuro grudado nelas. Observei-o desmoronar e flutuar antes de me virar em direção a Roccurrem.

– Então, este lugar o contém e é feito de você. Interessante.

A matéria que formava a sala girava em torno da metade inferior do corpo dele como um casaco grosso soprado pelo vento. Ele flutuou a poucos metros de mim, com suas três cabeças sem rosto girando.

– Rainha de Yejedin.

– Odeio esse nome.

– Filha de...

– Pare. – Levantei a mão. – Podemos pular os nomes? É idiota.

Uma das três cabeças parou e estremeceu, como se estivesse rindo, antes de retomar a rotação no sentido anti-horário.

– Você chegou até mim aqui sem o Destruidor de Mundos. Está aprendendo e está... – Ele parou e pareceu me encarar – ... evoluindo.

– Obrigada, também achei. – Juntei as mãos atrás das costas e sorri, expondo meus caninos afiados.

– Você está aqui para acabar comigo também, suponho. Pela morte daquela que você chama de irmã.

Balancei a cabeça e balancei-me sobre os calcanhares.

– Criatura inteligente.

– E como planeja realizar tal tarefa quando os próprios deuses não conseguiram me extinguir?

Movi-me mais rápido do que ele conseguia acompanhar e agarrei a massa rodopiante pela garganta, levantando-o.

113

– Acredito piamente que, com a pressão certa, qualquer coisa – apertei e senti seu corpo vibrar – pode ser quebrada.

Suas três cabeças não vacilaram nem desviaram o olhar de mim, mas uma massa rodopiante de mãos agarrou as minhas. O brilho de uma estrela piscou atrás dele, chamando minha atenção. Ela faiscou, chamando-me como um sinal para um navio perdido no mar. Senti necessidade de parar pela primeira vez desde a morte dela. Estranho.

– Milhares de galáxias, milhões de estrelas, e você consegue ver todas elas? Isso é impressionante. – Inclinei minha cabeça para trás e estudei sua forma estranha. – Você consegue vê-la? Onde ela está?

– Sua irmã descansa – declarou uma cabeça. Depois outra continuou: – Muito além daqui e muito fora do seu alcance.

– Bom. Bom para ela. Finalmente, ela está longe o suficiente para que eu não possa mais machucá-la. – Eu não queria falar esta parte em voz alta, mas não consegui evitar.

– É assim que se sente? Acha que a machucou? – Roccurrem, a única cabeça que eu acreditava ser ele de verdade, perguntou.

Encolhi apenas um dos ombros.

– Não importa agora.

Uma das cabeças parecia decidida a me observar, enquanto as outras cuidavam de seus negócios.

– Como pensou em me matar?

Exalei pelo nariz.

– Pensei em cortar suas cabeças uma por uma e depois, talvez, ver se conseguia atear fogo nessa saia flutuante esquisita que você usa. Você na verdade não tem nenhum membro, então não posso cortá-los, mas queria que fosse lento e doloroso, ao contrário da morte dela.

– Você realmente me culpa?

– Eu culpo todos os envolvidos – gritei para ele. – Você viu. Você sabia o que ia acontecer com ela, mas não falou nada para Samkiel ou para mim enquanto estávamos aqui.

– Contei tudo o que está por vir. Você não ouviu. Em vez disso, você se agarrou ao Destruidor de Mundos com desafio na língua. – Apertei um pouco mais forte, e a cabeça que me observava juntou-se às outras, continuando a girar. – Agora olhe para você. Assumiu totalmente o próprio poder. Você poderia queimar estrelas, conquistar mundos, tudo isso se quisesse. E tudo deve acontecer da forma adequada para garantir o que está por vir.

O desconforto ardia em mim. Roccurrem percebeu minha apreensão, e suas cabeças pararam de girar. Soltei-o e coloquei as mãos nos quadris.

– O que está por vir?

– Sua ascensão.

– Minha o quê?

– Vejo realidades diferentes, uma por segundo. Não importa a realidade, sua irmã deveria morrer em cada uma delas. Em algumas mais cedo do que em outras. Nesta realidade, é assim que deveria ser para vocês ascenderem ao poder. Você sempre foi o catalisador para os mundos queimarem.

Meu coração caiu, e o que restou dele se despedaçou.

– Então, você está dizendo que, não importa o que aconteça, a culpa é minha?

Minha respiração ficou presa. Eu realmente matei minha irmã. A sala ameaçou me engolir inteira. Uma lâmina passou pelo meu coração já ferido e espancado. Um corte tão profundo que tive vontade de gritar, mas nada aconteceu.

– Está confundindo minhas palavras. Gabriella cumpriu seu propósito, assim como você cumprirá o seu um dia. O universo terá seu equilíbrio de uma forma ou de outra. Assim foi e sempre será.

Meus olhos se voltaram para ele.

– Você viu tudo isso?

– Sim.

Um novo plano ganhou vida em minha mente. Um que podia me beneficiar muito mais do que a morte dele.

– Sua mente está mudando, planejando, conspirando. Posso ver as marés de seus pensamentos redirecionando seu caminho.

Assenti, olhando ao redor da sala.

– Você está certo sobre uma coisa. Eu mudei de ideia.

Levantei meus braços, as chamas dispararam e rasgaram as paredes daquela prisão. Roccurrem estremeceu como se estivesse com dor, a massa escura e rodopiante recebeu a maior parte do meu poder. Empurrei com mais força, e as chamas iam crescendo, iluminando o lugar em tons de laranja e vermelho brilhantes. As paredes estremeceram, e as cabeças giraram tão erraticamente que temi que se soltassem. A sala cheirava a carne queimada e cinzas. Roccurrem gritou, era um som doloroso que açoitava como o vento, mas não parei.

Recolhi as chamas quando a sala ficou com um tom acinzentado opaco e cinzas encheram o ar. As estrelas brilhantes estavam mortas, e qualquer ilusão que aquele lugar continha morreu com elas. Aproximei-me da forma curvada, meus saltos eram o único som no silêncio. Ajoelhei-me ao seu lado, sua massa fluida estava murcha e agarrava-se a ele.

– O que você fez?

– Eu libertei você – respondi e me levantei. Todas as três cabeças se viraram para mim em estado de choque. – Este lugar não é você. É apenas uma ilusão para mantê-lo acorrentado. Trancaram você aqui por milhares de anos por causa do pai de Samkiel. Bem, ele está morto, e você não está mais preso. Chega de prisões, Roccurrem, para nós dois.

Ele pareceu registrar o que falei. Sua forma tremeu quando se levantou e flutuou mais uma vez diante de mim. Ele olhou ao redor e depois de volta para mim. Há muito tempo, desejei que alguém me libertasse das correntes de Kaden. Ninguém apareceu, portanto, em vez disso, criei garras e presas e me libertei. Roccurrem não poderia, então eu seria suas garras.

Sua liberdade.

– Eu não me sinto... – Sua voz sumiu.

– Sobrecarregado?

Se ele pudesse ter acenado com a cabeça naquela forma, acho que o teria feito.

– Bom. Agora você vai pertencer a mim. – Um sorriso lento e possessivo curvou meus lábios. – Entende?

– Você me libertou só para poder me vincular a você?

– Não se preocupe. Não será para sempre. Ajude-me a encontrar Kaden e estará livre para ir. – Levantei mão, e uma bola de fogo ganhou vida na minha palma. – Diga não e continuarei até que você combine com seu antigo quarto.

– Nem mesmo os deuses puderam me matar.

– Bem, para minha sorte, não sou um deus.

– Não. – Ele pareceu registrar o que eu disse com um novo respeito. – Não, não é. Embora sua composição química tenha semelhanças, você é muito pior. Não segue as regras de ninguém, nem mesmo as leis da natureza. Você será um problema através das estrelas.

Um canto dos meus lábios se ergueu. Juro que metade do tempo ele não fazia sentido. Balancei a cabeça e apaguei a chama antes de colocar as mãos nos quadris.

– As estrelas não me preocupam. Quero uma coisa, e você vai me ajudar a consegui-la. Incendiei metade de Onuna, matei e cacei, mas Kaden ainda está fora do meu alcance. Por que não consigo encontrá-lo? – Levantei a mão antes que ele falasse. – E nada de respostas vagas, por favor.

Suas cabeças giraram uma vez para a esquerda e duas para a direita, como se estivessem tendo uma conversa particular. Assim que concordaram, todas se concentraram em mim.

– Você já sabe a resposta. Simplesmente se recusa a falar.

Meus ombros caíram. Eu tinha pensado que era impossível, mas o impossível parecia meu novo normal.

– Ele não está em Onuna, está?

Roccurrem apenas me encarou.

– Como é possível se todos os reinos estão selados?

Todas as três cabeças se inclinaram para mim.

– Todos os reinos estão selados.

Rosnei e dei um passo à frente.

– O que eu disse sobre respostas vagas?

– Você está ficando sem tempo. – Roccurrem balançou a cabeça. – O verdadeiro rei está vindo.

Meu coração afundou. Merda. Esqueci que o tempo passa de maneira diferente ali. Eu estripei uma das Mãos preciosas de Samkiel, e as outras correram para casa chorando. Droga.

– Porra, Samkiel. – Peguei o frasco debaixo da camisa e derramei três gotas de sangue para voltar para casa. Olhei para Roccurrem e levantei uma sobrancelha. – Pronto para conhecer o mundo?

XX
SAMKIEL

Ouvi os gritos vindos da ala médica antes que meus pés tocassem o chão. As luzes piscavam enquanto eu corria pelo corredor. Eu conhecia aqueles gritos, e Cameron não era de forma alguma fraco. Vários celestiais saíram do meu caminho, Logan e Vincent vinham logo atrás de mim. Levantei a mão, e as portas grossas se abriram com tanta força que quebraram as dobradiças. Todos os olhos se voltaram para mim, o grande quarto branco caiu em silêncio. Até as máquinas presas às paredes pareceram parar quando entrei. Os curandeiros e assistentes vestidos com trajes médicos e cobertos de sangue recuaram quando irrompi pela porta.

– O que aconteceu?
– Sua nova namorada aconteceu – grunhiu Cameron, tentando se sentar. O sangue jorrou de uma ferida aberta em seu abdômen. Xavier estava ao lado dele, o medo era como uma criatura viva em seus olhos, e suas mãos seguravam a barriga de Cameron.
– Dianna? – O nome dela era um sussurro, uma oração.
Cameron grunhiu mais uma vez.
– Sabe, eu não descobri o nome dela antes que ela me eviscerasse. Entendo. Ela é supergostosa, e nunca julguei. Não quando aquela deusa apareceu em Rashearim porque você parou de falar com ela, não quando o rei de Talunmir ameaçou uma guerra porque você parou de falar com ele. Quero dizer, a lista é longa, mas *desde quando* você *transa* com Ig'Morruthens?
– Não estou transando – respondi, com minha mente girando. Dianna os havia atacado. As ruínas do meu lar. O lar para onde eu a havia levado. Meu coração bateu forte, e meu pulso acelerou. Ela me odiava tanto assim? Depois de tudo?
Xavier se virou para mim com os olhos cintilando.
– Por que está mentindo para nós? Ela tinha o mesmo cheiro daquela que usava o rosto de Imogen. Também sabemos que você mentiu sobre isso.
– Você não fez isso – Vincent gemeu.
– Agora não – retruquei para Vincent. Eu não dormia havia... não me lembrava quanto tempo fazia... e isso estava começando a ficar evidente.
– Não. Não importa, porque ela é uma mulher morta depois do que fez a Cameron. – Xavier voltou-se para seu amigo caído.
– Ah, obrigado, amigo – disse Cameron.
– Você não vai tocar nela. Sem discussão – ordenei, indo para o lado da cama de Cameron, em frente a Xavier. Encarei Xavier fixamente, indicando que eu queria dizer cada palavra.

Xavier se remexeu quando as tatuagens ao longo dos meus braços e sob meus olhos ganharam vida, a prata pulsava segundo meu humor. Cameron gemeu quando pressionei minhas mãos contra sua barriga. A energia jorrava delas, as luzes da sala piscavam.

Xavier bufou, uma confusão cruzava suas feições.

– Você está mesmo defendendo aquela coisa?

– Ela não é *uma coisa*.

– Boa sorte se for tentar ficar entre eles. – Vincent revirou os olhos e cruzou os braços.

Ignorei seu comentário, concentrando-me na pele e nos tecidos da barriga de Cameron. Ele encontrou meu olhar, cerrando os dentes enquanto lutava contra a dor do fechamento de sua ferida.

– Samkiel, o que está acontecendo? Nós os protegemos agora?

Vincent deu um passo à frente, parando ao lado de Xavier. Logan permaneceu calado.

– Ela tem que ser sacrificada, Samkiel.

– Não. – A luz desapareceu de minhas mãos, braços e rosto, e a energia da sala voltou ao normal quando abaixei as mãos. Cameron ajeitou a camisa e fez uma careta ao se sentar na cama de hospital bagunçada.

– Não? – Vincent revirou os olhos, jogando as mãos para o alto. – Quantos corpos a mais ela terá que derrubar para que você recupere o juízo? Dianna massacrou inúmeras pessoas e não tem intenção de parar. Veja o que ela fez com Cameron e os outros. Acha que ela vai parar por aí?

– Eu falei que não.

– Deuses. Por que é tão difícil para você? Você esteve com milhares de pessoas ao longo dos séculos. O que torna a boceta dela tão especial?

Eletricidade disparou pelo cômodo, e todos se abaixaram. As máquinas faiscaram, e a escuridão se abateu sobre o quarto.

– Cuidado com sua maldita boca. – A voz e as palavras não eram minhas, como se alguma parte obscura e possessiva em mim, que eu nem sabia que existia, tivesse assumido o controle.

Vincent engoliu em seco, mas não falou mais nada.

Todos os olhos reluziam e todos estavam focados em mim. O quarto parecia pequeno demais, lotado demais. Eu precisava sair. A tensão aumentou, e a batida na minha cabeça recomeçou. Eu não queria machucar ninguém ali. Eu me importava com aquelas pessoas. Eles eram meus amigos, minha família. Balancei a cabeça para Vincent e fui em direção à porta.

– Pare de nos excluir – pediu Vincent, sem levantar a voz desta vez. – Por que não pode simplesmente nos explicar? Ajude-nos a entender.

Parei, uma fumaça subia das poucas máquinas que destruí. Inspirei uma vez, depois outra.

– Ela não é assim.

– Tem certeza de que apenas ainda não a havia conhecido de verdade? Vocês dois se conheciam há quanto tempo? Meses? – argumentou Vincent.

– Sim, meses. Meses passados juntos, todas as horas do dia. Você não a conhece como eu. Ela está ferida e atacando. – Voltei-me para ele e vi o julgamento completo e absoluto em seus rostos.

– Sabe, isso teria sido fácil para você séculos atrás. Alguma fera saía da linha e era eliminada. Acha que Unir permitiria que tanto sofrimento e caos continuassem? – Vincent me questionou.

– Vincent – chamou Logan. Ele cruzou os braços e o olhou em advertência.

Vincent esfregou o rosto, balançando a cabeça.

– Quantos corpos mais ou ataques ao nosso lar serão necessários para você perceber que a garota de quem se lembra, a garota de quem tanto gosta, se foi?

Alguma parte de mim se rompeu.

–Você não tem ideia do que está falando, não é? Já se perguntou o que senti depois da queda de Rashearim? Já considerou o que perdi e como isso me transformou?

Vincent não recuou, seus olhos brilhavam com aquele azul celestial.

– Como poderíamos? Você não conversa conosco!

– Por que eu deveria? – Agora que tinha começado, não havia como recuar. – Você não vai compreender. Não perdeu tudo o que conhecia, amava e com o que se importava. Você tem uma coroa falsa que *eu* forneci. Todos vocês têm um lar *que eu* fiz para vocês. Vocês têm um ao outro. O que ganhei em troca pelo meu sacrifício?

Eu sabia que estava cuspindo todas as malditas emoções que mantive enterradas nas últimas semanas, anos, séculos. Eu sabia que minhas palavras eram como chicotes contra a pele nua, mas não conseguia parar.

– Nada. – Minha voz era apenas um sussurro. – Não recebi nada pelo meu sacrifício. Nada além de pesadelos, julgamentos e palavras lançadas contra mim como se eu não tivesse dado tudo o que sou, tudo o que tenho, por todos vocês. Pelo mundo.

Um por um, eles abaixaram as cabeças ou desviaram o olhar. Uma pitada de tristeza apareceu em suas expressões, mas eu não precisava da pena deles.

– Recebi uma coroa no instante em que nasci. Minha vida não é minha. Nunca foi. É uma coisa. Minha vida é sacrifício após sacrifício por vocês, por todos vocês, pelos milhões que vivem, comem e morrem neste universo e no próximo. E depois meu *pai* vinculou minha vida a reinos que eu tinha que manter fechados. Vocês podem gritar e berrar que o que estou fazendo é injusto. Podem dizer que deixei qualquer caminho que tenham traçado em sua cabeça e que devo seguir, mas vocês não perderam nada. Nenhum de vocês perdeu.

– Nós perdemos você. – A voz de Logan cortou a batida na minha cabeça.

Virei-me e sorri com tristeza para meu amigo mais antigo.

– Eu já estava perdido muito antes de Rashearim cair, e vocês não perceberam. Todos esperam que eu siga determinado padrão. Sabem o quanto isso é difícil? O quanto é pesado? Agem como se eu devesse saber tudo e como reparar os desastres que surgem em meu caminho, mas não tenho todas as respostas. Nunca tenho. E as pessoas que deveriam ajudar e me aconselhar estão espalhadas entre as estrelas, e as que não morreram olham para mim da mesma forma que vocês.

Incapaz de ficar parado, andei de um lado para o outro, com a equipe do hospital se pressionando contra as paredes, saindo do meu caminho.

– Entendo que falhei. Eu entendo. Meu pai morreu por minha causa. Perdi a guerra e, ao fazê-lo, selei os reinos e nós aqui. Entendo seu desgosto ou ódio por mim, porque também sinto isso.

Esfreguei o rosto com a mão. Os pelos que cobriam meu queixo rasparam minha palma.

– E sabem qual é a parte mais engraçada disso? É que foi preciso alguém que nossos textos rotulam como nosso inimigo para me trazer de volta. Foi o que ela fez. Ela me trouxe de volta, e não foi do jeito que vocês pensam ou qualquer piada grosseira que Cameron mal pode esperar para fazer.

Cameron ergueu as mãos e disse de forma totalmente pouco convincente:

– E-eu não ia…

Engoli o nó crescente em minha garganta.

– Eu não tive que contar nada para Dianna no começo. Ela me enxergou, tudo de mim. Assim como a enxerguei, ela é forte e generosa. Eu a vi correr direto rumo ao perigo por aqueles com quem ela se importa sem pensar em si mesma. Ela é engraçada, inteligente e linda, tão linda. É uma lutadora, uma guerreira mais forte do que qualquer outro que já treinei. Acima de tudo, ela é uma mulher que não teve escolha na vida que lhe foi imposta. Dianna sobreviveu contra todas as probabilidades por Gabby, e Kaden a roubou. Dianna não é um monstro. Nunca foi. Ela ama, se preocupa e sente e, neste momento, tudo o que ela sente é tristeza, dor e perda. Eu não... não vou desistir dela. Quem eu seria se o fizesse?

O quarto ficou em silêncio, todos paralisados e me observando com cautela, mas eu continuei.

—Vocês ainda têm os mesmos preconceitos aos quais os deuses antes de nós se apegavam. Ela não nasceu Ig'Morruthen. Kaden a tornou assim. Ela permitiu que ele a esculpisse de dentro para fora para salvar a irmã que ela perdeu. Vocês veem sangue, morte e raiva, mas não a dor que vejo. Vocês atiram pedras e a julgam, mas ficaram ao meu lado por eras enquanto eu derramava mais sangue do que ela jamais vai derramar. Todos vocês tinham desculpas nobres e honrosas para minha natureza destrutiva, mas carregarei as consequências disso até meu último suspiro.

– Era diferente – interrompeu Vincent. –Você é diferente.

O anel na minha mão direita vibrou, invocando a lâmina de Aniquilação. Ela zumbiu na minha mão, e Vincent deu um passo para trás. A espada retiniu, pronta para comer, para provar a morte. A fumaça negra e roxa rodopiante acariciava-a enquanto eu segurava o punho. Todos se afastaram, tentando colocar distância entre mim e eles, mesmo que não percebessem.

– Diga-me, o que é isso e o que faz – questionei, erguendo a espada e sacudindo-a. – Explique-me como sou um salvador quando a própria lâmina que criei acaba com mundos. Diga-me que valho a pena. Diga-me que não sou a causa da nossa condenação. Diga-me por que não consigo dormir. Por que os tambores de guerra e os gritos de cada batalha ecoam em meu crânio? Diga-me por que minha própria existência está desmoronando. Diga-me como me consertar, Vincent, já que sabe tanta coisa. Você não pode, porque não importa o que você ou qualquer outra pessoa deseje acreditar para poder dormir melhor à noite, *é* a mesma coisa. Os crimes de Dianna e os meus, não importa se são em nome da paz ou não, não se diferenciam. Morte é morte. Se ela é um monstro para você, eu também sou.

Vincent baixou o olhar, os outros seguiram o exemplo. Todos, exceto Cameron. Invoquei a Aniquilação de volta ao seu éter, e o mundo ficou em silêncio. Passos soaram apressados pelo corredor, e todos olhamos para a porta destruída.

– O que aconteceu com o quarto? – perguntou Imogen, enfiando um pequeno dispositivo em sua túnica ensanguentada e olhando para trás.

–Vincent deixou Samkiel furioso de novo – respondeu Cameron, como se eu não tivesse acabado de repreender todos eles. – O de sempre.

Imogen olhou em volta e assentiu.

– Parece isso mesmo. Samkiel, acabei de falar com o Conselho. Eles estão furiosos e solicitam sua presença.

– Estarei lá em alguns dias. Preciso encontrar Dianna.

Imogen ergueu a mão, e pequenas runas se formaram no chão manchado de sangue.

– Gregory está morto, me nomearam sua conselheira, e isso é mais uma ordem do que um pedido. Querem vê-lo imediatamente. Samkiel, ela levou Roccurrem.

A raiva se contorceu dentro de mim, e senti a cor sumir do meu rosto. Cerrei os dentes, flexionando minha mandíbula. Quem eles pensavam que eram para requisitar minha presença? Eu ia, mas talvez eles não gostassem do que iam receber.

– Muito bem – falei com um suspiro. – Cameron, precisa ir para casa e descansar alguns dias. Vincent, atualize-os sobre o resto.

– Espere, por que fico de fora? Foi Vincent quem abriu a boca e irritou você, não eu.

– Você precisa de tempo para seus órgãos se curarem – respondi com outro suspiro cansado.

Ele abriu a boca para discutir, mas depois encolheu os ombros e assentiu.

– Justo.

Voltei-me para Imogen e acenei com o braço para ela prosseguir.

Ela estendeu a mão, e as runas brilharam, transportando-nos para as ruínas de Rashearim.

XXI
DIANNA

UMA SEMANA DEPOIS

— Pronto, tudo feito — declarou Nora, arrancando a fina capa preta da minha frente. Fiquei de pé com um movimento suave e me inclinei para olhar meu reflexo no grande espelho retangular. As luzes brilhantes do salão caíam sobre mim enquanto eu tirava uma longa mecha de cabelo do rosto e passava os dedos por ela.

— Ouvi falar de Gabriella. Sinto muito.

Minha mão parou quando foquei nela no espelho. Ela estava limpando suas ferramentas. Roccurrem estava parado perto da porta, com as mãos cruzadas à frente, observando as pessoas no salão.

— Por quê? — Dei de ombros.

Nora fez uma pausa na arrumação, surpresa com minha pergunta.

— Porque ela é sua irmã.

— E? Pessoas morrem todos os dias. Como seu pai mesquinho, que fez você devolver o dinheiro das mensalidades da faculdade em vez de ajudar. — Joguei meu cabelo por cima do ombro, com cuidado para que os fios não ficassem presos nos meus brincos.

Nora zombou, e sua mandíbula relaxou.

— Isso foi rude, até mesmo para você. — Ela colocou as mãos nos quadris. — Seu preço acabou de subir.

Sorri para mim mesma no espelho antes de me aproximar dela até invadir seu espaço. Ela inclinou a cabeça para trás para sustentar meu olhar, seu coração batia contra as costelas com força suficiente para abafar o secador de cabelo no fundo do salão.

— Que tal eu não pagar nada? Em troca, você consegue manter sua lojinha estúpida em sua cidadezinha estúpida, e eu não devoro cada pessoa aqui nem jogo o seu corpo na lixeira nos fundos.

Desta vez, quando sorri, certifiquei-me de que minhas presas aparecessem. Nora engoliu em seco e assentiu. Ela saiu correndo e desapareceu na sala dos fundos sem olhar para mim ou para qualquer outra pessoa.

Todos no salão fingiram não ter visto nem ouvido o que havia acontecido, exceto Roccurrem. Ele me observava atentamente, com seus olhos alienígenas cheios de segredos. Eu me virei, dando uma última olhada em mim mesma no espelho. Afastei a longa mecha de cabelo do meu rosto e saí, com Roccurrem caminhando ao meu lado. O fraco sol de inverno brilhava quando a porta se fechou atrás de nós.

— Talvez demonstrações públicas de poder não sejam boas se você deseja permanecer escondida do rei de Rashearim.

Alguns mortais passaram por nós, embrulhados em casacos e roupas grossas para se protegerem da brisa fria. Alheios, seguiram com suas vidas. Várias mesinhas e bancos haviam sido colocados ao redor do pavilhão. As pessoas estavam sentadas, rindo e comendo na movimentada cidade de Kasvaihn.

– Quantas vezes tenho que dizer que não me importo até você entender que não me importo? – falei para Reggie. Reggie. Esse era o nome dele agora, não mais Roccurrem. Ele precisava de algo normal enquanto estivesse ali, então eu o renomeei.

Reggie olhou para mim, uma ruga cruzava sua testa de aparência comum de mortal. Ele usava a forma de um homem que vestia um terno casual todo preto. Ele tinha visto um daqueles modelos masculinos pretensiosos em um telão quando chegamos e tomou sua forma. Falei que ele precisava de um disfarce, e ele encontrou um. Era alto e magro, com pele escura e cabelo crespo cortado rente à cabeça. Ele parecia normal até falar em línguas, então seus seis olhos totalmente brancos apareciam, dois acima dos normais e dois abaixo.

– Sim, suas ações parecem berrar o quanto não se importa. Ou talvez seja apenas mais uma ilusão para esconder o oposto.

Cruzei os braços com um sorriso de lábios fechados. Balancei a cabeça, concentrada nos veículos que passavam. Uma buzina soou, mas minha atenção permaneceu voltada para o caminhão preto que se aproximava.

– Certo. – Deixei as mãos caírem e saí andando.

Esbarrei em uma mesa ao passar. O casal gritou comigo e segurou suas bebidas. Esquivando-me de um galho baixo, desci do meio-fio, um carro branco desviou para não me atingir. Parei no meio da rua, observando o veículo vindo em minha direção. Ruídos vieram de todos os lados enquanto os transeuntes paravam e observavam. Ouvi os freios cantando e o grande caminhão derrapando na pista. Dei um passo para a esquerda e me apoiei em um joelho. Minha mão disparou, garras substituíram as unhas. Rasguei os pneus e o metal das rodas. O caminhão capotou, seus vidros se quebraram. Levantei-me e sorri para Reggie, que assistia da calçada.

– Alguém peça ajuda! – gritou uma mulher, enquanto outros se aproximavam. Fui até o caminhão e arranquei a porta das dobradiças. Elijah olhou para mim. Ele estava meio curvado, com o cinto de segurança ainda preso. Ele protegeu os olhos da luz do sol que entrava por trás de mim.

Assim que seus olhos se acostumaram, ele começou a puxar o cinto de segurança.

– Não, não, não, não.

– Não se preocupe. Eu ajudo.

Entrei e arranquei o cinto de segurança de Elijah antes de puxá-lo para fora e para a rua.

– Quer sair daqui? – Sorri, sem lhe dar chance de responder.

Meu punho acertou mais uma vez, fazendo a cabeça de Elijah balançar para o lado.

– Ele é mortal. Você pode acabar danificando o cérebro dele antes de obter a informação que deseja – comentou Reggie.

– Estou ciente, mas ele não está falando. – Joguei minhas mãos para o alto.

Elijah se sentou e cuspiu sangue no chão, tentando sorrir apesar do rosto quebrado.

– Já está com um novo namorado, Dianna? – Ele estalou a língua, e meu punho acertou seu queixo de novo.

– Não sou namorado dela nem um substituto para Samkiel.

Bati em Elijah talvez um pouco mais forte quando ouvi o nome de Samkiel.

– Elijah, pare de enrolar. – Dei um tapinha em suas lapelas depois de puxá-lo para cima e sentá-lo de novo em sua cadeira. – Apenas me diga onde Kaden está.

– Não pode se alimentar de mim e ver? Ah, espere, você não pode. – Ele riu, e dei um soco em seu estômago, fazendo-o tossir.

Rosnei, minha cabeça ainda latejava com a lembrança da enxaqueca que tive ao tentar ler Santiago. Encontrei os lobos bem rápido, mas Elijah era como um pequeno inseto que corria rápido demais. Aparentemente, o pequeno feitiço no abastecimento de água de Camilla terminou antes que conseguisse encontrar Elijah, então voltamos ao básico.

– Eu gostava mais de você quando estava com medo.

Ele cuspiu para o lado.

– Sim, bem, acabei lembrando que você não vai me matar até obter informações, então me sinto um pouco mais seguro agora.

A luz do sol brilhava através das rachaduras nas chapas metálicas da antiga fábrica abandonada. Passei as mãos pelos cabelos, o sangue cobria os fios e tinha arruinado o trabalho de Nora. Frustrada, olhei para Reggie.

– Está vendo? – Apontei para Elijah. – Qual é o objetivo disso? Sou péssima em tortura. Prefiro bater nele até que vire pó e seguir em frente.

– Ele não falará se estiver morto. Paciência.

– Paciência? Não tenho paciência. – Voltei-me para Elijah, que só olhou para mim. – Apenas me diga onde ele está.

Ele deu de ombros, o corte em seu lábio se alargava.

– Não.

– Está bem. – Avancei, agarrei-o pelo pescoço e torci.

O corpo dele se afrouxou, seus olhos estavam abertos e opacos.

– Seu mau humor aumentou mesmo com suas refeições e atividades extracurriculares.

Resmunguei enquanto passava as mãos pelos cabelos e fechei os olhos, respirando fundo e com calma. Reggie estava certo. Eu estava mais irritada do que de costume, e perdendo tempo. Não estava mais perto de encontrar Kaden do que quando comecei. Ele ainda não tinha aparecido e eu estava ficando sem gente para matar. Eu precisava de Tobias. Se conseguisse achar Tobias, eu o encontraria.

– Parece que matar Elijah e os outros não lhe trouxe alegria.

– Nada me traz alegria, Reggie. – Abaixei minhas mãos manchadas de sangue, suspirando.

– Samkiel retornou do Conselho e das ruínas de seu mundo natal, acompanhado pela senhora Imogen.

Chutei a cadeira onde o corpo sem vida de Elijah estava caído e cruzei os braços.

– Muito legal. Parece que eles são inseparáveis de novo.

Você a amava?

Eu não a amava, e ela não é minha… qualquer coisa que você declarou anteriormente.

Mentiroso.

– O ciúme também é uma emoção poderosa. Que indica outra.

Um pequeno rosnado saiu dos meus lábios, e olhei para Reggie.

– Estou apenas fazendo o que você pediu. Você me pediu para ficar de olho. Fiquei de vários. Sei o paradeiro atual d'A Mão se quiser saber.

Baixei o olhar.

– Não. Não preciso deles.

Já haviam se passado dias desde que voltei com Reggie. Nós o vimos partir naquela noite, sua luz prateada ardia no céu em perfeita sincronia com uma luz azul. Ela voltou, e depois partiram juntos.

– Espero que tenha um plano. Você está deixando um deus desesperado, e isso não vai terminar da forma que você deseja.

Revirei os olhos um pouco mais forte do que o normal.

– Tenho certeza de que Imogen está ajudando o quanto pode com o *desespero* dele.

Senti os olhos de Reggie em mim.

– Se acha que o retorno da senhora Imogen fará Samkiel desistir de você, está redondamente enganada. Ele invocou a Aniquilação por você.

Lutei contra o tremor instintivo quando a floresta retornou, com a dor nas minhas pernas destroçadas e o fedor do fosso aberto. Os Irvikuva me arrastaram até lá, determinados a me devolver a Kaden. Samkiel aterrissou no chão, envolto pela famosa armadura prateada, o renomado rei aparecendo para me salvar. Uma dor se formou em meu peito, e lutei para suprimi-la.

– Como sabia disso?

– Eu vejo tudo – respondeu Reggie.

– Pervertido.

Ele não disse nada enquanto eu limpava a mão na calça de couro escuro, pronta para mudar de assunto.

– Conte-me, Reggie. Afinal, como acabou trancafiado naquele lugar?

– Havia uma profecia de renascimento para um cosmos devastado. Uma criança nascida de um celestial e outra nascida de um deus. As duas deveriam governar tudo. Salvar tudo.

– E essa profecia não seria sobre um certo Destruidor de Mundos, seria?

– Exatamente.

– Temos tempo livre, então me conte. – Cruzei os braços e balancei a cabeça. – O que aconteceu depois?

– O bebê que deveria governar ao lado dele foi levado e destruído.

Dei de ombros.

– Samkiel disse que não tinha *amata* e que o universo tinha sido cruel. Acho que ele não estava mentindo.

– O universo pode ser cruel. – Reggie inclinou a cabeça para o lado. Era uma expressão estranhamente mortal. – Não concorda? Depois de tudo que você viu e perdeu.

Eu o ignorei.

– Então, como isso fez com que você ficasse trancado?

– Minha família, os Moirai, falaram cedo demais sobre isso. Um deus empenhado em governar o cosmos ouviu e garantiu que seu reinado seria o único. Eles massacraram meus irmãos, e Unir me salvou, mantendo-me longe daqueles que desejam usar meus dons para o mal.

Isso chamou minha atenção. Eu me aproximei.

– Como é possível usar um Destino? Todas as histórias que ouvi falavam que eram vocês que controlavam todos os nossos destinos.

– Controlar? Não. – Todos os seis olhos apareceram no rosto de Reggie, brilhando em um branco incandescente quando ele ergueu as mãos. A sala desapareceu, e uma onda de galáxias e estrelas surgiu. Girei na fábrica cheia de galáxias, olhando para cada estrela e planeta que passava. Todos eram iluminados com pequenos orbes amarelos e verdes. Percebi que isso era o que Reggie era, tudo e o nada no meio. – Vemos milhares de variáveis diferentes, todas moldadas dependendo de suas ações. Vi estrelas nascerem e estrelas morrerem. Um milhão e um mundos com um milhão e uma ações com uma corda que conecta cada um de vocês.

Estendi meu dedo, tocando um planeta e observando-o brilhar sob minha unha.

– Então, minha pergunta permanece. Se você era tão poderoso, como seria possível usar um Destino?

A sala voltou ao normal quando Reggie retomou sua forma mortal. A sala e o mundo pareciam monótonos comparados ao universo que ele acabara de me mostrar.

– Poder. Poder para eliminar até mesmo aqueles a quem os Destinos amam.

– E é por isso que só resta um Destino?

– Exato.

Perguntei-me se Destinos sentiam dor. Esperei que ele demonstrasse alguma emoção, mas nada aconteceu. Talvez o Destino e eu fôssemos mais parecidos do que eu pensava. Teria o mundo o usado também, mastigando-o e cuspindo-o até que nada restasse além de uma casca oca? Ou eu estava realmente sozinha nesse sentimento também?

– Sabe o que não entendo? Você é um Destino onisciente, mas não conseguiu se ver sendo preso?

– Vi vários resultados para meus moirai e para mim.

– Você os viu morrer?

Ele não se abalou, mas achei que sua voz vacilou.

– Vi muitos morrerem. – Seu rosto permaneceu estoico, imutável. – E, antes que se torne errática, já respondi a essas perguntas. Algumas coisas você mesmo deve suportar. Algumas coisas estão destinadas a acontecer. Você vê a morte e presume que ela está contra você, mas a morte é natural. Não é cruel nem gentil. A morte não toma partido. Não discrimina nem odeia. Ela apenas existe e persiste desde que o primeiro ser vivo existiu e estará aqui por muito tempo. Pode doer, mas acontece a todos. Gabriella e você não são exceção. Você pode ter prolongado a vida dela uma vez, mas o nome dela ainda estava na lista. Você apenas atrasou o processo.

– Pare. – Levantei a mão, minha enxaqueca rugia de volta.

– Você terá uma escolha. Uma que você vai ter que fazer. Escolha de forma generosa, e o caminho estará definido. Escolha a vingança, e, bem, o resultado será devastador.

– Outra maldita profecia? – gemi, massageando a testa.

– Não é uma profecia, é um caminho, uma escolha. Uma que apenas você pode fazer.

– Você literalmente acabou de falar isso com palavras diferentes. – Fiz uma careta, afastando a mão do rosto. Voltei-me para a forma caída de Elijah. Ele tinha participado da morte de Gabby, mas tirar sua vida fez com que eu sentisse… nada.

– Destinos – disse uma voz masculina profunda – são tão ardilosos com suas palavras.

O ar no espaço de repente pareceu condensado e sufocante. Eu me virei e o vi parado ali, todo orgulhoso, presunçoso e prestes a morrer.

Kaden.

Ele sorriu para mim, com as mãos nos bolsos.

– Sentiu minha falta?

XXII
DIANNA

Ali estava. Todo o fogo e o ódio vieram à tona quando o vi. Minha pele se arrepiou, e uma onda de calor me afogou. Minhas mãos dispararam, chamas espessas saíram girando em direção a ele, rugindo e estalando como as mandíbulas de uma fera furiosa, destruindo tudo em seu caminho. O cheiro acre de metal queimado fez meu nariz arder, mas não desisti. O suor escorreu pela minha testa antes que eu abaixasse as mãos, e uma parte profunda e selvagem de mim ganhou vida.

– Tão dramática – comentou Kaden, olhando para tudo atrás dele que eu tinha carbonizado até que virasse cinzas e ruínas. Ele balançou a cabeça e cruzou os braços, os músculos esticavam sua camisa escura.

Cerrei os dentes, contendo um grito de raiva e frustração. Não importava se eu não pudesse queimá-lo vivo. Eu ia rasgá-lo em pedaços com minhas próprias mãos. Avancei, golpeando com minhas garras, mirando onde seu rosto deveria estar. Meu ataque não encontrou resistência, e tropecei atravessando-o, recuperando o equilíbrio no próximo passo. Virei-me, olhando para minhas garras, sem sangue e carne.

– Você nem está aqui. Covarde.

Ele sorriu, com um único canino se alongando, enquanto me observava.

– Prefiro sobrevivente. O poder está escorrendo de você em ondas, Dianna. Aposto que as criaturas além deste reino o sentem e estremecem. – Ele me encarou maliciosamente, e seu olhar caiu para o meu peito. – Você me vê e seu coração nem perde o ritmo.

Eu fiz uma careta e retruquei.

– Meu coração não bate por você.

– Ah, presumo que bata por ele, então? – perguntou ele, esfregando o queixo.

– Reggie. Vá embora.

– Como desejar – Reggie respondeu e desapareceu da sala, deixando-me sozinha com Kaden, ou com a casca dele, pelo menos.

Kaden observou a névoa espessa, negra e estrelada da verdadeira forma de Reggie desaparecer.

– Você sequestrou um Destino, e ele a obedece? Estou tão impressionado, Dianna. Eu sabia que, uma vez que você realmente cedesse, seria invencível. Como o tirou da prisão de Unir?

– Como você sabe disso?

Kaden apenas encolheu os ombros.

– Eu sei muitas coisas.

Suspirei, saía fumaça do meu nariz.

– Por que está aqui?

Ele sorriu, tentando bancar o tímido e doce. Meu estômago se revirou.

– Talvez eu tenha sentido saudade.

Coloquei a mão no meu peito.

– Ah, também senti sua falta. Não percebeu pelos cadáveres que deixei? Talvez devêssemos ter um reencontro de verdade.

– É? – ronronou ele, dando um passo para mais perto. – Você vestiria algo bonito para mim, como usou para o seu Destruidor de Mundos?

Bonito? Minha mente passou por várias possibilidades, imaginando o que ele poderia querer dizer. Até que me dei conta. Ele estava falando sobre o vestido que usei no jardim de Drake, aquele que Samkiel criou para mim.

– Você estava lá.

Ele sorriu.

– Espelhos são a maior invenção dos mortais e uma passagem para criaturas antigas, Dianna. Falei que tenho olhos em todos os lugares.

Meu lábio se curvou de nojo, enquanto eu repassava cada lugar onde estive em que havia algum tipo de reflexo. A lembrança de Sophie falando ao espelho pouco antes de me atacar.

– Não faça essa cara. São apenas os revestidos de obsidiana. Certifiquei-me de que cada membro da minha corte tivesse pelo menos um.

Perigoso. Um estranho lindo e perigoso que conheci no deserto. Uma víbora-da-areia, foi o que pensei dele, e era exatamente o que ele era. Mas tudo que Kaden fazia tinha um propósito, portanto ele estava ali por algum motivo. Estava protelando ou se preparando para atacar.

– Não vamos brincar um com o outro, ok? – Endireitei os ombros e inclinei a cabeça um pouco mais para cima. – Não sou mais a garota trêmula que não tem nada além de uma adaga presa na coxa. Por que está aqui? – Minha voz era uniforme e monótona. Cruzei os braços, as mangas compridas da minha jaqueta caíram ao lado do meu corpo. Ele não estava ali, e eu não tinha nenhum interesse em desperdiçar minha energia com uma ilusão.

– Não, você com certeza não é, mas sei que ainda tem uma bela arma entre essas coxas, não é? – Ele ergueu a mão, beliscando o lábio inferior enquanto me circulava, seu olhar era quase um toque físico. – Poderosa o suficiente para fazer um deus mudar seus planos.

Eu grunhi, deixando os braços caírem e inclinando a cabeça para trás. Ele não precisava ser corpóreo para eu saber que estava tenso. Passei a vida inteira estudando-o.

– Já falei para você o quanto sua voz é irritante? Houve momentos em que quis arrancar minhas próprias orelhas em vez de ouvir você falando sem parar.

– Sabe, nunca pensei que você mataria Drake. Sempre achei que vocês dois transavam quando não havia mais ninguém por perto.

– Não, era você quem precisava de várias amantes para ficar satisfeito, lembra?

Kaden sorriu friamente.

– Ou talvez houvesse outro motivo.

– Um com o qual não me importo.

Ele estava tentando me distrair. Mas de quê?

– Vou perguntar de novo. – Suspirei. – O que você quer?

Ele parou diante da forma mole de Elijah, colocando as mãos nos bolsos.

– Você quase arrancou a cabeça dele com essa torção. Você tem prestado atenção em mim, hein?

Outra distração.

– Sim, Kaden. Você matou minha irmã. Todos nós sabemos. Quer transmitir isso mais uma vez? Ou vai parar de se esconder para que eu possa retribuir o favor?

Seus olhos me examinaram da cabeça aos pés enquanto ele mordia o canto do lábio.

– Você realmente está diferente, não é?

Meu corpo estremeceu, a Ig'Morruthen espreitava e esperava para atacar.

– O que foi? Quer que eu fique triste? Chorando em um canto? Não, aquela garota já se foi há muito tempo. Você garantiu isso. Quero sangue. A porra de um rio de sangue.

Ele avançou, parando a centímetros de mim, forçando-me a olhar para cima para sustentar seu olhar.

– Deuses, como sinto sua falta.

– O que você quer?

– Você. – Ele moveu a mão como se fosse tocar meu cabelo. – Sempre você.

– Eu? Ou está aqui por causa do navio no fundo do mar?

Nem sequer uma pitada de surpresa cruzou suas feições.

– Admito, estou feliz por ser a única coisa em sua linda cabecinha. Samkiel está com ciúmes?

Ele é um manipulador, Dianna. Não se distraia, minha mente sussurrou. Não deixe que ele veja você vacilar por um segundo, ou vai comê-la viva.

Engoli em seco, endireitando meus ombros.

– Não me interessa o que Samkiel sente. A única coisa em minha mente é matar você.

Ele deu um passo para mais perto de mim, seus olhos vagavam.

– E como vai fazer isso, minha linda sedutora? Devagar? Não é assim que eu gosto.

– Sei que você está transportando ferro. Em grandes quantidades.

– Ah é? – Um sorriso feito de pecado enfeitou seus lábios. – E você precisou abrir essas lindas pernas para descobrir?

Fiz questão de que o sorriso que dei a ele em resposta fosse cheio de dentes.

– Não, isso eu fiz por diversão.

– Por diversão ou pela sede de sangue furiosa que voltou com força total? Você conhece sua verdadeira natureza e a enterrou por tempo demais. A fome bate e, então, você deseja algo rígido e ereto.

– Nem sempre. Às vezes prefiro a língua – retruquei.

– Sabe que poderia voltar para o nosso lar e que eu cuidaria disso?

Lar. Essa maldita palavra de novo. Um vazio que eu nunca preencheria por causa dele. Senti minhas unhas se cravarem em meus braços.

– Vamos deixar uma coisa bem clara. Nunca tive um lar com você. Meu lar está espalhado pelo Mar de Naimer por sua causa. Agora, o que está fazendo, Kaden, e por que precisa de tanto ferro?

Ele torceu ligeiramente a cabeça e respirou fundo.

– Você ainda tem um cheiro divino mesmo de tão longe. Eu reconheceria esse cheiro em qualquer lugar.

Kaden se aproximou, mas eu o ignorei, recusando-me a me recuar dele. Jamais faria isso de novo. Incorpóreo ou não, todo o meu ser se enfureceu diante do monstro que era o homem que havia me criado.

– É para a arma para matar Samkiel? O ferro? Você tem o livro de Azrael, mas ainda não o usou. Já se passaram meses.

Ele estendeu a mão como se pudesse me tocar.

– Seu cabelo sempre foi tão longo? Sinto falta da forma como ele balança quando você…

Uma pequena risada saiu dos meus lábios, as peças foram se encaixando em minha mente.

– Você não tem tudo de que precisa. Está faltando um último ingrediente, e você está protelando.

Seus olhos faiscaram, e eu soube que estava certa.

Dei um passo à frente, invadindo seu espaço pela primeira vez e diminuindo a distância que restava entre nós. Não era mais a garota dócil que se curvava ou baixava o olhar com medo dele. Nunca mais voltaria a ser ela.

– Sabe o que é engraçado? Não creio que você seja tão mau quanto gostaria que os outros acreditassem. Você reúne essas pessoas e se cerca dessas criaturas para não se sentir tão sozinho o tempo todo. Meu palpite? Você é apenas um garotinho magoado que não foi amado o bastante.

Os olhos dele brilharam em um vermelho intenso.

– Diz a mulher tão desesperada para ser amada que conspirou e trepou com o inimigo.

– Ah, nunca transei com Samkiel. Cheguei bem perto, no entanto. – Soltei um assobio baixo. – As coisas que aquele homem pode fazer com as mãos… Só posso imaginar o resto. O que, sabe, eu imaginei.

Acrescentei a última frase deixando escapar uma parte de mim que eu enterrava nas noites em que me deitava com outras pessoas. Eu sabia que isso o atingiria, e, se eu pudesse feri-lo, mesmo que apenas uma fração do quanto ele me machucou, que assim fosse.

Vi o ciúme faiscar em seus olhos enquanto ele rangia os dentes.

– Ah é? Acho que ele está usando as mãos agora mesmo na noiva dele.

Sempre foi olho por olho entre nós. Um sempre desejando machucar mais o outro. Só que desta vez eu conhecia cada ponto fraco e uma maneira de fazê-lo estremecer de dor para variar. Eu sabia que o tinha irritado, e Kaden sabia… Finalmente registrei o que ele disse, e meus pensamentos se embaralharam e pararam de súbito.

Noiva.

Meu controle sobre a raiva ardente que queimava sem cessar dentro de mim se rompeu, e uma fúria vulcânica borbulhou à superfície. Uma emoção sobre a qual fui uma tola ao pensar que tinha algum controle.

Joguei minha cabeça para trás.

– Do que você está falando?

O sorriso triunfante de Kaden fez meu estômago revirar. Ele pensou que tinha ganhado alguma coisa.

– Ah, você não sabia? Ele e Imogen estão destinados a governar os doze reinos. Casamento arranjado e tudo mais.

Não falei nada.

– Hmm, não acredito que ele não compartilharia isso com você!

Meus olhos se estreitaram.

– Você está mentindo. Eu vi o passado de Samkiel.

– Viu tudo? Duvido. Mesmo com seus sonhos de sangue, você teria que consumi-lo diariamente para conseguir isso, e, pela expressão em seu rosto agora, sei que não o fez.

Balancei minha cabeça.

– Não, você está mentindo. Está tentando me distrair. Eu perguntei a ele.

Lutei para não me encolher, percebendo quão ridícula eu soava.

Kaden fez beicinho, seu lábio inferior zombava de mim.

– Você perguntou a ele? E ele contou a verdade? Por favor. Isso acaba com seus sonhos de um castelo com vista?

Não respondi desta vez. Kaden estendeu a mão, e senti uma mão fantasma deslizar pelo meu cabelo. Eu sabia que ele teria enrolado os longos fios em volta do punho se estivesse ali de verdade.

– Um rei deve sempre ter uma rainha, e você não é a *dele*. Já lhe falei isso. Quero dizer, qual é? Samkiel e Imogen estão juntos há quase tanto tempo quanto você e eu. Realmente acha que ele se importa mais com você do que com ela? Ele conhece você há apenas alguns meses. Você não é importante para ele. Samkiel tem um mundo para salvar, sabe, de criaturas da noite como você e eu.

Eu o estudei, procurando desesperadamente por qualquer indício de que ele estava mentindo, tendo esperança contra a porra de todo o bom senso. Ainda assim, não vi nenhum. Os limites da minha visão pareceram ficar embaçados. Kaden estava falando a verdade.

Ele estalou a língua.

– Tudo o que você fez foi trazer A Mão de volta, incluindo a prometida dele.

Prometida.

Noiva.

Meu mundo girou. Minha cabeça estava cheia de barulho, o mesmo barulho da TV deixada ligada quando Gabby e eu adormecíamos, tentando passar o máximo de tempo possível juntas. Eu sempre acordava com aquela estática irritante, enquanto ela continuava dormindo, com a mão colada no rosto. E, como naquelas ocasiões, eu desliguei, o quarto ficou escuro, silencioso, vazio. Só que era assim que minha cabeça estava neste momento, meu coração, todo o meu ser. Eu também tinha confiado nele. Tinha o escutado. Dado atenção a cada palavra ou sílaba, e, ainda assim, ele mentiu igual a todo mundo. Eu hesi...

E um cadeado na porta de uma casa se acalmou.

– Você realmente não sabia? – Percebi que fiquei quieta por tempo demais. – Ah, querida, pensei que vocês fossem melhores amigos e tudo mais, mas ele não contou?

Pisquei para conter as emoções que surgiram, ameaçando me afogar. Elas escondiam uma verdade muito mais devastadora.

– O que Samkiel e eu tínhamos era apenas por conveniência. Nunca foi permanente. Eu não me importo com quem ele fode.

Kaden sorriu, e, mesmo que não estivesse em sua forma física, eu ainda podia sentir o poder que irradiava dele.

– Você é muitas coisas, Dianna, mas mentirosa não é uma delas. Lembre-se, amor, tenho olhos e ouvidos em todos os lugares. Eles devem ter voltado daquela reunião do Conselho. Que tal darmos uma olhada por nós mesmos?

Kaden enfiou a mão no bolso e tirou uma placa de obsidiana. A superfície lisa parecia um espelho brilhando contra a luz. Ela ondulou, e uma sala apareceu. Não qualquer sala, mas a grande sala de conferências na Cidade Prateada.

– Um dos meus lacaios acrescentou isso enquanto vocês dois estavam lutando em algum lugar.

Olhei para Kaden. Minha voz saiu quase inaudível.

– Por que está me contando isso?

– Porque não acho que você vai se importar depois de ver isso.

Vozes saíram do espelho, chamando minha atenção.

Samkiel tinha uma das mãos sob sua bochecha enquanto folheava o que parecia ser um livro antigo. Havia várias pilhas de papel e o que parecia um mapa ao seu lado. Ele parecia muito cansado, meio caído na cadeira. Eu podia ver outros se movendo ao fundo. Risos e piadas vinham de Cameron e Xavier, enquanto Logan andava em direção ao outro lado da sala. A Mão estava lá, mas não foi o que me fez parar. Em vez disso, concentrei-me na loira alta que se aproximou dele e lhe ofereceu uma bebida. Ele aceitou, dando-lhe um sorriso caloroso quando ela colocou a mão em seu ombro e o apertou. Foi um pequeno gesto e, ainda assim, foi o que fez com que os restos do meu mundo perdessem o eixo.

Sua noiva.

Sua prometida.

Ela o consolava naquele momento, tomando meu lugar sem esforço, enquanto eu era a causa da angústia dele.

A bile subiu pela minha garganta quando me lembrei de outra vez em que ele segurou um maldito espelho na minha frente. Só que era a verdade sobre meu relacionamento com ele, e não um maldito caco de vidro. Kaden me mostrou da maneira mais dolorosa que qualquer um era substituível. Só que eu nunca tinha imaginado que voltaria a me sentir assim. Eu tinha prometido nunca mais me apegar a alguém daquele jeito e mantive a promessa. Até Samkiel. Agora, não tinha o direito de ficar chateada.

Kaden assobiou.

– Eles fazem um casal bonito.

– Absolutamente perfeito. – As palavras saíram dos meus lábios mesmo que meu peito queimasse.

– É disso – ele acenou para o espelho – que ele precisa. Acha mesmo que ela o machucaria? Esfaquearia? Atacaria seus amigos e o mundo que ele jurou proteger? Mesmo que você me mate, ele vai precisar da família, e você nunca vai fazer parte disso. Nós somos o que eles caçam, o que temem. Você sabe disso. Pode mesmo dizer que se importa com ele e ser tão egoísta?

O restante d'A Mão andava pela sala. Todos conversavam. Ele se virou para os demais e logo se juntou à discussão. Eu vi então; os castelos de marfim em mundos distantes com nuvens dançando entre os picos. Vi os pássaros serpenteando sob os raios de sol. Imogen caminhando até ele com um vestido feito de diamantes e ouro. Os outros de cabeça baixa e com suas melhores roupas. Vi uma coroa na cabeça dele e uma na dela. Vi tudo isso, o que ele poderia ter. Os reinos estariam em ordem, sem caos, morte ou dor, porque eu teria partido. Kaden teria partido assim que eu tivesse acabado, e não haveria mais escuridão em sua vida dele.

Ele merecia isso porque era bom, gentil e honrado. Eu sabia que não seria capaz de ser egoísta com ele igual fui com Gabby. Eu a prendi, não a deixei viver a vida que ela desejava, a vida que ela merecia, até que fosse tarde demais. E essa verdade angustiante soou alta e clara em meus ouvidos, coração e alma. Eu soube no segundo em que ela morreu, e a vingança me consumiu.

Samkiel e eu não estávamos destinados a ficar juntos.

O que tivemos, por mais breve que tenha sido, não era real. Samkiel merecia muito mais do que eu. Eu não podia tirar a vida que ele estava destinado a viver. Uma maldição, foi o que fui para Gabby. Eu não forçaria isso sobre ele.

A dor em meu coração já partido diminuiu e suspirei de alívio quando finalmente não senti nada. O último prego em qualquer caixão que envolvia meu coração. Uma onda gelada passou sobre mim como um cobertor, solidificando minha determinação.

Kaden colocou a placa de obsidiana de volta no bolso.

– Eles podem não precisar de você, mas eu preciso – sussurrou ele, aproximando-se, e seu grande corpo invadiu meu espaço. – Sempre precisei.

Passei a mão na minha bochecha, furiosa por ainda ser capaz de chorar e por ter chorado na frente dele.

– Esse é o seu grande plano? Mostrar a ex dele e assim eu voltar para você?

– Não é a ex, é a atual.

– Você é patético. – Eu me virei, indo em direção à saída.

– Sabe, há uma maneira de trazer sua irmã de volta – falou ele às minhas costas.

Eu parei.

– O quê?

– Posso fazer isso se me ajudar. Ajude-me a abrir os reinos. Assim que Samkiel morrer, todos os mundos voltam a ser como eram antes. Todos os reinos estarão abertos, e você poderá vê-la de novo.

A compreensão me atingiu. Eu era a peça que faltava naquele jogo de merda. Eu era a chave.

Joguei a cabeça para trás e ri, virando-me para encará-lo.

– Deuses, você é tão manipulador. Como não enxerguei antes? Então é isso. O que sempre foi. Você precisa de mim, não é? – Dei um passo, depois outro e outro. Sorri, permitindo que minhas presas aparecessem. – É por isso que ainda não atacou. Por isso não foi atrás dele.

– Sempre precisei de você – rebateu Kaden. – Nunca neguei.

– Kaden. – Minha voz era baixa e suave, mesmo enquanto eu engolia cada gota de bile que subia com as palavras dele. Parei a centímetros dele, mal controlando a Ig'Morruthen que tentava se libertar da minha pele e eviscerar a forma incorpórea dele.

– Sim? – Seus olhos caíram em meu rosto, meus lábios, como se suas palavras significassem alguma coisa para mim.

Levantei uma única mão traçando a lateral de seu rosto. Ele estremeceu como se pudesse sentir a ponta das minhas unhas em sua pele.

– O que nesse seu cérebro psicótico faz você acreditar que eu traria Gabby de volta a esse tipo de vida? Eu já a amaldiçoei uma vez. Não vou amaldiçoá-la duas. Isso não é amor. Mas amor não é um conceito com o qual você esteja familiarizado.

Deixei cair minha mão, e Kaden se endireitou como se estivesse acordando de um transe.

– Vamos deixar uma coisa bem clara. Você nunca mais me terá. Você me perdeu muito antes de Samkiel retornar. Você a manteve longe de mim, usou-a para me obrigar a fazer o que desejava e depois a *tirou* de mim. Vou incendiar este mundo até que vire cinzas e, quando encontrar você, vou matá-lo. Depois, Samkiel e sua noiva poderão construir seu novo reino a partir daí.

Girei nos calcanhares, minha forma ondulava. Saí da fábrica em minha forma de serpe, levantando poeira em meu rastro. Família. Era isso que Samkiel tinha então e o que ele podia manter. Minhas asas bateram um pouco mais forte conforme eu me elevava mais alto no céu, afastando-me da fábrica, da rua, de Kaden.

Kaden era uma víbora-da-areia, com certeza, mas daquela vez sua picada foi profunda e certeira, o veneno ardia em minhas veias.

XXIII
DIANNA

ALGUNS DIAS DEPOIS

— Isolamento não é saudável para um ser com poderes e emoções tão intensos quanto os seus.

Velas tremeluziam ao longo da borda da grande banheira de cerâmica, a água já tinha esfriado havia muito tempo. Tomei outro longo gole da garrafa de vinho, o sabor foi embotado pelo resíduo de sangue na minha língua. Levantei o pé, e a ponta dos dedos pintados apareceu acima da água. Uma pequena bolha estourou na grande nuvem que me rodeava. Não o ouvi entrar, embora eu nunca ouvisse Reggie. Eu tinha certeza de que ele não andava de verdade.

— Vai ficar aqui até que sua pele caia? – perguntou Reggie.

Tomei outro longo gole e olhei para ele.

— Acha que vai acontecer, ou vou me curar disso também?

— Já se passaram alguns dias desde que Kaden a provocou. Você se alimentou e treinou religiosamente, mas não saiu do templo. Por quê?

— Estou com cólicas.

Reggie não disse nada.

Acenei com a mão.

— Sim, até as criaturas da noite menstruam.

— Ah, presumo que Kaden se referiu a você dessa forma, certo?

Eu o ignorei e coloquei a garrafa de vinho vazia ao lado da banheira antes de afundar na água. O barulho do mundo ficou abafado, e não ouvi nada além do ritmo constante do meu coração. Sentei-me devagar, afastando o cabelo do rosto. As bolhas se agarraram à minha pele quando me virei para olhar Reggie através dos meus cílios grossos e molhados.

— Faz sentido que seu apetite aumente com a menstruação, mas não sou uma refeição para você.

Um sorriso lento cruzou meu rosto.

— Não se preocupe. Já me alimentei o suficiente e, além disso, tenho certeza de que você tem gosto de estrelas e poeira. – Estendi a mão pela borda da banheira e peguei a terceira garrafa de vinho.

— Seu humor também piorou nos últimos dias. Talvez haja outro motivo?

— Não.

— Não foram as palavras da criatura raivosa que a criou, talvez?

A garrafa de vinho parou contra meus lábios, enquanto eu o encarava.

— Tenho que ser mais forte para o que planejei. Kaden me fez lembrar. Só isso.

Reggie me encarou como se não acreditasse em mim. Tomei um longo gole antes de deixar meu braço pendurado na lateral da banheira, com a garrafa na mão.

– Você quer ouvir uma história?

Reggie esperou.

– Sobre como originalmente consegui minha reputação sanguinária.

Reggie inclinou a cabeça com interesse.

– Conte-me.

– Quando fui transformada, meu corpo estava se ajustando, e eu estava me adaptando à minha nova vida. Fiz tudo o que Kaden mandava, matei quem ele queria e fiz uma bagunça. O engraçado é que eu gostava. A sede de sangue em sua forma mais pura é quase orgástica. Todos os sentidos ficam intensificados. Kaden disse que era normal mudar, mas logo descobri o quanto eu não era normal. Não me lembro de ter acontecido, mas lembro de ter entrado em um padrão. Minha irmã percebeu antes de qualquer outra pessoa. Ela sempre percebia. Kaden notou nossa conexão, e, pouco a pouco, nossas visitas tornaram-se cada vez mais espaçadas.

Bufei e tomei outro gole, recostando a cabeça na banheira.

– Acho que os únicos momentos em que ele de fato gostava de mim eram quando eu me parecia mais com ele, quando me sentia menos mortal. Mas isso não importava. Gabby nunca desistiu. Ela ligava e escrevia, tentava me encontrar sempre que podia. Deuses, acho que ela teria mandado um exército atrás de mim se pudesse. No fim das contas, ela encontrou Novas, pegou um barco no meio da noite e entrou em uma casa cheia de monstros. Ela *exigiu* que lhe entregassem sua irmã.

Olhei para Reggie. Ele não se moveu, estava anormalmente imóvel na mesma posição.

– Claro, Kaden recusou, por isso ela ameaçou me deixar para sempre, e algo em mim se rompeu. Eu não podia perder minha irmã. Quero dizer, abri mão da minha vida por ela. Desse modo, lembrei-me de por que mudei, quem realmente importava e quem nunca desistiu de mim. Tudo mudou depois daquela noite. Parei de me alimentar de forma descontrolada. Kaden me deixou vê-la mais, mesmo que não fosse o suficiente, e o resto é história. Ela despertou alguma parte de mim, acho. Eu me importava de novo, sentia de novo. Mesmo que nunca voltasse a ser realmente como era antes de me transformar.

O banheiro ficou em silêncio.

– Eu não tenho mais isso. – Minha voz sumiu, lágrimas encheram meus olhos, fazendo a garrafa de vinho na minha mão parecer embaçada. Puxei o rótulo com a unha e continuei, falando principalmente comigo mesma: – A única pessoa que realmente me amou, que se importava, que cruzaria oceanos e enfrentaria monstros para me salvar se foi. Estou verdadeira e totalmente sozinha. Foi disso que Kaden me lembrou quando me mostrou Samkiel. Ele recuperou a família, e eu perdi a minha.

Sua voz era como um sussurro ao vento.

– É aí que você está errada. Ainda há tanta coisa para você fazer e ver. Você apenas começou.

Revirei os olhos, afundando ainda mais na banheira. Inclinei a garrafa para trás, tomando um grande gole.

– Sabe, você nunca faz sentido.

– Posso dar uma sugestão?

Suspirei, levantando uma única sobrancelha.

– Prossiga.

– Apenas sugiro que tenha mais cuidado com quem escolhe para passar seu tempo livre. Deuses, assim como Ig'Morruthens, são seres muito territoriais. Para falar o mínimo, suas tentativas de se afogar em homens e mulheres todas as noites para apagar o sabor de Samkiel são em vão. Isso não o deterá. Ele vê além da sua ilusão. Eu não ficaria surpreso se ele sentisse sua dor em algum nível.

– Não tenho feito isso desde Malone naquele estúpido hotel incendiado – respondi, prendendo meu lábio inferior entre os dentes. – Ajudou, por um tempo, ficar com outros. Ajudou a bloquear o vazio que existe no meu peito agora que ela se foi. Mas preciso preservar toda a minha energia para o que está por vir. É nela que preciso me concentrar, e não posso desperdiçá-la com mortais sem brilho que mal conseguem atuar.

– Ah – disse Reggie. – Nenhuma outra razão, talvez?

– Qual, por exemplo, ó sábio?

– Que talvez seus sentimentos por Samkiel sejam muito mais fortes do que você admite? Meus lábios se curvaram em um rosnado.

– Eu não sinto nada.

– Suas reações sugerem o contrário.

Fechei os olhos, recusando-me a olhar para ele. Não era uma mentira completa. Não importava o que eu fizesse, eu me sentia cada vez mais vazia. Algo em mim doía, algo profundo, solitário e raivoso. Empurrei isso para o fundo, rezando para que sufocasse. No entanto, mesmo sabendo quão vil e manipulador Kaden era, suas palavras atingiram algo. Assim, quando vi Samkiel e Imogen juntos, por apenas um momento e contra todo bom senso, eu me senti mal.

– Além disso, espero que esteja ciente de que estar noivo significa outra coisa no Submundo.

Claro, Reggie acertou o alvo em cheio mais uma vez.

– Eu não me importo – declarei, com um suspiro, abrindo os olhos.

Ele acenou com a cabeça em direção às garrafas que cercavam a banheira.

– Isso também sugere o contrário.

Virei a cabeça, meus olhos se estreitaram para ele.

– O que acontece se eu rasgar você em pedacinhos em uma área pequena? Acha que afetaria meu templo?

– Acho que esse ato que você está interpretando vai apenas sufocá-la. Enterrar sentimentos não fere ninguém além de você mesma. Vai se afogar na maré que está tentando subjugar, lenta e dolorosamente. Acabará realmente entorpecida. Será um grande erro, e não apenas para você.

Tracei uma bolha na lateral da banheira.

– Você sabe que só faz sentido cinquenta por cento das vezes, certo?

– Sei que você me ouve perfeitamente, mas se recusa a escutar. Entendo sua dor por sua irmã, mas por que o sentimento por Samkiel a fere tanto? O que mais você enterrou?

O cabelo da minha nuca se arrepiou, suas palavras rastejaram pela minha pele. Parte do meu subconsciente me implorou para responder. Só que seria raiva o que ele receberia, não a dura verdade.

E o cadeado na porta de uma casa chacoalhou.

– Reggie, vim aqui para relaxar, e você está estragando tudo. – Apertei a ponte do nariz, estremecendo.

Reggie prosseguiu.

– Você não está me ouvindo. Foi predeterminado que, caso Samkiel não conseguisse encontrar sua parceira, seu vínculo de alma, então ele ia se casar. Sempre deve haver dois governantes dos reinos. Dois líderes. Dois monarcas. Era assim que era feito naquela época.

– Ótimo, desejo ao casal tudo de bom. Espero que tenham um grande casamento com pássaros estúpidos cantando muito alto e um castelo e filhos para governarem muito depois deles. – Acenei com a mão, jogando água no chão entre nós. – Está vendo? Completamente indiferente. Podemos conversar sobre qualquer outra coisa?

Se Reggie pudesse suspirar, eu poderia jurar que o tinha ouvido fazê-lo.

As palavras dele me atingiram, no entanto. Um laço de alma. Eu também odiava essa palavra. Outra parte do mundo deles que caiu no nosso. O companheiro perfeito, a razão pela qual a marca de Dhihsin existia. Era uma sorte encontrar o seu. A maioria não encontrava, e os que conseguiam adoravam exibir as marcas que apareciam em seus dedos. Sempre presumi que minha ligação espiritual havia morrido em algum acidente estranho. A certa altura, pensei que talvez fosse Kaden, mas agora a ideia me deixava enjoada.

Um vínculo de alma não era capaz de machucar você, não de verdade. Seria como destruir a própria alma. Era todo o amor que se poderia ter por outra pessoa, e, claro, Gabby tinha adorado aquilo. Ela queria seu laço de alma. Perguntei-me se teria sido Rick. Talvez fosse. Ele morreu por ela.

– Olha, Kaden pode ser manipulador, mas ele está certo. O que eu estava pensando? Somos tão diferentes. Fui uma idiota ao pensar... – Fiz uma pausa, algo dentro de mim despertava.

– Se me permite... – interrompeu Reggie, mas eu o ignorei.

– Não importa. Imogen é perfeita para ele. Os dois gostam de igualdade e justiça. Ambos criados e forjados daquela linda luz. – Minhas unhas bateram na borda da banheira. – Homens poderosos, Dianna. Tenha cuidado com homens poderosos.

– Sim, mas...

Balancei a cabeça para mim mesma, inclinando a garrafa de vinho para trás e interrompendo-o.

– Foi o que Gabby disse, e ela estava certa. Agora ela virou cinzas, e estou presa entre eles.

– Você entende que se apaixonar por Samkiel não matou sua irmã?

A água da banheira ferveu ao meu redor, e a garrafa de vinho bateu contra a parede, estilhaços de vidro explodiram no ar. As ruínas do templo tremeram quando todas as velas ganharam vida. As chamas arderam, afastando as sombras da sala escura. Um grunhido grave e estrondoso escapou dos meus lábios, e eu agarrava a banheira com tanta força que ela derreteu sob minhas mãos.

– Se falar isso para mim de novo, vou deixá-lo em pedaços. – Minha voz saiu profunda e áspera, mas Reggie apenas cruzou os braços com mais força. – Agora saia.

– Eu testemunhei deuses feitos de luz e escuridão fazerem reinos estremecerem com seu poder e depois ficarem completamente incapacitados de solidão e desengano. O que vai acontecer quando não houver mais inimigos para você queimar? Não desejo esse destino para você.

– Diz o Destino, que viu milhares de resultados diferentes e não faz nada a respeito deles, certo? – gritei. – Se você não queria isso, talvez devesse ter ajudado um pouco mais antes que Drake arrastasse minha irmã de volta para aquele maldito monstro. Em vez disso, você é tão inútil quanto o restante deles. Grandes discursos agora que o sangue já caiu e secou no chão.

Eu estava me perdendo de novo. Sabia disso. Uma criatura vil e cruel feita de escamas, garras e dentes. Projetada para proteger a mim e ao meu coração magoado e espancado. Esperei que Reggie explodisse, que me dissesse o quanto eu era uma vadia horrorosa e malvada, mas ele não falou nada.

Respirei fundo estremecendo, o vapor saía da água.

– Por que se importa, afinal? Eu sou o que você e Kaden declararam, um monstro e uma abominação, certo? É o que você disse em sua prisão agora destruída.

– A tradução dessas palavras não significa o mesmo aqui. Você é apenas algo que não deveria existir. Não precisa significar nada... – Reggie ficou rígido, com a cabeça jogada para trás. As fendas acima e abaixo de seus olhos se abriram, raios opacos reluziram por um breve momento em seus seis olhos. Eles se fecharam tão depressa quanto se abriram, voltando ao normal quanto ele tornou a olhar para mim.

– O que foi?

Reggie me deu um sorriso casto.

– Não é nada.

Foi uma mudança repentina na conversa, mas da qual eu precisava desesperadamente.

– Certo, bem, vá embora então. Já cansei de conversar. – Balancei a cabeça e virei as costas para ele. A água da banheira não borbulhava nem fervilhava mais. – Quero ficar sozinha.

O olhar de Reggie não vacilou, mas eu sabia que ele estava prestes a discordar.

– Sabe, na era dos governantes, os monarcas se reuniam para tentar estabelecer a paz antes da batalha.

– Bem, não sou um monarca.

As chamas das velas e das paredes bruxulearam antes de se apagarem por completo.

– Apenas desejo ajudar você. Espero que entenda isso.

Encostei a cabeça na borda fria da banheira, fechando os olhos e falando muito sério quando disse:

– Destino ou não, saia antes que eu queime você vivo.

O ar mudou quando ele me deixou.

E um cadeado na porta de uma casa chacoalhou.

XXIV
CAMILLA

DUAS SEMANAS DEPOIS

A magia esmeralda rodopiou ao redor de minhas mãos estendidas, o pequeno anel vibrava contra a mesa conforme eu sussurrava o feitiço mais uma vez. Ele parou, permanecendo totalmente imóvel quando a borda por fim se selou. A última runa ardeu em um verde-esmeralda profundo antes de desaparecer. Suspirando, abaixei minhas mãos e enxuguei a testa. Tanta magia em tão pouco tempo tinha me esgotado, embora eu não ousasse mencionar isso para ela.

O humor dela estava tão abrasivo, tão agressivo nas últimas semanas, e eu estava com medo demais para pedir até mesmo uma pequena pausa. Ela não vinha mais com tanta frequência para os andares de cima, permanecia em sua forma de serpe, alimentando-se e aguardando. Eu sabia o que estava por vir e odiava que, em parte, a culpa fosse minha.

— Eu devia ter feito mais.

O ar agitou-se à minha direita, e Roccurrem apareceu.

— Você também está preocupada com o comportamento dela?

Eu balancei a cabeça, manuseando o anel na minha mão.

— Ela tem estado errática nas últimas semanas, para dizer o mínimo.

— Acredito que ela tenha atingido o ponto que eu temia.

— Ela já está nesse ponto há algum tempo. Acho que Gabby era a única coisa que a impedia de chegar ao fundo do poço.

Roccurrem inclinou a cabeça.

— Explique-me.

— Ela está muito cruel e indiferente. Então...

— Não entenda mal o comportamento dela, jovem bruxa. Ela está sofrendo. O luto é uma emoção poderosa com a qual todos os seres lidam de maneira diferente. Ninguém é igual a ninguém. O Deus-Rei também enxerga isso.

Balancei a cabeça e deixei o anel cair no topo da grande lareira antes de me virar para encarar o Destino.

— E tive uma participação nisso. Eu esperava que Samkiel chegasse até ela, que a alcançasse antes que fosse tarde demais.

— Ele estava perto, muito perto, ao que parece. A forma em que ela descansa agora é uma precaução.

— Por quê?

— Isso a ajuda a não sonhar com a irmã que perdeu nem com Samkiel. Ela fica angustiada por ele conseguir alcançá-la tão bem. Ela deseja a dor que sente, e ele a alivia. Samkiel a faz sentir algo mais. Ele a faz desejar coisas que ela acha que não merece. Por isso, ela ataca com mais violência. Ela considera a dor que sente como um castigo pelo ocorrido. Quanto mais tempo Samkiel passa com ela, mais a mortalidade dela emerge, porém Kaden acertou um ponto muito frágil. Um que ele sabe manipular perfeitamente.

Engoli o nó que crescia em minha garganta, e meus olhos voltaram-se para a masmorra abaixo.

– Com relação a Imogen?

O dia em que Imogen voltou foi o dia em que a pequena centelha de vida que restava nos olhos dela morreu. A escuridão a seguia como uma capa desde então. Dianna sentia intensamente para alguém que se esforçava tanto para subverter as próprias emoções.

– Sim, porém mais. – Ele acenou com a cabeça em direção ao andar inferior, onde ela estava naquele momento. – Ele parece fazê-la lembrar do quanto ela de fato se sente só. Agora não tem nenhuma irmã aqui para trazê-la de volta de um limite perigoso, ninguém em quem ela confie. As emoções de seres com um poder tão grande podem ser fatais para eles mesmos, iguais a um veneno. Os Deuses Antigos se calcificaram e se transformaram em pedra. Alguns até tiraram a própria vida após batalhas. A depressão é algo peculiar para seres do Outro Mundo. Aprendi, ao observar tantas pessoas, que o sofrimento vem em ondas e padrões. Ele flui, diminui e retorna, abrindo caminho no peito, no coração e no cérebro. Ele busca o que enterram, ansiando por liberação de emoções profundamente enraizadas. A escuridão que ela reivindicou quando tomou o sangue de Kaden está apenas alimentando a própria fera dela. Quando ela está perto de Samkiel, ele a faz ver, sentir e se importar. Só que desta vez temo que Kaden tenha ido longe demais.

– Kaden. – Balancei a cabeça, a realidade da situação se infiltrou. – Sempre me pareceu tão engraçado que ele alegasse não se importar com ela, mas destruísse qualquer um que tentasse se aproximar dela.

– É mais do que isso. Mais do que posso falar, mas, nos termos mais simples, Gabriella era o coração dela, Samkiel é sua alma, e Kaden tem ordens para destruir ambos. Receio que ele tenha cumprido sua tarefa.

– Que romântico.

– Conhece a história dos Ig'Morruthens?

Juntei os restos de freixo e cedro.

– Não posso dizer que sim.

– A criação deles era proibida. Um antigo ritual criado a partir da forma mais sombria de magia e caos para ajudar a acabar com a maior das guerras. Um governava todos. Ele foi o primeiro a se transformar, a andar sobre duas pernas. Seu sangue era capaz de criar feras perturbadoras, e ele e sua espécie eram temidos através dos reinos. Algumas de suas criações dominavam o subsolo, suas formas eram tão grandes que poderiam bloquear o próprio sol. Alguns não tinham pernas, outros tinham demais. A classificação de Kaden é muito poderosa. Antes do início da Primeira Guerra, criaram apenas dois, pois era tudo de que precisavam da linhagem dele. Eles governavam os céus, eram feras aladas gigantes conhecidas como dragões pelos mortais, embora o nome venha de uma palavra há muito esquecida. Foram feitos para lutar contra Primordiais, titãs e deuses e foram perigosamente bem-sucedidos. Se um dragão entrava em batalha, os guerreiros não eram necessários. Uma criatura sozinha era destruição e ruína. As asas eram ouvidas do alto, e cidades acabavam em brasas. Você precisa entender o quanto são poderosos e fortes e o quanto temo o que ela está passando.

– Acha que ela vai destruir este mundo?

Os lábios de Reggie formaram uma linha estreita.

— Ela tem potencial.

Balancei a cabeça, o medo corroía minhas entranhas. Reggie tinha visto tudo isso como um Destino, e eu percebia que ele estava preocupado. Isso me aterrorizava a ponto de me deixar enjoada. Inclinei-me sobre o altar, pegando a pequena pedra que havia feito para ela. Virei-a na mão e examinei-a de novo.

— Ela quer isso, e sei que você sabe para quê.

— Uma decisão final.

— Vai contar para ele? — Sua sobrancelha se ergueu quando ele me encarou. — Sei para onde você vai quando desaparece daqui.

— Você é uma rainha muito poderosa. Parece que o sangue de Kryella corre em você mais do que você imagina. — Roccurrem inclinou a cabeça em minha direção, seus seis olhos opacos estavam acesos.

— Kryella? A Deusa da Magia? Eu não acho.

— Você também tem um longo caminho pela frente, bruxa rainha. Eles precisarão de você para o que está por vir. Peço desculpas pelo que vai suportar. Agarre-se à luz que encontrar. Você vai precisar dela.

Dianna estava certa. Era como se ele olhasse muito adiante e nos desse apenas o mínimo. Na metade do tempo, suas palavras não faziam sentido, mas meu estômago se agitou, pensando no que ele podia ter visto que o faria se preocupar comigo. Lancei-lhe um olhar, enxugando as mãos ao longo do corpo.

— O que exatamente está por vir?

— Algo muito pior que Kaden, muito, muito pior.

Meus saltos ecoaram nos degraus em ruínas quando entrei no nível inferior do templo. Tochas pendiam a cada poucos metros, as chamas batiam contra as paredes rústicas do templo. Perguntei-me se aquele lugar era um antigo lar para ela, sobre o qual nunca tinha me contado, ou apenas algo distante o bastante no deserto para que ninguém conseguisse encontrar. Nem mesmo ele. A escada se abria para um espaço amplo, escuro e vazio. Abri meus dedos, e chamas verdes dançaram na palma da minha mão. A escuridão me pressionou, e eu tropecei. Ossos arranharam e rolaram sob meus pés. Olhei para baixo e desejei não ter feito isso. Restos de esqueletos estavam espalhados lotando o chão. Crânios, fêmures e costelas serrilhados por dentes muito maiores que os meus.

Minha nuca formigou, gritando perigo. Um hálito quente e escaldante moveu os cabelos no topo da minha cabeça. Ergui minha magia mais alto e me virei, e meu coração saltou para a garganta. A boca da fera se abriu, revelando um brilho laranja de chama pura no fundo de sua garganta.

— Terminei.

As enormes mandíbulas dela se fecharam a poucos centímetros de mim, e eu me esforcei para não fechar os olhos. Ela era enorme, com todas as escamas serrilhadas projetando-se para trás. A única garra em suas asas grossas e pesadas cravou-se no chão, sustentando um corpo enorme e esguio. Suas patas traseiras eram poderosas, e uma cauda grossa e serrilhada estava enrolada em uma coluna parcialmente derrubada.

Dianna não falou nem se mexeu. Apenas continuou a me encarar com aqueles olhos rubros e fulgurantes. Os espinhos e escamas ao longo da forma reptiliana alongada da Ig'Morruthen reluziam com manchas de sangue. Ela exalou, com seu focinho a centímetros de mim, e sua respiração me banhou em calor. Um ruído de concordância vibrou em sua garganta. Era uma tática de intimidação, e eu sabia que ela podia ouvir as batidas erráticas do meu coração acelerado. Ela era tão grande que podia me engolir inteira com uma mordida. Engoli em seco, e uma gota de suor escorreu pela minha espinha. A cabeça virou para o lado, seu corpo sinuoso a seguiu, o chão tremia a cada passo.

Parte de mim sofria por ela. Ela havia caído tanto em apenas alguns meses. Eu tinha visto os vídeos e as fotos que Kaden mandou seus espiões tirarem. Ela estava sorrindo para Samkiel naquele festival com algodão-doce e luzes brilhantes atrás deles e parecia tão feliz para variar... Quando ela estava com Samkiel, eu não precisava da minha magia para ver que ela ficava radiante. Ele despertou algo nela, poderoso, primevo e necessário. E agora havia sumido.

Naquele momento Dianna era tudo o que Kaden queria que fosse: uma arma perfeita, pura destruição e fúria impiedosa. Aquela era a Dianna que ele desejava quando Samkiel retornou. Honestamente, eu tinha sorte de ainda ter minha cabeça.

Observei enquanto escamas, asas e cauda desapareciam na escuridão.

– P-preciso de uma semana para recarregar as energias se quisermos seguir o plano. Tenho usado poder demais para esconder este lugar, fazer a pedra e o anel. Só uma semana. Por favor.

Eu esperava um rosnado em resposta, chamas irrompendo do corredor mais distante ou até mesmo a sala tremendo e estremecendo. A única resposta que recebi foi o silêncio, e, na verdade, isso me assustava mais do que qualquer outra coisa.

XXV
SAMKIEL

UMA SEMANA DEPOIS

— Estou contando exatamente o que vi. Eles estavam lá em um minuto e tinham desaparecido no seguinte. Parecia que um comboio tinha passado por cima da minha casa, e depois houve apenas silêncio.

Suspirei, esfregando a ponte do nariz, enquanto o homenzinho colocava as mãos nos quadris. Vincent deu alguns passos, e Imogen devolveu um porta-retrato ao seu lugar.

— Entendo sua preocupação, mas contar ao noticiário local só piorou as coisas. Compreende?

O homem grisalho ergueu as mãos.

— Tudo o que sei é que monstros de olhos vermelhos andam por este mundo, e não vou correr nenhum risco, ok?

— E a grande soma em dinheiro dada por essa pista não teve importância, certo? — Imogen se aproximou de mim.

Ele engoliu em seco e abriu a boca para responder, mas abaixei a mão, interrompendo-o.

— Basta. — A sala sacudia com cada terminação nervosa do meu corpo. — Você fez um escândalo sobre bovinos desaparecidos, deixou uma cidade vizinha com medo de uma fera alada, quando na realidade você mesmo pode muito bem tê-los deixado ir.

— Eu nunca...

— Terminamos aqui — declarei, girando nos calcanhares. Parei perto de Vincent. — Pague-lhe o dobro. Substitua as criaturas que ele preza tão desesperadamente e certifique-se de que ele não chame os mortais na próxima vez que tiver um *episódio*. — Enfatizei a última palavra, olhando para a pilha de garrafas vazias de álcool. Saí para o sol com Imogen logo atrás de mim, a porta de tela bateu às nossas costas.

— Isso foi um pouco duro, até para você — comentou Imogen.

— Não tenho tempo para isso. — Caminhei pela trilha, a poeira cobria meus sapatos.

— Sair furioso e ser rude não nos ajudará a encontrá-la mais depressa — Imogen praticamente gritou.

Virei-me para encará-la no instante em que Vincent saiu da casa e desceu correndo os degraus de madeira.

— Nem as visitas domiciliares que devo fazer para compensar qualquer pequeno inconveniente. Realmente acredita que Dianna está voando por aí roubando grandes animais de fazenda? Não é disso que ela está se alimentando.

Meu coração afundou ao imaginar quem ela poderia estar ingerindo, atormentando meu cérebro com imagens horríveis.

Soltei um suspiro e passei a mão pelo cabelo bruscamente. Imogen ficou parada, observando-me e esperando.

– Ela está sozinha, Imogen. Eu sei o que isso pode fazer com uma pessoa. Meu isolamento foi autoimposto. Um louco arrancou tudo e todos de Dianna à força. Ela não perdeu apenas a irmã. Perdeu amigos, abrigo e um lar. Agora, ela não tem nada nem ninguém...

– Ela tem você, e isso é muito. Você salvou inúmeras outras pessoas. Você nos salvou e pode salvá-la também. Apenas, por favor, tente manter a cabeça no lugar.

– Estou tentando. Esse é o problema. Tudo o que sei é que sinto uma dor imensa, e ela grita para eu fazer alguma coisa. Sei que é ela. Não sei explicar, mas sei que é.

Vincent ficou calado nos observando. Eu esperava que ele falasse alguma coisa de novo, mas não o fez, algo que não reconheci se agitava em seus olhos.

Imogen apenas assentiu.

– Ainda há tempo para encontrá-la, para encontrá-lo. Ainda não perdemos a batalha, meu soberano.

– Podemos não ter perdido, mas algo está errado, e isso não está ajudando. – Suspirei, minha cabeça latejava mais uma vez. – Nada está.

A última parte escapou dos meus lábios sem meu consentimento. Não falei mais nada antes de invocar meu poder e disparar em direção ao céu, e o trovão retumbou ameaçador enquanto meu ser se misturava à energia acima.

Reapareci fora da Guilda da Cidade Prateada. A varanda em que pousei dava para o escritório. A Guilda estava movimentada, todos andavam apressados por todo lado, tentando juntar os pedaços de um mundo agora turbulento.

Passei pela mesa e entrei na sala de conferências, onde Xavier presidia uma grande pilha de papéis, recortes de notícias e computadores.

– Mais alguma coisa?

Ele ergueu a cabeça e passou a mão pelos cabelos.

– A fazenda foi um fiasco?

Minha sobrancelha se ergueu em confusão.

– Não deu em nada? – Xavier esclareceu.

Cameron e Xavier se adaptaram tão depressa ao novo idioma, que, mesmo depois de apenas um mês, sabiam frases que eu ainda tentava entender. Eles eram inteligentes quando não estavam sendo malandros, mas talvez essa inteligência apenas aumentasse o caos que os dois causavam.

– Ah. – Limpei a garganta. – Sim, bovinos desaparecidos de um mortal que cheirava a álcool barato.

Xavier assentiu.

– Eu não...

O ar na sala mudou. Desembainhei uma lâmina, apoiando a ponta de aço na garganta de Roccurrem quando o Destino se solidificou.

– Um movimento e seu sangue decorará esta mesa. Fui claro?

O Destino ficou muito parado.

Xavier levantou-se de um salto, a arma apareceu em sua mão. Eu tinha sentido a chegada de Roccurrem, mas Xavier não, e ele não ficou muito feliz com isso. Xavier se posicionou à minha esquerda, pronto para defender seu rei. Os papéis se assentaram quando o ar se acalmou.

– Não encontrará sua rainha em artigos ou questionando mortais com problemas de visão.

Minha mão flexionou no cabo da minha lâmina.

– Onde ela está?

– Ela planeja atacar a cidade.

– A cidade? – Respirei fundo. – Por quê?

– Ela vai tomá-la se…

– Se o quê, Roccurrem? – Pressionei a ponta da minha lâmina com um pouco mais de força contra sua garganta. A tempestade que rugia no céu desta vez era minha. Um milhão de partículas do meu poder lotavam o ar, perturbando a atmosfera. As prateleiras tremeram, a sala ressoou com a força do trovão. Falei para mim mesmo que estava deslizando e ali estava a prova. – Você esteve lá com ela, mas, mesmo assim, não pode impedi-la.

– Não posso. Você sabe como isso funciona. Sendo um Destino, não devo interferir.

Ri de verdade, e Xavier me lançou um olhar preocupado.

– Não deve intervir? É tudo que você fez desde o princípio. Não foi por isso que foi preso? Não foi a incapacidade de seus irmãos de não interferir que causou sua queda? Você deveria ser neutro, um sussurro nos ventos para mover o destino dos mortais, um receptáculo, uma ferramenta para os deuses antigos e os seguintes. No entanto, você não está ao meu lado.

– Ela está faminta por afeto.

O sangue ferveu em meus ouvidos até mesmo com a simples menção.

– Estou lhe avisando agora para tomar cuidado com as próximas palavras que sairão de seus lábios, pois elas podem muito bem ser as últimas.

– Você é o problema.

Meu lábio se curvou quando quase enfiei a lâmina na garganta dele.

Roccurrem não se encolheu quando ela pressionou a carne entre suas clavículas.

– Ela se apaixonou por você assim como você por ela. Esse é o problema para *tantos*.

Senti algo se quebrar dentro de mim, meu peito doeu fisicamente com aquelas palavras. Destinos, embora irritantes, não eram capazes de mentir.

A mão de Roccurrem se ergueu, e uma nuvem de estrelas e névoa brotou das pontas dos dedos dele. Flutuou acima de nós, formando imagens. Senti um aperto no estômago quando reconheci Dianna e a mim no festival, mostrando uma lembrança nossa. Sua risada enquanto ela andava, mesmo distorcida, quase me fez cair de joelhos. Deuses, havia quanto tempo que eu não ouvia aquele som? Eu queria correr, persegui-lo.

Assisti àquilo desesperado até mesmo por aquela visão dela. Sua mão envolvia o cone daquela maldita guloseima fofa. Ela se virou e sorriu para mim, inteira, brilhante e irradiando vida, com a jaqueta que eu havia lhe dado escorregando de seu ombro. A cena mudou, e estávamos de volta ao jardim da casa de Drake. Entreguei-lhe aquela flor amarela. Seus olhos se arregalaram, surpresos com o gesto, e seus lábios se curvaram em um sorriso gentil. A emoção reluziu em seus olhos, a centelha de algo suave e infinitamente especial. Por que eu não tinha percebido até então?

– Também é um problema para ela. – Ele moveu a mão, girando o pulso, e a imagem mudou. – As memórias ressoam com culpa.

Dianna gritou e explodiu o prédio. Eu estremeci. A angústia que enchia aquele grito assombrava minhas memórias e alimentava meus pesadelos.

– Ela sente que suas emoções foram a força motriz da morte da irmã, que se importar com você, mesmo que por um momento, foi uma fraqueza.

A sala voltou ao normal, e ele cruzou as mãos à frente de si. Xavier baixou as armas, e o cômodo caiu em um silêncio parado e sombrio. Minhas mãos tremiam. Eu lutava contra o desespero e contra não apenas a minha dor, mas a dela.

– Qual é o seu plano, Roccurrem?

– Quando ela vier até a cidade, deixe-a entrar. Você *deve* permanecer neste caminho para que tudo dê certo.

– Para o que dar certo? – rosnei.

– Tudo – respondeu ele. Seus olhos se abriram, dois acima e dois abaixo de onde estavam os olhos naturais. Eram todos brancos e opacos. – Você está ficando sem tempo. – Ele olhou para Xavier atrás de mim. – Vocês todos estão.

Essas malditas palavras! Perguntei-me se o Destino estivera sussurrando em meu ouvido esse tempo todo.

Meu punho apertou a lâmina que eu segurava contra sua garganta.

– Não tenho tempo nem paciência para enigmas e jogos. Não agora e nunca sobre ela. *Onde ela está?*

A sala vibrava com um poder descuidado, exigindo uma saída. Espirais de energia estalavam e se dobravam contra minha pele.

– Kaden falou com ela. Criou outra fratura em uma psique já danificada.

– Se ele tocou nela, eu vou...

– Ele tocou, mas não fisicamente, ainda assim suas palavras foram mais afiadas do que qualquer lâmina.

– Ela está machucada?

– Profundamente, mas você consegue sentir, não é? Sua preocupação não é apenas com o bem-estar físico dela, mas também com o mental.

– Eu sei o que a solidão pode fazer com uma mente e um coração feridos. Também sei que Kaden usa as palavras para afastá-la de mim. O que ele falou para ela?

Ele apenas assentiu, indiferente à lâmina que se enterrava em sua garganta.

– Dianna sabe sobre o plano de seu pai para o seu noivado.

Minha lâmina vacilou. A energia se contorceu e resistiu ao meu controle vacilante. Eu não tinha percebido que a sala estava tremendo até que vi Xavier tentando se segurar à mesa e aos itens em cima dela.

– Kaden usou uma parte do seu passado para criar uma barreira para qualquer progresso que você fez.

Eu me senti mal do estômago, meu coração martelava no peito.

– Mas Imogen e eu nunca... Foi anulado e desfeito. A guerra começou, e não houve necessidade de uma união.

– Ela não sabe disso.

Deixei cair minha lâmina, invocando-a de volta ao seu éter.

– Preciso encontrá-la, conversar com ela. Por favor. É imperativo.

Ele recuou, uma massa rodopiante de estrelas curvou-se a seus pés, lembrando-me de que ele vestia a carapaça de um homem, mas não era um.

– Não precisa me implorar, Deus-Rei, pois ela virá até você. Apenas deve permitir que ela entre. Ela procura um item que você tem e vai pegá-lo, mas, se você conseguir prendê-la de alguma forma, talvez, apenas talvez, haja esperança para um futuro melhor... um resultado melhor do que o que tenho visto. Ela construiu uma muralha de armadura em torno de si mesma e de suas emoções. Você precisa apenas encontrar uma brecha, uma maneira de entrar.

Engoli em seco, sabendo que ele estava prestes a partir e que nem mesmo meu poder era capaz de invocar o Destino.

– Como? – implorei. – Diga-me como.

A massa crescente a seus pés se ampliou, envolvendo-o. Ele se dissipou no cosmos, mas suas últimas palavras ecoaram pela sala.

– *Kaden tirou a família dela. Dê-lhe uma nova.*

XXVI
CAMERON

ALGUNS DIAS DEPOIS

O sol espiou por trás de um dos grandes arranha-céus prateados enquanto buzinas soavam e as pessoas falavam, gritavam e riam. Esfreguei os olhos, tentando me despertar.

– Está cochilando de novo?

Um chute rápido na minha canela me fez acordar. Deixei cair minha mão, sentando-me direito enquanto Xavier balançava a cabeça para mim.

– Ah, me desculpe. Você esteve acordado nos últimos dias caçando uma Ig'Morruthen de cabelos escuros ou tentando encontrar Neverra?

Ele ergueu uma sobrancelha.

– Sim.

Eu balancei a cabeça.

– Ah, sim, está certo, você esteve.

Estávamos sentados a uma pequena mesa redonda do lado de fora de uma cafeteria movimentada. Acho que era assim que Imogen a chamava. Todas as palavras eram tão diferentes das nossas. Depois que Logan e Samkiel nos mostraram o enorme banco de dados da miríade de línguas que falavam, o que comiam e como interagiam, Xavier e eu ficamos exaustos. Ele compôs minha equipe quando Samkiel dividiu todo mundo, mas sempre esteve comigo. Eu tinha certeza de que tínhamos sido inseparáveis desde que nos juntamos À Mão. Nós simplesmente nos entendíamos.

Recostei-me na cadeira, esfregando a nuca. Meu cabelo estava muito mais curto agora. Xavier também tinha cortado o dele, mas era um corte em degradê, com alguns de seus dreads ainda no topo da cabeça.

– Eu me pergunto quão bom isso é.

Xavier bufou e balançou a cabeça, levando um garfo com frutas à boca. Meus olhos o seguiram observando avidamente quando seus lábios se fecharam sobre a mordida.

– Claro que é isso que você está pensando.

– Apenas fico curioso para entender o que Samkiel está pensando. Ele nunca agiu assim com ninguém, nem mesmo Imogen. Ele não dorme, e Logan também não, os dois correm como loucos.

– O amor faz isso com as pessoas.

– Acha que ele está apaixonado?

– Depois do pequeno show de luzes de Roccurrem, como não achar? – respondeu Xavier.

Estendi a mão, roubando um pedaço de sua comida.

– Nem sei por que você pede comida se sempre come a minha – reclamou Xavier, cutucando minha mão com o garfo.

– A sua sempre tem um gosto melhor. – Sorri com a boca cheia de bolo antes de engolir. – Mas você não está errado. É a cara de Samkiel apaixonar-se pela criatura mais perigosa do mundo.

Xavier riu.

– Faz sentido. Ele também é um dos seres mais perigosos do universo.

Eu ia responder e parei quando a garçonete curvilínea de cabelos castanhos retornou. Era a quarta vez em menos de trinta minutos. Ela sorriu, e seu olhar se demorou quando me inclinei para a frente, cruzando os braços por cima da mesa.

– Completo? – perguntou ela, emanando uma onda de nervosismo.

– Não, querida. Obrigado.

Suas bochechas adquiriram um adorável tom rosado. Ela olhou para Xavier, mas ele apenas balançou a cabeça e sorriu.

– Hum. – Ela fez uma pausa e olhou para a grande janela da cafeteria antes de continuar. – É verdade que vocês dois são membros d'A Mão?

Coloquei a mão debaixo do queixo e sorri. Ela engoliu em seco, e uma gota de suor surgiu na lateral de seu rosto. Ela estava nervosa, mas tinha coragem suficiente para perguntar.

– E o que faz você pensar que somos? – perguntei, enquanto Xavier se ajeitava em seu assento.

Ela lançou outro olhar rápido em direção à cafeteria, enrolando em volta do dedo uma mecha de cabelo solto que havia escapado do rabo de cavalo.

– Nós... quero dizer, vi no noticiário as luzes azuis descendo e vi... Samkiel. – Seu rubor se intensificou quando ela falou o nome dele. Xavier riu ao perceber também. Estávamos bastante acostumados com a forma como todos reagiam ao redor dele. Ele tinha um efeito único em mulheres, homens e, aparentemente, Ig'Morruthens que manipulavam o fogo.

Um sorriso lento curvou meus lábios.

– Ah, você gosta dele? Sabe que ele não é o único com poderes? – Levantei minha mão, e a luz azul celestial dançou entre as pontas dos meus dedos.

– Não precisamos que complete nossas bebidas, senhorita – disse Xavier, fazendo-a voltar os olhos para ele. Ela assentiu uma vez, agarrando a jarra que segurava. Então deu uma última olhada no brilho do poder azul antes de voltar para dentro.

Meus olhos a seguiram quando ela se afastou, e as outras três garçonetes se dispersaram quando eu as peguei olhando.

– Deixe as mortais em paz, Cam.

– Mas elas ficam coradas com tanta facilidade. – Não que Xavier se importasse. Ele estava mais interessado em homens.

– Você adora provocá-las.

Pisquei para ele.

– Talvez.

Xavier espetou outro pedaço de fruta.

– Também está sentindo?

Sorri para o grupo de garçonetes que sussurravam lá dentro.

– Ah, estou sentindo uma coisa.

– Cameron.

O tom de Xavier fez que eu me concentrasse, e sorri para ele. A cadeira de metal intrincadamente trabalhado gemeu quando ele se ajeitou, era um pouco pequena demais para acomodá-lo por completo.

– Estou falando sério.

Aquele mundo inteiro parecia pequeno demais para nós. Samkiel também estava certo sobre as roupas.

– Sim, sinto isso. Isso me lembra da Batalha de Gurruth com aquela maldita serpe gigante que engoliu a cidade inteira e quase nos devorou, só que agora estamos apenas esperando aquelas mandíbulas se abrirem, e elas ainda não o fizeram. – Curvei meus dedos como dentes e bati palmas, estalando como mandíbulas perto do rosto dele.

Xavier riu, afastando minhas mãos.

– Bem, esperemos que não sejamos engolidos.

– Por quê? – Dei de ombros. – Essa é sempre a parte divertida.

Xavier balançou a cabeça, me ignorando.

– Samkiel contou para você o que discutiram na reunião do Conselho?

Esfreguei as mãos. Estava ficando mais frio ali. Logan nos contou quanto tempo o inverno parecia durar em Onuna, mas também falou de sua beleza.

– A maior parte. Eles querem Dianna. Ela roubou um Destino, nos atacou e atacou Samkiel. Esses crimes por si só são motivo para execução. – Encontrei seu olhar. – Do tipo permanente, a Aniquilação.

Xavier mordeu o interior do lábio.

– Acham que ela é tão má quanto aquele que chamam de Kaden?

– Com certeza. Em particular, depois que ela me estripou.

O garfo dele parou.

– Sabe o que eu quero dizer.

– Ela é muito má, e não apenas do tipo gata que consegue invocar fogo com um aceno de mão. Algo dentro dela deixa Samkiel abalado, e eles têm medo desse tipo de poder. Mas ela deu a vida pela irmã, o que merece respeito. É por isso que ela é toda fogo e sangue, segundo Samkiel. Isso serve de alguma coisa para mim.

Xavier assentiu, bebendo de sua xícara.

As lojas e negócios perto de nós fervilhavam de vida, com pessoas indo e vindo, rindo com seus entes queridos ou apenas conversando nos dispositivos que carregavam. O silêncio cresceu à mesa, nós dois pensávamos a mesma coisa.

– Ele não vai fazer isso.

– Ele não tem escolha – disse Xavier. – Unir criou o Conselho antes de Samkiel nascer. É a única coisa que tem alguma chance de manter os deuses na linha para que não se tornem o que Nismera tentou ser. Os reinos não podem cair sob o controle total e completo de um só deus.

– Maldita Nismera. – Estalei minha língua. – Uma pena que ela fosse tão gostosa, mas tão má.

Xavier riu.

– Tem estado tudo calmo nos últimos dias. Isso me preocupa.

– A mim também. Samkiel pensou tê-la sentido no dia em que retornaram do Conselho, como se ela estivesse na sala conosco. Ele tem falado que algo parece diferente e tem sido ainda mais mandão e cruel desde então. Ele está preocupado, mas está tudo tranquilo há semanas, exceto pela estranha escassez de gado.

– Acha que ela ainda o está observando? E nos assistindo? – Xavier se inclinou para a frente, batendo os dedos na xícara.

– Honestamente? Não. Acho que ela está se preparando para outra coisa, e isso me preocupa. Nunca lutei contra um rei de Yejedin, e, pelo que Samkiel disse, ela é uma rainha. Ela abriu minhas entranhas e mal parecia sem fôlego.

Xavier desviou o olhar.

– Sim, obrigado por me lembrar de novo.

– Desculpe. – Forcei um sorriso. Xavier era tão protetor comigo quanto eu era com ele, mesmo que seu atual namorado não fosse fã do nosso relacionamento.

– Tudo bem. – Xavier se remexeu na cadeira como se estivesse desconfortável. – Na verdade, preciso falar com você sobre uma coisa. Eu queria fazer isso antes, mas está tudo uma loucura, e, honestamente, não acho que seja o momento certo.

– OK.

– Então, eu sei que... – Ele parou e inclinou a cabeça para trás. Meu olhar seguiu o dele conforme o céu nublado escurecia e nuvens espessas e pesadas rolavam em nossa direção.

– Estava previsto nevar hoje? – perguntou Xavier. – Ou Samkiel encontrou outra coisa?

– Só há uma maneira de descobrir. – Ficamos de pé, quase derrubando as cadeiras. Os poderes dele estavam ficando mais explosivos, para falar o mínimo, mas mesmo uma leve mudança de humor era capaz de afetar a atmosfera.

– Indo embora tão cedo?

Meu sangue gelou, meus anéis vibraram, gritando perigo. Eu não podia acreditar que não a tínhamos sentido antes. Eu estava tão atento ao que Xavier tinha para me dizer que não percebi que os pássaros tinham parado de cantar e ido embora. A cabeça de Xavier virou em direção a ela, e nós dois sacamos uma arma de ablazone.

Dianna revirou os olhos, um gesto muito mortal comparado com a fera que eu sabia que se escondia sob a fachada. Ela suspirou, passando a língua pelos lábios pintados de vermelho. Tirou a jaqueta longa, expondo os ombros nus. Seu vestido preto justo contornava suas curvas, revelando que ela não tinha armas. Xavier e eu paramos próximo à vitrine.

– Sem armas – disse e girou, mostrando-nos as alças do vestido cruzadas às suas costas. Ela recolocou a jaqueta antes de agarrar a barra do vestido e levantá-lo para revelar uma coxa bronzeada e tonificada, depois a outra. – Vejam.

– Acho que não é preciso armas quando se é uma – brincou Xavier. Tentei esconder o sorriso que curvou meus lábios. Ela assentiu e se sentou, cruzando as pernas graciosamente. Dianna relaxou como um grande felino, batendo as garras com pontas vermelhas no braço da cadeira. Eu podia jurar que vi faíscas se acenderem contra o metal.

– E o seu cabelo? – perguntei. Aquele coque no topo da cabeça dela poderia facilmente esconder uma adaga.

Dianna inclinou a cabeça para o lado, e um sorriso lento se espalhou por seu rosto. Ela estendeu a mão e puxou, e a massa escura caiu em ondas sobre seus ombros. Uma pequena lâmina atingiu a mesa. Ela deu de ombros.

– Certo, vou admitir. Talvez eu tivesse uma arma.

Ela acenou com a mão, e as mangas compridas de sua jaqueta escura dançaram com o movimento.

– Agora, sentem-se.

Xavier e eu trocamos um olhar antes de nos sentarmos ao mesmo tempo, as cadeiras raspando no concreto eram o único som que se ouvia. Os veículos não passavam nem buzinavam. O vento havia parado, como se também tivesse medo da mulher à nossa frente.

– Como está indo seu dia?

Desta vez eu ri.

– Como?

Ela deu de ombros e colocou o cabelo atrás da orelha.

– É hora do brunch, certo? Nunca entendi a necessidade de tomar café da manhã tão tarde. Acho que é mais por causa do álcool, na verdade.

Assenti. Xavier e eu permanecemos em alerta.

– É por isso que você está aqui? Para falar sobre brunch?

– Não, estou enrolando, mas aparentemente sou péssima nisso. – Ela suspirou e limpou as unhas. – Sei que Samkiel está a cerca de trezentos quilômetros de distância agora e preciso dele um pouco mais perto.

Engoli o nó que crescia em minha garganta.

– Ah é? Está de olho nele?

– Claro.

– Ele também está de olho em você.

Xavier chutou minha canela por baixo da mesa, me dizendo para parar.

Dianna apenas revirou os olhos.

– Claro que ele está. A propósito, como está seu abdômen? Os órgãos estão se sentindo melhor?

– Sim, obrigado. – Tomei um gole da minha bebida. – Devíamos ter uma nova disputa.

Ela sorriu, mostrando a ponta dos caninos.

– Na próxima vez que lutarmos, sua luz dançará pelo céu.

Xavier se moveu, sua agressividade se eriçou.

– Você machucaria alguém com quem Samkiel se importa? Que grosseria. É assim que os Ig'Morruthens demonstram amor?

Os olhos dela faiscaram em um tom mais intenso.

– Sabe, não sou boa com ameaças ou barganhas e sou ainda pior em negociações, porque, acima de tudo, sou temperamental.

Uma campainha soou, e meu coração afundou, porque eu sabia quem estava se aproximando. Xavier parou, com os olhos ainda em Dianna, pronto para qualquer movimento repentino. Meu coração bateu uma, duas vezes enquanto a garçonete se aproximava. Vi um sorriso no rosto de Dianna.

– Eu não sabia que vocês teriam companhia. Sinto muito.

– Não, está tudo bem. – Dianna sorriu e inclinou-se para a frente, juntando as mãos.

A garçonete sorriu para ela.

– Se preferir entrar e comer, temos espaço. Parece que vai cair uma chuva a qualquer minuto.

Ela riu de sua própria piada.

– Eu estava pensando a mesma coisa – respondeu Dianna, com ameaça inerente em seu tom.

Talvez provocá-la tenha sido uma má ideia.

XXVII
SAMKIEL

— Eu falei para você e para Vincent várias vezes antes que uma reunião estava fora de cogitação – rebati. Imogen seguiu atrás de mim. Logan havia lhe dado um tablet, e ela passava as fotos dos embaixadores.

— E eu falei para você que eles precisam disso.

Joguei minhas mãos para o alto e girei. Os celestiais pelos quais passamos fingiram não notar nenhum de nós.

— Uma reunião é ridícula em um momento como este.

— Não é. Você precisa reconstruir um relacionamento com cada embaixador aqui – rebateu Imogen.

— Não, o que preciso fazer...

— Eu sei. Encontrá-la e impedir Kaden. Eu sei, mas o Conselho está cada vez mais inquieto. Se conseguirmos convencer os mortais de que está tudo bem, também conseguirei convencer o Conselho. Realmente quer que eles façam uma viagem até aqui?

— Eles não têm poder sobre mim.

— Isso é discutível.

Ela colocou a mão no quadril e me encarou.

— Se acharem que você não está apto para governar, eles têm o que precisam para prender um deus, e, então, Vincent assumirá totalmente o controle com o apoio deles.

Suspirei e esfreguei minha testa.

— Eles não conseguiriam matar Kaden ou mesmo tocar em Dianna.

Virei as costas, voltando para o escritório principal. Imogen me seguiu para dentro, e as portas duplas se fecharam atrás de nós.

— Contudo, eles iam tentar. Você sabe que não estou tentando discutir. Estou aqui apenas para aconselhar.

— Cara, falei para colocar meu nariz no lugar, e não quebrar ainda mais! – gritou a voz de Cameron na sala de conferências. Virei-me em direção a ela, com Imogen logo atrás de mim. Cameron soltou um grunhido alto.

— Pare de agir feito um bebê – brincou Xavier.

— O que está acontecendo?

Xavier baixou as mãos, culpado, e ele e Cameron se viraram em nossa direção.

— Cameron e eu encontramos sua namorada de novo.

— Dianna. – Por que o nome dela sempre parecia uma bênção quando saía dos meus lábios?

— Sim – confirmou Cameron, mexendo o nariz de volta para o lugar. – E me ensinou mais uma vez que é uma má ideia implicar com ela.

— O que aconteceu? Onde ela está?

Cameron e Xavier trocaram um olhar antes de Cameron dizer:

— Bem, então, não fique bravo.

XXVIII
CAMERON

Estávamos do lado de fora da cafeteria, e o céu se agitava na escuridão.

— Eu falei que ele ia ficar bravo — sussurrei para Xavier.

Se Samkiel me ouviu, ele não respondeu, mas os outros me lançaram um olhar furioso. Todo o corpo de Samkiel ficou rígido enquanto ele observava a porta. Haviam evacuado a rua e os arredores antes de chegarmos, mas até o ar parecia carregado.

— Vamos entrar, vou falar e ninguém mais se mexe até que eu mande. — Desta vez, ele olhou para mim. — Entendido?

Assenti, assim como Xavier, Logan, Vincent e Imogen.

— Sim, com certeza bravo — falei baixinho.

Nós o seguimos, entrando na mesma formação que tínhamos assumido milhares de vezes antes. Ele entrou primeiro, algo contra o qual todos nós argumentamos no passado. Havíamos sido treinados para andar diante dos deuses e protegê-los, mas Samkiel nunca foi como eles, nem por um segundo.

Uma pequena sineta soou quando entramos, e o som era quase abafado pela música que vinha dos alto-falantes.

Dianna balançava os quadris ao ritmo da batida. A garçonete de antes estava encolhida em uma mesa de canto, choramingando baixinho.

Samkiel pôs as mãos nos quadris, a jaqueta se abriu enquanto observava.

Dianna se virou, radiante, colocando um pedaço de fruta na boca antes de pular no balcão. Ela cruzou uma perna por cima da outra, e a bainha do vestido subia enquanto ela se inclinava para trás, apoiando-se nas mãos.

— Você recebeu minha mensagem? Que ótimo.

Samkiel não falou nada.

Olhei para Xavier, e ele assentiu.

Ele também estava sentindo. Algo estava errado.

Imogen e Vincent estavam focados em Dianna, com as lâminas ao lado do corpo.

Logan lançou um olhar para a garçonete aterrorizada. Ela segurava o pulso torcido com o rosto pálido de dor. Logan olhou para mim.

Levantei uma sobrancelha, e ele apontou o queixo em direção à janela. Alguns pássaros cantavam, aninhados na árvore perto da janela.

— Reféns? Isso é novo para você — comentou Samkiel, sem desviar seu olhar dela.

Dianna encolheu os ombros.

— Eu precisava chamar sua atenção de alguma forma. Tenho certeza de que você tem estado ocupado desde a chegada de sua noiva.

Imogen empalideceu, e vi a linha da mandíbula de Samkiel se contrair.

— Nós não estamos... — começou Imogen.

Samkiel levantou a mão, e Imogen fechou a boca imediatamente.

– E recebeu essa informação de onde?

Dianna abaixou o olhar, enrolando uma mecha de cabelo entre os dedos.

– Kaden.

A pressão pesava sobre nós, e meu peito doía como se todo o ar tivesse fugido da sala. O silêncio caía, pesado e quase doloroso.

– Ele veio até você? – Eu ouvi a raiva fria e mortal impregnada na voz de Samkiel.

– Sim, e me contou tudo sobre sua esposa. É meio triste, dado o fato de você nunca ter mencionado nada.

Samkiel olhou para baixo e assentiu antes de explodir em movimento. Agarrando Dianna pelo pescoço, levantou-a e jogou-a contra a bancada. Dianna estendeu a mão, agarrando o pulso dele, contorcendo-se sob o seu aperto enquanto chutava e lutava.

Ficamos parados, conforme ele havia instruído, cada um de nós estava atordoado. Dianna parecera tão forte antes, e agora Samkiel a segurava com uma das mãos.

– Logan – bradou Samkiel, sem tirar os olhos de Dianna. – Leve a garçonete daqui para algum lugar seguro.

Logan se moveu tão rápido que quase não deu para ver, tranquilizando a jovem enquanto a ajudava a sair da mesa e da cafeteria. Observei-o dar uma última olhada para trás antes de ir.

Samkiel abaixou a cabeça até que seu rosto estivesse a centímetros do dela.

– Você cometeu um grande erro, Camilla.

Camilla?

– Você não é ela. Eu soube no segundo em que entrei. Você não fala igual a ela, não age igual a ela nem tem o cheiro igual ao dela. Minha Dianna, se fizesse um refém, teria se alimentado, e não apenas torcido um pulso, e a última vez em que encontrou Cameron, ela o deixou com mais do que um nariz quebrado.

Minhas sobrancelhas se ergueram. Ele tinha razão.

– Você também se esqueceu do ciúme de Dianna. Ela incendiou a floresta da sua ilha por causa de um mero beijo. Ela estaria mais do que com raiva, pensando que eu tinha uma noiva e que menti para ela. Imogen não teria passado da porta de entrada.

Imogen engoliu em seco, lembrando-se da última vez em que as duas haviam se encontrado.

– Agora, onde ela está? – A voz de Samkiel era letal.

A forma de Dianna cintilou sob um redemoinho de magia verde, e a ilusão se desfez. Ela se transformou em uma morena deslumbrante e curvilínea com poder suficiente flutuando ao seu redor que fazia minha pele arrepiar.

– Você realmente a ama – sussurrou Camilla.

– *Onde ela está?*

– Você está certo sobre uma coisa. – Camilla esforçou-se para dizer, mas Samkiel não afrouxou a mão. – Ela está furiosa. Eu não menti, Kaden a encontrou, e não sei o que mais ele falou além da parte do noivado, mas isso a perturbou muito.

– Não estou noivo de Imogen.

– Ela não acredita nisso.

Linhas de prata pura iluminaram-se ao longo dos pulsos expostos e sob os olhos dele. Camilla gritou.

– Está sentindo isso? São seus órgãos cozinhando de dentro para fora. Eu deveria esfolá-la viva pelo que você o ajudou a fazer com Gabriella. O que você os ajudou a fazer com ela. Você o ajudou a levá-la embora, a última pessoa que Dianna tinha, a última pessoa que ela amava. *Você fez isso,* e eu a farei sofrer por isso.

Camilla berrou quando o poder se inflamou sob a palma dele. As janelas tremeram, a energia verde se estendeu para proteger sua portadora, mas Samkiel era poderoso demais e estava perdido demais naquela necessidade ofuscante de proteger o que considerava ser seu. A pouca magia que se acendia ao redor de Camilla em desafio logo se extinguia no segundo em que o alcançava.

– Onde ela está? – gritou Samkiel.

Camilla berrou.

– Na cidade!

Samkiel parou, não mais bombeando energia bruta para dentro dela.

– Na cidade. – Camilla respirou fundo uma vez e depois outra. – Ela só queria que eu distraísse vocês enquanto pegava o mapa. É isso. Eu juro.

– Mapa?

Camilla se contorceu embaixo dele.

– Sim, da mansão de Drake, aquele com os túneis. Ela não me falou por que de repente queria isso, mas é o que ela quer.

– Está lá na sala de conferências, Samkiel – informou Vincent.

Samkiel soltou Camilla, que se sentou, esfregando a garganta, e as marcas deixadas pela mão e poder dele foram se curando devagar.

– Preciso de um plano para capturá-la e contê-la. Sozinho. – Ele olhou para cada um de nós, sua mente obviamente estava trabalhando em uma solução.

– Eu posso ajudar. – Todos nós olhamos para Camilla. – Por favor. Eu quero.

O nojo que cruzou o rosto de Samkiel até me deixou nervoso.

– Você fez mais do que o suficiente, e não confio em você.

– Posso criar um feitiço em dois segundos. Um de sono que a manterá inconsciente por tempo suficiente para que você a subjugue. Só precisa fazer com que entre na corrente sanguínea dela.

– Quer que eu a envenene? – Quase rugiu Samkiel.

– Não, só quero ajudar a consertar o que fiz, está bem? Sei que não posso ser perdoada, nem por ela, nem por ninguém, mas estou tão cansada disso. – Os olhos de Camilla ficaram vidrados. – Eu só quero ajudar.

Qualquer que fosse a tempestade que tinha se formado atrás dos olhos de Samkiel diminuiu lentamente.

– Se estiver mentindo para mim, se o que você fizer a machucar de alguma forma, eu sei como torturá-la por mil anos sem nunca deixar a morte tocá-la. Entende?

O sangue sumiu do rosto de Camilla, mas ela assentiu.

– Vai precisar distraí-la? – questionou Imogen.

– Eu posso ajudar – falei. – Só preciso de um tiro certeiro.

Samkiel passou a mão no rosto.

– Não.

– Ora, vamos. Você nos fez ter todas aquelas aulas de arco e flecha até nossos dedos sangrarem. Eu consigo fazer isso. Conseguimos – quase implorei, de tão disposto a atirar em alguma coisa.

– Nada vai perfurar a pele dela. Eu me recuso a machucá-la ou permitir que minha família a machuque. Fim da discussão – disse Samkiel, lançando-me seu olhar mortal.

Decidi que provavelmente não era uma boa ideia pressioná-lo naquele momento.

– Está bem então. Próximo plano.

– Que tal um gás? – sugeriu Xavier.

– Ah, essa é boa. Camilla, consegue fazer um gás? – perguntei, virando-me para olhar para a linda bruxinha.

Camilla olhava de Samkiel para mim, recusando-se a sair do balcão, com medo de que um toque dele a eletrocutasse.

Samkiel passou o polegar pelo lábio inferior e disse:

— Na verdade, tenho uma ideia melhor.

— Importa-se de explicar? – perguntei.

— Preciso que vocês evacuem a cidade.

Vincent estremeceu de surpresa.

— Por quê?

— Por medida de segurança. Eu vou irritá-la.

XXIX
IMOGEN

— Por que tenho que acompanhá-lo? — perguntei quando pousamos fora da Cidade Prateada.

Atravessamos a rua em uma corrida leve, o olhar de Samkiel estava focado na Guilda.

— Porque preciso testar uma teoria.

Eu gemi, preferia quando Cameron ou Xavier eram os bonecos de teste, não eu. Eles se voluntariavam metade do tempo, ambos por pura travessura. Os dois gostavam.

— Saia quando eu lhe der o sinal. Nem um momento antes, certo?

— Certo. Espero que funcione. Para o nosso bem.

— Eu também.

Eu esperava fogo, gritos e prédios em chamas quando voltássemos para a Cidade Prateada. Mas, se havia uma coisa que eu tinha aprendido era que Dianna era tudo, menos previsível.

A cidade estava vazia. Samkiel estava preocupado com o poder que ela poderia liberar, mas a cidade inteira? Engoli o nó crescente em minha garganta. Fazia bastante tempo que não lutávamos ou víamos nada que pudesse exercer esse tipo de força. Mas só pensar nisso fazia suor escorrer pelas minhas costas. Apesar do frio do inverno, a camisa de mangas compridas que eu usava estava grudada em mim.

Os veículos estavam abandonados na estrada. As luzes dos postes acendiam quando passávamos embaixo delas e depois morriam. Uma quietude anormal enchia o ar, como se o mundo estivesse prendendo a respiração e esperando. Um pequeno animal peludo saiu correndo dos arbustos e atravessou a rua correndo. Saltei para o lado, erguendo minha espada.

Samkiel colocou a mão na minha lâmina, abaixando-a.

— Também está sentindo?

— Sim. — Balancei a cabeça.

Era como se um poder sombrio nos espreitasse. Eu não conseguia determinar a origem, mas sentia aquilo nas ruínas de Rashearim. Fazia minha pele se arrepiar. Observei-a emergir da escuridão, e seu poder me fez hesitar. Eu nunca hesitava. Nenhum de nós hesitava, havíamos sido treinados desde a nossa criação para nunca temer, nunca vacilar. Éramos guerreiros que assustavam qualquer fera ou monstro apenas com nosso título, mas não estávamos lidando com qualquer monstro.

— E se...

Ele balançou a cabeça, seu tom era dolorido.

— Não diga isso. Por favor.

Meus lábios formaram uma linha fina e guardei a pergunta para mim mesma. E se fosse tarde demais? E se ela já estivesse perdida demais? Eu conhecia Samkiel. Ele arriscaria sua vida pelos outros, sempre arriscou, mas e se, mesmo com todo o seu poder, ele não conseguisse alcançá-la?

Paramos diante da Guilda, e abaixei minha lâmina para o lado. O arranha-céu de múltiplas camadas nos encarava, as janelas refletiam os raios brilhantes do sol antes que o céu nublado as engolisse por completo.

— Imogen, lembra-se do que lhe ensinei em Dunn Moran?

Balancei a cabeça.

— Quando estávamos lutando contra o Naga de cauda afiada?

— Sim. Grandes predadores perturbam o meio ambiente. Os animais que moram em certo lugar fogem por quilômetros para evitar um grande predador. O que ouve agora?

Virei a cabeça para o lado olhando para as árvores que lotavam as calçadas e depois para os becos que dividiam os prédios. Meu olhar voltou para ele.

— Nada.

— Exatamente. A falta de animais é o primeiro sinal.

— Por isso você sabia na cafeteria que não era Dianna.

— Sim, mas também a conheço. — Seu olhar ficou nublado como se uma memória o atravessasse enquanto ele falava. — Ela nunca seria capaz de me enganar, não importa o quanto tentasse. Eu poderia identificá-la em uma multidão de milhões.

Meu coração bateu forte, e o canto do meu lábio se contraiu. Eu devia a Cameron trinta moedas de ouro. Samkiel ainda era exatamente o deus de que eu me lembrava, mas muito diferente agora. Desde a sua ascensão, ele se afastou pouco a pouco, não apenas de mim, mas de todos nós. Gradualmente, se reconstruiu até ser tudo o que seu pai desejava que ele fosse. Samkiel tornou-se um rei diferente de qualquer outro.

Logan disse que teve vislumbres do velho Samkiel nos últimos meses. Ele sorria e ria de novo. Então, ela foi embora, e uma parte dele foi junto. Eu o amava tanto quanto eles e, assim como eles, morreria por ele. Éramos obrigados a fazê-lo, mas era muito mais. Na noite em que A Mão pousou em Onuna, fizemos um pacto. Ele estava mergulhado nas pesquisas e na necessidade de encontrá-la. Juramos que não importava o que acontecesse, tentaríamos trazê-la de volta, porque, se Samkiel a amava, ela também era nossa. Samkiel finalmente tinha escolhido por si mesmo. Não tinha sido coagido nem escolhido por dever. Estaríamos condenados se o perdêssemos como tantos deuses antes.

Limpei a garganta.

— Quer dizer que ela está aqui.

— Sim. — Ele olhou para mim então. — Siga o plano.

Assenti, segurando minha arma de ablazone com mais força antes de subirmos os degraus de dois em dois. Samkiel chegou primeiro à porta, lançando um olhar para dentro antes de segurá-la para mim. Entrei, e um pequeno rangido se seguiu quando Samkiel fechou a porta atrás de mim.

As luzes piscaram, o prédio parecia vazio. Vaguei pelo último andar, e Samkiel vasculhava os níveis abaixo de mim. A energia cobalto queimava de forma tranquilizadora na palma da minha mão; a arma de ablazone estava segura na outra.

Controlei minha respiração e a frequência cardíaca enquanto procurava e examinava, mas não conseguia ignorar a sensação de estar sendo observada o tempo todo. Cada janela por onde eu passava me fazia parar, e eu esperava ver o reflexo dela aparecer atrás de mim.

Eu tinha passado por tantos cômodos aparentemente intocados que estava começando a acreditar que ela não estava ali. Talvez ela já tivesse passado por aquele prédio e encontrado o que procurava. Não, nós saberíamos. Pelo menos eu esperava que sim.

Soltei um suspiro e voltei para o amplo corredor. Acho que o silêncio mortal era o pior para mim. Uma energia estática preencheu o ar, e ergui minha lâmina. Um lampejo de eletricidade percorreu as luzes. Tentaram e não conseguiram ligar, apagando-se no final do corredor. A escuridão me encarou, e agarrei minha espada com mais força. Esperei que ela me atacasse, derrubando-me com a mesma facilidade com que cortou Cameron, porém nada aconteceu. Suspirei diante da minha tolice. Provavelmente era apenas Samkiel andando pelos andares abaixo de mim.

Dei uma volta, e minha lâmina parou a poucos centímetros de sua garganta. Soltei um ganido e abaixei minha espada.

— Deuses, Samkiel, você me assustou!

Ele colocou um único dedo nos lábios, me mandando calar.

— Ela está perto.

Isso explicava por que as luzes estavam agindo de forma estranha. Ele devia tê-las levado até ali.

— Não vi nem ouvi nada — sussurrei.

— Temos que nos apressar. — Ele parou no final do corredor e pressionou as costas na parede. Deu uma espiada rápida na curva antes de me acenar para ir em frente. Fiquei atrás dele enquanto entrávamos no saguão principal, verificando cada porta e entrada. — Eu não encontrei o mapa. Acho que Vincent pode tê-lo mudado de lugar. Não está lá embaixo com o restante dos textos.

Os cabelos da minha nuca se arrepiaram, e parei.

— Como? Você mantinha todas essas coisas com você. Vincent não tocaria nelas. Você mandou que ninguém as tocasse.

Samkiel parou.

— Mandei?

Ele se virou, um lampejo alaranjado dançou em seus olhos antes que se tornassem vermelhos. Estava tão ameaçador que meu sangue congelou nas veias. Se ele tivesse nascido Ig'Morruthen, eles o teriam assassinado no dia em que nasceu. Nem mesmo um Ig'Morruthen teria permitido que algo tão poderoso, tão maligno, existisse.

— Imogen.

O Samkiel diante de mim olhou para cima, com as presas descendo.

O verdadeiro Samkiel estava no final do corredor, e, no mesmo instante em que me virei em direção à sua voz, eu soube que tinha sido um erro.

Uma enorme mão com garras agarrou meu pescoço, arrastando-me contra a casca de Samkiel, e as unhas perfuraram minha garganta.

XXX
SAMKIEL

— A rainha e o rei de Rashearim, quais são seus costumes mesmo? Devo me curvar? Fazer uma reverência? – perguntou Dianna, com minha voz fluindo de seus lábios e as palavras misturadas com um toque de pura malícia. – Estou realmente honrada.

— Dianna. Deixe-a ir.

— Qual é a palavra mágica?

— Você não quer fazer isso. – Estendi uma das mãos, tentando acalmar a situação.

— Errado. – O aperto dela na garganta de Imogen aumentou. – Tente de novo.

Eu tinha sido lento demais. Mesmo sentindo Dianna acima de onde eu estava, sabia que ela alcançaria Imogen muito antes de mim. Naquele momento, enquanto observava uma versão sombria minha segurando-a pelo pescoço, sabia que bastava uma única palavra errada, e ela seria apenas mais uma luz azul explodindo no céu. O plano tinha que funcionar.

— Por favor, deixe-a ir. Isso é entre mim e você.

— Que tal fazermos uma troca? Eu a deixo ir depois que você me der o mapa. – Ela sorriu. Era enervante ver isso em meu próprio rosto.

Meu coração afundou, e não por Imogen.

— Já jogamos esse jogo antes. Seremos obrigados a repetir aquele cenário? – indaguei, lembrando-a do tempo que passamos na tumba quase seis meses antes, quando Tobias a segurou assim.

— Acha que será mais rápido desta vez? – A mão dela apertou a garganta de Imogen.

Suas palavras foram cortantes, mas não da maneira que ela presumia. Outro pesadelo devastador ainda assombrava meus malditos sonhos. As luzes acima de mim piscaram conforme a energia emanava de mim. O clarão iluminou apenas a mim antes de explodir.

Seus olhos captaram o movimento antes de pousar nos meus mais uma vez.

— Parece que nós dois estamos fora de controle demais agora, Destruidor de Mundos, mas isso não precisa terminar em derramamento de sangue. Dê-me o mapa e poderá ter sua preciosa rainha de volta. Vocês dois podem voltar para casa, para seu povo, belos palácios, servos fiéis e deixar a matança para os profissionais.

— Não – retruquei. – Ao contrário de você, não vou abandonar aqueles com quem afirmo me importar, por isso não vou embora sem você.

A voz que respondeu foi dura e fria.

— Então acho que você não vai embora.

Dianna puxou Imogen para mais perto, a pressão do seu aperto interrompeu o arquejo suave de Imogen. Ela espelhou meus movimentos, bloqueando meu caminho até a porta. Se ela captasse meu olhar, perceberia quão perto estava do que procurava. Eu precisava que ela se afastasse daquilo. Eu teria que encontrar outra saída. Dianna inspirou fundo, com as narinas dilatadas, e algo irado e cheio de raiva ciumenta despertou em seus olhos.

– Ora, Imogen, você foi uma garota má? – ronronou Dianna, de modo sarcástico, com minha voz fluindo de seus lábios, as palavras enchendo o ouvido de Imogen e suas presas a poucos centímetros da garganta dela. – Você cheira como o Destruidor de Mundos.

Imogen se manteve firme.

– Não minta para ela. – Pressionei. – Ela consegue sentir.

Imogen me encarou, entendendo aonde eu precisava que aquele plano chegasse, sua boca estava apertada em uma linha fina.

– Mentir para mim? – questionou Dianna, e sua voz era uma mistura horrível da minha voz e do rosnado baixo de sua fera.

– Eu não sabia sobre você, mas estou contente que esteja aqui – provocou Imogen. – Caso contrário, eu nunca teria percebido o quanto sentia falta de Samkiel, o quanto ainda gostávamos um do outro.

O aperto de Dianna na garganta dela se fechou um pouco mais, e os seus lábios se repuxaram para trás em um silvo silencioso. Era tão estranho ver sua expressão no meu rosto, mas eu conseguia ver Dianna através de qualquer ilusão. Eu a conhecia e sabia exatamente onde acertar, então direcionei minhas palavras com cuidado.

– Por favor, lhe darei o mapa se deixá-la ir.

– Que tal entregá-lo, e não arranco o coração dela? Sabe, como nos velhos tempos.

Observei enquanto minha versão sombria movia a mão pelo peito de Imogen; Dianna ia desembainhando as garras acima do coração dela. Minha alma doeu ao ver quão longe Kaden a empurrara, quão longe ela havia caído. Eu conseguia ouvi-la rindo de piadas que eu não entendia. Podia ver seu sorriso, mesmo quando o mundo tentou destruí-la. Ela havia desistido de tudo, pensando que estava salvando a mim, sua irmã e todos os reinos. Naquele momento estava fazendo com Imogen a mesma coisa que Tobias havia feito com ela. Kaden realmente a destruíra. Eu sabia que ela ia supor que a dor gravada em meu rosto era por Imogen, mas era por ela. Sempre era por ela.

Eu precisava agir rápido.

Dei outro passo à frente, e ela recuou.

– Você já sabe até onde sou capaz de ir para manter aqueles com quem me importo a salvo. – Ela hesitou. – Eu me importo com Imogen. Muito. E ela estava certa. Não percebi o quanto de fato sentia falta dela até que ela tivesse voltado. Sendo assim, obrigado por isso. Acho que percebi que, quando beijei você, eu apenas pensava nela.

Nenhum rosnado saiu de sua garganta desta vez, e percebi, com a angústia retorcendo meu coração, que ela esperava que eu dissesse tais coisas. Foi a confirmação de que ela não era nada especial, de que era substituível. Era a prova de que as palavras devastadoras que Kaden tinha sussurrado para ela eram verdadeiras. Uma devastação pura e absoluta cruzou seu rosto, e eu a provoquei. A agonia me atravessou, mas, ao mesmo tempo, a esperança brilhou como uma estrela radiante e ardente em meu peito. Era pura e mais potente que qualquer dor. E continha uma confirmação contundente. Ela ainda se importava comigo.

O aperto de Dianna aumentou, e os olhos de Imogen se arregalaram.

– Acabou, Dianna. A cidade inteira está bloqueada. Você não tem como sair daqui. Não de novo.

– Ah é? E como planeja me conter? Está realmente disposto a arriscar sua preciosa família por isso? O mundo? Vou reduzi-lo a cinzas. Posso não ser capaz de matá-lo, mas posso destruí-los em segundos. Pergunte a Cameron. – Ela sorriu quando Imogen gemeu em seu aperto.

– Temos Camilla, que foi gentil o suficiente para colocar o mesmo veneno que Sophia usou neste prédio. Um único pensamento meu, e o sistema de extintores de incêndio vai liberá-lo.

– Tsc, tsc, tsc, e todos vocês falando que fui eu quem caiu até agora? O Samkiel que eu conhecia nunca me envenenaria. Não é muito heroico. – Ela inclinou a cabeça na direção de Imogen, e o medo se espalhou por minhas entranhas quando vi o quanto as presas dela estavam perto do pescoço de Imogen. Um sorriso lento curvou seus lábios. – Estou impressionada. Você finalmente desistiu de choramingar o tempo todo e de tentar me convencer de que não sou eu? Acha que ainda estou aqui agora?

– Você me deixou desesperado demais e não me deixou escolha. De novo.

A mão de Dianna cobriu a garganta de Imogen, e ela a ergueu. Imogen engasgou, com os pés balançando.

– A única forma de você me ter de novo será como cinzas.

– Nunca.

Uma fumaça encheu a sala, e os alarmes soaram, seguidos pelos extintores. Dianna estremeceu e gritou, soltando Imogen. Meu coração doeu por ela pensar que eu a machucaria. Uma simples mentira, e ela acreditara tanto.

Dianna logo perceberia que não era nada além de água. Agarrei Imogen e lancei energia suficiente para nos jogar alguns andares abaixo. Ouvi o grito de fúria de Dianna e o rugido das chamas acima de nós. Ela havia descoberto, e a raiva substituíra o medo.

– Esse é o seu plano? – questionou Imogen abaixo de mim. Eu havia pousado de forma a protegê-la caso o prédio desabasse em seguida. Não era culpa dela, e eu não deixaria ninguém da minha família se ferir por mim. Nunca mais. – Mentir e irritá-la por causa de nós dois?

– Eu precisava ver.

– Ver o quê? Fúria pura e cega? – perguntou Imogen. Saí de cima dela e me levantei, oferecendo-lhe minha mão.

– Se ela ainda era minha garota.

A expressão de Imogen se suavizou, um canto de seus lábios curvando-se para cima.

– Essa foi a maneira mais insana de testar essa teoria.

– Já fiz coisas muito mais malucas por aqueles de quem gosto. – Coloquei-a de pé e conseguia ouvir as chamas rugindo acima. Fumaça e vapor vazavam pelo sistema de ventilação enquanto a água dos extintores de incêndio tentava combater o fogo mágico.

Imogen olhou para si mesma. Sua camisa estava rasgada, mas esse parecia ser todo o dano.

– Ela não me feriu.

– Não, ela não feriu.

– Então, ela ainda está lá.

Assenti, com meu foco no andar de cima e em Dianna.

– Vá embora daqui. Junte-se aos outros e espere meu retorno.

Imogen estendeu a mão e apertou meu antebraço.

– Boa sorte, Samkiel.

Imogen partiu, e subi, voltando ao último andar. As chamas mordiam e mastigavam todas as partes do salão naquele momento, a água vinda de cima era incapaz de conter sua fúria. Um sorriso brincou em meus lábios.

– Ora, isso me recorda da primeira vez que nos encontramos.

Ela enxugou o rosto, com sua mão afastando a água. Minha mentira. Ela rosnou para mim, não estava mais usando minha forma, seu cabelo molhado grudava em suas bochechas. Ela não hesitou ao avançar. Uma mão com garras golpeou meu rosto, eu me inclinei para trás, evitando o golpe e agarrando seu pulso quando ela tentou de novo.

– Você mentiu para mim – rosnou ela, atirando o corpo contra o meu.

– Você me ensinou bem, e eu diria que foi apenas um pequeno truque.

A mão livre dela buscou meu rosto, e agarrei-a também, percebendo, um momento tarde demais, que era isso que ela desejava. Seu joelho subiu, conectando-se com minha virilha. A dor percorreu meu corpo, meu estômago se revirou de náusea, e eu a soltei. Ela girou e me chutou através não de uma, mas de duas paredes.

Minhas costas escorregaram no chão seco. Eu estava em uma parte totalmente diferente do prédio. Nenhuma chama ou extintor explodia ali. Respirei fundo algumas vezes, desejando que a dor diminuísse, e bati a cabeça no chão.

– Inteligente, Samkiel, muito inteligente. Ensine a ela quão poderosas são suas pernas para que ela possa chutar seu traseiro.

Eu me levantei quando ela estava passando pelo buraco que meu corpo havia feito, com a adaga dos renegados na mão.

– Dói, não é? Pensar em outra pessoa tocando ou estando com quem você mais gosta.

Outro grunhido agudo rasgou o ar.

– Agora você sabe como me sinto.

– Eu não sinto nada.

– Você sempre foi uma péssima mentirosa, Dianna.

Ela abriu a boca, sem dúvida com uma resposta mordaz, mas a fechou quando seus olhos focaram algo atrás de mim. Foi então que percebi em que cômodo estávamos.

O mapa que ela procurava tão desesperadamente estava na mesa da sala de conferências, rodeado de livros. Ela correu em direção a ele, me ignorando por completo.

Eu fiquei de pé em um segundo, estendendo a mão em sua direção. Ela evitou meus dedos, e agarrei o ar enquanto ela se afastava. Sua mão disparou em direção ao mapa, e eu sabia que, no segundo em que ela o tocasse, iria embora para sempre. Um raio disparou da ponta dos meus dedos, queimando o pergaminho.

Ela parou, com as mãos meio erguidas, observando enquanto ele flutuava em direção ao teto virando cinzas.

– Não. – As palavras saíram de seus lábios em um sussurro. – O que você fez?

Depois ela se virou para mim, com seus olhos rubros ardendo de raiva, e, em um rugido de fúria, a sala explodiu em chamas.

Meu primeiro pensamento foi quão feliz eu estava por ter evacuado a cidade, já que ela estava em chamas. Cada bola de fogo que ela atirava em minha direção e errava ou que eu redirecionava explodia atravessando uma parede ou janela e incendiava a cidade ao nosso redor.

Meu segundo pensamento foi que eu nunca tinha de fato contado o número de andares que tínhamos naquele prédio até o momento em que caí por cada um deles. Minha mão limpou a poeira da armadura prateada em meu ombro. Eu a invoquei para me proteger, entre os primeiros andares pelos quais ela me atirou, de modo que suportasse o impacto da minha queda. Eu não podia permitir que uma lesão me atrasasse, não naquele momento. Não quando eu finalmente estava tão perto.

Dei um impulso para levantar do chão enquanto os detritos se assentavam. Eletricidade faiscou no buraco que meu corpo fez acima de mim.

– Você estraga tudo – sibilou Dianna, com sua forma ágil pousando agachada diante de mim.

– Você tem que ser mais específica, akrai, o que exatamente eu estraguei? Seu humor? – Eu a provoquei. – Sua calcinha, talvez?

Ela franziu a testa, e vi o choque em seus olhos ao me ouvir chamá-la de "meu coração" em eoriano. A satisfação me preencheu e fez com que o tempo gasto aprendendo a língua antiga valesse a pena.

– Não me chame assim – rosnou ela, avançando. Minha lâmina bloqueou a dela a poucos centímetros do meu rosto. – Seu miserável mentiroso, egoísta, vaidoso e arrogante.

– Se vai me insultar, akrai, tem que fazer melhor do que isso. Já ouvi coisas muito piores de seres que desejavam espetar minha cabeça numa estaca. Você devia ter ouvido o que me disseram quando ascendi.

– Pare de me chamar assim. – Ela se afastou, fazendo-me recuar um passo. Para ela, parecia que eu estava me esquivando, fugindo, mas eu precisava mantê-la em movimento. Precisava dela mais perto das runas.

– Estamos flertando? Você grita e me faz atravessar alguns andares quando não consegue o que quer ou talvez vá derrubar outro prédio em cima de mim.

Afastei-me dela, correndo até o fim do corredor.

– Não estou flertando – rosnou ela, golpeando o ar com sua espada em minha direção. Ela cortou a parede atrás de mim quando me abaixei e rolei para dentro de uma sala próxima.

– Não sei, não, Dianna. – Eu sorri. – Isso definitivamente me deixa ereto.

Ela puxou a lâmina da parede, entrando na sala.

– Sua *rainha* não deveria fazer isso?

– Ela faz.

Ela rosnou, toda presas e fúria, e atacou sem me dar chance de reagir. O aço ressoou contra a adaga dos renegados, a sala tremeu com sua ferocidade.

O som parecia ecoar através do tempo como se fosse algo de que o universo precisava, o que desejava. Paredes se racharam, mesas e cadeiras se estilhaçaram quando uma lâmina errou o alvo e depois o outro. Era uma dança mortal e poderosa de dois seres destinados a destruir um ao outro desde o princípio dos tempos.

– Está desperdiçando meu tempo – ela rosnou. – Por sua causa, tenho que encontrar outra maldita maneira. – A cabeça dela colidiu com a minha, um estalo soou pela sala. – Tem alguma ideia do que fez?

– Não. – Tropecei para trás, me endireitando enquanto ela se endireitava. – Porque você não quer me contar para que precisava do mapa.

– Significava tudo, e você tirou de mim. – Outro golpe forte de sua lâmina contra a minha. – Você estragou tudo de novo!

Uma fúria poderosa e avassaladora emanava dela.

Dei um passo para trás, arrastando-a comigo. Em seu espírito de batalha, ela não prestava atenção aonde eu a estava conduzindo.

– Mais uma vez, você precisa ser mais específica sobre que situação arruinei da primeira vez.

Um grunhido frustrado saiu de seus lábios enquanto ela atacava.

– É sua culpa. – Outro golpe. – Eu estava bem. Estava tudo bem até você aparecer e estragar tudo.

Ah. Então era isso. Uma rachadura finalmente se formando naquela armadura impenetrável. Eu só precisava aplicar mais pressão e sabia que poderia abrir por completo.

– Entendo que você tem que culpar alguém. Liberar toda essa raiva, mas me culpar não trará Gabriella de volta.

Seus olhos flamejavam com mil brasas enquanto ela rosnava e se lançava em minha direção. Eu me esquivei, a parede atrás de mim estremeceu com a força de sua lâmina, num golpe tão poderoso que teria atravessado um osso.

E aquela rachadura na armadura dela aumentou.

Dianna arrancou a lâmina, levando consigo um pedaço da parede. Ela o sacudiu e, com um último olhar furioso, desapareceu. Uma fumaça escura restou onde ela estivera. Fiquei estupefato, para dizer o mínimo, mas permaneci alerta, mantendo minha lâmina na mão. Eu ainda a sentia.

– Gostou do meu novo truque? – Sua voz continuou como um eco. Girei, e não vi nada, mas meus sentidos gritaram.

–Você fez isso no navio. – Enfim me dei conta. – Como?

Um golpe atingiu minha armadura, fazendo meu braço doer. Olhei para baixo e vi que a prata tinha um novo recorte irregular.

– Quanto mais me alimentei, mais deixei ir aquela garota ferida que abriria mão de tudo pelos outros. Sabe, aquela a quem você se apega tão desesperadamente.

Outro golpe, e girei.

– Eu me tornei algo verdadeiramente letal agora. Algo tão poderoso que nada nem ninguém vai me ferir de novo. É uma pena não ter aprendido antes.

Pensei tê-la sentido à minha direita e ouvi a leve exalação de sua respiração, mas não vi nada. Outro golpe veio, desta vez nas minhas costas. Eu me virei e vi o casaco dela oscilar ao se dissolver na escuridão. Impossível. Era como se ela estivesse ali, mas sem estar. Naquele momento me lembrei. Um dos textos mais antigos que meu pai me mostrou.

– Você está apaixonado por feras.

A mão de Unir espalmou-se na mesa ao meu lado quando ele se inclinou por cima de mim para ver o que eu estava lendo.

– Bem, preciso passar o tempo, já que você não vai permitir que eu fique com meus companheiros.

– Essa é a sua punição pelo seu comportamento inconsequente.

Olhei para ele, com a mão sob meu queixo enquanto virava um página. Os olhos do meu pai permaneceram fixos no livro em questão.

– Você revirou meus pertences pessoais para pegar isso?

Eu sorri.

– O tédio me dominou, e você mantém todos os textos interessantes trancados.

– E o que você encontrou?

Fui para o lado, permitindo que ele visse melhor o livro.

– Ah.

– Feras antigas há muito mortas. – Passei meu dedo sobre uma parte de que eu tinha gostado. – Mas nunca ouvi falar disso. O que é o entreplanos?

Meu pai ficou calado por um momento, como se estivesse decidindo se ia explicar. Por fim, ele falou:

– O entreplanos não é luz nem escuridão. Existe, porém não existe. É um lugar fora do tempo e do espaço. As regras não se aplicam, nem se sabe o suficiente sobre ele para explicar. Aprendi sobre ele durante minhas viagens. Principalmente lendas contadas. Alguns dizem que, muito tempo atrás, era onde as sombras se escondiam, mas é apenas mito. Nada com tal poder vive mais.

Um toque de tristeza encheu seus olhos quando ele fechou o livro e o tirou de mim.

Virei-me no meu assento.

– Como pode ter certeza?

– Está me questionando? – indagou ele, com um olhar divertido enfeitando seu rosto enquanto posicionava o livro às suas costas.

– Talvez algo tenha escapado ao seu domínio onisciente.

– Você é apenas uma cópia de sua mãe. – Os cantos dos lábios dele se curvaram num fantasma de um sorriso. – Você ainda é tão jovem, com tanto a aprender. Mas lembre-se, nada pode realmente ficar oculto se você ouvir com mais do que seus ouvidos.

Fechei os olhos e me concentrei, minha frequência cardíaca diminuía enquanto eu ouvia. Ali, como uma corda bem esticada, eu a encontrei. Eu a senti através do tempo e do espaço, seu batimento cardíaco sincronizado com o meu. Ela caminhava ao meu redor, seus passos mais vibravam do que eram ouvidos, como se estivesse atrás de um véu fino. Ela deu um passo para o lado e avançou. Minha lâmina se ergueu, bloqueando a dela, e minha mão livre se esticou, agarrando seu pulso, mantendo-a naquele espaço.

Seus olhos se arregalaram.

– Como?

– Sempre com o tom de surpresa. Não há lugar neste mundo ou no outro onde você possa se esconder de mim, akrai.

Ela se contorceu em meu aperto.

– Você é patético.

– Sou? Xingue-me se quiser. Atire suas palavras odiosas. O que precisar, aguento.

Vi a batalha em seus olhos, como se ela estivesse em guerra consigo mesma. Ela puxou o braço, tentando libertar o pulso.

– Quantas pessoas tenho que matar para você desistir de mim? – Lá estava, uma última rachadura na armadura que ela havia construído com tanta diligência em torno de si. Sua expressão se distorceu, e pude ver que ela não tivera intenção de responder, as palavras escaparam.

– Você poderia fazer um rio de sangue correr por essas ruas, e eu ainda tentaria, porque conheço você, a verdadeira você, não esta versão que ele criou.

Ela abaixou a lâmina apenas um centímetro e bufou.

– Você está errado.

– Se estou errado, então Gabby também estava, e sei que ela não estava. Ela não desistiria de você, nem eu. Podemos ficar nessa dança até que este mundo queime e o próximo tome o seu lugar, mas eu ainda escolherei você.

Ela parou.

Antes o nome da irmã a equilibrava, depois, porém, parecia ser um catalisador para emoções que ela lutava para destruir.

– Você quer me salvar? Quer tanto ser igual a Gabby? – sibilou ela, cheia de presas e pontas afiadas. Ela torceu o pulso com muita força, soltando-se do meu aperto. – Então pode se juntar a ela.

Seu rosto se contorceu, mas não com lágrimas. A raiva lampejou por trás de seus olhos rubros, a dor pairava em suas profundezas. Ela usou a raiva, transformando-a em determinação, como foi forçada a fazer tantas vezes no passado. Kaden havia lhe ensinado que seus sentimentos eram uma fraqueza, e agora ela se atirava nessa crença mais do que nunca.

Ela investiu com muita força e rapidez. Minha lâmina acertou a dela, quebrando-se com a força por trás de seu golpe. Tive apenas um segundo para invocar outra para me proteger contra o ataque de sua fúria.

– Você é um tolo, e ela também era.

Bam!

– Vai acabar morto por minha causa.

Tropecei e ergui minha lâmina para encontrar a sua, mas o poder por trás de seus golpes fez meus músculos estremecerem de tensão. Minhas costas atingiram o chão, e invoquei uma segunda lâmina, colocando-a na minha frente como escudo. Absorveu todos os golpes dela enquanto ela se descontrolava.

– Dianna era fraca.

Bam!

– Era uma garota estúpida.

Outro golpe capaz de devastar o mundo.

– Que sonhava com flores e felicidade no meio da guerra.

Uma rachadura se formou em minha lâmina, uma pequena fissura que crescia a cada golpe.

– Ela confiava e se importava demais. Ela amava demais e agora se foi.

Bam!

– Ela está morta e não vai voltar.

Eu soube naquele momento que não era dela mesma que Dianna estava falando, mas da irmã de quem sentia falta desesperadamente. Mesmo enquanto se rebelava e lutava com selvageria cega, vi o brilho em seus olhos. Parte dela se despedaçava, e eu soube, então, que Drake estava certo.

Eu a tinha alcançado.

Com um último golpe feroz, ela bateu a espada contra a minha, quebrando-a. Em seguida, ela estava em cima de mim, com a lâmina em ambas as mãos, erguendo-a, ameaçando me empalar. Apesar da minha armadura, ela tinha força para fazer isso.

– Vou arrancar esse maldito coração do seu corpo – declarou ela, ofegante. – Assim você vai me deixar em paz. – Mas ela parou a centímetros do meu peito, com as mãos e os braços tremendo, enquanto ofegava.

– Faça. – Inclinei a ponta de sua lâmina acima do meu coração. – Se você realmente se foi, me recuso a viver em um mundo sem você, então terá que inclinar isso um pouco mais para a direita. É onde fica o coração de um deus, e o meu já pertence a você, sendo assim, faça o que quiser com ele.

Ela olhou para mim, com o peito arfando.

– Você não consegue, não é? Não é de fato capaz de me machucar.

Ela rosnou, seus braços tremiam enquanto ela apertava com mais força, mas não fez nenhum outro movimento.

Lancei-me para cima. Dianna soltou um grito assustado e afastou a lâmina. Minhas mãos seguraram seu rosto, aproveitando seus lábios entreabertos para colar minha boca sobre a dela. Suas presas cortaram meu lábio, e gemi com a pontada de dor. Ela não parou, mas o mundo parou quando a beijei com todo o anseio e o desejo que sentia por ela. Derramei no beijo toda a necessidade desesperada e o amor que sentia enquanto estávamos separados. Dei tudo a ela para fazê-la ver, fazê-la sentir.

Ouvi sua espada cair no chão, e suas mãos agarraram minha armadura, puxando-me para mais perto. Seu gosto e a sensação de sua língua deslizando na minha eram felicidade completa. Ela se afastou devagar, com os olhos arregalados, atordoados e confusos. Seus lábios exuberantes estavam entreabertos e suavemente inchados pelo meu beijo, com a magia esmeralda agarrada a eles.

Tinha funcionado.

Ela caiu em meus braços, e a embalei junto a mim.

– Tudo bem. Tudo bem. Estou aqui.

– O que… – Ela olhou para mim.

– Vou ajudá-la como prometi. Seus fardos são meus fardos, lembra?

Os olhos dela encontraram os meus, emoções nadavam em suas profundezas. Finalmente eu a tinha alcançado, pelo menos por um momento. Suas pálpebras ficaram pesadas, o feitiço que Camilla havia lançado fazia efeito. A frequência cardíaca dela diminuiu, o sono a dominou. Embalei sua cabeça enquanto ela se acalmava, abraçando-a e me levantando.

Andei até o meio da sala, e as runas no chão se iluminaram, transportando-nos para fora do prédio.

XXXI
DIANNA

A GUILDA EM ARARIEL

Minha cabeça se inclinou para trás quando despertei de súbito. Pisquei, e uma sala branca entrou em foco. Meus pés estavam apoiados no chão, mas pesadas algemas de aço gravadas com runas azul-cobalto e correntes grossas mantinham meus braços esticados acima de mim. Certo, então eu não estava morta. Gemi, piscando para as luzes intensas enquanto virava a cabeça e inclinava o queixo, tentando entender a grande figura embaçada à minha frente.

Um guardião de outro mundo? Talvez eu estivesse morta. Outra piscada, e minha visão clareou.

Samkiel.

Eu bufei, sacudindo as correntes acima de mim.

– *Bondage*, é? Não lembro de ter visto isso em suas memórias.

– Você não examinou todas as minhas memórias, akrai, ou saberia da bela de quatro braços de Tunharan. Aquilo era *bondage*.

Um grunhido escapou dos meus lábios; um sobre o qual eu não tinha controle. Samkiel ergueu uma sobrancelha e não tentou esconder o sorriso enquanto se aproximava do anel.

– Isso incomoda você?

– A única coisa que me incomoda é que você e seus amigos ainda estejam respirando – sibilei.

– Péssima mentirosa, Dianna. Você realmente é uma péssima mentirosa.

Empurrei-me contra as correntes. Meus membros ainda pareciam pesados, e eu estava muito cansada.

– Vou arrancar sua língua do seu crânio.

– Vai me beijar daquele jeito de novo quando fizer isso?

Relaxei, repassando o que conseguia lembrar das últimas horas. O mapa queimando, minha raiva infinita, ele e aquela maldita armadura, a luta, e aquele beijo. Um beijo misturado com magia.

– Você me envenenou. Acho que nós dois mudamos.

Samkiel manteve as mãos atrás das costas enquanto me encarava.

– Não era veneno. Não doeu. Muito pelo contrário, na verdade. Foi apenas um feitiço de sono que fiz Camilla ajustar. Ela o projetou para que só pudesse ser ativado pela saliva, o que significava que você teria que corresponder ao beijo para que funcionasse.

– Acho que o feitiço estava com defeito, porque você está claramente delirando se acha que eu o beijaria de novo.

– Podemos tentar mais uma vez se desejar. Posso dispensá-los. – Ele deu um passo para o lado, revelando as familiares barras azuis e Cameron e Xavier além, montando guarda em seus uniformes de combate. – Prefere isso? Então veremos quem beija quem primeiro? Ou eles podem ficar se preferir uma audiência.

Puxei as correntes e estalei os dentes para ele.

– Sua noiva não ficaria chateada se você beijasse outra mulher?

– Aí está minha garota ciumenta.

– Não estou com ciúmes – sibilei, esticando-me para a frente com força o bastante para que as correntes arranhassem meus pulsos.

– Muito convincente. – Samkiel abaixou a cabeça em minha direção. Eu me afastei, mas não consegui ir muito longe, a respiração dele fez cócegas no cabelo perto da minha orelha. – Deuses, você não tem ideia do que provoca em mim saber que se importa tanto comigo quanto me importo com você. Qual é aquela palavra que você tanto gosta de usar? Ah, sim. Você fez *merda*, Dianna. Você retribuiu o beijo, o que significa que minha Dianna ainda está aí, enterrada sob toda dor e todo ódio. Nada me impedirá de ter você de volta. Nada.

Samkiel pegou minha mão, tirando o anel do meu dedo tão devagar que causou um tremor por todo o meu corpo. Bastou um simples toque dele, e senti mais do que havia sentido em meses com estranhos. Tentei esconder o arquejo suave que deixou meus lábios ao seu toque, mas, pela forma como ele olhou para mim, com calor ardendo em seus olhos, transformando-os em prata radiante, eu sabia que tinha falhado.

Ele deu um passo para trás, girando entre os dedos o anel que Camilla havia feito para mim antes de fechá-lo na mão. Meu corpo doía com a perda de seu calor.

– Tenho uma guilda e metade da cidade para reconstruir e vários continentes de mortais cheios de perguntas. Cameron e Xavier serão seus guardas até eu retornar, então iremos para as ruínas de Rashearim. Lá posso contê-la e você não será capaz de ferir ninguém, muito menos a si mesma.

– Então serei executada, Deus-Rei?

Um sorriso presunçoso curvou seus malditos lábios.

– Você sabe meu nome. Diga-o.

– Não.

– Sendo assim, não obterá respostas de mim. – Ele se virou para sair.

– Você é um covarde. – Avancei e me inclinei para a frente, as correntes chacoalhavam enquanto apertavam meus pulsos.

Samkiel parou à porta, Cameron e Xavier observavam para ter certeza de que eu não estava me libertando.

– O que acha que vai acontecer? Você me acorrenta, e depois o quê? Mesmo comigo aqui, Kaden ainda está construindo alguma coisa, e acredito que é mais do que apenas uma arma estúpida para matar você. Ele precisa de ferro, Samkiel, e está reunindo-o há meses. O que vai acontecer quando ele aparecer com aquele livro? Você vai cometer um deslize, um erro, e eles vão morrer, como todos os outros que você deveria ter ajudado. Igual a sua família, aquele planeta estúpido e igual a Gabby.

Ele se virou para mim, e um arrepio de dor cruzava suas feições.

– Você não pode salvá-los. Não pode salvar ninguém. Todo esse poder para quê? Você é uma piada.

Eu esperava que doesse. Esperava que o deixasse furioso o suficiente para que ele cometesse um deslize e eu pudesse escapar.

—Você não pode mais me ferir com palavras, Dianna. Conheço o coração que ainda bate debaixo do seu peito. Eu o segurei. Também pode se render agora, porque não vai conseguir me espantar. Você nunca conseguiria.

Cerrei meus dentes, e minha mandíbula travou com essas palavras. Amaldiçoei sua forma que se afastava, aquela verdade simples me perturbava profundamente. Eu sabia o tempo todo. Ele nunca me deixaria ir, e a parte de mim que eu havia trancado atrás de um cadeado na porta de uma casa não queria que ele deixasse.

XXXII
SAMKIEL

A porta se fechou atrás de mim. Cameron e Xavier ainda estavam lá e ficariam para vigiá-la. Passei a mão pelo cabelo e respirei fundo, a dor de cabeça latejava dez vezes mais forte. As palavras me atingiram, mas eu sabia o que ela estava fazendo. Se ela não pudesse me despedaçar com presas e garras, usaria palavras como armas, mas eu sabia que ela falava mais de si mesma do que de mim.

— Nós isolamos a área e a protegemos por enquanto, mas os mortais não querem falar com Vincent — informou Imogen.

Deixei cair minha mão.

— Sim, eu sei. Eu falo com eles.

— Você está bem? — perguntou Logan, observando-me com atenção.

— Ficarei bem quando voltar com ela para as ruínas de Rashearim.

Eles acompanharam meu passo quando comecei a avançar pelo corredor.

— Onde planeja mantê-la? — questionou Logan.

— Tenho uma ideia. Depois de reconstruir a Guilda, vou cuidar disso.

— E o mapa? — perguntou Imogen.

— Está lá no prédio destruído na Cidade Prateada. Depois que eu o reconstruir, vou refazê-lo também. As cinzas dele ainda estão naquele lugar.

Eles assentiram, as portas se abriram atrás de mim.

— Imogen, retorne ao Conselho. Conte-lhes o que aconteceu e diga-lhes que ela está contida. Vou me reunir com eles em breve.

Imogen assentiu antes de se virar e partir.

— O que precisa de mim? — perguntou Logan.

— Que fique aqui enquanto eu estiver fora. Com Vincent do outro lado do mar, você é o próximo em comando. Dianna está lá embaixo, e, do jeito que ela está agora, não confio nela para não tentar se libertar — expliquei antes de entrar no elevador.

Tínhamos restaurado as partes destruídas da cidade, terminando a Guilda por último. Estava mais uma vez imaculada, como se nada tivesse acontecido. Vincent havia lidado com os embaixadores na maior parte do tempo. Eles ficaram aliviados ao saber que Dianna havia sido capturada e então solicitaram uma reunião antes de partirmos de Onuna.

O vapor enchia o banheiro, a água jorrava sobre minha cabeça. Fechei os olhos, e a imagem do rosto de Dianna apareceu. Era sempre a mesma. A dúvida, a dor e a raiva que vi nela naquele dia iam me assombrar. Era apenas mais um motivo para odiar Kaden.

Ele a encontrou e chegou perto o suficiente para conversarem. Sussurrou mentiras para afastá-la de mim, e, pelos deuses antigos, eu desejava a morte dele mais que a de qualquer criatura neste mundo ou no outro.

Abri os olhos, permitindo que a água eliminasse a dor dos meus músculos. Kaden contou para ela sobre o noivado, mas como ele sabia? Talvez um dos vários livros, pergaminhos ou relíquias roubados contivesse essa informação, mas eu achava que não. Kaden tinha distorcido a história, seu objetivo era afastá-la de mim, e ele estava conseguindo. Dianna estava disposta a ir à guerra, desconfiada de todos.

Eu fiquei arrasado quando ela cuspiu as palavras contra mim, como se eu tivesse quebrado sua pequena parte que me restava. Talvez eu devesse ter contado a ela, mas quando? Ficamos juntos tão pouco tempo, e era uma história tão antiga.

Disparei atrás de meu pai, com nossos guardas nos seguindo e o som de suas botas reforçadas ecoando pelos corredores. Assim que passamos pelas portas da câmara, comecei.

– Esse era o anúncio que você queria fazer? – berrei. – Imogen?

As portas se fecharam atrás de nós, deixando nossos guardas do outro lado. Eu os ouvi batendo na porta e fiz um gesto com a mão. Com o uso insignificante do meu poder, tranquei a porta, mantendo-os do outro lado. Certifiquei-me disso. Eu precisava conversar com ele e apenas com ele.

Meu pai parou, a capa vermelha e dourada girou em torno de seus pés protegidos pela armadura.

– Você deve se casar, Samkiel.

– Mas Imogen e eu não estamos juntos. Não como você entende.

Ele se virou.

– Bem, como devo entender? Ninguém mais passa tanto tempo com você. Você mantém todos à distância, exceto A Mão. Ninguém é bom o suficiente para você, mas você tem que se casar.

– Por quê? – gritei, e a sala estremeceu, tentando conter a força combinada do nosso poder. Era um assunto no qual ele havia insistido muitas vezes, e eu estava perdendo minha maldita cabeça por causa disso.

– Porque não estarei aqui para sempre para ajudá-lo. Você não pode governar sozinho. É impossível alguém carregar um fardo tão grande sozinho.

Ouvi o céu rachar. A tempestade cósmica estava prestes a se fragmentar, o tom dele apenas a alimentava. Outros teriam mijado nas calças, mas eu estava tão acostumado à sua raiva, que era, por incrível que pareça, um conforto. Pelo menos ele havia demonstrado alguma emoção. Absorvi suas palavras enquanto o observava. Vi as linhas sob seus olhos e o quanto ele estava realmente cansado. Desde a morte da minha mãe, ele parecia exausto. Finas mechas grisalhas entrelaçavam-se em seus cachos escuros e barba. Seus olhos haviam se tornado vazios, como se eu sozinho não fosse suficiente para mantê-lo ali por mais tempo.

– Os reinos devem ter um rei e uma rainha. Pelos deuses, Samkiel, até mesmo outro rei, não me importo, mas deve haver dois governantes. Existem reinos demais para salvaguardar. Um governa acima, e outro governa abaixo. É como sempre foi e como sempre será. Não pode fazer tudo sozinho, não importa o quanto deseje. Imogen é forte, inteligente, capaz e bela, e você dois compartilham um vínculo.

– Uma cama, não um vínculo – insisti.

– E qual é a diferença?

– Eu não a amo! – retruquei, e a chuva caía do céu, meu poder era uma sombra do dele.

Quando as palavras deixaram meus lábios, a tensão desapareceu dos ombros de meu pai, e ele hesitou.

– Samk…

– Eu não a amo. Sei que você deseja isso para mim, mas não sinto nada. Meu coração não canta para ela quando a vejo, eu não incendiaria mundos por ela, não esculpiria estrelas nem me trancaria longe dos outros, como você fez, caso ela falecesse. Eu não sinto por ela o que você sentiu por minha mãe. Não compartilho com ela o que Logan e Neverra têm.

Meu pai instilava medo em criaturas esculpidas de pesadelos. Ele fazia deuses estremecerem em sua presença e exércitos fugirem quando ele chegava, mas se encolheu quando essas palavras saíram dos meus lábios. Detestei como me exaltei com ele, mas não consegui me controlar. Eu precisava que ele entendesse e desse ouvidos à razão.

– Então, sim, buscamos conforto um no outro, passamos tempo juntos quando você não está me enchendo de sermões, treinando por dias ou, deuses nos livrem, em uma batalha, mas isso é tudo. Apenas passatempo. É só o que sempre foi. É tudo que sempre será.

Os olhos dele se encheram de tristeza.

– Não há amata para você.

– Como? – Foi vez de o meu coração se partir.

– Falei com os Destinos porque suas atividades preocuparam o Alto Conselho.

– Como? – Era a única palavra que parecia se formar.

– O Conselho entende que será prejudicial para seu governo se você não se casar. Portanto, solicitei informações para os Destinos. Eles declararam que alguém nasceu, porém não sobreviveu. Está morta, Samkiel. Quem quer que fosse vir a ser seu amata morreu. Faz sentido, dado que outros buscariam impedir a união caso você tivesse uma igual. Seu poder por si só é muito...

As palavras dele foram desaparecendo conforme a pulsação em meus ouvidos me dominava. Eu não me lembrava de ter me sentado no tablado ou de ele ter se sentado ao meu lado. Sua mão repousou com firmeza em meu ombro, aterrando-me enquanto meu mundo perdia o eixo.

– Sinto muito, meu filho, mas isso também pode ser uma dádiva.

– Uma dádiva? – Eu recuei. Ele não via que havia extinguido qualquer esperança que me restava? Ele mexeu nos anéis em seus dedos. Eram iguais aos meus, mas de ouro maciço.

– Sim, uma dádiva. Verão em você um Rei dos Deuses, enquanto sou apenas uma casca do que já fui, porque ela se foi.

Meus olhos arderam, eu sabia o quanto era raro um parceiro sobreviver à morte de sua outra metade.

– Embora a ideia de ter um amata seja jubilosa e fantástica, também é uma maldição. Sendo assim, você tem sorte.

– Como pode dizer isso?

Ele desviou o olhar como se estivesse com medo de me revelar o quanto sofria.

– É um verdadeiro laço de alma. No início, o Caos nos criou em pares ou mais. A marca é uma âncora que puxa vocês de volta um para o outro. Uma vez conectados, vai além da felicidade, além do êxtase. Mesmo as partes difíceis deixam de ser difíceis. Os dias ficam mais luminosos. Tudo fica melhor porque ela existe, e, quando ela se vai, a dor é imensurável. Ouvi rumores de parceiro que morreu quando o outro se foi e nunca acreditei mesmo nisso, mas é verdade. Não se morre rapidamente quando ele é arrancado de você. É uma morte lenta e dolorosa. Você morre a cada dia que acorda, a cada dia que respira, a cada dia que pensa. Fica vazio, uma concha do que era. Eu tento, trabalho, ajudo e lidero, mas não estou mais aqui, Samkiel. Um pedaço de mim se foi no dia em que ela partiu. Portanto, sim, essa marca é uma coisa letal e cruel, e você tem sorte.

Ele ficou em pé em um movimento sólido, as correntes e a armadura ecoaram no vazio da câmara. Ele parou à porta e, sem olhar para trás, falou:

– Só desejo que você fique bem. Você precisa de alguém para cuidar de você se eu não estiver mais aqui. Precisa de alguém que esteja sempre ao seu lado. Se Imogen puder pelo menos sustentar parte do fardo, então que assim seja.

O silêncio se abateu.

– Quando?

– Tenho uma reunião daqui a várias luas, talvez depois disso.

Não respondi.

– Sinto muito, meu filho – disse ele antes de fechar a porta atrás de si.

Ele falou de alguém capaz de suportar o fardo da coroa, mas eu conhecia Imogen. Mesmo com toda a sua força e inteligência, ela não era capaz. Somente minha igual seria, e, uma vez que eu conheci meu destino, o mundo pareceu escurecer.

A tempestade lá fora durou dias.

A água tinha ficado extremamente gelada, seu frio me arrancou das lembranças. Engoli em seco e desliguei o chuveiro antes de sair. Eu conseguia ouvir todas as vozes da Guilda. Os celestiais estavam trabalhando para acalmar os mortais que tentavam obter respostas. Eu devia me preocupar com o que aconteceu. No entanto, a única coisa que ouvia, a única coisa em que me concentrava era o batimento cardíaco lento e constante vindo de oito andares abaixo, da cela.

Ela tinha me perguntado certa vez se eu tinha uma *amata*. Na época respondi quão cruel o universo era, quão cruel ele era capaz de ser. Mas, ao ouvi-la lá embaixo, sabendo o que havia mudado entre nós, eu sabia que estava errado.

O universo não era cruel. Era brutal.

Eu me vesti, invocando roupas e me preparando para descer de novo. Eu podia dar uma pausa a Cameron e Xavier caso quisessem comer ou descansar, mas primeiro precisava entregar o mapa a Vincent.

As luzes se acenderam quando atravessei a grande sala de estar. Alguns livros que eu gostaria de devolver às ruínas de Rashearim estavam em uma pilha organizada na mesa de centro, assim como a fina tira de fotos cinza pendurada na borda.

O ar mudou, e girei, com minha lâmina já conjurada e erguida.

– Roccurrem.

– Peço desculpas pelo que está prestes a acontecer, mas saiba que deve acontecer desta forma. Não vejo outra opção.

– Do que você está falando? – perguntei.

Uma dor ofuscante explodiu em minhas têmporas no instante seguinte, e caí de joelhos. Observei duas grandes figuras caminharem ao lado de Roccurrem, suas bocas se abriam em um vazio rodopiante.

– Você não pode me conter. – Cerrei os dentes, lutando contra a dor no meu crânio.

– Perdoe-me, Deus-Rei, é para o bem dela, eu lhe garanto.

Tentei ficar de pé, então outra dor aguda e lancinante percorreu meu crânio. Meu corpo atingiu o chão segundos antes de a escuridão me tomar.

XXXIII
KADEN

Os salões de Yejedin rangiam enquanto eu caminhava pelo longo corredor. Parei na beira da varanda, olhando para o poço de metal derretido abaixo. Outro grande recipiente de ferro foi derramado lá dentro, e o vapor subiu em ondas até o teto aberto. O líquido espesso borbulhou e cuspiu antes de consumir o ferro. Os Irvikuvas andavam pelas paredes, suas garras afiadas arrancavam pequenos pedaços de rocha conforme saltavam de uma saliência para outra. Alguns voavam, gritando e zombando dos mortos que continuavam a caminhar em fila única em direção à cratera no meio.

– Você foi até Onuna. Não consegue ficar longe dela, não é? – comentou Tobias, juntando-se a mim. Agarrei o guarda-corpo de obsidiana, observando-os despejar ainda mais ferro no fosso. Não seria suficiente. Eu precisava de mais.

– Ela vai superar você em breve.

Ele bufou com desdém.

– Pouco provável.

Máquinas tiniam e rangiam, moldando mais um lote de armas.

– Seu plano funcionou, ao que parece. Ouvi dizer que um prédio na Cidade Prateada quase caiu.

Um sorriso surgiu em meus lábios.

– Bom.

– Se ele a capturou, vai mantê-la com ele.

Tamborilei meus dedos contra o corrimão.

– Eu sei. Tudo está indo exatamente como planejado.

– Mais fácil capturar os dois?

Assenti.

– Exatamente. – E eu ia capturar os dois, mesmo que tivesse meus próprios planos para Dianna.

– Enquanto eles estão ocupados, vou obter mais ferro – declarou Tobias antes de voltar para as sombras.

Avancei pelo corredor, os Irvikuvas me seguiram. Invoquei um portal no fim do corredor e entrei em uma sala de obsidiana. Tochas projetavam-se da pedra, iluminando uma tapeçaria vermelha e dourada na parede dos fundos, em um forte contraste com a escuridão ininterrupta que existia ali. Uma grande mesa estava embaixo dela, ladeada por diversos baús. Armas antigas expostas como arte estavam penduradas em grupos nas outras paredes. Um tecido, das mesmas cores da tapeçaria, cobria o tablado elevado no meio da sala.

Coloquei as mãos na lateral do tablado, a piscina negra e resplandecente no centro formigava e vibrava. Ela me dava acesso a outros mundos, conectando-me com os que estavam além deste reino. Os Irvikuvas me seguiram, e o portal se fechou atrás deles, que se acomodaram, empoleirados ao redor da sala, olhando com expectativa para o tablado.

– Está feito? – Uma voz distorcida fluiu pela piscina escura.

– Quase – respondi, abaixando a cabeça.

– A morte da irmã causou a fratura de que precisávamos, ao que parece. Estou muito satisfeito.

Fiz um barulho baixo na garganta.

– Eles estão mantendo um ao outro ocupados? Ele e a garota?

A garota.

Senti o músculo da minha mandíbula ficar tenso e meu poder se elevar. Os Irvikuvas se eriçaram, agressivos, e rosnaram, rastejando em minha direção como se pudessem sentir a ameaça.

Rosnei, mostrando meus dentes para eles, mas ignorei sua postura.

– Sim, mesmo que Samkiel a siga como se ela estivesse no cio. Estão em guerra um com o outro. Tudo voltou ao planejado.

– Bom, para ser justo, é tudo culpa sua, na verdade. Você a transformou e depois decidiu cuidar dela. Eu lhe dei ordens claras, mas, em vez disso, você decidiu seguir seu pau. – O espelho ondulou, a voz não era nem masculina nem feminina, mas um poder puro e implacável.

Meu grunhido baixo ecoou pela sala.

A voz incorpórea riu.

– Mantenha seu temperamento sob controle. Acabou sendo um bom plano mantê-la por perto até que a arma esteja formada. Eu apenas gostaria que eles ficassem separados por mais algum tempo.

– Falei que foi um erro. – Meus dedos bateram no tablado. – Eu não o invoquei de volta.

– Eles serão atraídos um pelo outro como ímãs. Estou surpreso que tenham ficado separados por tanto tempo, estando no mesmo reino. Mas você sabe que os dois não podem ficar juntos. Se chegarem perto de…

– Não precisa se preocupar com isso. Eu asseguro.

A voz ficou mais profunda, mais fria.

– Você prometeu isso antes, mas todos nós sentimos daqui.

– Bem, matei a irmã dela, exatamente como você queria. As coisas mudam. Ela é mais Ig'Morruthen que nunca. Você também viu. Eles voltaram a ficar em lados opostos. O único foco dela é a vingança. Ela vai me caçar e, quando o fizer, pretendo mantê-la aqui até chegar a hora. – Fiz uma pausa, pensando em como formular minha próxima frase. – Ela é forte, meu rei. Talvez possamos usá-la para o que está por vir.

O espelho ficou liso.

– Agora, Kaden, você não está me propondo deixá-lo ficar com ela permanentemente, não é?

– Estou apenas dizendo que…

– O ritual acaba com ela. Você sabe o resultado. Os reinos não podem se abrir sem ele. Você planeja foder um cadáver pelo resto da eternidade?

– E se houvesse uma brecha?

Outra pausa.

– Planeja que Haldnunen a traga de volta? Para você?

– Não, posso fazer o ritual tomar uma parte dela. O resto permaneceria. Ela poderia ser outra Ig'Morruthen para assegurar seu reinado. Pense nisso, no que ela é. Meu poder corre em suas veias, em todo o seu ser. Seria como se tivesse dois de nós. É mais poder acrescentado às nossas fileiras.

O espelho de obsidiana ficou imóvel, vibrando levemente.

– Hum. E você acha que ela vai obedecê-lo depois de você ter matado a irmã dela?

– Ela escutará quando descobrir a verdade. – Dei de ombros. – Além disso, sentimentos podem mudar depois de algumas centenas de anos. Se ela não obedecer, podemos mantê-la trancada até que o faça.

Outra longa pausa silenciosa. Mordi o canto do lábio enquanto os Irvikuvas ganiam acima de mim, sentindo meu nervosismo.

– Eu de fato gostaria de ter mais armas para usar contra aqueles que tentam se rebelar. Dado o que ela é, considero promissor. – A voz pareceu suavizar-se e tornou-se pensativa. Uma esperança ardeu em meu peito.

– Será feito. Eu juro.

– Muito bem. Abra os reinos com sucesso e poderá ficar com seu animal de estimação.

O triunfo me encheu, e um sorriso se espalhou pelo meu rosto.

– Agora – a piscina ondulou –, tenho meu feiticeiro?

Cocei a parte de trás da orelha e olhei para o lado. Porra. Eu não podia mentir. Seria muito pior se eles voltassem e descobrissem a verdade.

– Santiago não existe mais.

Fez-se silêncio, engoli o nó que crescia na garganta. O material escuro na minha frente congelou. Meus ombros ficaram tensos, esperando ira, mas uma pequena onda se formou quando aquela voz soou.

– Se ele foi tão fácil de matar, então é inútil para mim. E a outra?

Pensei na pergunta, meus dedos cerrados liberaram a borda do tablado enquanto a tensão me abandonava. Outra? Minha mente disparou e então parei.

– Camilla?

– Sim – ronronou a voz –, Camilla. Traga essa para mim.

– Como quiser.

Eu sabia exatamente como poderia obter Camilla. Era apenas questão de calcular corretamente. Passei a mão sobre o queixo e balancei a cabeça. Em comparação com a nossa última conversa, me senti bem com aquela. Talvez a transmissão tivesse sido exatamente o que precisávamos para que a Ordem visse que eu tinha tudo sob controle. A morte de Alistair havia interrompido os planos e causado medo nos destemidos.

Meus dedos batiam ritmicamente no tablado, e perguntei:

– Onde está Isaiah?

– Ele deve voltar logo. Mandei-o cuidar de um problema menor.

– Um problema? É sobre O Olho?

– Não se preocupe. Mantenha o foco. Concentre-se em abrir os reinos. O Olho não tem sentido se não abrir.

Eu sorri.

– Claro, meu rei.

– Mais uma coisa, Kaden.

Eu parei.

– Não falhe novamente. Não esperaremos mais mil anos. Se eu tiver que rasgar os reinos com minhas próprias mãos, você não vai gostar do resultado. Estamos entendidos?

– Também sinto saudade.

Uma leve risada fluiu pela conexão.

– Vejo você em breve.

O espelho saltou antes de ficar imóvel e liso. Afastei-me do tablado e abri um portal. A sala em que entrei era um ataque comparada à sala de obsidiana. Demorei alguns minutos para que meus olhos se acostumassem à riqueza das cores. Sentei-me na cadeira de osso retorcido e apoiei os pés na mesa esculpida com garras. Uma pequena moeda brilhava para mim na mesa. Inclinando-me para a frente, peguei-a e girei o metal envelhecido entre meus dedos, as bordas eram desgastadas e lisas.

– *Não tome tanto. Você vai matá-lo, e não precisamos de uma trilha de corpos.*

– *Eu consegui. Esta é a primeira vez em que me alimentei e não matei alguém por acidente –* ela praticamente gritou.

Eu não conseguia parar de olhar para o cabelo dela. Era preto como tinta e caía em ondas brilhantes abaixo dos seus ombros. Ela tinha um homem nos braços, sangue pingava de suas novas presas.

Ela percebeu meu foco e sua expressão mudou.

– *O que foi? Estou com sangue no cabelo?*

– *De modo algum.*

Eu não sentia a escuridão invasora que normalmente rondava abaixo da minha pele. Ela tinha ingerido o suficiente para que a fera estivesse no controle quando ela se levantasse, mas a outra parte dela permanecia teimosamente. Eu sabia que ela estava acumulando poder demais, mesmo considerando sua linhagem. Eu ficava esperando que o tiro saísse pela culatra e a destruísse de dentro para fora. Uma parte de mim temia isso, e fazia um milênio que eu não sentia medo. Ela sorria enquanto se inclinava, erguendo o homem desmaiado. Mantive minhas mãos atrás das costas. Ela precisava aprender e ficar mais forte, principalmente se eu tivesse a intenção de mantê-la.

Ela firmou o homem em pé. Ele a seguiu de boa vontade, seduzido por sua beleza e charme. Agora, mesmo cambaleando e cobrindo as perfurações em seu pescoço com a mão, ele olhava para ela com adoração. Ele gemeu e inclinou a cabeça para o lado.

– *A compulsão funciona se você se concentrar bastante. Não pode afetar a vontade deles, mas pode convencê-los de que estão bem e seguros. É como uma sugestão.*

Ela sorriu para mim, o vento erguia as longas camadas de seu vestido. O casaco flutuava ao redor dela como uma capa escura. Uma deusa, pensei. Ela era uma deusa das trevas, e eu a criara. Isso não deveria me excitar tanto quanto excitava, mas ela tinha um efeito em mim com o qual até Tobias e Alistair estavam começando a se preocupar.

– *Você está bem –* disse ela, *forçando-o a se concentrar nela. O brilho carmesim de suas pupilas reluzia hipnoticamente. – Você escorregou aqui atrás e caiu. Você estava sozinho e assustado e correu de volta para dentro. Só isso.*

– *E-eu caí. Sou desajeitado mesmo. – O homem sorriu quando ela o soltou. Ele tropeçou e passou correndo por mim, ainda segurando o pescoço. Ajustei a boina na minha cabeça, mas não tive a chance de parabenizá-la antes que seus lábios se chocassem contra os meus. Foi um beijo vigoroso, porém casto. Grunhi, enquanto os braços dela me apertavam forte. Ela ainda não tinha noção de quão forte era.*

– *Eu consegui! –* exclamou ela, *com seu sorriso radiante.*

Levei um momento para lembrar do que ela estava falando. Ela fazia isso comigo todas as vezes, atravessando, sem ser notada, barreiras que ninguém mais tinha rompido antes.

– *Sim. Você conseguiu. – Senti-me sorrindo, e o choque tomou conta de mim. Quando foi a última vez que sorri? Com certeza muito antes de eu ter sido selado no fosso. – Agora poderá se alimentar sem deixar corpos em seu rastro.*

Ela assentiu e olhou para trás, rastreando o homem em fuga.

– *Gosto da maneira como isso faz eu me sentir –* sussurrou.

– *Alimentar-se? –* perguntei, *com minhas mãos apoiadas nos quadris dela.*

– *Sim, pensei que ia odiar, mas, se posso controlar –* um pequeno tremor a atravessou *–, é emocionante.*

Levantei seu queixo.

– *Você precisará de mais prática. Tem que ter cuidado para não exagerar. De onde eu venho, um único Ig'Morruthen poderia destruir uma cidade inteira caso se perdesse no desejo por sangue.*

– *Desejo?* – *Ela praticamente ronronou, passando as mãos pelo meu peito.* – *Sim, senti isso também. É normal?*

– *Muito.*

– *Acho que preciso de mais prática então.*

Seus olhos ardiam em vermelho-rubi. Ela ficou na ponta dos pés, sua mão segurava minha nuca enquanto levantava os lábios até os meus. Eu a abracei, emaranhando uma das minhas mãos em seus longos cabelos. Minha boca tomou a dela, meus dedos se fecharam em seus cachos, segurando-a no beijo. Deslizei para o meio, tomando-a enquanto podia. Eu sabia que não poderia ficar com ela, mas, malditos deuses, eu ia tentar.

Conseguimos voltar para a pequena fortaleza na ilha recém-formada. Entramos no prédio em ruínas que chamávamos de lar. Ela atirou uma moeda no ar, o cheiro de sangue encobria o cheiro do metal. Ela sorriu e a jogou para mim.

– *O que é isso?*

Ela deu de ombros.

– *Uma lembrança. De hoje à noite. Para nos recordarmos.*

– *Por quê?*

Ela balançou a cabeça.

– *De onde venho, presentes para aqueles de quem se gosta têm importância. Você me ajudou e continua me ajudando. Então, obrigada.*

Fechei meus dedos com firmeza em torno da moeda. Um lampejo de alguma emoção roçou em mim, e a fera dentro de mim cantarolou. Uma emoção que eu não reconhecia mais ganhou vida, acalmando algo há muito partido no meu interior.

Estendi a mão e passei meus dedos ao longo da curva sedosa de sua bochecha.

– *Está bem.*

Ela deu um beijo na palma da minha mão, seus olhos eram calorosos.

– *Eu vou me lavar.* – *Ela desapareceu no pequeno banheiro. Abri os dedos e olhei para a moeda. Senti a escuridão perto de mim se rasgar.*

– *O que você está fazendo?* – *Alistair olhou para minhas mãos.*

– *O que você quer dizer?*

– *Você está com o cheiro dela.*

– *Porque transei com ela em um beco. Por que eu não faria isso?*

– *Você sabe o que quero dizer.*

O fedor da morte encheu a sala quando Tobias apareceu ao meu lado.

– *Você está encantado com ela* – *escarneceu ele.*

– *Ela é uma garota linda, sim.*

Tobias zombou.

– *Ela não é sua.*

A raiva explodiu em minhas entranhas, e coloquei a moeda no bolso.

– *Eu a fiz. Ela é minha.*

– *Não é assim que funciona. Não pode mantê-la. Esse não é o plano. Nunca foi. Você a transformou. É diferente. Quanto tempo mais vai desfilar por aí assim? Como se ficar preso aqui não fosse importante para abrir os reinos e ir para casa?* – *retrucou Tobias.*

A realidade voltou com toda a força, e minha raiva diminuiu. Alistair cruzou os braços, mas não falou nada.

– *Eu sei* – *rosnei, lutando para não soar como se estivesse na defensiva.*

– *Se descobrirem que você prefere estar com as mãos enfiadas debaixo da saia dela a encontrar aquele maldito livro, você vai desejar ter pensado com uma cabeça diferente.*

Senti meus olhos flamejarem. Agarrei Tobias pela frente da camisa e o levantei, meu rosto ficou a centímetros do dele.

– *O que faz você pensar que tem algum domínio sobre mim? Eu sou seu rei. Só porque você tem uma coroa, não significa que seja algo para mim. A única razão para vocês dois estarem aqui sou eu. Vocês têm um emprego por minha causa, uma razão por minha causa. Ainda estariam escondidos no Fosso se não fosse por mim. Não esqueça quem e o que eu sou.*

Como o resto dos Reis de Yejedin, Tobias odiava ser rebaixado, mas era uma verdade que ele aceitaria.

– *Nós não esquecemos* – *respondeu Tobias, seu tom estava uma oitava mais baixo, e ele controlou o temperamento.* – *Mas você parece ter esquecido.*

Coloquei-o de pé de novo, alisando as mãos sobre o tecido amassado da camisa dele antes de dar tapinhas em seus ombros com força suficiente para sacudi-lo.

– *Ele está certo* – *insistiu Alistair.* – *Ela está aqui com um propósito. Todos nós sabemos disso. Você fez uma Ig'Morruthen, então use-a. Quebre-a, deixe-a faminta por afeto e treine-a para matar segundo os costumes antigos. Esse é o maldito objetivo. E não fazer dela uma vira-lata doente de amor. Use-a. Faça dela uma arma para que possamos matá-lo e ir para casa.*

Eu os encarei até ambos desviarem o olhar e irem embora. Enfiando a mão no bolso, retirei a moeda, olhando para as sombras no aposento escuro. Eles tinham falado a verdade. Era a mais pura verdade. Eu estava ficando distraído pela primeira vez desde que cheguei a este reino amaldiçoado. Eu sabia meu propósito, sabia o que deveria fazer. Eles estavam esperando por mim, contando comigo para abrir os reinos. O que eu estava fazendo?

Essa mulher despertou com seu sorriso uma parte de mim que eu nunca soube que existia. Uma faísca acendeu em meu peito ao primeiro toque, à primeira carícia, ao primeiro olhar. Minhas mãos se fecharam, sangue pingou no chão quando minhas garras se cravaram nas minhas palmas. Tobias, apesar de ter passado dos limites, estava certo. Ela não era minha. Eu não poderia ficar com ela. Ela tinha um propósito aqui, e eu estava estragando tudo.

Abri minha mão, observando as feridas se cicatrizando rapidamente. A moeda encharcada de sangue me encarava. Eu era o que ele fez de mim e eu precisava lembrar a todos disso.

As semanas seguintes se transformaram em meses, que evoluíram para anos de ódio amargo, crueldade e distância. Os sorrisos desapareceram, as risadas morreram, e Novas cresceu. Tudo isso estava diferente, mas foi naquela noite que tudo mudou. Foi somente então que de fato acabou.

– Sabe, me lembro da noite em que a quebrei. Quando tudo mudou – comentei, ainda batendo a moeda na mesa. A figura alta que apareceu na porta esperou que eu continuasse. – Lembro-me de ouvir os passos dela e sua voz chamando meu nome. Ela queria conversar como sempre sobre alguma coisa de que gostava. Mesmo com sua sede de sangue, ela era uma garota iridescente e brilhante. Cheia de vida. E eu precisava quebrá-la. Portanto, quebrei. Chamei-a e lembro-me dela entrando no quarto e parando. A expressão em seu rosto foi algo que nunca esquecerei. Eu tinha alguém entre minhas pernas, minha mão segurava seu cabelo enquanto ela me dava prazer. A cor sumiu do rosto de Dianna, mas era mais do que isso. Algo radiante e precioso nela morreu. Na época, pensei que era o melhor. Nós dois precisávamos de um lembrete claro do mundo em que vivíamos e de como não podíamos confiar em ninguém além de nós mesmos.

A moeda bateu na beirada da mesa.

Ela virou as costas e correu. Empurrei a fêmea e saí da cama, sem me preocupar em fechar as calças antes de ir atrás dela. Agarrei seu braço dela e a virei para mim. As lágrimas se liquefaziam em seus olhos e manchavam suas bochechas. A última gota d'água, talvez.

– *Aonde pensa que está indo?*

– *Como você pôde?* – *Ela tentou se afastar, mas sem sucesso.*

– *Acho que é hora de estabelecermos algumas regras básicas, não é? Você não está em um passeio. Eu não sou seu namorado ou seja lá o que tenha inventado na sua cabeça.*

– *Solte-me – rosnou ela por entre os dentes cerrados. – Eu vou embora.*

– *Não vai, não. Conhece as regras. Você trabalha para mim, lembra?*

– *Trabalho para você? Kaden. Por que você está falando isso?*

– *Porque criei você e acho que você esqueceu seu lugar.*

– *Meu lugar? – Ela balançou a cabeça, com lágrimas escorrendo pelas bochechas enquanto seu rosto se retorcia. – Eu achei...*

– *Achou errado. Você não passa de uma arma para mim. Sempre foi e, se quiser manter aquela sua preciosa irmã respirando, vai fazer o que mando quando eu mandar. Fui claro?*

A dor brilhou em seus olhos, seu peito arfava.

– *E você fode quem você quiser e me trata como lixo? Absolutamente não.*

Agarrei seu queixo.

– *Você pertence a mim, mas de forma alguma pertenço a você. Fui claro?*

Ela ficou em silêncio, então apertei com mais força.

– *Fui claro?*

– *Como água. – Assentiu ela, seu corpo estava rígido e inabalável. Eu a soltei, empurrando-a com mais força do que deveria, mas tive que fazer isso. Tive que colocar distância entre nós em mais de um aspecto. Ela esfregou a mandíbula machucada com a mão, como se estivesse tentando limpar meu toque. Olhou para mim uma vez mais, então se virou e foi embora.*

O mundo retornou gritando, arrancando-me da memória.

– Tudo ficou diferente depois daquela noite; não havia mais presentes de moedas, sorrisos suaves nem risadas. Os corredores daquela caverna ficaram tão frios quanto as rochas que a formavam. Ela era uma arma, então, minha arma. E o resto é simplesmente história. – Girei a moeda em cima da mesa e observei. – O rei concordou em me deixar ficar com ela, o que muda tudo. Farei com que ela volte a me amar, apagarei o que fiz. Será mais fácil quando Samkiel estiver permanentemente fora do caminho. Vou me certificar de que esteja.

Levantei, coloquei a moeda de volta no bolso e dei a volta na longa mesa de obsidiana.

– Só precisamos refinar um pouco mais esse feitiço para que funcione. Não concorda, Azrael?

O temido celestial da Morte olhava fixamente para a frente, com os braços atrás das costas. Dei um tapinha em seu ombro enquanto saía da sala.

XXXIV
LOGAN

— Você está mesmo cochilando agora? — A voz de Vincent me acordou.

As grandes janelas do prédio da Guilda permitiam a entrada de todo o brilho da lua, que revestia a sala em prata. A mudança de horário estava acabando comigo. Estávamos andando de cidade em cidade, procurando pistas, e, quando não estávamos fazendo isso, eu saía todas as noites à procura de Neverra. Uma pequena chama de esperança acendeu-se no meu peito quando prendemos Dianna. Talvez enfim pudéssemos encontrar Nev.

A marca no meu dedo ainda estava ali, mas eu a checava compulsivamente. Significava que ela ainda estava viva. Para ser honesto, era a única coisa que me fazia continuar.

Esfreguei os olhos. Estávamos em uma grande sala de conferências, com arquivos, livros e pergaminhos espalhados pela mesa. Eu estava cansado de ler e pesquisar, procurando só os deuses sabiam o quê. Estiquei as pernas devagar, a cadeira embaixo de mim rangeu.

— Precisam de móveis mais confortáveis aqui — comentei.

— Bem, Logan, nem todo mundo tem mais de dois metros de altura. — Vincent sorriu, e a sombra de uma linha marcou sua bochecha. Na maioria das pessoas, seria uma indicação de sua idade. Ele parecia ter 30 e poucos anos, mas na verdade estava perto dos 2.000. Tinha prendido todo o cabelo para trás, mas algumas mechas lisas e sedosas caíam em seu rosto. Vincent se recusava a cortá-lo mais curto, querendo manter a aparência que tínhamos em Rashearim, enquanto eu preferia me misturar o máximo possível.

— Caramba. — Olhei em volta, vendo que apenas nós dois permanecíamos na sala. — Quanto tempo dormi?

— Eu o acordei quando você começou a babar em cima de textos antigos.

Eu fiz um gesto ofensivo para ele.

— Onde estão os outros?

— Imogen ainda está no Conselho. Samkiel acabou de voltar da reconstrução de uma cidade e está tomando banho. — Vincent afastou o cabelo do rosto, seu estresse era visível em sua aparência desgrenhada. Sua expressão ficou tensa, e seus olhos me perfuraram enquanto ele continuava: — Cameron e Xavier estão de plantão como babás.

Assenti, passando a mão pelo recente corte de cabelo em degradê que Samkiel me forçou a fazer. Engraçado como a situação mudou. Agora ele estava me observando, garantindo que eu não desmoronasse quando todos sabíamos que ele próprio estava se segurando por um fio.

Vincent abriu outro livro com movimentos bruscos.

— Por que eles estão lá embaixo com *aquilo*? Temos certeza de que é seguro?

— Por que você fala dela desse jeito? — perguntei, cruzando os braços.

Vincent bufou baixinho.

– Por que você não fala? Por que todos aceitam a forma como ele age com ela ou com o fato de ela ainda estar respirando depois de tudo que fez? Ela atacou nossos irmãos e irmãs e nos roubou. Sinto que o Conselho é o único que está pensando de forma inteligente neste momento. Ela precisa ser executada.

Havia veneno em sua voz, e eu sabia que ele queria dizer cada palavra.

– Dianna não é Nismera.

Seus ombros ficaram tensos, mas ele permaneceu focado no livro à sua frente.

– Parece bastante.

Eu sabia que ele não queria conversar sobre a deusa que o criou e depois abusou dele de maneiras que ele ainda não conseguia revelar, mas percebia que era isso que o estava incomodando. Ele via em Dianna poder e malícia, e isso o fazia voltar ao tempo que passou com aquela megera, Nismera.

– Você também não pode culpá-la pelo que aconteceu com você.

– Quer parar? Não estou fazendo isso.

– Está, sim, Vincent.

Ele balançou a cabeça, mordendo o canto do lábio, sua irritação foi aumentando.

– Você consegue mesmo olhar para ela, ver o que ela faz e não a temer? Não temer pelos outros?

– Consigo – respondi honestamente.

– Deuses, se eu não visse a marca em seu dedo, ia achar que ela seduziu você também.

– Você sabe por que consigo olhar para ela e não a temer?

Ele encolheu os ombros.

– Explique para mim.

– A irmã dela. – Recostei-me, cruzando os braços. – Neverra e eu moramos com ela por meses enquanto os dois procuravam aquele livro. As histórias que Gabby nos contou, as fotos que ela nos mostrou. Seus olhos brilhavam quando ela falava de Dianna e de suas aventuras juntas. Ela já foi mortal, e a mudança só a afetou fisicamente, não emocionalmente, nem em seu coração ou alma. Gabriella a amava de todo o coração. Dianna teria morrido pela irmã, e a morte de Gabby a destruiu.

Vincent suspirou fundo e tamborilou os dedos no livro que segurava.

– O que acha que aconteceria se eu perdesse Neverra? Se realmente a perdesse? Acha que eu ia ficar de luto, chorar até dormir? Ou que eu ia caçar cada pessoa responsável? Fazê-los pagar, fazê-los sofrer como eu?

– Isso é diferente.

– Não é, não de verdade. É uma expressão diferente de amor, mas ainda é, na essência, amor. Puro e simples, o luto é produto do amor, Vincent. Gabriella era o último membro vivo da família dela, e ele a matou. Como se sentiria se todos nós morrêssemos? Se você ficasse sem ninguém?

Vincent não respondeu. Apenas olhou para o livro à sua frente enquanto eu esperava.

– Diga-me – insisti, erguendo uma sobrancelha, enquanto ele voltava a me encarar. – O que você faria se Nismera tivesse matado a todos nós?

– Ela não faria isso. Eu a mataria antes que ela conseguisse e, se não pudesse, faria tudo ao meu alcance para ter vocês de volta.

– Sabe por quê? – perguntei. Vincent balançou a cabeça em negação. – Porque isso é amor.

– Suponho que seja. – Ele deu de ombros.

Fechei o livro na minha frente e me levantei.

– Está com fome? Podemos pegar algo para comer, trazer um pouco para os outros e depois fazer as malas.

Ele se levantou, ansioso para abandonar o assunto e o cansaço da pesquisa.

– Sim.

Eu ri e esperei que ele desse a volta na mesa. Coloquei a mão em seu ombro, apertando-o uma vez. Pelo menos seu humor parecia melhorar com a comida.

– Você está com fome de quê?

Quando nos viramos em direção à porta, nós dois paramos.

Duas criaturas estavam na entrada, com a boca aberta, formando um buraco sem lábios em seu lugar. Elas respiraram fundo, e tudo ficou preto.

XXXV
DIANNA

Observei Cameron batendo no próprio pulso, fazendo com que um pequeno petisco voasse pela sala. Xavier se inclinou para trás, tentando pegá-lo com a boca. Guerreiros ancestrais aterrorizantes, meus guardas atiravam petiscos um para o outro igual a garotos de 16 anos. Revirei os olhos, tentando não me mexer em desconforto, com as correntes enroladas em mim cravando-se em meus pulsos.

— Cara, está cinco a cinco — comemorou Xavier, animado.

Cameron bufou e comeu o punhado que tinha, e Xavier riu. A armadura deles era nova, feita de um material escuro que eu não reconheci. Os colarinhos eram altos, para proteger suas gargantas, e tinham lâminas amarradas por toda parte. Inteligente.

— Com fome? — perguntou Cameron, olhando para mim, enquanto pegava o saco que Xavier segurava.

— Faminta, mas não como isso — respondi, com voz enrouquecida. Sorri, mostrando meus caninos salientes. As correntes me drenaram mais do que eu pensava que fariam, e, cada vez que eu me movia, elas cortavam mais fundo.

— É mesmo? Está com fome de quê? De Samkiel? — perguntou Xavier.

Cameron sorriu e empurrou o ombro de Xavier.

— Sim, toda aquela exibição foi meio sensual. Não vou mentir. Mas duvido que ele algum dia transaria com você na frente de alguém. Ele parece muito mais possessivo com você do que com amantes anteriores.

Xavier deu de ombros.

— Verdade.

Forcei um sorriso enquanto eles riam. Ambos queriam me irritar. Tudo bem, eu também podia jogar esse jogo, mas era muito melhor nisso.

— Sabem o que não entendo? — perguntei. — Vocês dois.

Eles pararam de rir e olharam para mim com expressões idênticas.

— Nós? — questionou Cameron, com um sorriso malicioso. — O que é que tem?

— Vocês nunca ficam cansados de fingir que não querem um ao outro?

O sorriso de Cameron desapareceu, Xavier fez uma cara como se eu tivesse dado um soco em seu estômago. Seu olhar se voltou muito depressa para Cameron, que parou no meio da mastigação.

— Quero dizer, não que Samkiel ou os outros fossem se importar se vocês dois finalmente fizessem algo a respeito de toda essa tensão em ebulição — provoquei.

Cameron riu e balançou a cabeça.

— É sério? Seu plano é nos incitar por algo que nem é verdade? Xavier é meu amigo mais antigo e tem namorado.

– Ah, um namorado – zombei, com uma risada saindo da minha garganta. – Sinto muito. Você está certo, completamente fora dos limites.

Cameron se aproximou, segurando as laterais do colete.

– Não tente projetar a *tensão* entre você e Samkiel em nós.

Cameron olhou por cima do ombro. Xavier sorriu e assentiu rapidamente, mas eu vi. Vi as emoções nos olhos de Xavier. Vi o desejo e a necessidade e sabia que havia acertado em cheio. No entanto, Cameron estava totalmente alheio ou em profunda negação. Deduzi que era a segunda coisa.

– Certo, apenas amigos. – Balancei-me sobre os calcanhares, com meu sorriso zombeteiro, enquanto olhava entre eles. – Samkiel e eu falávamos a mesma coisa, e, ainda assim, chupei ele.

A expressão de Cameron endureceu de aborrecimento, seu sorriso desapareceu.

– Você não pode nos provocar.

– Tem certeza? Eu provoquei um de vocês. – Dei de ombros, olhando para Xavier, que não falou nada.

Ambos me encararam com expressões idênticas de consternação em seus rostos. Dois devoradores de sonhos se solidificaram atrás de Xavier e Cameron. Os guerreiros os sentiram, mas já era tarde demais quando se viraram para enfrentar a ameaça. As bocas dos devoradores de sonhos se arreganharam e sugaram o que pareciam ser fios finos de Xavier e Cameron. Demorou apenas dois segundos até que os dois caíssem no chão, inconscientes.

Reggie apareceu virando o corredor com as mãos atrás das costas. Os devoradores de sonhos se afastaram, e ele passou por cima de Xavier e Cameron adormecidos. Reggie ergueu a mão de Cameron e colocou-a em um painel perto da porta. As barras se dissolveram, e Reggie deixou o braço de Cameron cair antes de entrar. Ele carregava uma chave que reconheci e me perguntei como ele a havia conseguido com Samkiel. Ele soltou um pulso e depois o outro, e minha força foi retornando em uma onda de euforia. As correntes caíram em uma pilha desordenada no chão, e esfreguei os pulsos, aliviando a dor profunda nos ossos.

– Os outros também estão dormindo – explicou Reggie.

– Você está atrasado, e estou morrendo de fome.

– Desculpe-me. – Ele acenou com a cabeça em direção aos devoradores de sonhos. – Eles foram um pouco mais difíceis de encontrar, dadas as suas atividades recentes, mas lhe deviam um favor.

– Não importa. É inútil agora. O mapa foi destruído. – Tirei uma mecha de cabelo do meu rosto.

– Não foi.

– Como?

– Eu vou mostrar.

Inclinei a cabeça para o lado, mas não questionei sua afirmação. Se houvesse uma chance de o mapa ainda existir, eu aceitaria. Saí da cela e passei por cima dos corpos adormecidos, seguindo Reggie. Os dois devoradores de sonhos pairavam sobre os dois celestiais, que tinham os olhos revirados e as mãos estendidas. Cameron e Xavier se contorciam em seu estado de sono, com redemoinhos de magia penetrando em suas cabeças.

– Quantos Baku você trouxe? – perguntei.

– Todos eles.

Um sorriso lento surgiu em meus lábios. Se todos vieram, o lugar inteiro estaria profundamente adormecido, e ninguém saberia da minha fuga.

A porta do elevador deslizou para o lado no último andar, e fiz uma pausa antes de sair. A sala estava um desastre, como se Samkiel estivesse lutando para retomar o controle de novo. Eu já tinha visto algo semelhante muitas vezes antes nos sonhos de sangue. Ali parecia que ele tinha tentado consertar o melhor que pôde várias vezes.

— Ele mal está se controlando, como pode ver.

Uma onda de culpa atingiu meu estômago.

— Eu não ligo.

Emoções passaram pelo rosto de Reggie. Talvez arrependimento ou algo mais? Temor? Sacudi a cabeça e contornei o grande sofá. Pilhas de livros e outros itens cobriam a mesa. Revirei os textos e objetos, procurando o mapa. Reggie disse que Samkiel o tinha restaurado, e eu sabia que ele o manteria por perto até que conseguisse garantir que ficaria fora do meu alcance. Joguei um livro por cima do ombro, depois outro, ignorando o baque quando caíam no chão. Senti Reggie me observando o tempo todo, esperando. Minha mão pairou sobre um livro grosso, o choque me percorreu.

— Por que ele tem isso? — peguei a tira fina de fotos em preto e branco, absorvendo as imagens.

— Acho que você sabe o porquê.

Eram as malditas fotos daquela cabine. Algo em meu peito se fraturou com a lembrança.

— *Você é péssimo em se misturar* — sussurrei, colocando outro pedaço de algodão-doce na boca. Samkiel me olhou feio. Eu suspeitava que fosse apenas a expressão automática dele. — *Você conhece gente que vai a festivais e se diverte?*

— *Isso não é divertido. É barulhento, desagradável e superlotado. Por que está fazendo esse gesto com as mãos?*

Parei de abrir e fechar aleatoriamente a mão enquanto ele recitava tudo o que o incomodava.

— *Ah, estou apenas imitando o quanto você reclama. Ouça, sei que isso não são os jogos de beber loucos ou as orgias em Rashearim, mas pode pelo menos tentar se divertir.*

Se os punhos dele se cerrassem com mais força, ele podia acabar estourando uma veia.

— *Como eu me divertir vai fazer com que seu conhecido apareça mais rápido?*

Dei de ombros.

— *Não vai, mas me deixaria feliz.*

Algo brilhou em seus olhos, mas eu não o conhecia bem o bastante para ler sua expressão. Risadas próximas chamaram minha atenção. Um casal tinha saído de uma cabine fotográfica e comentava a tira de imagens que a máquina cuspiu antes de saírem correndo, apontando para um brinquedo grande. Eu sorri, e o olhar de Samkiel seguiu o meu.

— *Não gosto disso* — comentou, observando meu sorriso. — *Isso significa que você tem algum ideia da qual provavelmente não vou gostar.*

Meu sorriso só aumentou, e ele abriu a boca para falar alguma coisa. Não deixei que protestasse antes de agarrar seu pulso e puxá-lo comigo. Ele não resistiu como pensei que faria. Eu o soltei quando parei do lado de fora da cabine.

Ele estudou a cabine com desconfiança.

— *O que é este dispositivo?*

Bufei, inserindo algumas moedas que talvez eu tivesse roubado.

— *Você vai ver.*

Ele começou a protestar, mas o empurrei para dentro e fechei a cortina atrás de nós. Girei e quase colidi com seu peito. Beleza, eu não tinha considerado seu tamanho, o espaço apertado e o

187

quanto estaríamos próximos. Ele era quase um gigante, e nossos corpos estavam muito perto um do outro. Senti o rubor percorrer meu corpo e deixar minhas bochechas quentes. Que porra é essa?

— Você é tão hostil.

Eu bufei.

— Desculpe. Eu queria você aqui dentro antes que pudesse se opor.

Ele abaixou o olhar para mim, e meu coração bateu forte. Sim, ele estava perto demais.

— O que acontece agora?

— Bem, primeiro... — Estendi a mão. Meus dedos passaram pelo cabelo dele, bagunçando-o. Tentei ignorar o quanto era macio enquanto ele franzia a testa para mim.

Eu ri, e meu braço ainda estava no ar quando um flash disparou, assustando nós dois. Samkiel deu um salto, quase batendo a cabeça no topo da máquina. Eu soltei uma gargalhada e quase deixei cair meu algodão-doce. Houve outro flash, e ele olhou para a fonte da luz. Um de seus anéis vibrou como se ele estivesse prestes a sacar uma arma e lutar contra a máquina.

Coloquei minha mão sobre a dele, cobrindo seus anéis. Ele olhou para nossas mãos e depois de volta para mim.

— Está tudo bem. Eu juro. É inofensivo. Só está tirando fotos — expliquei com calma.

— Fotos? — O flash disparou de novo, e sorri ainda mais. Ele parecia quase aterrorizado.

— Sim. Olha, assim. — Soltei a mão dele e levantei a minha em direção ao seu rosto. Ele quase recuou, mas parou, e seus olhos se voltaram para mim.

Agarrei seu queixo de leve e virei seu rosto em direção à câmera assim que ela disparou novamente. Eu não sabia se era por ter comido muito açúcar ou por ver o grande e poderoso Destruidor de Mundos com medo de uma pequena cabine fotográfica, mas eu não tinha rido de verdade daquele jeito havia séculos. Havia mais dois disparos antes que a cabine voltasse ao seu brilho opaco. Coloquei outro pedaço doce na minha boca enquanto ele olhava para mim.

— O que foi?

Ele balançou a cabeça como se estivesse atordoado.

— Nada, apenas nunca ouvi você rir antes.

Joguei meu cabelo para trás e dei de ombros antes de sair da cabine. Samkiel me seguiu.

— Desculpe, é que foi engraçado.

— Não se desculpe — pediu ele, enquanto eu pegava as fotos que o estande tinha produzido. — É um som agradável.

— Minha risada? — Bufei e levantei as fotos. — Claro que é.

Ele não disse nada, apenas se inclinou acima da minha cabeça para ver as fotos.

— E agora?

Virei-me e coloquei a tira de fotos em um dos bolsos da jaqueta dele. Samkiel ficou perfeitamente imóvel, mas pude ver a pergunta em seus olhos.

— Para você guardar. Então, quando voltar para sua torre prateada com suas deusas brilhantes e seu exército celestial, vai se lembrar de que se tornou amigo de uma Ig'Morruthen malvada e perversa enquanto estava em Onuna.

Sorri para ele e dei outra mordida no algodão-doce. Ele ficou calado por um segundo, mas outro grito vindo de um brinquedo o fez se virar em modo de vigilância assustada.

— Entendo. — Ele ajeitou a jaqueta e respirou fundo antes de acenar para trás de mim. — Que outras torturas deseja me mostrar neste lugar?

Meu sorriso era quase perverso, e vi que ele sabia que tinha feito besteira pela maneira como balançou a cabeça.

— Como você se sente em relação a carrinhos de bate-bate?

– Você está bem? – A voz de Reggie me arrancou da memória e me trouxe de volta ao mundo real. Limpei as lágrimas acumuladas em meus olhos e a umidade em minhas bochechas. Balancei a cabeça, tentando acalmar minhas emoções.

E um cadeado na porta de uma casa chacoalhou.

– Ótima.

Meu poder explodiu e observei a chama consumir as fotos. Nossas imagens sorridentes ficaram escuras, queimando até se tornarem cinzas. Limpei as mãos, e as partículas de poeira caíram no chão. Pude sentir o olhar de Reggie sobre mim, mas o ignorei e continuei minha busca. O mapa estava em cima da mesa, embaixo do livro onde ele havia guardado as fotos, como se o tivesse colocado ali para mim. Agarrei-o e enfiei-o no bolso de trás. Reggie não disse nada enquanto eu limpava o rosto com a manga de novo.

– Preciso do meu anel.

– Talvez ele o mantenha perto de si.

– O que quer dizer? – perguntei, ainda procurando na mesa.

– Bem, é uma parte de você, certo? Portanto, não vejo por que ele não manteria o anel por perto.

Eu não tinha pensado nisso, ou talvez uma parte de mim tivesse, e eu apenas não confiava em mim mesma para estar perto dele pela última vez. Eu queria que a última lembrança que ele tivesse de mim fosse essa traição, esse golpe final contra ele e seus amigos. Ele precisava simplesmente me deixar ir.

Porra. Meu coração doeu, e tentei reprimir aqueles malditos sentimentos, mas eles ameaçavam me engolir por inteiro.

Caminhei em direção ao quarto onde conseguia sentir o poder de Samkiel e do devorador de sonhos, com Reggie logo atrás de mim. Uma cama enorme ficava no meio do quarto, e duas grandes cômodas ocupavam boa parte das paredes. Uma grande janela dava para os topos de todos os edifícios da Cidade Prateada e para as nuvens que rolavam entre eles. Era um quarto digno de um Deus-Rei.

Samkiel estava deitado no centro da cama com quatro devoradores de sonhos ao seu redor. Dois estavam à direita e dois à esquerda, de mãos dadas enquanto se alimentavam. Parecia que o haviam colocado ali. Perguntei-me se os devoradores de sonhos o haviam movido para contê-lo.

– São necessários quatro dos meus melhores para conter o Destruidor de Mundos – explicou o líder dos Baku, Garleglish.

Fui até o lado dele, cruzando os braços sobre o peito, enquanto observávamos Samkiel se virar e revirar, com uma expressão de dor no rosto. Meu coração se apertou, e tive que lutar contra meus instintos para fazê-lo parar.

– Você veio – falei. Como todos eles, o líder dos Baku era careca, tinha uma pele pálida e com manchas escuras. Usava um longo casaco preto com um chapéu grosso. – Estou impressionada. Nunca pensei que você trairia seu precioso Kaden.

– Nós seguimos aqueles que estão no poder, e você, rainha das trevas, está transbordando. – Ele me encarou enquanto falava, e reprimi um arrepio, observando a fenda de sua boca se mover.

Dei-lhe um pequeno sorriso e me aproximei. Ele engoliu em seco e pude sentir o cheiro de seu medo. Eu gostava disso. Passei por ele e caminhei em direção à cama.

Passei a mão pelos lençóis.

– Claro. Não teria nada a ver com as cabeças decepadas que deixei como decoração diante da sua porta, não é?

– Eu preferiria que o resto da minha família continuasse vivo, sim.

Meus olhos se estreitaram.

– Inteligente.

Samkiel se remexeu de novo na cama, e um pequeno gemido lhe escapou. Pesadelos. Era isso que os devoradores de sonhos tinham incitado para se alimentar, e eu sabia que Samkiel tinha bastante.

– Ele viu mais de mil mundos, mas, quando sonha, sonha com você.

Virei a cabeça bruscamente para Garleglish, que fechou a boca, desviando o olhar.

Eu sabia que não deveria me aproximar, mas a parte de mim que se lembrava da sensação dele pressionado contra mim não se importava. A fera dentro de mim parecia ronronar como se quisesse dizer adeus ao homem por quem nós duas nos apegamos tanto. Sendo assim, contra todo o bom senso, avancei e me sentei ao lado de Samkiel na cama.

Passei a mão pelo seu rosto, sua pele estava úmida e pálida. Uma mecha de seu cabelo estava grudada na testa dele enquanto ele se mexia, e eu a afastei. Ele sossegou, meu toque parecia acalmá-lo.

– Este seria um momento razoável para dizer adeus – Reggie falou. – Se este for o caminho que está escolhendo.

– Esse sempre foi o caminho. – Minha mão tremia enquanto eu a passava pelos cabelos dele da mesma forma que o tinha feito sair dos pesadelos antes. Só que desta vez eu era a causa.

Deuses, eu era um monstro.

Outra razão, em uma longa lista de muitas, por que eu não podia ficar, não podia ser dele. Nem ele podia ser meu.

Inclinei-me para a frente, sem me importar com minha plateia ou com a dor que ameaçava rasgar meu peito. Minha mão traçou a curva de seu rosto seguindo o caminho até seu queixo. O calor e o arranhar suave da barba por fazer saudaram as pontas dos meus dedos. Meu coração deu um salto. Esse maldito rosto. O mesmo rosto com o qual, apesar de toda a minha fúria e raiva amarga, eu ainda sonhava. Como a vida pode ter sido tão cruel a ponto de mostrá-lo para mim, de me provocar com a menor possibilidade de um futuro e de depois cuspir na minha cara com um lembrete frio e brutal? Ele e eu não éramos iguais. Essa não é uma história épica e arrebatadora. Não era uma das histórias românticas que Gabby tanto amava, mas sim de inimigos. Um nascido da luz, a outra criada das trevas.

Samkiel estava certo. O universo era cruel.

Meus olhos arderam, contendo emoções que eu não queria processar. Quando Samkiel acordasse, eu já teria ido embora. Não sabia por que, e sabia que não deveria, mas não consegui evitar pressionar meus lábios contra os dele. Era um beijo de despedida, delicado e rápido, para o homem que, independentemente de tudo, continuou tentando me salvar.

– Talvez em outra vida – sussurrei antes de me afastar.

Quando levantei a cabeça, notei meu anel na mesa de cabeceira, o material ósseo intricado das lâminas dos renegados reluzia sombriamente à luz fraca.

XXXVI
SAMKIEL

Meu pai bateu com a mão no meio da mesa.
— E concentre-se em outras coisas além dos prazeres da carne. Você é rei agora, Samkiel. Deve utilizar outra coisa além da força bruta para alcançar seus objetivos. Conhecimento, meu filho, é mais poderoso do que qualquer cabeça que você possa decapitar ou lança com a qual possa atravessar seu oponente. Sempre tente a paz. Se você atacar primeiro, jamais poderá voltar atrás.

Minha cabeça balançou de um lado para o outro. Alguma força estava me mantendo ali, aprisionando-me em meus sonhos. Senti os dedos minúsculos e serrilhados afundando em meu cérebro, arrancando lembranças de meu crânio. Eu estava em uma sala onde água pingava das paredes, e um cheiro forte de mofo enchia o ar. Não, não era um quarto. Uma caverna? Eu girei, e meus pés bateram no chão de pedra irregular. Dei um passo em direção a uma porta oca, de onde emanava um brilho laranja opaco. Mais além, ouvi o barulho de metal contra metal — outra batalha. Balancei a cabeça, e as vozes me chamavam, tentando me tirar dali. Mais batidas altas vieram do corredor e o cheiro de... ferro.

Prometo não sair do seu lado...

Dianna. Virei-me em direção à sua voz e saí da caverna escura. Apareci no quarto dela na mansão dos Vanderkai. Ela estava sentada no quarto, seu vestido vermelho se estendia até o chão. Eu havia criado para ela aquele vestido, e ela me tirou o fôlego. Estava olhando para mim, brincando com os dedos. Era um tique nervoso seu.

Levantei a mão, com meu dedo mindinho esticado.
— Promessa?

A dor brilhou em suas feições.
— Achei que você não queria mais promessas.
— Tenho o direito de mudar de ideia. — Acenei com a cabeça em direção à mão dela, e ela sorriu. Sim, era isso que eu queria. Eu só queria que ela sorrisse para mim de novo.

Ela abaixou a cabeça e estendeu o dedo mindinho. Agarrei-o como uma tábua de salvação.

Fique comigo, implorei, mesmo sabendo que meus sentimentos crescentes por ela eram errados. Quando ela estava brava e não falava comigo, era mais do que eu podia suportar. Minhas emoções eram novas para mim e fugiam ao meu controle. Eu sabia que ela sentia o pequeno raio de eletricidade, exatamente como eu, e sentia profundamente.

— Sim, prometo.

Dei um passo à frente. Eu só queria ver Dianna mais uma vez, abraçá-la e conversar com ela.

— São necessários quatro dos meus melhores para o *Destruidor de Mundos*.

Eu parei. Conter-me? Isso não fazia parte das minhas memórias com ela. Minhas narinas se dilataram, e meu queixo ficou tenso. Quem ousaria ameaçar me conter? Aquela voz se filtrou pelo meu cérebro. Eu nunca a tinha ouvido antes. A cena ao meu redor desapareceu, em seguida, eu estava do outro lado do mundo, em outro quarto. Só que desta vez Dianna estava se afastando de mim, com a mão ligeiramente erguida. Minha própria voz me pegou desprevenido. Eu me virei e me vi entrar. Ele me atravessou na memória que se manifestava.

— *Vocês massacraram hordas de Ig'Morruthens* — sussurrou Dianna, e vi a única coisa que nunca quis ver nela: medo.

— Sim. — *Balancei a cabeça devagar, mas ela não percebia? Ela não sabia a essa altura que eu jamais a machucaria? Ela não sabia que eu não permitiria que ninguém a machucasse? Ela era tudo para mim. Como podia não perceber?*

— *É isso que você teria feito comigo no começo?*

Meus olhos buscaram os dela, meu coração doía. Eu tinha caído tão longe? Eu não podia mentir para ela. Talvez no passado.

— *Caso fosse necessário.*

— *É necessário agora?*

— Não. — *Parecia que ela tinha me dado um tapa. Eu teria preferido que ela tivesse me atacado.* — *Como pode me perguntar isso? Você não é um monstro.*

Não para mim, para mim jamais.

Um zumbido denso tomou minha mente. Segurei minha cabeça entre as mãos e cerrei os dentes. A dor, aguda e gelada, atingiu meu subconsciente, fazendo o quarto tremer. Um poder que eu nunca havia sentido antes se aprofundou em meu crânio.

— *Ele viu mais de mil mundos, mas, quando sonha, sonha com você.*

Aquela voz outra vez. Quem estava na minha cabeça?

Concentrei-me como me ensinaram, respirando fundo e devagar. A sala ainda tremia enquanto eu me concentrava, mas meu corpo se contraiu. Foi uma fuga breve, mas eu estava de volta ao meu quarto. As imagens estavam borradas, mas vi as quatro criaturas acima de mim. As cavidades de suas bocas estavam bem abertas e suas mãos pairavam acima de mim.

Dianna caminhou em minha direção com seus olhos brilhando em vermelho. Ela tinha escapado? Como? Estremeci, tentando forçar meu corpo a despertar. Eu precisava me mexer, me levantar, mas só consegui virar a cabeça para o lado. Uma figura usando chapéu estava do outro lado do quarto, mas foi quem estava ao lado dela que fez uma sensação familiar tomar conta de mim quando o vi.

Roccurrem.

Sim, ele tinha aparecido no meu quarto e me enganado. Minha cabeça doeu mais uma vez, a dor forçava meus olhos a se fecharem, mas eu podia jurar que Roccurrem olhou para mim com uma expressão astuta. Seus seis olhos apareceram, todos brancos opacos, todos radiantes, mas ninguém se mexeu. Era como se só eu os visse.

— *Um monstro, não, Deus-Rei, apenas destruída* — sussurrou Roccurrem em minha cabeça.

Fui atirado de volta ao meu subconsciente tão depressa que parecia que estava caindo. Aterrissei de joelhos em um quarto escuro e vazio e ouvi um grito tão alto, tão doloroso e cheio de tristeza, que abalou o mundo ao meu redor. Eram todos os pesadelos e medos que eu tinha, desde Rashearim até Dianna, saindo e voltando. Tudo se misturou, criando um vazio dentro de mim. Tapei os ouvidos. Os gritos eram antigos e devastadores e continham tamanho desespero, que preenchiam cada centímetro do espaço vazio dentro de mim. Eu gritei junto, tentando aliviar a pressão. Parecia que meu cérebro estava tentando escapar do crânio, mas continuei lutando contra as criaturas que me prendiam.

— O que está acontecendo comigo? — berrei para a sala rodopiante.

– Eles são chamados de Baku, Deus-Rei. – A voz de Roccurrem estava distante e distorcida, como se ele também estivesse se escondendo deles. Dela. – Uma raça que evoluiu dos Deskin, os devoradores de sonhos.

– Como eles conseguem me prender?

– Eles não conseguem. Estou ajudando-os a mantê-lo detido.

– Por quê? – gritei, e as luzes sob minha pele começaram a zumbir. Eu as sentia subindo em direção aos meus olhos e ao meu poder, espessas e pesadas, ameaçando consumi-los. Eu ia matar a todos.

– Por ela.

As luzes se apagaram, e a sala parou de tremer. Olhei ao redor para o espaço escuro e vazio, os gritos e uivos foram cessando.

– Por ela?

– Preciso que ela veja e sinta antes que o Único e Verdadeiro Rei chegue. Caso contrário, não vai restar nenhum reino, nem mesmo para você.

Minha cabeça latejava enquanto eu me esforçava para ficar de pé. Eu não via Roccurrem nem aqueles seis olhos brancos leitosos. Não via nada além de escuridão. Único e Verdadeiro Rei? Cerrei os dentes, o poder ameaçava me arrancar dali e me levar de volta ao pesadelo.

– Onde ele está?

Eu esquartejaria Kaden membro por membro pelo que ele fez.

– Ela está perto de encontrá-lo. – Roccurrem se solidificou, olhando para mim e para a sala com curiosidade.

Meu coração batia forte.

– Preciso sair disso. Dianna não pode lutar contra ele sozinha. Não contra um rei de Yejedin.

– Se ela escolher o caminho errado, temo que travará muitas batalhas sozinha, Deus-Rei.

O medo rasgou minhas entranhas, e minha garganta se apertou quando percebi que Roccurrem não ia me ajudar. Ele ia permitir que aquilo acontecesse.

– Por que você está fazendo isso?

– Ela deve escolher por si mesma sem intervenção, ou seu propósito não será puro.

– O que isso quer dizer?

– Deixe-a escolher, Deus-Rei.

– Escolher a morte? – praticamente gritei. – Ela vai morrer se enfrentá-lo. Morrer, Roccurrem.

– Talvez.

Uma fúria gelada me atravessou, mais afiada que o aço.

– Deixe-me sair daqui, Roccurrem.

– Eu não posso.

– Se ela morrer, vou desfazê-lo em átomos.

– Eu estou ciente. – Ele olhou para o alto como se estivesse ouvindo outro mundo. – Há um ditado mortal. Se você ama alguma coisa, deixe-a ir. Se ela voltar…

– Não tenho tempo para enigmas ou especificidades. *Liberte-me.*

Os seis olhos de Roccurrem se abriram, e ele me encarou.

– O amor é uma emoção muito perigosa e intensa. Os deuses o amaldiçoam, pois é poderoso. Impérios caíram por causa dele, reduzidos a areia e escrituras. Mundos foram incendiados por causa dele e serão mais uma vez. O amor tem o poder de tocar até o intocável. Use-o.

A forma dele cintilou e desapareceu. Eu rugi de frustração, o poder quente e ofuscante disparou de mim, iluminando aquela sala escura em tons de prata e branco. Abaixei minha mão e vi que não tive nenhum efeito sobre essa ilusão. Merda. Examinei o espaço onde haviam me prendido, procurando uma maneira de escapar. Eu precisava chegar até ela. Minha respiração ficou irregular enquanto eu corria de uma área para outra. Sem paredes, sem porta, apenas uma extensão vazia sem fim e pedaços de memórias assustadoras. Merda. Eu ia perdê-la. Merda. Eu tinha que pensar, tinha que tentar. Respirei fundo, inspirando devagar e depois soltando o ar.

— Não fuja das emoções, Samkiel. Isso faz você ser descuidado. Pense. Pense — murmurei para mim mesmo.

Até que me dei conta. A voz de Dianna flutuou em meio a tudo. Uma memória. Uma saída. Algo que ela havia dito meses antes.

— *Acredito que, com a pressão correta, tudo pode ser quebrado.*

Eu já havia tentado usar meus poderes, sem sucesso, mas talvez não tivesse usado todos eles.

— *O amor tem poder. Use-o.*

Minhas mãos roçaram meu peito, logo acima do meu coração. O menor lampejo de chama brilhou dentro de mim, e procurei a luz. Um núcleo de poder dançou na minha palma, uma pequena e preciosa parcela do fogo dela. Era a parte dela que havia penetrado cada defesa ou palavra rude, a parte que me abraçava durante pesadelos febris. A parte que me aqueceu, obrigando-me a voltar a viver. Ela. Era o pedaço dela ao qual havia me agarrado, cheio de esperança do que poderia vir a ser.

Eu a liberei.

Uma luz pura e ofuscante saiu dos meus olhos. A sala escura explodiu em chamas quando disparei para o alto, não apenas ultrapassando as barreiras do cômodo, mas entrando na realidade. Os devoradores de sonhos recuaram, mas já era tarde demais. Eles gritaram quando a luz dos meus olhos os atravessou, e seus corpos explodiram em cinzas. Fumaça e detritos flutuavam pelo quarto. Um talho largo, com brasas laranja brilhando nas bordas, cortava a parede. O teto agora tinha um buraco recém-feito, o ar frio do inverno corria para dentro.

A cidade inteira tinha ficado às escuras, mas eu podia ouvir o zumbido baixo enquanto a energia tentava e não conseguia se religar. Levantei da cama com um movimento rápido, precisando encontrar os outros, mas parei quando percebi que o anel na mesa de cabeceira tinha sumido.

Ela tinha estado ali.

Rosnei, e as luzes do meu quarto explodiram quando me transportei para o aposento de Logan. Vazio. Girei e disparei pelo prédio, dando um suspiro de alívio quando o encontrei com Vincent. Logan se contorcia de dor, a boca circular do devorador de sonhos de pé acima dele estava escancarada, com um vórtice de energia girando para dentro enquanto ele consumia a energia que tinha arrancado dos pesadelos de Logan.

Vincent estava deitado perto dele, e outro devorador de sonhos pairava sobre ele. Invoquei uma arma de ablazone e enfiei a lâmina direto no crânio do devorador. No mesmo movimento, retirei a espada e atirei-a no que tentava recuar. Seus corpos arderam em chamas, as cinzas flutuaram pelo cômodo.

Logan e Vincent acordaram de súbito. Lágrimas escorriam pelo rosto de Logan, seu peito arfava enquanto ele erguia a mão trêmula e olhava para a marca em seu dedo. Eu sabia para qual Iassulyn eles o haviam enviado.

— Samkiel? — perguntou ele, olhando de Vincent para mim. — O que aconteceu?

— Devoradores de sonhos — expliquei, olhando para o corredor. — Levantem-se e procurem pelo prédio. Ajudem os outros. — Eles assentiram e se puseram de pé.

Eu precisava ver como Cameron e Xavier estavam. Precisava ter certeza de que ela não os machucara em sua fuga. Todo o edifício parecia estar adormecido. Passei por vários corpos, mas pude ouvir seus batimentos cardíacos, os ritmos constantes, e sabia que estavam dormindo, não mortos.

A cada passo que dava, luzes explodiam no alto. A pesada porta de metal não abria. Eu a golpeei, e a arma de ablazone a cortou sem problemas, mas não fez um buraco grande o suficiente. A vibração me atravessou quando a chutei. As luzes piscavam descontroladas a cada golpe, a raiva saía de mim em ondas. Eu estava ofegante quando a porta finalmente cedeu, e as dobradiças rangeram quando o pedaço de metal destroçado voou para dentro da sala.

As celas estavam vazias, as barras que cercavam a dela haviam desaparecido. Passei por Nym, seu corpo encolhido estava caído de lado. As perfurações no pescoço me disseram que Dianna havia se alimentado antes de partir. Mais dois devoradores de sonhos estavam ao lado de Cameron e Xavier no canto mais distante. Levantei a mão, e a energia se aglutinou no centro da palma. Concentrei-me e depois soltei. Atingiu o que estava acima de Xavier, explodindo-o em mil partículas. O que estava acima de Cameron olhou para cima, e sua forma cintilou antes de desaparecer no ar. Corri, deslizando de joelhos ao lado de Xavier. Agarrei seu rosto, batendo com delicadeza em sua bochecha. Cameron se agachou e gritou, sem perceber que não estava mais preso no pesadelo.

– Cameron! – exclamei, infundindo poder em minha voz e rompendo seu terror.

– Que por... – Ele parou enquanto se concentrava em Xavier e em mim.

Ele correu para o outro lado de Xavier e olhou para mim.

– Por que ele não está acordando?

Invoquei a lâmina para o meu anel antes de levantar o corpo dele e embalar sua cabeça. Minha mão livre reluzia quando a pressionei contra sua testa.

– Os devoradores de sonhos fazem você ver seus piores pesadelos, forçando-o a permanecer sob enorme pressão enquanto eles se alimentam da agonia de suas memórias.

Não precisei olhar para Cameron para saber que seu rosto empalidecera. Nós dois sabíamos com o que Xavier estava sonhando.

– A caverna dos sovverg.

Eu assenti.

Os sovverg eram criaturas como vermes escavadores que comiam e rasgavam a carne tão rápido quanto se moviam. Kryella enviou Xavier e alguns outros em uma missão logo depois que ele foi criado, e eles acabaram em uma caverna de sovverg. Xavier perdeu muita coisa no fundo daquela maldita caverna antes que eu o encontrasse.

– Acorde-o – exigiu Cameron, com pânico em sua voz.

Assenti, e o poder emanou da minha mão e entrou na cabeça de Xavier, enviando luz para sua escuridão, guiando-o para fora.

– Kryella me contou sobre os pesadelos que ele teve desde aquele incidente. Eu sabia para onde os devoradores de sonhos o haviam levado.

As mãos de Cameron pairaram sobre seu amigo caído.

– Você o salvou antes. Salve-o de novo.

O tom dele chamou minha atenção. Havia uma estranha centelha de emoção enterrada em sua voz. Não era apenas preocupação, mas algo mais profundo. Era um assunto que ninguém abordava, porque Cameron estava longe de admitir seus verdadeiros sentimentos. Portanto, ignorei isso por enquanto e apoiei Xavier.

Chamei o poder de volta para minha mão e o levantei. Sua respiração estava ofegante, e seu corpo tremia.

– Ei, você está bem. Xavier, você está aqui. – Dei-lhe um tapinha no ombro, enquanto seus olhos se ajustavam à sala e à realidade.

– Eu vi. – Ofegou ele.

– Eu sei, mas você não está lá.

– Não – a voz dele falhou, um brilho encheu seus olhos –, eu *a* vi.

Antes que eu pudesse lidar com as lágrimas em sua voz, Vincent e Logan entraram correndo, parando ao nosso lado.

– O que aconteceu?

– Baku, uma subespécie dos Deskin. Eles geram pesadelos e se alimentam da agonia.

Xavier se afastou e endireitou os joelhos, me mostrando que conseguiria ficar de pé sozinho. Cameron foi para o outro lado dele, e Xavier acenou indicando que não precisava dele também, mas não perdi a expressão de dor no rosto de Xavier. Vincent avançou mais para dentro, com Logan logo atrás. Virei-me para a cela vazia atrás de mim, olhando para a pilha emaranhada de correntes no chão. Não havia marcas de queimadura na parede ou nelas.

– Ela fugiu.

– Não é só isso. – Suspirei e coloquei as mãos nos quadris, aquela verdade era muito pior. – Roccurrem trouxe os devoradores de sonhos.

XXXVII
SAMKIEL

TRÊS SEMANAS DEPOIS

Pequenos flocos caíram do céu, lentamente cobrindo o mundo com um pó branco e espesso. Eu observava a extensão ampla de um grande palácio em Arariel. A cidade estava iluminada pelo sol que se escondia lentamente entre os edifícios, cedendo à noite. Tudo fazia parte da celebração – as luzes, as músicas, as decorações. Era um momento de alegria e felicidade para eles, e adoravam demonstrar isso. Aparentemente, eles celebravam aquele evento amaldiçoado.

As pessoas emergiam de suas casas, animadas ao verem a variedade de luzes festivas que decoravam Arariel. Pequenas lojas abriam suas portas, e músicas festivas flutuavam no ar. Eles iam fazer isso todas as noites durante as próximas cinco semanas antes da Queda. O som de risadas atravessou o vidro, provocando-nos com a felicidade. Os mortais estavam cheios de vida, sem saber dos perigos que os ameaçavam.

Eu tinha mandado Cameron e Xavier fazer qualquer outra coisa. Estavam cansados da pesquisa constante, e seu descontentamento me dava nos nervos. Observei três luzes azuis atravessando as nuvens como cometas. Imogen devia ter se juntado a eles.

Logan apareceu ao meu lado e me entregou uma máscara.

– É para o baile.

Meu estômago se revirou enquanto eu traçava a complexidade do material preto rendado. Aquilo me lembrava das roupas que Dianna adorava usar, mas reprimi esse pensamento antes que ele pudesse tomar conta.

– Por quê?

– É um baile de máscaras. Os mortais adoram – explicou Vincent, andando de um lado para o outro.

Olhei para cima, notando que ele usava uma que combinava com seu terno.

– O Conselho mortal chegará em duas horas – informou Vincent, continuando a andar a ponto de furar o tapete.

– Certo – eu disse.

– Tem certeza de que é uma boa ideia? – perguntou Logan, soltando um suspiro. – Depois de tudo?

– Principalmente depois de tudo. – Vincent estacou, a fim de olhar para Logan. – Precisamos de uma frente unida, e a Celebração da Queda é uma desculpa perfeita. Os mortais adoram celebrações, e nos ver entre eles pode aliviar seu estresse.

– Não tem medo de um ataque? Tem estado tudo quieto demais nas últimas semanas. Parece que ele está prestes a fazer alguma coisa – comentou Logan.

– Não. – Eu não tinha medo de nada naquele momento. Todas as minhas preocupações ou medos já haviam se tornado realidade, pelo que parecia. – Nosso próximo plano de ação é descobrir de que outros ingredientes ele precisa para criar a arma – declarei, afastando-me da bela vista.

– Lemos e pesquisamos todos os registros. Não há muito o que fazer. Seja lá o que Kaden precise, tem que estar no Livro de Azrael.

– Então voltamos à estaca zero – bufou Logan.

– Além daquele livro, Azrael levou seus segredos para o túmulo – comentou Vincent, cruzando os braços sobre o peito.

– Parece que sim. – Olhei para Vincent e balancei a cabeça em direção à porta. – Está dispensado, Vincent. Preciso falar com Logan a sós.

Os olhos de Vincent passaram entre mim e Logan antes de ele assentir e sair. Ouvimos enquanto seus passos o levavam pelo corredor.

– Você tem fugido depois das missões. Presumo que tenha tirado fotos do mapa que Dianna roubou e esteve visitando as cavernas.

Logan suspirou e encontrou meu olhar.

– E, por favor, não minta para mim.

– Estive.

– O que falei para você?

Ele suspirou.

– Samkiel.

– Não! – A palavra deixou meus lábios em um rugido estrondoso. As luzes piscaram, não apenas naquela sala, mas em toda Arariel. As pessoas abaixo arquejaram e olharam ao redor apreensivas. – Falei para você levar outras pessoas junto. Você não fez isso. Eu disse para você não ir sozinho. Você foi. Eu disse...

– Eu a amo, Samkiel – retrucou Logan, levantando as mãos em frustração. – Você sabe disso. Ela é meu mundo inteiro, e me recuso a deixá-la ficar mais um segundo com aquele psicopata. Já dormi com mulheres. Lutei batalha após batalha, permanecendo ao lado de Unir e do seu lado durante séculos, e nada disso valeu a pena. Ela vale. Então, sim, eu estava saindo escondido. Eu estive procurando por ela.

As luzes voltaram ao normal, a cidade brilhou mais uma vez. Balancei a cabeça e me afastei dele.

– Eu o proibi, mas você foi de qualquer maneira. Desafiar uma ordem direta do seu rei é traição. Passível com a morte.

Ele entrou na minha visão periférica e cruzou os braços.

– Planeja me matar?

O silêncio caiu entre nós.

– Não. – Suspirei. – Você é a coisa mais próxima que tenho de um irmão. – Olhei para ele. – O famoso guarda de Unir, você foi meu amigo muito antes de ser meu braço direito e guarda. Só desejo que você esteja seguro.

– Não posso desistir dela.

– Eu sei.

– Assim como você não pode desistir de Dianna.

Afastei-me dele, olhando para a escuridão além da cidade.

– Olhe lá embaixo, Logan. Centenas de famílias reunidas, conectando-se, rindo e amando. Ela perdeu tudo isso e muito mais. Kaden lhe tirou a irmã e, no processo, roubou o último elo com sua mortalidade. Ele roubou a âncora dela, e todos esperam que ela não enlouqueça?

–Vincent tem boas intenções. Só está com medo. Ele sabe que Kaden está com o livro e se preocupa com você. Todos nos preocupamos. Além disso, você sabe que ele sempre vai querer protegê-lo cegamente. Você o salvou de Nismera.

– Eu sei.

Senti o olhar de Logan me queimar.

– Pode ir agora. – Olhei para baixo, brincando com a máscara que ele me deu. –Vou descer em breve.

Logan não se moveu.

–Você não é a causa da nossa condenação, Samkiel. Nunca foi.

Um pequeno sorriso curvou meus lábios.

– A guerra foi por minha causa, Logan. Não importa o que você ou eles digam, foi por minha causa. Este mundo celebra sua sobrevivência porque o nosso foi destruído, e foi destruído por minha causa. Inimigos mais antigos que eu reúnem forças para outra guerra por minha causa.

– Não pode assumir toda a culpa nem deveria. Guerras e batalhas eram um modo de vida muito antes de você ou de seu pai chegarem ao poder. Sei que você passou por muito mais do que qualquer um de nós, mas…

– Eu me senti feliz. – As palavras saíram dos meus lábios sem que eu percebesse. – Pela primeira vez na minha longa existência, me senti feliz.

– Como assim?

– Sei que não parecia quando voltei. Milhares de anos de emoções estão acumulados dentro da minha cabeça, coisas que eu nunca quis compartilhar com ninguém até ela surgir. Então, ela entrou sem pedir licença, como faz com tudo. Não era nada a princípio. Mal podíamos suportar a presença um do outro, mas, de alguma forma, ela se esgueirou por todas as minhas defesas e mexeu comigo. Era a coisa mais intensa que eu já havia sentido. Tudo o que ela fez foi falar comigo, me abraçar durante meus piores pesadelos, e ela entrou. Ela é tudo aquilo contra o qual devo proteger vocês, e parte de mim sabe que não posso viver sem ela.

–Você a ama? – perguntou Logan, e seus olhos eram cheios de compreensão.

– Ela está matando, se alimentando e se tornando tudo o que ele sempre quis. Ela é implacável em sua busca por vingança. Aparentemente, nem eu sou capaz de impedi-la. Foi sobre Dianna que nos alertaram. O monstro que nos ensinaram a temer. Ela usou tudo o que compartilhei com ela contra mim, tentando me machucar quando tudo que eu queria fazer era protegê-la, salvá-la. Ela enviou devoradores de sonhos atrás de nós, atacou o Conselho, atacou todos vocês. Eu esfolei criaturas vivas por ameaçarem ferir um de vocês. O que me deixa pior é que meu sangue e minha mente gritam para que eu pense como rei e protetor. Talvez eu não a conhecesse tão bem quanto imaginava. Talvez ela tenha me mostrado exatamente quem era, mas então…

Logan inclinou ligeiramente a cabeça, ouvindo com atenção.

– Mas então?

– Meu coração e minha alma gritam em protesto, porque ela é a única coisa em que consigo pensar. A única coisa com a qual sonho quando me permito fazê-lo, a única coisa nesta vida ou na próxima que desejo reivindicar. – Senti meus olhos arderem quando me virei para ele, e suas feições eram cheias de angústia. – Por que sinto tanto por ela? Por que não consigo tratá-la como qualquer outro animal ou criatura? O tempo que passamos juntos não deveria significar nada. Nada. Estive com inúmeros seres, viajei entre mundos, salvei centenas e lutei contra criaturas que conseguiam engolir mundos. No entanto, essa mulher com uma atitude impetuosa me queimou até a alma. Permiti a ela que entrasse durante a pior parte da minha existência, e agora ela está em meus ossos. Todos os meus pensamentos, todos os meus sonhos são sobre ela, e não consigo comer nem dormir. Nem estive dentro dela, Logan, não de verdade, não como Cameron ou Vincent suspeitam, mas ela está gravada em minha alma, em meu próprio ser. E odeio isso. Odeio que não seja mais simples. Odeio sentir tanto por alguém que não sente o mesmo. Cada vez que uma porta se abre ou ouço saltos no chão, procuro por ela e também odeio isso. Detesto pensar que toda mulher de cabelos escuros que vejo é ela. Ela me fez sorrir, me fez rir, e detesto isso. Detesto que ela tenha feito com que eu me sentisse vivo e completo pela primeira vez. Dianna me viu como eu sou, não como um governante ou rei. Ela fez com que eu me sentisse normal e depois me deixou. Dianna me abandonou como se isso não significasse nada.

Suspirei e encostei a cabeça na janela, tentando acalmar meu coração acelerado. Logan ficou ao meu lado, estudando a vista do lado de fora da janela, dando-me tempo enquanto eu secava a umidade dos olhos.

– Que tipo de rei ou líder não consegue conter suas emoções? – perguntei por fim.

– Um que tem um coração.

Sacudi a cabeça.

– Um governante não pode ter coração. Meu pai deixou claro que apegos apenas estragariam tudo. Talvez ele estivesse certo.

Logan deu de ombros.

– Não, é por isso que estão todos mortos, e você ainda está aqui. A lógica deles era falha.

Assenti, esfregando o rosto uma última vez.

– Entretanto, meu pai estava certo sobre uma coisa. É um fardo pesado demais para se carregar sozinho. Tentei salvar nosso mundo e falhei. Tentei impedi-la e falhei. Se Dianna morrer, desisto. Estou cansado, Logan. Que outra pessoa governe. Que Vincent ou o Conselho cuidem disso. Chega. Para começar, eu nem sou um bom rei.

Logan zombou.

– Você está errado. Samkiel, você é o melhor deles, e não estou dizendo isso apenas porque amo você ou por causa da enorme quantidade de merda que vivemos juntos. Você simplesmente tem uma quantidade de responsabilidade monumental. Está sozinho igual a ela. Todos os seus guias e professores se foram. Você fez o melhor nas piores situações. Claro, você se isolou, mas quem não o faria? Impuseram uma coroa a você no momento do seu nascimento. Regras e regulamentos foram forçados goela abaixo antes que você pudesse falar. O reino e a coroa eram a sua vida, e você os perdeu. Não culpo você. Nunca culpei. Ninguém culpou. E sei que Dianna pode estar fora de alcance agora, mas não é impossível. Nunca foi.

– Como pode ter tanta certeza? – Olhei para ele.

Logan olhou para mim como se eu tivesse feito a pergunta mais idiota que ele já tinha ouvido.

– Porque você dá esperança a todos nós. Você salvou cada um de nós de uma forma ou de outra. Já vi monstros tremerem na sua presença. Os deuses se curvaram, e os reinos se alegraram quando você foi nomeado nosso próximo governante. Você é o melhor deles, de nós. E vai salvá-la. Isso é o que você faz. Você salva pessoas.

Um bufo sem fôlego deixou meus lábios.

– Talvez você devesse fazer os discursos.

– Deixo isso para você.

– E quanto a ser rei?

Logan riu.

– Vou deixar isso para você também.

O sol finalmente se pôs, e a neve começou a cair. Uma agitação barulhenta se infiltrou pelo chão quando os convidados começaram a chegar.

– Você deveria se preparar para esta noite. Desejo ficar sozinho antes que Vincent me obrigue a socializar a noite inteira.

Logan pôs a mão no meu ombro e o apertou.

– Acho que você ficou sozinho por tempo demais.

Não falamos mais nada, ficamos perdidos em nossos pensamentos. Talvez nenhum de nós devesse estar sozinho naquele momento. Então ficamos ali, observando o céu se esvaziar enquanto o mundo girava.

XXXVIII
LOGAN

Eu não entendia de fato por que Vincent exigia que comparecêssemos àquele evento, mas, se isso ajudava os mortais a se sentirem seguros, que assim fosse. Vincent tinha chamado os novos e os antigos embaixadores de todos os continentes, e o palácio dele em Arariel estava ficando lotado. Quando os novos embaixadores e suas famílias chegaram, a comoção na grande galeria foi quase ensurdecedora.

Uma hora se passou, depois outra. Apertei mãos, dei meios abraços e forcei um sorriso por tanto tempo que meu rosto doía. Fingi rir com Marissa, a mais nova secretária do embaixador de Ecanus, mas meu olhar permaneceu focado em Samkiel. Ele se elevava na multidão. Sorri, mas empatizava com seu desconforto com os muitos elogios e flertes lançados em sua direção. Mesmo dali, eu sabia que ele estava pronto para rasgar o terno preto que usava para que ninguém falasse sobre o traje de novo.

Samkiel recusou avanços de pessoas que eu sabia que eram casadas e brincou sem jeito com elas quando perceberam que ele estava falando sério quanto a não aceitar suas ofertas. Eu sabia que era obra de Vincent. Ele queria que Samkiel seguisse em frente, que fosse como era antes, mas aquele Samkiel morreu quando Rashearim morreu, e parte de mim achava que tinha sido até antes disso.

Aproximei-me um pouco mais da porta dos fundos, enquanto Samkiel fingia rir do que alguém havia falado, com Vincent ao lado, enquanto os dois se misturavam com os mortais. Ele fazia isso de forma tão despreocupada que ninguém teria imaginado o rompante quase prejudicial que ele sofrera no andar de cima uma hora antes.

Tomei minha bebida, escutando apenas em parte enquanto Marissa continuava a falar sobre planos estruturais.

– ... o financiamento para consertar essas cidades, por si só, está acabando com nossos recursos. Ora, o número de sumidouros com os quais tive que lidar ultimamente...

– Sumidouros? – O líquido parou na minha garganta, a palavra chacoalhou no meu cérebro.

Ela me observou por trás de sua máscara verde, com um desenho intrincado e uma cor que combinavam com seu vestido.

– Sim. Evacuamos a cidade de Pamyel porque um se formou sob nossas fábricas. O risco de vazamento de produtos químicos era alto demais.

Meu coração pulou uma batida.

– Por que não recebemos notícias de nada disso?

Ela me lançou um olhar confuso.

– Vocês receberam. Enviei as faturas para Vincent. Ele isolou a área, ajudou-nos a limpá-la e até reparou as casas afetadas. Claro, tudo isso aconteceu ao mesmo tempo em que a agressora quase destruiu uma cidade, por isso não estou surpresa que não estivesse no topo de suas comunicações.

Vincent pode não ter pensado muito sobre isso, mas eu tinha quase memorizado aquele maldito mapa que Dianna tanto queria. Eu tinha explorado muitas das áreas na esperança de encontrar uma pista que me levasse a Nev, e um daqueles malditos túneis passava logo abaixo de Pamyel.

"Procure onde o mundo se abre." As últimas palavras de Drake passaram pela minha cabeça.

O sangue vibrava em meus ouvidos, meu coração estava galopando. Eu tinha que ir. Já.

Marissa continuou a falar, mas meu foco estava na sala. Imogen ria alegremente com um mortal, sua mão tocava o braço dele. Eu a tinha visto com Cameron e Xavier entrando no salão principal alguns minutos antes e sabia que provavelmente haviam atacado o armário de uísque de Vincent. Cameron estava dançando com uma loira. Eu conseguia ver o topo da cabeça dele e a mão segurando o copo, os familiares anéis prateados em seus dedos refletiam a luz.

Balancei a cabeça mais uma vez para Marissa, que ainda tagarelava, esfregando atrás da minha orelha enquanto eu ouvia, mas meu foco permanecia em encontrar os outros. Alguns segundos se passaram antes que eu visse o temido moicano de Xavier. A risada dele ecoou pelo salão, com uma força que o balançou para trás.

Aquela era minha chance.

Engoli o restante da minha bebida, olhando de relance para Vincent e Samkiel de novo. Vincent estava forçando Samkiel a participar de mais uma conversa fascinante com outro grupo de embaixadores que o bajulavam.

– Se me der licença – falei para Marissa.

Marissa sorriu em resposta e assentiu educadamente antes de girar sobre os calcanhares e seguir em direção a outro grupo de mortais.

Tentei andar casualmente, porém o mais depressa possível, sem querer chamar atenção ao me dirigir para a saída mais próxima. Acenei e sorri para alguns mortais, mas segui em frente. Se eu quisesse sair antes que alguém suspeitasse de alguma coisa, precisava ser rápido.

Com uma última olhada por cima do ombro para garantir que Samkiel estava de costas para mim, saí do salão. Corri para o elevador assim que passei pela porta.

Dentro do meu quarto, tirei o terno e a gravata antes de vestir uma calça preta, uma camisa e um moletom com zíper da mesma cor. Peguei meu telefone do carregador circular brilhante ao lado da mesa de cabeceira, pois eu o tinha deixado no quarto para carregar. A tela se iluminou, e olhei para baixo para verificar a hora. O rosto de Neverra e o meu me encararam, e meu coração ameaçou explodir. Ela sorria e se inclinava, com seu rosto pressionado contra o meu. Foi um dos nossos muitos encontros para almoçar. Nada de especial nisso, exceto por estar com ela. Quantas vezes fiquei acordado apenas encarando a tela como se pudesse invocá-la de volta por pura vontade? Eu teria dado a minha própria vida só para vê-la feliz, vê-la sorrindo de novo.

Coloquei o telefone no bolso antes de levantar o capuz. Ergui a mão e estudei a marca de Dhihsin. O ato se tornou quase uma compulsão. Permanecia ali, o que significava que ela também permanecia, e essa era toda a esperança de que eu precisava.

–Vou encontrar você. Eu juro.

A neve ainda caía, mesmo em Pamyel. Eu não sabia se era por causa da mudança climática ou se Samkiel havia enfim liberado suas emoções. Independentemente disso, os flocos gelados cobriam tudo. Caminhei pela cidade deserta, a única luz vinha dos poucos postes que ainda funcionavam. Marissa estava certa. Era uma cidade-fantasma. Nenhuma luz piscava nas casas abandonadas. Estava silenciosa, exceto pelas pequenas criaturas que procuravam comida. Verifiquei meu telefone mais uma vez. A entrada da caverna ficava logo adiante, depois de um prédio inacabado. Fitas de cor viva balançavam na brisa gelada, circulando as grandes cercas que continham a área e mantinham as pessoas afastadas.

Levantando a fita, passei por baixo e me aproximei da cerca. Um arrepio percorreu minha espinha, e parei. Olhei para trás, e os anéis em meus dedos vibraram em antecipação. Ninguém estava por perto, e o único batimento cardíaco que eu ouvia parecia vir de um pequeno animal correndo pelos arbustos. Dei de ombros, acalmando meus nervos antes de me virar e erguer a mão. O poder azul jorrou da minha palma, derretendo a borda da cerca. Recolhi a luz e avancei em direção à entrada da caverna.

Luzes surgiram quando dois veículos se aproximaram. Eu me agachei, meus pés escorregaram nas pedrinhas. Os pneus rangeram quando pararam nas proximidades. Merda, A Mão tinha me seguido? Abaixei-me atrás do prédio e olhei ao redor. Não vi nem senti nenhum dos meus irmãos ou Samkiel.

Inclinei-me a um canto e vi vários caminhões grandes. Pessoas saíam pelos fundos, mas a maneira como se moviam era totalmente errada. Em seguida, o cheiro chegou até mim. Ah, deuses, o cheiro. Eu conhecia aquele cheiro. Quem o sente nunca esquece. Eu não sabia como era possível, mas aquelas pessoas não estavam mais vivas. Estavam se movendo, mas estavam mortas.

Fiquei abaixado, cobrindo o nariz com a mão para abafar o cheiro, e observei. Cada pessoa carregava o que, a princípio, pensei serem peças aleatórias de metal e lixo, mas, quando olhei com mais atenção, percebi que eram objetos feitos de ferro. Subindo devagar, dei a volta no prédio, mantendo-me fora de vista. Se estavam transportando ferro, era lógico que faziam parte da legião de Kaden e poderiam me levar até Nev.

Observei-as caminhar sem medo até a boca escura da caverna. Depois que a última desapareceu, esperei dois minutos e avancei. Fiquei abaixado o máximo possível, concentrando-me em conter meu poder interior. Era um truque que Samkiel tinha nos ensinado para que pudéssemos nos aproximar furtivamente de adversários desavisados. Com uma respiração profunda e uma oração aos deuses antigos, entrei no buraco.

Mantive-me perto da parede, sem ousar usar a chama azul para iluminar meu caminho. Eu conseguia enxergar mesmo com a escuridão, não tão bem quanto se tivesse um pouco de luz, mas o som dos passos era fácil de seguir conforme desciam mais fundo no breu sufocante. O cheiro era insuportável nos confins da caverna. Havia quanto tempo que aquelas pessoas estavam mortas?

Água pingava das pontas das estalactites, e, quanto mais fundo eu ia, mais quente ficava, até parecer que eu estava caminhando no meio de uma tempestade tropical. Andamos pelo que pareceram dias antes de a caverna enfim se dividir em dois túneis. Eles caíam abruptamente, deixando o que parecia ser um penhasco entre os dois. Continuei perto da parede, observando as pessoas se separarem, algumas indo para a esquerda, e outras para a direita. Aproximei-me, testando com cuidado cada passo, e espiei por cima da borda. Ambos os caminhos levavam ao mesmo lugar.

A caverna abaixo não era natural, era obviamente esculpida em pedra sólida e cheia de fileiras e mais fileiras de panelas de ferro, utensílios de cozinha antigos e barras de metal grossas. Nenhum vestígio de luz alcançava aquela profundidade, mas os mortos formavam um semicírculo e olhavam para a enorme pilha como se esperassem por algo ou alguém. Pequenas pedras caíram de minhas botas quando parei na beirada, mas as pessoas que estavam abaixo não se moveram nem emitiram qualquer som. Não deram nenhum sinal de que conseguiam me ouvir ou de que estavam cientes de qualquer coisa ao seu redor.

Ficaram absolutamente imóveis, com as cabeças inclinadas em um ângulo estranho, como se estivessem escutando.

Aquela poderia ser exatamente a pista de que precisávamos e um passo mais perto de encontrar Nev. Eu tinha que retornar à superfície, onde havia sinal. Tinha que contar a Samkiel e aos outros. Afastando-me da borda, me virei e congelei. Olhos vermelhos idênticos me encaravam da escuridão oca. Tentei invocar uma lâmina, mas ela foi rápida demais. Uma mão envolveu minha garganta, e ela me empurrou contra a parede com força suficiente para quebrá-la. Minhas costas se arranharam na pedra conforme ela me arrastava para cima sem fazer esforço. Agarrei seu pulso estreito e apertei.

– Olá, lindo – ronronou Dianna. – Estou tão contente que esteja aqui. Estou morrendo de fome. – Suas presas desceram, e ela se lançou para a frente, mergulhando-as em meu pescoço.

XXXIX
LOGAN

Dianna inclinou a cabeça para trás, e meu sangue cobria suas presas. Ela lambeu os lábios, apertando meu pescoço com mais força.

– Onde estão os outros?

– Estou sozinho – arquejei.

A boca dela se curvou para baixo enquanto ela me encarava.

– Você está sozinho? Isso é burrice.

Ela se afastou de mim, limpando a boca com as costas da mão. Caí contra a parede, agarrando meu pescoço, que se curvava. Samkiel tinha me contado sobre os sonhos de sangue e a habilidade de Dianna de vasc002ar memórias depois de consumir o sangue de alguém. Ela seria capaz de ver o quanto Samkiel sentia falta dela?

Ela me deu as costas e foi até a beirada, olhando para a caverna escura.

– O que você é? Um batedor?

– Não, estou procurando Neverra – respondi, esfregando a garganta ao chegar ao lado dela.

– Ainda? – bufou ela. – Você não vai desistir, não é?

– Você está aqui pela mesma razão que eu. Por causa de alguém que você ama.

A cabeça dela virou em minha direção, e recuei. Ela emanava poder, fazendo minha pele se arrepiar. Eu já havia enfrentado monstros de todos os tipos e tamanhos, mas ela fazia com que eu quisesse me esconder.

– E Samkiel deixaria seu aliado mais forte e confiável procurar sozinho?

Engoli em seco, e a dor na minha garganta já tinha quase desaparecido.

– Ele não sabe.

Dianna inclinou a cabeça e cruzou os braços enquanto me observava. Ela estalou a língua e meneou.

– Olhe para você. Crescido e desobedecendo a ordens. Eu ficaria impressionada se você não estivesse no meu caminho. – Seus olhos escureceram, e ela sorriu, revelando as pontas afiadas e letais dos caninos.

– No caminho de quê? – Minha pergunta pareceu pegá-la desprevenida, e ela fez uma pausa em sua tentativa de me intimidar.

Em vez de responder, ela olhou para os mortos abaixo, que estavam paralisados. Antes que eu pudesse pressioná-la em busca de respostas, a sala explodiu. Todos os mortais defuntos levantaram a cabeça ao mesmo tempo, e um grito grave e oco vibrou em suas gargantas. Tapei os ouvidos, e o rosto de Dianna ficou sombrio. A mão dela disparou, atingindo-me no peito e me empurrando para longe da beira do penhasco.

– Hora de ir para casa, Logan.

Ignorei-a, e ela me empurrou mais fundo nas sombras até que mal pudéssemos ver o que estava acontecendo abaixo. Por fim, os gritos pararam, e a caverna ficou tão silenciosa, que era possível ouvir um alfinete cair.

— O que foi aquele som horrível? — sussurrei, mas minha voz soou excessivamente alta.

— Um farol — murmurou ela. O chão sob os mortais tremeu. Partículas de poeira, ferro e brasas giravam, formando um círculo perfeito. Ele se chocou contra a parede de pedra, a borda externa explodiu em chamas, enquanto o meio se fundia em escuridão.

— Um farol para o quê?

— Não o quê. Quem.

Como se fosse uma deixa, um homem entrou. Sua energia parecia antiga e inconfundivelmente Ig'Morruthen. Seu cabelo escuro era cortado rente à cabeça, e sua pele retinta brilhava à luz do fogo. Ele usava uma jaqueta preta abotoada com tachas prateadas na gola. Uma longa capa de tecido leve caía em cascata sobre seu ombro direito, aparentemente discrepante contra o material resistente e grosso que compunha o resto de sua roupa. Eu sabia o que aquela vestimenta representava: realeza. Aquele era um rei de Yejedin, e eu o reconheci pela descrição de Samkiel.

Ele era conhecido como Tobias em Onuna, mas em Rashearim nós o conhecíamos como Haldnunen.

Agora eu sabia o que era aquele portal giratório e para onde levava. E sabia, sem olhar para Dianna, que ela também sabia. Aquele tinha sido seu plano o tempo todo. Esperaria até que um portal se abrisse e encontraria uma maneira de entrar. Ela não sabia nada sobre os reinos ou como os portais funcionavam. Se entrasse lá, ficaria presa, ou pior.

O portal se alargou, e monstros terríveis com garras abriram caminho. Eles tomaram o local, anunciando sua presença com gritos agudos antes de se lançarem no ar. Suas grossas asas de couro batiam, levando-os mais alto. Fileiras e mais fileiras de dentes estalaram acima das cabeças dos mortais.

Dianna agarrou meu braço e me empurrou contra a parede oposta. Ela levou o dedo aos lábios, e senti o mundo mudar ligeiramente. Um filme opaco e nebuloso deslizou sobre o mundo como se estivéssemos logo além dele, olhando-o através de uma janela embaçada. Ela manteve a mão na minha, e vi o que pareciam ondas de escuridão cercando-a primeiro e depois a mim. Ela encarou a caverna e pressionou as costas contra a parede ao meu lado. Uma das enormes criaturas pousou exatamente onde estávamos. Ela andava sobre quatro patas com garras, abaixando o nariz até o chão e farejando.

Suas narinas se alargaram quando se concentrou no local onde Dianna estivera. Não estava farejando apenas por curiosidade. Ainda estavam procurando por ela. Ela dobrou suas enormes asas contra o corpo, sua cauda longa e poderosa balançava atrás. A criatura ergueu a cabeça e veio em nossa direção. Flexionei a mão, preparado para invocar uma arma de ablazone e cortá-la ao meio. A mão de Dianna agarrou a minha, e olhei para ela. Ela balançou a cabeça. Senti o ar se mover, e de repente a fera estava na nossa frente.

Seu focinho alongado e o nariz arrebitado estavam pressionados contra o chão, farejando a centímetros de nossos pés, e eu conseguia sentir o cheiro quente e denso da criatura. Suas mandíbulas se abriram, e uma língua longa, grossa e vermelho-escura bateu no chão. O branco de seus olhos reluziu quando ela provou algo de que gostava. Ergueu a cabeça e exalou em nossos rostos.

Desde o momento da minha criação, fui treinado para não temer. Eu tinha visto monstros capazes de engolir cidades, mas a mão de Dianna apertando a minha e o seu passo à frente foram as únicas coisas que me mantiveram firme. A criatura ficou em pé, elevando-se sobre nós e dando alguns passos mais para perto, arrastando a cauda atrás de si. Ela parou e se curvou para a frente, com a cabeça inclinada para o lado enquanto farejava o ar acima de nós. As orelhas ocas e curvas estremeciam como se estivessem ouvindo nossos batimentos cardíacos. Fiz uma careta, seu hálito fedia a carne e sangue, o odor azedo fazia meu estômago se revirar. Senti as garras de Dianna se alongarem e pressionarem meus dedos. Ela estava pronta para matar a criatura, mas fazê-lo apenas alertaria as outras. Apertei uma vez, e ela deu um passo para trás. Não olhou para mim, mas também não avançou.

Um assobio cortou o ar, e a fera virou-se na direção do som, abrindo as asas de couro e, com um poderoso impulso e uma rajada de ar, alçou voo sobre o abismo. Dianna soltou minha mão, mas permanecemos naquele abrigo feito de fumaça e sombra. Fiquei perto dela enquanto avançávamos até a borda. Os mortais defuntos e todo o ferro haviam desaparecido, e Tobias não estava à vista. As últimas feras atravessaram o portal, que começou a se fechar.

Pisquei quando o mundo clareou de repente, a névoa por cima da minha visão havia desaparecido. Virei-me para perguntar a Dianna o que estava acontecendo, mas ela não estava mais do meu lado. Freneticamente, procurei por ela e a vi correndo em direção ao portal que se fechava devagar. Pulei da borda, caindo à sua frente com tanta força que meus joelhos sentiram o impacto. Agarrei seus ombros e a sacudi, provavelmente com mais força do que deveria.

– Você está louca? – sussurrei, sem saber se eles ainda estavam perto o bastante para nos ouvir. – Não pode entrar lá. Você não sabe aonde leva ou o que acontece quando fecha. – E Samkiel ia me matar se você desaparecesse para sempre. Não falei esta última parte em voz alta.

Dianna olhou para mim e gemeu de frustração antes de revirar os olhos. Ela agarrou meus pulsos e sibilou:

– Vá para casa, Logan. Ela provavelmente está morta de qualquer forma.

– Não, e não diga isso. – Contra a minha vontade, meu olhar disparou para minha mão e para a marca de união. Neverra ainda estava viva.

Ela torceu meus pulsos com tanta força que senti os tendões sendo forçados. Sibilei quando Dianna empurrou meus braços para longe dela.

– Qual é o problema de vocês, homens Rashearim? – ela questionou, contornando-me e indo em direção ao portal que ainda se fechava devagar. – Não conseguem deixar nada passar, não é?

– Você nunca se apaixonou, não é?

Dianna fez uma careta quando entrei na sua frente de novo, seus lábios formavam uma linha estreita. Ela colocou as mãos nos quadris, mais do que frustrada, mas eu sabia que ela não ia me ferir. Alguma parte de mim sabia disso.

– Escute, este portal é uma passagem só de ida. Você entra e não sai.

– Óbvio – disse ela, e seu tom foi tão prosaico que me pegou de surpresa.

– Você sabia.

– Claro que sabia. – Ela revirou os olhos e acenou com as mãos para mim como se estivesse me enxotando. – Agora vá para casa.

Tudo ficou claro naquele momento, e uma compreensão súbita e horrível se apossou de mim.

– É por isso que não trouxe os outros com você, a bruxa e o Destino. Você não estava planejando retornar, estava? Por isso que fica afastando Samkiel. Por que não o deixa ajudar? Esta é uma missão suicida para você.

– Se eu estiver certa, este portal me levará até Kaden. Nunca foi meu plano retornar. – Seus olhos encontraram os meus enquanto ela tentava me contornar, e reagi, bloqueando seu caminho. – Vá para casa – rosnou ela, entre os dentes cerrados.

– O que Gabby diria sobre sua missão suicida? Ou Samkiel, aliás? Dianna, você não pode deixá-lo. – O medo tomou conta de mim. Eu sabia o que ela significava para ele e o que a sua morte faria com ele. Samkiel já estava vacilando, recuando para dentro de si mesmo.

"Vocês me perderam muito antes de Rashearim cair."
Meu coração bateu forte no peito.

– Ele não é meu para ficarmos juntos – explodiu ela. – E, se fosse mesmo o melhor amigo dele, você o faria me esquecer e se casar com ela.

– Imogen? – Bufei. – Você é uma maldita idiota egoísta.

Dianna me atacou. Eu bloqueei, parando seu punho com minha palma. Ela golpeou mais uma vez com a mão livre, e agarrei seu pulso. Meus músculos se esforçavam enquanto eu a segurava. Ela era perturbadoramente forte, mas eu estava furioso. Ficamos parados, um encarando o outro, presos em um impasse.

– Como é capaz de fazer isso com *ele*? Depois de tudo que está arriscando por você, fazendo por você! Ao menos percebe o quanto ele se importa com você? Sabe o que ele perdeu e quer aumentar essa dor?

– Você não sabe nada sobre mim! – Ela jogou a cabeça para a frente, acertando a minha com força suficiente para me fazer ver estrelas. Eu cambaleei, e meu aperto se afrouxou o bastante para que ela conseguisse girar e me jogar sobre o quadril. Caí no chão, e todo o ar deixou meus pulmões.

– Mentira. – Tossi. – Gabriella contou tudo para Neverra e para mim. O jeito como ela falou de você... Como ela a admirava, queria ser forte igual a você, porque você não temia nada. Você morreria por aqueles com quem se importa. Ela a admirava, a amava muito. Agora olhe para você. Apenas desistindo sem sequer tentar e desperdiçando o sacrifício de Gabriella como se não significasse nada. Você é patética agora. Ela ficaria envergonhada.

Dianna caiu em cima de mim, seu punho atingiu meu rosto uma vez, depois duas. Ela agarrou meu colarinho e me puxou para cima. Suas presas desceram, seus olhos sangravam vermelhos.

– Diga o nome dela de novo e não terá que se preocupar em encontrar sua esposa prestes a morrer. Eu mesma enviarei você para ela.

Ela me empurrou contra o chão antes de se levantar e caminhar em direção ao portal.

Comecei a me sentar, enxugando meu lábio e nariz já curados.

– Se não me levar com você, vou direto até Samkiel e contarei a ele. Direi onde você está e quais são seus planos. Então, ele vai destruir este lugar para chegar até você, e qualquer plano que você pensa que tem será arruinado.

Suas narinas se dilataram, e sua mandíbula se cerrou quando ela se virou para mim.

– Está me ameaçando? Você sabe que eu poderia simplesmente matar você? Aqui e agora?

– Faça isso. Não temos medo de você. A Mão não tem medo de você. Nenhum de nós. Você não nos machucaria de verdade, porque isso *o* magoaria. Negue o quanto quiser, mas eu vejo. Todo mundo vê. Sei que você se importa com ele, pelo menos a esse ponto.

Um sorriso doentio enfeitou seu rosto.

– Tem certeza sobre isso? Eu estripei Cameron.

– Você evitou todas as principais artérias e órgãos.

Ela estreitou os olhos.

– Os devoradores de sonhos?

– Pesadelos fazem parte da vida cotidiana. – Dei de ombros quando me levantei, espanando a poeira de mim.

– Eu esfaqueei Samkiel. Repetidamente.

– E o salvou de um navio que afundava. E não vamos esquecer o beijo que capturou você. Escute, podemos ficar nessa discussão, ou pode me deixar ir com você. Ou, como falei, conto a Samkiel exatamente onde você está. Tenho certeza de que ele não vai demorar muito para chegar aqui e duvido que a deixe escapar duas vezes. Decida, Dianna. Seu portal está fechando.

Ela respirou fundo, olhando por cima do ombro para o portal cada vez menor. Eu estaria mentindo se dissesse que não estava nervoso com a possibilidade de ela simplesmente me nocautear e me deixar ali, mas eu esperava, quase rezei, que minhas palavras a atingissem.

Finalmente, ela suspirou.

– Linguarudo.

Sorri. Foi uma pequena vitória, mas eu aceitaria.

– Está bem. Mas não entre no meu caminho e não espere que eu salve sua pele, sabe, *de novo*. Você vai até lá comigo e fica por sua conta.

– Beleza. – Assenti com um gesto.

– Beleza. – Ela não esperou para ver se eu a seguia quando entrou no portal. Eu sabia que era uma má ideia acompanhá-la sem nenhum plano de fuga, mas era o mais perto que tinha chegado de Nev e não ia desperdiçar a chance.

– Samkiel, me perdoe – sussurrei e entrei, e o portal se selou atrás de mim.

XL
DIANNA

As montanhas mais altas e escarpadas que eu já tinha visto erguiam-se em todas as direções, e uma fumaça espessa rolava entre os picos pontiagudos. Observei enquanto o último dos mortos saía da caverna e entrava em um castelo esculpido na montanha. As cavernas me lembraram das que havia abaixo de Novas. Feras sobrevoavam muito acima, esticando e batendo as asas, mas permanecendo perto da cidadela de rocha.

Lancei um olhar para trás e parei, virando-me para forçá-lo a entrar mais fundo na caverna.

— Logan. Sua pele — sibilei. Suas tatuagens revestiam a pele com um tom cobalto vibrante, e as linhas finas levavam a olhos ainda mais azuis, marcando-o como um celestial.

— Não consigo controlar em alguns reinos, e Yejedin deve ser um deles.

— Certo, fique aqui, e vou matar Kaden.

— Vai porra nenhuma. — Ele agarrou meu braço, e lutei contra a vontade de arrancar o dele.

— Logan, se me agarrar de novo — sibilei —, vou nocauteá-lo e largá-lo na merda desta caverna.

Ele soltou, mas não recuou, não desta vez.

— Você não vai sozinha. Já falei.

— Bem, você não pode vir. Está reluzindo igual a uma luz noturna azul bizarra. Cada monstro que vive aqui vai avistá-lo. Você só vai atrapalhar.

— Talvez. Mas só se entrarmos pela porta da frente.

— Certo, bem, que outra maneira existe?

Ele olhou além de mim e para baixo. Segui seu olhar e gemi para mim mesma.

— Ah, você só pode estar brincando comigo.

— Não.

Senti meu lábio se curvar, o cheiro do rio abaixo rastejava em nossa direção.

— Não vou entrar naquilo.

— Certo, então, pela porta da frente.

Ele começou a caminhar em direção ao castelo. Desta vez, eu que agarrei seu braço, parando-o.

— Você é um pé no saco. Eu devia ter matado você no segundo em que apareceu — sibilei e me aproximei da borda do barranco. — Teria me poupado muito tempo.

Mas eu não tinha feito isso e sabia o motivo.

Gosto de Logan e de Neverra. Eles são meus amigos.

As palavras de Gabby estavam sempre na minha mente, servindo como minha bússola moral.

— Deixe-me ir na frente. Samkiel ia...

— Regra número um desta parceria de curto prazo: não mencionamos o nome dele nem falamos dele. — Dei meu olhar mais intimidante.

Ele sorriu com ar de quem sabia de algo, totalmente indiferente ao meu olhar mortal.
— Por quê? O nome dele a incomoda? Você falou que não se importa com ele. Parece estranho que isso seja um problema se for verdade.

Estreitei os olhos e empurrei Logan no rio. Observei com satisfação quando ele atingiu a água e afundou, mas suspirei quando ainda pude ver o brilho azul sob a corrente. Ao emergir, ele olhou para mim e me mostrou o dedo. Pela primeira vez em meses, sorri.

Contornamos as muralhas abaixo do castelo, tentando ficar fora da água turva. Nossas roupas estavam grudadas no corpo, e meu cabelo, colado no rosto em mechas viscosas. Tínhamos tirado o máximo de água possível dos sapatos para não alertar ninguém com o barulho. Eu podia usar o calor que controlava para nos secar, mas cheirar àquele lugar era um ótimo disfarce para nos ajudar a permanecer indetectáveis até que eu estivesse pronta.

— Ouviu isso? — sussurrou Logan.
— Sim. — Parecia metal sendo triturado e milhares de máquinas trabalhando acima de nós.
— Ele está construindo algo. É por isso que ele precisa do ferro.
— Sim. — A única questão era o quê.

Logan parou de repente e ficou imóvel. Choque e algo primitivo e impossível de definir passaram por seu rosto. Seus olhos caíram para sua mão.

— Eu a sinto.
— O quê?
— Neverra. Consigo senti-la. Aqui. — Sua pele reluzia tanto no corredor escuro, apertei os olhos. Ele girou em um pequeno círculo, sua respiração saiu ofegante. Seus olhos focaram atrás de mim e ele saiu correndo, era nada além de uma luz azul brilhante na escuridão.

— Merda — falei e corri atrás dele.

Eu o agarrei pela manga e o girei. O melhor amigo de Samkiel, seu estável braço direito, havia sumido. O guerreiro territorial, possessivo e celestial ficou em seu lugar.

— Solte-me — exigiu ele, com seus olhos azuis brilhando, encarando-me. Empurrei-o contra a parede mais próxima e pressionei meu antebraço contra sua garganta. Ele lutou, tentando, sem conseguir, romper meu aperto. Ele estava quase selvagem e tentava se libertar, mas eu tinha me alimentado o suficiente nos últimos tempos para que até mesmo A Mão não fosse um problema.

— Pense antes de entrar em só os deuses sabem o quê.
— Ela está aqui — ele sibilou. — Tenho que chegar até ela.

Pressionei-o com mais força contra a parede, e a pedra atrás dele rachou.

— E você vai, mas, se correr lá sem pensar, vai alertar todo mundo e matar todos nós.
— E se...
— Logan. — Tentei raciocinar, puxando aquela lasca de esperança que eu costumava carregar. — Se ela está viva há tanto tempo, mais alguns minutos não vão importar. Pense. O que Samkiel lhe ensinou?

Eu odiava falar o nome dele, odiava ouvi-lo. Fazia com que o vazio doloroso em meu peito se agitasse, e eu não podia me dar ao luxo de me distrair com aquela dor naquele momento. Eu precisava ser letal, e sua lembrança me deixava fraca. Mas, se eu permitisse que Logan entrasse lá, ele poderia estragar tudo para mim.

– Você precisa controlar suas emoções, como ele nos ensinou. Pense primeiro, não aja por instinto ou impulso. – A dor surda e vazia começou a latejar. – Respire. Âmago, coração, cérebro. Certo.

Respirei fundo, certificando-me de que Logan estava me observando, enquanto eu inspirava pelo nariz e segurava antes de soltar o ar pela boca. Movi uma mão no padrão já familiar do topo da minha cabeça até o peito antes de empurrar de novo, da forma que Samkiel me ensinou. Durante todo o tempo, sustentei o olhar de Logan, desejando que ele ouvisse.

– Agora, faça você.

Ele inclinou a cabeça para trás e relaxou. Eu o soltei, e ele respirou fundo, executando o pequeno ritual de foco antes de se afastar da parede. A necessidade frenética deixou seus olhos, as luzes em sua pele se tornaram um brilho suave. Eu ainda podia ver a necessidade de seguir a atração, de correr cegamente em busca dela, mas agora ele a controlava.

– Melhor?

Ele assentiu e respirou fundo mais uma vez. Satisfeita por ele estar sob controle, virei-me e voltei pelo caminho por onde tínhamos ido. Ergui a mão, invocando uma chama para ajudar a nos guiar, enquanto Logan andava ao meu lado.

– Ele ensinou isso para você também?

Fiquei calada por um longo tempo, tentando evitar que aquela dor vazia me arrastasse para baixo. E o cadeado na porta de uma casa chacoalhou.

– Sim.

– Foi um mantra que o pai dele lhe ensinou.

– Eu sei.

Senti os olhos de Logan perfurarem a lateral do meu rosto.

– Quando ele ensinou?

– Não importa. – Balancei a cabeça, precisando mudar de assunto. Eu não queria falar sobre nada que pudesse me desviar da minha missão. – O que aconteceu lá atrás? Era como se você fosse uma pessoa totalmente diferente.

Ele olhou para mim e pareceu entender que eu não queria continuar falando sobre Samkiel.

– Eu consigo ouvi-la e senti-la quando estamos perto, mas o que você viu lá atrás, em seus termos mais básicos, é a minha necessidade de protegê-la. Eu faria qualquer coisa para conseguir isso. É uma reação instintiva. Meu corpo assume o comando, e não tenho controle.

Fiz uma careta e inclinei minha cabeça.

– Nenhum?

Logan deu de ombros, observando o estreitamento das paredes da caverna.

– Brigamos uma vez, como todo casal. Nem me lembro do que se tratava, mas estávamos na cozinha discutindo, e ela não percebeu que estava com a mão tão perto do fogo. Coloquei a minha embaixo da dela antes que ela tocasse o fogo. As chamas mortais não doem tanto, mas eu nunca deixaria nada acontecer com ela. Não se eu pudesse evitar. Eu faria qualquer coisa por ela. Essa proteção é uma das muitas vantagens da marca.

– Você quer dizer a marca de Dhihsin?

Ele assentiu.

– Consigo senti-la agora que estamos mais próximos. Ela está com frio, sozinha e com fome.

– Consegue ouvir os pensamentos dela?

– Sim. Nós compartilhamos tudo. Por isso é preciso haver um laço de alma para que a marca apareça. O equivalente mais próximo em sua língua seria uma alma gêmea, um parceiro ou um amor predestinado, a única pessoa que é igual a você em todos os sentidos.

Era assim que os antigos deuses descreviam. A marca aparece quando o vínculo é selado e só desaparece na morte. Era crime passível de morte matar o parceiro de alma de alguém, mas isso não impedia que acontecesse. Era uma maneira conveniente de matar os dois. O companheiro sobrevivente não morreria fisicamente a princípio, mas depois de algum tempo sucumbiria a um coração partido. Ele simplesmente... parava.

– Hum. – Um arrepio de desgosto passou por mim quando nos abaixamos sob uma placa de pedra. – Parece terrível.

– É um vínculo em todos os níveis e em todos os sentidos nos quais dois seres podem se conectar. Já ouviu falar da história de Gathrriel e Vvive?

Neguei com um gesto.

– É o primeiro registro da marca. Quando o caos irrompeu pela primeira vez, todos lutaram por seu lugar nos reinos. Gathrriel era um guerreiro poderoso ferido em batalha e à beira da morte quando Vvive o encontrou. Ela jurou por seu sangue, corpo e alma, orando aos Sem-Forma, os que existiam antes da criação, para salvá-lo. Foi então que a marca surgiu. Foi o primeiro laço de alma e os selou de todas as maneiras possíveis. Ela o salvou naquele dia, salvou o mundo, na verdade. Dhihsin era filho de Gathrriel e Vvive, daí o nome. Foi uma forma de homenagear seu amor e uma de suas maiores alegrias após os desafios que enfrentaram. Alguns dos deuses desconsideraram a marca e pensaram que ela desafiava a natureza.

Logan olhou para mim como se isso fosse uma lenda transmitida como uma história de ninar para tolos apaixonados.

– Esse foi o começo. Sua vida se torna a vida dele, e seu poder se torna o poder dele, e assim por diante. Às vezes sinto como se... – Logan fez uma pausa, olhando para a própria mão e a marca em seu dedo. – Espero estar mantendo Neverra viva. Alguns de nós compartilhamos a mesma força vital. Talvez eu a esteja curando. Não sei.

Olhei para ele enquanto ele flexionava a mão.

– Talvez esteja.

Eu não sabia por que queria dar-lhe aquele pouco de conforto, mas talvez fosse isso que ele precisava ouvir, porque olhou para mim e sorriu.

Ficamos em silêncio por um tempo, as palavras dele continuaram brincando na minha cabeça. Amar tanto alguém a ponto de criar uma marca que transcende o tempo. Gabby teria adorado. Como seria ter essa pessoa perfeita criada só para você? Eu sabia que Gabby amava essas coisas. Ela adorava assistir e ler sobre isso. Adorava o amor; ou talvez apenas a ideia dele.

Por outro lado, eu tinha visto o amor de perto e em pessoa. Kaden tinha me ensinado que era apenas um sonho inventado por crianças. Todos mentiam, trapaceavam ou vendiam seus ditos entes queridos pelo preço certo. Não era real no meu mundo, mas talvez fosse no de Gabby. Ela queria um laço de alma. Tinha me contado, e talvez tenha sido Rick. Ele era apenas um mortal, mas lutou até a morte para mantê-la a salvo quando eu não pude.

– Você não sabia disso tudo?

A voz de Logan me tirou dos meus pensamentos enquanto rastejávamos por cima de uma laje de pedra caída. Água pingava do teto, e a umidade continuava a aumentar.

Balancei a cabeça, mantendo o olhar adiante e pondo um pé na frente do outro.

– Como eu ia saber? Não existe isso para criaturas da noite. – Mantive meu rosto inexpressivo, sentindo as gotas de suor escorrendo pelas minhas costas. – Eu nunca terei um parceiro.

Mesmo que, por algum milagre, eu tivesse, provavelmente era Kaden. Outra forma de o universo rir da minha cara e zombar da minha alma miserável. Ele era tão cruel quanto eu.

– Todo mundo tem – declarou Logan –, e eles sempre se encontram.

Eu bufei:

– Tenho certeza que sim.

– Estou lhe falando a verdade, Dianna. Não importa a distância ou o tempo. É inevitável, mesmo que demore mil anos ou mais.

– Faça-me o favor. – Revirei os olhos com tanta força que temi que ficassem presos. – Não me diga que acha que Samkiel é meu parceiro.

Logan deu de ombros.

– Eu não. Todos nós sabemos que a *amata* dele morreu, mas vocês dois são alguma coisa.

– Não somos, confie em mim. Você está tão confuso quanto ele se pensa o contrário. Samkiel e eu nos odiamos no momento em que nos conhecemos. Só conseguimos nos dar bem porque fizemos um acordo de sangue enquanto eu mantinha você como refém. Então fomos forçados a trabalhar juntos para manter viva minha irmã, agora falecida. Lembra?

O sorriso malicioso de Logan cresceu um pouco.

– Uhum.

– Além disso – continuei –, fui logo o primeiro contato que ele teve depois de se trancafiar por mil anos, portanto é claro que ele está um pouco obcecado, mas isso não significa que seja real.

Logan parou, e, contra meu bom senso, parei também.

– Logan, juro que, se você sair correndo atrás dela de novo, vou deixá-lo inconsciente – grunhi, virando-me para ele.

Logan apenas me encarou, com os braços cruzados.

– O que foi? – questionei.

– Deuses, você parece tão forte fisicamente, mas enterra suas emoções tão fundo para não ter que sentir nada por ele nem por ninguém. Ajuda? A parte de mentir para si mesma? Ou torna tudo pior?

Uma bola de fogo voou da minha mão, atingindo-o no ombro. Ricocheteou em sua camisa e caiu no chão com um silvo. Ele riu.

Eu o encarei, não via sequer uma marca.

Seus olhos encontraram os meus enquanto ele passava a mão pelo ombro.

– Samkiel fez roupas à prova de fogo para nós após o incidente na mansão dos Vanderkai.

Um grunhido vibrou atrás de minhas presas.

– Tudo bem. Posso rasgar sua garganta com meus dentes.

Logan endireitou os ombros e colocou as mãos nos quadris.

– Ah, quer dizer que não ajuda.

– Ah, não pode estar falando sério, Logan. Que futuro vê para nós, hein? Mesmo antes do assassinato? Uma boa foda aqui e ali, talvez, mas em longo prazo? Eu não sou como você ou eles, ou mesmo ele.

– Ah, então você pensou em um futuro com ele?

– Chega. – Garras substituíram unhas enquanto eu rosnava. – Vou matar você.

Logan estendeu a mão, interrompendo meu avanço.

– Apenas me responda uma coisa. De qualquer forma, ninguém vai saber. Esta é uma missão suicida, *lembra*?

Estreitei os olhos para ele quando enfatizou a última palavra.

– Apenas me diga se você pensou nisso, mesmo que por um segundo.

Uma luz irradiou por baixo de uma porta tão distante em minha mente que estremeci. A porta balançou e sacudiu, gritos ecoaram na minha cabeça. Apertei as mãos com tanta força que minhas garras arrancaram sangue.

– Não pensei, está bem? – respondi. – Esqueça esse assunto.

Os lábios dele se contraíram.

– Certo.

– E pare de sorrir assim. É sinistro pra caralho.

Ele riu.

– Está bem.

Voltando ao túnel, não falamos nada por um longo momento. O único som era o de nossos pés se movendo pelo chão de pedra. As chamas dançavam em minhas mãos de novo, iluminando o caminho. O silêncio não durou muito, foi rompido pelo zunir das máquinas e pelo ranger das correntes.

Levantei a mão, parando Logan. Apaguei a chama em minha palma quando chegamos à boca do túnel. Passos pesados vinham de cima, e nos movemos ao mesmo tempo, pressionando-nos contra a parede.

– Pode fazer o que fez antes? Aquilo que os impede de nos ver?

Neguei com um gesto de minha cabeça.

– Talvez para mim, mas foi preciso muito poder com você. Ainda estou aprendendo e preciso de todo o extra que puder reunir para matar Kaden.

Logan assentiu e espiou pela curva. Ele me acompanhou, nós dois grudados na parede. Prosseguimos pelo caminho sinuoso abaixo do prédio, até que ruídos e passadas se aproximaram. Havia uma porta quadrada de madeira esculpida no teto acima de nós, e notei várias outras no caminho. Não havia degraus nem escadas, o que me dizia exatamente onde estávamos. Esgoto. Engoli meu nojo e tentei não pensar nisso.

– Essa é a nossa maneira de entrar. – Apontei para cima, e Logan fez uma careta.

– É o que estou pensando que é?

Balancei a cabeça.

– Escute, você e eu já estripamos criaturas. Isso não é nada.

Logan não parecia convencido.

– Certo, eu vou primeiro. Apenas me dê um impulso.

– De jeito nenhum. – Logan pulou, levando consigo a tampa do buraco.

– Homens Rashearim! – xinguei, cerrando os punhos. – Sempre os malditos heróis.

A cabeça de Logan apareceu no buraco que ele havia feito.

– Área limpa.

Ele abaixou a mão para me ajudar, mas eu a afastei com um tapa e saltei. Ele saiu do meu caminho. Aterrissei agachada e me levantei. Logan se levantou de um salto, tirando Deus sabe o quê das calças, e olhou em volta.

Estávamos no meio de uma sala de pedra mal-iluminada. Mesmo com o calor daquele reino, a sala parecia fria e desolada, mas não tive muito tempo para pensar nisso. Algo me agarrou dolorosamente pelo rabo de cavalo, arrancando-me do chão.

– Invasores! – uma voz rugiu atrás de mim.

– Dianna! – gritou Logan.

Meu corpo bateu na parede de pedra, e a dor me deixou sem fôlego. Ouvi Logan gemer quando ele se chocou contra a parede ao meu lado.

Arquejei, tentando recuperar o fôlego. Uma criatura gigante vinha em minha direção. Seus braços, peito e pernas pareciam talhados em pedra, e tinha um rosto feito do mesmo material. Cavidades ocas ocupavam o lugar da boca e dos olhos. Ela rugiu para mim, e fiquei de pé num pulo, invocando a adaga dos renegados. Ela lançou o punho contra mim, mas me abaixei e levantei minha espada. O braço da criatura caiu no chão com um baque surdo. Ela rugiu sua fúria e atacou. Dei um passo para o lado e estendi minha lâmina quando ela passou. O chão tremeu quando a criatura caiu de joelhos. Houve um momento de silêncio, e, em seguida, sua cabeça rolou para o lado e desabou no chão.

O buraco na parede tremeu quando Logan pulou para dentro da sala, com suas tatuagens brilhando em um azul vibrante.

– Dianna, você tem que... – Ele parou, com a espada meio erguida, e observou a criatura decapitada se transformar em um monte de terra e pedras. – Ah, você conseguiu.

Eu fiz uma careta para Logan.

– O que está fazendo?

– Eu ia ajudar, mas você não precisou da minha ajuda.

Dei de ombros.

– Golem, certo? É só cortar a cabeça.

As sobrancelhas dele quase se uniram quando ele colocou a mão no quadril.

– Como sabia? Eles são antigos. De muito antes do seu tempo.

– Li sobre eles em um livro.

Não lhe contei que livro era nem que foi quando Samkiel e eu invadimos a biblioteca do Conselho pela primeira vez. De modo algum eu ia desperdiçar aquela oportunidade. Pesquisei todos os monstros que pude encontrar quando não estávamos lançando olhares furtivos um para o outro.

Logan e eu fomos até a porta. Chamei a espada de volta ao meu anel e espiei pelo canto. O corredor estava vazio, e fazia um calor sufocante. Fiz sinal para Logan me seguir, mas ficar abaixado.

Podíamos ouvir as máquinas, mas nenhum passo correndo em nossa direção. Achei que alguém teria ouvido a briga, mas parecia que estava errada. O corredor fazia uma curva para a esquerda. Dobramos a esquina e paramos, endireitando-nos e ficando de pé.

O corredor levava a uma varanda. Além da grade de aço, faíscas laranja e vermelhas disparavam para o alto. Não estávamos em uma mansão, em um castelo ou em uma casa, nem de longe. Não, estávamos em uma fábrica.

No alto, enormes engrenagens de metal giravam, pressionando-se umas nas outras, e canos de todos os tamanhos cobriam as paredes. Logan e eu nos inclinamos por cima da grade da varanda. Abaixo, vários caldeirões ovais grandes e desgastados borbulhavam com algo que parecia lava, mas brilhava em cor de laranja e dourado. Pequenas criaturas aladas batiam e mordiscavam umas às outras, comunicando-se em uma língua que não reconheci, enquanto manipulavam os caldeirões.

Pareciam pequenas demais para a tarefa, mas inclinavam e moviam os caldeirões como se não pesassem nada. As minúsculas criaturas despejaram o líquido derretido, que correu por uma passagem estreita para preencher moldes gigantes. Os pequenos animais puxaram uma alavanca, e uma pesada placa de metal caiu. Quando ela foi levantada, uma criatura macabra ergueu uma lâmina preta, que reluzia com um tom azulado doentio e uma ponta serrilhada.

Armas. Era por isso que Kaden precisava do ferro.

"É apenas um ingrediente." A voz de Santiago soou na minha cabeça.

– Ele está fabricando armas – sussurrou Logan, tirando-me dos meus pensamentos. – O suficiente para um exército.

Minha respiração ficou presa enquanto eu observava as esteiras de transporte carregando espada após espada para um lugar fora de vista.

– Mais que um exército. – Virei-me para Logan. – É aqui que a nossa pequena colaboração acaba.

– O quê? Não.

– Vá encontrar Neverra.

Ele me encarou como se eu fosse a louca. Nem daria para adivinhar que mais cedo ele tinha tentado partir para a batalha sem pensar.

– Eu vou, mas podemos fazer isso juntos. Há criaturas demais aqui para nos separarmos. Levantei a mão, mantendo a voz o mais baixa, mas séria, possível.

– Logan, pare. Não sou sua amiga nem companheira de equipe e não faço parte de sua pequena família celestial, mas sua família precisa de você agora. Este problema é meu, e tenho que acabar com ele. – Enfiei a mão no bolso e tirei uma pequena pedra de obsidiana. Peguei sua mão e coloquei a pedra na palma. – Encontre-a e use isso.

Ele olhou para a pequena pedra em sua mão.

– O que é isso?

– É algo que Camilla fez. Ela disse que poderia criar uma brecha, mas apenas por um breve período. Acho que ela esperava que eu mudasse de ideia depois de matar Kaden, mas nunca planejei usar isso para mim. Eu ia mandar Neverra de volta. Se ele quisesse matá-la, já teria feito isso.

O rosto de Logan se contraiu como se ele não pudesse acreditar no que eu tinha dito.

– Por quê?

– Gabby gostava de vocês dois. Vocês foram gentis com ela e a protegeram quando eu não pude. Vocês deram a ela um lar. Eu devo a vocês. – Não menti dessa vez e esperava que minha voz não estivesse falhando tanto quanto parecia.

– Você ia mandá-la de volta para mim? – Logan acenou com a cabeça, fechando a mão ao redor da pedra. – Gabriella estava certa sobre você. Você é incrível. – Ele se inclinou para a frente, agarrou meu rosto e deu um beijo na minha bochecha.

Eu o empurrei.

– Eca. Não fique emocionado.

Ele bufou enquanto eu limpava minha bochecha.

– O que você vai fazer agora?

– Vou destruir tudo.

Logan não se moveu, mas pude ver que ele estava dividido, seus instintos protetores puxados em duas direções. Ele olhou além de mim, seus olhos ficaram distantes, e seu rosto se contorceu como se ele sentisse dor. Estendeu as mãos e agarrou meus ombros.

– Tenha cuidado, Dianna. – Ele passou correndo por mim, e seus passos desapareceram no corredor.

Eu me virei e observei enquanto mais mortos, controlados por Tobias, esvaziavam outro carregamento de ferro nos caldeirões. Dei alguns passos para trás e estendi os braços, inspirando fundo. Puxei aquele núcleo de poder nas minhas profundezas, a parte que eu vinha alimentando e abastecendo havia meses. A parte que guardei e afiei esperando aquele exato momento. E deixei que queimasse. A névoa escura girou ao redor dos meus pés e subiu pelo meu corpo, escamas substituíram minha pele. À medida que minha forma cresceu, meus braços se transformaram em asas. O trovão crepitou, fúria e ruína foram desencadeadas.

A luz iluminou nosso pequeno quarto em Eoria. A tempestade caiu logo depois que nossos pais nos colocaram na cama. Estiquei o pescoço para ver pela janela, observando a luz dançar no céu. Eu adorava, e Ain odiava. Ela se escondeu debaixo das cobertas, pulando quando outro grande estalo ecoou pelo céu. Saí da cama e corri para o lado dela.

– É tão alto. – Ela se enrolou ainda mais.

– Papá diz que é a estação.

Ela gritou quando outro estrondo alto estalou.

– Você não fica com medo, Mer-Ka?

O trovão consumia o céu lá fora.

— Sim, mas sabe o que eu faço?

— O quê? — sussurrou ela, com sua vozinha.

— Imagino uma sala com um monte de portas onde posso trancar os monstros assustadores. Então, não tenho mais medo. Imagino uma versão mais forte de mim trancando a porta e assumindo o controle. Finjo que sou ela e, assim, consigo fazer qualquer coisa.

A chuva bateu no telhado, e ela tremeu ainda mais. Estendi a mão, afastando as mechas de cabelo de seu rosto, enquanto ela olhava para mim. Ainda me lembrava de quando mamãe a teve, de como ela era muito menor naquela época. Lembrava-me de mamãe me pedindo para cuidar dela também, porque agora eu era uma irmã mais velha.

— Vai ficar tudo bem, Ain. Prometo. Nenhum trovão vai pegar você.

Ela engoliu em seco, agarrando as cobertas com mais força.

— Não é um trovão. Papá disse que são os deuses lutando.

— Ele não sabe tudo.

Ela espiou a tempestade crescente.

— E se vierem atrás de nós?

— Não se preocupe — falei, e o olhar dela se voltou para mim —, estou aqui. Não vou deixar nada acontecer com você e, se tentarem pegar você, vou chutar a bunda deles.

— Você não pode dizer essa palavra — ela sussurrou, mas ouvi a risada.

— Não vou contar se você não contar. — Puxei o cobertor dela. — Agora, saia daí.

Um raio brilhou na sala, iluminando a nós duas. Ela deslizou a mão pequena e estendeu o dedo mindinho.

— Só se você prometer de mindinho me manter segura — ela pediu.

Segurei o dedinho dela com o meu e deitei na cama ao seu lado.

— Promessa de mindinho.

O fogo irrompeu da minha garganta, abrindo um buraco no teto. Lancei meu corpo no ar, com minha cauda chicoteando atrás de mim, impulsionando-me para o alto. Minha forma era maior do que antes. Cada morte, cada gota de sangue criou a maldita fera que Kaden tanto desejava. E aquela da qual ele logo se arrependeria.

A grade da varanda caiu, esmagando todos abaixo dela. Criaturas feridas guincharam, seus gritos me seguiram. O vapor e a fumaça ondularam ao meu redor, minhas asas formaram redemoinhos no ar. Aquele era o lugar onde ele se escondia, o lugar onde a manteve presa. Joguei minha cabeça para trás e rugi antes de fechar minhas asas e despencar em direção ao chão. Eu não ia deixar nada além de ruína em meu rastro. Chamas feitas de ira e agonia explodiram da minha garganta.

Incinerei a fábrica e tudo que havia dentro dela. Criaturas cobertas de chamas corriam, mas não havia como escapar de mim. Algumas tentaram fugir, mas caíram do céu, gritando. Eu era fúria e desolação. Vingança e ódio. Início e fim. Eu era a morte encarnada. A fumaça subia em uma nuvem escura e odiosa. Minhas asas bateram contra ela, impulsionando-me mais alto. Voei de um lado para o outro. O som que saiu de mim ia além da minha mortalidade, além da minha tristeza e dor. Era um desafio vazio, atraente e maldito que abalava o mundo.

Um grito de guerra.

XLI
LOGAN

Disparei pelo corredor, esquivando-me das pedras que caíam. Dianna finalmente havia liberado sua ira. Cada célula do meu corpo tremia diante da força de seu poder dela, e minha pele reluzia em resposta. Cada rugido fazia meus anéis vibrarem, insistindo para que eu me protegesse. O instinto de fugir era quase avassalador. Perguntei-me se até os deuses antigos conseguiam ouvir seus gritos. Ela ardia, incandescente, em fúria vingativa, e toda a raiva, o ódio e a dor finalmente ganhavam voz. Samkiel tinha que sentir isso mesmo dali. Como ele não sentiria? Ela era poderosa, irada e focada em destruir. Eu temia que nada pudesse impedi-la. Precisava encontrar Neverra, e rápido.

Energia azul-cobalto iluminava o corredor escuro conforme eu virava uma curva e depois outra, e o vínculo entre nós ia ficando mais forte a cada passo. Eu o sentia como uma corda me puxando de volta para ela. Os golens que emergiam das paredes para me atacar não me atrasaram. Com rápida eficiência e mínimo esforço, suas cabeças voaram, e eles desabaram.

Outro grande terremoto me desequilibrou, e caí sentado. Mais uma vez, o ar estremeceu com o rugido catastrófico dela. Yejedin não duraria naquele ritmo. Nada duraria.

Ficando de pé, continuei por um corredor, depois pelo próximo, a corda ia me puxando com mais força. Meus pés mal tocavam os degraus que desciam até o interior do castelo. Eu a sentia como o ar em meus pulmões e entrei na câmara com o cheiro dela em cada uma das minhas respirações.

Correntes pendiam da parede, prendendo vários cadáveres em vários estados de decomposição deixados ali para apodrecer. Meu coração parou quando a vi, e o tempo não existia mais. Tinham acorrentado os braços dela acima da cabeça, os pulsos estavam machucados e ensanguentados sob as algemas. Os lábios rachados e sangrando de Neverra me informaram que ela precisava desesperadamente de água. Ela levantou a cabeça, e o esforço necessário fez com que a bile subisse à minha garganta. Eu não me lembrava de ter me movido, mas de repente eu estava diante dela, e minhas mãos seguravam suas bochechas encovadas.

— Nev. Amor?

Seus olhos vermelhos finalmente focaram em mim. Choque, descrença, dor e, em seguida, quando ela reconheceu que a atração do vínculo que sentia era real, risos e lágrimas. Ela desabou, e eu também. Ela tentou me alcançar, mas as correntes estavam apertadas demais. Invoquei minha arma com um giro do pulso e passei a lâmina de ablazone acima dela, com cuidado para não a machucar mais. Segurei-a quando caiu contra mim. Ela me agarrou, e eu a ergui, segurando-a delicadamente junto a mim, com muito cuidado para não a quebrar.

— Você me encontrou — arquejou ela, e a caverna tremia ao nosso redor.

Não pude evitar o soluço silencioso que me escapou.

– Eu sempre vou encontrar você.

Não sei quanto tempo ficamos ali, abraçados, e não me importava se o lugar desabasse em cima de nós. Tudo o que me importava era que ela estava de volta em meus braços.

Enfim, consegui colocar distância suficiente entre nós para examiná-la e, pelas roupas rasgadas, pude ver cortes e hematomas. Não parecia ter nenhuma lesão fatal, mas ela tinha lutado.

Ela sempre lutava.

– Deixe-me curar você. – Estendi a mão, a marca de Dhihsin brilhava. Ela assentiu uma vez e colocou a palma da mão contra a minha. Fechamos nossos olhos quando as marcas se conectaram, e desejei que a força do meu corpo passasse para o dela, que meu poder se tornasse o poder dela.

O formigamento familiar me atingiu, e um peso se dissipou quando nossas almas colidiram e se fundiram. Abri os olhos para observar seu corpo se fortalecer, os cortes sararem e a cor perfeita retornar à sua face.

Meu corpo oscilou, e soltei sua mão para me apoiar na parede.

– Logan. – Ela agarrou meu braço. – Você me deu demais.

– Nunca. – Respirei fundo. – Nunca é demais.

Ela se endireitou e ficou de pé sem esforço, ajudando a me firmar.

– Você está fraco agora.

– Vou ficar bem – afirmei, apertando o braço dela. – Eu ficarei bem agora.

Ela sorriu e deslizou a mão sobre meu peito, sem querer perder contato comigo. A sala tremeu de novo, e ela olhou para cima.

– O que está acontecendo?

Outro rugido cortou o céu, e pequenas pedras caíram do teto.

– É Dianna. Acho que ela está resolvendo os problemas dela.

XLII
DIANNA

O fogo lambia e açoitava o céu. Demoli todas as estruturas que se projetavam dos penhascos e do solo, sem deixar nada em meu rastro. Eu não sabia o que era aquele lugar, mas já estava ali havia muito tempo. Era muito mais vasto do que eu podia imaginar, um mundo próprio, com arquitetura abandonada e fortalezas incompletas. Eu não entendi o alcance dele até estar no ar.

Minhas asas grossas batiam contra o céu conforme eu me inclinava, as chamas saíam da minha garganta em direção às criaturas que fugiam tanto no solo quanto no ar. Elas berraram e se contorceram, o medo emanou delas quando me viram chegando. Deleitei-me com isso. As que não encontraram minhas mandíbulas poderosas e dentes serrilhados encontraram chamas e danação.

Kaden não teria armas nem ajuda, e não sobraria ninguém ali. Eu me certificaria disso. Ele tirou tudo de mim, e eu planejava fazer o mesmo com ele. Sobrevoei uma fortaleza destruída, deslizando por uma nuvem de fumaça ondulante. À medida que clareava, vi uma grande cidadela com torres retorcidas e brasas ardentes em seu interior. Ela se curvava e se dobrava, e o poder que irradiava dali me chamava.

Kaden.

Tinha que ser.

Minhas asas bateram com mais força, cortando o ar.

Uma forma enorme irrompeu da fábrica parcialmente desmoronada abaixo. Seu corpo serpentino e espesso se enrolou e disparou em minha direção, com a bocarra escancarada e as presas idênticas mirando minha garganta. Eu me esquivei, mas, com um estalo, aquelas mandíbulas poderosas me prenderam, me arrastando para baixo.

Um rugido foi arrancado de mim, o sangue manchava minhas escamas enquanto caíamos do céu. Atravessamos a infraestrutura quebrada da fábrica e batemos com força no chão. As mandíbulas me largaram, e saltei para o lado. Minha forma se dissipou, escamas se transformaram em pele, asas em braços. O sangue escorria pelo meu ombro, mas esse parecia ser o pior dos meus ferimentos.

– Sua vadia imbecil! – rugiu Tobias. Seu grande corpo recuou, e ele não era mais uma fera enorme, mas um homem. – Você tem alguma ideia do que fez?

Fiquei de pé e tropecei. Sibilei, tocando o rasgo ao longo do meu pescoço e ombro. Se eu não o tivesse visto, ele podia ter rasgado minha garganta.

Tobias sorriu, observando o sangue escorrer de minha mão.

– Não sei por que está sorrindo – disparei. – Você não pode me matar, lembra? Você tentou antes.

– Você é estúpida mesmo, não é? Nunca tive a intenção de matá-la naquele maldito templo. Eu só queria pegar o livro e você, mas quis bancar a heroína para seu novo namorado.

Dei um passo e vacilei, sentindo o sangue continuar a jorrar do meu ferimento. Por que eu estava tão fraca? Por que eu não estava me curando?

Tobias me olhou de alto a baixo.

– Dói, não é? Não se curar.

– O que você fez comigo?

– Nada. Foi você quem atacou Yejedin, pensando que era invencível. Só podemos ser mortalmente feridos em nossas formas verdadeiras. Somos mais fracos quando estamos mais fortes. Um pequeno dispositivo de segurança da natureza à prova de falhas. – Ele sorriu. – Isso vai tornar muito mais fácil mantê-la aqui para Kaden.

Mortalmente feridos somente em nossas formas verdadeiras. As palavras ecoaram na minha mente. Por isso Roccurrem disse a Samkiel que ele não tinha ressuscitado nada. Seria preciso mais do que isso para me matar.

Sorri, endireitando os ombros e ignorando a dor lancinante.

– Ótimo. Vou me certificar de que seu cadáver já esteja sendo levado pelo vento quando ele chegar aqui. – Invoquei a adaga dos renegados para minha mão e a apontei para ele. – E depois vou arrancar a cabeça dele.

O olhar presunçoso de satisfação voltou rugindo ao rosto dele.

– Você não vai durar.

– Só há uma maneira de descobrir.

– Nem mesmo o avô de Samkiel conseguiu me matar. Então, o que a faz pensar que você vai?

– Chame de arrogância.

Tobias sorriu e atacou.

XLIII
DIANNA

— Isso é realmente tudo o que você tem? — ele perguntou com uma risada.

Havia várias pilhas de velhas vigas de ferro encostadas nas paredes, peças projetando-se em ângulos estranhos. Eles tinham muitas ali. Deviam estar coletando havia anos, não apenas meses. Estendi o braço e me apoiei na grade parcialmente arrancada. Levantei, xingando o tempo todo, enquanto meu ombro gritava. Tinha parado de sangrar, mas os cortes idênticos e irregulares permaneciam. Meu corpo doía, mas eu não ia deixar Tobias me matar.

— Sabe, não vou mentir. Ver você destruir todo mundo em Onuna me fez hesitar. Fez Kaden hesitar também. Nós realmente não achamos que você fosse ter coragem de matar todas as pessoas envolvidas. Principalmente Drake. Quão ruim foi descobrir que nenhuma pessoa jamais amou você? — Ouvi outro pedaço de metal voando enquanto ele me procurava. Eu só precisava de um segundo para recuperar o fôlego. O corte na minha cintura queimava, cicatrizando devagar demais.

— Eu gostaria de ter visto sua cara quando percebeu quão pouco você significava para aqueles que pensava que se importavam com você. Gostaria de ter visto sua cara no instante em que Kaden quebrou o pescoço daquela vadia. Ela era um desperdício de espaço igual a você.

A raiva correu por mim, mas reprimi a emoção, não permitindo que me dominasse de novo. Primeiro, eu tinha que manter Tobias falando e em movimento. Em segundo lugar, precisava que ele estivesse irritado a ponto de mudar de forma para que eu pudesse estripar o maldito. Os restos queimados da minha ira cobriam a sala, metal quebrado, madeira e máquinas ofereciam toneladas de armas. Tobias poderia usá-los, mas eu também podia. Eu precisava pensar.

Estávamos em uma fábrica, e as fábricas precisavam de produtos químicos e fluidos inflamáveis para funcionar. Um sorriso surgiu em meus lábios, e saí do esconderijo. A força do poder de Tobias me atingiu como um golpe, e eu sabia que ele estava bem atrás de mim. Mergulhei por baixo de uma esteira e ouvi suas botas atingirem o topo dela um instante depois. Seus passos soavam como um tambor acima de mim, e deslizei rapidamente pelo chão, agarrando mangueiras conforme avançava.

— Isso é meio triste, Dianna. Eu esperava mais.

O punho dele atravessou a esteira na minha frente, e rolei para o lado exatamente como ele pretendia. Ele saltou e me arrastou pelos tornozelos. Tobias me ergueu e sorriu, enquanto me balançava de cabeça para baixo.

— Realmente ia se esconder de mim o tempo todo?

— Quem está se escondendo? Eu estava apenas enrolando.

Ele ergueu as sobrancelhas e inclinou a cabeça.

Estendi a mão e deixei cair as diversas tampas que obstruíam as mangueiras de produtos químicos por baixo das esteiras de transporte. Tobias arregalou os olhos e só teve um segundo para reagir antes que as chamas disparassem das minhas mãos em direção aos canos abertos.

Houve um assobio e depois um estrondo alto antes que uma bola de fogo florescesse na fábrica. A explosão atingiu a mim, a Tobias e a todas as criaturas no local, fazendo-nos voar em todas as direções.

Eu me esforcei para ficar de joelhos, meus ouvidos zumbiam. A explosão criou raízes, chamas rugiam no céu. O que restava do telhado desmoronou no chão. Máquinas retorcidas jaziam em pedaços ao nosso redor, com fumaça presa nelas. Toda a estrutura do edifício rangeu, as paredes cederam e desabaram. A destruição não se limitou a apenas uma sala, mas a todos os lugares por onde os canos passavam.

Tossi, lutando para inspirar ar suficiente.

– Você ficou mais forte, Dianna, mais vil – comentou Tobias atrás de mim. Virei-me, observando-o caminhar em meio à fumaça. Queimaduras cobriam seu corpo; eu conseguia ver seu esqueleto sob a carne esfarrapada, ver parte de seu crânio. Ele inclinou o pescoço para o lado como se estivesse relaxando um músculo, e suas feridas se fecharam, sem deixar nenhum vestígio de ferimento para trás.

– Eu estaria mentindo se dissesse que não fiquei impressionado. Você é tão engenhosa, mas não impediu nada. Podemos reconstruir, o fim chegará, e você nunca vai sair deste lugar.

Tobias segurava uma das espadas de ferro. Pedaços quebrados e irregulares revestiam na borda afiada, e a ponta em forma de adaga estava faltando.

– Não estava planejando isso – respondi.

Ele soltou uma risada.

– Ah, você veio aqui para morrer, foi? Está tão desesperada assim para se juntar a ela?

– Não vamos fingir que não morri no segundo em que ela morreu. – Cuspi sangue no chão e tentei me levantar, mas escorreguei.

– Não consegue se levantar, não é? – Ele riu. – Eu falei para você. Ferimentos em sua forma verdadeira podem ser debilitantes. Mas devo admitir, foi uma tentativa corajosa, mesmo que tenha sido estúpida.

Não falei nada enquanto tentava me levantar de novo, meu ombro gritava.

– Buscando vingança pela irmã que nem era do seu sangue.

– O que isso quer dizer? – desdenhei.

Tobias se moveu como um raio, seu joelho acertou meu crânio, atirando-me de costas. Ele se ajoelhou em cima do meu ombro ferido, e ouvi meus ossos estalarem, a dor percorreu meu corpo. Cerrei os dentes, engolindo meus gritos. Ele se inclinou para mais perto, segurando a adaga dos renegados.

– Você verá em breve. – Ele sorriu para mim. – Mal posso esperar para matar seu namorado e deixar este mundo quando os reinos se abrirem.

Ele enfiou a lâmina em meu estômago.

– Opa. Tudo bem. Não acertei nada vital.

Ele puxou a lâmina e enfiou o ferro frio na lateral do meu corpo. Parte três do meu plano: agir como uma flor delicada, mas, em vez disso, ser os espinhos. Se achasse que estava com a vantagem, ele ia falar, como todos faziam, portanto lhe dei sua preciosa oportunidade. Eu ia aguentar os golpes, os hematomas, podia sangrar até secar se isso significasse que eu ainda venceria, ainda acabaria com ele e Kaden.

– Ai. – Ele examinou meu corpo. – Acho que acertei um rim agora.

– Se está tentando me ferir, está fazendo um péssimo trabalho – falei por entre dentes cerrados.

Um sorriso feroz iluminou seu rosto. Ele girou a lâmina em um ângulo agudo, mas eu não ia gritar nem lhe daria a satisfação da minha dor.

– Posso drenar você o bastante para que, quando Kaden voltar – ele ergueu a lâmina e a enfiou em minha barriga em seguida –, você não consiga lutar de jeito nenhum. Então, vai poder ficar apodrecendo até o equinócio.

Aqui vamos nós.

– Ah, o equinócio? – grunhi. – Quando é isso mesmo?

Os olhos dele arderam um pouco mais forte enquanto ele rosnava. Ele girou a lâmina em meu abdômen, e desta vez não consegui conter o grito.

– Você é uma tola, tal qual os deuses antigos, por pensar que poderia ser mais esperta que nós. Você vai morrer igual a eles, igual a ela. Sozinha. Você não tem mais família nem amigos. Ninguém para ajudá-la.

Ele girou a lâmina com tanta força que vi estrelas e, desta vez, estendi a mão para agarrá-la.

– Eu não diria isso – declarou uma voz feminina.

Tobias se virou para aquela voz e gritou quando uma arma de ablazone atingiu o rosto dele.

Ele se atirou de cima de mim, xingando em uma língua que eu nunca tinha ouvido. Neverra, inteira e intacta, estava de pé ao meu lado, segurando sua espada bem alto. O sangue de Tobias escorria da ponta da lâmina, e desafio e retribuição ardiam nos olhos azul-cobalto dela.

Logan apareceu acima de mim, arrancando a lâmina de Tobias da minha barriga.

– Era para você ter ido embora – sibilei, enquanto ele me erguia.

Logan olhou para mim como se eu tivesse três cabeças.

– Acho que você precisa mesmo de novos amigos se acredita que havia a possibilidade de a deixarmos para trás.

Diga que era a falta de sangue ou exaustão, mas quase chorei com as palavras dele e com o apoio que me deram. Suporte que eu não sabia que precisava.

– Vocês são todos tolos! – sibilou Tobias, com sangue escorrendo do corte aberto que ia da mandíbula até a têmpora. – E agora verão por que os Primordiais tremeram e os deuses sangraram. Vou matar todos vocês e sugar a medula dos seus ossos. – O chão começou a tremer.

– Espero que vocês dois estejam dispostos a lutar – falei, segurando meu flanco que sangrava. – Porque as coisas estão prestes a piorar muito.

A forma de Tobias tremeu e se curvou, bem como o mundo ao redor dele. Milhares de cadáveres quebrados e reanimados se ergueram do aço e dos escombros derrubados, abrindo caminho para se libertarem. O fedor de morte encheu a fábrica destruída, escamas substituíram a pele de Tobias, e ele cresceu até ter quase cinco metros de altura. Ele sibilou, expondo presas mais longas que meu corpo. A grande besta serpentina enrolou-se e rugiu, seu exército de mortos respondeu, e todos os olhos se voltaram para mim.

– Você é arrogante, igual ao seu Destruidor de Mundos, Dianna. – A boca sem lábios se transformou em um sorriso largo e viperino. – E você também vai morrer como ele.

Levantei minha lâmina entre nós, e cada parcela de rebeldia que ardia em minha alma se refletiu em minha voz.

– Você começa.

A sala explodiu, e ele nos atacou.

XLIV
LOGAN

Minha lâmina bloqueou a enorme cauda de Tobias. Ele sibilou, e sua coroa ao redor da cabeça reluziu de raiva. Os mortos que ele reanimou, mesmo aqueles com membros quebrados ou faltando, gritaram quando atacaram.

Rolei para longe, e Neverra saltou para a frente, golpeando as mandíbulas da grande fera.

— Você se move igual a Samkiel — gritou Tobias para Dianna. — Ele ensinou algo para você enquanto não estava tentando fazê-la abrir as pernas?

— Eu juro, vocês têm um tesão por ele maior do que jamais tive! — gritou ela em resposta, cortando ao meio duas das criaturas mortas-vivas queimadas.

Ela era habilidosa, mas a perda de sangue a deixara lenta. Neverra deu uma olhada nela e em suas roupas encharcadas de sangue quando chegamos e correu sem hesitar. Então eu soube o motivo. Independentemente da arrogância de Dianna, eu também conseguia sentir. Seu poder, normalmente tão vibrante, intenso e violento, estava diminuindo. Já não era uma chama ardente, mas uma brasa fumegante, e Tobias queria apagá-la.

— Realmente acha que pode me matar? — perguntou Tobias, com seu olhar sinistro varrendo-nos. — Vocês não são deuses. — Sua cauda enorme chicoteou em nossa direção. Neverra saltou para fora do caminho, agarrando-se à parede mais próxima. — Vocês. Vocês não são nada.

As luzes cerúleas na minha pele reluziram em um tom mais profundo, e avancei em direção a Neverra. Os mortos caíam despedaçados sob minha espada, minha fúria se tornara fria e controlada. As chamas rugiam atrás de mim, o calor era escaldante. Tobias gritou de dor e depois rugiu, e Dianna atraiu a atenção dele de volta para ela. Caí bem embaixo de Neverra, pegando-a quando ela saltou.

— Estou bem — disse Neverra, dando um beijo em meus lábios antes de sair de meus braços e invocar sua lâmina.

Tobias atirou uma pedra grande em Dianna, que bateu contra a parede, os restos do prédio tremeram, e destroços choveram ao nosso redor. Puxei Neverra para uma alcova e enrolei meu corpo sobre o dela, protegendo-a do metal e da madeira que nos atingiam. A poeira era tão espessa que quase cegava, e cada respiração era um esforço. Aquele lugar não ia aguentar. Não com ele agindo como um aríete.

— Eu falei para você ir embora — sibilou Dianna, e virei a cabeça em sua direção. Ela estava do nosso lado, movendo-se tão depressa que eu nem a tinha visto. Ela se ajoelhou, olhando do abrigo improvisado que havíamos encontrado. O sangue escorria de sua cabeça, deixando seu cabelo preto ainda mais escuro. As pedras que ele tinha atirado não erraram de todo. Ela parecia estar mal, com o ombro retalhado e perfurações na lateral do corpo ainda abertas. Pela maneira como seu sangue fluía, eu podia dizer que ela não estava se curando, seu corpo consumia seus poderes para continuar funcionando.

Merda.

Tobias rugiu e bateu o rabo contra a parede. Os mortos-vivos invadiram o prédio, procurando por ela.

Agarrei a manga de sua camisa, virando-a para mim.

– Não podemos derrotá-lo. Você está ferida demais, Dianna. Precisamos de um deus. Precisamos de Samkiel.

– Não – retrucou, com seus olhos flamejando. Ela se afastou de mim. – Apenas deixe-me pensar.

– Pensar? – Sacudi minha cabeça. Eu já sabia o resultado. – Não temos tempo para pensar.

Dianna ergueu a mão ensanguentada, mandando que eu calasse a boca, mas continuou focada em Tobias.

Neverra se moveu contra mim.

– Dianna. Precisamos de um plano. Logan drenou muita energia me curando. Podemos ajudar, mas…

– Não! – berrou ela para Neverra, e seus olhos eram selvagens e febris. – Consigo fazer isso. Eu *preciso* fazer isso.

Eu sabia o que ela queria dizer e o quanto aquilo era importante para ela, pela irmã que havia perdido, mas estávamos enfrentando um rei de Yejedin sem nenhum deus à vista. Não importava o quanto fôssemos fortes, era preciso um deus para derrotar um rei. Precisávamos de Samkiel, não importava o que ela quisesse ou o quanto protestasse.

Ajoelhei-me, e pedras se cravaram nos meus joelhos.

– Dianna…

Neverra interrompeu, sem ceder nada para Dianna.

– Você não pode fazer tudo sozinha.

Dianna virou a cabeça em nossa direção, e algo primitivo e devastador faiscou em suas feições.

XLV
DIANNA

Eu podia fazer aquilo. Não precisava de Samkiel nem de mais ninguém. Mesmo enquanto os pensamentos familiares ecoavam em minha mente, parte de mim sussurrava em resposta que eu era uma mentirosa.

"*Você não pode fazer tudo sozinha, D.*" Estremeci, a voz de Gabby abafava todo o restante. Era o que ela sempre dizia, e Neverra apenas jogou isso na minha cara. Da mesma forma que Samkiel fez naquele maldito barco. Inspirei de novo estremecendo, meu corpo e pulmões ardiam. Não, eu não podia remoer isso naquele momento. Eu tinha que pensar, tinha que encontrar uma maneira. Aquele era meu caminho, e eu estava destinada a percorrê-lo sozinha.

Observei o corpo enorme de Tobias deslizar pelo chão de pedra. Eu tinha que pensar, precisava descobrir uma forma de feri-lo. Se ao menos... Então me dei conta. Lembrei-me de algo que Samkiel tinha me ensinado na casa de Drake quando estávamos treinando.

— *Lembre-se, tudo tem um ponto fraco.*

Revirei os olhos e me apoiei no bastão de luta. Irritada era um eufemismo, mas isso só parecia diverti-lo. Ele queria treinar todos os dias desde que pedira desculpas. Acho que, à sua maneira, estava tentando compensar a forma como ficou do lado de Drake e Ethan, mas eu ainda estava magoada e ferida, mesmo que não tivesse o direito de estar.

— *Dianna, você está prestando atenção?*

Inclinei minha cabeça.

— *Em você? Quase nunca.*

Qualquer divertimento que estivesse dançando em seus olhos sumiu e foi substituído por uma expressão séria.

Ajeitei minha postura e fiquei séria, apoiando o bastão na parede. Quanto mais rápido acabássemos, mais rápido eu poderia... o quê? Ir para o meu quarto ficar emburrada e evitá-lo? Que madura, Dianna, muito madura.

— *Certo, todo mundo tem uma fraqueza. Sabe, exceto vocês, deuses com imortalidade.*

— *Não significa que eu não tenha uma fraqueza.* — *Seu olhar segurou o meu.* — *Dê-me sua mão.*

Meus dedos se fecharam em um punho apertado. Relaxei a mão imediatamente, mas sabia que ele tinha notado. Eu não sabia por que seus comentários estúpidos tinham me magoado tanto, mas tinham. Ignorando o brilho de dor em seus olhos, estendi a mão. Ele a segurou e ergueu meus dedos até a cicatriz fina na curva de seu pescoço. Senti que ele engoliu em seco, como se meu toque o afetasse, mas sabia que isso não poderia ser verdade. Samkiel não me queria, e quem podia culpá-lo?

— *Tudo tem uma fraqueza, até os deuses. Recebi esta cicatriz de uma deusa odiosa há muito tempo. Se eu não fosse imortal, seria um ponto fraco.* — *Puxei minha mão de volta, e ele se afastou, forçando um sorriso.* — *Torna mais fácil cortar minha cabeça, suponho.*

Juntei minhas mãos, segurando o calor de seu toque.

– *Provavelmente você não deveria contar esse tipo de coisa a Ig'Morruthens malignos* – brinquei, em parte, encarando-o de volta.

– *Bem, quando vir um, me avise.* – Ele lançou meu bastão na minha direção com a ponta do dele, e agarrei por reflexo.

– *E as feras gigantes e assustadoras do seu passado? Até elas?*

– *Principalmente elas. Se forem delicadas, é uma ilusão para fazer você pensar que pode se aproximar delas. Você vai precisar atacar os olhos para matá-las. Se for um animal com escamas, geralmente há uma parte inferior macia onde se dobram ou se movem. O truque para matá-los é chegar perto o bastante antes que partam você em pedaços, mas, como eu disse, eles têm uma fraqueza do mesmo jeito.*

O mundo retornou correndo, e olhei de verdade para Tobias, estudando-o. Ele se levantou, com corpo poderoso enrolado e seus olhos reluzindo ao me ver. Ele atirou a cabeça para trás, as pontas da coroa vibravam enquanto ele ria. Seu corpo pesado caiu no chão, preparando-se para atacar. Mas eu tinha visto meu alvo. Sob as grossas placas de escamas, vi um brilho cor de laranja puro: *um ponto fraco*. O triunfo floresceu em mim.

Tobias avançou até mim, e saltei para fora do caminho. Logan e Neverra gritaram meu nome, mas os dispensei com um aceno. Tobias colidiu com a parede oposta, e mais pedras caíram do teto. Ele sacudiu a cabeça e sibilou, levando um momento para se recuperar. Aquele edifício era pequeno demais para que o tamanho dele fosse uma vantagem. Dois cadáveres alados reanimados desceram sobre mim, e os despachei rapidamente, enviando-os de volta aos braços da morte.

Os mortos-vivos atacaram Logan e Neverra. Se eu achava que Xavier e Cameron eram uma dupla mortífera, eles não eram nada perto de Logan e Neverra. Cada movimento dos dois era tão natural quanto uma dança perfeitamente coreografada, familiar e amada por ambos, que refletiam um ao outro, suas espadas golpeavam e retalhavam corpos. Então entendi, vendo com meus próprios olhos, por que A Mão era tão temida. Todos juntos, mais Samkiel, formariam uma força letal.

– O que você está fazendo? – gritou Logan para mim. Levantei, ignorando o tremor nas minhas pernas e meu corpo que exigia que eu o alimentasse.

– Tenho um plano – gritei de volta, e a enorme cabeça de Tobias virou em minha direção, oscilando hipnoticamente de um lado para o outro.

– Vou mantê-la aqui até que Kaden retorne e, então, fazer você assistir enquanto cortamos esses cães celestiais, membro por membro – sibilou Tobias conforme se enrolava, preparando-se para atacar.

Um novo plano surgiu na minha mente, e eu precisava irritá-lo por completo.

Dei de ombros, e meu ombro gritou.

– Você pode tentar, mas acho que vão durar mais que Alistair.

Seus olhos se estreitaram em fendas finas, e seus lábios se arreganharam. Ele soltou um silvo profundo e sibilante e me atacou de frente com a boca escancarada.

– Dianna! – gritou Neverra, quando pulei em Tobias e fui engolida inteira.

XLVI
LOGAN

O horror se apoderou de mim ao ver Dianna correr em direção a Tobias com a espada na mão. Ele rastejou tão depressa pelo chão de pedra que consegui sentir a vibração sob meus pés. Meu coração disparou quando Tobias abriu suas enormes mandíbulas e a engoliu. Neverra e eu vacilamos, assistindo à sua garganta escamada se contrair enquanto ele a engolia inteira.

Tobias voltou seu olhar reptiliano para nós, seus olhos ardiam em triunfo. Ele sibilou, com os lábios repuxados para trás, expondo presas afiadas e vis. Sua intenção era clara. Nós éramos os próximos. Seu longo corpo deslizou em nossa direção quase preguiçosamente.

Neverra olhou para mim, com amor brilhando em seus olhos, e acenei com a cabeça para ela. Neverra era minha única paz; se morrêssemos ali, pelo menos morreríamos juntos. Encontrei-a de novo, e isso era tudo o que eu sempre quis. Ela sorriu para mim e ergueu a arma. Minha *amata* conhecia meu coração, e nunca estive sozinho.

– Amo você – sussurrei.

– E eu, você – respondeu ela, com as palavras preenchidas por tudo o que não precisávamos falar.

Nós nos viramos como um só, e uma armadura prateada fluiu por cima dos nossos corpos com um único movimento de nossos anéis. Erguemos nossas armas, preparados para avançar. Tobias parou, de queixo caído, como se tivesse sido pego de surpresa. Ele ergueu o corpo enorme e se contorceu. Seu sibilar se tornou frenético enquanto olhava da barriga para os lados e para trás. Foi então que vimos a brasa ardendo em seu abdômen. Uma espada perfurou a pele dura, seguida por um berro tão alto que quase sacudiu todos os reinos. A lâmina espetada reluzia radiante e incandescente enquanto se movia do centro do corpo dele até a cabeça, partindo-o ao meio.

Neverra e eu ficamos boquiabertos, observando o corpo gigante desabar igual a uma árvore derrubada, e o chão estremecendo com o impacto.

Dianna estava bem no centro de todo aquele sangue com os braços estendidos, alimentando com poder as chamas que consumiam o cadáver. Quando nada restava além de cinzas e brasas, ela inclinou a cabeça para trás, com o peito arfando, como um guerreiro saboreando o resultado de uma longa batalha. Naquele instante entendi. Entendi por que Samkiel a amava tanto, mesmo que se recusasse a pronunciar as palavras. Ele arriscava sua coroa, seu trono e até mesmo o mundo por ela porque Dianna era uma rainha digna de qualquer rei.

Ela limpou as vísceras da testa e sorriu para o céu. Os restos mortais de Tobias flutuaram ao seu redor dela no vento antes de escaparem pelo teto aberto. Ela recolheu a espada de volta ao anel e nos encarou. Samkiel queria uma igual e, pelos deuses antigos, havia encontrado.

Neverra chamou minha atenção, compartilhando todos os pensamentos que eu tinha por nosso vínculo, e concordou com um gesto. Ela era nossa rainha agora. Se Samkiel a escolhesse, nós a seguiríamos com prazer atravessando todos os reinos e além.

Dianna franziu a testa, com o rosto e o corpo cobertos de sangue e vísceras, cinzas e fuligem grudadas nela.

– O que estão vestindo?

Olhei para a armadura de batalha prateada que me cobria da cabeça aos pés. Com um movimento do meu anel, meu capacete desapareceu. Pelo canto do olho, vi Neverra retirar o dela também.

– Íamos ajudar.

– Eu dei conta. – Dianna deu de ombros, e seus lábios se curvaram de nojo quando um pedaço de entranhas caiu do seu ombro. Ela o chutou para o lado e disse: – Além disso, lembrem-me de nunca mais fazer isso. Foi nojento.

Antes que pudéssemos rir, a caverna estremeceu. Um rugido perfurou a atmosfera e foi tão alto e estrondoso que nos forçou a tapar os ouvidos.

Dianna voltou a cabeça para trás, e seus olhos ficaram mais luminosos enquanto examinava o céu. Seu lábio se curvou em um rosnado silencioso. Mesmo coberta de fermentos, com o corpo à beira da exaustão, ela endireitou os ombros.

Kaden havia retornado.

O ar gemeu sob o peso de mil asas. Kaden havia levado aquelas feras sobre as quais Samkiel nos falara, as que vimos na caverna. Meu estômago afundou, levando minhas esperanças com ele. Não havia como todos nós sobrevivermos àquilo. Sim, eu tinha curado Neverra, mas ela estava cansada, e eu tinha esgotado meu poder a ponto de mal conseguir ficar de pé. Dianna, mesmo com a raiva que a sustentava, estava esgotada.

– Dianna – chamei. A cabeça dela ainda estava inclinada para trás, seu olhar acompanhava o rugido do enxame de asas. – Nós ficaremos se você desejar.

Dianna nem olhou para nós quando falou.

– A festa acabou, crianças, hora de vocês irem para casa.

– Não é uma opção. – Li a tristeza e o arrependimento nos olhos de Neverra, mas ela apenas endireitou os ombros. – Ou vamos com você, ou ficamos com você.

Neverra sabia que, caso ficássemos, definitivamente seria o nosso fim.

Ela pegou minha mão e apertou. Quando olhei para Dianna, seus olhos estavam fixos em nossas mãos unidas.

– É sério?

– Sério como a morte – respondi.

Neverra assentiu.

– No que você decidir, estamos com você. Vamos ficar e lutar e perder juntos ou podemos tentar encontrar uma maneira de ir embora antes que seja tarde demais. Mas, independentemente disso, faremos tudo juntos.

O rosto dela se contraiu.

– Vocês ficariam?

– Sim – confirmei sem hesitação. Neverra assentiu.

Dianna olhou para nós sem acreditar.

– Mesmo depois de tudo?

– Amigos não abandonam amigos – declarou Neverra, e um pequeno sorriso suavizou seu rosto. – E você definitivamente precisa de novos.

O peito de Dianna se agitou quando Kaden soltou outro grito de guerra. Eu sabia que ela estava avaliando suas opções. A única criatura que ela caçara durante meses estava finalmente ao seu alcance. A vingança pela qual ela ansiava ou nós. Ela não nos conhecia, não como Gabby, e não nos devia nada. Portanto, aguardaríamos sua decisão. O que não faríamos era deixá-la. Dianna havia sido abandonada e traída vezes demais em sua vida. Neverra apertou minha mão em concordância. Ou todos nós partíamos, ou todos morríamos.

– Não vamos abandonar você, Dianna – falou Neverra suavemente. – Nós não somos eles.

Dianna olhou para Neverra, com os punhos cerrados e a respiração difícil e áspera. Kaden uivou, e as feras responderam. Os olhos de Dianna examinaram mais uma vez o céu aberto antes de se fecharem com força. Uma respiração e depois outra, e Kaden se aproximava a cada uma. Minutos se transformaram em segundos, o céu foi escurecendo com a horda que ele levara consigo. O barulho era ensurdecedor, mas ouvi Dianna sussurrar:

– Sinto muito. – Em seguida, ela abriu os olhos e falou mais alto: – Estamos indo embora.

XLVII
SAMKIEL

ALGUMAS HORAS ANTES

Um bando de pássaros cantava, anunciando o dia. O sol nascia resplandecente, lançando sobre o mundo uma miragem de cores. Beijava os topos das montanhas e dourava as árvores, despertando animais e feras.

Rashearim pulsava com vida, risos e música enquanto todos se preparavam para o dia. A cidade comemorava outra vitória, tendo mais uma vez resistido à escuridão invasora.

Ouvi os funcionários do castelo começarem a despertar e me encostei no parapeito da varanda, as pontas dos meus cabelos faziam cócegas nas laterais dos meus braços, e minha armadura ensanguentada estava descartada aos meus pés. Olhei para o leão de três cabeças, e o símbolo de Unir e de seu poder, nosso poder, me encarava de volta.

As pesadas botas blindadas de Unir batiam no chão, e vários guardas o seguiam. Ele não precisava dos guardas. Não precisava de ninguém, mas eles ficaram e obedeceram como sempre.

— Estou surpreso. Normalmente, você estaria lá, comemorando com seus amigos. Está doente?

Balancei a cabeça e arrumei minha postura.

Ele se elevava ao meu lado, ainda mais alto que eu. O ouro e as pedras preciosas trançados em seu cabelo brilhavam ao sol. Vi que o cervo, o símbolo da minha mãe, que ela havia feito para ele, ainda estava lá entre vários outros. Aquele era especial e sempre seria, não importava se ficasse manchado.

— Lembro-me das joias que você usava como a palma da minha mão. Lembro que nunca deixou a dela manchar e lembro como você costumava mexer nela quando estava estressado. Assim como me lembro de que isto é apenas um sonho e que você é apenas uma lembrança.

A sombra do meu pai sorriu.

— Sábio, muito mais sábio do que você jamais foi.

— Por que estou sonhando com o dia seguinte à batalha de Hovuungard?

Os guardas atrás dele cintilaram e desapareceram. A escuridão nas paredes mais próximas de nós ficou mais densa, esperando pacientemente para atacar. Ele os ignorou e apontou para o horizonte.

— Mais de mil mundos, Samkiel, e vi todos eles. Você está no centro agora. Seu nome agora é uma canção de guerra. O Destruidor de Mundos, chamam-no, mas você é muito mais do que isso.

Eu me virei e me afastei dele.

— Sou um rei construído do medo, não do amor ou do respeito. Você se certificou disso.

— Eu o ajudei.

Eu zombei.

— A princípio acreditei nisso, mas mamãe morreu, e você ficou distante e frio. Você forçou demais, mas me curvei e matei. Agora meus sonhos contêm nada além de batalhas, morte e caos.

— E ela.

A escuridão ficou mais próxima.

– Por que me assombra agora, Rei dos Deuses?
– Enviamos sinais de alerta. Você não deu atenção.
Minhas sobrancelhas se franziram, e encarei por completo a sombra do meu pai. A escuridão ficou um centímetro mais próxima.
– Sobre ela? Dianna?
Ele balançou a cabeça.
– Não é o suficiente. Não para impedi-la.
Meu coração bateu forte no peito.
– Dianna?
– Ela está forte demais agora, poderosa demais. Ela devorará mundos e os incendiará, e você sozinho não basta.
Concentrei-me, tentando controlar o sonho, meu maxilar estava tenso pelo esforço. A memória se transformou em premonição, e a escuridão se aproximou.
Gavinhas sombrias em forma de mãos subiam mais alto, mais próximas de Unir, mais próximas de mim, alcançando e agarrando, mas nenhum de nós se moveu. Não podíamos.
– O que você tem? O que você é não é suficiente. Não sozinho.
– O que está...
O braço dele avançou, uma lâmina feita de ouro atravessou minha cintura. Dor, com bolhas e calor, percorreu todas as partes de mim. Olhei para meu pai. Seu rosto mudou, mas um único lampejo de familiaridade passou pelo meu subconsciente quando ele puxou a lâmina de volta.
– Você está sozinho. Você morrerá sozinho.
Agarrei minha barriga, o sangue prateado foi se acumulando e derramando entre meus dedos. Minhas costas se curvaram, e uma luz prateada radiante irrompeu do meu peito, dos meus olhos e da minha alma. Ela disparou e atingiu a atmosfera. O céu rachou e explodiu, e uma fera ancestral avançou em direção ao portal aberto. Eu a senti, ouvi seu canto de danação e as promessas de morte misturadas com os gritos daqueles que imploravam para serem salvos. Por baixo de tudo, uma risada sombria, feminina e puramente letal.
Meu corpo se curvou, toda a energia havia sido drenada de mim e minha pele ficou manchada com meu próprio sangue.
– Você não é meu pai – murmurei. A imagem brilhante do meu pai se ajoelhou diante de mim.
– Não sou.
A escuridão finalmente me alcançou, mas já era tarde demais. Eu já havia partido. Senti a atração de Asteraoth e sabia que a morte seria um alívio para mim, mas não para o mundo deixado para trás. Mãos me envolveram, puxando-me para baixo, para baixo, para baixo. O rosto brilhante do meu pai apenas observou e sorriu.
Dei uma última olhada no mundo ao meu redor enquanto os portões de luz rodopiante se abriam. Formas sombrias saíram usando armaduras grossas e pontudas. Armas e feras rosnavam aos seus calcanhares, enquanto outras disparavam para o céu. Eu queria ficar e ajudar. Tinha que fazer isso por minha família, amigos e pelo mundo, mas era tarde demais e o vazio me sufocou. Era uma sensação tão estranha estar coberto pela escuridão, mas aquecido ao mesmo tempo.
– Fique comigo.

Meu corpo estremeceu, despertando-me à força do meu pesadelo. Levantei a cabeça da mesa e tirei um pedaço de papel colado no meu rosto. Quando adormeci? Saí da festa na primeira oportunidade que tive, pedi licença e subi.

Fiquei encarando aquele mapa, pensando que poderia olhar para ele, talvez seguir uma trilha, mas não fazia ideia de por onde começar. Incapaz de me livrar do desconforto do sonho, recostei-me e deslizei as mãos sobre minha barriga. Levantei a camisa branca que usei na festa, mas minha carne ainda estava inteira, sem ferimentos novos, apenas cicatrizes de batalhas passadas. Fechei os olhos e respirei uma vez, estremecendo, depois outra. Eu estava encharcado de suor e tremendo. Era um pesadelo, porém era muito mais. Outra visão, só que parecia muito real.

Ela está forte demais agora, poderosa demais. Ela devorará mundos.

Ele se referia a Dianna, e eu não sabia como entrar em contato com ela naquele momento. Contudo, sabia que não podia ficar ali sem fazer nada, fingindo que o mundo não estava em jogo, enquanto os mortais pediam festas e garantias.

– *Samkiel, perdoe-me.*

Uma voz sussurrou no vento com uma mensagem que apenas eu ouvi. No instante seguinte, eu já estava de pé.

Logan.

Transportei-me e apareci no quarto dele no intervalo entre duas respirações. Meu corpo se formou com gavinhas de eletricidade faiscando sob minha pele. O quarto dele estava vazio, a cama feita, e as malas intocadas. Saí e reapareci no quarto de Vincent. Ele acordou de um sono profundo, com as luzes piscando. A embaixadora na cama ao lado dele agarrou o lençol e deslizou mais para debaixo das cobertas.

– O que foi?

– Logan. – Foi tudo que eu disse antes de sair do quarto e ir acordar os outros.

– Foi o cântico de morte? – perguntou Xavier, enquanto eu andava de um lado para o outro em frente à entrada abandonada da mina. Havíamos procurado de Nochari a Kashvenia até o dia seguinte, mas não encontramos nada. Nada além de minas vazias, como antes, mas eu sabia que ele estava revisitando esses lugares procurando por Neverra.

– Não.

Ele suspirou, tirando a sujeira das mangas. Achei que havia alguma coisa no último local. Senti uma onda de energia atingir meu estômago, como se algo rugisse dentro de mim por uma fração de segundo. Parecia a abertura de um portal ou um alerta, uma sensação de percepção me avisando que eu estava perto, mas desapareceu assim que ocorreu. Por isso, saímos em busca de Imogen e Cameron. Eles saíram da mina cobertos de sujeira, recolhendo suas armas de ablazone.

– Nada – declarou Imogen, parando e olhando para trás. – Não sinto nada remotamente celestial.

Um toque agudo cortou o silêncio, e todos os olhos se voltaram para mim.

– O quê?

Cameron acenou com a cabeça em direção ao meu bolso.

– Não vai atender?

Baixei o olhar, percebendo que o toque agudo vinha do telefone no meu bolso. Logan tinha me forçado a obtê-lo para que eu pudesse me comunicar com todos. E se ele também estivesse perdido? E se eu não conseguisse encontrá-lo ou salvá-lo, igual a ela, igual a meu pai? Meu peito ardia, mas puxei o telefone. O nome de Vincent apareceu na tela. Atendi e perguntei sem cumprimentar:

– Encontrou Logan?

A linha ficou em silêncio por um segundo, então Vincent falou:
— Não, mas acho que temos um problema maior.
— Qual?
— Apenas volte para a Cidade Prateada. Agora.

Cameron, Xavier, Imogen e eu ressurgimos no salão principal da Guilda em Boel. Vozes murmuravam por trás das grossas portas de madeira. Avancei, com meus pés mal tocando o chão. Meu poder se lançava diante de mim, abrindo as portas com tanta força que elas quebraram.

— Como pode não saber onde ela está? – questionou Vincent. Ele se virou para olhar para nós, e o choque me forçou a parar, o que fez os outros baterem nas minhas costas. Eles se recuperaram rápido e se espalharam ao meu lado. Pisquei, incapaz de acreditar no que estava vendo. O que Roccurrem estava fazendo ali?

— Deus-Rei, ao que parece, você voltou de sua aventura inútil – declarou Roccurrem.

Eu explodi. Culpe a falta de sono, o nervosismo intenso ou estar perto de perder outra pessoa de quem gostava profundamente. As luzes acima de mim explodiram uma por uma conforme eu caminhava em direção a Roccurrem.

— Abandonar seu reino. Traição. Ajudar e acobertar uma fugitiva. Traição. Desconsiderar as ordens e os comandos de seu rei. Traição. – Parei, elevando-me sobre ele. – Todos passíveis de morte sob o Conselho de Hadramiel.

— Sim, sob o governo de seu pai. Eu não sirvo mais a seu pai.

— Não, você me serve.

— Não, eu sirvo a ela.

Meu controle se rompeu, e estendi a mão. Runas surgiram abaixo dele, prendendo-o àquela sala. Ele não poderia mais sair até que eu permitisse, e, se ele tivesse algo a ver com o desaparecimento de Logan, eu o trancaria por eras. As luzes piscaram, chamando a atenção de todos para mim, mas minha raiva ecoava no céu. Não naquela sala.

— Prometo, meu senhor, estou aqui apenas para ajudar – afirmou Roccurrem. Ele se aproximou, mas não muito.

— Ajudar? – desdenhei, com uma risada amarga me escapando. – Semelhante ao que fez quando eu a capturei, e você soltou os devoradores de sonhos sobre nós? Esse tipo de ajuda? Você é um traidor mentiroso, e não vou tolerar isso. – Esfreguei a mão no rosto, cansado. – Por que me ignorou? Tentei invocá-lo depois dos devoradores de sonhos, e você me bloqueou. Você guarda segredos que podem me ajudar a salvá-la. Você...

— Seu julgamento sobre mim e minhas intenções não é equivocado, mas o desequilíbrio químico em seu cérebro quando se trata dela substitui sua lógica, Deus-Rei. Qualquer pessoa nesta sala pode sentir as ondas de poder emanando de você, implorando para reivindicar o que lhe pertence. Ela é um elemento integral do que está por vir, assim como você. Eu sou apenas um recipiente de seres muito mais antigos e maiores que você.

— Onde ela está?

— Não posso falar sobre isso.

Todas as janelas estouraram simultaneamente, permitindo a entrada do vento uivante. Estava furioso, atirando o conteúdo da sala para todo lado. Papéis e pequenos objetos se transformaram em tornados em miniatura. Nuvens espessas rolavam do lado de fora, relâmpagos faiscavam e trovões rompiam o céu.

A energia pulsou, disparando através de mim, e relâmpagos se deflagraram na sala, fazendo cócegas nas minhas mãos, braços e alma.

– Samkiel – advertiu Vincent. Mas era tarde demais.

Gavinhas de eletricidade lamberam meu rosto e se fundiram em meus olhos, logo antes de a escuridão cobrir a cidade, e todas as luzes em quilômetros explodiram.

– Onde ela está? – esbravejei, e minha voz combinava com o tom da tempestade crescente lá fora.

– Eu não posso dizer.

O chão tremeu, um terremoto se formou nas profundezas de Onuna – uma fissura no mundo. O chão queimou sob meus pés, deixando o carpete preto. Os alarmes dos carros soaram lá fora, e os edifícios sacudiram. Não me lembrava de ter me movido, mas minha mão agarrou a garganta dele, e o levantei no ar. As runas no chão desapareceram, e a forma de Roccurrem vacilou, poeira estelar esfumaçada dançava em seu corpo em gavinhas.

– Maldição, Roccurrem, conte-me! – Não me importei que minha voz tremesse ou que os tornados que giravam sob meu poder forçassem todos a procurar abrigo. Um desastre natural, uma força da natureza. Era o que os guardas do meu pai sussurravam sobre mim, e enfim entendi o porquê. A eletricidade saltava dos nós dos meus dedos para a pele dele, formando bolhas onde tocava. Elas saravam, mas eu sabia que doíam mesmo assim.

Todos os seis olhos dele se abriram, brancos e olhando para mim.

– Eu não posso. Não importa o que ameace ou como me torture. Deve acontecer assim, ou não haverá futuro para você nem para ninguém. Avisei a você. A escolha dela deve ser dela. O caminho que ela determina molda o mundo, e você e eu não podemos intervir.

– Por quê? – questionei. – Só por que o destino assim o dita?

– Você está exatamente onde precisa estar, Deus-Rei. Apenas peço desculpas pelo que mais você perderá.

Uma fúria cega atingiu meu estômago com a ameaça dele, e o mundo estremeceu. Ajeitei-me para manter o equilíbrio e finalmente percebi o que estava fazendo. Recolhi meu poder, com medo de ter causado um desastre natural que não poderia consertar, mas Onuna ainda girava. Os tornados morreram, e o tremor parou. O silêncio que se seguiu foi quase ensurdecedor. Respirei uma vez, depois outra, puxando cada pedacinho da minha natureza destrutiva de volta para dentro de mim. As nuvens se dissiparam, e o sol nascente brilhou na sala. Todos ficaram parados, observando-me com olhos arregalados.

Liberei Roccurrem.

– Roccurrem, se ela morrer... – Engoli o nó que crescia na minha garganta e tentei não parecer tão agourento quanto me sentia.

A cabeça de Roccurrem recuou como se algo distante deste mundo tivesse gritado seu nome. Sua forma se dobrou, seu corpo derreteu em uma massa rodopiante de energia e poeira estelar. Ele deu um passo para trás, a escuridão pulsou e sua voz ressoou ao nosso redor.

– E o mundo estremecerá.

Meu peito se agitou, e minhas mãos tremeram, as palavras ficaram pairando no ar. Estendi a mão para a forma dele que se retirava, mas parei quando meus instintos explodiram em alerta. Algo estava a caminho. Uma corrente ancorada em minha pele como um fio no universo se rompeu. Ela puxou, e olhei na direção do puxão. O vórtice inicial de um portal se formou no teto, com chamas contornando sua circunferência. Berros de ira vieram de cima, ressoando no espaço e no tempo. A adrenalina invadiu meu corpo, e tive uma fração de segundo para perceber o que estava acontecendo antes que os Irvikuvas explodissem do portal. Eles invadiram a sala em uma enxurrada de olhos vermelhos, asas e garras.

A Mão invocou armas de ablazone, todos ao mesmo tempo, e linhas brilhantes ganharam vida em sua pele. Depois de séculos trabalhando juntos, não precisavam de um comando meu. Cameron cortou a cabeça do Irvikuva que foi estúpido o suficiente para atacá-lo com um golpe poderoso. Imogen saltou e voou pelo ar para cortar duas feras ao meio. Xavier jogou as lâminas circulares que carregava, e elas fizeram sangue cair sobre nós como chuva antes de retornarem às suas mãos.

Invoquei minha lâmina em meio ao caos, mas Logan caiu aos meus pés antes que eu pudesse entrar na briga. Meu coração disparou quando Neverra caiu em cima do corpo ensanguentado e machucado dele com um grunhido. Nenhum dos dois olhou para mim, seus olhos estavam arregalados e paralisados, fixos no portal. Olhei para cima, sentindo-a antes de vê-la.

Dianna.

Larguei minha espada e corri para a frente, pegando sua forma que caía.

O corpo dela estremeceu ao aterrissar, o cabelo estava espalhado pelo rosto em choque. Ela estava imunda, coberta de hematomas e cortes, alguns ainda abertos e sangrando. O cheiro do sangue dela me enfureceu. Ela estava ferida, suja e pálida, muito pálida.

— Você me segurou?

Foi uma pergunta sussurrada, como se ela não conseguisse acreditar.

— Sempre.

Olhei para o portal que se fechava, ansioso para atravessá-lo e dar um fim àquilo. Apenas o peso dela em meus braços me manteve no chão. Olhos vermelhos me encararam de volta, focados nela com uma fome furiosa.

Kaden.

Vendo onde ela havia pousado, os Irvikuvas não ousaram mais atravessar. Eles ficaram ao lado de seu mestre, com as asas bem fechadas e as mandíbulas estalando. Kaden não se moveu. Permaneceu imóvel, olhando para ela, até que, com um rosnado e um movimento de seus lábios, o portal se fechou.

Inspirei fundo e olhei para Dianna, abraçando-a ainda mais apertado quando percebi que ela se agarrava a mim. Um alívio tomou conta de mim, a sensação dela em meus braços era um bálsamo calmante para as feridas irregulares formadas ao pensar que a havia perdido. Ajoelhei-me, apoiando as pernas dela na minha coxa para poder afastar os fios de cabelo que estavam grudados em seu rosto.

— Eu não sabia para onde ir — disse ela, com seu olhar ainda focado onde o portal estivera. A dor distorceu suas feições antes que seus olhos se revirassem e ela desmaiasse em meus braços.

XLVIII
LOGAN

As unhas dela se cravavam em meu peito enquanto ela me cavalgava intensamente, havia um tom febril no seu ritmo enquanto seus quadris se moviam contra mim. Minhas mãos estavam acima da minha cabeça, como ela tinha pedido. Mãos agarradas na borda do colchão. Eu sabia que ela precisava de controle depois de tanto tempo sem, e de bom grado lhe concedi. Ela poderia ter a minha alma se pedisse. Tentei manter meus quadris parados, esforçando-me para não me mover dentro dela, mas estava ficando cada vez mais difícil. Todos os músculos do meu corpo me imploravam para transar com ela. Ainda não, ainda não. Ela se inclinou para trás, agarrando minhas coxas enquanto se movia mais rápido contra mim.

– Logan, querido, me toque, me toque.

Meu corpo explodiu em ação. A permissão dela era tudo de que eu precisava. Sentei-me, conduzindo meu pau fundo, fazendo ela soltar um grito rouco. Ah, graças aos deuses. Minhas mãos agarraram sua bunda, levantando-a e puxando-a de volta para encontrar meu impulso. Minha boca capturou a dela, saboreando seus gritos de paixão. Suas mãos acariciavam minha nuca, me puxando para mais perto.

Eu a senti se contrair ao redor do meu pau, enquanto eu afastava minha boca da sua, quase gritando.

– Goze comigo, amor – gemi, as palavras saíram dos meus lábios antes de colocar uma das mãos entre nossos corpos.

Um único toque do meu polegar no clitóris dela, e o corpo de Neverra estremeceu, e ela deixou a cabeça cair para trás enquanto repetia meu nome. Suas costas se arquearam quando o orgasmo a atravessou. As unhas dela arranhando meus ombros me fizeram gemer, o interior dela me apertando com tanta força que quase vi estrelas.

Desabamos, ainda entrelaçados um no outro. Passei os braços em volta dela, com medo de que, se a soltasse, aquilo seria apenas mais um sonho, e eu acordaria sozinho. Eu soube que ela sentia o mesmo quando se aconchegou mais perto.

Beijei sua testa encharcada de suor, as pálpebras, bochechas várias vezes.

– Senti sua falta. Senti sua falta. Senti sua falta.

Ela se aconchegou mais perto, enterrando a cabeça na curva do meu pescoço, e eu a ouvi fungar.

– Também senti sua falta.

Ficamos em silêncio por um longo momento, os dois tentando se convencer de que era real. Já fazia alguns dias desde que voltamos. Ficamos no quarto, mal tirando algum tempo para comer ou dormir, apenas estando um com o outro e nos reconectando de todas as maneiras possíveis. Ninguém nos incomodou. Duvidei que fossem fazê-lo até descermos. Não que eu tivesse vontade de sair do quarto. Não, eu queria levá-la, ir embora e nunca mais voltar. Essa parte me assustava. Eu nunca abandonaria minha família, mas não suportaria isso de novo. A ideia de perdê-la quase me destruiu.

As pernas dela me envolveram com mais força e ela beijou meu pescoço, passando suas mãos pelas minhas costas.

– No que está pensando? Seu coração está acelerado.

– Em fugir e nunca mais voltar.

Neverra olhou para mim, roçando os lábios ao longo do meu queixo, com sua respiração suave e quente contra a minha pele.

– Logan.

– Tem sido tão ruim, Nev. Tão ruim. – Senti as lágrimas arderem em meus olhos e finalmente as deixei cair. Os dedos dela acariciaram meu rosto, enxugando-as. – Juro que estamos perdendo Samkiel. Dianna está travando uma guerra. Não que eu a culpe, mas acho que ela foi a única coisa que o deixou menos catatônico. Não temos pistas. Os embaixadores mortais precisam ser mimados como crianças. Tenho essa sensação doentia de que tudo o que está para acontecer é apenas o começo e, acima de tudo, perdi você.

Neverra segurou meu rosto e me beijou. Ela se afastou apenas o suficiente para sussurrar:

– Você não me perdeu. Eu estou bem aqui. – Ela deu um beijo na minha testa e depois nos meus lábios, sussurrando contra eles: – Nunca mais nos separaremos. Prometo.

Segurei sua nuca, minha mão agarrou seu cabelo enquanto eu aprofundava o beijo. Fiquei rígido mais uma vez e nos virei, pairando acima dela por um momento antes de penetrá-la fundo. Eu precisava possuí-la mais uma vez.

– Você está inteira e segura, e você está aqui, e você é minha.

As unhas dela se arrastaram pelas minhas costas enquanto eu penetrava novamente.

– Sim, sim, sim.

Depois de mais algumas horas perdidos um no outro, tomamos um banho e decidimos que era hora de sairmos do quarto. Não importava o quanto eu quisesse trancar Neverra e mantê-la para mim, eu sabia que os outros estavam esperando para saber exatamente onde ela estivera e o que vira.

Caminhamos em direção à sala de reuniões, e Neverra segurou minha mão. Eu podia ouvir os outros conversando e apertei a mão dela antes de abrir a porta. A sala ficou em silêncio, todos os olhos se fixaram em Neverra.

– Já estava na hora! – berrou Cameron, levantando-se e correndo. Ele agarrou Neverra em seus braços poderosos, arrancando a mão dela da minha. Ela riu quando ele deu um beijo em sua bochecha e a girou.

– Senti tanto sua falta. Nem me importo que você esteja com o cheiro de Logan...

– Ei! – rebati, quando ele a colocou em pé.

Ela mal conseguiu respirar antes que os outros viessem correndo. A alegria e o alívio deles por tê-la de volta foram quase avassaladores. Vi as lágrimas que Neverra e Imogen enxugaram quando se separaram do abraço. Depois dela, eles se voltaram para mim, abraçando-me como se estivessem igualmente preocupados comigo. Correspondi e até ri quando Cameron jurou que ele mesmo me mataria caso eu o deixasse.

– Senti falta de todos vocês – sussurrou Neverra, com seu sorriso encharcado de lágrimas.

Samkiel, desgastado e parecendo exausto, se aproximou, e os outros se separaram para abrir caminho para ele.

– Neverra.

Sua voz falhou.

– Oi, chefe.

Eu esperava que ele começasse imediatamente a questioná-la, coletando informações. Achei que talvez fosse perguntar como ela estava, mas nunca esperei o que ele fez a seguir. Samkiel estudou seu rosto e, em seguida, a abraçou apertado, seus braços enormes engoliram o corpo pequeno dela.

Neverra riu, pega de surpresa, mas o som se transformou em soluços suaves. Ela se inclinou para ele, aceitando a segurança e o conforto que ele oferecia. Todos ficamos paralisados, todos os presentes estavam chocados. Samkiel, embora arriscasse a vida por nós, nunca foi afetuoso. Ele não falava as palavras "eu amo você" para ninguém. Ele não abraçava ninguém de verdade desde que a mãe morrera. No entanto, ali estava ele, segurando Neverra como se tivesse perdido uma parte de si mesmo quando ela desapareceu, e suponho que, de certa forma, ele perdeu.

– Também senti sua falta – sussurrou ela, quando ele se afastou o suficiente para lhe dar um beijo na testa.

–Você está bem? – perguntou ele, com sua voz rouca de emoção.

Ela olhou para mim antes de concordar.

– Sim. Estou bem.

– Que bom – Samkiel disse e recuou.

Neverra voltou para o meu lado e passou o braço ao meu redor, apoiando-se em mim. Samkiel olhou para mim, com uma raiva nascida do medo movendo-se atrás de seus olhos.

– Isso foi totalmente irresponsável.Você compreende?

Balancei a cabeça.

–Você poderia ter morrido.

– Eu sei, mas ela vale a pena.Você sabia que eu não ia parar nem descansar até encontrá-la, independentemente de regras e obrigações. Sei que desobedecer a ordens é um ato de traição entre nós, e se você…

– Estou feliz por você estar bem – interrompeu ele. Então foi a minha vez de ficar chocado quando ele me abraçou em seguida. Sorri contra seu ombro largo quando ele apertou uma vez e me soltou. E, desse jeito, acabou. Ele se virou e voltou para a sala principal.Todos respiraram fundo e o seguiram.

Imogen passou o braço do lado livre de Neverra, como nos velhos tempos. Ela encostou a cabeça no ombro de Neverra, sussurrando:

–Aff, senti tanto a sua falta.Você me deixou aqui com Cameron e Xavier. Quase não sobrevivi.

– Ei! Eu ouvi isso, Imogen! – exclamou Cameron.

Neverra riu, e pude senti-la relaxar com a normalidade da troca.

Dentro da sala de conferências, caixas estavam empilhadas contra as paredes, algumas ainda abertas e parcialmente cheias de livros, pergaminhos e papéis.

– Estamos indo embora? – perguntei.

– Sim – confirmou Samkiel, sentando-se na cabeceira da mesa. – Mas primeiro tenho perguntas. Preciso escrever isso, mas vamos manter entre nós. Está claro?

Assentimos, e Neverra sentou-se mais perto de Samkiel.Todos nos sentamos, enquanto ele abria uma pasta grande e pegava uma caneta antes de olhar para nós.

– Haldnunen está morto.

Um silêncio tomou conta da sala, e Cameron soltou um pequeno assobio.

–Vocês mataram um rei de Yejedin? – Samkiel quase deixou cair a caneta.

– Não, Dianna matou. – Sentei-me mais ereto. – Você precisava ter visto, devia tê-la visto. Ela se move igual a você, Samkiel, mas é mais letal. O que ensinou a ela?

Ele engoliu em seco, mas vi uma expressão de orgulho cruzar suas feições. Ele estava orgulhoso dela, mesmo acreditando que era imprudente.

– Não muito. Apenas aperfeiçoei o que ela já sabia.

Ninguém falou nada, como se o choque fosse a única emoção que conseguissem dominar. Nem mesmo Cameron conseguiu encontrar palavras.

Samkiel olhou para Neverra, e seu tom se suavizou.

– Vou fazer perguntas, mas, se for demais para você a qualquer momento, podemos parar. Entendido?

Nev assentiu, mas senti a mão dela na minha coxa. Eu a cobri com a minha, dando-lhe um aperto reconfortante. Eu sabia que ela precisava da conexão para lembrá-la de que era real, de que aquilo era real e de que estávamos todos ali.

– O que pode me dizer sobre onde você estava? O que aconteceu?

Neverra suspirou e agarrou minha coxa com mais força, mas respondeu:

– Era apenas um dia normal. Gabriella estava ficando cada vez mais inquieta presa na cobertura. Logan tinha saído com você, então decidimos nos divertir um pouco. Íamos tomar café da manhã, tomar aquelas bebidas frutadas borbulhantes e encontrar Rick. Eu sei que não devia, mas eu o tinha trazido escondido algumas vezes para que eles pudessem se ver, e daquela vez não foi diferente. Com Dianna fora e ocupada, acho que ela estava se sentindo sozinha. Enfim, estávamos nos arrumando e cantando uma música pela qual ela era obcecada. Até que soou uma batida na porta, e fui atender. Eu nem sabia quem ele era, mas sabia, pela energia, que era um vampiro. Ele falou que seu nome era Drake e que você o havia enviado.

Observei uma veia pulsar na têmpora de Samkiel, que cruzou as mãos sobre os lábios. Eu já o tinha visto fazer aquela cara antes e me lembrei de como a criatura que a causou tinha perdido a cabeça. Raiva, pura raiva, e eu podia senti-la emanando dele em ondas.

– Eu mal tinha aberto a porta quando Gabriella correu e o abraçou. Eles eram velhos amigos, ou assim pensei. Ele nos contou onde você e Dianna estavam e o que tinha acontecido. Falamos para ele aonde estávamos indo, mas algo parecia errado. Tentei ignorar. Achei que você o havia enviado. Gabby o conhecia e parecia gostar dele. Eu confiei...

Neverra parou e fechou os olhos, engolindo em seco. Sua mão apertou minha coxa e todo o seu corpo tremeu enquanto ela tentava controlar suas emoções.

– Neverra, precisa fazer uma pausa? – perguntou Samkiel, e eu nunca o respeitei ou o amei tanto como naquele momento.

Neverra negou com um gesto e respirou fundo algumas vezes. Depois, abriu os olhos e pigarreou antes de continuar.

– Saímos juntos e encontramos Rick na cafeteria. Estávamos na fila, conversando enquanto esperávamos o pedido. Eu não o senti nem o ouvi, mas de repente Kaden estava lá. Aconteceu tão rápido, rápido demais. Acordei acorrentada em Yejedin. Gabriella estava acorrentada ao meu lado e chorando. Rick estava deitado no chão a poucos metros de nós. Ele estava morto, com marcas e arranhões cobrindo seu corpo como se tivesse lutado.

Apertei a mão de Neverra, nosso vínculo despertara com sua angústia.

– Ficamos lá por algum tempo, só nós duas. Tentei consolá-la, mas ela estava acabada de tristeza por Rick e só se importava com Dianna e comigo. Ela era amorosa. Tentei tudo o que pude para mantê-la distraída e calma enquanto esperávamos. A verdade é que ela me ajudou tanto quanto eu a ela, mas Gabby era assim. Ela era boa em sua essência. Ficamos lá por horas, talvez um dia. Eu não conseguia dizer.

Neverra parou e fungou, esticando a mão para limpar o rosto.

– Já basta por hoje, Neverra. – Samkiel parou de escrever e começou a fechar o caderno, claramente não querendo perturbá-la mais.

Neverra estendeu a mão e o deteve.

– Não, você precisa saber. Preciso contar isso, e você precisa anotar.

Ela respirou fundo e soltou o ar devagar. Eu transmiti força através do nosso vínculo, deixando-a sentir meu amor ao seu redor.

– Kaden apareceu. Achei que ele ia me levar também, mas ele só levou Gabby. Ela nunca mais voltou, e eu sabia que o pior havia acontecido. Yejedin estremeceu, Samkiel. Estremeceu, e não era Kaden. Sei do fundo do meu coração. Sei que parece loucura, mas juro que ouvi Dianna gritar, e depois algo mudou em Yejedin. As criaturas que me guardavam também sentiram. Elas pareciam nervosas e assustadas. Fiquei lá não sei quanto tempo. Eles me trouxeram comida, mas recusei até não poder mais. Lembro-me de ouvir o que pareciam ser máquinas. Parecia uma fábrica de metal, e eu conseguia sentir o cheiro de ferro e sangue no ar. Alguns dias fazia tanto calor que eu esperava que a lava enchesse a cela. Não sei o que ele está fabricando. Nunca vi, mas, pelo que ouvi e senti, parecia que havia muitos.

– Ela está certa – interrompi. – Havia muitas armas, e, se Kaden as está criando para um exército, eles nos superam em número, mesmo com todas as pessoas em Onuna.

Samkiel se mexeu na cadeira, que rangeu embaixo dele.

– Certo.

Neverra apertou minha mão.

– Ele não tem coração, Samkiel. Estou falando do fundo do meu coração. Ele não sente remorso pelo que planejou e não se importa com quem está em seu caminho. Kaden só se preocupa com ela. Ele virá atrás de Dianna. Eu os ouvi falando que precisam dela para alguma coisa. Não me lembro como o chamaram, mas acho que começava com *E*. Não sei. Estava tão barulhento com todas as máquinas e criaturas lá.

Afaguei as costas dela em um pequeno ato de conforto.

– Obrigado, Neverra – disse Samkiel, fechando o livro e se levantando.

Neverra assentiu e respirou fundo. O resto de nós ficou de pé junto com ele.

– Retornaremos ao Conselho de Hadramiel, onde vamos ficar. Qualquer coisa dita aqui não deve ser repetida. Vou encabeçar a conversa com o Conselho e transmitir tudo o que aconteceu. Entendido?

Todos assentiram.

– Bom. Preciso que todos façam as malas. Vincent fará com que sua equipe assuma a Cidade Prateada enquanto estivermos fora. Já suspendi o toque de recolher e a proibição, visto que as ameaças, em sua maior parte, foram eliminadas...

– Onde ela está? Dianna? – perguntou Neverra. – Como ela está?

Samkiel parou no meio de sua fala e abaixou um pouco a cabeça.

– Ela está, bom, em termos modernos, recuperando-se. Ainda está dormindo.

– Ainda?

– Sim. – Ele olhou para nós, seus lábios se contraíram um pouco. – Já se passou mais de uma semana desde que vocês retornaram.

Cameron me lançou um olhar malicioso. Balancei a cabeça e dei a ele meu melhor olhar severo. Xavier riu.

– Uma semana? – guinchou Neverra. – Por que não nos contou ou veio nos buscar? Eu teria ajudado antes.

– Você e Logan já ajudaram o bastante. Além disso, seu tempo juntos é mais importante, dadas as circunstâncias.

– Eu quero vê-la. Preciso contar uma coisa para ela.

Samkiel parecia quase hesitante em consentir, mas finalmente assentiu.

– Talvez quando ela acordar.

Neverra assentiu, e acabou. Todos nós saímos da sala atrás dele, Neverra segurando minha mão de novo. Notei como os outros ficaram de olho nela, como se também tivessem medo de que ela escapasse se piscássemos.

– Está com fome? – sussurrei para ela.

– Deuses, sim.

Sorri de orelha a orelha. Chamei os outros:

– Vamos comer alguma coisa. Encontramos vocês lá.

Eles assentiram e acenaram, continuando a seguir Samkiel.

Uma vez fora de vista e a meio caminho do nosso quarto, perguntei:

– O que você precisa contar a Dianna?

Neverra olhou para as próprias mãos e pude sentir a tristeza consumindo-a através de nosso vínculo.

– Só uma mensagem que a irmã dela deixou.

XLIX
SAMKIEL

AS RUÍNAS DE RASHEARIM

A luz do sol banhava o novo andar que eu tinha feito havia uma semana, quando retornei às ruínas de Rashearim levando Dianna. Estávamos em minha casa, só que não estava mais em estado de decadência. Eu tinha reconstruído o lugar inteiro. Os buracos criados por poderes que eu não conseguia conter haviam desaparecido, e a folhagem que havia crescido descontrolada não ameaçava mais retomar a terra. Eu modelei o interior baseado nos lugares nos quais ela ficou e dos quais gostava. Dianna ficaria ali até eu descobrir o que fazer com ela, e eu queria que estivesse confortável.

O Conselho ia querer sua cabeça por tudo o que tinha feito. Eles não se importavam com luto ou dor, mas me recusei a entregá-la a alguém, principalmente a eles. O encontro com A Mão correu bem. Tudo o que Neverra nos contou ficaria selado em meu diário. Meu instinto gritava que algo se movia por baixo de tudo isso, algo que eu ainda não tinha visto, e confiar em alguém fora d'A Mão me deixava desconfortável. Meu peito doeu ao lembrar o que Neverra havia passado, mas o pior é que eu sentia que era tudo culpa minha. Confiei nos Vanderkai e mandei Drake direto para ela, para eles, e isso custou tudo a Dianna e quase custou o mesmo a Logan.

– *Você me segurou.*

As palavras que ela me disse depois de cair por aquele portal sussurraram na minha cabeça. Ela voltou para mim, e eu a segurei. Ethan tinha me avisado, naquela mansão excessivamente opulenta, que não a fizesse se apaixonar se eu não tivesse intenção de amá-la, e, enquanto eu observava sua forma adormecida, percebi, em algum lugar ao longo do caminho, que segurá-la e mantê-la segura era minha única intenção.

– A culpa emana de você em ondas, porém invisível a olhos mortais – comentou Roccurrem atrás de mim.

– Você tem sorte de eu ainda não ter desintegrado você – retruquei.

– Asseguro-lhe. Tenho as melhores intenções com relação a você, Dianna e os reinos. À medida que me for permitido interferir, farei o que puder por todos vocês.

Sentei-me na beirada da cama enorme, observando-a enquanto ela dormia. Suas mãos repousavam sobre o peito, que subia e descia. Ela estava limpa, suas roupas não eram mais uma bagunça destroçada e esfarrapada. Eu a curei assim que pude, mas ela não havia se mexido muito na última semana.

Roccurrem olhou para ela, mais uma vez em sua forma mortal, com as mãos cruzadas atrás das costas.

– O que está acontecendo com ela? O que há de errado? – As palavras saíram dos meus lábios contra a minha vontade. Eu já sabia e não tinha certeza de por que precisava ouvir dele.

Dianna se remexeu e se acomodou, e uma mecha de cabelo caiu em sua bochecha. Ansiosamente, estendi a mão para colocá-la atrás de sua orelha, meu toque era apenas um sussurro contra sua pele. Eu me importava com ela mais do que queria admitir para mim mesmo e até do que contei para ela. As palavras haviam saído dos meus lábios por vontade própria. Eu sabia que não deveria, porque ia causar mais mal do que bem, mas não podia controlar, nem sabia se queria.

Acariciei sua têmpora da mesma forma que ela havia feito comigo naquelas noites longas e amargas. Eu sabia que ela era uma Ig'Morruthen, uma criatura criada para a destruição pura e absoluta e minha maior inimiga. O mundo inteiro sabia disso agora, mas naquele momento ela não parecia nada mais do que uma mulher inocente que Kaden havia tentado tornar cruel.

– Ela usou suas habilidades ao extremo. Simplificando, ela está esgotada.

Minha mão pairou acima de sua testa mais uma vez, a apenas um centímetro de distância. A luz dançou na palma da minha mão, mas nenhuma massa negra rodopiante a seguiu. Nenhum fogo subiu para saudar meu poder. Eu tinha feito isso muitas vezes naquela semana, e os resultados eram sempre os mesmos.

– Quanto tempo acha? – Abaixei minha mão. – Isso já aconteceu antes?

– Nunca ouvi falar de algo assim, meu soberano. Poderes como o seu, como o dela não são comuns. Não sabemos como funcionam ou até mesmo por quê. Depende dela. Ela expeliu uma quantidade extrema de poder até mesmo para abrir um portal de Yejedin. Mesmo com a idade de mil anos, um poder dessa magnitude deve ser ensinado e treinado. Ela enterrou muito sob a dor e a ira e não processou nada desde que a irmã morreu. Pode levar dias. Pode levar meses, anos ou nunca.

Suspirando, olhei para a forma adormecida dela.

– Curei suas feridas pensando que ela ia acordar, mas já faz dias.

– Não é uma doença física, mas emocional, e temo que os dons de Unir não consigam curar isso.

Estudei seu rosto quando suas sobrancelhas se franziram, reagindo a algum sonho que ela estava tendo.

– Acho melhor que ela fique aqui. Pelo menos até que melhore e até que você e o Conselho façam seu julgamento final. Ela estará segura aqui. Ninguém conhece este lugar, exceto A Mão, e eles preferem cortar a própria garganta a traí-lo.

– Ainda é um conselheiro dos deuses, Roccurrem? Mesmo depois de todo esse tempo?

– Sim, parece que sou. Admito que é estranho vê-lo tão enamorado por um ser vivo. Parece que foi necessária uma sedutora ardente para domar o indomável.

Domar. Foi isso que Dianna fez comigo? Parecia uma palavra tão pequena para o que eu sentia. Ela não tinha me domado. Ela me curou sem nem perceber.

– Pode retornar ao Conselho, Roccurrem, e avisar aos outros que estarei lá depois que ela acordar.

– Vai contar a ela sobre seus sonhos?

Eu olhei para ele.

– Não, e eles também não precisam saber.

– Mesmo que seja uma premonição de sua morte inevitável?

– Mesmo assim. Se isso acontecer, preciso deles preparados. – Meu olhar se voltou para ela, sempre para ela. – Todos eles.

Ele não falou por um minuto, e eu sabia que estava examinando para ver que resultado minhas decisões trariam.

Ele não se mexeu.

– Ela ficará furiosa quando souber.

Meus pesadelos me atormentavam dia após dia. Minha essência sendo arrancada do meu corpo, enquanto minha luz se espalhava pelo céu, os portões se abrindo com exércitos mais vastos do que nunca. Eu entrando em outro reino, e aquela maldita geada que me gelava até os ossos.

– Roccurrem, não cabe a você se preocupar com o que ela pode ou não sentir. Volte para os salões do Conselho.

– Isso é uma ordem, Deus-Rei?

Eu lancei a ele um olhar duro.

– Pareceu uma sugestão?

– Muito bem. – Ele assentiu uma vez, lançando um último olhar para Dianna antes de desaparecer na névoa estrelada.

Era ridículo ficar com ciúmes. Logan havia falado que não deixei meus sentimentos claros o suficiente quando ela e eu estávamos juntos, algo que eu pretendia corrigir o mais rápido possível. Eu também sabia que ela havia passado tempo com mortais durante seu luto. Não que eu a julgasse, mas doía. Parte de mim se despedaçou quando descobri que ela havia compartilhado seu corpo com outra pessoa depois de nosso tempo juntos. Não era uma sensação com a qual eu estava acostumado.

Os mortais não deveriam me incomodar. Eu sabia que era muito mais experiente que eles quando se tratava de sexo. Foi só com ela que comecei a me questionar. Eu me senti nervoso e à flor da pele desde o princípio. As palavras dela por si só muitas vezes faziam com que uma estranha sensação de vibração atingisse meu estômago. Era algo que eu nunca tinha vivenciado. Ela me afetava como nenhuma outra.

As intenções de Roccurrem não pareciam nefastas, mas parecia que eu era um maldito egoísta com o tempo dela. Mesmo naquela maldita mansão dos vampiros, eu queria tudo. A risada, os sorrisos e toda sua atenção. Egoísta mesmo. Queria que fosse eu aquele a quem ela recorria, não ele, não os mortais. Eu.

Assim que o ar se acalmou após a partida de Roccurrem, inclinei-me para a frente, apoiando minha testa na dela.

– Por favor, acorde. Não me importo se você me odeia, se está com raiva ou se vai gritar e berrar. Pode desejar que eu morra, mas preciso que acorde. Preciso de você aqui comigo.

L
DIANNA

— Temos que ir. Há mais a caminho! — gritou Neverra.

Começamos a abrir caminho através dos Irvikuvas que haviam nos alcançado. Eu nunca tinha visto uma horda tão grande como aquela. Eles formavam um enxame, cobrindo o céu e mergulhando em nossa direção enquanto escapávamos da fábrica em chamas. Descemos as escadas correndo e passamos por túneis escondidos, tentando encontrar o caminho de volta à caverna por onde havíamos entrado.

Parei. A lateral do meu corpo, meu ombro... todo o meu ser ardia. Logan e Neverra andavam ao meu lado com as armas em punho. Tentei recuperar o fôlego, mas estava fraca, e meu corpo estava debilitado. Como eu podia matar Kaden e fazê-lo pagar pelo que fez com ela, conosco, quando mal conseguia ficar em pé? Ódio e raiva correram em minhas veias. Ali estava eu, correndo por outro túnel, só que desta vez para longe dele. Algo dentro de mim se partiu. Não. Eu não seria mais ela. Eu não seria.

— Onde está a pedra?

Neverra e Logan olharam para mim, suas peles brilhavam com um azul celestial. Os Irvikuvas nos cercavam. Eles adoravam a caçada e estavam se aproximando.

Logan colocou a mão no bolso. Seus olhos se arregalaram, e seu rosto ficou sombrio.

— Ah.

— Logan! — Praticamente gritei. — Você perdeu?

— Que pedra? — questionou Neverra.

— Dianna fez Camilla criar uma pedra para transportá-la. Ela me deu para que eu tivesse um jeito de tirar você de lá, mas acho que caiu durante a batalha.

Neverra se virou devagar e me encarou com a cabeça inclinada para o lado.

— Você ia nos salvar?

Revirei os olhos e passei entre os dois.

— Não vamos dar grande importância a isso. Sem essa pedra, estamos presos aqui sem ter como sair. Não que isso importe, porque também estamos completamente perdidos!

— Tem que haver outro jeito — falou Logan, com desespero enchendo sua voz. Ele olhou em volta como se pudesse haver uma porta secreta em algum lugar que nos levaria de volta a Onuna.

Coloquei a mão na cabeça e girei devagar, com medo de parar de me mexer. Neverra agarrou o braço de Logan.

— Que tal um portal?

— Não acho que Samkiel possa nos ouvir daqui, Nev.

Os gritos dos Irvikuvas ficaram mais altos. Neverra baixou a voz e acenou com a cabeça para mim.

— Ele não, ela.

– Eu? – Encarei-a sem acreditar. – Caso todos tenham levado uma pancada forte na cabeça lá atrás e esquecido, não consigo abrir portais para outros reinos.

O rosto de Logan se iluminou como se ele tivesse ouvido tudo o que Neverra não disse em voz alta.

Neverra parou ao lado de Logan, com esperança reluzindo em seus olhos.

– Não, mas você tem o poder de Kaden, e ele consegue abri-los.

Tentei ignorar a maneira como ela falou essas palavras tão casualmente. Queimava minhas entranhas saber que eu carregava pedaços de seu poder e como eles buscavam me tornar mais parecida com ele. Pior ainda era a suspeita de que talvez eu sempre tivesse carregado a semente da fera sanguinária, e tudo o que seu poder fez foi despertá-la.

–Você consegue, está bem? – A mão de Neverra em meu ombro me tirou dos meus pensamentos sombrios. –Vocês é metade ele e metade você mesma, e, pelo que sua irmã contou, você é teimosa e determinada quando decide fazer algo. Sendo assim, decida fazer isso e não vamos precisar de nenhuma pedra mágica. Só precisamos de você. Precisamos de você, Dianna, assim como Gabby precisava. Então, ninguém vai morrer hoje. Nem você, nem nós.

– Bem, eu falhei com ela, então…

– Não! Não, você não falhou e também não vai falhar conosco.

Suas palavras acalmaram a parte de mim que precisava desesperadamente de absolvição.

– Mesmo que eu tenha o poder, não sei como.

Logan esfregou o queixo.

– Samkiel sempre nos falou, quando treinava com o pai dele, que você tem que imaginar aonde quer ir. Pensar em uma porta que leva a um lugar aonde deseja ir. Você não a abre com as mãos, mas com o poder. Visualize-a e deseje mais do que qualquer outra coisa.

– Isso parece estúpido – zombei. – Nem sei para onde nos levar.

–Você sabe, sim. – Neverra encontrou meu olhar. – Pense no único lugar onde se sentiria segura. Onde todos estaríamos seguros.

Logan assentiu, e tive a impressão de que estavam tendo uma conversa secreta.

– Pense em um lar.

– E depressa, por favor – acrescentou Neverra.

As linhas sob os olhos dela ficaram mais radiantes, mas seu olhar estava focado além de mim. Percebi o quanto a caverna havia ficado silenciosa e me virei para olhar. Vários pares de olhos vermelhos brilhantes nos encaravam do fim do túnel, com as bocas arreganhadas com grandes sorrisos. Os Irvikuvas guincharam e avançaram em nossa direção.

– Corram! – comandou Logan, com a voz que imaginei que ele usaria no campo de batalha.

Disparamos pelo corredor, todos os meus músculos gritavam em protesto conforme eu levava meu corpo além dos limites. Nossos pés mal tocavam o chão enquanto corríamos. Logan atirou uma bola de energia azul-cobalto ao mesmo tempo que lancei uma bola de fogo. O túnel tremeu quando ambas colidiram, vaporizando os Irvikuvas na frente da horda e incendiando quase uma dúzia dos outros. As criaturas berraram e caíram, apenas para que os que estavam atrás passassem por cima dos cadáveres. Ajudou, mas não foi suficiente.

Dobramos uma curva e saímos em uma grande caverna. Derrapei até parar, com Logan e Neverra ao meu lado. Mais olhos vermelhos emergiram da escuridão. Recuamos, mas os Irvikuvas atrás de nós viraram a esquina. Eles se reuniram na abertura, mas não atacaram. Estávamos presos.

– Droga – respirei, realmente olhando para onde estávamos. Agora sabia por que os que estavam atrás de nós pararam. Eles não precisavam mais nos seguir. Estiveram nos pastoreando, e estávamos exatamente onde queriam.

Um murmúrio lento encheu a caverna, a música que eu havia passado a odiar. Passos pesados pousaram na pedra, e os Irvikuvas abriram caminho.

– Bravo, Dianna. Você chegou a Yejedin. Estou tão orgulhoso de você. Infelizmente, é aqui que sua jornada termina, querida.

Aquela voz. Um calafrio me atravessou, arrepios irromperam pela minha pele. Kaden saiu das sombras, e fiquei cega de raiva. O sangue latejava em meus ouvidos, e a fera dentro de mim despertou, concentrando-se em sua presa.

Eu ia despedaçá-lo. Dei um passo à frente, e Neverra e Logan se moveram comigo. A realidade voltou ao lugar.

– Nossa. – Seus ombros tremiam de medo fingido. – Parece que eles querem proteger você. Mesmo depois de tudo o que você fez? Que lindo.

Neverra e Logan balançaram os pulsos, e armaduras deslizaram sobre seus corpos. Eles *estavam* me protegendo. Meu coração doeu.

– Isso é o que as famílias fazem – declarou Neverra, com uma lâmina girando na mão. – E todos vocês são um péssimo exemplo de uma.

Kaden zombou dela.

– Ah, a cadela chorona tem boca agora?

Logan ergueu a lâmina e apontou para Kaden.

– E você está prestes a perder a sua por falar assim com ela.

A risada de Kaden continha divertimento genuíno.

– Por favor, guarde isso. Está me insultando, pensando que pode realmente lutar contra mim e vencer.

– Só há uma maneira de descobrir – declarou Logan, segurando sua arma com mais força.

– Estávamos de saída – falei, parando na frente de Logan e Neverra, chamando toda a atenção de Kaden. Mesmo que minha força estivesse diminuindo e partes de mim doessem e se rebelassem, eu não podia permitir que ele os matasse.

– Mas você acabou de chegar em casa.

– Bem, sabe o que dizem. Lar é onde o coração está, e você gentilmente arrancou o meu.

– Que poética. Sinto falta disso.

Pesei minhas opções: mantê-lo falando e tentar invocar um portal ou criar uma distração grande o bastante para tirar todos nós de lá. Decidi pela segunda. Seria necessário toda a força que me restava para fazer o que havia planejado. Parte de mim não se importava se eu queimasse e morresse, mas eu queria que eles sobrevivessem.

Chamas irromperam das minhas mãos, iluminando a caverna. Eu não tinha notado os Irvikuvas no teto até então. Estávamos definitivamente em menor número.

– Sejamos razoáveis – argumentou Kaden, dando um passo para mais perto, com as mãos ainda nos bolsos. – Eu consigo sentir. Tudo o que você usou, tudo o que fez incorretamente. Poder, mesmo tão grande quanto o nosso, tem limites. Você não vai durar um segundo, Dianna.

Dei de ombros.

– Bem, como Logan falou, vamos descobrir.

Lancei uma mão à frente e a outra para trás de mim, tentando construir uma parede de chamas de cada lado de nós. Eu só precisava mantê-la por tempo suficiente para descobrir uma saída para eles. O fogo rugiu, enchendo o túnel em ambas as direções. Os Irvikuvas gritaram e pegaram fogo ao tocá-las. Partes de corpos caíram, seus restos eram carbonizados e se tornavam cinzas conforme eu lançava tudo o que me restava. Logan agarrou Neverra e se ajoelhou ao meu lado, cobrindo o corpo dela com o seu, mas os dois permaneceram intocados pelas chamas. A parede de chamas nos cercou, subindo mais alto e destruindo o teto rochoso, aniquilando mais feras.

Você terá uma escolha. Uma que você vai ter que fazer. Escolha de forma generosa, e o caminho estará definido. Escolha a vingança, e, bem, o resultado será devastador.

A voz de Roccurrem ecoou na minha mente.

Olhei para Logan e Neverra. Eles permaneciam imóveis e focados em mim, com as mãos entrelaçadas e esperando ordens. Estavam preparados para ficar, para morrer por mim. A necessidade de salvá-los guerreou com a parte de mim que se enfurecia e arranhava, implorando por vingança.

Não havia como matar Kaden e salvá-los. Eu tinha que fazer uma escolha: a vingança pela qual tanto ansiava ou a vida de duas pessoas que Gabby amava.

Eles são meus amigos.

As palavras de Gabby sussurraram em meu subconsciente. Por Gabby, eu tentaria. É a escolha que ela gostaria que eu fizesse. Eu não a salvei, mas poderia salvar duas pessoas que ela amava.

Olhei de volta para Kaden e algo dentro de mim se rompeu.

Um cadeado na porta de uma casa chacoalhou, e deixei que se abrisse um pouquinho.

– É isso, Dianna, seu momento decisivo. Estou bem aqui. Um alvo para toda a raiva e todo o ódio em que você está se afogando. Sou o que você está caçando, então venha me pegar! – berrou Kaden acima do barulho das chamas e da caverna desabando. Ele estava protelando, procurando uma abertura. Eu sabia que, se me alcançasse, eu nunca iria embora. Eu sabia com cada fibra do meu ser. – Você não terá outra chance. É agora.

Deixei cair a parede de chamas atrás de mim e concentrei meu poder restante, imaginando para onde queria ir. Qual era o lugar mais seguro que eu conhecia? O espaço se rasgou, e Kaden arregalou os olhos, mostrando a parte branca quando percebeu o que eu estava fazendo. Rasguei um portal no tecido de Yejedin, e uma ferida dentro de mim, que pensei ter fechado, se abriu.

– Acho que nunca saberei, então.

Virei-me em direção à luz que emanava do portal e empurrei Logan e Neverra por ele. Kaden rugiu, e senti o ar se mover quando ele correu em minha direção. Caí.

Foram meros momentos, segundos, se muito. Não pousei em uma superfície dura, em uma estrada ou em outro mundo. Em vez disso, Samkiel me segurou, embalando-me contra seu peito poderoso. Seu cheiro familiar encheu meus pulmões, e algo em mim que estava muito tenso relaxou.

Eu caí, e Samkiel me segurou.

Eu queria nos levar para algum lugar seguro, e o portal me levou direto para ele. Mas, para falar a verdade, para onde mais eu poderia ir?

Olhei através do portal e vi a caverna cheia de olhos vermelho-sangue me fitando. A expressão de Kaden, terrível e cheia de ira, foi a última coisa que vi antes que fechasse.

Chorei. Falhei com ela.

De novo.

Fiz uma escolha que não era Gabby.

De novo.

E me odiei por isso.

Meus olhos se abriram para um cômodo cheio de luz. Sentei-me devagar e olhei ao redor, passando as mãos pelos cabelos, afastando-os do rosto. O cômodo era enorme e familiar, embora eu tivesse certeza de nunca ter estado ali antes.

Meus olhos se arregalaram, a lembrança me invadiu. Era o quarto dos sonhos de Samkiel, só que limpo e inteiro. Costumava haver buracos nas paredes e no teto de quando ele reagia violentamente, lutando contra seus pesadelos. Uma coluna marcava cada canto. Com um design intrincado, elas se elevavam, retorcendo-se e curvando-se, antes de se espalharem como trepadeiras logo abaixo do teto. Na realidade, era maior do que nos sonhos – um quarto enorme, adequado não apenas a um rei, mas a um deus.

O vão para o armário desaparecia atrás de uma parede, aparentemente se curvando além do quarto. Duas grandes cômodas ladeavam uma porta esculpida alta o bastante para Samkiel passar sem ter que se curvar. Grupos de cadeiras estofadas ocupavam um lado da sala, com mantas de pele macia colocadas nos encostos. Meu coração estava batendo forte desde que acordei, meu corpo já estava consciente do que minha mente levou algum tempo para entender. Eu não estava mais em Onuna. Estava em Rashearim.

Minha cabeça latejava, e a segurei nas mãos, as memórias colidiam. Caí através de um portal, e ele me segurou. Por acaso eu estava tão mal de novo, que ele me alimentou? Eu estava em outro sonho de sangue?

Joguei as cobertas para trás, quase tendo que rastejar até a beira da cama para sair dela. Poderia acomodar facilmente oito pessoas e, pelo que parecia, era totalmente nova. Uma camisola branca transparente ondulava ao redor dos meus pés descalços, a renda e o desenho cruzado no corpete definitivamente eram a moda de Rashearim. Eu estava limpa. O sangue e as vísceras de Yejedin haviam desaparecido. Perguntei-me se ele tinha me dado banho e senti um rubor escaldar meu rosto.

Quando saí do quarto, o chão estava frio sob meus pés descalços. Um corredor se abria diante de mim e fui em direção à escada que levava a um andar abaixo. Não havia ruídos ou sussurros como nos outros sonhos dele, mas eu não conseguia me livrar da impressão de que não estava sozinha. Eu me virei, esperando ver alguém atrás de mim devido ao arrepio que subiu pela minha espinha, mas não havia nada. Decidindo que devia ser apenas o resultado de ter acordado em um lugar estranho, virei-me e comecei a descer as escadas. Deslizei a mão pela parede cinza-escura para me equilibrar. Peguei a barra da minha camisola e parei no último degrau.

– Merda. – A palavra me escapou com uma respiração baixa.

Eu estava tão errada. Não estava em uma casa. Era um maldito palácio. O teto era tão alto que tive que me inclinar para trás para vê-lo. Lustres estavam pendurados a poucos metros de distância um do outro, brilhando sob a luz do sol que entrava pela janela aberta.

Se aquilo fosse um sonho de sangue, o que eu deveria ver?

O ar mudou atrás de mim, uma mecha do meu cabelo acariciou minha bochecha. Girei e encontrei uma parede de músculos, meu nariz ficou a poucos centímetros do melhor peitoral do reino. Meus olhos percorreram a coluna forte de seu pescoço, acariciando a linha firme de sua mandíbula, antes de olhar para a beleza clara dos olhos de Samkiel. Ele estava exatamente com a mesma aparência que tinha em Onuna, não em Rashearim. Ele não usava armadura, nem tinha cabelos longos e ondulados, nem séquitos de guardas ao seu redor.

– Por que isso ainda está acontecendo? – Meu coração bateu forte no peito, e o pavor tomou conta de mim, forçando-me a recuar. – Eu não quero mais sonhar com você. Não posso – falei, com minha voz tremendo.

Ele inclinou ligeiramente a cabeça para o lado enquanto avançava.

– Você sonha comigo?

Estremeci com uma dor aguda irradiando pelo centro da minha cabeça. Eu a agarrei e tropecei. Uma mão sólida e quente segurou meu cotovelo, sustentando-me. Senti seu toque. Um calor irradiava de sua palma, e eu soube que não estava sonhando.

– Dianna?

Tentei me concentrar nele, mas sua forma continuava cintilando.

– Você está embaçado.

Minha cabeça caiu para trás, e oscilei no limite da consciência. Eu me preparei para a dor da queda, mas meu corpo nunca atingiu o chão. Braços fortes me envolveram, enquanto a escuridão já familiar pouco a pouco me reivindicava mais uma vez. Eu estaria mentindo se dissesse que não foi agradável pelo breve momento no qual me lembrei. O abraço de Samkiel era tão caloroso, tão reconfortante. Estive com frio, sozinha e perdida por tanto tempo. O último pensamento que tive antes que a inconsciência me dominasse foi como eu me sentia em paz, e isso me aterrorizava de verdade.

Você não terá outra chance…
A dor cortou o lado da minha cabeça.
… se apaixonou por ele, enquanto Kaden levava sua irmã…
Gemi e rolei, cobrindo minha cabeça com um travesseiro grande.
… lembre-se, eu amo você…
Minha cabeça latejava.
… buscando vingança pela irmã que nem era do seu sangue…
Vozes sussurravam, imploravam e gritavam em minha mente.
Você está ficando sem tempo.
Eu praguejei, virando-me e rolando. Se eu conseguisse ao menos fazer isso parar… Ouvi passos pesados, e, em seguida, a cama afundou ao meu lado. Uma dor aguda perfurou meu cérebro mais uma vez, e choramingei. Uma mão grande e quente pousou na minha testa. Eu me acalmei, a dor surda desapareceu, deixando uma calma reconfortante por todo o meu corpo. Suspirei, sentindo como se pudesse sobreviver àquilo, e voltei a dormir.

Um raio quente de sol sobre meu rosto me tirou do sono. Eu me espreguicei e me sentei, com os olhos meio abertos. Eles se arregalaram quando lembrei onde estava. Não tinha sido um sonho. Inclinei-me para a frente, esfregando as mãos no rosto. Pelo menos as vozes tinham desaparecido, e minha cabeça não doía. O que estava acontecendo comigo? Deitei de lado, com os lençóis de seda me envolvendo.

Meus olhos focaram, e uma dor se formou em meu peito, o quarto girou ao meu redor. Ali, em uma intrincada moldura de prata, estava uma foto minha e de Gabby na praia.

Minha respiração falhou. Eu tinha prometido a ela que íamos visitar aquela praia de novo depois de encontrarmos o livro. Era a única foto que Kaden me permitia manter em Novas. Agarrei-a e trouxe-a para mais perto, e meu dedo traçou o rosto sorridente dela. Senti meus olhos arderem, mas meus lábios se apertaram de raiva.

Eu precisava de respostas, e ficar em uma cama em um mundo que não era o meu não as traria para mim. Com o porta-retratos na mão, rolei para fora da cama. Uma brisa entrava no quarto pela grande janela, a luz do sol dançava pelo chão. Caminhei em direção à porta, meus pés descalços quase não faziam barulho. Vozes lá de baixo chamaram minha atenção, e desci o lance de escadas, com a longa camisola dançando atrás de mim em minha fúria.

As vozes aumentaram. Reconheci a de Samkiel, e a feminina pertencia a Imogen.

Sem minha permissão, uma memória abriu caminho até a superfície da minha mente. A dor me rasgou, partindo meu coração e minha mente. Parei de repente, agarrando minha cabeça que estremecia de novo. A noite em que fui até Kaden apenas para encontrá-lo com outra. Aquela foi a primeira noite, mas houve outra e mais outra depois daquela. Ele me ensinou que o amor não tinha sido feito para criaturas como nós.

Forcei a raiva a substituir minha dor e ajeitei os ombros, apertando o porta-retratos contra mim com um pouco mais de força. Desci as escadas, sem me importar se me ouvissem chegando. Se aquilo não fosse um sonho, eu queria sair daquele lugar e daquele mundo. Minha cabeça girava, mas ignorei e permaneci de pé, atravessando o saguão aberto.

Aquilo não era apenas uma casa, mas um maldito palácio. Era tão grande que caberiam mil pessoas ou mais ali, e ainda teriam espaço para se movimentar sem serem incomodadas umas pelas outras. As paredes não estavam mais desmoronando e brilhavam com um calor que faltava no espaço desolado em que ele vivia antes.

A luz entrava por uma enorme janela à minha direita, lançando um brilho dourado sobre as diversas cadeiras e o grande sofá no meio da sala. Uma lareira ocupava quase uma parede, e vasos com belas plantas acrescentavam pontos de cor e frescor.

Passei pela área de estar, e minha ira só crescia com a beleza do lugar. A conversa animada morreu aos poucos quando entrei na cozinha. Era uma estranha combinação dos estilos de Onuna e Rashearim que de alguma forma funcionava. Imogen estava tirando várias frutas e produtos de uma sacola enquanto Samkiel estava do outro lado da ilha, com um sorriso suave no rosto enquanto falava algo que não me importei em ouvir. Quão fácil seria voltar a isso? O que eles tinham era o que ele precisava, o que ele merecia, não a mim, a dor ou a escuridão.

Seus olhos encontraram os meus, e ele se levantou devagar, com preocupação franzindo a testa.

— Está acordada. Como está se sentindo? Sua cabeça ainda dói?

— O que é isso? Onde conseguiu isso? — Agitei o porta-retratos no ar, ignorando suas perguntas.

Imogen parou de arrumar as frutas. Ela ficou imóvel, com seu corpo tenso, provavelmente se lembrando do que tinha acontecido na última vez que nos encontramos. Ela o protegeria tão ferozmente quanto eu? O ciúme me cortou, e rosnei com a reação indesejável.

Ele ergueu uma sobrancelha elegantemente desenhada e tomou um gole do que estava bebendo antes de dizer:

— Novas.

Os olhos de Imogen se moviam entre nós, e ela deu um passo para trás.

— Você foi até Novas?

— Sim. Procurei por você em todos os lugares.

Abaixei o porta-retratos antes de perceber o que estava fazendo.

Em todos os lugares.

As palavras agitaram meu subconsciente. Ele voltou àquela maldita ilha procurando por mim.

—Você só pode estar de brincadeira comigo. Isso era para me fazer sentir alguma coisa? Porque não faz – rebati.

– Eu apenas queria que você se sentisse confortável e tivesse uma foto...

– Uma foto da minha irmã morta não me trará conforto.

Ele se virou para Imogen, que parecia mais uma corsa assustada diante de faróis do que a guerreira Celestial que eu sabia que ela era.

– Imogen, agradeço pela comida. Vou estar no salão em breve. Por favor, informe os outros para que fiquem prontos.

Ela assentiu e fez uma reverência, e um sorriso deixou radiante seu lindo rosto. Meu lábio se curvou. Ela desapareceu em um clarão de luz azul, deixando-me sozinha de novo com Samkiel.

– Desculpe interromper você e sua namorada. Ou devo dizer sua esposa? Noiva? Não consigo acompanhar todas as mentiras.

Uma linha na mandíbula de Samkiel ficou tensa.

– Ela é minha conselheira, porque você matou meu último.

– Claro, é assim que chamam em Rashearim?

Samkiel ergueu a xícara para esconder o sorriso, mas eu vi.

– Como eu disse, Imogen não é minha namorada, noiva ou esposa. Você saberia mais sobre o noivado fracassado se falasse comigo em vez de falar com meus inimigos.

– Eu não ligo. – Bati a foto na bancada.

—Você está com um humor e tanto. Deve estar se sentindo melhor – comentou Samkiel. Ele pôs a xícara em cima da mesa e se inclinou para a frente, colocando as frutas restantes em uma cesta.

– Sabe o que estou sentindo? – perguntei, estreitando os olhos para ele.

– Esclareça-me – pediu ele, aparentemente despreocupado com a minha ira, o que só me irritou ainda mais.

– Que eu quero ir embora. Leve-me de volta – exigi.

– Não.

Suspirei, jogando minhas mãos para cima.

– Deuses, essa ainda é sua palavra favorita!

Saí da cozinha e segui por um corredor, pensando que encontraria uma saída, mas acabei em outro cômodo enorme, que continha uma grande mesa cheia de pergaminhos. Pinturas decoravam as paredes, e livros alinhavam-se cuidadosamente nas prateleiras. Bati a porta e voltei, atravessando o maldito palácio, determinada a encontrar uma saída. Abri porta após porta, sem encontrar nada além de armários e mais quartos. Uma porta dava para um pátio externo, mas um muro alto o cercava.

Um grunhido de frustração ecoou em minha garganta, e voltei para a cozinha. Impaciente, afastei um cacho solto da bochecha e olhei para Samkiel. Ele se encostou na longa ilha, mordendo uma fruta com um interior totalmente verde.

– Terminou? – perguntou.

– Deixe-me sair deste maldito lugar – rebati, avançando e batendo as mãos no balcão.

– Não. – Ele me observou e deu outra mordida, sua postura era relaxada.

Meus olhos se voltaram para a porta perto da grande geladeira. Um corredor sombrio ficava além dela. Foi por isso que não consegui encontrar uma saída. Estava atrás dele. Meu olhar encontrou o seu quando ele parou no meio da mastigação.

– Não.

Eu corri.

Ouvi a fruta bater no balcão e os passos pesados atrás de mim um segundo depois que saí correndo da cozinha. Um clarão de luz iluminou o corredor escuro, e ele apareceu na minha frente. Seu braço disparou, tentando impedir minha fuga. Eu me abaixei e andei mais alguns centímetros antes que braços poderosos me agarrassem por trás e me girassem. Ele me pressionou contra a parede e inclinou seu corpo para perto, com as mãos grandes agarrando meus pulsos e os prendendo de cada lado da minha cabeça. Sua respiração roçou minha bochecha, seu cheiro me envolveu.

Eu soprei uma mecha de cabelo do meu rosto e rosnei para ele.

– Vou rasgar sua garganta com os dentes se não me deixar ir.

– Eu estava certo na primeira vez que a vi. Todinha dentes, garras e fúria. Definitivamente uma fera riztoure. – Ele se inclinou mais perto. – Puro gato infernal.

Amaldiçoei-o em eoriano.

O divertimento dele encheu seu olhar e ele se aproximou, seu corpo se encaixou no meu como se fôssemos feitos um para o outro. Ele inclinou a cabeça, expondo o pescoço. Os músculos tensos e a pele bronzeada eram uma tentação. Minha boca se encheu de água com uma fome que eu não sentia havia algum tempo.

– Vá em frente. Tente.

– O quê? – perguntei, lambendo meus lábios.

– Vamos. Faça. Não me provoque dizendo coisas que não quer dizer. – Ele olhou de esguelha para mim. – Essa não é você, Dianna.

Ataquei tão rápido quanto uma víbora, e minha boca apertou a forte coluna de seu pescoço. Dentes encontraram pele, mas minhas presas não desceram. Girei minha língua contra seu pescoço e suguei, sentindo sua pulsação se acelerar. Arqueei-me contra ele, com o calor latejante entre minhas coxas exigindo mais. Minha dor de cabeça evaporou, e outra dor tomou seu lugar – uma fome que eu me recusava a alimentar. Minha boca deixou seu pescoço, enquanto eu me afastava, lambendo meus lábios.

– Não consegue fazer, não é? – As mesmas palavras que ele disse quando brigamos. Desgraçado. Sua voz estava rouca, como se ele também lutasse contra a necessidade ardente entre nós.

– Cale a boca – rebati, ignorando que as palavras saíram sem fôlego. – O que fez comigo?

Samkiel me soltou e deu um passo para trás, com a raiva substituindo a luxúria.

– É um grande insulto que automaticamente presuma que eu faria qualquer coisa para machucar você. Em especial algo tão hediondo quanto retirar seus poderes.

Minha garganta e outras partes de mim ficaram secas.

– Meus poderes se foram?

– Possivelmente. Em termos mortais, você se esgotou.

Minha mão caiu no meu peito.

– Isso é possível?

– É a primeira vez que vejo isso acontecer. Ainda estou pesquisando.

Minha mente se voltou para os livros empilhados na mesa a alguns corredores de distância. Ele estava pesquisando uma maneira de me curar? De me ajudar?

Voltei-me para dentro, indo fundo, buscando. Samkiel estava certo. Não senti nenhuma faísca. O calor que normalmente sentia quando invocava o fogo estava ausente. Olhei para ele, o brilho suave da umidade da minha boca ainda era visível em seu pescoço, com um pequeno hematoma onde mordi com força demais. Uma onda de prazer percorreu meu corpo, como se parte de mim gostasse de ver minha marca nele. Rapidamente apaguei esse pensamento também.

– Eu quero Roccurrem.

Essa foi a coisa errada a dizer.

Os ombros poderosos se endireitaram, e a expressão dele ficou sombria.

– Não.

– Não pode mantê-lo longe de mim.

– Ele não lhe pertence para que o *mantenha*. Ele não é um animal de estimação para você dar ordens. Se precisar de ajuda ou tiver dúvidas, vou ajudá-la – Samkiel sibilou para mim.

– Eu não quero você – disparei.

Samkiel recuou, e a dor faiscou em seus lindos olhos, escurecendo-os.

– Não importa, você não pode tê-lo. Ele não está mais disponível para atender às suas necessidades – declarou.

Eu podia não ter dentes nem garras como antes, mas ainda tinha veneno. Zombei, cruzando os braços.

– É isso que o incomoda? Acha que Reggie tem cuidado de todas as minhas necessidades mais safadas?

Essa também não foi a melhor coisa a dizer.

O céu escureceu, e o vento uivou, dando voz à raiva que ele se recusava a liberar. Senti sua energia roçar em mim, e parte de mim se deleitou com isso. A sensação do poder dele me envolvendo não incitava medo, na verdade, incendiava meu sangue com necessidade. Ele era um deus feito de tempestades e guerra e era magnífico. E eu odiava isso.

– Sabe, a princípio presumi que você tivesse roubado Roccurrem para seu próprio prazer. Você nunca tocaria em Camilla depois do que ela fez, então a lógica dizia que seria ele. Admito que fiquei com ciúmes. Sou homem suficiente para lhe dizer o quanto fiquei com um buraco no estômago ao ver você me substituir tão facilmente, mas depois descobri que não era para isso. Não. Você apenas não suportava ficar sozinha com seus pensamentos. Entendo. Eu também sou assim. Mas aprendi, Dianna, que ninguém pode tirá-la dessa situação até que você esteja pronta. Até então, não passamos de muletas, e não é disso que você precisa para se curar.

– Não estou pedindo ajuda a ninguém. Muito menos a você – cuspi.

– Ah, acredite, estou muito ciente disso – retrucou ele, mas não recuou. Nunca recuava. Na verdade, ele gostava de cada pedaço de fogo que eu tinha e adorava conseguir me fazer queimar mais forte.

– Minha irmã morreu, Samkiel. Não pense que qualquer coisa que fiz tinha a ver com você.

– Isso não é sobre ela. Estive do seu lado o tempo todo, Dianna. Você sabia disso.

Eu me afastei da parede.

–Você só ia me impedir.

– Sim, de se ferir. – Ele balançou a cabeça para mim, abrindo os braços com uma expressão implacável. – O que isso lhe trouxe? A vingança, as mortes. O que fizeram por você? Não a trouxeram de volta. Nós dois sabemos que nada trará.

Minha mão disparou para dar um tapa nele, mas ele pegou meu pulso.

– Eu *odeio* você.

Ele se aproximou e se inclinou até que seu nariz estivesse a poucos centímetros do meu.

– Eu. Não. Me. Importo.

– Larga meu braço. – As palavras saíram como um sussurro, e eu não tinha certeza se eram uma ordem ou um apelo. Eu não sabia se queria matá-lo ou beijá-lo e odiei querer a última opção mesmo que por um segundo. Meu coração bateu rápido e forte demais antes de entrar em um ritmo mais lento, sincronizando com o dele.

Seu polegar deslizou sobre meu pulso antes de me soltar delicadamente.

– Eu teria seguido você a qualquer lugar, Dianna. Tudo o que precisava fazer era pedir. Em vez disso, você me usou. Usou todo o conhecimento que tinha sobre mim para ferir a mim, minha família e meus amigos. Você usou coisas que lhe confiei contra mim sem hesitar nem um momento. Fui esfaqueado, torturado e quase decapitado. Tudo a serviço da minha casa e do meu reino. Mas nada me feriu igual a você. Nada.

Baixei o olhar, incapaz de encarar a dor dele.

– Se quer um pedido de desculpas meu, não vai conseguir.

– Não quero. Consigo aguentar sua raiva e seu ódio. Tudo o que quero para você é cura. Conheço o caminho que está trilhando, e, por mais difícil que seja, a única saída é atravessá-lo. E, se eu precisar ser seu guia por ele, que assim seja, pois não vou ficar assistindo enquanto você se despedaça.

As palavras dele ricochetearam em meu peito, deixando-me sem fôlego e rasgando meu coração já ferido. Meus olhos ardiam, com uma represa ameaçando se romper, liberando emoções que eu tinha feito o melhor que podia para enterrar. Eu o odiava. Como ele ousava me fazer sentir algo apenas por estar em sua presença? Eu odiava que as palavras que ele disse fossem como um aríete contra o muro que eu havia construído tão meticulosamente nos últimos meses. Odiava me importar tanto. Então, fiz o que sempre fazia e reagi como uma cobra venenosa, toda presas e mordida letal.

– E daí? Vai me manter aqui por mil anos para que eu possa me afundar na culpa e chorar pelos meus parentes mortos igual a você?

Não se formou uma tempestade e o mundo não estremeceu quando cuspi essas palavras nele. Ele não mordeu a isca, apenas sustentou meu olhar. Éramos um objeto imóvel e uma força inabalável. Não temíamos um ao outro, mas ameaçávamos nos esmurrar até sangrar.

Ele apenas inclinou a cabeça para o lado.

– Você pelo menos já lamentou? Você chorou?

– Como? – sibilei.

– Não creio que você o tenha feito. Tem estado muito preocupada e ocupada tentando preencher esse vazio dentro de si com sangue, morte e mortais indignos. Tem feito tudo o que pode para continuar andando porque sabe que, no momento em que parar, vai sentir tudo. Por isso, você se revolta e ataca, porque raiva é melhor que tristeza. É melhor do que reviver cada lembrança, boa e ruim, cada risada e sorriso, tudo o que falou ou poderia ter falado. É melhor do que saber que nenhuma quantidade de carne ou sangue que você consuma como forma de vingança apagará o fato de que realmente a perdeu para sempre.

Minha mão se estendeu mais uma vez, só que desta vez acertou. Dei um tapa nele com força suficiente para fazer minha palma e meu pulso arderem. Eu sabia que ele tinha percebido e poderia ter impedido, mas não o fez.

– Eu odeio você.

– Isso é bom. – Ele ergueu minha mão e deu um beijo em minha palma. – Pelo menos você sente alguma coisa. O que mais? Diga-me mais.

– Vai se foder. – Arranquei minha mão de seu aperto.

Samkiel deu um passo para mais perto, ocupando cada centímetro do meu espaço pessoal. Minhas costas bateram na parede de novo e inclinei a cabeça para encará-lo. O todo-poderoso Deus-Rei me encarou, com toda a suavidade desaparecendo sob aquele olhar ardente, e eu seria uma tola se dissesse quanta excitação provocou em mim. Ele apoiou cada antebraço contra a parede ao meu lado, e seu corpo era quente, maciço e opressor. Eu não tinha medo dele. Nunca tive. Medo era algo que nenhum de nós sentia pelo outro.

– Precisa que eu faça isso? Ajuda? Deduzi que você já teria se saciado em Onuna. – Um anel de prata circulou suas íris, e eu não queria lembrar nem pensar sobre o que isso significava. – Mas dado quão furiosamente você me beijou da última vez, aposto que não encontrou alívio com os mortais que permitiu que lhe tocassem. Então, meu palpite é que você ainda está carente, minha Dianna.

Os olhos dele percorreram meu rosto e desceram, meu corpo esquentou. Eu não ouvia esse termo carinhoso fazia tanto tempo, que quase ronronei. Ele encaixou as superfícies rígidas de seu corpo contra mim, e minha barriga se contraiu. Outra coisa substituiu minha raiva, algo muito mais intenso e perigoso para nós dois.

Uma culpa avassaladora me atingiu, e o empurrei. Ele deu um passo para trás, dando-me espaço para respirar, mas não muito.

– Como é, está me julgando agora pelo modo como decido me curar?

– Julgar? De jeito nenhum. As coisas que fiz para me impedir de sentir superam em muito as que você fez e sempre vão superar. Acredite em mim. Você teria que viver um milênio para me alcançar – ele zombou. – Está certa ao dizer que não posso ditar como você se cura, mas, pelos deuses, Dianna, podia ter me usado. Eu teria permitido, e você sabe disso. Qualquer coisa que desejasse, quando desejasse, da maneira que desejasse. Tudo o que precisa fazer é pedir.

Meu corpo tremia com o esforço para não me jogar nele e aceitar tudo o que ele oferecia. Eu ansiava por deixá-lo me possuir ali mesmo contra aquela maldita parede. Eu sabia que ele estava falando sério. Ele tinha me dado várias demonstrações de quão bem poderia me distrair, mas isso não ajudaria a curar o que estava partido, errado e furioso dentro de mim. Eu estava com medo de que nada fosse capaz.

– Ótimo. – Minha voz não soou tão severa quanto eu queria. – Não tenho interesse. Pode sair da frente agora?

Um pequeno sorriso se espalhou por seu rosto quando ele percebeu meus olhos em seus lábios, e eu o odiei ainda mais. Ele se inclinou para a frente e prendi a respiração, presumindo que ele estava prestes a testar minha convicção e provar que eu era uma mentirosa. Eu estaria mentindo se dissesse que minha boca não se abriu ligeiramente em antecipação. Ele estava a um fio de distância antes de se afastar da parede e ir em direção ao saguão de entrada. Respirei fundo, aproveitando o tempo para recuperar o pouco de compostura que me restava e me convencer de que não estava desapontada. Afastando-me da parede, eu o segui.

Samkiel reuniu alguns papéis da mesa no meio da sala e pegou uma jaqueta que havia jogado nas costas de uma cadeira.

– Estarei de volta em alguns dias.

– Alguns dias? – Minha voz saiu estridente e quase estremeci.

– Sim. Tenho muito o que colocar em dia com o Conselho. Você esteve recobrando e perdendo a consciência por uma semana.

Uma semana? Minha mente estava confusa, tentando processar tudo, mas ficando presa em apenas uma informação. Alguns dias? Ali? Sozinha? Meus dedos pressionaram minhas palmas. Não, eu não ia conseguir. Ele não podia me deixar sozinha assim apenas com meus pensamentos. Eu me afogaria.

– Não pode me deixar aqui por tanto tempo.

Ele deslizou os braços pelas mangas lisas da jaqueta, e os músculos pesados de seus bíceps esticaram o tecido. Meu olhar se demorou um pouco mais e me esforcei para desviar minha atenção.

– Sim, eu posso, e você não estará sozinha. A Mão vai cuidar de você. Você tem comida, roupas e tudo de que precisa aqui. Eu me certifiquei disso.

Foi então que as peças se encaixaram e minha respiração ficou presa. Samkiel não refez aquele enorme palácio para si mesmo. Ele o refez para mim. Um sentimento caloroso que pensei ter enterrado com Gabby se agitou.

E um cadeado na porta de uma casa chacoalhou.

– ... apenas diga meu nome verdadeiro se tiver a menor dor de cabeça, e eu retornarei mais cedo do que planejo.

Sacudi a cabeça, sem perceber que ele estava falando esse tempo todo.

– Samkiel, não sou seu animal de estimação. – Endireitei meus ombros. – Não vou ficar trancada, nem vou ficar aqui.

Ele ajeitou o colarinho antes de deixar as mãos caírem ao lado do corpo.

– Sim, você vai. Existem cerca de cem ou mais hectares de floresta ao redor deste lugar. Você levaria semanas para caminhar até a cidade, isso se alguma criatura não a fizesse de refeição primeiro.

– Então, eu sou uma prisioneira? – Cruzei os braços. – Vai usar algemas também?

– Isso é algo de que você gostaria? – perguntou ele.

Senti minhas bochechas arderem e no mesmo instante me arrependi de ter mencionado isso e mudei de assunto.

– Quanto tempo tenho que ficar aqui?

– Você é uma criminosa, tanto em Onuna quanto aqui em Rashearim. Portanto, ou é isso, ou vai apodrecer em uma cela de prisão abaixo do salão do Conselho.

– O quê?

Ele franziu as sobrancelhas.

– O que você pensou que aconteceria depois de invadir Onuna e quase destruir o mundo? Consequências, Dianna, suas ações têm consequências.

Eu abracei a mim mesma com tanta força que poderia ter quebrado uma costela. Samkiel colocou uma pilha de papéis e um livro debaixo do braço e se aproximou.

– Pode me responder uma coisa? Honestamente?

Revirei os olhos.

– Estamos jogando esse jogo de novo?

Samkiel não falou nada. Ele apenas ficou lá, me observando e esperando.

– Certo. O que é? – resmunguei. Eu sabia que parecia petulante e não me importei. Ele estava me deixando.

– Você não estava planejando voltar para mim, estava?

Ouvi a dor em sua voz, e parte de mim doeu, mas sabia que essa era a única escolha. Ele merecia muito melhor.

– Não.

Ele assentiu e se virou.

– Você teria sido feliz – falei às suas costas. – Se tivesse simplesmente me deixado ir e mantido seus guerreiros fora do meu caminho. Isso já teria acabado, e você poderia ter refeito este maldito palácio para sua rainha legítima.

Samkiel olhou para mim por cima do ombro, com um pequeno brilho prateado dançando atrás de seus olhos cheios de tempestade.

– Você é uma tola se acha que eu seria feliz em um mundo onde você não existisse.

Eu esperava raiva. Era o que sempre esperava quando me rebelava, mas não aquilo. Não, aquilo foi muito pior. Extinguiu toda chama e raiva que me sustentavam. Virei a cabeça para longe dele.

– Este é o lugar mais seguro para você agora. Não importa o quanto me despreze, não permitirei que apodreça em uma cela. Eu não suportaria. Sendo assim, vou lhe dar seu espaço enquanto tento resolver todo o resto.

Não olhei para trás quando os passos dele desapareceram. Um raio de luz radiante passou pela janela, e eu estava completamente sozinha mais uma vez. Levantei as mãos, esfregando o rosto, refletindo sobre tudo o que havia acontecido nos últimos dias, meses e horas.

Abaixando as mãos, olhei ao redor da enorme sala. As paredes verde-escuras e douradas, os lustres cintilantes e os móveis luxuosos e confortáveis eram mais que bonitos. Meus olhos se fixaram no cobertor estendido na ponta do longo sofá. Havia um copo na mesinha lateral e uma pilha de livros no chão ao alcance da mão. Samkiel estivera dormindo ali. Olhei para cima, lembrando-me da disposição do segundo andar. Aquele lugar ficava logo abaixo da cama onde eu dormia. Se eu tivesse feito o menor som, ele teria ouvido. Meu peito se contraiu, alguma faísca de emoção tentou abrir caminho através dos meus escudos.

Afastei-me do sofá, incapaz de processar o que tudo aquilo significava. Sentei-me no banco da janela, cheio de almofadas grandes e macias, observando o dia lindo. As montanhas distantes zombavam de mim, com nuvens rosadas obscurecendo seus picos. Se eu tinha que estar em uma prisão, pelo menos aquela era bonita.

Minha mão descansou sob meu queixo enquanto eu suspirava, pensando no que deveria fazer ali. O sol banhava a floresta, mas não vi pássaros voando entre as árvores ou pequenas criaturas correndo.

Por que ele não desistia de mim igual a todo mundo? Maldito seja, e maldita seja eu por me importar. Ouvi o estalo revelador de alguém se teletransportando atrás de mim e me levantei, virando-me em direção aos passos que se aproximavam.

– Esqueceu alguma coisa? Ou talvez queira começar outra discussão inútil...

Minhas palavras morreram quando Neverra apareceu na entrada.

Sozinha.

– Oi.

LI
DIANNA

— O que está fazendo aqui?
— Oi para você também. — Neverra sorriu. O longo terninho preto que ela usava moldava fielmente suas curvas. A cauda de sua jaqueta brilhava às suas costas quando ela entrou. Tinha detalhes dourados nos ombros, as ombreiras embaixo a faziam parecer maior, e os botões criavam desenhos intrincados em cada lado. Aqueles deviam ser seus trajes de Conselho.

— Onde está Logan? — perguntei, olhando para trás dela. — Duvido que ele a deixe em paz depois de tudo.

Ela passou por mim, indo em direção à sala principal, com as mãos cruzadas na frente do corpo.

— Dei uma escapada. Espero que ele não tenha percebido que saí. Eu precisava falar com você e, assim que vi a luz de Samkiel pousar no salão do Conselho, imaginei que você estaria sozinha.

Um eufemismo.

— Uau. Vocês são rápidos.

— A luz viaja depressa.

— Legal. O que você quer? — Cruzei os braços e endireitei os ombros. — Se pensa que, só porque salvei você e Logan, seremos melhores amigas, está enganada. Já estou me arrependendo desse erro. Eu...

— Gosto do lugar, embora ele o tenha transformado em um palácio. — Ela me interrompeu enquanto vagava pela sala. Deslizou a mão pelo braço do sofá onde ele havia dormido. — Ele deixou tudo o mais confortável que pôde, hein? Quando Logan me conheceu, ele costumava fazer as coisas mais adoráveis também. Deuses cortejam da mesma forma que fazem os mortais. Em geral são coisas pequenas, presentes ou flores. Sentem um desejo irresistível de cuidar daqueles de quem gostam. Claro, também são superprotetores e exagerados. Logan não é diferente. Nenhum dos celestiais é. Ele tentou de tudo quando nos conhecemos, mas eu não lhe dei atenção. Ele, como todos os outros, tinha uma reputação naquela época. Eram chamados de Os Intocáveis. Tinham amantes, mas ninguém conseguia se aproximar deles. Por isso, evitei Logan e seus avanços. Até que Samkiel decidiu que precisava de guardas e realizou competições abertas para formar A Mão. Muitos tentaram e muitos falharam.

Voltei para o assento da janela, meu corpo doía de cansaço. Eu não sabia por que Neverra estava compartilhando tudo aquilo comigo, mas era melhor do que ficar sozinha com meus pensamentos.

— Passei por todas as rodadas de competições, e Imogen também. Ganhei tanta coisa que nem sabia que precisava. Uma família, um lar e, claro, Logan. — Ela sorriu, esfregando as mãos nas vestes escuras.

– Por que está me contando isso?

Seu rosto se contorceu de dor.

– Porque sei que você perdeu a sua.

– Saia. – A palavra era dura e contundente. Meu lábio se ergueu em um rosnado, e meu coração bateu forte no peito, como um martelar desconfortável e descontrolado sem ele ali para acalmá-lo. Raiva e dor borbulharam logo abaixo da superfície, mas nenhum fogo dançou em minhas mãos, e minhas presas não apareceram. Não restava nenhum poder em mim. Fiquei de pé com a intenção de sair da sala, mas de repente ela estava na minha frente. Eles sempre se moveram tão rápido?

– Desculpe. Dianna, não estou tentando aborrecer você. Juro.

– Então o que está tentando fazer?

Neverra engoliu em seco e olhou para as mãos, mexendo nas unhas recém-pintadas e brincando com os anéis. A guerreira feroz parecia nervosa e insegura. Quando ela levantou a cabeça para me olhar de novo, o brilho de lágrimas não derramadas enchia seus olhos.

– Estou tentando lhe dizer que tentei salvá-la. Eu tentei. Logan e eu nos importávamos com Gabriella. Deveríamos ser apenas guardas dela, mas ela era tão doce e engraçada. Ela nos forçou a ver aqueles filmes bobos e fofos e nos contou histórias de lugares onde vocês duas estiveram. Foi divertido e me lembrou muito de como era a vida antes da queda de Rashearim. Ela amava tanto você, e isso sei que você sabe. Só sinto muito por não poder ter feito mais. Eu me culpo mais do que você imagina.

Meu coração doía tanto que parecia que estava dando um nó em si mesmo.

– Por quê?

As mãos dela caíram para os lados, e ela suspirou.

– A culpa foi minha. Samkiel nos disse para ficarmos naquele condomínio, mas ela estava tão entediada. Há um limite para quantos jogos se pode jogar ou filmes a que se pode assistir, e ela sentia sua falta, sentia falta de Rick. Ela só queria sair por alguns minutos. Ela queria um café. Convidei Rick, e então Drake apareceu. Parte de mim não confiava nele, mas achei que estava tudo bem. Eu não os vi ou senti até que fosse tarde demais. Fomos treinados para pensar logicamente e garantir o melhor curso de ação em situações perigosas. Eu podia ter fugido e chamado os outros, mas não queria que ela ficasse sozinha. Eu deveria protegê-la.

Tentei engolir a dor crescente, meus olhos queimavam e meu nariz ardia enquanto as lágrimas também me ameaçavam. Ouvir como ela tentou salvar minha irmã e o quanto se importava com ela me quebrou.

– Não é sua culpa.

Os olhos de Neverra se arregalaram de surpresa. Acho que ela esperava que eu a atacasse ou gritasse com ela, mas parecia que eu estava esgotada de várias maneiras.

– Fui eu quem a trouxe para este mundo miserável quando ela quase morreu pela primeira vez. Se a culpa é de alguém, é minha. Eu amaldiçoei nós duas. – Eu nunca tinha admitido isso para ninguém.

– Dianna – disse ela, balançando a cabeça e estendendo a mão para mim.

Ergui minha mão.

– Se isso é tudo que precisava me dizer, você pode ir agora.

Eu não queria ser tão fria e cruel, mas não conseguia conter a criatura despedaçada dentro de mim que procurava apenas proteger os últimos estilhaços do meu coração e da minha alma.

Ela endireitou os ombros, olhando para a janela aberta. Limpou o rosto com a manga da roupa, removendo as poucas lágrimas que molhavam seu rosto.

– Eu preciso voltar antes que Logan venha me procurar, mas só queria que você soubesse e queria dar isso para você.

Ela colocou a mão no bolso e tirou um pedaço de papel dobrado e amassado. Então o estendeu para mim, mas não se aproximou.

Respirei fundo e, com mão trêmula, estendi para pegá-lo.

– O que é isso?

– Gabby me deu em Yejedin. Acho que ela escreveu há um tempo e apenas guardou com ela. E me pediu para dar a você. Nunca li. Apenas escondi até que eu pudesse me libertar e voltar.

Todo o meu corpo tremeu.

– Eu realmente sinto muito, Dianna. Pela sua perda, por tudo.

Com um estalo de luz azul, ela saiu da sala. Fiquei ali sozinha, olhando para o bilhete desgastado. Meu coração disparou. Gabby havia escrito e guardado. O papel tremia violentamente quando o abri, e seu ruído era o único som na sala, exceto pela minha rápida respiração ofegante. Minha visão ficou turva, obscurecendo sua caligrafia familiar.

Cara irmã,

Certo, eu queria que fosse formal, mas parece bobagem falando em voz alta.

De qualquer forma, acho que nós duas sabemos por que estou escrevendo isso. É tarde demais da noite porque não consigo dormir. Para ser sincera, não durmo muito desde que você se foi, mais ou menos como nas noites em que você costumava sair escondida quando dividíamos um quarto em Eoria. Eu acobertava você, e você sempre me trazia aqueles bolinhos doces. Eu sempre esperava por você. Só que desta vez você ainda não voltou. Já se passaram meses, e estou com saudades. Fiquei com tanto medo de que algo acontecesse e você não voltasse. É a mesma coisa agora, mas pior. Não sei explicar, mas tenho a sensação de que talvez nunca mais fale com você ou a veja.

Escute, sei que você é forte e corajosa, e tudo mais, mas, se algo acontecer, se ler este bilhete, e eu não estiver mais aqui, preciso que seja mais forte. Preciso que seja corajosa e feroz e, acima de tudo, preciso que me deixe partir. Sei que você vai ficar triste e estou chorando enquanto escrevo isto, mas, Dianna, você é tão poderosa e inteligente. Não há nada que não seja capaz de fazer e nada capaz de impedi-la. Nunca houve.

Você é minha irmã, e eu a amo. Sempre vou amar. Parte de mim deseja que pudéssemos ter tido a vida da qual sempre falamos. Só saiba que, não importa o que aconteça, você me deu a melhor vida. Você nunca me prendeu em uma vida horrível. E, ei, estar aqui com Logan, Neverra e os outros celestiais não é ruim. Gosto deles e acho que você também ia gostar se lhes desse uma chance.

Pela primeira vez desde Eoria, sinto que tenho um lar e uma família. Eu me divirto, mas me divertia muito mais com você, não importa o que pense. Você me mostrou o mundo, e eu amava, ai deuses, como eu amava. Quero isso para você, mesmo que sinta que não merece. Vale a pena, Dianna. Não rejeite aquilo que precisa porque teme a dor que pode trazer. Nunca deixe o medo dominá-la. Não deixe que o que Kaden fez roube algo especial de você.

Dianna, você é amada. Sempre foi e sempre será. Vejo isso mesmo que você não veja, mas, mais do que isso, você tem muito amor para oferecer. Acho que é daí que vem o seu fogo interior. Você é paixão e raiva e, acima de tudo, puro amor. Você me protegeu, amou e cuidou de mim durante toda a minha vida. Por sua causa, nunca vivi um dia em que não fosse amada.

Você suporta mais estresse e peso do que qualquer pessoa que conheço, e, da minha parte, sinto muito. Prometa-me uma coisa. Se acontecer de encontrar o amor depois que eu partir, você não o deixe escapar. A vida é mais do que lutar e sobreviver. Você já fez o bastante quanto a isso. Há tanta coisa além, e quero que experimente tudo. Quero que ria de novo, que ame, que se divirta. Quero que você viva, que viva de verdade. Portanto, se ler isso, se eu realmente me for, saiba que nunca vou deixá-la, mesmo que não consiga me ver. Eu nunca a abandonaria.

Umidade atingiu o papel. Uma gota, depois duas, como se chuva estivesse caindo do teto. *Podemos apenas fingir que estou esperando você voltar para casa. Um dia vamos nos ver de novo, não importa quanto tempo demore. Não importa aonde eu vá, sempre sei que ficarei bem, porque tive uma irmã incrível que me amava. Você me ensinou a cuidar de mim mesma. Segurou minha mão quando eu estava com medo de saltar de um penhasco e segurou minha mão durante todo o restante. Você não é um monstro. Nunca foi, não importa o que pense. Você é minha irmã, minha melhor amiga e minha protetora. Por isso, se por acaso esta é a última vez que nos falamos, saiba que seu trabalho está feito e que é hora de você se cuidar para variar.*

Lembre-se, eu amo você.

Para sempre,

Gabby

P.S.: Como conheço você, seja mais gentil com Liam.

Não senti meus joelhos baterem no chão ou meu corpo desabar. Apenas quando senti minha testa apoiada na pedra fria foi que percebi que estava no chão. Apertei o bilhete contra o peito, minha boca se abriu em um grito silencioso. Finalmente, tudo o que eu estava contendo, tudo o que eu guardava dentro de mim veio à tona. Lágrimas queimaram meu rosto, e chorei, o som encheu o palácio vazio. Ler o bilhete e ver as palavras escritas no papel tornou realidade mais do que observar a poeira dos restos mortais dela flutuando ao vento.

Ela se fora, e não importava o que eu tivesse feito, quem eu tivesse matado, ela não ia voltar.

Eu estava verdadeira e totalmente sozinha.

Os soluços me dominaram, meu corpo parecia estar sendo rasgado de dentro para fora. Em todos os séculos da minha existência, nunca senti dor assim. Chorei tanto que os barulhos que fiz nem pareciam mais mortais. Chorei até não haver mais lágrimas, mas ainda assim meu peito se agitava. A sala ficou mais escura, e o mundo mais frio. Eu não sabia quanto tempo tinha ficado ali ajoelhada, abraçando-me, mas, no fim das contas, consegui me levantar, ainda segurando a carta contra o peito. Meu corpo doía como se eu tivesse estado em uma batalha, mas me arrastei até a cozinha para pegar a foto antes de subir as escadas para voltar ao quarto onde tinha acordado. Eu me arrastei para a cama e puxei as cobertas sobre a cabeça, segurando o bilhete e a fotografia perto, isolando-me do mundo.

LII
SAMKIEL

— Temos que lidar com ela! Enfrentar as consequências de suas ações! — declarou Leviathan, batendo o punho contra a mesa de mármore, com brilhos de luz dançando sob sua pele.

Vários outros membros do Conselho, todos usando trajes brancos radiantes e cordões com tachas de prata, assentiram.

— Se os Ig'Morruthens retornaram, deveríamos ter sido notificados imediatamente.

Recostei-me no meu lugar à cabeceira da grande mesa.

— Vocês serão notificados quando eu desejar que sejam notificados.

Jiraiya sacudiu a cabeça, e seu cabelo escuro balançou em volta do rosto.

— Nós somos o seu Conselho, Deus-Rei. Os grandes reis nos nomearam antes do reinado de seu pai, e estaremos aqui muito depois do seu.

Inclinei-me para a frente e cruzei as mãos diante do corpo.

— Acha que isso lhes dá poder sobre mim?

— O Conselho foi formado por uma razão. É contra o nosso propósito que você só nos fale o que considera apropriado quando deseja — argumentou Elianna, com seus longos cabelos ruivos presos em um rabo de cavalo apertado, cuja ponta balançava acima das ombreiras altas de suas vestes.

As portas altas da câmara se abriram silenciosamente, e Neverra entrou dez minutos atrasada. Ela fez uma leve reverência para mim antes de se juntar ao restante d'A Mão, que estava atrás de mim em um semicírculo encarando o Conselho.

Minha mandíbula ficou tensa e me virei na cadeira, seguindo-a com os olhos apertados. Meu aborrecimento não vinha do atraso dela. Não, foi o resquício de aroma de canela que a seguia pelo cômodo que me deixou nervoso. Neverra abaixou o olhar, e os olhos de Cameron se arregalaram, pois seu olfato superior lhe dizia com quem ela estivera.

Falei para ela esperar. E se ela a tivesse assustado? Era cedo demais. Dianna estava frágil demais naquele momento, violenta e cruel, porém frágil.

— O que Elianna quer dizer é que não podemos ajudar se não soubermos.

Voltei a encarar o Conselho, lembrando-me do motivo de estar ali.

— E é por isso que estamos tendo esta reunião. Para repassar tudo — respondi.

Leviathan esfregou a testa, a idade aparecia em seus dedos e rosto.

— Muito bem. Quantos Ig'Morruthens sobraram?

— Dois.

Tora continuou a transcrever cada palavra, com suas pequenas mãos movendo-se tão rápido quanto falávamos. Ela empurrou o cabelo curto para trás com os dedos manchados de tinta. Os fios loiros mal alcançavam a gola do traje.

– Incluindo a garota? – questionou Rolluse. Já fazia muito tempo que eu não o via. Eu não fazia ideia de quando ele tinha raspado a cabeça, mas isso o tinha envelhecido demais.

– A *garota* não é da sua conta nem da conta do Conselho. Ela é minha.

Elianna suspirou, levantando uma das mãos, e Tora fez uma pausa em sua escrita.

– Estamos bem cientes de como gosta dos outros, mas este não é o momento nem o lugar para fazer tal proclamação – cuspiu Elianna, e alguns outros concordaram com acenos. – Ela é uma ameaça, não outra conquista da qual você possa se gabar.

A sala do Conselho explodiu em lascas de madeira, pedra e vidro. Os destroços flutuavam ao nosso redor, e restaram apenas a mesa e as cadeiras. Eles arquejaram, boquiabertos e de olhos arregalados. Sentei-me calmamente ao sol, enquanto os pássaros da floresta próxima levantavam voo, gritando alarmados.

Os membros do Conselho ficaram paralisados, segurando a mesa com força. A Mão apenas pareceu estar achando graça. Eles sabiam que eu não representava uma ameaça de verdade e que jamais os machucaria, mas o Conselho precisava ser lembrado do seu lugar.

– Posso destruir e refazer este lugar mais rápido do que o segundo que todos vocês levam para respirar. Não esqueçam com *quem* estão falando.

A sala do Conselho se restaurou, os pisos, as paredes e o teto da câmara foram refeitos, selados e tornados inteiros.

– Minhas desculpas, meu soberano – disse Rolluse.

– Fora isso, meu soberano – respondeu Elianna –, ela é apenas uma fera, não importa que carapaça use. Ig'Morruthens são criaturas feitas para rasgar e destruir. São armas enormes e monstruosas.

Senti o estrondo de um trovão atrás de mim quando meu temperamento se chocou com meu controle. Respirei fundo, buscando meu foco. Independentemente de nosso relacionamento incerto e da briga daquela manhã, ninguém falava mal de Dianna, ou ia se arrepender.

– Cuidado, Elianna – rosnei. Ela deve ter lido alguma coisa em meus olhos, pois engoliu tudo o que poderia ter dito. – Eu não sabia que todos pensavam que seu poder e que seus desejos superavam os meus na minha ausência. Que de alguma forma ganharam o direito de me dar ordens.

O trovão martelava o céu como tambores de guerra, e o vento uivava com toda a fúria. Em contraste, meu tom permaneceu inquietantemente calmo.

– Arranquei cordas vocais de *feras* muito maiores e mais cruéis que você, Elianna. Cuidado com o que fala. Não vou pedir de novo. Seu lugar no Conselho significa muito pouco para mim, e você pode ser substituída. Sendo assim, sugiro que tome cuidado com sua língua, ou vou tomá-la. Os antigos deuses já morreram há muito tempo, e Xheor não está mais aqui para protegê-la. Escolha suas palavras com sabedoria quando se dirigir a mim. Todos vocês. Ainda sou seu rei.

Fiz contato visual com cada um deles até que baixassem o olhar. Os lábios de Elianna formaram uma linha fina, mas ela não falou mais nada. Ela se recostou na cadeira, e o encosto pesado e curvo balançou levemente com a força. A tempestade diminuiu, mas a chuva ainda surrava a varanda aberta.

– Meu soberano, desconsiderando o tom rude de Elianna, ainda nos preocupamos se ela é uma ameaça. Se seus poderes são fortes o suficiente para erradicar todos aqueles que trabalhavam para Kaden e para matar um rei de Yejedin, mesmo com a ajuda d'A Mão, eles são grandes demais. Receio que o poder dela possa até rivalizar com o seu – comentou Tora, com palavras mais suaves e gentis.

– Ela está sem poderes no momento. Não tenho certeza se retornarão. Portanto, não representa nenhuma ameaça.

Eles olharam para mim como se eu tivesse enlouquecido.

– Sem poderes como?

– Ainda é preciso esclarecer isso. Em termos mais simples, ela esgotou as suas reservas de energia. Portanto, sim, com relação a ela, onde está hospedada e o que vai acontecer com ela, não é da sua conta nem nunca será. Como afirmei, ela é minha.

Eu tinha pensado em contar a eles sobre a falta de poder dela, uma parte de mim desejava descobrir mais antes de revelar essa vulnerabilidade. Mas se isso os fazia abandonar essa linha de questionamento, que assim fosse.

A sala ficou em silêncio pela primeira vez desde o início da reunião.

Repousei minha cabeça no encosto da cadeira parecida com um trono, observando-os sair. Já haviam se passado horas, e era o momento de mais uma pausa. Eu odiava essa parte do meu trabalho. As reuniões podiam levar dias ou até semanas. A Mão permaneceu, até Imogen. Ela dispensou Jiraiya quando ele sussurrou sobre uma visita privada, pensando que nenhum de nós havia percebido. Cameron brincou sobre o encontro deles, ganhando de Imogen um tapa no braço. Eu não me importava com o que eles faziam em seu tempo livre, desde que não afetasse suas responsabilidades.

– Você está nervoso, grandalhão. Está praticamente vibrando – comentou Cameron.

Mantive meus olhos fechados.

– Não estou nervoso. Estou... – Não encontrei as palavras.

– Frustrado? – Ouvi-o rir e consegui imaginá-lo dando uma cotovelada nas costas de Xavier por sua esperteza.

Apenas grunhi em resposta, mas não me dignei a responder mais.

Frustrado era uma forma de descrever. Todo o meu ser ainda estava ardendo por causa da mordida dela. Eu me certifiquei de que a marca que ela deixou no meu pescoço sarasse antes de entrar nos salões do Conselho. Cameron teria sido o primeiro a notar, seguido pelo Conselho, e não senti necessidade de explicar que não foi causada pela luxúria.

Xavier limpou a garganta.

– Acho que você é o único que faz Elianna calar a boca.

– Cuidado – repreendi –, eles ainda são seus superiores.

– Desculpe-me – disse ele, e o ouvi afundar em uma cadeira.

– Mas eu posso falar livremente. – Abri meus olhos. – Eles sempre foram esses enormes imbecis pretensiosos? Eu sou assim?

O sorriso de Xavier iluminou seu rosto, seus dentes faiscaram intensamente. Cameron e os outros começaram a rir. Neverra sentou-se ao lado de Logan, e os dois sorriram para mim.

– Não, não até então – respondeu Logan.

– Que bom.

Cameron pegou um pedaço de papel no qual estava fazendo anotações e rasgou-o em quadrados. Depois, começou a dobrá-los em pequenos triângulos. Ele atirou um, por cima da mesa, em Xavier, que o rebateu.

– Adorei o comentário de *"ela é minha"* – declarou Cameron, atirando outro triângulo em Xavier. – Tão intenso que até me deixou duro.

Balancei a cabeça e esfreguei os olhos com o polegar e o indicador.

– Por favor. Uma brisa morna faz isso – brincou Xavier.

Os dois riram, e Vincent suspirou. Ele apoiou um pé contra a parede na qual estava encostado, de braços cruzados.

– Tem certeza de que foi inteligente contar a eles sobre a perda de poderes dela?

– Por que não seria?

Vincent deu de ombros.

– Isso a torna um alvo mais fácil.

Cameron bufou e fez outro pedaço de papel voar pela mesa.

– Dianna, com ou sem seus poderes, não parece um alvo fácil. Além disso, sabe o que significa ele a ter reivindicado daquele jeito na frente do Conselho.

Vincent resmungou e desviou o olhar.

Imogen endireitou os papéis na mesa à sua frente e disse:

– A lei mais antiga. Qualquer lugar, item ou pessoa reivindicado pelo rei governante é considerado seu. Se alguém agir com má intenção contra as reivindicações do rei, isso será considerado um ato de guerra e passível de morte.

Xavier assobiou e pegou outro triângulo voador que Cameron lançou contra ele antes de jogá-lo de volta.

Cameron se esquivou, olhando para Imogen.

– Está vendo? Ficar tanto tempo com o Conselho faz você falar igual a eles, Immy. Você tem que sair deste lugar.

Ela mostrou a língua para ele, e ele riu.

– Não há ameaça para ela *aqui*. – Fiz questão de enfatizar a última parte. – O Conselho, embora turbulento, não tem poder para rivalizar com o meu. A única outra criatura que poderia chegar perto não pode se aventurar neste plano.

Vincent se afastou da parede.

– E daí? Ela destrói uma ou duas cidades, tira vidas e depois tira férias em um palácio que você reconstruiu para ela?

– Ei, ela salvou Neverra e a mim. – O tom de Logan fez Vincent fazer uma pausa. Normalmente, Logan tinha um pouco mais de tolerância com Vincent, mas não dessa vez. Neverra apoiou a mão na de Logan, apertando-a de leve.

– Sim. Todos ouvimos a história. Ela salvou sua vida depois de quase arrancar sua garganta.

– Ela planejava mandar Neverra de volta, com ou sem mim lá. Ela é mais do que apenas o monstro estúpido que o Conselho pensa que ela é – rebateu Logan.

Minha sobrancelha se ergueu diante da defesa vociferante que ele fez dela.

– E estou feliz que você e Nev estejam em casa, irmão. Estou, mas será que o potencial dela para o bem supera o mal? Vamos apenas esquecer toda a destruição que ela causou após um ato aleatório de bondade?

A sala ficou em silêncio. Até os pássaros lá fora pararam de tagarelar. Cruzei as mãos à minha frente e me inclinei adiante.

– Você tem algum problema com a forma como estou lidando com ela?

Vincent engoliu em seco, e seu comportamento calmo se dissipou.

– O problema é que você deseja dar a ela clemência quando ela deveria estar trancada lá embaixo com Camilla. Ela…

– Estou bem ciente do que ela fez, mas não pedi seu conselho sobre o assunto. Nem você deve julgar o que posso ou não fazer. O que exatamente aconteceu sob o seu governo temporário?

O rosto de Vincent ficou vermelho, e ele abriu a boca para responder, mas parou, pensando melhor no que estivesse prestes a responder.

– Exato. Estou mais do que ciente do seu desdém por ela.

– Desdém? – Ele deu uma pequena risada, olhando para a sala. – Sou o único que não está sob o encanto dela? Ela praticamente estripou Cameron e partiu Onuna ao meio. Quero dizer, falando sério, a lista é enorme.

– As circunstâncias são diferentes. Não estamos lidando com uma criatura focada apenas em saciar uma mera sede de sangue e destruição...

– Está falando sério? – Ele me interrompeu, aparentemente sem perceber que tinha feito isso. – É de fato tão bom assim, que você está disposto a arriscar tudo por ela? A dar desculpa atrás de desculpa? Unir nunca faria...

Eu fiquei de pé no segundo em que o nome do meu pai saiu dos lábios dele. Faíscas de energia dançaram sobre minha pele, minhas tatuagens ganharam vida, e a sala vibrava. O cansaço deixava meu humor mais do que esgotado, e as últimas semanas só pioraram a situação.

– Fora.

Era a única coisa que eu poderia dizer que não arruinaria os séculos de amizade entre nós.

Vincent girou nos calcanhares, abriu as portas da câmara do Conselho e saiu furioso sem sequer olhar para trás.

– Todos vocês. Estão dispensados até que o Conselho se reúna de novo.

Cameron e Xavier trocaram olhares e saíram da sala praticamente correndo. Imogen se levantou e murmurou algo sobre conversar com Vincent antes de correr atrás dele. Neverra e Logan se levantaram devagar.

Logan encontrou meu olhar.

– Vincent só está com medo. É por isso que ele se rebela.

– Estou ciente.

– Nismera fez um estrago com ele. Todos sabemos disso, e ele vê o fantasma de Nismera em Dianna. É apenas medo. Há amor por você por trás da rebeldia dele – comentou Logan.

Abaixei a cabeça, pressionando os punhos contra a mesa à minha frente.

– Só quero ficar sozinho. Por favor.

Ele não falou mais nada, os dois saíram, e as grandes portas se fecharam logo atrás deles. Afundei de volta no meu assento, com a mão esfregando o rosto. O silêncio, pela primeira vez, acalmou meus nervos.

– Ela chamou por você – falei, olhando para a frente.

Roccurrem solidificou-se, suas sombras contorciam-se ao seu redor.

– Eu ouvi – respondeu ele, cruzando as mãos atrás das costas.

Meu queixo ficou tenso com o quanto ele parecia casual, como se fosse seu direito. Ela me amaldiçoou e chamou por ele. Era mais do que idiota sentir tanto ciúme, mas meu estômago se contorceu com a emoção.

– Acalme seus nervos, Majestade. Não há necessidade de ter ciúmes. Ela me chama pedindo respostas que tem medo demais de receber de você.

Bati de leve meu punho contra a mesa, com um milhão de pensamentos passando pela minha cabeça.

– Parte de mim quer proibir você de responder ao chamado dela, mas, se ela tem dúvidas e não quer falar comigo, quero que tenha o apoio de que precisa. Jamais desejaria que ela ficasse sozinha. Kaden a manteve longe de amigos e familiares durante séculos. Eu não faria o mesmo. Se ela o chamar, pode responder, mas não antes disso.

As sombras de Roccurrem aumentaram, a massa rodopiante de energia e nebulosas dançou ao redor de seus pés.

– Os mortais falam de estágios de luto. Raiva.

Imagens de Onuna em chamas passaram pela minha cabeça.

– Negação, barganha, depressão e aceitação. Receio que Dianna só tenha experimentado dois no momento. Você deve estar preparado para o que está por vir. As emoções dela retornarão. Elas podem fluir como a maré, algumas avançando mais rápido do que outras, algumas permanecendo adormecidas por um tempo ou para sempre, mas os sentimentos surgirão de qualquer maneira. Você é o único capaz de alcançá-la agora.

Bufei e massageei a testa. Derrotado seria a palavra correta para como me sentia.

– Acho que as únicas emoções que ela sente na minha presença são ódio e raiva.

– Todo esse poder, e mesmo assim você ainda não enxerga.

– Não importa como ela se sinta agora, não vou abandoná-la, não importa o quanto ela me deteste – declarei, com a expressão sombria.

– Detestar não seria a terminologia que eu usaria para descrever os sentimentos dela por você, Majestade.

Eu desdenhei.

– Você não a viu comigo, então. Ela não suporta me ver.

– Não pelas razões que você supõe.

– Nunca foi assim antes. Com qualquer outra. Por que ela faz com que eu me sinta assim? Quero matar você. Quero ferir quem fala mal dela. Este não sou eu. Eu não sou essa pessoa. No entanto, seu relacionamento, por mais inocente que seja, parece uma ameaça. Eu não conseguia nem pensar em Camilla perto dela, porque Dianna gostou dela no passado. Quase a matei em Onuna. Sabe como é se sentir assim? Saber que quero reduzir qualquer pessoa que a ameace a meros átomos? Que governante benevolente eu sou. Talvez eu seja exatamente o que as histórias dizem.

– Eu falei que o amor tem poder, mas nunca disse que era bom. – Encarei-o. Não se moveu nem mesmo quando sua forma começou a desaparecer. – Um aviso, Deus-Rei. Tenha cuidado com suas demonstrações de afeto para com ela. O Conselho verá isso como uma ameaça.

– Ameaça?

– Eles não a veem como você sempre viu, no entanto, poucos a veem. Ela provoca medo na maioria. Receio que será um problema.

– Eles não vão tocar nela. Ninguém vai. – Era um juramento, e eu estava falando sério.

– Não é por ela que temo, Majestade – ele declarou e desapareceu da sala, deixando-me em contemplação silenciosa mais uma vez.

LIII
DIANNA

91 DIAS

Eu não sabia quanto tempo tinha ficado na cama ou quanto tempo havia se passado. O sol nasceu e se pôs. Caí no sono e acordei, chorando nos dois momentos. Sonhos da minha infância me assombravam. Meus pensamentos eram circulares, lembrando-me de onde eu estava, o que eu era e quem eu não tinha mais. Tudo o que sabia era que minha mente era minha prisão e que eu era a carcereira com a chave. Uma chave que eu não sabia usar, e, para ser sincera, não sabia se queria minha cela destrancada. O bilhete que ela tinha me deixado estava manchado com minhas lágrimas, mas me recusava a soltá-lo. Eu o li inúmeras vezes, amaldiçoando os velhos deuses mortos.

Uma luz prateada cruzou o céu e acompanhei seu progresso pelas janelas. Meu coração vacilou, e me xinguei também.

Ele entrou na casa, e me virei, cobrindo a cabeça com os cobertores tão apertado que nenhuma luz conseguia entrar. Não o ouvi entrar no quarto, mas o senti. A cama se moveu sob seu peso, um suspiro áspero saiu de seus lábios.

– Sei que você não está dormindo.

Eu não falei nada.

– Você ficou na cama esse tempo todo?

Eu grunhi minha resposta, uma mistura de vá se foder e cai fora.

A cama se mexeu de novo, e ele arrancou as cobertas do meu rosto. Olhei para ele através da bagunça de cabelo que cobria metade do meu rosto.

– Já se passaram três dias, Dianna.

Virei a cabeça, olhando para a janela. Três dias? Pareceram horas.

Samkiel pegou a foto na mesinha de cabeceira. Ela havia quebrado quando a bati contra o balcão durante nossa briga, e agora uma rachadura danificava o vidro. Corria entre Gabby e mim, nos separando exatamente como eu tinha feito anos atrás.

– Eu arruíno tudo.

Não percebi que tinha falado até que a aspereza fez cócegas na minha garganta. Samkiel passou o polegar pelo vidro quebrado. A moldura vibrou quando as rachaduras foram preenchidas, deixando-a inteira e intacta.

– Bem, para sua sorte, estou aqui para consertar isso.

Minha cabeça se virou para ele, e uma faísca de calor percorreu meu peito antes de eu apagá-la.

– Bem, você não pode me consertar.

Tentei puxar as cobertas sobre minha cabeça de novo, mas não se mexeram. Ele estava sentado em cima delas, pesado demais para eu mover sem meu poder.

– Quando foi a última vez que você tomou banho? – perguntou Samkiel, com uma sobrancelha levantada.

Encarei-o e fiz um gesto rude para ele.

– Se deseja aliviar sua raiva dessa forma, em vez de gritar, não recusarei. Eu falei, você só precisa pedir.

Lutei para libertar meus pés dos cobertores para poder chutá-lo.

–Você é tão fácil de irritar – zombou ele.

Rosnei e continuei puxando os cobertores, sem querer admitir a derrota.

– É só porque você é chato.

– Igual a você. Agora vamos. Levante-se. – Samkiel ficou de pé. –Vamos tirar você de casa.

Soltei um grito de triunfo, embora não tivesse feito nada. Puxei as cobertas por cima da minha cabeça, mas ele as tirou no instante seguinte. Guinchei quando ele se inclinou e me pegou em seus braços. Todo o ar saiu dos meus pulmões quando ele me jogou por cima de um ombro largo.

– Samkiel! – Arquejei, batendo em suas costas enquanto ele me carregava em direção ao banheiro. – Seu idiota! Coloque-me no chão. Eu consigo andar.

Ele riu e apertou ainda mais minhas pernas, seus braços eram como faixas de aço. Uma vez no enorme banheiro, o mundo se inclinou e se moveu, e minha bunda bateu na pedra fria da bancada. Eu chutei e bati nele com uma mão, enquanto tentava tirar o cabelo emaranhado dos meus olhos com a outra. Ele riu abertamente dessa vez e começou a arregaçar as mangas do traje do Conselho.

Samkiel foi até a grande banheira e apertou um botão prateado. Uma cachoeira surgiu, e luzes coloridas dançaram através das gotas em uma exibição brilhante.

– Isso é uma banheira? – perguntei, com meus olhos vagando por ela. Eu nunca tinha visto nada parecido.

– Bem, isso responde à minha pergunta sobre se você a usou.

Peguei uma pequena garrafa do balcão e atirei nele.

Samkiel a pegou no ar e sorriu ao remover a tampa. Os aromas de jasmim e limão encheram o cômodo quando ele despejou metade do conteúdo na banheira, e a água foi adquirindo uma cor creme suave.

–Você vai me lavar também?

Eu não devia ter perguntado, porque o sorriso que iluminou seu rosto fez meu estômago se revirar.

– Se você desejar.

Meu corpo não devia ter esquentado com o convite baixo e sensual no tom dele. Eu não devia ter um milhão de imagens diferentes passando pelo meu cérebro só de pensar em aceitar. No entanto, ali estava eu, com meus mamilos endurecendo e meu corpo sendo um maldito traidor. Ele também sabia disso, sabia que alguma parte de mim, mesmo contra o meu desejo, reagia às suas palavras acaloradas e sedutoras. Está bem. Ele queria jogar esse jogo. Podíamos jogar. Mas eu seria a vencedora.

Um pequeno sorriso surgiu no canto de seus lábios quando ele percebeu minha hesitação. Eu não precisava dos meus poderes para sentir a mudança na energia dele enquanto eu deslizava com facilidade sinuosa do balcão. Chame de tédio, irritação, ou talvez eu fosse apenas uma vadia cruel e cansada de chorar, mas queria sentir algo além da dor vazia em meu peito. Empurrei a alça fina da camiseta que eu usava. Os olhos de Samkiel seguiram cada um dos meus movimentos, como uma mariposa atraída por uma chama, e eu queria que ele se queimasse.

Agarrei a barra da minha camiseta e tirei-a pela cabeça, jogando-a para o lado. Samkiel lambeu os lábios, seu olhar se fixou em meus seios e assim permaneceu. Eu podia sentir o calor de seu olhar dele como se fosse um toque físico. Segurei meus seios, meus dedos deslizando sobre meus mamilos, provocando-o. Ele soltou um pequeno gemido estrangulado, mas não se mexeu.

Minhas mãos se moveram, passando pelas minhas costelas e descendo. Deliberadamente, passei os dedos sobre o cós da minha calça. Os olhos de Samkiel os seguiram, com suas íris com bordas de prata puras. Mexi meus quadris em um ritmo pensado para provocar e seduzir. O peito dele se agitou e ele prendeu a respiração.

O cós deslizou por cima dos meus quadris e minha calça se amontoou ao redor dos meus pés. Saí dela, ficando nua na frente dele. Caminhei em direção a ele com a graça natural de um predador. Ele me absorveu como se estivesse com medo de que isso fosse um sonho e estava guardando cada curva, recuo, volume na memória. Ele podia ser um dos seres mais poderosos deste mundo e do seguinte, mas naquele momento eu tinha o poder e deleitei-me com ele.

Samkiel me observou me aproximando, com faíscas prateadas em seus olhos, mas não se moveu nem falou. Parei a poucos centímetros dele, o calor de seu corpo era um farol. Suas mãos se fecharam em punhos e seu corpo tremia enquanto ele se mantinha no lugar. Deslizei meus dedos sobre seu peito, puxando de brincadeira os botões prateados de seu traje do Conselho.

Um calor se acumulou na minha barriga. Descansei uma mão no ombro largo de Samkiel e olhei para ele por baixo dos meus cílios. Ficando na ponta dos pés, me inclinei contra ele e sussurrei:

– Talvez outra hora.

Empurrei seu ombro, com força suficiente para sacudi-lo e caminhei até a banheira. Na verdade, era mais uma piscina do que uma banheira, com água ainda caindo de cima. Entrei embaixo da água morna, deixando-a correr sobre mim antes de ir mais para o fundo. Sentei em um assento e alisei meu cabelo molhado, tirando-o do rosto antes de me virar para encarar Samkiel. Ele ainda estava me encarando, apertando a garrafa na mão com tanta força que era de admirar que não tivesse quebrado.

– É rude ficar encarando, sabia?

Samkiel estremeceu como se eu o tivesse assustado. Ele lambeu os lábios e falou:

–Vou fazer algo para você comer. – Sua voz estava rouca e uma oitava mais baixa. Sorri, sabendo que tinha ganhado. Ele se afastou da banheira e saiu do quarto.

–Você nem sabe cozinhar! – gritei para ele.

Não ouvi resposta, o que significava que ele provavelmente tinha corrido quando saiu do banheiro. Sorri de verdade pela primeira vez em muito tempo e afundei ainda mais na água perfumada.

Não tive pressa lavando meu cabelo e deixando o calor relaxar meus músculos. A água corria o tempo todo, sem nunca encher demais nem esfriar. Saí e me enrolei em uma toalha grossa e macia antes de voltar para o meu quarto.Vesti roupas confortáveis, penteei o cabelo para trás e desci as escadas descalça.

– Está cheirando melhor.

– Cale a boca.

Sentei-me na ilha, observando Samkiel moldar o que parecia ser uma massa multicolorida. Ele colocou alguns pedaços em dois pratos e pôs a mão sobre eles. Uma luz jorrou de sua palma, e eles subiram ligeiramente antes de ficarem dourados.

– Isso é trapaça – falei.

– Não se preocupe. Posso não saber cozinhar, como você disse, mas sei sobreviver.

Sacudi a cabeça, ajeitando-me no meu assento. Então, ele tinha me escutado. Deslizou um prato em minha direção e se sentou. Além do pão e do que parecia ser a versão deles de ovos, ele havia empilhado várias frutas coloridas. Estava lindo, mas meu estômago não roncou nem se remexeu.

– Você não tem dormido.

Apunhalei meu garfo na comida.

– E como você sabe?

Ele cortou uma fatia de fruta e colocou na boca.

– As olheiras sob seus olhos.

Fiquei boquiaberta. Joguei um pedaço de fruta nele, mas ele apenas pegou e colocou na boca.

– Não pode simplesmente falar para uma mulher que ela tem olheiras. Santos deuses, não é de admirar que você ainda esteja sozinho.

– Então, você não tem dormido? – perguntou ele, totalmente inabalável.

– Não que seja da sua conta, mas não, na verdade não.

– Eu posso ajudar.

– Ah é? – Cruzei os braços, recostando-me na cadeira. – Essa é outra proposta sedutora?

Samkiel sorriu, com seu humor melhorando, mas ignorou minha alfinetada.

– Depende se você vai se despir na minha frente de novo.

– Depende se você é legal ou não.

Ele ergueu uma sobrancelha.

– Eu sugiro que não.

Estreitei os olhos para ele enquanto ele continuava a comer.

– Vou ser perfeitamente claro com você. Meus sentimentos por você não mudaram desde Chasin, independentemente dos seus. Provocação não é divertido para mim. Não faça isso de novo, a menos que deseje um resultado diferente.

Eu sabia que ele estava falando muito sério, e o calor se acumulou em meu ventre. Seu olhar nunca se desviou do meu, nem enquanto ele falava, nem enquanto tomava um gole de água. Observei os músculos de sua garganta trabalharem quando ele engoliu. Não importava o quanto eu quisesse negar, eu o desejava. Que tolo não desejaria? Mas isso não queria dizer que eu não continuaria a testá-lo.

– E que resultado seria esse, chato?

– Falei para você antes que ia lhe mostrar oito maneiras de fazer você esquecer aquela palavra horrorosa: amigo. Provoque-me de novo, e vou lhe mostrar doze, e, depois da sua pequena exibição, começaremos no banheiro – declarou ele, dando outra mordida. Observei enquanto seus lábios se fechavam sobre o garfo.

Minhas coxas se apertaram e me remexi, sentindo uma vibração de necessidade crescente em meu ventre que só ele tinha alguma esperança de aliviar. Mesmo tendo-o por um momento, eu sabia do que ele era capaz. Perguntei-me se, caso transássemos com intensidade suficiente, quebraríamos o banheiro. Cruzando os braços, inclinei-me para a frente. Eu sabia que a tensão dos meus mamilos diria a ele as imagens ilícitas que passavam pelo meu cérebro. Meu rosto ficou vermelho, mas ele apenas sorriu e deu outra mordida na comida. O maldito arrogante sabia o que fazia comigo e se divertia com isso.

Eu queria responder com palavras tão sedutoras quanto as suas, para mostrar que eu também tinha poder sobre ele como ele tinha sobre mim, mas outra parte de mim abriu caminho até a superfície. Observei-o por baixo dos cílios e peguei meu garfo. Pela primeira vez, ele não estava olhando para mim. O que eu estava fazendo? Estava sentada ali flertando com ele de novo como se nada tivesse acontecido.

"Isso é o que mais dói, não é? Você se apaixonou por ele enquanto Kaden levava sua irmã."

A culpa me atingiu, extinguindo o calor da minha luxúria tão depressa quanto a água contra fogo.

– Está bem – respondi de volta com aspereza. – Vou me certificar de nunca mais fazer isso. – Eu me remexi na cadeira, colocando a mão sob o queixo enquanto cutucava minha comida.

Samkiel fez um barulho baixo com a garganta.

– Duvido.

– Você não se cansa de ser um arrogante e sabichão? – perguntei, atacando-o. Era doloroso para nós dois, mas eu tinha que fazer isso, porque a outra opção era brutal demais.

O silêncio caiu na cozinha, um abismo crescente se estendeu entre nós.

E um cadeado na porta de uma casa chacoalhou.

– Coma. – Ele acenou com a cabeça em direção ao meu prato intocado.

– Não.

Eu não estava com fome. Não sentia fome desde que tinha voltado.

– Tem que tentar comer pelo menos uma pequena refeição para o que planejei.

Cruzei os braços, olhando para ele.

– E o que você planejou?

LIV
DIANNA

ALGUNS DIAS DEPOIS

Ele tornava todas as manhãs e noites terríveis. Eu o odiava, odiava profundamente.

– Por que tenho que fazer isso mesmo? – grunhi. Samkiel subiu o caminho rochoso e curvo. Parei, colocando as mãos nos joelhos. Meu rabo de cavalo balançou para a frente, a ponta alcançava o chão. Meus pulmões estavam em chamas, e cada suspiro parecia piorar a situação. Ele suspirou.

– Como expliquei nas primeiras cinco vezes que você perguntou, é uma forma expressiva de lidar com toda a sua raiva, agressão, ansiedade...

– Sim, sim, sim – zombei, tentando recuperar o fôlego.

– Existem outros tipos de atividade aeróbica, se estiver interessada. – O sorriso que ele lançou para mim fez minhas bochechas esquentarem. Mesmo coberto de suor, ele era tão bonito que era nauseante. Tudo em que eu conseguia pensar era no quanto eu estava com ciúmes, pois o suor podia tocar cada curva e ondulação dos músculos. Sim, eu o odiava profundamente.

Levantei e passei por ele sem responder, com sua risada suave me seguindo. Esse era seu plano. Ele queria me irritar para que eu expressasse emoções, e, pelos deuses, eu detestava que estivesse funcionando. Eu o odiava.

– Ande na minha frente – rebati. – Não quero que fique olhando para minha bunda.

Ele sorriu aquele sorriso devastador que eu detestava e se inclinou para sussurrar em meu ouvido enquanto passava:

– Não preciso olhar. Eu memorizei. Agora, se quiser me deixar vê-la nua de novo...

Minha mão disparou para dar um tapa nele, mas ele se esquivou e continuou pela trilha, e sua risada encheu o ar.

– Você nunca se cansa de flertar? – exclamei.

– Com você? Nunca. É divertido brincar com você, Dianna.

Cerrei os punhos ao lado do meu corpo. Samkiel seria a causa da minha morte. Eu bufei e ofeguei atrás dele, observando cada ondulação de músculo. Ele era o modelo da beleza masculina, desde os ombros largos até a cintura estreita. Quero dizer, até suas pernas eram sensuais. O que diabos havia de errado comigo? Aquilo era uma má ideia. Talvez eu devesse andar na sua frente.

– Anda logo! – gritou ele, e eu xinguei.

Ele queria uma reação minha, boa ou ruim. Quando eu o xingava ou tentava chutá-lo, ele sorria um pouco mais, como se a demonstração de qualquer emoção fosse uma prova de que eu estava aqui, viva, e não morrendo por dentro. E talvez, apenas talvez, todas as brincadeiras tenham despertado algo além do desespero em mim, mesmo que contra a minha vontade.

A altitude naquele ponto era quase incapacitante, mas a vista valia a pena. Parei mais uma vez sob o pretexto de absorver tudo. Montanhas, muito maiores do que as que eu já tinha visto, nos cercavam. Verde nem era a cor que eu usaria para descrever a paisagem. Era muito mais vibrante e viva. O céu quase brilhava por trás das nuvens ondulantes. Lembrava as imagens de paraíso eterno pintadas em Onuna. Ignorando a pontada de dor, imaginei se era aquilo que Gabby via agora. Ela estava em algum lugar assim e feliz?

Eu esperava que sim.

Com um suspiro profundo, virei-me e apertei o passo para alcançar Samkiel. Minhas costas, minhas coxas e meus braços doíam. Não, errado. Tudo doía. Todos os dias em que Samkiel conseguia escapar de seus deveres no Conselho, ele me arrastava para aquela montanha e me fazia subir e descer. No início, tive dificuldade para acompanhar e estaria mentindo se dissesse que não reclamei o tempo todo. Mas ainda fiz isso. Ele nunca falava sobre o que acontecia por trás das portas do Conselho, mas seu humor estava sempre azedo quando vinha me ver. Pela maneira como me observava, tive a sensação de que muitas vezes eu era um assunto da conversa. Era tudo sobre mim ou algo pior.

— Você não terá que me mandar para o Conselho. — Bufei e me inclinei para trás, tentando recuperar o fôlego, com minha mão apoiada no meu flanco encharcado de suor. — Vou morrer de exaustão antes disso.

Samkiel se virou e caminhou para trás, sem perder um passo ou tropeçar.

— Não me lembro de você reclamar tanto assim — brincou ele.

— Por que estamos fazendo isso mesmo? — Limpei minha testa.

Ele sorriu e se virou. O ruído dos nossos sapatos contra as pedras era o único som.

— Para ser honesto — respondeu ele —, este foi outro teste.

Parei perto de uma pedra irregular.

— Outro teste?

Ele assentiu.

— O ar nesta altitude mataria um mortal, o que significa que seus poderes ainda estão aí, borbulhando sob a superfície.

Fiquei ereta, com meus punhos cerrados ao meu lado.

— Você quer dizer que eu poderia ter morrido em vez de apenas ficar exausta?

Ele apenas sorriu, sem sequer pestanejar.

— Não teria chegado a esse ponto. Observei você a cada segundo do caminho, ouvindo cada batimento cardíaco, cada respiração. Eu teria sentido os vasos sanguíneos se contraindo no segundo em que se tornasse excessivo, e teríamos parado.

— Então, não perdi meus poderes?

— Não, mas estão severamente reprimidos. Tanto que, mesmo quando você está com raiva, suas mãos nem sequer flamejam.

Olhei para minhas mãos, abrindo e fechando, sentindo falta da onda familiar de poder e calor. Eu me sentia oca e vazia, mas talvez fosse melhor.

— Talvez você esteja errado — falei, enxugando o suor do rosto.

— Não estou.

Eu o encarei.

— Você não sabe tudo.

— Por que enterrar seus poderes tão profundamente?

Olhei para ele como se uma das razões não estivesse bem na minha cara.

— Eu não tinha a intenção.

– Tudo bem. – Ele deu um passo para mais perto, as pedras sob seus pés se quebraram. – Nós vamos descobrir.

Meu coração deu um salto quando ele estendeu a mão, o dedo mindinho estendido. Olhei para ele, lembrando o que significava, o que havia acontecido entre nós, e passei por ele empurrando-o.

– Estou pronta para ir embora.

Foi assim por dias, Samkiel tentando se aproximar, e eu o impedindo. Eu o atacava porque não me sentia tão infeliz quando ele estava por perto, e isso me irritava mais do que qualquer coisa.

Nossa última discussão tinha sido quando ele tentou me fazer comer. Não era que eu não queria, mas nada parecia ou tinha um gosto apetitoso. Tudo era sem graça, e, depois de algumas mordidas, eu estava farta não importavam os pães, carnes ou frutas sofisticadas que ele trazia.

Algo parecia errado, mas eu não ia contar para ele. Poderia ser um efeito colateral de perder meus poderes. Eu vivia de sangue e ossos havia meses e não tinha certeza se conseguiria voltar à alimentação normal. Depois de alguns dias, parei de pensar nisso, sem me importar o suficiente para de fato me preocupar.

Embora discutíssemos e eu reclamasse o tempo todo, estar com ele e participar de suas rotinas de exercícios malucas e estúpidas parecia me ajudar. Eu dormia e não sonhava, ficava cansada demais até para isso, mas Samkiel não ficava comigo o tempo todo. Eu observava sua luz partir e me xingava enquanto permanecia acordada esperando seu retorno. Às vezes, quando ele voltava tarde, eu corria para a cama, fingia estar dormindo como se não estivesse esperando e enfim cochilava quando o ouvia lá embaixo. Não dividíamos mais a cama, mas apenas tê-lo lá embaixo me trazia paz. Aquele vazio rodopiante e dolorido em meu peito não gritava quando ele estava perto. Entretanto, eu nunca admitiria isso para ele.

Eu me arrependi de ter me despido na sua frente. Tinha sido errado, e eu o excitei quando não tinha o direito de fazê-lo. Eu não queria recomeçar o que tivemos, mesmo que meu corpo discordasse alegremente. Sexo com Samkiel, mesmo sabendo o quanto seria excitante e incrível, significaria demais, e eu não tinha vontade de descobrir o que isso queria dizer.

Claro, Samkiel não estava tornando fácil resistir. Nas nossas corridas, ele tirava a camisa. Eu sabia que ele não estava com calor demais, mesmo que estivesse suando. Eu o vi chamar uma brisa um dia quando reclamei que estava muito quente. Não, ele só estava tentando me torturar depois do incidente no banheiro. Eu sabia.

Não que eu tenha olhado, observado ou contado quantos músculos abdominais ele tinha – e eram demais, falando nisso. Principalmente não reparei nas linhas idênticas que corriam de cada lado deles, desaparecendo abaixo do cós da calça. Ou a sutil faixa de pelos que se estendia...

Um ronco soou, vindo da minha barriga, e minhas bochechas coraram.

A cabeça de Samkiel se virou em minha direção.

– Está com fome?

Passei a mão sobre o tecido úmido da minha camisa e olhei irritada para ele.

– Não. – E eu não estava. Não de comida, pelo menos.

O som da água me fez olhar em volta.

– Nenhuma corrida de montanha hoje?

Ele balançou a cabeça.

– Não, eu queria mostrar uma coisa para você. – Ele me ofereceu a mão, mas apenas a encarei. – Eu não mordo. Isso é coisa sua, lembra?

– Engraçadinho. – Revirei os olhos e ignorei o leve choque que passou por mim quando coloquei minha mão na sua.

Ele sorriu, e sua mão grande envolveu a minha enquanto me conduzia por uma pequena encosta.

Ofeguei quando ele empurrou a folhagem.

– Uau.

– Bonito, não é? – Ele sorriu para mim.

Era. Uma cachoeira derramava-se em uma piscina profunda e larga antes de fluir para o rio. Árvores que ousavam tocar o céu nos cercavam em todas as direções.

– Fique aqui.

Ele se afastou, e esperei, absorvendo a beleza e apreciando a névoa fresca que emanava da cachoeira. Grandes rochas surgiam das águas rasas, e flores e arbustos desabrochando tomavam a margem. O ruído da água era o único som, que abafava todo o barulho e deixava a paz em seu rastro. Parte de mim queria se sentar e nunca mais ir embora.

– Aqui – disse Samkiel, emergindo dos arbustos com um punhado de frutas.

– Não estou com fome.

Ele balançou a cabeça, sorrindo suavemente.

– Não são para você.

Antes que eu pudesse perguntar, um farfalhar soou atrás de mim. Virei-me e vi um cervo grande e lindo colocando a cabeça entre os arbustos. Ele deu uma olhada para mim e voltou para a floresta.

Eu fiz uma careta.

– Bem, isso foi rude.

– Apenas espere.

Samkiel parou na minha frente e soltou um estranho assobio ululante. Os galhos farfalharam mais uma vez, e me preparei para vê-lo fugir e ir embora como todo mundo.

– Isso é ridículo – bufei, cruzando os braços por cima do peito.

– Apenas espere. – Samkiel estendeu a mão em minha direção como se eu fosse o cervo afetuoso que tentava fugir.

Suspirei, mas fiquei parada, observando.

Samkiel assobiou de novo, e o cervo soltou uma bufada antes de finalmente emergir do mato.

Seus pesados chifres me fizeram pensar em um veado, mas, com suas patas com garras, pelagem iridescente e quatro olhos, era diferente de qualquer criatura que eu já tinha visto. Samkiel assobiou mais uma vez, e o cervo olhou para mim, abaixando a cabeça. Seu enorme tamanho e beleza eram impressionantes.

– Ele tem medo de mim? – sussurrei, incapaz de esconder a tristeza em minha voz. Fazia pouco sentido que isso importasse. Eu nem sabia que esse animal existia até um minuto antes.

– Vamos – chamou Samkiel docemente. – Ela é amigável. Eu prometo.

Olhei carrancuda para as costas de Samkiel, mas o cervo obedeceu, aproximando-se de mim com a cabeça erguida. Ele devia ser muito antigo, considerando a forma como seus chifres se ramificavam, mas tinha medo de mim. Samkiel se aproximou pelo outro lado, estendendo a mão com as frutas. O cervo aceitou a oferta enquanto Samkiel acariciava seu pelo liso.

– Vá em frente – disse ele, acenando para mim.

Eu não sabia por que de repente tinha ficado tão nervosa, mas queria que o maldito animal gostasse de mim. Estendi a mão devagar. Ele me observou, ainda se alimentando da mão de Samkiel. Meus dedos tocaram seu pelo, e sorri.

– Ele é tão macio. O pelo parece penas.

Samkiel me observou com um sorriso.

– Eles são antigos. Em Rashearim, representavam força e poder. O cervo lorvegiano era o símbolo da minha mãe.

Minha mão parou quando o cervo levantou a cabeça.

– É mesmo?

Samkiel assentiu, e seu sorriso sumiu.

– Sim, e este é o último que resta no mundo.

Meu peito estava apertado.

– Como conseguiu ele?

Ele deu de ombros, enxugando as mãos já vazias na bermuda.

– Salvei o que pude de Rashearim, mas também destruí muitos em minha dor. Esse é apenas um dos muitos arrependimentos que carrego.

Samkiel sorriu, não para mim desta vez, mas para o animal entre nós. Observei quando ele ergueu a mão, acariciando a lateral do pescoço do cervo. Ele bufou, bastante contente, mas foi o olhar angustiado enchendo os olhos tempestuosos de Samkiel que me fez falar em seguida.

– Ah, quer dizer que você me trouxe para uma aula, não para nadar nua em um lago?

Tentei aliviar o clima, fazer uma piada, qualquer coisa para aliviar a dor no seu olhar dele. Ela era suficiente para fazer meu próprio peito partido doer.

Ele acenou com a cabeça em direção à minha mão, sem morder a isca.

– Vá em frente, alimente-o.

Estendi a mão, e o cervo me estudou.

– E se ele não gostar de mim?

Samkiel continuou a passar a mão pelo flanco da fera.

– Só um tolo não gostaria.

Meu pequeno sorriso se tornou uma risada quando o focinho eriçado do cervo roçou a palma da minha mão.

– Faz cócegas.

Samkiel não falou nada enquanto me observava. O cervo comeu todas as frutas e depois procurou as que estavam no chão enquanto eu o acariciava. O silêncio cresceu, mas não era desconfortável. Nunca era entre nós. Eu sabia que Samkiel me trazia paz. Eu poderia passar horas apenas na sua presença e nunca sentir necessidade de interromper o silêncio. Era algo que eu não tinha admitido para mim mesma, muito menos contado a ele, mas era uma razão, entre muitas, pela qual eu tinha ido embora para começar.

– Sabe, quando Gabby e eu éramos mais jovens, ela adorava as histórias e contos de fadas sobre princesas que falavam com animais.

Samkiel olhou para mim por cima da curva das costas do cervo.

– Você acha que eu sou uma princesa?

– Com certeza. Você é mimado como uma.

Um sorriso apareceu nos seus lábios.

– Bem, odeio estragar sua ilusão, mas não falo com eles, não de verdade. É mais uma compreensão, suponho.

Balancei a cabeça devagar, mesmo enquanto meus lábios se contraíam.

– Claro, princesa.

Os olhos dele encontraram os meus, e tive um segundo para me arrepender da minha decisão antes que ele girasse o pulso e a água do lago espirrasse em mim.

Ofeguei, e o cervo fez um barulho descontente com a garganta.

— Você — bufei, meus braços e rosto pingavam — não fez isso.

Ele deu de ombros, totalmente inabalável, continuando a acariciar o cervo que pastava entre nós.

— Fiz.

Meu grito rebelde assustou o cervo, mas me vinguei.

Chegamos a uma trilha de terra que fazia uma curva em direção ao palácio, nós dois pingando água e cobertos de musgo verde. Foi preciso muita força, mas acabei conseguindo empurrá-lo para dentro do lago. Eu suspeitava que ele tinha permitido, mas mesmo assim considerei uma vitória. Surpreendentemente, era bastante complicado afogar um deus. Eu o peguei olhando para mim de vez em quando, com um sorriso nos lábios, e me vi sorrindo de volta. Nós dois rimos como idiotas do completo e absoluto ridículo que havia acontecido no lago. Pela primeira vez, não me perdi nos meus pensamentos.

O sol dançava no topo das torres que perfuravam a copa da floresta. Eu não tinha percebido o tamanho do lugar até estarmos do lado de fora.

Agarrei a barra da minha camisa e torci, e a água escorreu na ponte de pedra.

— Acha que posso pegar uma doença estando sem poderes?

Ele balançou a cabeça, sorrindo suavemente.

— Duvido. Receio que até as doenças tenham medo de você.

— Besta. — Dei um tapa nele, que se esquivou sem esforço. — Você tem medo de mim?

Seu sorriso largo diminuiu para um sorriso de lábios fechados quando ele deu um passo em minha direção. Não sei por que fiz essa pergunta ou por que estava tão desesperada para saber, mas uma parte de mim, trancada a sete chaves, estava curiosa.

— Não. — Os olhos dele examinaram meu rosto. — Você teria que fazer algo realmente aterrorizante para me assustar, e ainda não vi isso.

Uma parte de mim, formada de escamas, garras e mordidas letais, ardeu com essas palavras.

Samkiel estendeu a mão e tirou um pequeno galho retorcido do meu cabelo. Seus dedos permaneceram nas pontas, e eu deixei.

— Quer algo para comer? — perguntou ele, esperançoso.

— Talvez, mas deixe que eu cozinhe, porque você é péssimo. Provavelmente é por isso que ando sem apetite.

Ele deu uma risada, e o chão tremeu. Samkiel apareceu diante de mim no instante seguinte, suas costas poderosas bloquearam tudo de vista.

— Você é necessário no Conselho.

Logan.

Espiei por trás de Samkiel. O olhar de Logan saltou sobre nós dois, notando nosso desalinho antes que um sorriso brilhante iluminasse suas feições.

— Certo — respondeu Samkiel, virando-se para mim. — Deixe-me levar Dianna de volta, e estarei lá.

A realidade retornou, apagando a alegria simples do dia. Eu estava fazendo de novo. Fingindo que estava tudo bem, que estávamos... Engoli em seco. Não estávamos nos divertindo. Eu não estava de férias ou em um refúgio. Eu ainda era um monstro que matou a própria irmã, tinha feito coisas terríveis em nome da vingança, e Samkiel tinha um Conselho que queria minha cabeça.

Meu rosto empalideceu quando dei um passo para trás dele. Ele viu a mudança, e sua expressão ficou rígida, como se conseguisse sentir as defesas que eu estava reerguendo naquele momento.

– Acho que consigo sobreviver alguns metros sem você – falei.

Samkiel franziu as sobrancelhas.

– Dianna.

Eu levantei minha mão.

– Sério, estou bem. Duvido que no caminho eu seja sequestrada ou pisoteada, ou qualquer outra coisa com a qual você possa estar preocupado. – Ele respirou fundo, mas eu o interrompi. – Apenas vá.

Uma tensão silenciosa e espessa, mais pesada do que uma parede de pedra, desabou entre nós.

– Muito bem – respondeu ele, decidindo não discutir dessa vez.

Com um estalar de dedos, o caminho para o palácio tornou-se de paralelepípedo. Uma mureta da mesma pedra surgiu, com trepadeiras e flores de várias cores vibrantes cobrindo-a.

Eu me virei, encarando-o.

– Só para garantir. Eu ia odiar caso você se perdesse – falou Samkiel com um sorriso.

Com outro movimento dos dedos dele, cada partícula de suor, sujeira e água desapareceu de mim e em seguida dele, e as roupas sujas foram substituídas por seus trajes de Conselho prateados e brancos, com a cauda dupla de sua jaqueta brilhando atrás dele. Real e majestoso, o total oposto de mim.

– Voltarei quando puder.

– Não.

– Não?

Ajeitei minha postura, e a parede impenetrável se formou por completo entre nós, erguendo-se ao redor do meu coração machucado e ferido.

Cada tijolo que ele tinha derrubado, recoloquei em um instante.

– Isso não está ajudando nenhum de nós. Pelo visto, você é necessário em outro lugar, e tudo o que está fazendo é perder tempo voltando. No futuro, basta enviar A Mão para checar como estou. Quanto mais rápido cuidar do Conselho, mais rápido poderei sair daqui. O que quer que decidam fazer comigo pelo menos vai terminar.

– Dianna…

– Eles precisam de você. Eu não. – Meus demônios gritaram comigo. Minta. Magoe-o. Afaste-o! – Caso o pior aconteça, eu chamo, grito seu nome ou algo assim. Caso contrário, fique lá.

A mandíbula de Samkiel ficou tensa, seus lábios se pressionaram em uma linha sombria, enquanto eu apagava cada pedacinho de alegria que compartilhamos nos últimos momentos.

– Como queira. Vou esperar seu chamado então, Dianna.

Logan nos observava, franzindo a testa enquanto tentava decifrar o que estava nas entrelinhas. Uma luz cerúlea o envolveu, foi um lindo complemento à prata que cercou Samkiel.

Fiquei ali no caminho de pedra que Samkiel havia feito para mim, observando enquanto ele e Logan subiam para o céu. À medida que sua luz prateada desaparecia, o entorpecimento frio voltava. Fiquei até a noite cair, sem pressa de retornar ao palácio vazio, fingindo não procurar por ele no céu.

Um dia se passou, depois outro e mais outro. Contei o nascer do sol da minha cama, permanecendo enclausurada dentro de casa. O primeiro dia foi bom. Eu estava dolorida e precisava de descanso. Ouvi passos lá embaixo no dia seguinte, mas eram leves demais para serem dele. Xavier chamou meu nome, avisando que estavam ali para deixar comida. Cobri minha cabeça pouco antes de ele entrar no quarto, fingindo estar dormindo. Não me importava se ele tinha acreditado. Só me interessava que eles fossem embora.

Mais um dia chegou, e a noite caiu, mas eu mal me mexi. Fiquei deitada na cama olhando para a minha foto com Gabby. O ar mudou, e eu soube que não estava sozinha. Levantei depressa, puxando as cobertas do rosto enquanto Roccurrem se formava.

Ele observou o quarto, estendendo a mão para passá-la em cima de uma cômoda alta.

— Não vejo carvalho tombado há séculos. É raro.

— Onde infernos você esteve? Presumi que Samkiel tivesse trancado você em algum lugar.

— Felizmente, sou mais valioso do que Camilla, que está presa abaixo da câmara do Conselho — respondeu ele.

Engoli.

— Por que você está aqui agora?

— Você mandou o Deus-Rei embora. Quis ver se você tinha realmente se retraído em si mesma.

— Por quê? Ele comentou alguma coisa? — Eu ouvi como minha voz falhou.

Roccurrem apenas me encarou, cruzando as mãos à frente do corpo.

— A culpa, assim como a dor, é um fardo bastante pesado de se carregar.

— O quê?

— Samkiel, ao contrário de Kaden, respeita seus desejos e ouve suas palavras. Portanto, quando você fala que não precisa dele e que prefere que fique longe, ele respeita. Mesmo que você não tivesse a intenção de ser tão cruel.

— Vá embora.

— Ele é diferente de Kaden, certo? Acho que isso é o que mais a incomoda. Não está acostumada a ter ninguém cuidando de você sem desejar algo em troca.

Não respondi, apenas virei a cabeça.

— Samkiel não saiu do salão principal e ainda está lá, presumo. Ele tem ficado no salão do Conselho silenciosamente emburrado com uma pitada de melancolia torturada.

Era a primeira vez que eu via Roccurrem tentar fazer uma piada, mas não estava com humor. Voltei a me deitar, puxando as cobertas e colocando-as sob o queixo.

— É realmente maravilhoso o que ele fez aqui. A última vez que um deus...

— Tá, tá, não me importo. — Levantei minha mão, interrompendo-o. — Se veio admirar a decoração, pode ir embora. Não quero companhia.

— Não, parece que você anseia pelo pedaço de seu coração que está partido. Sua irmã.

Eu me levantei, agarrei o abajur da mesa de cabeceira e atirei nele. Ele se espatifou contra a parede diante da qual Roccurrem estivera.

— Por que recusa a ajuda dele? — perguntou ele, aparecendo do outro lado da sala. — Eu testemunhei os dias que vocês dois passaram juntos. Vi a faísca arder no seu peito, e você queimou, mesmo que tenha sido apenas por um momento.

Franzi as sobrancelhas, curvando meu lábios.

— Mas é claro que o Destino é uma vadia intrometida.

– Eu vejo tudo.

– Esquisito.

– Senti o lampejo de vida retornar em vocês dois antes de você apagá-lo sem hesitação e movida pela raiva mais uma vez.

– Por que você se importa tanto? – Eu fiz uma careta.

Ele não respondeu. Eu me perguntei se o que ele tinha visto podia ser pior do que o que eu já estava passando.

– Mais uma vez, por que recusa a ajuda dele?

Respirei fundo, apertando os lençóis com as mãos.

–Vá embora.

Roccurrem me encarou, e seus seis olhos se abriram e ficaram de um branco profundo.

– O que você enterrou tão fundo que nem eu consigo ver?

Se ainda tivesse minhas presas, eu as teria mostrado.

–Vá. Embora! – rosnei.

Ele desapareceu um segundo depois, em uma onda de névoa e fumaça. Fiquei sentada esperando que ele se recompusesse e fizesse outro comentário para acabar com as minhas emoções, mas o quarto ficou em silêncio mais uma vez. Acalmei minha respiração ofegante e voltei a me deitar. Eu me encolhi de lado e olhei para a foto, com meus olhos ardendo.

Não me lembrava de ter adormecido, apenas de acordar e ver o sol em uma posição diferente. O rosto de Gabby ainda sorria para mim. Depois da visita de Roccurrem, eu esperava ver a luz prateada de Samkiel retornando do Conselho, mas já haviam se passado horas. Talvez ele finalmente tivesse me ouvido e não fosse voltar.

Eu me obriguei a sair da cama, tomar um banho, escovar os dentes e comer um pedaço de fruta antes de me sentar para calçar o tênis de corrida. Uma parte de mim detestava admitir que, mesmo quando estávamos brigando, Samkiel tornava a existência mais fácil apenas estando por perto. Eu me sentia fria, e o vazio dentro de mim era uma dor incessante que ameaçava me engolir por inteiro. Levantei e saí, dizendo a mim mesma que estava apenas aproveitando o dia, e não procurando no céu.

"Eles precisam de você. Eu não."

Foi a última coisa que eu falei para ele. Meu coração traidor se contorceu.

Que mentira.

LV
DIANNA

Enfiei minhas mãos no chão macio enquanto subia de volta a colina da qual eu havia caído. Chegando ao topo, parei para recuperar o fôlego. Olhei para a trilha de terra estreita que cortava a floresta, ramificando-se em todas as direções. O sol não estava mais visível acima das árvores. Eu estava ali havia mais tempo do que pretendia. Merda. Podia jurar que já tínhamos seguido aquele caminho antes, mas não me lembrava da descida íngreme ao longo daquela área.

Eu me limpei, cambaleando, pois minha coxa protestava contra o movimento. Ótimo, provavelmente eu ia ficar com um hematoma. Suspirei e voltei por onde tinha ido. Não havia movimento de pássaro ou animal pequeno por ali, e me questionei se aquele lugar teria algum. Não tinha visto ou ouvido nenhum, pensando bem. Parei, notando um tronco familiar à frente.

Ergui as mãos no ar, irritada.

— Ah, fala sério! Juro que passei por aqui há cinco minutos — disse, percebendo o quanto estava perdida.

Seria muito mais fácil se eu conseguisse mudar de forma. Se pudesse me transformar em uma fera ou serpe como antes, poderia escapar e ir para onde quisesse. Eu tinha tentado, todos os dias desde que despertei, me transformar ou invocar minhas chamas, mas nada acontecia. Apenas frustração, raiva e algo que parecia alívio, mas eu me recusava a pensar muito nesse último.

Todas as árvores e pedras pareciam iguais ali, e eu não conseguia ver nenhum indício do palácio. Eu provavelmente ia beijar o chão de pedra quando chegasse àquele maldito castelo.

Voltei pelo caminho por onde tinha vindo e deixei minha mente vagar pela primeira vez em muito tempo. Eu não tinha poderes, ou melhor, como Samkiel gostava de me lembrar, meus poderes estavam severamente reprimidos, e eu estava presa ali só os deuses sabem por quanto tempo. Talvez o Conselho decidisse que eu era terrível demais para existir e me desse um fim. Uma estranha sensação de conforto tomou conta de mim com esse pensamento. Não que alguém fosse sentir minha falta. Samkiel provavelmente estava cansado de mim e de nossas constantes brigas àquela altura, e ele tinha Imogen. Talvez fosse por isso que ele estava afastado por tanto tempo e não tinha voltado. Ela podia tê-lo ajudado a relaxar depois daquelas longas e torturantes reuniões do Conselho e das minhas palavras cruéis. Talvez ela deslizasse a mão pela coxa dele por baixo da mesa ou eles se agarrassem atrás daquelas colunas elegantes que eu tinha visto na primeira vez que ele me levou ali. Eu provavelmente era apenas um fardo para ele naquele momento, algo ao qual retornar porque não tinha escolha.

Uma sensação fria tomou conta de mim, entorpecendo minhas emoções. Talvez eu devesse me perder na floresta. Seria melhor para todos, principalmente para Samkiel.

Ninguém ia me procurar ali, e, quando o fizessem, eu já teria partido há muito tempo. Uma pilha de ossos perto de uma árvore para os animais se esbaldarem. Perguntei-me se haveria paz no Outro Mundo para uma criatura como eu.

O chão estremeceu atrás de mim, fazendo com que eu parasse no meio do caminho. Suspirei e revirei os olhos. Claro, o universo ia punir minha arrogância enviando algum monstro gigante para me devorar.

– Por onde você andou, porra?

Meus ombros se contraíram, e me virei. O lindo celestial loiro marchou em minha direção. Sua longa jaqueta preta fluía abaixo das panturrilhas, os botões dourados refletiam a luz.

Houve outro baque, e o chão tremeu quando Xavier pousou atrás de mim.

– Cameron. – A voz suave dele acalmou até meus nervos.

Cameron parou a poucos centímetros de mim, esfregando a testa.

– Desculpe. Deixe-me reformular. Onde você esteve?

– Como me encontrou?

Cameron bufou.

– Bem, se eu não conseguisse encontrá-la apenas pelo cheiro, seria poque você parece uma fera pisoteando o chão pela floresta.

Levantei meu braço e cheirei. Eu estava fedendo?

– Deuses, olhe só para você. Suas roupas estão nojentas, e você está muito fedorenta. – A expressão dele mudou, e ele olhou para Xavier atrás de mim. – Ai, deuses, se ela ficar doente, Samkiel vai acabar com todos nós.

Xavier riu e deu um passo para o meu lado. Ele usava a mesma roupa que Cameron.

– Ela está bem e viva, e nós também vamos ficar.

– Por favor, né, mais dois minutos, e ela teria atraído alguma fera em busca de um lanche fácil. – Cameron empalideceu.

Xavier deu de ombros.

– Não é nossa culpa que a reunião tenha demorado.

A reunião na qual Samkiel falou que estaria. Imogen provavelmente estava lá. Eles definitivamente estavam juntos e...

– Quanto tempo duram as reuniões? – perguntei, distraindo-me desses pensamentos.

Cameron sorriu para mim, e imediatamente me arrependi de ter perguntado.

– Por quê? Você não estaria sentindo falta dele, estaria?

– Não. – Engoli em seco, mas não recuei. – Eu só estava curiosa.

Cameron deu de ombros.

– As reuniões não demoram tanto.

Meu estômago se embrulhou quando Xavier olhou para Cameron e depois de volta para mim.

– Mas eu não me preocuparia com a reunião – brincou Xavier.

– Por quê?

Xavier coçou a cabeça, afastando-se de mim.

– O que foi? – Eu não conseguia impedir a preocupação que de repente tomou meu estômago.

Cameron cruzou os braços.

– Não sei. Da última vez que o vi, ele estava com... – Cameron deu um tapa no ombro de Xavier. – Qual é o nome daquela celestial muito bonita? Aquela que vive atrás de Rolluse registrando todos os incidentes?

Xavier colocou a mão sob o queixo como se estivesse pensando.

– Lydia?

– Sim! Lydia. – Cameron equilibrou um braço no ombro de Xavier. – Sim, a última vez que o vi, ele estava com Lydia. Tudo o que sei é que ele estava no andar de cima com ela ontem à noite e, pelo que parece, as coisas estavam bastante intensas. Talvez ele tivesse um pouco de energia para gastar, principalmente depois do que Logan falou que você contou a ele.

Rosnei e dei um passo à frente. Mesmo sem minhas presas, foi o suficiente para fazer Cameron dar um passo para trás.

– Ah, ganhei! – gritou Cameron.

– Está certo. – Xavier revirou os olhos e enfiou a mão no bolso do casaco. Ele puxou uma moeda de ouro e jogou-a para Cameron, que a pegou.

– Falei para você – brincou Cameron, guardando a moeda. – A ausência faz o pau ficar mais duro.

Xavier riu e balançou a cabeça.

– O ditado não é assim.

– Espere. – Levantei minhas mãos. – Você estava brincando?

– Claro – respondeu Cameron.

A raiva ofuscante que ameaçava me consumir diminuiu, e meu intestino se acalmou.

– Sente-se melhor, não é? – Cameron mexeu as sobrancelhas.

– Eu arrancaria seus órgãos novamente se pudesse – retruquei.

Cameron sorriu um pouco mais.

– Não se preocupe. Ele não está polindo a maçaneta enquanto você sofre. Acho que só está ficando afastado porque você é muito cruel.

Xavier olhou para ele.

– Sinto muito por Cameron. Logan nos contou o que você falou, e acho que Samkiel acha melhor lhe dar espaço.

Balancei a cabeça, mas Cameron estava certo. Eu era cruel e simplesmente não sabia mais como ser de outro jeito. Algo em mim havia se quebrado tanto quando Gabby morreu que até mesmo juntar os pedaços parecia doer. Agora eu atacava tudo e todos como se pudesse salvar o que restava da minha alma arruinada e partida.

– As reuniões do Conselho são realmente tão longas?

Cameron riu como se eu tivesse contado uma piada engraçada.

– Ah, querida. As reuniões com o Conselho podem demorar muito mais, em especial com todas as informações que Samkiel guardou para si. – Ele me olhou de alto a baixo. Não de uma forma que me deixasse desconfortável, mas para indicar que eu era a informação que Samkiel havia mantido em segredo.

– Eles estão conversando sobre mim. – As palavras escaparam antes que eu soubesse que as pronunciaria.

– Isso, entre outras coisas – confirmou Xavier. E pelo seu tom pude perceber que as discussões eram mais profundas do que apenas a destruição recente que eu havia causado.

– Há quanto tempo você está aqui? – perguntou Cameron.

Dei de ombros.

– Algumas horas. Samkiel me mostrou algumas trilhas quando saímos para correr. Fiquei entediada sentada em… – Mordi as palavras antes de dizer *casa*. – Fiquei entediada, então saí para correr.

Cameron assentiu e sorriu de novo como se soubesse o que eu estava prestes a dizer.

– Exercitando-se com Samkiel e sobrevivendo sem poderes? – Xavier pareceu surpreso.

Cameron soltou um assobio baixo, balançando-se sobre os calcanhares.

– Deuses, mulher, você é impressionante.

Baixei o olhar. Impressionante? Nem um pouco. Xavier deve ter percebido meu desconforto, porque se aproximou de mim, e sua voz era suave ao perguntar:

– Posso carregá-la, minha senhora?

– Minha senhora? – Quase ri.

– Lembra que ela quer que pensemos que é um monstro frio e sem emoção, Xavi? Entra no jogo – falou Cameron, e lhe lancei um olhar irritado. Seu sorriso dele só aumentou mais.

Xavier balançou a cabeça, ainda esperando minha resposta. Ele era tão gentil, mesmo depois de toda a dor que causei a Samkiel e À Mão. Eu não merecia sua gentileza.

– Não, vou ficar bem. – Tentei passar por ele, que me impediu, entrando no meu caminho mais uma vez.

– É uma caminhada longa demais, mesmo para nós, até o palácio. Seria mais fácil voar, especialmente com essa contração na sua coxa.

Olhei para a legging preta fina que escondia o hematoma que eu sabia que havia ali. Como ele sabia?

Cameron deu um passo à frente.

– É melhor concordar. Ele não vai desistir.

Xavier sorriu e me ofereceu sua mão larga.

– Prometo ser um perfeito cavalheiro.

A bondade, quando não merecida, era de fato um sinal de força. Coloquei a mão na dele, e o calor do seu toque era reconfortante. A palma da mão e os dedos eram ásperos devido aos calos. Séculos de batalhas e prática com a espada deixaram sua marca, mas Xavier irradiava uma força silenciosa que dizia que, uma vez que alguém estivesse sob seus cuidados, ele usaria todo o seu poder para protegê-lo. Naquele momento, porém, ele os usava para ajudar um ser que não passava de um fardo para sua família.

Bondade de verdade, força de verdade.

Um movimento rápido, e logo eu estava em seus braços, com uma das mão dele às minhas costas e a outra sob meus joelhos.

– Confortável?

Assenti, e Xavier, depois Cameron, dispararam para o céu.

LVI
DIANNA

Só quando estava no ar foi que percebi quão longe estava do palácio. Eu levaria mais um dia e meio para voltar caso tivesse continuado.

Xavier me colocou no chão na ponte de pedra.

— Certo, obrigada pela carona, mas vocês dois podem ir agora.

Cameron e Xavier balançaram a cabeça. Cameron não tinha parado de falar desde que tinham me encontrado, e Xavier parecia adorar cada segundo.

— Pela última vez, não. — Cameron sorriu para mim antes de passar a mão pelo cabelo curto e loiro e se virar para Xavier. — Aff, você acha que ele vai me demitir? Ele vai me demitir. Olha para ela. Deuses, e se ele estiver nos esperando no palácio agora e aparecermos com ela assim? — Ele lambeu a ponta do polegar e tentou passar na espessa camada de sujeira no meu rosto.

— Ei! — retruquei, dando um tapa na mão dele.

Xavier riu enquanto eu encarava Cameron.

— Calma, Cameron. Samkiel não vai nos demitir — respondeu Xavier entre risadas. Ele pôs as mãos nos bolsos e se inclinou em minha direção, com um sorriso travesso em seu rosto. — Além disso, não acho que Dianna dirá qualquer coisa sobre sua pequena aventura, não é? Em especial, depois que ajudamos você.

Meus olhos se estreitaram para Xavier.

— Está me chantageando?

Isso fez com que os dois caíssem na gargalhada, e o som foi tão contagiante que os cantos dos meus lábios se contraíram.

— Ai, deuses, espere! — bradou Cameron, ignorando completamente minha pergunta, apontando para Xavier. — E se ele nos separar e me fizer arquivar gráficos no andar de cima com Elianna? Vou morrer de tédio.

Xavier riu enquanto os passavam por mim, indo em direção ao castelo.

Percebi que não tinha esperança de me livrar deles, então, em vez disso, os segui, encarando suas costas largas. Suas vestes com detalhes dourados balançavam ao vento conforme eles entravam, ainda brincando e rindo das piadas um do outro.

Desliguei o chuveiro e enrolei uma toalha grande em volta do meu corpo antes de sair. Aquele cômodo, todo o lugar, era grande demais, agradável demais. Eu sabia que Samkiel tinha feito aquilo para mim, tentando me proporcionar algum conforto e normalidade. Mesmo depois de tudo, ele era muito gentil, e eu odiava isso, pois não merecia.

Meus pés bateram no chão de pedra, a água ia se acumulando e desaparecendo enquanto eu andava. O chão absorvia cada gota de água que caía de mim, e cores brilhantes se acumulavam no formato das minhas pegadas. Parei diante da pia comprida e limpei o espelho com um gesto rápido. Ao meu toque, uma luz se acendeu, iluminando o espelho e quase me cegando. Abaixei meu olhar por um segundo, dando tempo para meus olhos se ajustarem antes de olhar para meu reflexo. Meu cabelo estava grudado em mim, as pontas iam bem além dos meus cotovelos. Olhei para mim mesma e mal reconheci a mulher que me encarava de volta.

Minha pele parecia tensa, meus olhos estavam ressecados e todo o meu ser ficava pesado sem meus poderes. Pelo menos era o que eu dizia a mim mesma. Mas a verdade é que cada grama de peso que eu tinha carregado nos últimos meses finalmente havia se assentado e queria me arrastar para baixo. Nas noites em que Samkiel não estava ali e que o sono não me encontrava, às vezes eu deixava. Eu olhava para a foto dela e chorava.

Inclinando-me para a frente, afastei meus lábios em uma careta. Sem presas, sem pontas afiadas. Passei a língua pela borda dos dentes, mas não senti nenhum sinal delas, nem a pontada aguda de fome que me perseguira nos últimos meses. Olhei para mim mesma e senti como se algo estivesse olhando de volta. Uma fera presa com correntes e cadeados que queria ser livre. Um nó cresceu na minha garganta, uma dor ardente no meu peito. Antes que a escuridão pudesse me consumir de novo, saí do banheiro e voltei para o meu quarto. Coloquei outro conjunto de pijama e me enrolei na cama. Cutuquei minhas unhas, o esmalte lascado tinha saído quase todo.

– O que você está vestindo? – Cameron praticamente gritou da porta.

Virei a cabeça na direção dele, sua voz estrondosa me arrancou dos meus pensamentos. Ele estava na porta e não usava mais os trajes do Conselho.

– O que *você* está vestindo? – repeti, erguendo uma sobrancelha.

Ele entrou como se fosse dono do lugar, ajustando os longos colares em seu peito. Xavier entrou atrás dele, e engoli em seco.

Parecia que eles estavam prestes a assistir a um dos desfiles de Omel. Suas camisas e calças se ajustavam perfeitamente a cada músculo, exibindo a beleza masculina de seus corpos. Cameron me pegou encarando e sorriu, malicioso.

– Sexy, não é?

Cameron puxou a camisa escura, e o decote era tão profundo que praticamente chegava ao seu umbigo. A calça de couro de cintura baixa moldava-se às coxas e às nádegas dele. Xavier usava uma camisa de seda preta que brilhava e se agarrava a ele a cada vez que se movia, revelando os músculos pesados do seu peitoral. Botões corriam por toda a extensão de suas pernas, quebrando a escuridão ininterrupta de sua roupa.

Esses dois homens eram mais do que sexy. Não restava dúvida. Eles eram um convite para qualquer um que ousasse olhar, mas nada em mim despertava ou ansiava por eles.

– Levante-se – mandou Cameron, com os olhos brilhando diabolicamente. – Vamos sair.

Eu balancei minha cabeça.

– Sair? Nós?

– Sim, e você não pode usar isso. – Cameron me deu uma olhada rápida.

Eu bufei.

– Samkiel falou...

– História engraçada, Samkiel não está aqui. – Cameron bateu palmas, impaciente. – Vamos, rainha das trevas, não temos a noite toda.

Xavier encostou-se na parede, observando-nos com uma paciência entretida.

– Vai ser divertido, e prometemos trazer você de volta antes mesmo que ele perceba.

— Promessa. — Cameron me deu um sorriso que eu sabia que tinha sido a ruína de várias mulheres ao longo dos tempos.

Os dois agindo assim me lembraram da primeira vez que os vi — pura travessura. Eu não discuti mais. Fiquei de pé em um pulo e corri para o closet.

Passamos por baixo do letreiro de neon piscante e pela multidão que aumentava do lado de fora. Eu nunca tinha percebido o quanto Onuna era sem graça comparada às ruínas de Rashearim. Samkiel estava certo. Não havia comparação. Até o ar ali parecia mais opressivo e úmido. Eu já sentia falta...

— Samkiel abriu o mundo depois que trouxe você para Rashearim, e os mortais enlouqueceram. Nunca vimos tantas pessoas saindo a noite toda — sussurrou Cameron.

Assenti, cruzando os braços mais apertados, e agradeci aos velhos deuses mortos por Cameron ter falado e me tirado dos meus pensamentos. Presumi que eles iam me levar a uma boate celestial chique e fiquei chocada ao saber que queriam ir para Onuna. Na verdade, eu teria implorado para sair de casa e fazer algo divertido. Eu ia aceitar qualquer coisa para me distrair.

Os saltos que eu usava ficavam se prendendo na calçada de pedra irregular, e meus pés já estavam doendo. Era isso que a vida mortal tinha a oferecer? Caso fosse, eu dispensava. Deslizei a mão pela frente do meu vestido. Encontrar algo no enorme armário que pudesse servir como roupa de balada tinha sido um desafio. Tínhamos feito umas misturas e combinações criativas. Admito que foi divertido ter Xavier e Cameron atirando vestidos e sapatos aleatórios na minha direção em seus esforços para ajudar. Finalmente optamos por um vestido envelope branco de tecido fino. Era curto o bastante, e Xavier mexeu na frente para revelar o sutiã de renda que eu usava por baixo.

Caminhei em direção às portas duplas, acompanhada pelos dois. Era inacreditável. Eu não conseguia acreditar que estava indo a um bar com dois integrantes d'A Mão para uma noite de diversão. Forcei-me a não pensar no quanto Gabby teria adorado.

Você está ficando sem tempo.

Esfreguei minha orelha como se pudesse apagar as palavras. Aquela maldita voz soava no meu subconsciente, assombrando cada canto daquela maldita casa, e ecoava em todos os meus sonhos. Parecia mais um lembrete constante de como eu tinha falhado com ela, e eu só queria esquecer aquela noite. Afastei-a, abaixando a mão e enterrando aquela voz no fundo.

Cameron deve ter percebido a mudança repentina no meu humor. Ele se inclinou em minha direção e sussurrou:

— Não me lembro de ver Ig'Morruthens tão bonitas. — Ele sorriu. — Vocês normalmente são só chifres, fogo e presas afiadas.

Os cantos dos meus lábios se ergueram em uma tentativa de sorrir.

— Eu provavelmente ainda poderia tacar fogo em você. Talvez apenas precise de fósforos agora.

— Parece divertido — respondeu ele com uma piscadela, sem pestanejar.

— Você está linda, Dianna — elogiou Xavier, olhando para Cameron por cima da minha cabeça.

Não sei por que meu peito escolheu aquele momento para doer, mas doeu. Como um servo excessivamente ansioso para agradar, minha mente me trouxe lembranças dos dois homens que eu tinha amado como irmãos. A dor irradiou feito gelo em minhas veias quando me lembrei da traição deles, mas ainda podia ver o sorriso de Drake quando eu contava uma piada boba e como Ethan tentava não rir. Eles tinham sido um refúgio, um lugar para ir no qual eu ficaria segura e seria aceita sem julgamentos. Família era o que eu pensava que tinha, mas família foi tudo o que perdi. Cameron e Xavier não eram Ethan e Drake, mas meu coração sangrou pela conexão que eu não tinha mais. Eles tinham dito que me amavam, e, apesar do meu ódio estúpido, parte de mim ainda sentia falta deles. A raiva calou o enxame de emoções que ameaçava me dominar.

Eu odiava a palavra amor.

– Vamos entrar – falei, sacudindo a cabeça e seguindo adiante, deixando os dois e os fantasmas para trás. – Quero beber o suficiente para apagar esta noite.

Sustentei o olhar de Xavier, minha expressão era séria.

– No três. Um. Dois. Três!

Xavier lambeu o sal das costas da mão, enquanto eu lambia da minha. Nossos braços cruzados entre nós, conectados com uma dose na mão. Inclinamos a cabeça para trás e bebemos o líquido transparente em um só gole. Este não queimou como os outros. Eu já tinha tomado quatro e, pela primeira vez, não estava sentindo culpa ou arrependimento imensos. Não, eu me sentia como se estivesse flutuando, o que era uma alternativa agradável.

Batemos os copos vazios no balcão e as pessoas ao nosso redor aplaudiram. Elas riram e gritaram, numa agradável suspensão da tristeza que havia se tornado minha companheira constante.

– Ninguém nunca tomou três tangos do diabo sem vomitar. – Uma mulher deu uma risadinha, seu grupo de amigos assentiu. Parecia que estávamos em alguma noite de festa universitária, e a boate estava lotada de estudantes.

Cameron acenou com as mãos no ar.

– Certo, fique de olho em mim. Menos conversa, mais bebida. Vamos! – A multidão foi à loucura novamente, e, desta vez, até Xavier se juntou a nós. O barman deslizou uma garrafa em nossa direção, e, em seguida, ele e outro saíram correndo para atender à multidão crescente. Cameron colocou três copos limpos na nossa frente.

– Isso não é muito discreto, sabe? – Não consegui impedir a risada que veio em seguida. Talvez eu tivesse bebido demais. – Sou uma criminosa procurada.

Xavier encheu seu copo e depois o meu antes de pegar o sal.

– Eu não vou contar se você não contar.

Eu ri, tomando outra dose com ele.

Cameron passou os braços em volta de nós dois, puxando-nos para perto.

– Ah, é bem assim que você se esconde. Uma multidão excessivamente turbulenta, todos bebendo e dançando e se escondendo para transar. Todo mundo aqui está focado demais em se divertir para notar você.

Eu não tinha pensado por esse lado.

– Inteligente e totalmente malandro. Gostei.

Cameron piscou para mim.

– Você aguenta mais um?

Minha cabeça girava enquanto eu tentava focar o meu copo.

– Eu falei que queria apagar. Esse lugar nem está girando ainda. Faça o pior de que é capaz.

– Gosto de você. – Ele sorriu, lambeu a mão e salpicou sal antes de estendê-la para mim.

– Zekiel disse que você ia gostar, mas isso foi antes de eu ajudar a matá-lo.

Cameron olhou para mim, e senti Xavier ficar imóvel. Não esperei por ele, lambi o sal da minha mão e tomei a dose.

– Você algum dia vai parar de sentir pena de si mesma? – perguntou Cameron.

– Como assim? – A bebida parou em meu estômago.

Xavier riu e se levantou, elevando-se acima de mim.

– Você não pode nos chocar com coisas que já sabemos. Samkiel nos contou tudo. Sabemos como Zekiel de fato morreu. Você não pode nos afastar como faz com todo mundo.

Eu me virei e o encarei.

– Nós entendemos. – Cameron apertou meu ombro. – Você quer nos lembrar quem e o que você é, mas nunca nos esquecemos, Didi.

Ergui uma sobrancelha.

– Didi?

Cameron assentiu e serviu outra dose, passando para Xavier.

– Sim, esse é o seu novo apelido. Todo mundo ganha um. Bem-vinda à família.

Família.

Mil e uma imagens ameaçaram me afogar de uma só vez com essa palavra. Uma casa com iniciais esculpidas, um sorriso de alguém que eu amava profundamente e uma caverna de chamas e pedras que era mais uma prisão do que um lar. A raiva borbulhou na superfície, substituindo minha necessidade desesperada de aceitar o que eles ofereciam. Era quente, rápida e estava pronta para defender meu coração machucado e ferido.

– Eu não pedi...

Cameron balançou a cabeça e cobriu minha boca com a mão, interrompendo minhas palavras. Ele e Xavier engoliram suas bebidas e colocaram os copos vazios na mesa. Cameron se levantou, e os dois agarraram meus braços, um de cada lado, levando-me para a pista de dança.

– Sim, sim, você não quer. Entendemos. Vamos dançar – falou Cameron, já movendo seu corpo no ritmo.

Estreitei meu olhar para ele, enquanto Xavier ria. Foi o máximo que consegui fazer antes de ser levada para o meio da massa de corpos, todos pulando e gritando com a música. Qualquer que fosse a resposta que eu tinha morreu quando Cameron me colocou de pé e me girou na sua direção.

– Isto é divertido – comentou ele, girando-me de novo. – Você lembra o que é diversão?

Ele não me deu tempo para responder antes de me virar em direção a Xavier, que me pegou sorrindo como um idiota, e logo minha expressão se igualou à dele, e minha raiva foi esquecida. Diversão. Era isso que eu queria, só por um tempinho. Eu podia culpar o álcool, mas naquela noite eu ia enterrar meu sofrimento. Por apenas uma noite.

Eu sabia que os membros d'A Mão eram famosos, mas ainda assim fiquei chocada com a maneira como as pessoas se reuniam ao redor deles, rindo conosco e pedindo para dançar. Todos queriam falar com eles ou apenas vê-los. O lado positivo era que a gerência não permitia nenhum tipo de dispositivo de gravação ali. Aposto que foi por isso que escolheram aquela boate. Isso e o fato de estarmos sendo tratados como membros da realeza.

Eu não me lembrava quando tinha acontecido nem como. Talvez tenham sido as bebidas que eles praticamente empurraram na minha direção. Eu lembrava de Cameron e Xavier me girarem entre eles, meus pés não tocarem nada além do ar e de repente eu estar rindo, rindo de verdade. O rosto de Xavier se iluminava a cada vez, e Cameron contava outra piada para me manter distraída. Funcionou. Dançamos, gritamos e cantamos uma música cuja letra eu não conhecia, mas foi divertido.

Eu estava bem, desde que não parasse, não pensasse. Cada vez que o fazia, via o fantasma dela.

Cameron inclinou a cabeça de um rapaz para trás, derramando um líquido transparente na boca dele. Em seguida, ele passou para a namorada do rapaz, e assim por diante, andando no meio da multidão. Xavier parou ao meu lado. Ele observava Cameron com um sorriso indulgente, como se isso fosse normal quando eles saíam, mas senti que havia algo mais por trás de sua fachada tranquila.

Eu me perguntei se eles já tinham ido para a cama juntos. Eu sabia que os celestiais, como a maioria, eram fluidos em sua sexualidade. As imagens que vi nos sonhos de sangue de Samkiel me contaram isso, mas era diferente com Cameron e Xavier. Talvez não tivessem feito isso. Talvez o que os dois tinham fosse como o que havia entre Samkiel e mim. E parte de mim se sentiu tão culpada por ainda desejá-lo depois...

Minha cabeça se partiu, uma dor lancinante me fez cerrar os dentes. Segurei a cabeça entre as mãos, esfregando as têmporas enquanto a música diminuía. Uma luz se derramava de um corredor de uma casa muito distante. A madeira se dobrava, lascas caíam no chão conforme as paredes se curvavam. As faixas de correntes que envolviam a porta se esticaram, e os cadeados batiam a cada golpe que a porta recebia, prendendo o que estava trancado lá dentro. Chamas estalavam, a fumaça rolava por baixo da porta, e a fera exigia ser libertada com um rugido desafiador e ensurdecedor.

Meu corpo se sacudiu para o lado, um homem me pediu desculpas antes de se afastar depressa no meio da multidão. A música inundou meu subconsciente e me puxou de volta.

E um cadeado da porta de uma casa chacoalhou.

– Sua vez, Didi! – berrou Cameron.

O mundo retornou quando forcei um sorriso, piscando para afastar aquela maldita casa. Talvez fosse isso. Talvez o álcool estivesse acabando e eu precisasse abafar as vozes. Aproximei-me, ninguém percebeu que minha cabeça quase havia se rompido.

– Tudo certo? – perguntou Cameron.

Talvez eu não tivesse escondido tão bem quanto pensava. Balancei a cabeça.

– Ótimo.

A mão dele segurou minha cabeça quando abri a boca e me inclinei para trás, confiando nele para me apoiar. O álcool atingiu o fundo da minha garganta, desta vez definitivamente queimando. Sentei e limpei a boca com as costas da mão, esquecendo que usava batom.

Assim que o líquido escaldante se acumulou em minhas entranhas, fiz sinal de que já bastava para mim. Meu estômago embrulhou, procurando outra forma de líquido.

Xavier reapareceu ao meu lado, com preocupação gravada em seu lindo rosto.

– Quer se sentar? – Percebi que um deles nunca ficava a mais de poucos metros de mim a noite toda e não achei que fosse por serem meus carcereiros. Talvez fosse o tango do diabo falando, mas parecia que eles se importavam comigo de verdade. Estavam me protegendo.

Assenti, e ele estendeu a mão. Olhei para ele, mas não a peguei. Em vez disso, fui em direção a uma das grandes poltronas em forma de lua crescente. Ele assobiou para um casal que tentava engolir a língua um do outro. Eles se separaram, o viram, se levantaram e foram embora.

– Tudo bem? – perguntou Xavier, e balancei a cabeça de novo, mentindo descaradamente. Não queria contar para ele que todas as mulheres loiras que vi e que se pareciam com ela me fizeram parar e quase sair correndo, pensando que ela estava ali e esperando que eu me juntasse a ela para uma noite de diversão.

– Por que está demorando tanto para o Conselho decidir cortar minha cabeça ou não? – perguntei, desabando no sofá macio. Inclinei-me, lutando para manter o equilíbrio enquanto o mundo girava e desafivelei as tiras dos meus calcanhares. Meus pés gemeram de alívio quando tirei os instrumentos de tortura.

Xavier recostou-se na cadeira um segundo antes de Cameron pular e cair no lado oposto do sofá com impacto suficiente para me sacudir. Xavier manteve os olhos em mim.

– Por que a pergunta?

– Sobre o que estamos conversando? – interrompeu Cameron.

– Essa é a parte em que fingimos que não matei pessoas? Que não ataquei vocês ou seus amigos? Que não ataquei Samkiel e a Cidade Prateada? Ou preferem continuar a beber e dançar como se fôssemos velhos amigos?

– Gosto de fingir que somos velhos amigos – declarou Cameron, mas sustentei o olhar de Xavier.

Talvez fosse o álcool ou a dor de cabeça terrível, mas qualquer filtro que eu tinha já havia desaparecido.

– O que está acontecendo, afinal? Vocês me levando para sair, me deixando bêbada… Que jogo estamos jogando? Estão tentando descobrir minhas intenções? Eu não tenho nenhuma. Meus poderes e força se foram. Não consigo incinerar nem tirar a vida de ninguém. Eu estou inofensiva.

– Uma víbora sem veneno ainda é uma víbora, Didi – retrucou Cameron, apoiando os cotovelos nos joelhos. Seu olhar era intenso, todo o humor havia sumido. – E você é tudo menos inofensiva. Por que não pode apenas aproveitar uma noite fora? Por que falar em segundas intenções?

Dei de ombros.

– Porque todo mundo as tem.

Cameron assobiou baixinho enquanto Xavier balançava a cabeça.

– Talvez queiramos apenas ser seus amigos.

– Acho difícil – zombei. – Por que algum de vocês ia querer uma víbora como amiga? Além disso, aprendi minha lição ao pensar que podia ter amigos. Drake e Ethan…

– Eu também tinha uma irmã – interrompeu Xavier. Seu tom era solene e sem humor, sem risadas. Até a música parecia ter diminuído.

Cameron ficou imóvel e abaixou a cabeça. Seu olhar se concentrou no chão. Esses eram os guerreiros dos quais eu me lembrava. Os que conheci nas ruínas de Rashearim quase um ano antes.

– Tinha?

– Sim. Eu a perdi também. Antes de me juntar À Mão, ela e eu estávamos sob o poder de Kryella como seus guardas. Ela não era como os outros deuses. Ela e Unir eram mais legais.

– Sim, teve sorte de nunca ter conhecido os outros – comentou Cameron, olhando para Xavier. – Samkiel é benevolente comparado a eles. Confie em mim.

Xavier assentiu antes de continuar.

– Kryella enviou minha irmã e a mim, com vários outros celestiais, em uma missão de recuperação. Os warrgrogs haviam invadido o planeta, e devíamos eliminá-los. Eles têm uma carcaça enorme e viscosa e uma boca enorme cheia de dentes em forma de agulha. Devoram tudo que está à vista.

Ele fez uma pausa como se a memória fosse demais, e eu entendia. Deuses, eu entendia. Cameron arrastou os pés como se quisesse se aproximar e aliviar a dor que inundava o rosto de Xavier.

– Descobrimos onde eles estavam escondidos e descemos para erradicá-los, mas havia muitos. Estavam procriando havia muito tempo. Tentamos escapar, mas eram numerosos demais e tivemos que contornar e saltar buracos e fendas no chão, o que nos atrasou. Ela olhou para mim, e eu soube. Ela falou "Vejo você do outro lado, irmãozinho". Era algo que dizíamos a cada batalha, a cada luta, só para garantir, sabe?

Ah, eu sabia. Era a mesma coisa que Gabby e eu fazíamos terminando todas as conversas com "Lembre-se, eu amo você".

Xavier continuou, fazendo meu peito apertar.

– Essa foi a última coisa que ela me disse antes de me empurrar para um buraco. Lembro-me de cair e bater no chão. Lembro de ouvi-los se aproximando e do clarão radiante da luz azul quando a destroçaram. Depois, o silêncio terrível. Eu estava ferido e sozinho naquele lugar escuro. Os dias que passei olhando para o alto, esperando que ela voltasse, pareceram anos.

– Como você saiu? – perguntei, minha voz quase um sussurro.

Xavier deu de ombros, como se não tivesse acabado de revelar uma ferida em sua alma.

– Samkiel me salvou. Ele me encontrou lá quando Kryella trouxe o restante dos deuses. Ele não era rei naquela época, ainda estava aprendendo com Unir. Os outros queriam evacuar a aldeia. Pensaram que todos nós tínhamos morrido, mas ele não desistiu de procurar. Ele é teimoso e nunca desiste, como tenho certeza de que você descobriu. Ele me salvou, e, assim que ficou pronto para ter a própria guarda, não hesitei em me oferecer. Eu o seguiria a qualquer lugar. Todos nós seguiríamos, e acho que você também.

Xavier olhou para mim, e de imediato desviei o olhar.

– Samkiel também é a única razão pela qual não cortei sua cabeça depois que você fez Xavier reviver isso com os devoradores de sonhos – declarou Cameron com indiferença, mas seus olhos perfuraram os meus.

Eu fiz Xavier reviver aquilo? Uma culpa avassaladora me percorreu, retorcendo meu intestino. Os lábios de Xavier curvaram-se em um pequeno sorriso, mas ele não respondeu à declaração de Cameron. Também não levei a ameaça de Cameron para o pessoal. Ele cuidava de Xavier. Eu não o culpava por ser protetor.

Dei de ombros e falei para Cameron:

– Você ainda pode fazer isso. Não me mataria. Bem, quero dizer, talvez agora mate.

– Por favor, depois de Samkiel…

Xavier fez um barulho baixo na garganta, mas fingiu desviar o olhar.

– Depois de Samkiel o quê?

Cameron cruzou as mãos diante de si.

– Digamos apenas que Samkiel ainda acredita que você não está totalmente perdida.

– Ele falou isso para o Conselho?

– Ele falou muita coisa para o Conselho – respondeu Cameron, enquanto Xavier lhe lançava um olhar.

– Bem, ele deveria parar.

– Por quê? – Foi a vez de Xavier perguntar. – Você acredita que está totalmente perdida?

– Agora é a hora do interrogatório? – zombei. – Ou vocês dois são assistentes dele agora?

Cameron bufou.

– Sejamos honestos. Nós dois sabemos que ele não precisa disso. Conheço pelo menos uma dúzia de membros do Conselho extremamente certinhos que matariam pela chance de serem inclinados por ele em cima de uma daquelas mesas de marfim.

Qualquer que fosse a expressão que tivesse cruzado meu rosto, eu tinha certeza de que correspondia à ira que corria em minhas veias. Eu sabia que, se tivesse meu fogo, minhas mãos teriam faiscado. Eu culpei o álcool e não quaisquer emoções acumuladas que Samkiel tinha ressuscitado entre nós.

Cameron sorriu e colocou o copo na mesa.

– Você é muito ciumenta mesmo. De qualquer forma, prefiro continuar vivo, portanto você não precisa se preocupar com a possibilidade de eu a mutilar em nome de Xavier. – Ele bateu palmas e se levantou. – Certo, vou pegar mais bebidas para nós. Já volto.

Observamos Cameron desaparecer na pequena multidão perto do bar, e então Xavier sorriu para mim como se estivesse esperando. Revirei os olhos e me sentei, colocando os pés no sofá.

– Olha, entendi. Você também perdeu alguém. Parabéns, estamos no mesmo clube. Quer uma conexão? Legal. Beleza, mas sua irmã morreu de forma nobre, protegendo você. A minha foi roubada de mim porque eu...

Um cadeado chacoalhou.

A boate derreteu, os muros do Conselho se formaram, e ele... sempre ele.

Eu gostaria de poder protegê-lo, mantê-lo seguro e ajudá-lo.

"Não importa o que acontecer ou o que você decidir, estarei ao seu lado. Vou lutar essa batalha com você. Você não estará sozinho, e farei tudo o que puder para mantê-lo seguro."

As palavras escaparam correndo por baixo da porta trancada. Elas se chocaram viscosamente no meu subconsciente, e aquela maldita dor de cabeça voltou dez vezes mais forte. Fechei os olhos apertados e empurrei, afastando a memória e todas as emoções que as palavras traziam consigo, mais uma vez trancando-as atrás de cadeados pesados e correntes grossas.

Abri os olhos. A diversão, a música e os efeitos do álcool haviam sido todos eliminados.

Uma centelha de emoção cruzou o rosto de Xavier, como se ele tivesse ganhado algum prêmio.

– Por que você o quê?

– Olha, se você quer um pedido de desculpas, não posso lhe dar um. Fiz coisas terríveis pela minha irmã. Não me arrependo de nada e faria tudo de novo. Tudo. Mesmo.

Eu meio que esperava que ele gritasse e me xingasse, e o sorriso que surgiu em seu rosto me surpreendeu.

– Não quero um pedido de desculpas. Só contei para você porque quero que fique próxima daqueles que são como a luz do sol, Dianna.

O olhar dele se voltou para Cameron, que naquele momento fazia amizade com todas as pessoas que falavam com ele.

Luz do sol.

Igual a Samkiel.

Luzes para nos tirar da escuridão mais hedionda – era isso o que Cameron era para ele e o que Samkiel era para mim. Luz do sol.

Tirei os sapatos do chão e coloquei-os de volta nos pés doloridos.

– Preciso fazer xixi. Onde fica o banheiro?

Xavier se levantou, e Cameron apareceu ao lado dele. Ouvi Xavier dizer aonde eu estava indo quando me virei e desci as escadas. A multidão no primeiro andar se contorcia e pulava ao som da música. Atravessei, sabendo que Xavier e Cameron me seguiam pela comoção deixada em nosso rastro. Os sinais brilhantes me levavam a um corredor mal--iluminado. Parei na porta para deixar algumas mulheres conversando entretidas saírem antes de eu entrar. Pouco antes de a porta se fechar, olhei para trás e vi Xavier e Cameron encostados na parede.

As mulheres ali dentro riam e conversavam, uma garota ajeitava a maquiagem, a amiga estava sentada na beirada da pia comprida. Eu as ignorei e entrei em uma cabine desocupada. Lágrimas obstruíram minha garganta, e meus olhos arderam. As emoções me dominaram e eu não tinha faísca ou chama para incinerá-las nem sangue para afogá-las. Cobri os olhos com as mãos e me encostei na pedra fria da parede.

O que eu estava fazendo ali, rindo e me divertindo? Eu não queria isso.

Lembre-se, eu amo você.

Eu não queria estar ali.

Minha cabeça latejava.

Eu não queria fingir que o mundo estava bem quando não estava.

Agarrei minha cabeça, pressionando meus dedos com força, tentando parar a dor crescente.

Você não terá outra chance.

Meu punho disparou, atingindo a porta de metal com tanta força que amassou. Uma dor lancinante disparou dos nós dos meus dedos e ricocheteou pelo meu pulso. Puxei a mão de volta, olhando para a pele machucada. O sangue escorria entre meus dedos, os cortes não cicatrizavam. Estavam machucados e rasgados, como o resto de mim. Talvez eu fosse assim por dentro: ferida e sangrando.

– Qual é o problema dela? – Ouvi as outras garotas rindo e sussurrando antes de seus sapatos estalarem no chão e saírem apressadas.

Saí da cabine, examinando minha mão enquanto ia até a pia. Abri a água e sibilei quando o frio atingiu meus dedos, minha mão inteira latejava. Olhando para o meu reflexo, congelei, com meus olhos encontrando os de alguém que eu não via havia anos.

– Olá, Dianna.

LVII
DIANNA

Apoiei as mãos na borda da pia e a encarei no espelho.

– Há quanto tempo.

Ela mostrou os dentes em um sorriso e cruzou os braços.

– Ouvi dizer que você não tem mais seus poderes. Deve ser uma droga.

– Sabe, pensei ter visto você lá fora. – Fiquei um pouco mais ereta. – Um brilho de cabelo loiro-avermelhado. Achei que estava doida, mas, então, senti o perfume caro. Mesmo sem meus poderes, você fede.

Ela rosnou e atacou. Minha cabeça bateu na pia com tanta força que vi estrelas. Ela agarrou meu cabelo com mais força, puxando minha cabeça para cima, e seus caninos ficaram à mostra enquanto ela sibilava na minha cara.

– Você o matou. Você matou todos eles.

Ela me empurrou, batendo minhas costas contra a parede mais próxima e me deixando sem fôlego. Deslizei para o chão, sentindo um líquido quente escorrer do meu couro cabeludo e descer pelo meu rosto.

Seraphine estava diante de mim, com as garras à mostra e preparada para me fazer em pedaços. Cachos loiros dourados caíam sobre seus ombros e costas – a amante predestinada de Drake.

– Precisa ser mais específica. Eu matei muitas pessoas.

Ela rosnou e atacou. Creio que eu poderia ter me movido, passado por baixo das pernas dela enquanto ela avançava, mas e depois? Lutar contra os vários vampiros que estavam no banheiro? Eu nunca ia conseguir. Eu não tinha poderes. Além disso, havia a parte mais sombria de mim que não queria lutar. Eu podia simplesmente permitir que tudo acabasse ali.

Seraphine me agarrou pelo pescoço e me levantou.

– Como pôde?

O punho dela acertou minha mandíbula com força suficiente para fazer meus dentes perfurarem o interior da minha bochecha.

– Foi bem fácil, na verdade – respondi, enquanto o sangue enchia minha boca. Sorri através da dor. – Quer que eu desenhe para você?

O próximo soco abriu meu lábio, e o terceiro fez o mundo girar.

Segurei o pulso dela, cuspindo no chão o sangue que tinha se acumulado na minha boca.

– É só isso? Tudo o que você tem a mostrar pelo seu ex-amante morto são alguns socos desprezíveis? Deuses, Seraphine, como pode ser tão básica? Ao menos me estripe.

Ela me atirou no espelho grande, que se quebrou. Caí no chão com vidro chovendo ao meu redor. Gemi e rolei. Seraphine se abaixou e me ergueu pelos cabelos encharcados de sangue.

– Puxada de cabelo, Seraphine? Está tentando flertar comigo?

Outro arremesso, e gemi quando deslizei até parar perto dos pés de um dos guardas dela. Ele me olhou, mas não fez nenhum movimento para me impedir, enquanto eu me esforçava para levantar. O pé de Seraphine acertou minha barriga, levantando-me do chão com a força do chute.

Rolei, e dei uma risada que era mais um chiado gorgolejante.

– Porra. Você é uma piada.

– Como é? – ela perguntou, de pé acima de mim.

– O que é isso? Defendendo-o depois que ele já está morto? Um pouco tarde, não acha? – As palavras a atingiram do mesmo jeito que me atingiram, todas as coisas que eu falava para mim mesma repetidas vezes. – Eles sabiam o preço, igual a todo mundo. Sabiam o que aconteceria se tocassem nela.

Seu rosto se contraiu, e ela gritou. Seraphine estava em cima de mim mais uma vez, me arrastando pela minha camisa. Encarei-a enquanto lutava contra seu aperto.

– Ele amava você.

– Amar? – Deixei escapar uma risada amarga e entrecortada. – Não, ele não amava. Quem ama não vende o último membro vivo da família de alguém. Não mente para a pessoa, a machuca e a trai como ele fez. Isso não é amor.

Acertei a virilha dela com força com meu joelho. Ela gritou, e seu aperto sobre mim diminuiu o bastante para que eu conseguisse recuar e lhe dar uma cabeçada. Esse foi outro erro da minha parte. Nós duas cambaleamos para trás, e eu limpei o sangue do rosto.

– Por que você se importa? – Tropecei para trás, minha visão estava embaçada. Olhos amarelos brilhavam pelo banheiro, enquanto seu clã assistia e esperava. Eles não iam se mover a menos que a rainha assim ordenasse, e Seraphine não o faria. Ela sempre gostava de terminar a matança.

– Porque *eu* o amava. – Tristeza brilhou em seus olhos, e sua mortalidade apareceu por um breve segundo. Drake a amou o suficiente para transformá-la. Um vínculo eterno que ela rompeu, não eu. – Você fala de sacrifícios, mas não sabe nada sobre eles. Casei-me com aquele clã para salvar Drake e Ethan. Isso não significava que eu não me importava ou, ainda, que não o amava.

– Escute – limpei o sangue que escorria pelo meu rosto –, eu, de verdade, não me importo.

Os olhos dela nadavam em lágrimas não derramadas enquanto ela me circulava.

– Drake era a razão de o meu coração bater, a razão pela qual permaneci. Agora ele se foi para sempre por *sua* causa.

– Isso parece muito romântico, e, mais uma vez, não me importo.

– Você não se importaria, porque a cruel e vil Dianna não ama *nada*. Você usou sua irmã como escudo para esconder todas as coisas terríveis das quais desfrutou ao longo dos séculos. Assim que ela morreu, a verdadeira você apareceu – zombou Seraphine, com as presas brilhando. – Você pode ter perdido sua irmã, mas quantas tirou dos outros? Quantas famílias você separou, quantos amantes matou? Você pode odiar Kaden, mas é igual a ele.

As palavras eram brutais, porém a mais absoluta verdade.

– Concordo.

A cabeça de Seraphine recuou para trás em choque. Ela deve ter pensado que eu ia ficar magoada. Obviamente, não me conhecia, pois isso apenas fortaleceu minha determinação.

– Embora eu ache que sou pior, porque adorei matar Ethan e a esposa dele e incendiar aquela mansão até que virasse cinzas. Não senti nada além de satisfação quando rasguei Drake em pedaços e destruí tudo o que eles amavam e prezavam.

Um rosnado irrompeu de sua garganta. Eu me preparei para a sensação de suas presas rasgando meu pescoço, perguntando-me o quanto ia doer. Qual seria a sensação de morrer? Será que eu veria Gabby de novo antes de me arrastarem para Iassulyn? Mas o ataque nunca aconteceu.

Seraphine parou no meio do caminho, a milímetros de mim. Seus olhos ficaram vidrados e sua boca, frouxa. Meu olhar caiu para a lâmina prateada saindo de seu peito. Ela choramingou quando percebeu, e o fogo percorreu seu corpo, sem deixar nada para trás além de cinzas.

Olhos prateados resplandecentes me encaravam através da nuvem que um dia foi Seraphine. Nunca me encolhi diante de Samkiel, mas naquele momento todas as histórias sobre o rei guerreiro que acabou com o mundo retornaram rapidamente. Ele deu um passo à frente, e estremeci de dor quando dei outro para trás. Abri a boca para falar algo, mas fechei-a de novo quando Samkiel ergueu as mãos. Suas palmas irradiavam o brilho prateado de seu poder enquanto ele segurava delicadamente minha cabeça dolorida. Senti minha pele se contorcer, e um pequeno silvo me escapou com o calor da cura. Ele me examinou da cabeça aos pés, verificando se havia algum ferimento grave. Depois de ter certeza de que eu ia sobreviver, ele se inclinou e me levantou nos braços sem dizer uma palavra.

Ofeguei e agarrei os ombros dele, tentando me soltar de seu braço. Ele congelou, seu olhar ardente encontrou o meu.

– Minhas costas. Tem vidro nelas.

Samkiel me ajeitou em seus braços, e notei as cinzas pintando todo o ambiente. Cada vampiro que chegara com Seraphine agora cobria as paredes.

LVIII
DIANNA

Aterrissamos no pavilhão de pedra. O pequeno choque me fez gemer e segurei o ombro de Samkiel mais apertado. Ele me carregou, segurando meus sapatos pendurados nas pontas dos dedos na altura das minhas coxas. Cameron seguia alguns passos atrás de nós, com Xavier ao seu lado. Ninguém tinha dito nada. Nem quando Samkiel me carregou para fora do banheiro, nem quando andamos pelo clube iluminado pelas luzes dos celestiais que haviam chegado com Samkiel, e não houve uma única palavra quando voltamos para as ruínas de Rashearim.

Eu sabia que Samkiel estava furioso e suspeitava que os outros também estivessem descontentes comigo. Samkiel sempre falava quando estava chateado, e vê-lo tão calado e quieto deixava meus nervos à flor da pele.

Atravessamos o pátio e a cozinha antes de entrarmos na sala. Samkiel girou comigo em seus braços, assustando Cameron e Xavier.

– Fiquem aqui. – As duas palavras, curtas, secas e carregadas com a promessa de *ainda não acabei com vocês*.

Eles assentiram, o humor de antes tinha desaparecido, e sua postura era reta e cautelosa. Soldados, é o que eles eram, e seu comandante acabara de lhes dar uma ordem. Agarrei-me a Samkiel quando ele se virou comigo nos braços e me carregou para cima. Ele não falou comigo nem quando entramos no quarto e permaneceu calado enquanto me sentava na beira da cama.

Ele colocou as mãos nos quadris, fechou os olhos e soltou um longo suspiro como se tentasse se recompor. Eu me mantive rígida, com o corpo doendo, a fadiga me consumindo, mas me forcei a focar nele. Meu sangue manchava seu traje do Conselho branco e dourado, e ele se comportava como se estivesse lutando para manter o controle sobre si mesmo. Ele respirou fundo de novo antes de abrir os olhos. A prata havia se reduzido a um anel brilhante ao redor de suas íris cinzentas.

Ele se virou para sair do quarto, e fiquei de pé num pulo. Meu corpo protestou, e estremeci, oscilando um pouco. Ele se virou e apontou para mim.

– Fique aí.

– Isso é uma ordem? – perguntei, mas meu tom havia perdido o atrevimento habitual.

– Dianna. – Era um aviso. Ele falou com a maior calma possível, mas vi a fúria da emoção em seus olhos.

Uma tempestade encarnada foi como o descrevi, e ali mesmo eu sentia a pressão dela irradiar através do palácio.

Decidindo não o pressionar mais naquele momento, assenti. Com mais um olhar turbulento em minha direção, ele se virou e saiu do quarto. Olhei para a porta, cansada demais para me importar por ele ter me dado ordens como a um vira-lata sarnento. Voltei para a cama e respirei devagar e vacilante. Minhas mãos tremiam, e olhei para elas. Estavam cobertas de sangue e cinzas — as cinzas de Seraphine.

Casei-me com aquele clã para salvar Drake e Ethan. As palavras corriam pela minha cabeça.

Ela e eu não éramos tão diferentes. Estávamos ambas dispostas a desistir de tudo por aqueles que amávamos. Todo esse tempo, Drake tinha pensado que ela o tinha deixado, abandonado, porque não o amava. Ele estava tão errado. Seraphine o amava acima de tudo. Drake teria ficado chocado ao saber que a mulher que ele amava mais do que qualquer coisa queria lutar comigo até a morte para vingá-lo. Talvez os dois se encontrassem na vida após a morte.

— Isso não é uma brincadeira ou qualquer outra atividade infantil da qual vocês dois desejam participar! Ambos tinham ordens estritas para vigiá-la e protegê-la! Em vez disso, decidiram arrastá-la para Onuna! — berrou Samkiel, e um trovão estalou à distância.

Eu fiquei de pé em um segundo, sem me importar que ele tivesse me dito para permanecer ali ou que minhas costas e corpo gritassem de dor com o movimento.

— Veja como foi fácil serem emboscados por meros vampiros. — Eu nunca tinha ouvido Samkiel levantar a voz antes, nunca daquele jeito. — Ele podia tê-la levado. Entendem isso?

— Não teríamos permitido que isso acontecesse — retrucou Cameron.

— Assim como vocês não permitiram que isso acontecesse, certo? Bastaria um único portal, e ela teria desaparecido! Eu nunca mais a veria.

Parei. Um calor estranho encheu meu peito e fez minha garganta se apertar.

— Sinto muito — disse Cameron, com voz baixa.

— Eu também — concordou Xavier, com arrependimento escorrendo de seu tom.

Não. Os dois não deviam se desculpar. Empurrei a porta e desci as escadas mancando, agarrando-me ao corrimão.

— Não seja cruel com eles. Não é culpa deles.

Todas as cabeças se voltaram para mim. Cameron e Xavier me olharam com expressões idênticas de choque. Eu estaria mentindo se dissesse que também não fiquei um pouco surpresa. Por que eu os estava defendendo?

Samkiel olhou para mim, e Cameron e Xavier olharam para nós dois, aparentemente surpresos por minhas palavras terem feito ele parar.

— Você os está defendendo? — grunhiu Samkiel entre dentes cerrados.

Dei de ombros.

— É minha culpa. Foi ideia minha. Eu contrariei Cameron. Só queria sair daqui por um tempo. O lugar ao qual fomos costuma ser menos lotado, e, como você abriu o mundo novamente, ninguém ia querer estragar tudo. Não havia nem câmeras. Então, apenas deixe para lá.

Era mentira, mas Samkiel não precisava saber disso.

Cameron e Xavier olharam para mim, com uma emoção que não reconheci reluzindo em seus olhos.

— Sua ideia? — questionou Samkiel, esfregando a barba por fazer que crescia em seu queixo.

— Sim. Você me conhece e sabe como posso ser convincente. Eles nem tiveram chance. — Meus olhos se voltaram para Cameron e Xavier, desejando que os dois não falassem nada. O respeito cresceu em seus olhos, mas ambos permaneceram calados.

Samkiel assentiu, ainda furioso.

— Não importa. Eles deviam...

— Já passou. Deixa para lá. — As sobrancelhas de Cameron se ergueram, mas continuei. — Não vejo sentido em ficar presa aqui. Deixe isso de lado ou me leve até o Conselho você mesmo. Uma prisão é uma prisão, por mais bonita que seja, Samkiel.

A sala ficou em um silêncio sepulcral, mas eu estava sendo totalmente honesta.

Samkiel permaneceu focado em mim, mas disse para Cameron e Xavier:

– Saiam. Certifiquem-se de que o Conselho saiba que houve um ataque de vampiros, mas que foi resolvido. Não confio na regra "sem câmeras". Certifiquem-se de que não haja nenhuma filmagem que contenha imagens de Dianna ou de qualquer um de vocês. Não quero que nenhuma palavra sobre isso chegue ao Conselho. Entendido?

Eles assentiram antes de darem meia-volta e deixarem Samkiel e a mim sozinhos.

– Poupe-me da palestra, por favor. Preciso ficar pelada para você tirar os cacos de vidro das minhas costas.

LIX
CAMERON

Xavier e eu pousamos fora do salão do Conselho e subimos a escadaria principal até o segundo andar.

– Poderia ter sido pior – comentou Xavier, ecoando meus pensamentos.

Enfiei minhas mãos ainda mais fundo nos bolsos.

– Ah, sim, vamos permitir que ela apanhe mais um pouco enquanto fingimos que um clã inteiro de vampiros não passou sem ser notado por nós.

– Ele disse que funcionaria. – Xavier deu de ombros. – Temos que ajudar o máximo que pudermos.

Parei no topo da escada, com uma das mãos segurando o corrimão grosso de cor creme. Os corredores estavam vazios. Já havia passado do pôr do sol, e a lua estava alta no céu.

– Eu sei. É que parece diferente. Não está sentindo? Como se estivéssemos esperando a próxima bomba cair.

Xavier riu, cruzando os braços.

– Você tem andado demais com Logan. Aprendeu algumas expressões interessantes de Onuna.

– Talvez, mas estou errado? Você também está sentindo, não está?

Xavier cutucou o lábio e assentiu.

– Sim.

Eu me afastei do corrimão.

– Viu, não estou doido.

– Ei, nunca falei isso.

Eu ataquei, passando meu braço em volta de seu pescoço e inclinando-o para a frente. A risada de Xavier ecoou nas paredes. Sempre seria meu som favorito. Sorri, enquanto ele tentava, falhando várias vezes, me fazer soltá-lo.

– Você ainda é péssimo nisso – brinquei.

Ele se virou, tentando me tirar de cima dele, e grunhiu:

– Ou você apenas parte para o golpe baixo.

Ele estava certo. Eu sabia que seu lado esquerdo era mais fraco, mas ele também era péssimo em luta corpo a corpo. Era só lhe dar aquelas duas lâminas circulares letais, e ele era invencível.

– Está feito? Funcionou?

A voz de Roccurrem surgiu do nada, assustando a nós dois. Nós nos separamos, e Xavier tossiu e ajeitou a frente da camisa, enquanto eu dava um passo para trás.

– Deuses, Roccurrem, você tem que usar um guizo – rebati, sentindo meu coração disparado. Culpei o Destino, que apareceu de repente, e nada mais. Nada mais. – E não sei. Levamos um fora e partimos, então, diga-me você. Você é o Destino.

Roccurrem apenas esperou, com o rosto inexpressivo.

–Você também não mencionou que um clã inteiro de vampiros ia aparecer – comentou Xavier, cruzando os braços.

– Era necessário.

Xavier zombou.

– Sim, necessário. Tipo, provavelmente estaremos mortos quando Samkiel retornar.

– Não teríamos deixado chegar tão longe, mas alguém – olhei para Roccurrem – insistiu.

Os seis olhos opacos de Roccurrem se abriram, seu olhar era distante.

– É uma tarefa delicada curar um coração tão ferido e partido. Receio que, mesmo com todos os poderes de Samkiel, Kaden possa ter tido bastante sucesso em seu plano de separá-los. Ainda não é o bastante. Terei que intervir um pouco mais.

– Intervir mais? – perguntei. – O que você já fez?

Roccurrem desapareceu em uma nuvem de poeira e estrelas sem responder à minha pergunta. Passei a mão pelo meu cabelo.

– Que raios ele quis dizer?

Xavier balançou a cabeça, olhando para onde Roccurrem estivera.

– Não sei. Os Destinos sempre foram complicados. Acho incrível até mesmo podermos vê-lo de perto.

Meus lábios se curvaram.

– Sim, só não me lembro de os Destinos serem sinistros pra caramba em todas aquelas histórias.

Xavier suspirou.

– Foi longe demais, não foi? – Ele chutou o chão, raspando a ponta do sapato na pedra. Um tique nervoso que ele tinha desde o dia em que o conheci.

–Você está preocupado com ela?

– Sim. Espero que esteja bem. Meio que gosto dela. Ela é divertida.

– Sim, eu também. Acha que Samkiel vai nos odiar? – perguntei.

Xavier deu de ombros.

– Quem pode dizer? Roccurrem faz parecer que é uma questão de vida ou morte eles estarem juntos, mas, como você falou, tenho uma sensação esquisita.

Balancei a cabeça. Eu sabia muito bem. Meus sentidos estavam disparados, como se algo estivesse vindo em nossa direção, mas eu não conseguia identificar exatamente o quê.

– Sinto que estou sendo provocado.

– Como assim? – bufou Xavier.

– Sinto que estamos todos à beira de algo, esperando que exploda, só que nunca chega lá.

Xavier balançou a cabeça.

– Claro que essa seria a sua maneira de expressar isso.

O bolso de Xavier zumbiu, assustando a nós dois. Ele checou o telefone e sorriu antes de guardá-lo.

– Tenho que ir, mas vejo você pela manhã, a menos que Samkiel decida nos matar esta noite.

Eu sabia quem havia ligado e para onde ele estava indo. A compreensão atingiu meu estômago como ácido.

– Claro. – Forcei um sorriso. –Vejo você depois.

Em seguida, ele se foi, levando sua luz azul brilhante e deixando-me sozinho no corredor.

Coloquei as mãos nos bolsos e segui em direção ao corredor dos dormitórios, tentando ignorar os demônios que me provocavam com imagens de onde Xavier estava. Parei e engoli em seco. A ideia de ficar deitado na cama sozinho com meus pensamentos fez meu estômago se revirar. Eu poderia ir reorganizar a papelada de Elianna de trás para a frente. Pelo menos, isso me daria um pouco de alegria.

Num piscar de luz, eu estava dois andares acima. Ignorei as cenas de batalhas e guerreiros famosos esculpidas nas paredes e fui em direção ao escritório de Elianna. A porta pesada se abriu suavemente, e entrei. A cabeça de Elianna estava abaixada, e a mão apoiava a testa enquanto ela escrevia.

– Claro que você está aqui – falei com um suspiro.

Elianna ergueu a cabeça e rapidamente deslizou outra página por cima do que estava fazendo. O escritório dela gritava "preciso de atenção", com o piso de pedra dourada e creme, a mesa enorme e as estantes que iam do chão ao teto atrás dela. Ela tinha uma variedade de plantas grandes e pequenas em vasos elaborados. Também havia aquele espelho espalhafatoso no canto da sala, um testemunho à vaidade da conselheira ruiva.

– O que está fazendo? – Ela levantou a mão. – Na verdade, não responda. Você está fedendo a bebida mortal.

Sorri e fechei a porta atrás de mim com um chute.

– Isso se chama ter uma vida, Elli. Você deveria experimentar.

– Não me chame assim – bufou ela, colocando uma mecha de cabelo ruivo atrás da orelha e voltando às suas anotações.

– Por quê? Você gosta.

Ela olhou para mim.

– Não gosto, não.

– O que está fazendo acordada tão tarde, de qualquer forma? Todo mundo que você quer intimidar está dormindo – falei, puxando um longo arranjo verde de vinhas que caíam de um vaso.

– Vá embora.

Eu a ignorei e me aproximei, inclinando-me por cima da mesa para ver o que ela estava escrevendo. Ela me repreendeu e bateu a mão sobre os papéis, aproximando-os dela.

Levantei uma sobrancelha e sorri.

– Estou entediado.

Ela me encarou por baixo dos cílios grossos.

– E o que isso tem a ver comigo?

– Quer me deixar menos entediado?

Um leve rubor floresceu em suas bochechas cor de marfim.

– Não – retrucou ela, levantando-se e lançando um olhar para a porta.

– Eu já fechei...

A boca de Elianna se chocou contra a minha. Agarrei seu corpo pequeno e a ergui, pressionando-a contra mim. Seus lábios se abriram em um suspiro, e minha língua reivindicou sua boca. Enrosquei meus dedos em seu cabelo sedoso e inclinei sua cabeça, segurando-a no ângulo perfeito para aprofundar o beijo. Suas mãos deslizaram por baixo da minha camisa, correndo por minha pele e mexendo no cós da minha calça. Estremeci e mordisquei seu lábio inferior, quando ela abriu os botões e enfiou a mão. Ela puxou meu pau para fora com facilidade e prática, num aperto brusco enquanto me acariciava, provocando um gemido na minha garganta. Seus lábios deixaram os meus, sua respiração era quente quando ela beijou meu pescoço. Inclinei a cabeça para trás, dando-lhe acesso. Suas mãos se moviam mais depressa, e ela foi mordiscando meu peito e descendo.

– Caralho, Elli! – sibilei, enquanto sua boca envolvia meu pau. Sua língua acariciou a ponta e deslizou para baixo, passando sobre o piercing na parte inferior. Agarrei a lateral da mesa dela com uma das mãos, e a outra segurava sua cabeça. Cada movimento, cada carícia enviava onda após onda de prazer através do meu corpo. Elianna podia ser uma vadia hipócrita, mas sabia chupar um pau feito uma deusa quando queria.

Meu abdômen ficou tenso, e agarrei seu cabelo quando ela quase me engoliu inteiro. Ela chupava, suas bochechas se retraíam enquanto ela gemia, seus lábios macios e exuberantes se esticavam ao meu redor. Ela olhou para cima quando forcei meu pau a entrar ainda mais, atingindo a parte de trás de sua garganta. Olhei para ela mesmo enquanto minha mente sussurrava e sonhava com outro. Só a ideia quase me fez me derramar na sua garganta. Ela fez um barulho suave de protesto quando me afastei, e meu pau saiu de sua boca com um ruído.

Agarrei-a pela cintura e a virei, empurrando-a sobre a mesa.

Agarrei seus joelhos, abrindo bem suas pernas. A borda de suas vestes do Conselho se abriu, revelando suas coxas pálidas e tonificadas. Puxei sua bunda para a beirada da mesa e caí de joelhos.

– É muito mais fácil quando você usa essas vestes – murmurei, passando um dedo de cima a baixo nos lábios dela, provocando-a.

– Cala a boca – ela gemeu.

– Que safada, conselheira, não usando nada por baixo das vestes. Tsc, tsc.

As bochechas dela ficaram coradas quando ela me olhou feio.

– Detesto você.

Eu ri e cobri seu sexo com minha boca. Coloquei minha língua contra sua abertura e subi até seu clitóris em um movimento longo e lento antes de deslizar um dedo para dentro dela. Suas costas se arquearam e ela se contorceu conforme eu lambia e chupava o pequeno ponto sensível mais uma vez antes de adicionar outro dedo. Ela ofegou e estremeceu, puxando os joelhos para cima e agarrando um dos seios. Seus olhos se fecharam com tanta força que suas sobrancelhas quase se uniram enquanto ela perseguia seu prazer. Perguntei-me quem ela imaginava cada vez que nos envolvíamos em nossos pequenos encontros como aquele. Nós dois sabíamos que apenas usávamos um ao outro.

Lambi seu clitóris, movendo minha língua do jeito que ela gostava. As mãos de Elianna agarraram meus cabelos, puxando-me contra ela. Gemi com o sabor do seu prazer. Ela podia ser uma vagabunda calculista, mas sua boceta era quase divina.

– Oh meu... – Ela arquejou e puxou meu cabelo. – Sim!

Afastei meu rosto do meio de suas pernas e puxei o tecido de seus seios. Minha boca se fechou sobre um mamilo rígido, sugando e mordendo antes de soltá-lo, deixando-o com um tom mais escuro de rosa enquanto meus dedos continuavam a se mover dentro dela. Ela gemeu quando retomei sua boca e arranhou meus ombros.

Afastei-me tempo suficiente para abrir e baixar um pouco mais minhas calças. Agarrei meu pau, colocando-o onde meus dedos estiveram poucos segundos antes, e penetrei fundo. Elianna gritou, e seus olhos se arregalaram. Ela apertou minha camisa com mais força, e ouvi o tecido rasgar.

– Isso não significa nada – declarou ela com um gemido baixo.

– É claro.

Gemi quando ela levantou os quadris, encontrando meu segundo impulso e permitindo que meu pau afundasse mais. Ela me apertava com tanta força que mordi seu pescoço e queixo. Com minha mão segurando seu queixo dolorosamente, estoquei para a frente. A mesa, mesmo presa ao chão, rangeu com a força.

Não pense nele.

Não pense nele.

Não pense nele.

É provável que ele esteja fazendo exatamente a mesma coisa.

Apenas esqueça.

Ela arranhou meus braços e ombros. Papéis voaram, e a mesa rangeu enquanto eu a fodia em cima dela.

— Detesto você — ela ofegava e gemia, apertando-se em volta de mim. — Mas você é tão bom.

— Perfeito — gemi e sacudi a cabeça. Levantei-me e puxei-a para mais perto, penetrando-a com mais força. — Agora, pare de fugir.

Elianna se empinou, agarrando meus ombros, irritada com minha acusação. Ela cavalgou ainda mais forte. Encontramos um ritmo que a fez cravar as unhas em meus ombros. Deslizei a mão entre nós e acariciei seu clitóris, sua boceta se contraiu em volta do meu pau em resposta. A cabeça dela se inclinou para trás, enquanto eu continuava a massagear o pequeno ponto sensível até que ela se apertou com tanta força ao meu redor que quase me quebrou ao meio. O formigamento começou na base da minha espinha segundos antes de eu me derramar dentro dela, com meu pau pulsando.

Ficamos desse jeito por um momento, recuperando o fôlego. Era assim entre nós, apenas uma desculpa para esquecer o maldito mundo, e pronto. Uma libertação para ambos, mesmo enquanto eu pensava em alguém em quem não deveria pensar.

— Você arruinou minha mesa — respirou ela contra meus lábios. E eu definitivamente tinha arruinado.

— Não é a primeira vez.

Ela ofegou e se afastou para olhar para mim.

— Quer subir comigo esta noite?

— De jeito nenhum.

— Vamos. Estou estressada e preciso de mais — Elianna praticamente ronronou, passando as mãos pelos meus braços e costas. — Eu faço aquilo de que você gosta.

Isso chamou minha atenção, mas não do jeito que ela queria.

— Estressada com o quê?

Ela suspirou, seus lindos olhos se estreitaram.

— Sim ou não, Cameron? De qualquer forma, sabemos que não há alguém esperando por você.

Eu não sabia, pelo seu tom, se tinha falado aquilo por ela ou por mim. Eu deveria lhe dizer onde ela podia enfiar esse comentário e deixá-la limpando o escritório, mas parte de mim não queria ficar sozinho naquela noite.

Ela notou minha hesitação e sorriu.

LX
DIANNA

– Cameron e eu já dividimos antes.
Olhei para Samkiel por cima do meu ombro nu.
– Dividir? Achei que Imogen era a única pessoa d'A Mão com quem você tinha dormido.
Ele puxou outro caco de vidro das minhas costas, e não consegui evitar estremecer. Santos deuses, quantos pedaços estavam presos em mim?
– Ela é. Cameron e eu nunca estivemos juntos, mas eu permitia que meus amantes fizessem o que quisessem com quem quisessem.
Um pequeno sorriso curvou meus lábios.
– Ah, então toda a gritaria lá embaixo foi porque você estava com ciúmes, e não por causa da minha segurança?
– Talvez ambos. – As mãos de Samkiel pararam nas minhas costas.
– Ambos?
– Não desejo que ele fique confortável ou tenha uma ideia errada no que diz respeito a você.
– E se ele for o que eu quero? – perguntei, virando-me um pouco para olhar para ele.
Raiva, ciúme e outra emoção que não consegui ler cruzaram suas feições, e o prateado se acumulou nas bordas de suas íris. O ar crepitou apenas com meu comentário, apenas a ideia bastou para irritá-lo.
– Você o quer? – A voz dele retumbou como um trovão. Quer dizer que mortais não o deixaram com ciúmes, mas homens do Outro Mundo, sim.
Um sorriso malicioso cruzou meu rosto.
– Não, não quero Cameron. Eu queria mais era ver se aquela veia ainda aparece na sua testa. A propósito, aparece.
Seus olhos se estreitaram.
– Você não é engraçada.
– Eu acho que sou hilária. Agora acalme-se, antes que destrua meu lindo palácio. Além disso, até os mortos poderiam ver que Cameron está apaixonado por Xavier.
Samkiel grunhiu em concordância. Parecia que todos sabiam, exceto Cameron e Xavier.
– Vire-se, Dianna.
– Nervosinho, nervosinho. – Sorri, mas me virei, não desejava pressioná-lo ainda mais. Ele ainda podia estar irritado, mas a sala tinha parado de tremer, o que era uma vantagem.
O silêncio voltou a se instalar. Os únicos sons eram meus silvos de dor e o vidro batendo na tigela de cerâmica. Eu estava sentada imóvel em uma poltrona baixa no enorme banheiro, com Samkiel atrás de mim. Minhas mãos seguravam meus seios, mantendo um roupão fino contra meu torso.
Suspirei.

– A propósito, isso não conta como eu me despindo na sua frente de novo.

– Está bem.

– Só estou tentando dizer que isso não é uma provocação, como você falou.

– Falei que está tudo bem, Dianna. – A maneira como ele falou meu nome não era como ele normalmente falava. Não, ele parecia exasperado, áspero e abrasivo.

– Por que está tão bravo, afinal? – Eu me virei de novo para fitá-lo por cima do ombro. Samkiel olhou para mim.

– Vire-se.

Eu virei.

– Olha...

– Não. – Os últimos cacos de vidro atingiram a tigela com força suficiente para me deixar nervosa. – Não quero ouvir suas desculpas por nada disso.

Samkiel nunca ficava bravo, pelo menos não comigo, e eu tinha tentado matá-lo várias vezes. Uma luz prateada brilhou sobre meus ombros, iluminando o banheiro. Mesmo sem sua mão me tocando, eu podia senti-lo. Um arrepio percorreu minha espinha ferida.

Samkiel percebeu e fez uma pausa. Ele notava tudo quando se tratava de mim, sintonizava-se com cada respiração minha.

– Estou bem – falei, balançando a cabeça e vestindo meu roupão.

Ele estendeu a mão e me impediu, e o calor de seu poder banhou minhas costas. As feridas formigavam e coçavam conforme a pele cicatrizava.

A poltrona rangeu quando ele se levantou. Puxei o roupão e o amarrei. Ele não olhou para mim, embora meus olhos o atravessassem. Ele lavou o sangue das mãos, esfregando furiosamente as cutículas e as unhas. Poeira e sangue de vampiro tinham tornado seus trajes de Conselho um cinza manchado.

– Eles fazem lavanderias para roupas divinas?

Ele bateu as mãos contra o balcão de pedra com tanta força que ela quebrou.

– Isso é engraçado para você? É tudo uma piada?

–Você me deixou por dias e está bravo por eu querer sair? – questionei. Sua raiva dele finalmente tinha despertado a minha própria raiva.

Ele levantou a cabeça e olhou para mim através do espelho, com seus olhos cinza-tempestade cheios de raiva.

–Você deixou bem claro que não queria que eu estivesse por perto, Dianna. De novo.

Abri a boca para responder, mas fechei-a quando percebi que não tinha palavras. Samkiel estava certo. Eu tinha sido mais que cruel.

Samkiel pegou uma toalha da prateleira e virou-se para mim.

– Sua vida não significa nada para você. Entendo.Você me contou e me mostrou isso muitas vezes.Tudo bem, mas e as pessoas para quem ela é importante? E os que se importam com você? Já pensou nisso?Você é tão egoísta que não pensa em mais ninguém agora?

Minha boca se abriu.

– Como ousa?

– Como ouso? Como *você* ousa?!Você não é inocente nisso. Não finja que meus sentimentos foram unilaterais.Você esteve ao meu lado em cada passo em Onuna e em todos os malditos lugares para onde me arrastou. E quanto a mim?Você pode ser substituível para Kaden e sua laia, mas para mim não é.

Eu estava preparada para atacar, mas, quando ele falou assim comigo, com sua voz ressoando com uma dor tão crua, extinguiu qualquer desejo que eu tivesse de brigar.

Meu coração bateu forte no peito. Mesmo que eu não quisesse admitir, suas palavras acalmaram uma parte machucada e dolorida de mim. Passei meus braços em volta do meu peito.

– Olha – minha voz era apenas um sussurro –, não foi como antes. Eu não fui lá para ser morta, está bem?

– Então, o que você estava fazendo?

Joguei minhas mãos para cima em derrota.

– Eu estava cansada de ficar neste palácio estúpido esperando você voltar.

A expressão dele se suavizou um pouco, como se minhas palavras acalmassem a tempestade que assolava abaixo de sua superfície.

– Você me falou para ficar longe, a menos que você chamasse. Você não chamou. Atendi seu desejo.

Engoli o nó crescente em minha garganta.

– Eu sei. Eu só... Olha, eu não sabia que ela estava lá ou que ela ia aparecer. Eu só queria me divertir. Ou pelo menos tentar.

Seus olhos faiscaram como se eu afirmar isso acendesse alguma centelha de esperança nele.

– Entendo. – Ele soltou um suspiro, flexionando as mãos em cima da pia de mármore. – Mas, independentemente disso, sabe que não deve ir sozinha para Onuna.

– Eu não estava sozinha.

Seus olhos encontraram os meus.

– Se você possui uma fração do poder dele, Cameron e Xavier, embora habilidosos, não são páreo para Kaden.

Apenas assenti e abaixei a cabeça, sabendo que ele estava certo. Eu tinha sido tola e descuidada, não só com a minha vida, mas também com a de Cameron e de Xavier. Samkiel esfregou o rosto, dando um longo suspiro.

O banheiro caiu em silêncio, deixando-nos olhando um para o outro, mas a fome e a necessidade crua que vi refletidas nos olhos dele forçaram as palavras a saírem dos meus lábios. Palavras que eu só disse com sinceridade quando as falei para Gabby.

– Sinto muito.

Surpresa faiscou em seus olhos, a raiva foi se dissipando aos poucos. Abracei o robe leve mais perto de mim.

– Esse foi meu sermão? – perguntei, e minha voz era quase um sussurro.

Uma sobrancelha se ergueu.

– Você precisa receber um sermão?

– É você quem está com raiva.

Ele me encarou, olhando duro demais, fundo demais, por tempo demais. Meu coração, a coisa cansada e rachada que era, vibrou de esperança. Parte de mim já sabia que ele via minha realidade, mas por fim estava percebendo que seus sentimentos eram inabaláveis e verdadeiros.

– Não senti raiva. Senti medo.

– Medo?

– Sim, medo. Porque, quando soube onde você estava e o que estava acontecendo, percebi que não há limite para o que estou disposto a fazer por você. Os antigos deuses falavam sobre como todos nós somos poderosos e como nossas emoções podem superar a parte racional de nossos cérebros. Treinamos religiosamente para garantir que os reinos e as pessoas venham antes de tudo. Não podemos ser egoístas, mas temo que, quando se trata de você, isso não seja algo que eu consiga controlar. Quando Vincent me contou o que estava acontecendo, eu sabia que ia despedaçar Onuna por você. Se Kaden a tivesse levado, eu transformaria montanhas em areia para encontrá-la. Já reduzi mundos a desertos desolados antes e faria isso de novo por você. – Ele falou com tanta calma que achei que não sabia o que estava dizendo. – Pensei que ele estivesse tentado levar você de novo e eu não estava lá. Não estou habituado a esse tipo de medo, Dianna.

Minha mente voltou para nossa conversa naquela ponte de pedra. Perguntei-lhe naquele dia se ele tinha medo de mim, e sua resposta foi simples. Não. Porque ele não tinha medo de mim, apenas medo de me perder. O arrependimento tomou conta de mim quando entendi também quais eram as imagens que deviam tê-lo atormentado. Naquela maldita floresta, quando ele teve que me carregar, com meu corpo dilacerado e coberto de sangue. A bagunça maldita que ele teve que curar, incapaz de aliviar a dor. Era por isso que ele estava tão bravo. Depois de tudo que vi de Samkiel, parecia impossível que ele temesse qualquer coisa, mas, se Samkiel fosse alguma coisa, ele sempre seria honesto, até brutalmente caso necessário. Portanto, ali estava ele de novo, deixando seu coração aberto e nu, esperando que eu o reivindicasse e o curasse, mas eu temia que tudo o que fizesse fosse magoá-lo ainda mais, quebrando-o como eu estava quebrada. Talvez ele dizer que estava com medo e eu pedir desculpas fossem duas verdades que ambos precisávamos admitir.

– Isso também não é muito heroico. Colocar-me acima de tudo. – Engoli as emoções crescentes que ameaçavam me afogar.

– Não é. – Ele me lançou um olhar e mudou de assunto, reconhecendo minha mudança de assunto. – Tenho uma pergunta que gostaria que fosse respondida com honestidade.

– Qual?

– Por que você não revidou mais?

– Sem poderes, lembra? – respondi secamente, feliz que a pergunta não tivesse nada a ver com meus sentimentos.

– Eu já vi você lutar. Eu lhe ensinei várias maneiras de desarmar oponentes três vezes maiores que você sem usar nenhum poder. Tente novamente.

Meus olhos se estreitaram, e o encarei, mas não falei nada.

– Sabe o que penso? – perguntou ele.

– Provavelmente algo estúpido.

Um sorriso apareceu em seus lábios. Ele se afastou do balcão e caminhou na minha direção, com seu corpo poderoso movendo-se com graça predatória. Ele se ajoelhou diante de mim e recuei, mesmo com parte de mim vibrando de excitação. Maldito corpo traidor.

– Acho que você é poderosa o suficiente para desligar seus poderes. – Ele ergueu as mãos, estalando os dedos. – Como um interruptor.

Evitei seu olhar.

– Eu não sou tão forte.

– Dianna, tudo o que você fez desde que a conheci foi me surpreender. Portanto, sim, acho que foi exatamente isso que você fez. Não acho que tenha feito conscientemente, mas acho que você não os quer mais. Você os enterrou em sofrimento e dor e deixou alguns vampiros baterem em você porque acha que merece.

Muito perto. Demais. Samkiel estava sempre perto demais e sempre via demais.

– E por que eu faria isso?

Ele ergueu uma das mãos e desabotoou o traje do Conselho, revelando o peito bronzeado e esculpido. Minha boca se encheu de água como uma fera faminta desesperada para ser alimentada. Perguntei-me se Samkiel era o tipo de homem que emitiria um som se eu passasse a língua em seu mamilo ou o roçasse com os dentes. Minhas gengivas doíam, as presas imploravam para avançar e se prender à sua carne, mas nenhuma veio.

– Está vendo esta cicatriz?

Ele apontou para uma pequena linha abaixo de um dos músculos de seu abdômen, me tirando dos meus pensamentos ilícitos. A marca era pouco visível.

– Sim.

– Entrei em uma briga há muito, muito tempo, uma de várias, com um homem que eu não sabia que era, em seus termos mortais, casado na época. Ele perdeu, é claro, mas eu o deixei tentar, porque me senti culpado por minha parte em toda a situação.

O ciúme que ganhou vida em minhas entranhas irritou até a mim. Não apenas Samkiel não era meu, mas aquilo tinha acontecido havia séculos.

– Deixe-me adivinhar. Você dormiu com a esposa dele?

– Marido, na verdade. Eu não sabia na época.

– Espere, então existe casamento em seu mundo além da marca de Dhihsin?

– Sim, embora não seja levado tão a sério. Nem todos têm a sorte de ter um parceiro, e, às vezes, os parceiros morrem muito antes de os dois se conhecerem. Acontece, então existem muitas outras formas de criar vínculos e demonstrar compromisso e afeto.

Assenti, e ele abotoou os trajes do Conselho. Teria sido impróprio implorar para que ele não se incomodasse; por isso, controlei-me e tentei me concentrar em suas palavras.

– O objetivo da história é: por que está se punindo?

Eu sabia o porquê. Tentei enterrá-lo, mas minha mente traidora não permitia. Como um assistente muito ansioso, meu cérebro empurrou a imagem de Samkiel e eu retornando do reino de Roccurrem.

– É tarde, e estou cansada – falei e me levantei, quase derrubando-o na minha pressa de me afastar. Saí do banheiro, deixando-o ajoelhado no chão. No meu quarto, descartei meu roupão e vesti uma regata limpa antes de me deitar na cama enorme. Fiz questão de ficar de costas para minha foto com Gabby.

Eu o ouvi sair do banheiro, e seus passos pararam do lado de fora do quarto.

– Você vai ficar esta noite? – murmurei debaixo das cobertas, esperando sua resposta com a respiração suspensa.

– Se você quiser que eu fique.

Engoli o nó crescente em minha garganta.

– E você vai voltar amanhã depois de seja lá qual for a reunião do Conselho que você tiver?

Houve uma longa pausa, mas eu estava com medo demais de olhar e ver se ele ainda estava lá.

– Gostaria que eu fizesse isso?

– Sim – respondi sem hesitar.

– Então eu volto.

Ouvi seus passos quando ele saiu. Saber que ele estava lá embaixo aliviou o vazio torturante e dolorido em meu peito, e entendi o que havia de errado comigo. Eu estava solitária. Mais solitária do que já estive em toda a minha vida, e, embora brigássemos e brigássemos, eu não me sentia tão vazia quando ele estava por perto.

E o cadeado na porta de uma casa chacoalhou.

LXI
SAMKIEL

Minhas botas reforçadas bateram no chão, e empurrei as grandes portas. Elas se abriram, revelando uma sala que não continha cadeiras nem mesas, e a única decoração eram várias runas grandes gravadas no chão. A Mão estava esperando por mim, todos usavam a armadura prateada sob medida que eu havia lhes criado séculos atrás.

– Está atrasado. Dormiu bem? – perguntou Cameron com um sorriso sugestivo.

Não dormi. Eu me revirei a noite toda. Por mais agradáveis e confortáveis que fossem, os sofás não eram camas e não ofereciam uma boa noite de sono. Mas eu me recusava a ficar muito longe de Dianna, em especial quando ela tinha me pedido para ficar. Pelo menos abaixo dela eu conseguia ouvir seus batimentos cardíacos enquanto ela dormia e sabia quando acordava. Isso me dava paz suficiente. Eu só queria ter pensado nisso quando redesenhei o lugar. Eu teria colocado outro quarto nessa parte do palácio.

A parte plana da minha lâmina bateu no capacete de Cameron, e o metal contra metal soou como um sino. Ele recuou, e Xavier riu.

– Você mereceu.

Meus olhos se estreitaram por trás da viseira do meu capacete prateado, e os fixei em Xavier com um olhar duro. Ele ajustou sua postura, ficando atento e cruzando as mãos à frente do corpo.

– Vou calar a boca agora.

– Vocês dois têm sorte de não ficarem no arquivo até o fim dos tempos. Não acredito que se atreveram a colocá-la em perigo levando-a de volta a Onuna. Vocês ainda serão punidos por isso. Só não pensei no castigo. Ainda – declarei, com meu tom ameaçador.

A sala ficou em silêncio, nem mesmo Vincent se atreveu a falar. Satisfeito por ter defendido meu ponto de vista, continuei.

– Logan. – Acenei com a cabeça para a maior runa gravada no chão e ele avançou. Suas mãos se ergueram, traçando um padrão no ar como um maestro antes de uma sinfonia, direcionando A Mão para o centro da sala. A luz cerúlea subiu, espiralando em direção ao teto com um giro no sentido anti-horário, formando uma coluna ao nosso redor. Em um momento, estávamos sobre as ruínas de Rashearim e, no seguinte, em uma caverna grande, sufocante e quente. A luz das runas cerúleas morreu quando pousamos, envolvendo-nos na escuridão. Um por um, A Mão formou uma bola de energia acesa nas palmas. Paredes rochosas ásperas erguiam-se de cada lado, e uma pequena saliência se projetava acima.

– Foi aqui que entramos em Yejedin – declarou Logan, apontando para uma parede de pedra lisa. Estendi a mão, enviando poder sobre a pedra. Um zumbido baixo ecoou pela caverna, e um contorno prateado se formou, pulsando com os restos de um portal. Parecia uma cicatriz ainda se fechando, um véu fino separando-a deste mundo e do próximo. Por isso ela precisava do mapa.

– Eu esperava que ainda existisse energia residual. – Imogen deu um passo à frente, com Vincent ao lado. – Desculpe, demorou muito para acertar os cálculos.

– Não peça desculpas. – Olhei para o alto, tentando avaliar a altura da fenda. – Você se saiu excepcionalmente bem.

Era nos cálculos que estávamos trabalhando durante nossas reuniões. Tentávamos encontrar uma forma de criar uma brecha em Yejedin e, ao mesmo tempo, não criar um vácuo que destruísse Onuna e todos os que viviam lá. Ter uma bruxa no porão desejando perdão era de grande ajuda. Vincent conseguiu convencer Camilla a ajudar. Não perguntei por que ela tinha lhe dado ouvidos, apenas me importava que desse. Invoquei uma lâmina de prata para minha mão. Imogen abriu o grande diário que carregava, e eu dei uma olhada nas fórmulas escritas à mão. Eu já as tinha memorizado, mas queria ter certeza.

– É hora de uma lição simples sobre o que os mortais chamam de física. – Todos os olhos se voltaram para mim quando ergui a mão acima do local onde a energia ainda pulsava. – Meu pai me ensinou diversas coisas durante minhas lições. Se eu soubesse da importância dos reinos, provavelmente teria prestado mais atenção. Embora eles possam estar trancados pela minha força vital, existem pequenas áreas fora deles que não estão. – Abaixei a mão e me virei para eles. – Meu pai criou uma dimensão paralela para Roccurrem, para mantê-lo seguro, mas elas já existiam muito antes de meu pai nascer.

Cameron ergueu a mão, e acenei com a cabeça.

– Se for esse o caso, por que não encontramos mais delas?

– Simples. Somente os mais poderosos podem criar uma ou manipulá-las. Elas são, em termos mais simples, uma porta dos fundos para todos os domínios. Meu pai aprendeu a manipular algumas, mas há histórias de criaturas muito mais antigas do que ele ou eu que tinham essa habilidade. Se for esse o caso, se é aonde isso leva, significa que Kaden não é apenas um Ig'Morruthen, mas também uma ameaça muito antiga e muito poderosa.

A sala ficou em silêncio enquanto eles olhavam para trás em direção à fenda.

– Com todo o respeito. – Vincent pareceu se levantar antes de me fitar. – Seu pai tinha muitos inimigos, meu soberano. Isso, embora enervante, não me surpreende.

Eu balancei a cabeça.

– Nem a mim.

Imogen foi a próxima a falar, observando seu caderno cheio de anotações.

– Se o que Camilla contou for verdade, seu sangue ainda seria a chave. Se as runas que forjamos funcionarem, só abrirão o que já foi aberto.

– Bem, isso não faz com que eu me sinta melhor – falou Cameron.

– Está pronto, chefe? – perguntou Neverra.

Passei para a frente deles e deslizei a faca pela minha mão. O vento uivou pela caverna, e todos se moveram inquietos. Mergulhei meus dedos no sangue acumulado em minha palma, e Imogen segurou o caderno aberto para mim enquanto eu desenhava as runas na rocha lisa. A parede estremeceu quando completei o último símbolo, e pedrinhas caíram do alto. A Mão recuou, e fechei meus dedos em punho enquanto minha palma cicatrizava.

Chame de raiva reprimida, frustração ou privação de sono, mas eu estava cansado de esperar. Estava cansado de ver Kaden se escondendo. Depois de tudo o que ele fez Dianna passar, como a havia destruído, se ele estivesse ali, eu levaria sua cabeça de volta a Rashearim em uma estaca para dar de presente a ela.

Um som profundo e vazio ecoou pela caverna, que começou a tremer. Uma massa rodopiante de chamas se abriu diante de nós. A pulseira de corrente prateada em meu pulso se iluminou quando um escudo prateado de três pontas se formou. A largura protegia os principais pontos do meu corpo, e me movi para proteger A Mão, na intenção de suportar o impacto de qualquer coisa que pudesse passar.

Quando nada além de ar opressivo avançou, abaixei o escudo e levantei a mão, sinalizando para que esperassem antes de entrar no portal.

Do outro lado, pedras irregulares caíram centenas de metros dentro da caverna, aterrissando com um estalo e um baque. A fumaça subia em todas as direções, lembrando-me de Winngurd, o mundo que era nada além de vulcões. Olhei para a destruição pura e absoluta. Os edifícios de pedra que pude ver mal estavam de pé, havia escombros e galhos quebrados espalhados pelo chão. A vasta paisagem devastada se estendia até onde a vista alcançava, toda destruída por uma poderosa Ig'Morruthen.

Minha Ig'Morruthen.

Acenei para A Mão e os ouvi atravessar o portal um a um.

– Eca, cheira a enxofre – comentou Cameron. O ar era denso e quente. Caminhei até a beira de um penhasco monstruoso e observei Yejedin.

– Ela não se conteve, não é? Onuna teve sorte se ela é capaz disso. É uma devastação total – sussurrou Xavier.

– Logan falou... – começou Imogen.

– Mas não vi, apenas ouvi – interrompeu Logan, parando à minha esquerda. – Além disso, não foi aqui que entramos quando viemos.

– Imagino que, quando abriram o portal, o direcionaram exatamente para onde precisava estar. Teremos que procurar o lugar por onde vocês dois entraram.

– Vai ser divertido – disse Cameron brincando, colocando a mão no ombro de Xavier.

Logan e eu atravessamos o salão principal, esmagando pedras chamuscadas sob nossas botas. Encontramos a grande fortaleza de obsidiana algumas horas depois de chegarmos. Nuvens escuras rolavam pelo céu, a atmosfera era implacavelmente opressiva e úmida.

– Achei que já teríamos visto algumas das feras de Kaden. Eram tantas – comentou Logan, olhando ao redor com cautela. – Para onde elas foram? Aonde ele foi?

– Este reino é um desastre. Não estou surpreso que não tenha sobrado ninguém depois da carnificina que Dianna desencadeou.

– Você deveria tê-la visto, Samkiel. – Logan olhou para mim. – Dianna se move como você. Ela me disse que treinou com você, e vi isso em ação.

– Ela falou de mim?

Logan deu de ombros, sorrindo levemente.

– Mais ou menos.

Eu ansiava por pedir mais detalhes, mas percebi, pelo brilho nos olhos de Logan, que pagaria por isso com uma vida inteira de provocações.

– Roccurrem e eu temos a teoria de que os poderes dela estão tentando retornar, mas estão enterrados sob muita dor. Entendo, pois foi assim que me senti por muito tempo. Kaden a quebrou em um milhão de pedaços, e temo não ser capaz de juntar todos eles.

– O fato de você querer, de estar tentando, é o que importa. E para Dianna importa muito, ela só não sabe como dizer ainda. – Logan ergueu a lanterna um pouco mais alto. Seu olhar nunca parou de se mover, procurando os restos semidestruídos da fortaleza de Kaden.

Suspirei.

– Espero que esteja certo. Consigo entender a dor e a tristeza dela, mas nada mais. Ela está confusa na melhor das hipóteses. Em um momento, age como se não suportasse minha presença. No seguinte, ela a procura.

Logan fez um barulho rouco com a garganta.

– Confie em mim. Se alguém pode tocá-la, é você.

Uma breve risada me escapou.

– Talvez eu pudesse se ela parasse de tentar me matar ou quando não estivesse chateada comigo, ou se ela parasse de me falar que me odeia.

Logan deu de ombros.

– Ei, Neverra já me disse que me odeia antes, mas foi por um motivo muito diferente. É uma posição que você provavelmente vai experimentar em breve.

– Quando foi que ela... – Minhas palavras se interromperam quando vi o sorriso dele. Era largo demais para ser algo além de um duplo sentido, e seu significado foi compreendido lentamente. – Você está prestes a ser proibido de passar tempo com Cameron. Na verdade, ele está proibido de passar tempo com qualquer um. Isso deve ser punição suficiente. Pode de fato matá-lo.

A risada de Logan cortou o ar denso, era um som que eu não ouvia havia meses.

– Ei, só estou falando. Sexo por ódio existe, sabia? Vocês poderiam fazer o que você e a rainha de Trugarum fizeram quando não conseguiram chegar a um acordo sobre aquele pequeno território. – Ele deu de ombros. – Para tirar isso do seu sistema.

Parei tão de repente que Logan girou, procurando ameaças nas sombras, e uma arma de ablazone se formou em suas mãos.

– Não há nada de Dianna em meu sistema que eu queira remover. A ideia de ser apenas uma simples foda para ela me faz desejar ser estripado repetidamente. Doeria menos.

Logan ergueu as mãos em falsa rendição.

– Foi só uma sugestão.

– Você, acima de tudo, sabe que não é assim comigo ou com Dianna. Mesmo quando ela está descontando sua raiva em mim, não acho que poderia tê-la por completo e não desejar a eternidade. – Fiz uma pausa, a verdade tomou conta de mim. – Mas isso não importa, os sentimentos dela por mim mudaram. Então, toda essa conversa é inútil.

Logan zombou, fazendo um som que era algo entre um bufo e uma risada.

– Você está zoando, não é? – Encarei Logan sem expressão, até que ele percebeu que eu não tinha entendido o que ele queria dizer e tentou esclarecer. – Brincando. Não pode estar falando sério.

– Muito sério, e não quero mais falar sobre isso. Estamos em Yejedin. Esse é o nosso foco.

Logan balançou a cabeça, mas permaneceu calado e caminhou ao meu lado quando me virei e segui pelo corredor até o que havia sido um grande saguão de entrada. Uma grade enferrujada cercava a borda, evitando que transeuntes caíssem para a morte.

– Não acho que estivemos aqui dentro. Não se parece com os últimos. Não vejo nenhuma arma, e há menos máquinas estranhas.

– Esta pode ser apenas uma entrada para alguma outra parte, não para a fortaleza em si. – Agarrei-me ao corrimão e olhei para o fundo liso e rochoso. Saltei, aterrissando agachado. O chão estremeceu quando Logan pousou atrás de mim.

Invoquei uma bola de luz prateada, o orbe dançou na minha palma conforme eu o erguia.

– Sim, definitivamente não estivemos aqui – declarou Logan. Suas palmas se iluminaram com energia celestial, e ele as ergueu bem alto.

Um grunhido foi minha única resposta, enquanto entrávamos mais, e o silêncio caiu entre nós mais uma vez. Logan ainda parecia distante. Era meu melhor amigo, e eu o conhecia desde sempre. Presumi que sua centelha retornaria assim que Neverra voltasse, e isso tinha acontecido até certo ponto, mas ainda havia algo errado.

Aquele silêncio era enervante, e me perguntei o que estaria por trás dele. Chegamos à entrada de uma caverna e levantei minha espada, batendo a parte plana da lâmina na armadura sobre o peito de Logan, impedindo-o de entrar. Pude ver a surpresa em seus olhos, mesmo com o capacete cobrindo quase todas as suas feições.

– O que está incomodando você?

– O que quer dizer?

– Conheço você, Logan. Você não tem sido o mesmo, apesar de Neverra ter voltado. Qual é o problema?

–Você me conhece tão bem. – Logan balançou a cabeça, tentando passar por mim. – Não é importante. Não agora.

Minha lâmina apenas pressionou com mais força, fazendo-o dar um passo para trás. Ele suspirou, passando o dedo pelo anel para remover o capacete. Fiz o mesmo. Ele sustentou meu olhar, passando a mão na boca como se não conseguisse encontrar as palavras.

– Apenas diga, Logan. O que quer que seja. Só me conte. Se puder ajudá-lo, eu o farei – pedi, falando sério. Ele merecia, fosse o que fosse, porém, mais do que isso, eu o queria feliz novamente.

Ele respirou fundo e finalmente deixou escapar:

– Quero que você nos libere. Assim que Kaden estiver morto e isso estiver acabado, quero sair. Quero Neverra fora. Quero uma vida com ela, uma vida de verdade, com um lar e filhos. Algo normal, ou normal para nós, pelo menos. Já conversamos sobre isso. Ainda podemos trabalhar no Conselho, mas queremos sair.

Sua mandíbula ficou tensa, mas ele sustentou meu olhar, e consegui ver tudo o que ele não havia falado. O medo e o desespero que sentiu quando a perdeu. Ele não podia passar por aquilo de novo.

– Está bem.

– Está bem? – Logan indagou, quase resmungando.

Ergui uma sobrancelha.

–Você estava esperando algo mais de mim?

– Não. Apenas sei que tudo está terrível para você agora e não queria aumentar seu sofrimento, mas tenho que pensar em Neverra. Eu quase a perdi, Samkiel.

Meu coração doeu por ele. Eu sabia quão perturbado ele tinha estado nos últimos meses e quantas vezes verificava a própria mão, certificando-se de que a marca de Dhihsin não havia desaparecido, como ela.

– Quase a perdi e não quero perder mais nada com ela. Sei que você e Dianna ainda estão lutando contra o que quer que exista entre vocês dois, mas também sei que uma parte sua entende.

Forcei um sorriso.

– Entendo, Logan. É uma dura realidade que nada seja para sempre, nem mesmo nós. Minha imortalidade é uma maldição. Nunca fui destinado a manter os reinos unidos sozinho. Então, quando isso estiver terminado, apenas viva, Logan. Vocês dois merecem. Todos vocês merecem. Eu nunca ficaria chateado. Tudo o que eu sempre quis foi que vocês fossem felizes. Quando isso estiver acabado, você e Neverra estarão livres para sair. Não vou impedir nenhum de vocês que desejam uma vida diferente.

Logan avançou, abraçando-me. Ele teria me deixado sem fôlego se eu não estivesse de armadura. Dei um tapinha nas costas dele, recusando-me a pensar sobre não o ter ao meu lado, e recuei. Ele apertou meu ombro com a mão protegida pela manopla antes de soltar.

– Você sempre foi melhor que os outros deuses. Acho que é por isso que o odiavam. Apenas dei de ombros.
– Hmm... Isso e vários outros motivos.

Logan riu, e começamos a caminhar pelo pequeno corredor escavado. À medida que avançávamos, levantei a mão, revelando uma única bola prateada de energia. Logan recuou quando o túnel se estreitou, protegendo minhas costas como sempre. Ao nos aproximarmos da abertura, vi o brilho das chamas e permiti que minha luz se apagasse. Algo esperava por nós, e o frio gelado em meio ao calor opressivo arrepiou os pelos dos meus braços. Lembrei-me das runas que vi quando entramos naquela área e soube que a morte estava adiante.

Entramos na caverna, e ouvi o capacete de Logan deslizar no lugar enquanto ele sacava sua arma de ablazone. Meu sangue gelou quando vi os símbolos gravados nas paredes. Não era uma fera ou monstro à nossa frente. Não, era muito pior. A luz morreu em minha mão quando Logan deu um passo para o meu lado, com a cabeça inclinada para trás enquanto olhava para cima e acima, e mais acima.

Havia fileiras e mais fileiras de portas esculpidas nas paredes do penhasco. Longas pontes de metal cruzavam de parede a parede, atravessando um fosso aberto e vazio. Notei tudo isso, mas as runas gravadas acima de cada porta me fizeram parar. Aquilo não eram portas. Eram celas.

– O que é isso? – perguntou Logan, virando-se na borda estreita, absorvendo a enormidade daquele lugar.

Balancei minha cabeça em descrença.

– Yejedin não é apenas uma dimensão paralela, Logan. É uma prisão. – Apontei para as runas acima das celas. – E essas runas destinam-se a conter seres antigos e poderosos.

Mandei todos de volta para as ruínas de Rashearim. Horas se passaram antes que eu retornasse aos salões do Conselho, mas, pela cara dos integrantes d'A Mão, sentados todos juntos, eu talvez tivesse demorado mais do que pensava.

O portal para Yejedin se fechou atrás de mim, e o corte na palma da minha mão se selou. Cameron ficou de pé, abandonando o assento ao lado de Xavier e o pacote de salgadinhos entre eles.

– Já estava na hora. Estávamos prestes a entrar e pegar você.

Xavier inclinou a cabeça, continuando a mastigar seus lanches.

– Não, não estávamos. Não podemos abrir portais.

Cameron o olhou feio enquanto Imogen dava um passo à frente.

– E aí? Você não está coberto de vísceras ou intestinos, então presumo que esteja vazia, certo? O que também me assusta um pouco.

Eu não tinha certeza do que viram no meu rosto, mas Logan se levantou devagar e parou atrás de Neverra, que estava de armadura. Vincent me encarou, sua expressão era ilegível.

– Preciso mostrar uma coisa a vocês. Precisa ficar entre nós. Ninguém no Conselho pode saber. Entendido? – Fixei o olhar em cada um, esperando por seu aceno de concordância.

– Não acredito no que estou vendo – sussurrou Xavier, observando todas as celas vazias. Algumas eram tão vastas que eram do tamanho de pequenos reinos. Grandes correntes gravadas com as mesmas runas de contenção estavam quebradas no chão.

Os outros permaneceram em silêncio, observando cada centímetro. Eu havia revistado quase todo o lugar, preparando-me para o que poderia descobrir, mas encontrar celas vazias foi muito pior do que a batalha que eu esperava.

Parei, e eles se espalharam ao meu redor, colocando-se sob os penhascos irregulares e o céu aberto, posicionados para ver o que eu precisava que vissem.

– Então, Kaden era um prisioneiro aqui? Se ele e os outros prisioneiros escaparam, onde estão? Não vimos nenhuma fera colossal em Onuna – falou Logan, ficando próximo a Neverra.

– Porque ele não escapou recentemente, não é? – perguntou Vincent, e sua garganta se moveu enquanto ele observava o local para onde eu os havia levado.

– Não, não escapou. Eu devia ter pensado nisso antes, mas era impossível. Durante a Guerra dos Deuses, as criaturas pareciam decididas a destruir tudo. Achei que fosse uma retaliação pelo que meu pai tinha feito, mas era pior. Estavam empenhadas em se vingar.

– Você acha que seu pai os trancou? – questionou Neverra.

Dei de ombros.

– É possível. Ele estava sempre bastante ocupado, as horas se transformavam em dias às vezes, embora minha mãe nunca se preocupasse.

Cameron respirou fundo e estreitou os olhos, examinando a parede rochosa. Perguntei-me que cheiro ele sentia ali.

– Então, hipoteticamente, seu pai prendeu um monte de seres antigos e poderosos. E depois? Eles fugiram?

– Não. – Apontei minha lâmina para a grande fissura no penhasco. Era uma área irregular e quebrada que fez meu estômago se revirar. – Olhe de novo. Os rasgos, as rachaduras. Alguém invadiu.

Todos se viraram em minha direção.

– Se o que você está dizendo é verdade, o que teria força suficiente para perfurar uma dimensão? – perguntou Xavier.

A voz de Vincent era um sussurro mortal.

– Um deus?

Mas foi a minha resposta que os fez olhar para mim. Vi o medo correr por eles.

– Possivelmente um deus ou algo muito pior que ainda não conhecemos. Algo não apenas capaz de libertar tantos, mas também de controlar todos eles.

À medida que a verdade das minhas palavras foi absorvida, o medo encheu seus olhos.

LXII
DIANNA

Eu me sentia uma idiota.

Seis dias. Seis dias desde que Samkiel havia partido. Por seis dias estive ali sozinha. Nenhum integrante d'A Mão apareceu. Eu não esperava que viessem ficar comigo depois do meu pequeno incidente, mas ninguém passou para me ver. Sentei-me no parapeito da janela aberta bufando, cruzando os braços em irritação.

Nenhum pássaro cantava, mas nenhum animal aparecia ali, de qualquer forma. O único animal que vi foi naquele dia que Samkiel me levou até o lago, e o cervo só se aproximou porque ele estava comigo. Não, eu estava total e absolutamente sozinha. Talvez esse fosse o meu problema. Pelo menos, quando ele ou outra pessoa estava ali, eu tinha alguém com quem discutir em vez de ficar presa na minha mente o tempo todo. Para ser honesta, essa foi a razão pela qual mantive Camilla viva e Roccurrem por perto. Pelo menos, com eles próximos, o buraco dolorido no meu peito não ameaçava me engolir inteira.

A barra do meu longo vestido de seda caiu ao meu redor, arrastando-se no chão. Assisti ao nascer do sol, sem conseguir dormir mais uma vez. Eu tinha voltado a sonhar e detestava. A mesma mensagem me assombrava em todos os pesadelos.

"Você está ficando sem tempo."

Ouvi isso pela primeira vez naquela maldita casa quando sonhei com Gabby. Agora estava de volta com força total. Acordei na noite anterior pingando de suor e ofegante. Não conseguia explicar o pavor avassalador ou como as vozes pareciam estar no quarto comigo. Nas últimas noites, eu havia descido as escadas, mas o sofá estava vazio e frio. Eu até me deitei nele, tentando sentir o cheiro de Samkiel, mas já fazia tempo demais. Sendo assim, vaguei, tentando encontrar algo para me distrair. Eu tinha lido todos os livros que consegui encontrar, tinha andado ao redor do estúpido perímetro da casa, tomando cuidado para não me afastar muito na floresta de novo, e esperei por ele mais uma vez como uma idiota. Eu odiava isso. A raiva logo substituiu o sentimento caloroso que havia crescido em meu peito depois da última visita, extinguindo qualquer vestígio dele.

Levantei-me e fui em direção à porta da frente. Talvez outra caminhada pela floresta me cansasse o bastante para que eu conseguisse dormir sem sonhar. Pareceu ajudar no início, mas não fez diferença nas últimas noites. Estar ao ar livre era um bom alívio, principalmente ali. Eu nunca ia admitir para ninguém o quanto gostava da vista, de como o sol se punha atrás das árvores, de como as nuvens brincavam com as montanhas no início da manhã ou da brisa que parecia passar bem quando era necessário. Para ser de fato honesta comigo mesma, aquele foi o primeiro lugar em muito tempo em que me senti em casa, mas me recusava a ficar pensando nisso. O único ponto obscuro era que a única pessoa de quem eu mais sentia falta nunca mais estaria comigo. Parte de mim se sentia culpada por estar ao menos um pouco contente, mesmo que por um momento. Talvez Samkiel estivesse certo, talvez eu estivesse me punindo. Suspirei. Precisava de outra caminhada. Pelo menos me dava algo para fazer. Peguei as sandálias brancas e bege e amarrei as cordas duplas nas panturrilhas. Um nó, depois dois, e eu estava pronta para partir.

— Vai sair?

Quase morri de susto, girando em direção à entrada da frente. Estendi a mão, pronta para atacar o intruso com fogo, pois a memória muscular substituiu meu raciocínio.

— Como você...

Samkiel encolheu os ombros.

— Eu desci na parte de trás.

— Seu idiota. — Peguei um dos travesseiros do sofá e joguei nele, que deu um passo para a direita, esquivando-se facilmente. Peguei outro e recuei para jogá-lo, mas ele apareceu na minha frente e agarrou meu pulso. — Você me deixou aqui por seis dias, Samkiel! — praticamente gritei.

O choque atravessou seu rosto como se não tivesse ideia.

— Seis dias?

— Sim, seu idiota hipócrita! — Sacudi meu pulso, tentando me afastar, mas ele me segurou com facilidade. — Você disse que ia voltar, mas me abandonou de novo?

Ele balançou a cabeça como se registrasse quanto tempo havia passado.

— Eu não queria, juro.

— Me larga — sibilei.

— Vai jogar outro travesseiro em mim?

— Sim.

Ele inclinou a cabeça para o lado, encarando-me com seu olhar caloroso.

— Está bem. Não.

Assim que ele me soltou, me abaixei e agarrei o travesseiro, desta vez batendo no ombro dele.

Ele franziu as sobrancelhas e suspirou.

— Já acabou?

— Pedi a você que voltasse, e você não voltou.

Seu olhar se suavizou. Ele estendeu a mão e pegou o travesseiro de mim.

— Eu juro, não era minha intenção ficar fora por tanto tempo. Estava ocupado.

— Ocupado, é? Acho que você tinha coisas mais importantes para resolver. Belas conselheiras, talvez? — Cruzei os braços, batendo o pé no chão de pedra. — Talvez uma chamada Lydia?

— Quem é Lydia?

Percebi naquele momento que Cameron e Xavier provavelmente a inventaram só para me provocar. Meu rosto esquentou, e mudei de assunto.

— Onde você estava? Por que demorou tanto?

Outra emoção passou por seu rosto rápido demais para que eu pudesse captá-la.

— Está com fome? — perguntou ele, dando a volta em mim e indo em direção à cozinha. — Você comeu desde que saí?

— Por que está ignorando minha pergunta?

Ele não respondeu quando abriu a grande geladeira e começou a retirar vários itens.

— Coma primeiro, e depois nós podemos sair.

Nós. Samkiel falou isso como se eu quisesse passar tempo com ele depois de ele me abandonar.

— Acho que posso me virar sozinha. Como tenho feito. Você não tem deveres divinos a cumprir?

Um breve sorriso cruzou suas feições, mas ele parecia não estar com vontade de discutir.
— Você é minha única prioridade.

Suas palavras fizeram meu coração bobo palpitar e aliviaram minha ira o bastante para que, pela primeira vez, eu de fato olhasse para ele. Ele estava fatiando mais daquelas frutas de cor laranja e verde, e eu não precisava dos meus poderes para sentir quão esgotado e cansado ele estava.

— O que você tem?

Ele ergueu o olhar, com surpresa cintilando em seus olhos. Fazia sentido. Eu não me importava com o bem-estar dele havia meses. Estava mais interessada em matá-lo. Bem, estava tentando, pelo menos.

Ele apenas balançou a cabeça.

— Peço desculpas. Só estou cansado.

Aproximei-me pisando forte, certificando-me de que cada passo declarasse minha frustração. Sentei em frente a Samkiel, que me passou um prato com frutas e pães variados antes de começar o próprio.

— Certo. Onde você esteve?

Eu ainda estava brava, mas a curiosidade me consumia. E, mesmo que nunca admitisse para ele, estava preocupada.

— Deveres divinos. — Ele usou minhas palavras contra mim e deu um pequeno sorriso antes de se sentar.

Peguei a fruta e dei uma pequena mordida.

— Há quanto tempo você voltou?

Ele parou de comer, e tive medo de ter falado algo errado.

— Acho que nosso foco principal precisa ser recuperar seus poderes.

Muito bem, desviando do assunto. Beleza. Eu merecia isso. Apoiei as mãos no balcão.

— E como exatamente planejamos fazer isso?

— Estamos caminhando há horas. Se o plano para recuperar meus poderes é me exaurir, está funcionando — suspirei.

Samkiel ficou calado a maior parte do tempo, o que era incomum, mas não pressionei. Pelo menos ele criava uma trilha para nós conforme nos aventurávamos para onde quer que estivéssemos indo. Com um aceno de mão, um caminho de paralelepípedos se formou entre a vegetação rasteira.

— O que você sabe sobre Yejedin?

Sua voz me assustou e olhei para suas costas.

— Não muito. Por quê?

Ele deu de ombros.

— Pesquisa.

Balancei a cabeça, mas não acreditei nele.

— OK. Bem, Kaden não me contou absolutamente nada sobre o lugar. Eu nem sabia que existia até que caí de cabeça em outro mundo decidida a destruir a ele e a mim mesma. Isso é tudo o que sei.

Ele parou enquanto eu continuava.

— Peço desculpas. Há...

Parei e me virei para ele, erguendo as mãos, e a ideia do meu fracasso me deixou angustiada mais uma vez.

– Há o quê?

– Nada. – Ele forçou um sorriso e continuou andando. – O Conselho e outros estão tentando descobrir mais, só isso.

Eu o acompanhei, e o silêncio se estendeu entre nós mais uma vez. Eu odiava tanto o silêncio. Então, para preencher, comecei:

– Kaden não me contava nada. Nunca. Nada sobre si mesmo nem sobre outras dimensões. Com ele era: faça isso por mim, e você verá sua irmã.

– Eu sei e peço desculpas. Eu não devia ter tocado no assunto.

– Mas – interrompi – nem sempre foi assim. No começo era diferente. Ele me ensinou como sobreviver, como me alimentar e como viver com o que eu havia me tornado. – Passei meus dedos sobre uma flor cor de laranja brilhante que liberava um perfume exótico e alienígena no ar. – Ele nem sempre foi tão cruel. Há muito, muito tempo, costumava ser diferente. Nós de fato nos dávamos bem. Acho que é como nós somos agora, não é? Com a diferença que a cruel sou eu.

Ele ficou com uma expressão severa.

– Você não é nada parecida com ele.

Deixei cair minha mão ao meu lado.

– Outros discordariam.

– Outros não conhecem você como eu.

Um sorriso apareceu em meus lábios enquanto caminhávamos. Ele dizia que me conhecia, mas não me conhecia totalmente. Eu queria compartilhar isso com ele. Queria que ele soubesse tudo. Parte de mim esperava que esse fosse o ponto de inflexão final e que ele me deixasse em paz para sempre, mas essa mesma parte sussurrava que eu era uma mentirosa.

– Kaden foi meu primeiro. – Olhei para Samkiel, querendo avaliar sua reação, mas vi apenas curiosidade.

– Primeiro?

Dei de ombros.

– Não meu primeiro beijo, mas meu primeiro em todo o resto.

A compreensão faiscou em seus olhos, e ele assentiu.

– Ah.

– Sim. Gabby costumava dizer que era por isso que eu aguentava tanto no começo. Na época, eu pensava que o amava.

– Você amava? – ele perguntou, e senti seus olhos perfurando meu rosto como se minha resposta importasse para ele.

– Não. – Balancei minha cabeça. – Eu era jovem e ingênua. Naquela época, eu acreditava nas mesmas coisas em que Gabby acreditava. Então, um homem estranho e poderoso salva a mim e a minha irmã. Coloca o mundo ao meu alcance, com mais poder do que eu poderia imaginar. Por que eu não presumiria que ele se importava? Mesmo que ele fosse... – Fiz uma pausa. – Contei que tentei ter um relacionamento seminormal em um mundo anormal, mas não durou.

Samkiel assentiu com compaixão e compreensão no olhar. O vento agitava as árvores próximas, e o sol lançava um brilho violeta em nosso caminho.

– Quando isso mudou?

O ronco que saiu de mim foi tão repulsivo quanto as imagens que se seguiram.

– Não me lembro do exato momento. Kaden ficou distante. Não sei o porquê. Até que o peguei com outra pessoa. Depois disso, passei a ser um objeto de sexo e poder para ele. Eu era apenas uma arma. Ele nunca me amou. – Dei de ombros. Eu sabia por que minhas inseguranças e ciúmes eram tão fortes. Kaden partiu meu coração e, pior que isso, destruiu minha confiança não apenas nos outros, mas em mim mesma.

Uma expressão de dor passou pelo rosto de Samkiel, e percebi o quanto me abri, o quanto fiquei vulnerável. Kaden causou feridas em meu coração e alma que nunca foram curadas de verdade e ainda infeccionavam.

– Eu também já me senti assim.

Minha cabeça virou em sua direção.

– É mesmo?

– Não na extensão do que Kaden fez com você, mas algo parecido. Sou rei por nascimento. Não fui escolhido ou selecionado. Tornei-me um porque nasci para isso, não porque mereci. Não trabalhei por isso. Não fiz nada. Algumas pessoas me adoram e precisam de mim, mas não me enxergam. Eles veem um governante e alguém destinado a protegê-los. Sou uma coroa, não um homem para eles. – Ele ergueu a mão, e relâmpagos dançaram nas pontas dos dedos antes de explodir em uma bola prateada de energia. A floresta se curvou e estremeceu ao nosso redor, o vento aumentou e girou em alguns pequenos tornados de poeira perto de nossos pés. – Eu sou o poder, um guardião, nada mais.

– Eu... – Ciente de que tinha falado as mesmas coisas vis e cruéis para ele, eu não soube o que dizer.

Ele apagou o poder de sua mão, e a floresta voltou ao normal.

– Pode parecer engraçado, dada a forma como A Mão age, mas parte de mim se pergunta se a única razão pela qual estão comigo é por dever... – Sua voz sumiu, e ele olhou para baixo.

– Sam...

– Sinto muito. Talvez tenha sido demais. É fácil conversar com você. – Ele forçou um daqueles sorrisos diabolicamente lindos. – Sempre foi.

Senti o canto dos meus lábios se contrair.

– Não, está tudo bem. Acabei de lhe contar algo pessoal, então acho que é fácil conversar com você também.

Sua tensão diminuiu, e sua expressão se iluminou com minhas palavras.

– É mesmo?

– Talvez. – Dei de ombros de brincadeira. – Outras vezes, penso em estrangular você.

– Ah. – Ele assentiu, e uma risada profunda ressoou em seu peito. – Bem, acho que eu não desejaria de outra maneira.

Eu não sabia por quê, mas o comentário dele tocou meu coração. Aquilo era o que costumávamos compartilhar, e senti tanta falta disso. Senti o pequeno movimento nos cantos dos meus lábios, mas, até que seu olhar mergulhasse para minha boca e a esperança brilhasse por trás de seus olhos cor de tempestade, eu não tinha percebido que tinha sorrido.

– Seu sorriso, Dianna, é simplesmente uma das coisas mais lindas em você.

Linda. Era uma palavra tão estúpida e que eu já tinha ouvido muitas vezes antes. No entanto, ele a falou, e quase derreti. Limpei a garganta, mas minha voz ainda soava rouca.

– Você sempre flerta com assassinas homicidas?

Seu sorriso foi radiante, deixando-o incrivelmente mais lindo, e uma parte de mim doeu.

– Só as lindas de verdade.

Revirei os olhos e rapidamente mudei de assunto.

– Sabe, você nunca me perguntou como eu matei Tobias.

Não gostei de como suas palavras fizeram eu me sentir e quis mudar de assunto. Ele me dava esperanças, como se meu mundo não estivesse em ruínas, e a culpa voltava com tudo.

– Eu supus que você fosse me contar em algum momento. Bem, esperava que você compartilhasse – respondeu Samkiel, com o olhar focado no trecho coberto de árvores à frente.

– É sério? – perguntei, passando sob um galho baixo. O caminho sinuoso à nossa frente continuou a crescer. – Bem, história engraçada. Na verdade foi você.

– Eu?

– Sim. Eu me lembrei do que você me ensinou na mansão dos Vanderkai sobre feras grandes e pontos fracos. Depois, meio que deixei ele me engolir e o cortei de dentro para fora.

Samkiel parou e se virou para me encarar.

– Isso foi...

– Irresponsável? – Fiz uma careta.

Ele balançou a cabeça, incrédulo.

– Surpreendente. Eu fiz isso apenas uma vez em minha longa vida e me arrependi no mesmo instante.

Eu ri.

– Tenho que admitir, também me arrependi no mesmo instante.

Seu sorriso largo era contagiante, e não pude deixar de retribuí-lo.

– Bem, acho que agora temos algo mais em comum.

– Fora sermos criaturas antigas e teimosas?

– Fora isso. – Samkiel assentiu e virou-se para liderar o caminho. Ele segurou alguns galhos e estendeu a mão, gesticulando para que eu fosse na sua frente. Desci uma pequena colina, atravessando a grama alta antes que meus pés tocassem a areia fofa.

– Isso é o que eu queria que você visse.

– Outro lindo lago fora dos roteiros mais conhecidos? – Segurei sua mão, os calos quentes arranharam minha palma, fazendo um raio de eletricidade me atravessar. O simples contato fez com que nós dois vacilássemos. Olhei para seu rosto devastadoramente lindo. Ele se concentrou em mim, com o calor de seu poder nos envolvendo, tocando-me com carícias suaves. Eu sentia muita falta disso, sentia falta dele.

Ele apertou a minha mão e me girou, passando o braço pela frente do meu corpo e me puxando de volta contra seu peito. Congelei, finalmente notando o som. O oceano se estendia até o horizonte, onde tocava o céu. Ondas iluminadas pelo sol chocavam-se contra a costa em uma pulsação rítmica, soando como o batimento cardíaco do planeta. A areia se elevava em pequenas dunas numa praia intocada. Meu mundo se inclinou, jogando-me para trás. Eu estava naquele penhasco de novo, e os restos dela cabiam dentro de uma urna. Tudo o que ela havia sido esteve em minhas mãos e depois foi espalhado pelo mundo enquanto eu a esvaziava no oceano, lançando seus restos mortais ao vento.

Não.

Uma dor irradiou do meu âmago, e fiquei com náuseas. Meu peito se agitou, e minha respiração ficou irregular.

Não.

Agonia, pura e ofuscante, rasgou minha cabeça. Lágrimas encheram meus olhos, os braços dele eram a única coisa que me sustentava.

– Não!

Eu me soltei de seus braços e me afastei do oceano, fugindo do som das ondas que pareciam ácido em meus nervos.

– Dianna! – chamou Samkiel.

– Não, não vou fazer isso.

Ele apareceu na minha frente, com seus olhos examinando os meus de forma selvagem, enquanto me segurava com os braços esticados.

– Eu vejo você. Cada parte. Vejo a parte que está tentando enterrar junto com ela. Bati nas mãos dele o mais forte que pude.

– Você não vê nada – sibilei, desejando ter mais poder e veneno para lançar nele. Sem meus poderes, eu era como uma mariposa ameaçando um falcão. – Sabe, por um segundo, você me teve. Admito isso. Você fala coisas e me faz sentir. Em flertar e escutar, você é bom. Deuses, você é bom. Esse era o seu plano o tempo todo? Fazer com que eu fique confusa, miserável e solitária para que, quando você aparecesse, eu de repente falasse?

– O quê? Não. Estou tentando ajudá-la, mas você também deve colaborar comigo. Dianna, nunca conheci ou ouvi falar de um deus ou deusa, muito menos de qualquer outro ser poderoso, que tenha suprimido seus poderes tão completamente quanto você. Não sei as consequências do regresso deles ou com que violência voltarão, mas temos de tentar. Nós temos...

– Não temos que fazer nada. – Eu puxei meus braços, tentando fazer com que ele me soltasse. Ele me segurou com facilidade, o que serviu apenas de combustível para o fogo da minha raiva. Empurrei com tanta força que provavelmente teria torcido meu braço. Eu tinha ouvido histórias de animais selvagens mastigando a própria carne para se libertarem e naquele momento fiquei tentada. – Solte-me.

Ele soltou.

Eu me afastei, indiferente à direção que ia seguir. Tudo o que me importava era fugir dali, escapar da dor e das lembranças. Cada batida do oceano contra a costa golpeava o lugar onde eu havia escondido as memórias dela. Era fisicamente doloroso e ameaçava me engolir inteiro.

– Fugir do que você sente não resolve nada! – gritou ele.

– Ah, e você saberia, não é? – cuspi e me virei, jogando uma rajada de areia nele.

– Sim, sim, eu saberia.

– Por que está fazendo isso? Está mesmo tentando me ajudar a recuperar meus poderes? Você quer mesmo me ajudar ou está desesperado para me foder?

– Não! – Ele se exaltou. – Deuses, Dianna, por que é tão difícil acreditar que alguém de fato se importa com você?

– Porque as pessoas não se importam! – berrei, com minha voz embargada. – Elas não se importam. Vivi mil anos como a arma de uma pessoa, a *coisa* de alguém. Todo mundo quer algo de mim, e a única pessoa no mundo que não queria está morta!

Meu peito se agitou, uma represa ameaçava se romper dez vezes mais forte. Lá estava – a verdade brutal e agonizante.

– Você está errada. – A voz dele era como aço frio e duro. – Ela não era a única. Mas você também está certa ao dizer que quero algo de você. Quero que você seja feliz, saudável e viva. Quero o melhor para você porque os deuses sabem que você merece depois de todas as merdas pelas quais passou. Um dia quero que você sorria de novo, sorria de verdade. Quero ajudá-la a se curar como você me ajudou.

Meus olhos arderam dessa vez, as emoções me invadiram, zombando da minha raiva. As palavras de Samkiel, meus sentimentos, a morte dela, as lembranças dela e minha dor ameaçaram me dominar. Minha feição se contorceu, lágrimas escorreram pelo meu rosto. Não o vi se mover, mas Samkiel de repente estava diante de mim, segurando meu rosto e enxugando cada uma delas.

– Você sabia sobre o oceano. Você sabia, porque lhe contei tudo, e me trouxe aqui mesmo assim.

– Eu sei – sussurrou ele –, e foi por isso que trouxe.

Empurrei aquele peito ridiculamente musculoso. O impacto machucou meus pulsos, mas não o moveu.

– Como pôde fazer isso?

– Fiz porque não permitirei que odeie uma memória tão preciosa para você como meu pai odiou.

O choque me fez parar, minhas lágrimas secaram enquanto eu o observava.

– O quê?

– Ele queimou jardins depois que minha mãe morreu. Tudo o que ela amava se foi. Ele fechou a propriedade e nos afastou, trancando cada lembrança dela, tornando-se frio, amargo e impiedoso. Embora dissesse que nunca aconteceu, meu pai se esqueceu dela. Ele a apagou, e não vou deixar você sofrer o mesmo destino. O luto é outra forma de amor, Dianna. Não deixe de amá-la enterrando-a. Sei que dói, é mais do que doloroso, mas, se enterrar a memória dela, você a apaga. Por isso, preciso que você sinta. Eu não me importo se você brigar comigo ou me chamar de nomes maldosos, contanto que coloque para fora. Prender só está envenenando você. Não permitirei que se destrua de dentro para fora. Eu me recuso.

Meus olhos examinaram os de Samkiel, sabendo que ele estava sendo sincero com cada palavra que disse. Eu ansiava por ele mesmo em meio a raiva e mágoa, mas o que ele estava pedindo? Fosse o que fosse, era demais para meu coração partido e magoado. Olhei além dele, examinando o horizonte. Quase pude sentir o barulho das ondas, e tudo que vi foi Gabby.

As imagens fizeram minha cabeça latejar, mas vi como havíamos corrido ao longo das ondas, chutando areia para trás na primeira vez que fomos à praia. Eu a vi segurando minha mão. Eu me vi saltando de penhascos porque ela estava com muito medo de ir primeiro. Ela sempre olhava para mim quando estava com medo, e eu sempre ia primeiro para ter certeza de que era seguro, para ter certeza de que ela estava segura.

– Não consigo – sussurrei. Meu coração parecia estar se rompendo, a tristeza ameaçava me afogar.

– Consegue, sim. Você vai. – Ele deu um passo para trás e estendeu a mão. – E não sozinha.

Olhei para sua mão estendida. Essas duas simples palavras. Não sozinha.

– Ninguém estava lá por mim depois que perdi meu pai, meu mundo. Ninguém até você chegar. Não quero que passe por isso sozinha. Não será fácil, e haverá dias em que sentirá que não quer sair da cama, mas quero estar ao seu lado. Todos os dias se você deixar.

Não me mexi, não falei. Samkiel ficou ali esperando por mim, e me perguntei se ele esperou assim todos os dias depois que parti.

– O oceano e a praia guardam lembranças muito felizes com Gabby. Lembranças que desejo que você mantenha. Ela amava tanto você, Dianna. E nunca ia querer que uma lembrança dela machucasse você, e eu também não. Confie que vou protegê-la, todas as partes, e farei tudo que puder para evitar que você se machuque enquanto eu existir. Eu prometo.

Meus olhos encontraram os dele, e eu soube que ele estava falando sério. Aquelas não eram apenas palavras e promessas vazias. Ele havia provado isso repetidas vezes. Manteve a mão estendida. Era uma ponte estendida entre nós, uma oferta de paz, uma tábua de salvação, e eu precisava desesperadamente disso. Percebi que Samkiel não era apenas uma luz para mim, mas uma âncora, um escudo. E ele já era havia algum tempo. Soltei um último suspiro desafiador, sustentando seu olhar. Uma verdade sussurrou para mim, e eu soube, sem dúvida, que com ele eu nunca mais estaria perdida.

Estendi minha mão e a coloquei na dele, enfim preparada para pelo menos tentar.

Por ele, eu tentaria.

Passei o que pareceu uma hora caminhando para cima e para baixo na praia. Samkiel nunca ficou perto demais, ficou me observando, certificando-se de que eu estava bem. O vento soprou, e prendi meu cabelo para trás e dei um nó. Eu podia fazer isso sem me quebrar. A cada passo, as ondas batiam com mais força, chocando-se contra meu subconsciente. Mas eu não queria mais me sentir assim. Ele estava certo. Eu não queria odiar as coisas que compartilhamos. Não achava que estar ali me tornaria completa de novo, mas era um começo para alguma coisa.

Finalmente voltei até estar ao seu lado, parando perto enquanto afastava o cabelo do rosto.
– Você está bem?
Assenti, apertando os olhos contra o sol conforme o observava.
– Sabia que você é o único que pergunta?
Samkiel estendeu a mão e parou de avaliar minha expressão, em um pedido silencioso de permissão para me trazer algum conforto, e permiti. Ele tirou uma mecha de cabelo do meu rosto, mas o vento apenas a soltou novamente.
– Podemos...
Agarrei o braço de Samkiel, e ele me firmou enquanto eu tirava as sandálias.
– É mais macia que a de Onuna – comentei, encolhendo os dedos dos pés na areia quente.
Ele sorriu e colocou as mãos nos bolsos. O vento brincava com seu cabelo, soprando-o em sua testa, e seus olhos cinza ficavam claros e radiantes à luz do sol.
– Ninguém vem aqui. É sua, se desejar.
– Uma praia inteira? – Sacudi minha cabeça. – Você me daria uma praia inteira?
– O mundo, se você quiser.
Sorri e afastei o cabelo dele da testa antes de olhar para o oceano. A areia ficou fria e molhada à medida que me aproximei das ondas, com Samkiel ao meu lado. A água correu para a frente, batendo em meus pés. Mexi os dedos dos pés, observando Samkiel fazer o mesmo.
– Preciso pintar as unhas dos pés. O esmalte está todo lascado.
– Que cor?
Dei de ombros, ainda encarando meus pés, com medo de olhar para cima.
– Qual é a sua favorita?
Ele riu e fez um som profundo em sua garganta.
– Hmm... Gosto de vermelho.
– Sedutor. – Sorri para ele, prendendo para trás os poucos fios de cabelo que o vento tentava levar. – Então vai ser vermelho.
– Vento demais? – perguntou ele.
Dei de ombros.
– Está agradável.
Ele olhou para cima, e seus olhos viraram prata derretida. O vento diminuiu para uma brisa leve, apenas o bastante para nos manter frescos, mas sem soprar meu cabelo para todos os lados.
– Exibido.
Ele sorriu.
– Eu ia odiar se bagunçasse seu cabelo.

Tentei fingir que estava olhando feio para ele, mas acabei sorrindo. Ele esfregou os olhos e bocejou.

– Cansado?

Ele assentiu.

– Eu não tinha intenção de ficar fora por tanto tempo. Estava apenas... ocupado.

Eu não pressionei. Não tinha o direito sequer de questioná-lo ou o que ele tinha que fazer. Ele estava limpando minha bagunça de novo. Eu já tinha lhe causado problemas suficientes.

– Não é da minha conta, além disso, não fui muito gentil antes. Desculpe.

– Suas reações, por mais bruscas e agressivas que sejam, vêm de um lugar que deseja protegê-la. Você estava ferida, por isso feriu outras pessoas. É um mecanismo de defesa. Eu devia ter lhe contado aonde planejava levá-la. Portanto, também sinto muito.

Inclinei-me para ele, esbarrando em seu ombro.

– Olhe só para nós, fazendo progresso.

Ele sorriu e passou o braço em volta dos meus ombros, me puxando para perto.

– Quer entrar? – Balancei a cabeça em direção ao oceano. – Comigo?

Surpresa marcou suas feições, mas ele apenas assentiu.

– Claro, mas eu não trouxe nada. Presumi que hoje íamos só observar as ondas, se muito.

– Por que não nos divertir enquanto estamos aqui?

– Certo. – Ele sorriu. – O que se veste em Onuna para nadar?

– Lembra-se de quando você resgatou Gabby pela primeira vez? – Engoli o nó na garganta ao dizer o nome dela em voz alta.

Ele assentiu e esperou.

– Roupas como as que as pessoas estavam vestindo no resort.

– Ah – falou ele, afastando-se e estalando os dedos. – Assim?

Joguei a cabeça para trás e ri, e o som se misturou ao canto das ondas. Samkiel estava totalmente ridículo com um chapéu enorme, uma faixa de protetor solar na ponte do nariz, um animal inflável na cintura e calção de banho amarelo.

Ele sorriu abertamente para mim enquanto eu controlava meu riso.

– O que eu fiz errado?

– Não era isso que eu tinha em mente – respondi, acenando com a mão na direção dele antes de recomeçar a rir.

Samkiel olhou para mim como se estivesse memorizando meu sorriso, e eu sabia que ele tinha feito isso exatamente para ter essa reação.

– Com licença. – Tirei o chapéu. Sacudi a cabeça e apontei para o animal inflável em sua cintura. Ele o descartou com outro estalar de dedos. Mergulhei as mãos na água antes de ficar na ponta dos pés para limpar o protetor solar do nariz dele.

– Certo, assim está melhor. – Sorri e dei um passo para trás. O calção de banho amarelo podia ficar porque caía como uma luva nele. Mordi meu lábio inferior, admirando sua beleza. Cada linha e cada músculo parecia esculpido pelos deuses. Ele não parecia real.

– Você é o que eles imaginam quando esculpem deuses em Onuna.

– É mesmo?

Ele sabia disso, mas eu o bajulei mesmo assim.

– Sim.

– Isso não seria um elogio, seria, Dianna?

– É claro que não. – Sorri de orelha a orelha.

Meu coração bateu forte, e me perguntei se ele conseguia ouvir. O sol acariciava sua pele bronzeada, e meus olhos faziam o mesmo. Minha mão se flexionou com a lembrança do toque dele, do gosto dele. Respirei fundo, estremecendo. Samkiel era lindo. Quem não sabia? Isso era dito em literalmente todos os malditos livros em que ele era mencionado. Mesmo naqueles em que ele estava coberto por uma armadura ou pelas entranhas de qualquer animal que tivesse abatido.

Cicatrizes prateadas marcavam sua pele, como testemunhos de sua força e habilidade. Eu conhecia as histórias por trás de algumas delas e ansiava por aprender as que não conhecia. A deusa Nismera lhe dera aquela em seu pescoço. Seus ombros largos e poderosos resistiram a muitas batalhas, e havia uma infinidade de cicatrizes marcando-os para provar. Marcas de garras cortavam seu peito perfeito, e outras menores brilhavam entre seus músculos abdominais. Meu olhar deslizou para as longas linhas diagonais de seus músculos oblíquos que desapareciam sob o cós do calção de banho e a camada de pelos abaixo de seu umbigo. Minha boca se encheu de água, e meu rosto ficou vermelho, imaginando traçar cada cicatriz e cada linha rígida com minha língua.

Limpei a garganta e falei:

– Certo, minha vez. Quero amarelo igual ao seu.

Se ele notou ou não o calor do meu olhar, não reagiu, respondeu apenas ao meu pedido.

– É pra já.

Com outro estalar dos dedos dele, um biquíni amarelo substituiu minhas roupas. Servia perfeitamente, cobrindo tudo o que precisava, mas deixando bastante pele à mostra. Coloquei minhas mãos nos quadris e lancei-lhe um olhar de falsa irritação.

– Então, pelo visto, você reparou no que outras mulheres estavam vestindo.

Seu sorriso era totalmente malicioso conforme seu olhar deslizava por mim em pura apreciação masculina.

– Não, apenas sei do que você gosta.

– Mentiroso – provoquei e balancei a cabeça para as ondas. – Vamos apostar corrida.

– Corrida? – Ele inclinou a cabeça e acenou em direção ao oceano. – A água está bem ali.

Sorri para ele e dei três passos largos antes de mergulhar. Eu o ouvi bater na água bem atrás de mim. O mundo acima desapareceu conforme eu nadava mais fundo e abria os olhos. Os recifes eram mais bonitos do que qualquer coisa que eu já tinha visto, mas não vi nenhum peixe. Meus pulmões arderam, e inverti a direção, chutando com força para chegar à superfície. Inspirei fundo, aproveitando a sensação do sol em meu rosto.

– Você trapaceou – ele reclamou, enquanto eu tirava a água do rosto, com as ondas batendo em nós.

– Quem disse que eu ia jogar limpo? – falei, com um grande sorriso. Ele riu e jogou água no meu rosto.

Ficamos assim por algum tempo, numa bagunça brincalhona e implicante, sem mais palavras duras ou temperamentos perversos. Até convenci Samkiel a me jogar no ar algumas vezes. Ele me jogou tão alto, que consegui girar ou dar cambalhota antes de mergulhar de volta na água. Foi uma distração e boa. Fazia tanto tempo que eu não nadava, que tinha esquecido o quanto gostava.

Nuvens surgiram conforme o sol se aproximava do horizonte. Boiei de costas, olhando para o céu nublado e as nuvens que rolavam em torno das montanhas além da costa. Ouvi as ondulações perto de mim quando Samkiel se aproximou.

– É tão lindo aqui.

– É mesmo. Rashearim era indescritível. Isto é apenas uma fração.

Eu me mexi na água, chutando para me manter de pé e inclinando a cabeça para tirar a água dos ouvidos. Samkiel estava olhando para uma cachoeira que descia em cascata pela montanha íngreme ao longe. Os músculos se flexionavam relaxadamente em seus braços e ombros enquanto ele flutuava na água. Seu cabelo estava penteado para trás, cintilando à luz do sol. Ele era uma obra de arte e perfeito demais para ser verdade. Encontrar alguém tão bonito por fora quanto por dentro era indescritível.

– Achei que ninguém ia notar.

– O quê? – perguntou ele, virando-se para mim.

– Gabby se foi. Eu queria Kaden morto e não me importava. Eu esperava que, caso lutássemos, mesmo que eu vencesse, ele me levaria junto. Nunca me ocorreu que alguém ia notar que eu tinha partido.

Dor e raiva faiscaram em seus olhos, e ele nadou em minha direção. Não recuei nem evitei seu olhar, mesmo quando meus olhos arderam. Ele parou na minha frente, roçando o polegar na curva da minha bochecha.

– Eu teria – sussurrou ele. – Eu teria.

Balancei a cabeça, as lágrimas turvavam minha visão. Algo em mim se rompeu. Doeu, mas parecia limpo, como se precisasse se quebrar e finalmente tivesse uma chance de se curar. Samkiel estava certo. Ver aquele lugar ajudou. Estar ali me forçou a enfrentar meus medos e memórias. Mas nada disso foi o que me quebrou, destruindo minha compostura.

Os braços de Samkiel me envolveram e ele me puxou para perto, seu corpo poderoso nos mantinha facilmente à tona. Como ele sempre fazia. Meu corpo se sacudiu enquanto eu soluçava. Passei meus braços e pernas em volta dele, enterrando meu rosto em seu pescoço. Ele já havia dito antes, mas daquela vez escutei de verdade. Ele provou mais de uma vez, e ouvi-lo falar isso naquele dia foi o que realmente me derrubou.

Não interessava o quanto eu fosse cruel, vil e odiosa, Samkiel me via e se importava.

LXIII
DIANNA

Nadamos até meus membros doerem e o sol tocar a água. Samkiel nos levou até as falésias com vista para o oceano. Torci meu cabelo, tirando o máximo de água que pude enquanto estávamos sentados assistindo ao pôr do sol.

– Quando você tem que voltar? – perguntei, quase prendendo a respiração, não querendo que aquilo acabasse.

Ele descansou os braços sobre os joelhos dobrados.

– Quando eu quiser – respondeu, com o corpo tenso e a mandíbula se apertando.

Aproximei-me, sentindo a mudança em seu humor, mas ele não falou mais nada. Eu sabia que algo o estava incomodando, mas não queria pressioná-lo, sendo assim, sentamos e observamos as cores pintarem o céu em tons de laranja, rosa e roxo. Foi o primeiro pôr do sol em muito tempo que não me encheu de pavor, e eu tinha que agradecer a ele pela minha nova esperança.

– Logan e Neverra querem ir embora.

Suas palavras me pegaram desprevenida. Eu o fitei, mas seu olhar permaneceu focado no céu. O sol poente o dourava amorosamente, gotas de água ainda cintilavam em sua pele.

– Como assim?

Ele ergueu um ombro em um gesto incerto.

– Querem uma vida fora disso. Depois que Kaden estiver morto e tudo estiver acabado, eles querem uma família, um lar. Não os culpo, e acho que Xavier também quer sair, mesmo que não tenha dito. Imogen tem o Conselho e Jiraiya. Ela poderia construir uma vida com isso.

Minha mente vacilou.

– Mas A Mão, quero dizer...

– Não é necessária se não houver ameaça. Os reinos estão fechados e assim permanecerão enquanto eu respirar. – Ele olhou para mim, e vi a dor se acumulando no fundo de seus olhos. Ele também estava perdendo sua família.

– Mas... vocês são uma família.

Ele se voltou para o mar, apoiando a cabeça nos braços e suspirando fundo.

– Sim, mas para todos os efeitos, eu os abandonei. Fiquei longe por mil anos, mas também acho que é mais do que isso. Acho que estão se distanciando há algum tempo e eu simplesmente não estava aqui para ajudar a mantê-los unidos. É razoável que, depois de todo esse tempo, depois de tudo o que viram e fizeram, desejem normalidade. Não importa o quanto eu tenha sentido falta deles, não posso ser egoísta.

Samkiel limpou o rosto como se eu não fosse notar sua dor. Ele os amava. Eu sabia disso, mesmo que nunca o tivesse ouvido dizer as palavras. A culpa me apunhalou. Ali estava ele, desdobrando-se para me ajudar, e os mais próximos dele estavam se afastando o tempo todo. Eu me aproximei, e ele virou a cabeça, me observando.

– Você já pensou no seu futuro? No que você desejaria se sua vida fosse sua? – Eu estava curiosa. A Mão já tinha planos. Ele tinha?

Samkiel ficou calado por um momento considerando a pergunta. Deslizou os dedos pelo cabelo que secava e suspirou.

– Eu tinha esperanças e sonhos quando era mais jovem, antes da coroa, antes do trono. Agora? Não penso nisso. Esta é a minha vida, e o preço por esse tipo de liberdade é muito alto no meu caso.

– Bem, se todos forem embora, posso prometer irritá-lo ainda mais.

Ele beliscou a ponte do nariz e riu.

– É mesmo?

– Sim, quero dizer, íamos odiar caso você se trancasse de novo.

– Como se eu pudesse. – Ele apontou para mim. – Alguém roubou meu quarto.

– Ei, deram para mim, não tomei! – retruquei, dando um tapa nele de brincadeira.

- Não pude deixar de retribuir seu sorriso largo, estava feliz porque as sombras haviam desaparecido de seus olhos e ele não parecia tão triste e perdido. Ele afugentava todos os meus demônios, e eu também afugentaria os dele. Apenas um de nós por vez tinha permissão para desmoronar.

– Há algo que eu possa fazer? – perguntei.

– Não, sou eu quem está ajudando você. Portanto, conte-me mais. Por favor – declarou Samkiel, estendendo a mão para traçar a curva do meu lábio inferior com a ponta do polegar, como se quisesse ter certeza de que meu sorriso era real.

– Certo. Aqui vai algo que você provavelmente não vai gostar. – Suspirei, mas ele apenas esperou. – Não sinto remorso pelo que fiz. Cada um deles sabia o que aconteceria caso a tocassem. Fui bastante clara quanto a isso e não me arrependo. Eu atacaria qualquer um que fizesse mal a alguém que amei. É quem eu sou no fundo. Superprotetora e possessiva, suponho.

– Territorial – acrescentou ele.

Eu o empurrei.

– Estou falando sério.

– Eu sei, mas você está me contando coisas que já sei sobre você. Conte-me outra coisa.

– Certo, que tal isso então? Prefiro ter a reputação de ser sanguinária e letal do que qualquer um fazer mal a alguém que amo de novo. Não quero apenas ter poder. Quero causar pavor para que , quem sonhar em mexer com aqueles que amo, pense duas vezes.

Seus olhos perfuraram os meus, penetrantes, e me perguntei se tinha ido longe demais. Será que ele enfim ia ver o monstro sob minha pele e perceberia o desperdício que eu era? Será que mudaria de ideia sobre me curar e me mandaria para as celas abaixo do Conselho? Talvez me entregasse à Aniquilação.

Seus lábios se curvaram em um sorriso suave quando ele inclinou a cabeça em minha direção.

– Ser amado pela grande Dianna seria um presente além da imaginação. Qualquer um que recebesse seu amor e fosse conquistado por você teria sorte.

Pisquei, minha respiração deixou meu corpo em um ruído audível.

– Não assusta você?

Ele encolheu os ombros.

– Embora a sua raiva seja uma força que pode apavorar homens inferiores, ela não me assusta. Já falei, você nunca me assustou. Só tive medo por você, não de você. Isso vem de uma mulher que teve tudo arrancado à força. Por que você não usaria a força para manter a salvo o que ama? É o que o mundo lhe ensinou que precisa acontecer.

– Por que faz isso? – perguntei, incapaz de processar tudo o que estava sentindo.

– Por que você deseja que eu não goste tanto de você?

– Apenas não entendo por que você ainda se importa. Por que ainda gosta de mim depois de tudo o que fiz? Por que ainda me quer? Simplesmente não faz sentido, Samkiel.

Ele encontrou meu olhar e o sustentou. O dele era suave e caloroso, e eu jurava que ele via a minha alma.

– Eu seria um mentiroso se falasse que não sinto mais nada pela mulher que arrancou seu coração para salvar a mim, a sua irmã e o mundo. Aquela capaz de arriscar tudo por alguém a quem ama, sem nunca pensar em si mesma. Aquela que gosta de música alta e guloseimas excessivamente doces e que compartilha tudo comigo. A mulher que vincula promessas ao seu dedo mínimo. Aquela que finge que odeia filmes felizes, pois acha que nunca poderá ter o próprio final feliz. A mulher que manipula e cospe fogo por capricho e adora flores mesmo quando tenta negar. Já vi o melhor de você, Dianna, e agora já vi o pior. Eu não vou embora. Você não me assusta.

Ficamos sentados olhando um para o outro. Os únicos sons eram os do oceano e o farfalhar da brisa entre as árvores. Meu coração batia forte. Ninguém nunca tinha visto tanto de mim, e nunca me senti tão exposta. Eu não sabia o que fazer nem como agir. Samkiel merecia muito mais, algo muito melhor do que eu. No entanto, ele me olhava como se fosse despedaçar o mundo por mim, e eu sabia que faria muito pior por ele.

– Não precisa falar nada, nem estou pedindo nada, mas preciso que entenda que me afastar não vai funcionar. Sou um imortal muito paciente. Principalmente quando se trata daqueles de quem gosto.

Ele falou isso como se não tivesse abalado todo o meu mundo, suas palavras ressoaram em alguma parte frágil de mim.

Levantei os joelhos e passei os braços em volta deles, observando o espetáculo que Rashearim estava nos proporcionando. As cores eram de tirar o fôlego à medida que mudavam e se transformavam, rodopiando como uma aurora boreal. Ficamos em silêncio de novo, mas não foi desconfortável. Em algum lugar entre o templo de Onuna e as ruínas de Rashearim, Samkiel tornara-se essencial para mim. Ele tinha sido minha âncora mesmo quando eu estava perdida e não o reconhecia.

– Gabby gostava do pôr do sol. Muitas vezes eu a pegava observando-o.

– Há sóis gêmeos nos arredores de Nebuluinium. Eles lançam um brilho magnífico ao se porem, iluminando todo o céu com um prisma de cores. Ela teria gostado.

– Será que ela pode vê-los de onde está?

– Com certeza.

Eu não sabia se ele tinha falado aquilo para me apaziguar e não me importava. Fiquei feliz em saber que era uma possibilidade.

– Nunca consegui dizer adeus. Acho que é isso que dói mais. Mas pelo menos ela me disse, certo?

– Acho que ela sabe. Se houver alguma maneira de cuidar de você, não tenho dúvidas de que ela está fazendo isso. Gabriella era uma guerreira igual a você, forte, resiliente e teimosa. Mesmo com os reinos selados, ela daria um jeito.

Meus olhos se encheram de lágrimas.

– Ela daria.

– Também acho que às vezes duas pessoas podem se amar tanto que nem mesmo a morte consegue separá-las.

— Você é tão romântico — brinquei, o que me rendeu outra pequena risada dele, mas suas palavras mergulharam nas profundezas da minha alma. Aproximei-me, encaixando meu braço sob o seu braço enorme, minha mão envolvendo seus bíceps. Descansei minha cabeça em seu ombro, os músculos sob minha bochecha se contraíram. Ele congelou como se temesse me assustar.

— Acha que algum dia vai parar de doer? — Encarei-o quando ele se virou para mim.
— Meu coração?

— Se houvesse alguma maneira de ajudar a diminuir a dor, eu o faria. Eu quebraria qualquer regra que pudesse para fazer isso por você. — Ele gentilmente enxugou as lágrimas que eu não conseguia conter. — Mas, mesmo com todos os meus poderes, não posso curar um coração partido e não posso apressar o luto.

— Eu sei — sussurrei, fechando os olhos e saboreando seu toque, conforme ele passava os nós dos dedos pela minha bochecha manchada de lágrimas. Deitei minha cabeça em seu braço, inalando profundamente seu cheiro familiar. Samkiel roçou os lábios no topo da minha cabeça, deixando-me buscar conforto de qualquer maneira que pudesse.

— Podemos ficar aqui até o sol se pôr? — perguntei.
— Claro — disse ele, apoiando a bochecha em meu cabelo.

Nenhum dos dois falou mais nada vendo o sol desaparecer além do mar, mas algo mudou entre nós. Uma peça que estava faltando voltou ao lugar. Era algo cósmico, e pensei ter ouvido o destino sussurrar para mim.

Samkiel falou que não era capaz de consertar um coração partido, mas como eu podia dizer que ele já tinha feito isso?

Samkiel bocejou mais uma vez quando entramos no palácio. Eu podia sentir sua exaustão me atingindo. Provavelmente havia muito a fazer depois de tudo que fiz. Imagino que ele estivesse ocupado mantendo o mundo girando.

— Boa noite, Dianna — disse ele, tirando-me dos meus pensamentos. Ele sorriu e foi em direção ao sofá. Eu sabia, pela maneira como ele estava se movendo, que planejava cair no sofá e desmaiar. Chame-me de egoísta, mas eu não queria mais dormir sozinha e queria ele perto de mim.

— Você pode ficar. — As palavras saíram dos meus lábios.

Ele parou, meio curvado se preparando para sentar, e olhou para mim com a testa franzida. Engoli em seco.

— Comigo. Esta noite. Se você quiser. A cama é grande o suficiente para acomodar quase oito pessoas. Além disso, não acho que o sofá seja confortável. Até para você.

— Está tudo bem — recusou ele, endireitando-se.

Meu coração desabou, junto com minha expressão. Ele nunca tinha me negado antes. Eu não tinha percebido o quanto estava mal acostumada. Realmente estraguei tudo. Meu peito queimou.

Samkiel sorriu.

— Quero dizer, está tudo bem, desde que eu não me mova muito.

Soltei um suspiro silencioso de alívio.

— Vamos. Prometo me comportar da melhor maneira possível.

— Está bem, se você está certa disso. — A cautela brilhava em seus olhos cansados, mas ele sorriu e me seguiu escada acima.

Entramos no quarto, e as luzes se acenderam, um brilho fraco emanou dos cantos do cômodo. Samkiel sentou-se na beirada da cama. Ele bocejou mais uma vez e passou os dedos pelos cabelos.

– Vou tomar um banho primeiro, depois você pode ir.

Ele assentiu e se jogou na cama.

Peguei algo para vestir e andei descalça pelo chão de pedra até o banheiro. Pela primeira vez em muito tempo, me sentia mais leve. Falar sobre Gabby suavizou as arestas da minha dor. Eu sabia que nunca ficaria curada ou inteira, mas a dor surda em meu peito havia diminuído. Não queria perder tempo na banheira gigante, então entrei no chuveiro com paredes de vidro.

Depois de tirar o sal da pele e do cabelo, fui até a pia escovar os dentes. Meu reflexo olhou para mim. Minhas íris lampejaram em vermelho, e deixei cair minha escova de dentes. Assustada, pulei para trás, mas depois dei um passo à frente de novo. Inclinei-me para perto do espelho, puxando a pálpebra inferior, mas meus olhos permaneceram com a cor castanha normal. Desejando sentir o formigamento do poder, tentei forçar a mudança, mas, como em todas as vezes anteriores, nada aconteceu. Eu podia jurar que tinha visto, mas talvez estivesse enlouquecendo. Suspirei e franzi o rosto diante do meu reflexo antes de me virar.

As luzes do quarto se acenderam quando entrei. Tirei a toalha do cabelo e coloquei--a na poltrona mais próxima. Samkiel tinha se trocado enquanto eu estava no banheiro. Deduzi que ele tinha usado aquela magia divina muito útil para se limpar. O conjunto de regata e calça escuras quase combinava com o meu. Ele estava esparramado de bruços, com a cabeça virada para o outro lado e os braços enormes escondidos sob o travesseiro.

Caminhei até o outro lado da cama, passando os dedos pelas mechas úmidas dele. Os olhos de Samkiel estavam fechados, sua boca entreaberta, e seu cabelo curto e escuro espetado em diferentes direções. Movendo-me o mais silenciosamente que pude, deslizei para cima da cama e peguei o edredom grosso, puxando-o sobre nós.

– Você vai encher a cama de água salgada – falei, com minha voz calma. Deslizei minha mão sob a cabeça enquanto o observava.

– Eu me troquei. – Sua resposta foi sonolenta, e ele manteve os olhos fechados. – Você demorou muito.

– Desculpe, Vossa Majestade.

Os cantos dos seus lábios se contraíram. As luzes diminuíram até se apagarem, e a escuridão caiu sobre nós. Em tantas noites aquilo acontecia, e eu acordava de repente, incapaz de lidar com a escuridão absoluta. Mas naquele momento, ouvindo a respiração constante de Samkiel, sabendo que ele estava a apenas um fio de cabelo de mim e que eu não estava sozinha, pela primeira vez, não senti nada além de paz.

– Obrigada por hoje. – Foi um sussurro no escuro, mas, ah, muito mais.

Não conseguia vê-lo, porque meus poderes estavam temporariamente escondidos, mas ouvi um movimento suave.

– De nada.

Fechei os olhos, um sorriso travesso brincou em meus lábios. Talvez tenha sido o dia, o quanto eu me sentia confortável ou o fato de finalmente conseguir relaxar, mas não resisti a provocá-lo.

– Prometo não acordar você com a minha boca de manhã. É nítido que você precisa do seu sono de beleza.

A risada abafada dele foi totalmente safada.

– Garanto que, se você estiver se sentindo generosa, sempre terá minha permissão.

Um calor líquido se acumulou entre minhas coxas. Eu o chutei por debaixo das cobertas. Sua risada fez a cama vibrar, e logo me juntei a ele. Ficamos em silêncio por um momento, o contentamento calmo era um bálsamo para minha alma.

– Samkiel?

– Hum?

Engoli o nó crescente em minha garganta.

– Pode prometer que vai voltar? É melhor quando você está aqui. Mesmo se estivermos brigando.

Ele ficou calado por um momento, e tive medo de que tivesse adormecido. Então, ouvi sua mão deslizar pela cama e senti seu dedo envolver o meu.

– Promessa de mindinho.

Ele manteve o dedo entrelaçado com o meu embaixo do travesseiro que havia entre nós. Meus olhos se fecharam, e, pela primeira vez em muito tempo, adormeci sem medo dos sonhos que teria. Apenas dormi e descansei, mas poderia jurar que no meio da noite nos mexemos, podia jurar que as mãos dele envolveram minha cintura e que ele me puxou para si, e meu corpo encaixou-se no dele como se eu tivesse sido feita para ele. Podia jurar que ele me abraçou, e, pela primeira vez, não parecia que meu mundo inteiro estava destruído.

LXIV
DIANNA

Para variar, meus sonhos não foram sobre morte, sangue ou dentes afiados, mas suspiros, gemidos e contorções sob lençóis. Mãos que seguravam meus quadris, dedos cobertos por anéis de prata me segurando com força. Pele contra pele, implorando para ser marcada, conquistada, e uma barba por fazer roçava nas minhas coxas.

Acordei com um suspiro nos lábios, com meu corpo dolorido e tremores percorrendo-o conforme o sonho desaparecia. Uma fome pulsava dentro de mim, mas eu não desejava comida.

Estendi a mão, procurando o deus ao meu lado, mas não encontrei nada. Rolei, percebi que estava sozinha e me sentei. A luz do sol entrava pelas grossas cortinas que cobriam as janelas. Soprei uma mecha de cabelo para longe do rosto, e uma onda de decepção e frustração foi substituindo a luxúria que corria em minhas veias. Joguei as cobertas para trás e andei pelo chão. Pegando um robe transparente, joguei-o por cima da minha regata e calça comprida.

Desci as escadas, seguindo o som de vozes até a cozinha.

– ... esse é o problema. Muitas delas não fazem sentido.

Imogen segurava um grande caderno, folheando o que pareciam ser imagens e palavras rabiscadas. Samkiel estava apoiado no balcão, absorto nas imagens.

Certo, Imogen era conselheira dele agora. Eu tinha matado o outro.

Meu estômago não se revirou nem se contraiu ao vê-la, como fazia antes. Não senti a vontade irresistível de atacá-la ou feri-la. Meu único desejo girava em torno de arrancar aqueles malditos trajes do Conselho de Samkiel com os dentes. Eu só precisava dele sozinho.

– Bom dia – cumprimentei.

Imogen e Samkiel estavam tão perdidos na conversa que não me ouviram entrar. Imogen se voltou para mim, com os olhos arregalados.

– Bom dia – respondeu ela, seu tom hesitante.

– Dianna – Samkiel levantou –, quando você... – Suas palavras foram sumindo quando ele fechou o diário e o deslizou sobre o balcão para Imogen.

Entrei na cozinha e me sentei em cima do balcão, fixando meus olhos no diário.

– Coisas supersecretas do Conselho?

– Sim, totalmente confidencial. – Ele sorriu por trás da caneca que levou aos lábios, e o cheiro me lembrou do café em Onuna. – O que também significa que contarei a você mais tarde.

Eu sorri, e nossos olhos se encontraram. Nós nos entreolhamos, a tensão quase reluzia no ar entre nós. Imogen pigarreou e arrastou os pés.

– Vocês já comeram? – perguntei, inclinando-me para olhar a variedade de grãos e frutas.

– Não – respondeu Samkiel. – Não estou acordado há muito tempo. Eu não queria acordar você.

Escolhi um bocado dos grãos torrados e falei:
– Que pena. Devia ter ficado. Eu teria acordado você. Estava me sentindo generosa.
Ele engasgou com a bebida, seu rosto foi ficando vermelho enquanto tossia. Sorri e dei uma mordida nos grãos torrados antes de me virar para Imogen.
– Desculpe, tenho sido uma vaca ultimamente. Eu sou meio idiota. – Coloquei a mão por cima da boca enquanto mastigava e dei de ombros. – Às vezes... bem, na maioria das vezes.
A boca dela fez de novo aquilo de parecer que ela queria falar, mas não conseguia.
Samkiel limpou o canto da boca, com os olhos ardendo de luxúria. Minhas palavras tinham acertado o alvo, e eu sabia que ele estava revivendo as mesmas memórias ilícitas que me despertaram.
Um toque baixo quebrou o silêncio na cozinha, e Imogen pegou um pequeno dispositivo circular.
– Desculpe, é para nós.
Samkiel limpou a garganta e colocou a caneca na mesa.
– Certo. Peço desculpas, mas precisam de mim de volta no Conselho. Não sei se voltarei esta noite, mas vou tentar.
Meu sorriso desapareceu, e a preocupação escureceu a expressão dele, como se estivesse se preparando para que a minha parte repulsiva e vil erguesse a cabeça e atacasse. Ele começou a falar alguma coisa, mas levantei a mão.
– Está tudo bem. Posso dar uma ou duas corridas. Prometo que não vou definhar enquanto você estiver fora. Apenas não leve seis dias de novo. Por favor.
Não conseguia lidar com o silêncio. Eu não conseguia.
Ele assentiu, e seus olhos gritavam o quanto estava arrependido.
– Claro. Voltarei assim que puder.
– Promessas, promessas... – provoquei, forçando um pequeno sorriso.
Um olhar cruzou seu rosto, uma estranha combinação de luxúria e desejo, mas não tive a chance de descobrir o que era antes de ele partir com Imogen.
Suspirei e me abracei. Eu era uma mentirosa. Assim que ele partiu, aquela escuridão à espreita pareceu crescer. Ela rastejava e latia pelos cantos de todos os cômodos, com as mãos estendidas, ameaçando me devorar. Acalmei minha respiração.
– São apenas as suas emoções, Dianna, nada mais, nada menos. Você está bem. Você está bem – sussurrei para mim mesma, esperando poder me convencer se dissesse as palavras em voz alta. Mas, mesmo em meio ao clamor dos meus pensamentos, aquela maldita voz sussurrava por baixo de tudo.
"*Você está ficando sem tempo.*"

Apesar do meu humor, o dia estava lindo, e o passei correndo lá fora. Eu esperava me exaurir. Talvez, então, meu corpo me forçasse a dormir e mantivesse os pesadelos sob controle. Determinada a não permitir que aquela escuridão me dominasse de novo, tomei banho e fiz um jantar de verdade antes de me sentar no assento da janela da sala de estar. Massageei minhas panturrilhas doloridas, e a casa estava tão silenciosa que era ensurdecedor.
Enrolei a longa camisola de seda nas pernas, coloquei o pratinho no colo e dei uma mordida no sanduíche. O pão dali era muito mais leve, quase derretia na boca a cada mordida. Até a fruta parecia mais doce.

O sol tinha se posto havia algumas horas, e uma trama de estrelas cobria o céu noturno. Mantive as luzes baixas lá dentro. Fortes demais faziam minha cabeça doer, por isso as deixei apenas claras o bastante para afastar a escuridão. Eu me espreguicei e coloquei meu prato vazio de lado, observando as estrelas girando acima. Algumas pareciam estar tão mais perto ali, até mesmo alguns planetas próximos eram mais visíveis do que a lua que orbita Onuna. As cores profundas e sobrenaturais resplandeciam no céu noturno. Uma brisa fresca soprava pela janela, trazendo consigo os aromas doces e terrosos da floresta e o perfume das flores estranhas. Tudo isso tornava a falta de vida selvagem ainda mais aparente. Nenhum pássaro ou criatura se movia lá fora. Eu nem tinha visto nenhum inseto. Puxei as pernas para cima, passando meus braços em torno delas.

– Eu não os culpo. Eu também não gostaria de estar perto de mim – murmurei, enrolando uma longa mecha de cabelo em volta do dedo. Uma estrela chamou minha atenção, cintilando como se estivesse respondendo. Brilhava muito distante, mas era uma das mais intensas.

– O que foi? Está me julgando? Você é apenas uma bola de gás. O que você sabe? Ela piscou duas vezes, e recuei, deixando cair as pernas.

– Você consegue me ouvir?

Uma piscadela.

Joguei minhas mãos para o alto.

– É isso. Eu fiquei doida. Agora estou conversando com estrelas.

A estrela faiscou.

Coloquei as mãos embaixo do queixo e me apoiei no parapeito da janela. O vento passou dedos fantasmas pelo meu cabelo, afastando-o do meu rosto.

– Bem, estrela, acho que não há mal nenhum em fingir que você consegue me ouvir. É bom não estar sozinha. Sem Samkiel aqui, é tudo o que sinto. Mas acho que fiz isso comigo mesma. Ou talvez eu sempre tenha estado sozinha.

Ela piscou em resposta.

– Você não pode me chamar de mentirosa. Você nem me conhece.

Outra piscada, e puxei o tecido da minha camisola.

– Sinto falta da minha família, não que eu realmente me lembre deles depois de todo esse tempo. Lembro-me dos rostos de meu pai e de minha mãe, mas não de suas risadas ou vozes. Tenho medo de esquecer as de Gabby também. Apenas sinto falta da minha irmã. Acima de tudo. Ela sempre tinha as respostas e sabia o que dizer para fazer tudo ficar melhor. – Meu peito estava pesado, as emoções me atingiam como uma tonelada de tijolos. – Ela me diria que sou uma imbecil pelo que fiz, mas ia me amar de qualquer jeito, e tenho tanto medo de nunca mais ter isso de novo.

A estrela pareceu enfraquecer antes de piscar mais duas vezes, chamando-me de mentirosa. Então, me pareceu que a própria estrela me dizia para olhar onde eu estava naquele momento. Virei-me e olhei ao redor da casa. Não era uma prisão, mas um palácio projetado só para mim e criado pela única pessoa que tratei como lixo absoluto. Uma onda de culpa tomou conta de mim.

– Temo que eu vá estragar isso também, estrelinha. – Afastei-me da janela, sem olhar para ver se a estrela respondia, mas podia jurar que a luz se derramou pelo quarto, podia jurar que ela tinha respondido, mas podia ser apenas minha nova insanidade.

Subi as escadas, imaginando que Samkiel não voltaria naquela noite.

Todo o meu corpo estava pesado, mas não me sentia cansada. No banheiro, apoiei as mãos em cada lado da pia e encarei o espelho.

– Ok, cérebro, já suprimimos e fizemos birra o suficiente. É hora de acordar.

Olhei para mim mesma, apertando os olhos, desejando que eles mudassem.

Nada.

Dei um tapa forte no rosto. Talvez, se eu me irritasse, alguma coisa despertaria. Não houve sequer um lampejo de vermelho. Segurei minha bochecha dolorida e quente, olhando para mim mesma.

– Ai. Isso foi burrice.

Fazendo uma careta, fiquei ali por um minuto, pensando. Dei as costas para ele, andando de um lado para o outro no banheiro, falando sozinha como uma louca. Virei-me e pulei na frente do espelho, sibilando como se isso fosse forçar minhas presas a descer. Nada aconteceu além de eu parecer estúpida.

Desisti e respirei fundo, prendendo meu cabelo em um coque desleixado antes de ir até o closet enorme. Enquanto eu andava, todas as prateleiras pelas quais passei se iluminaram. Um grande banco redondo branco ficava no centro do aposento. Sapatos, que iam de tênis a saltos altos, cobriam a parede dos fundos. Estendi a mão, passando os dedos pelas várias peças de roupa penduradas nas prateleiras duplas. Um sorriso triste tocou meus lábios, lembrando por que Samkiel havia feito aquele quarto.

Um príncipe vampiro que tinha fingido se importar comigo e um homem que pensei ser meu amigo. O quarto brilhante se transformou no quarto estúpido e excessivamente luxuoso da mansão de tijolos. Eu podia ver Drake entrando como se ele pertencesse àquele lugar. Eu me vi como estava naquele momento, enquanto ele mexia nas roupas e conversava comigo parecendo que se importava. Mentiroso. Traidor. O tempo todo, ele sabia o que estava fazendo. Eles já haviam decidido me trair, mas ele me olhou nos olhos e disse que eu era da família. Eu me vi lá, acreditando em cada palavra que saía de seus lábios mentirosos.

– Eu fui uma boa amiga – lembrei-me bruscamente. – Você não foi um bom amigo, mas eu fui. Não vou me sentir culpada por isso. Não vou. – A memória mudou quando Samkiel apareceu atrás da minha outra versão. O fantasma de Drake ficou tenso, e entendi como não havia entendido antes. Drake não estava apenas com medo de Samkiel, embora a imagem dele elevando-se acima de mim me fizesse hesitar. Não, ele estava preocupado porque eu tinha alguém que me protegeria independentemente do que acontecesse. Eu não tinha entendido isso na época, mas enfim enxerguei. O orgulho me encheu, porque estar sob a proteção de Samkiel era algo para se orgulhar. Um sorriso suave curvou meus lábios, algo quente e doce substituiu a dor que eu sentia. Samkiel sempre esteve lá, como um escudo e protetor, quer eu considerasse que precisava, quer não.

A memória desapareceu, mas o sorriso permaneceu em meu rosto quando me deitei na cama. As luzes diminuíram até se apagarem. Rolei, me virando para a janela, e observei a bainha das longas cortinas dançar no chão. Fiquei assim por algum tempo, mas o sono não veio. Mil e um pensamentos correram pela minha mente, todos levando de volta a Samkiel. Eu me revirei pelo que pareceram horas antes de suspirar e chutar as cobertas.

Ele me ajudou muito, mesmo quando eu era uma completa idiota. E ainda estava me ajudando. As palavras que ele disse e o modo como as confirmou com suas ações despertaram algo em mim que eu tinha enterrado no segundo em que ela morreu. Eu sentia. Sentia coisas como felicidade, culpa e até arrependimento. Isso tinha que significar alguma coisa, certo?

Uma batida começou naquela porta trancada, fazendo minha cabeça latejar. Fechei os olhos e esfreguei as têmporas.

Meus braços bateram na cama. A cama fria e vazia. Quando foi a última vez que fiz sexo? Talvez fosse isso que havia de errado comigo. Por que nosso tempo juntos, o sonho e o olhar acalorado daquela manhã fizeram o desejo arranhar cada uma das minhas terminações nervosas e meu sangue ferver? Não, eram aqueles malditos trajes do Conselho. Era isso que tinha acontecido. Eles se ajustavam aos ombros poderosos e se estreitavam até a cintura, e eu conhecia os músculos esculpidos que escondiam.

– Não – falei para o quarto vazio. – Nem pense nisso. Não mesmo.

A mão de Samkiel tinha roçado a minha e incendiado milhares de terminações nervosas. Eu não sentia isso havia muito tempo.

– Não, Dianna. Não vamos fazer isso.

Virei de bruços, cobrindo a cabeça com um travesseiro, tentando me esconder dos pensamentos que assolavam meu cérebro. Não ajudou. Lembrei-me de cada comentário sedutor e de cada olhar acalorado, minha mente ia fornecendo ansiosamente as memórias.

A cama estava vazia demais, o cheiro dele persistia. Eu sentia falta dele e odiava que ele me distraísse sem fazer nada.

Deitei de costas, com a seda da minha camisola enrolada em minhas pernas. Estava quente demais, apertada demais. Sentei, puxando o tecido ao redor dos quadris e tirando-o pela cabeça antes de jogá-lo no chão. Minha calcinha foi em seguida. Era pequena e rendada, do tipo que Samkiel sabia que eu gostava. Merda. Caí deitada de novo.

As cortinas da janela estavam parcialmente abertas, permitindo que o luar opaco se infiltrasse para dentro. Um arrepio de excitação percorreu meu corpo com a ideia de que Samkiel poderia passar e me ver. Uma leve brisa soprou pelo quarto, beliscando minha pele aquecida, e gemi, fingindo que era o toque dele. Meus olhos ousaram se fechar, e imagens de Chasin passaram pela minha cabeça. A lembrança de como ele me segurou, como sua mão mergulhou entre minhas pernas, como foi simplesmente incrível, fez meu interior se contrair.

Pensei em Samkiel. Eu sempre pensava em Samkiel. Mesmo quando mentia e dizia que não. Samkiel era importante para mim, e, sendo honesta comigo mesma, eu ansiava apenas pelo toque dele. Minha respiração acelerou quando imaginei a sensação dos braços poderosos me envolvendo. Como os músculos pesados e elegantes de seu peito e abdômen se contraíram quando eu o coloquei na boca. A linha em V de seus músculos oblíquos apontando para seu pênis grosso. Um arrepio percorreu meu corpo quando finalmente me permiti pensar nele de novo. Foi quase um alívio admitir que eu o desejava.

Minha mão deslizou devagar pelo meu pescoço, imaginando-o acima de mim, traçando o caminho que eu queria que sua boca seguisse. Segurei meu seio, massageando meus mamilos, o prazer disparava através de mim conforme eles se tensionavam em pontos doloridos. Ele sempre seria gentil ou havia outro lado de Samkiel que me mostraria quando me tivesse assim? O pensamento me excitou. Deslizei a mão para baixo, passando pela barriga. Meus dedos roçaram meu clitóris e minha respiração ficou presa, minhas coxas se abriram. Eu sabia as palavras que ele diria, eu as conhecia com uma paixão ardente.

"Está carente, minha Dianna?"

Ah, sim. Deuses, sim, eu estava.

Meus quadris se ergueram, meus dedos circularam meu clitóris. Eu mal tinha me tocado e, só de pensar nele, estava pingando. Imaginei sua boca no lugar dos meus dedos, seus olhos prateados me observando enquanto sua língua circulava na entrada delicada antes de provocar o pequeno botão sensível do meu clitóris. Meu gemido foi arrancado da minha alma quando deslizei dois dedos fundo no calor apertado e úmido da minha boceta e os curvei. Movi-os mais rápido, choramingando e mordendo o travesseiro ao meu lado, o travesseiro dele. Apertei a palma da minha mão contra meu clitóris, com o cheiro de Samkiel enchendo meus pulmões a cada respiração. Minha outra mão segurou meu seio, apertando um mamilo e depois o outro. Meu pequeno grito de prazer rompeu o silêncio, e não me importei com quem pudesse ouvir.

Ai, deuses. Minha boceta se contraiu, as paredes escorregadias e apertadas vibravam ao redor dos meus dedos. Eu me contorci, imaginando o pau dele me preenchendo, buscando aquela liberação. Estive tão insatisfeita desde que fiquei com ele. Não importava quem eu levasse para a cama ou o que eu fizesse, não chegava nem perto do que era estar com Samkiel. Eu ainda nem tinha transado com ele e estava doida. Deuses, eu o queria tanto. Eu o queria entre as minhas pernas, na minha boca, em todos os lugares onde pudesse tê-lo. E eu o teria até que ele estivesse acabado, sem fôlego e suando embaixo de mim.

Sua imagem ofegante e implorando embaixo de mim inundou meu cérebro e quase me levou ao limite. Movi meus dedos mais fundo e mais depressa, imaginando suas mãos agarrando meus quadris, aqueles anéis de prata afundando em minha pele, enquanto eu o cavalgava com mais força. Deslizei outro dedo, tentando imitar como ele seria. Minha boceta estremeceu, a ardência de ser esticada era deliciosa. Lembrei-me das palavras safadas que ele sussurrou quando descobriu o quanto eu gostava de ouvi-las, e outra onda de prazer explodiu em meu âmago. Meus quadris subiram, e minha cabeça bateu no travesseiro. Lembrei-me da profunda rouquidão de sua voz, imaginando o quanto ele conseguiria aguentar antes que eu o fizesse gozar e depois a expressão em seu rosto, seu prazer. Eu queria que ele gritasse meu nome enquanto estivesse tão enterrado em mim, que...

Meu corpo estremeceu quando gozei com tanta força e rapidez que quase chorei. Meus dedos pararam dentro de mim, massageando meu clitóris, tirando até a última gota de prazer do meu orgasmo. Ofeguei, com meu corpo tremendo. Mordi a fronha, tentando abafar meus gritos. Foi o primeiro orgasmo de verdade que tive em meses. O primeiro desde a última vez que Samkiel me tocou. Tudo que fiz foi imaginar seu rosto, boca, aqueles músculos ondulantes e aquelas malditas palavras safadas. Gemi, outro orgasmo me rasgava. Minhas pernas tremiam junto com meu corpo, cada terminação nervosa ardia em chamas. Eu estava suada e sem fôlego enquanto deixava o ápice. Com o peito arfando, coloquei as mãos sobre meu sexo dolorido. Fiquei ali, chocada, olhando para o teto. Foi bom, mas não o bastante. Eu ainda ansiava, meu corpo exigia a experiência verdadeira, não a tentativa simulada.

Eu não sabia por quanto tempo tinha ficado deitada ali antes de me levantar e tomar outro banho. Troquei de roupa, troquei os lençóis e finalmente voltei para a cama.

Samkiel não voltou.

LXV
DIANNA

A luz radiante do sol da manhã se derramou pelo quarto, quase me cegando quando acordei. Gemi e rolei para fora da cama, passando no banheiro antes de descer as escadas descalça. Atravessei o saguão de entrada e entrei na cozinha, esfregando os olhos para tirar o sono.

— Finalmente conseguiu?

Tropecei nas pontas compridas da calça do meu pijama, praticamente caindo dentro da cozinha.

Samkiel.

Ele estava de costas para mim. Estava fatiando mais frutas e colocando os pedaços em dois pratos separados.

— O quê? — Minha voz saiu como um guincho, e minhas bochechas esquentaram.

Ele tinha me ouvido? Um arrepio percorreu minha espinha, não de vergonha, mas de excitação. Não, se Samkiel tivesse me ouvido, ele teria incendiado as escadas com a rapidez com que ia subi-las para chegar até mim. Disso eu tinha certeza. Ele deslizou os pratos por cima do balcão e se virou para mim.

— Com seus poderes suprimidos, sua audição não deve ser melhor que a de um mortal — explicou ele. — Praticamente gritei seu nome.

Minha barriga se apertou com a lembrança de que eu o tinha imaginado fazendo exatamente isso na noite anterior, mas em circunstâncias muito diferentes.

— Eu estava cansada.

— Fiz o café da manhã.

Forcei um pequeno sorriso, a necessidade me dominava mesmo depois da noite anterior. O que havia de errado comigo?

— Obrigada. — Sentei à ilha e peguei o garfo que ele havia colocado perto de mim.

— Desculpe por ter voltado tão tarde ontem à noite.

Quase deixei cair meu garfo.

— Você estava aqui? Noite passada?

Ele não tinha subido.

Ele inclinou a cabeça, olhando para mim com curiosidade.

— Sim, mas já estava quase amanhecendo, e eu não quis incomodá-la. Dei uma olhada em você, mas estava dormindo profundamente. Acho que até a vi babar.

Eu bufei.

— Não babei nada.

Um ar de incerteza pairava ao redor dele. Não queria me incomodar? Então, Samkiel dormiu lá embaixo. A única vez em que ele agiu dessa forma foi quando estávamos brigando na casa de Drake, e ele estava me evitando. Ele estava me evitando então? Talvez

348

tudo o que falei no dia anterior tivesse sido demais. Eu tinha sido tão cruel nos últimos meses. Por que ele ia querer continuar de onde paramos?

Meu coração trovejou de medo. Samkiel olhou para meu peito antes de encontrar meus olhos, e eu sabia que ele podia ouvir a batida rápida.

– Você está bem?

– Sim. Ótima. – Soltei meu garfo e coloquei as mãos debaixo da mesa, meu apetite por comida e sexo foi desaparecendo. O vazio deixado para trás ameaçou me engolir novamente. Era tarde demais? Ele tinha decidido que eu era trabalho demais? Perigosa demais? Problemática demais?

Samkiel me observou com seu foco completo, como se eu fosse a única coisa que importasse. Eu devia estar louca. Agora estava imaginando coisas.

– O que foi? – perguntei, ouvindo a defensiva em meu tom.

– Você não tocou na sua comida – respondeu ele, apontando para meu prato com o garfo. – Não está com fome?

Olhei para as frutas, ovos e pão. A bile subiu, meu estômago definitivamente dizia "não".

– Não, na verdade estou meio enjoada.

– Já se sentiu assim antes?

Balancei minha cabeça.

– Bem, se quiser ficar em casa hoje, tudo bem. Eu tinha algo planejado para você, no entanto.

A esperança explodiu. Talvez ele não estivesse me evitando de novo. Sentei-me mais ereta.

– O que é? Aonde estamos indo?

– Nós – ele disse – não vamos. Eu tenho... Hum... Estarei ocupado.

Minha esperança morreu.

Samkiel pareceu perceber e continuou, mesmo enquanto o espaço entre nós aumentava.

– Eu queria que você se divertisse, já que não estarei por perto hoje. Também imaginei que A Mão gostaria de ter um dia de folga.

Meus ombros caíram.

– Ocupado, hein?

Samkiel abriu a boca no momento em que um estalo alto acompanhado por um clarão cobalto me assustou.

– Certo, esperei o suficiente. Contou para ela? Podemos ir agora? – questionou Cameron, entrando na cozinha.

Xavier o seguiu, rindo e sacudindo a cabeça. Pela primeira vez, nenhum dos dois estava usando os trajes escuros do Conselho. Em vez disso, usavam camisetas e shorts. Eles pareciam tão normais, não os guerreiros ferozes e mortais destinados a manter todos nós na linha.

Samkiel acabou de mastigar um pedaço de torrada e suspirou, revirando os olhos. Era uma expressão que eu não via havia algum tempo, e não pude deixar de sorrir.

– Achei que ele tivesse banido vocês ou o que quer que os deuses façam com aqueles que os irritam – falei para Cameron e Xavier, que sentou-se ao meu lado, e Cameron ficou de pé à minha esquerda. O olhar de Samkiel permaneceu em Cameron, um músculo em sua mandíbula se contraiu. Perguntei-me se ele ainda estava com ciúmes, enquanto outra parte de mim ficou encantada com a ideia de que ele pudesse estar.

– Não se preocupe – falou Samkiel. – Cameron e Xavier ainda estão pagando por seu erro.

Xavier suspirou como se a punição fosse uma tortura, mas Cameron apenas sorriu um pouco mais.

– Agora – Samkiel pegou um guardanapo, enxugando as mãos –, preciso ir até Onuna para uma reunião com os embaixadores. Vincent vai me acompanhar, mas sinto que os outros merecem uma folga.

Samkiel ficou de pé, meus olhos seguiram cada movimento enquanto a noite anterior passava pela minha cabeça. Mordi meu lábio inferior, meu âmago se contraiu. Fui rapidamente inundada por calor, minha fome por ele retornou dez vezes mais forte. Reprimi um gemido e me remexi na cadeira, tentando extingui-lo, profundamente consciente das habilidades de Cameron e do que meu cheiro poderia revelar. Senti minhas bochechas corarem e baixei o olhar depressa. Cameron ficou estranhamente calado, mas me recusei a olhar para ele. Coloquei um pedaço de fruta na boca, sem responder quando Samkiel disse que me veria mais tarde e saiu da casa.

— Eu vi isso.

Espetei o ovo frio no meu prato.

— Viu o quê?

Cameron se apoiou no balcão e roubou uma fruta do meu prato. Xavier não falou nada.

— O sorriso, o jeito como você praticamente o despiu quando ele se levantou, e não vou nem falar do cheiro nesta casa.

Eu soltei um grunhido e larguei o garfo antes de cobrir meu rosto em chamas com as mãos.

— Alguém já disse para você que esse negócio de farejar é estranho pra caralho?

— Muita gente. — Xavier riu.

— Atividades individuais, Dianna? Tsc, tsc. Sabe, deuses são muito possessivos. Samkiel ficaria muito magoado se soubesse que você prefere cuidar de si mesma do que deixá-lo ajudar.

Deixei cair minhas mãos e olhei feio para ele.

— Bem, ele parece muito feliz por estar ocupado no momento.

Xavier bufou.

— Pouco provável.

— Não importa quão ocupado ele esteja. Se você dissesse que precisava dele, ele estaria aqui — declarou Cameron, estranhamente sério.

Xavier grunhiu em concordância, pondo um pedaço de fruta na boca.

Cameron ergueu uma sobrancelha.

— Você entende que não somos como os homens de sangue quente de Onuna, certo? O orgulho dele ficaria ferido. Ele já acha que você não quer nada com ele. Quero dizer, duvido que ele volte quando descobrir, e vamos ter uma reunião do Conselho amanhã, então ele vai ficar longe ainda mais tempo. Sabe que eles demoram um pouco, mas tudo bem para você, certo? Não que você se importe.

— Não gosto de ameaças. — Peguei a faca de torrada cega e apontei para ele. — Você não vai dizer uma palavra a ele sobre minhas... atividades — sibilei.

Um divertimento faiscou em seus olhos, e Xavier assobiou baixinho.

Cameron tinha me provocado de propósito e ficou mais do que feliz com minha reação.

— Eu não vou. Se...

— Se o quê?

— Se você realmente sair com todos nós hoje. Divertir-se, divertir-se de verdade, e seu segredo estará seguro comigo.

Cameron afastou a faca com dois dedos, e eu deixei.

Principalmente porque eu não tinha nenhum poder no momento e porque o que ele estava oferecendo não parecia terrível.

— Só isso?

Ele assentiu e sorriu.

— Só isso.

– Está bem.
– Ótimo. – Ele bateu palmas. – Vamos encontrar os outros. Eles queriam preparar algo para você.
– Para mim? – perguntei, tão chocada, que saiu como um gritinho.
– Sim. – Ele olhou para mim como se eu fosse a doida. – Ah, esqueci, todo mundo que você conheceu foi babaca com você.

Eu mostrei o dedo do meio para ele, mas saltei do banco, com uma centelha de excitação melhorando meu humor. Pelo menos eu não ia ficar sozinha aquele dia.
– Onde vamos encontrá-los?
– Na praia.

Minhas costas bateram na areia com tanta força que fiquei sem fôlego. Engasguei com a risada, ainda segurando a bola nas mãos.
– Mais um ponto para nós! – gritou Imogen.
Cameron xingou, socando o ar. Neverra se aproximou e me pôs de pé. Uma rede esticada entre nós e os meninos, três contra três.
– Ainda precisam de mais um. Não fique confiante demais agora, Immy! – gritou Cameron em resposta, antes de se reunir com Logan e Xavier para elaborar um novo plano de jogo.

Eu estava usando o biquíni que Samkiel tinha feito para mim. Neverra disse que ela e Imogen foram às compras para se preparar para o dia de hoje, e eu estaria mentindo se dissesse que não me deixou um pouquinho feliz saber que elas estavam ao menos um pouco animadas em passar tempo comigo. Fiquei chocada que elas quisessem algum contato comigo depois do quanto fui horrível.

Neverra, Imogen e eu formamos um círculo fechado. Deixei cair a bola entre nós e apoiei um pé descalço nela.
– Tudo bem, eu amo meu marido, mas, se quisermos vencer e ter o direito de nos gabar, temos que nos livrar de Logan – sussurrou Neverra.

Imogen riu e deu uma cotovelada em Neverra, e as duas trocaram um olhar.
– OK, como assim?
– O joelho direito. Ele o machucou em uma batalha sobre a qual se recusa a falar.
– Orgulho. – Imogen riu.
– Fazemos ele se mover rápido para a direita e ele está fora.

Sorri e assenti, olhando por cima do ombro de Neverra para os rapazes. A cabeça de Xavier apareceu, e ele fez contato visual comigo antes de voltar rapidamente para o grupo.
– Certo, Cameron tem um braço poderoso, basta um ponto, e perdemos.
– Posso cuidar disso. – Imogen esfregou as mãos. – Quero mesmo vencer e farei o que for preciso para poder me gabar.

Balancei a cabeça e chutei a bola em minhas mãos.
– Nós vamos vencer. Vou me certificar disso. Já terminaram de planejar? – gritei. – Ou estão prontos para perder?

Imogen, Neverra e eu nos separamos. Neverra ficou na frente da rede, e Logan na frente dela. Ele soprou um beijo para ela e piscou. Ela fingiu que os afastava. Imogen ocupou seu lugar à esquerda, em frente a Xavier. Ele esticou os braços de um lado para o outro, com seu sorriso radiante e seus olhos cintilando. Ficou para mim a tarefa de enfrentar Cameron.

– Realmente acha que vai ganhar, Didi? – Ele apoiou as mãos nos joelhos, oscilando de um lado para o outro.

Joguei a bola para cima e para baixo com uma das mãos.

– Acho que você só fala, Cam. Fala demais, mas na hora H fraqueja.

Ele ficou boquiaberto, depois jogou a cabeça para trás e riu. Joguei a bola para o alto, saltando enquanto a lançava por cima da rede.

Cameron se recuperou depressa e passou-a de volta para o nosso lado. Imogen a devolveu, só que desta vez em um ângulo. Logan mergulhou, mas para a direita demais, e escorregou. Por um segundo, achei que os tínhamos pegado, mas Xavier foi rápido. Ele deslizou pela areia, batendo alto enquanto Cameron acompanhava. Ele saltou, acertando com tanta força que Neverra e Imogen se chocaram.

Vi a bola voando pelo ar. Neverra e Imogen caíram de bunda, observando a bola rodar no ar, e Cameron já estava cantando vitória.

Ah, não. Não mesmo.

Eles queriam vencer. Vi em seus olhos. Eles queriam poder esfregar essa vitória na nossa cara uma semana inteira.

Dei um salto correndo, sentindo como se estivesse voando. Meu rosto bateu no chão, a areia subiu pelo meu nariz e arranhou meu peito, barriga e pernas quando caí, mas senti a superfície lisa da bola cair na minha mão.

– Ah, qual é! – Ouvi Cameron gritar.

Fiquei de pé num pulo, com Neverra e Imogen se amontoando em mim, comemorando. Joguei a bola para Neverra e tentei limpar a areia do rosto e do tronco.

Cameron andava com as mãos nos quadris. Logan sentou-se rindo, segurando o joelho, e Xavier riu, com seus olhos escuros faiscando sob a luz do sol.

– Ela trapaceou. Não sei como, mas trapaceou – reclamou Cameron.

– Você é um péssimo perdedor – Xavier respondeu a ele.

– Tem certeza de que não recuperou seus poderes? – acusou Cameron, mas vi humor em seus olhos.

– Você é um bebezão – repreendeu Imogen.

Eles brigaram enquanto Neverra e eu nos dirigíamos ao cobertor que ela havia estendido, com um grande guarda-chuva proporcionando uma sombra bem-vinda. Uma caixa térmica estava em um canto ao lado de uma pequena bandeja com copos.

– Vamos relaxar, certo?

Assenti, mas parei para cobrir o local onde eu tinha caído depois do salto, certificando-me de ocultar o brilho de vidro na areia.

Sentei-me no grande cobertor de tricô, as borlas nas pontas balançavam com a brisa. Neverra enfiou a mão na caixa térmica para pegar os sanduíches que levara, a aba do seu chapéu curvava-se para trás ao vento. Minha respiração ficou presa e meu coração se apertou quando ela se virou e sorriu para mim, oferecendo um sanduíche embrulhado em papel. Por um breve momento, vi Gabby, mas apenas por um segundo. Forcei um sorriso, aceitei o sanduíche e o desembrulhei. Os rapazes gritavam e vaiavam atrás de nós, ainda jogando.

– Fiz o seu com mostarda extra e sem tomate.

Meus olhos se arregalaram, meus dedos apertaram o sanduíche.

– Eu detesto tomate.

– Eu sei. – Ela não falou como sabia, mas eu soube. Logan e Neverra moraram com Gabby por meses.

Neverra mordeu o dela, observando-me, esperando que eu comesse também. Meu organismo havia se acostumado a um tipo diferente de alimento e a comida não caía bem, mas não havia como não comer aquele sanduíche. Dei uma mordida, e, ao menos dessa vez, meu estômago não protestou. Neverra sorriu feliz.

– É lindo aqui. Eu nunca vim antes.

– É mesmo – concordei, olhando para as ondas. – Samkiel me trouxe aqui outro dia. O oceano e a praia ainda são difíceis para mim, mas ele é...

– Teimoso.

Eu ri e dei outra mordida.

– Muito.

– Ele era assim em Rashearim. Os deuses odiavam, porque queria dizer que ele não lhes dava ouvidos. Principalmente quando nos encontrou pela primeira vez. É como conversar com uma parede de tijolos quando ele coloca algo na cabeça – ela fez uma pausa – ou no coração.

Murmurei por trás do meu sanduíche em resposta, sem saber o que dizer. A areia se moveu ao nosso lado, e me virei, surpresa ao ver Imogen. Ela estava parcialmente coberta de areia e tentava limpá-la sem sucesso.

– Cameron me derrubou. Acho que ainda está bravo porque perderam – explicou Imogen. Seus olhos se voltaram para a cesta aberta de comida, para Neverra e depois para mim. Ela pôs um braço atrás das costas e me deu um sorriso hesitante. – Posso me sentar com vocês?

Eu pisquei. Como que uma das guerreiras mais ferozes, conhecida por todo o meu mundo e o seguinte, estava perguntando nervosamente se podia se sentar conosco? Contudo, acho que ela tinha todos os motivos para hesitar perto de mim. Eu não tinha sido legal com nenhum deles e tentei matá-los várias vezes. Mais do que isso, fui cruel com ela por causa de seu relacionamento passado com Samkiel. Em especial depois de descobrir que ela tinha sido sua prometida. É lógico, eu sabia que não era culpa dela, nem dele, aliás. Tudo foi por causa das minhas próprias inseguranças e ciúmes.

O choque deve ter se mostrado em meu rosto, porque ela pareceu estar desapontada e baixou o olhar. Ouvi a areia sendo arrastada quando ela se virou, interpretando meu silêncio como uma recusa. Inclinei-me para a frente e praticamente gritei:

– Espere!

Ela parou, e parecia que tudo havia parado com ela. A risada dos meninos morreu quando nos observaram. O oceano não se chocava mais contra a costa, e o vento parou como se estivesse prendendo a respiração. Eles se entreolharam, todos esperando, como se aprová-la nos meus termos significasse algo para todos.

– Sente-se. Neverra trouxe mais do que o bastante para alimentar uma cidade inteira. Não consigo comer tudo.

A maneira como seus olhos cintilaram quando ela sorriu fez meu peito doer. O quanto fui cruel?

Imogen se sentou no cobertor e pegou um sanduíche.

– Aquela defesa foi ótima – comentou Neverra, enquanto Imogen desembrulhava seu sanduíche e dava uma mordida. Notei a maneira como Neverra a observava, como sua linguagem corporal mudava perto de Imogen e como eram próximas de verdade. Elas não tinham vínculo de sangue, mas eram irmãs. Eu podia ver isso. É o que todos eles eram. Eram uma família.

– Sim – concordou Imogen, falando de boca cheia –, como fez aquilo?

353

Dei de ombros.

– Vocês queriam vencer.

Ambas ficaram em silêncio por um momento, enquanto Imogen comia mais um pouco. Não sei por que perguntei ou o que deu em mim, mas me diverti naquele dia, e ver o sol se aproximando do oceano me deixou apreensiva. Eu não queria que o dia terminasse.

– Querem voltar comigo para o palácio esta noite? Samkiel disse que ficaria em Onuna a noite toda, e não quero ficar sozinha. Se estiver tudo bem. E se vocês quiserem. Não precisam ir.

Imogen parou no meio da mordida e Neverra sorriu tão abertamente que quase me arrependi de ter perguntado. Logan, Xavier e Cameron correram em direção à água, gritando enquanto saltavam no oceano.

– Achei que você nunca fosse pedir! – exclamou Neverra.

LXVI
DIANNA

A música tomava conta do palácio, era tão alta que abafava o vazio na minha mente. Neverra, Imogen e eu estávamos no banheiro enquanto eu terminava de preparar a máscara facial que Gabby me ensinou a fazer.

– Acho que fiz certo, mas não me culpe se seu rosto derreter – afirmei.

Neverra riu e olhou para a pequena tigela que eu segurava. Assim que perguntei se queriam ficar comigo, Neverra e Imogen começaram a recolher a festa na praia. Elas acessaram suas casas e voltaram com tantas coisas que pareciam estar de mudança. Levamos mais de uma hora para convencer Logan, Xavier e Cameron a nos deixarem ir sozinhas e mais dez minutos para explicar a Cameron que ele não tinha sido convidado, por mais que gostasse de máscaras faciais. Tivemos que prometer que não nos mataríamos e que ficaríamos em casa.

– Eu nunca fiz isso antes – falou Imogen, afastando o cabelo do rosto e prendendo-o com uma faixa.

Eu ri.

– Vocês são praticamente deusas. Deusas não precisam de máscaras.

Prazer iluminou os olhos de Imogen, que olhou para Neverra como se o elogio significasse algo para ela. Neverra deu-lhe um sorriso encorajador e uma piscadela. Imogen queria tanto assim que eu gostasse dela?

A verdade é que eu gostava de todos eles. Bem, todos, menos Vincent. Ele me evitava como se eu fosse uma praga, o que para mim estava ótimo.

Coloquei a tigela em cima do balcão e todas nos viramos para o espelho e pegamos nossos pincéis.

– Estou contente por você ter pedido que ficássemos – falou Neverra, pintando a máscara esverdeada no rosto.

Mergulhei meu pincel na gosma pegajosa.

– Não fique emocionada. Não somos melhores amigas. Eu estava apenas entediada.

Neverra e Imogen sorriram para mim pelo espelho, e eu soube que elas não acreditaram nem por um segundo.

Imogen acenou com o pincel para nós.

– Bem, eu gostaria de ser sua amiga.

– Não sou boa o bastante para ser amiga de ninguém. – Meu tom era casual, quase desdenhoso, mas sentia essas palavras em minha alma.

Imogen suspirou e olhou para Neverra em busca de apoio antes de continuar.

– Certo, só vou dizer uma vez, para que fique tudo às claras e todas possamos seguir em frente.

– Está bem. – Olhei para ela.

– Samkiel e eu deixamos de ser íntimos anos antes da queda de Rashearim.

Eu congelei, parando o pincel no meio da pincelada na minha bochecha.

– O noivado foi forçado e nenhum de nós dois ficou feliz com isso, mas teríamos feito o que fosse necessário se isso significasse manter a paz dentro dos reinos. Os outros deuses procuravam qualquer oportunidade para destronar Samkiel. Sabíamos que era apenas uma questão de tempo até que alegassem que ele era imprudente e descuidado demais para se estabelecer e fazer o que era melhor para os reinos. Não nos amávamos, não dessa forma, e queríamos o que todo mundo queria. Essa marca estúpida.

Neverra sorriu, levando seu olhar para a marca.

Imogen suspirou, mergulhando o pincel de volta na máscara.

– Isso importa muito em nosso mundo. A única pessoa que o universo criou para você e somente para você. Felicidade plena e tudo o que a acompanha. Ou pelo menos é isso que Neverra e Logan pregam.

Neverra a cutucou com o ombro.

– Sim. É como uma faísca de eletricidade quando vocês se encontram pela primeira vez. Os mortais descrevem como borboletas no estômago, mas são apenas seus poderes se conectando e se comunicando. É uma certeza, uma saudação, um reconhecimento de que você esperou toda a sua vida por essa pessoa.

Imogen riu.

– Sim, isso. Não importa se vocês se dão bem ou brigam como inimigos. É a pessoa por quem você faria qualquer coisa. Você é consumida por um estranho impulso territorial, e ninguém mais servirá.

Neverra deu uma risadinha.

– Eufemismo do ano.

Imogen se inclinou para perto do espelho, aplicando cuidadosamente a máscara sob os olhos.

– Eu nunca senti isso. Não com Samkiel nem com ninguém.

Ela olhou para mim quando falou isso, deixando-me ciente de que não tinha intenção de fazer mal, e minha fera interior bocejou e voltou a cochilar.

Inspirei fundo e expirei devagar, colocando meu pincel de volta na tigela.

– Isso é lindo. Gabby teria adorado. Ela era tão romântica.

–Você não é? – perguntou Imogen.

– No meu mundo, não existia romance. Acho que é difícil para mim acreditar em algo que nunca tive.

Neverra colocou o pincel no balcão.

– Sinto muito por tudo.

– Não precisa. Fiz o que tinha que fazer por ela e faria de novo. Todas as partes. Mesmo as terríveis. Vocês entendem isso, certo?

Ambas assentiram.

– Bom. – Sorri para Imogen enquanto ela terminava sua máscara. – E tenho certeza de que você ainda tem uma parceria. Provavelmente está selada em um dos reinos ou algo assim.

Ela colocou o pincel na cumbuca, examinando seu rosto no espelho, e deu de ombros.

– Bem, acho que ficarei sem parceria, porque a alternativa é Samkiel morrer, e não vale tanto. Não importa quão bom Logan e Neverra digam que é.

Neverra apenas limpou as mãos com uma pequena toalha.

– Muito bem, hora do filme.

Neverra apertou um botão no pequeno dispositivo que ela levou, e uma tela foi projetada clara como o dia na parede. Elas levaram filmes que achavam que eu gostava, e parte do meu coração ferido se expandiu. Tínhamos acabado de chegar a uma parte em que a heroína ficava de pé num pulo, quando o telefone de Neverra tocou mais uma vez na mesa entre nós. Ela se inclinou e o pegou, levando metade do cobertor junto. Ela sorriu para a tela, e Imogen me cutucou com o pé, chamando minha atenção enquanto acenava para Neverra.

– Logan? – Imogen sorriu.

– Não, é meu outro parceiro secreto – brincou Neverra. – Sim. É Logan.

–Você não está fora há tanto tempo. – Imogen continuou a implicar com ela.

– Ele apenas sente minha falta. – Neverra mostrou a língua para ela.

A sala ficou em silêncio, o motivo do desconforto de Logan de repente pesou sobre mim. Kaden levou Neverra porque ela tentou proteger minha irmã.

Minha culpa.

– Ele quer uma foto – anunciou Neverra, afastando-me dos meus pensamentos. – Querem fazer algo engraçado?

– Sim! – Imogen só faltou bater palmas.

Neverra acenou para que nos aproximássemos. Imogen e eu nos aproximamos, uma de cada lado.

– Certo, façam uma cara engraçada – disse Neverra. Todas fizemos caretas, e a câmera disparou, capturando o momento.

– Perfeito. – Neverra riu e enviou a foto antes de bloquear o telefone.

Ficamos confortáveis de novo. Imogen e Neverra voltaram a atenção para o filme, mas eu as observei. Imogen enchia a boca com tanta pipoca que suas bochechas estufavam. Neverra riu de uma parte do filme que teria aterrorizado a maioria dos mortais. Elas estavam relaxadas e felizes por estarem uma com a outra e comigo. Ambas mereciam felicidade depois de tudo que passaram. Eu tinha rido muito naquele dia, mas, embora nenhum deles tenha feito alarde disso, tinham ficado surpresos todas as vezes. Ninguém comentou nada, como se tivessem medo de que eu notasse e parasse. Todos queriam que eu fosse feliz também.

Era isso, o sentimento que eu queria, precisava e buscava. Família. Eles não eram cruéis como Kaden, Alistair e Tobias. Eles eram doces e gentis. Nessa família todos cuidavam uns dos outros. Conferiam como eu estava ao longo do dia, mesmo quando eu olhava feio ou revirava os olhos.

Suspirei, a dor em meu peito aumentava. Eu me diverti naquele dia pela primeira vez desde que Gabby foi tirada de mim. Uma única lágrima rolou pelo meu rosto, e o virei para longe de Imogen e Neverra, esperando que não percebessem enquanto eu a enxugava.

Eles são como uma família. Um lar.

Isso era o que dizia a carta de Gabby, e eu sentia muito por não ter conseguido lhe oferecer isso. Mas, acima de tudo, fiquei com o coração partido por ela não estar ali para compartilhar isso comigo naquela noite.

Fizemos comida e assistimos a outro filme, e, quando os créditos rolaram, Neverra e Imogen estavam enroladas no sofá, dormindo como bebês. Eu estava exausta, mas minha mente estava barulhenta tentando processar todas as emoções do dia, meus pensamentos gritavam comigo. A sala estava escura e silenciosa, o som dos roncos suaves de Imogen e Neverra era reconfortante. Apoiei a cabeça na mão, observando as estrelas dançarem no céu noturno.

O telefone de Neverra tocou, me assustando. Deslizei do sofá para me sentar no chão, tomando cuidado para não as acordar. Várias mensagens apareceram na tela quando peguei o telefone.

Logan: *Muito engraçado, Nev.*

Isso foi logo depois que ela enviou a nossa foto. A próxima mensagem chegou trinta minutos depois.

Logan: *Amo você. Espero que estejam tendo uma boa noite*
Logan: *Me ligue antes de ir para a cama, se puder*
Logan: *Estou feliz que você esteja em casa, querida*
Logan: *Posso ir buscá-la logo pela manhã. Acho que está dormindo, mas queria dizer que amo você.*

Fechei o telefone e coloquei-o voltado para baixo na mesa entre nós, com uma pitada de ciúme fazendo meu peito doer. Samkiel não tinha vindo ver como eu estava naquele dia. Ele parecia ter voltado a me evitar. Não que eu o culpasse depois de tudo. Talvez tenha mudado de ideia e só quisesse me ajudar, mas não queria mais nada. Eu não deveria me importar. Samkiel não me devia nada. Não estávamos juntos, e ele fez mais por mim do que qualquer um jamais fez. Nunca tínhamos sido nada oficialmente, na verdade. Mas meu coração sussurrava que eu queria que fôssemos alguma coisa. Eu desejava mais do que gostaria de admitir.

Levantei e fui até a janela sem fazer barulho, enrolando-me no banco em frente a ela. Neverra se mexeu no sofá, puxando as cobertas e se virando antes de se acomodar de novo. Imogen tinha um braço jogado por cima da cabeça, na extremidade oposta, com a boca entreaberta. Seus olhos dançavam por trás das pálpebras e me perguntei o que ela estava sonhando. Observá-la me lembrou de quando Gabby e eu ficávamos acordadas até tarde, o máximo que conseguíamos, quando eu a visitava. Consumíamos o máximo de açúcar possível, tentando ficar acordadas até o sol nascer só para passar algum tempo juntas. No final das contas, falhávamos, caíamos no sono e acordávamos rindo da bagunça que fizemos.

Um pequeno sorriso surgiu em meus lábios. As memórias não foram paralisantes dessa vez. Em vez disso, trouxeram um calor agridoce ao meu coração. Eu sentia falta do conforto que pensar em Gabby sempre me trazia e temia que fosse mais uma coisa que Kaden havia roubado de mim. Encostei a cabeça no parapeito da janela, meu olhar pousou na mesma estrela que brilhara para mim na noite anterior.

– Na minha cabeça, você está lá em cima me observando, observando isso. Cada vez que sorrio, me sinto culpada, por isso ataco tudo e todos. Dói porque você se foi e não posso compartilhar nada disso com você. Li seu bilhete e sei que você queria que eu seguisse em frente, mas é tão difícil, Gabs. É difícil demais, mas eles ajudam. Ajudam mesmo. Ele ajuda. E isso me faz sentir pior, porque ser feliz sem você aqui é... – Meus olhos arderam, e os fechei para conter as lágrimas. – Acho que o que estou dizendo é que também quero ser feliz de novo, e isso não significa que me esqueci de você ou de qualquer coisa que vivemos. Significa apenas que vai doer um pouco menos quando pensar na vida que eu costumava ter. Ele me faz feliz, e não me sinto tão sozinha quando estou com eles, e... sinto muito.

E o cadeado na porta de uma casa... parou.

LXVII
SAMKIEL

O silêncio no salão vazio do Conselho ecoava. Sentei-me à cabeceira e flexionei as mãos contra a mesa, meus anéis de prata brilhavam aos raios do sol nascente. Tinha voltado de Onuna havia poucas horas, deixando Vincent cuidar dos assuntos mortais. Alguém havia relatado atividades suspeitas em um navio na costa do Oceano Morto, mas acabou não sendo nada além de um iate cheio de mortais celebrando. Fora isso, tudo estava quieto, não houve nenhuma atividade do Outro Mundo desde o ataque a Dianna. Vincent havia cuidado disso com uma tecnologia que eu não entendia nem me importava em saber.

Mesmo tendo retornado mais cedo do que o esperado, fui direto para lá. Logan tinha ficado entediado e apareceu em Onuna. Neverra e Imogen estavam com Dianna, e eu não queria incomodá-la, principalmente depois da fotografia que Logan me mostrou das três. Estavam todas fazendo caras engraçadas para a câmera, e o sorriso dela alcançava seus olhos, para variar. Mas era mais do que isso. Precisávamos ter uma conversa para a qual eu simplesmente não estava pronto. Sendo assim, em vez disso, fui para lá, deixando-a desfrutar de um dia normal de diversão enquanto eu trabalhava.

Flexionei as mãos mais uma vez. Não havia nenhum indício do tom acinzentado em minha pele que eu tinha visto em meus pesadelos nas últimas noites. Recostei-me, tirando o pequeno diário do bolso da camisa dentro do meu traje do Conselho. Abri-o e examinei as poucas páginas que preenchi com acontecimentos daqueles sonhos. Tantos sonhos malditos. Estudei o esboço que havia desenhado nas noites em que Dianna dormiu acima de mim, nem mesmo sua presença era capaz de afugentar os pesadelos.

As linhas brutas formavam uma imagem minha deitado sobre um altar de pedra. Três figuras estavam acima de mim, duas da mesma altura, uma um pouco mais baixa. Todas sombrias e malévolas, todas com uma coroa de chifres na cabeça.

Morte.

Senti quando meu pai me atravessou com sua lâmina naquele sonho. Senti quando meu poder irrompeu de mim, escaldando meus olhos e boca, e todo o meu ser queimava enquanto os reinos se abriam.

– Você contou a ela?

– Não.

Não me assustei, senti que Roccurrem havia aparecido atrás de mim, embora o ar não se agitasse com sua entrada. Muitas vezes me perguntava para onde ele ia quando não estava ali, mas presumi que ele poderia estar se aventurando pelo mundo depois de ficar contido por tanto tempo.

– Seu pai também esboçava suas visões.

Esfreguei a leve barba por fazer no meu queixo.

– Vocês eram bons amigos?

– Não, eu apenas o observava de cima.

Fechei o diário, colocando-o de volta em meus trajes do Conselho.

– Os corredores estão silenciosos – comentou Roccurrem, sentado à minha direita. – É sempre tranquilo antes de uma tempestade, suponho.

– E que tempestades você viu? – perguntei, apoiando os cotovelos na superfície polida da mesa.

– Muitas, meu soberano. Muitas. Algumas feitas de lanças de gelo tão frias que rompem a pele e congelam o sangue. Em algumas, a chuva é tão forte que é capaz de derrubar edifícios. Em outras, fogo e cinzas engolfam o mundo. Tudo real, tudo possível, tudo perigoso.

– Meu pai falou de você e de seus irmãos, sabe? Quando eu era um menino. Destinos moldam os fios do destino, até mesmo do tempo. Um sussurro nos ventos das catástrofes que estão por vir, mas não acreditei. Eu sabia que vocês também viam paz, renascimento, vida e morte.

Roccurrem apenas me encarou, parecendo nem respirar.

– Também me lembro de ter lido sobre aqueles capazes de sussurrar o que estava por vir nos sonhos. Repetidamente até que o destinatário compreendesse, até que entendesse. Um sussurro para aqueles que desejavam influenciar.

Se Roccurrem alguma vez sorriu, nunca vi, mas o ligeiro movimento dos seus lábios me contou tudo o que eu precisava saber.

– Meu soberano, poderes como esses seriam ilegais e proibidos. Não é minha função interferir. Apenas observo, talvez até sugira.

– Por que meu pai trancou você? Foi para sua segurança ou ele o estava usando para outra coisa? – perguntei, sustentando seu olhar.

– Você faz perguntas como se não confiasse naquele que o criou.

– Faço perguntas porque é possível que eu já saiba as respostas e quero ver se você mentiria para mim.

A névoa perto de Roccurrem mudou, curvando-se como se ele estivesse se preparando para partir. Ou talvez um Destino pudesse sentir raiva.

– Seu pai me salvou de alguém que era muito cruel. Alguém que massacrou e manipulou meus irmãos para ganho próprio. "Trancado" é um termo mortal que significa confinamento. Ele me protegeu como fez por você e por muitos outros. Estou em dívida com ele e pretendo pagar.

Sentei-me mais ereto.

– Que dívida?

As portas do Conselho se abriram, e Logan entrou usando seu traje do Conselho, com a jaqueta preta e dourada brilhando atrás dele.

– Aí está você. Estive à sua procura. Sua presença é necessária em Yejedin. Encontraram uma coisa.

Em um segundo eu estava de pé, avançando em sua direção. Não me preocupei em olhar para trás, sabendo que Roccurrem já havia partido.

Meus pés tocaram o chão fora do palácio, o rugido em minha cabeça diminuía. Segui pelo caminho da ponte de pedra, o peso em meus ombros parecia mais leve a cada passo mais perto dela. Risadas femininas saíam pela porta da frente aberta, enchendo o palácio de calor, tornando-o algo semelhante a um lar. Meu poder a alcançou, buscando seu calor e a conexão entre nós.

Parei no corredor, as cortinas balançaram ao vento perto de mim. Fechei os olhos, escutando por um momento, com medo de que parassem caso soubessem que eu estava ali. Que ela parasse. Eu queria que Dianna risse de novo, e ouvir isso naquele momento era música para minha alma. Que som lindo. Se ao menos os deuses pudessem engarrafar esse som, eu ficaria bêbado com ele todas as noites.

Um vidro se quebrou, interrompendo o riso, e apareci na cozinha no instante seguinte.

Imogen estava cobrindo a boca com as mãos, com os olhos brilhando. O sorriso de Neverra era tão largo que devia estar fazendo seu rosto doer. O cabelo escuro de Dianna caía sobre seus ombros enquanto ela estava abaixada, recolhendo os cacos. Ela era a coisa mais linda que eu já tinha visto. Não precisava usar vestidos como as deusas que eu costumava bajular. Suas roupas simples de dormir me fizeram esquecer por que fui até lá.

– Samkiel.

A voz de Neverra me tirou do torpor. Desviei meu olhar de Dianna e limpei a garganta.

Neverra e Imogen usavam trajes de dormir semelhantes, e percebi que ainda era cedo. Os pratos da ilha estavam cheios de crepes. Os mesmos que ela havia feito para mim muito tempo antes, e percebi que Dianna tinha cozinhado. Ela não fazia isso havia muito, muito tempo.

– Bom dia.

– Bom dia – responderam em uníssono, repetindo a saudação para mim como se eu as tivesse pegado no meio de alguma transgressão.

– Imogen. Neverra. – Elas endireitaram a postura, e todo humor sumiu delas com meu tom. – Vocês são necessárias no salão do Conselho imediatamente.

Elas assentiram uma vez e sorriram para Dianna. Imogen agradeceu pela noite antes de subir as escadas. Neverra pôs a mão no ombro de Dianna, e ambas trocaram um olhar como se compartilhassem um segredo.

Dianna me deu um sorriso suave, quase tímido. Era algo tão raro vê-la tão relaxada, com o cabelo bagunçado do sono e os olhos castanhos calorosos.

– Desculpe a bagunça. – Ela sorriu, olhando para a cozinha e para o vidro entre nós.

Com um simples movimento da minha mão, a cozinha ficou como antes. Impecável, com apenas o café da manhã servido na ilha.

– Que bagunça?

Ela olhou para a cozinha limpa.

– Se precisar mudar de carreira, definitivamente terá futuro fazendo trabalhos domésticos. – Seu tom era leve, mas percebi o leve tremor em sua voz.

– O dia de ontem foi agradável para você?

Dianna assentiu e se levantou. O movimento era pura graça sedutora, lembrando-me muito do poder que ela exercia, mas se recusava a usar. Às vezes, eu podia senti-lo, um lampejo, uma faísca implorando para ser acesa mais uma vez. A maneira como se movia, não importava se ela sabia ou não, era uma tentação. Ela não fazia nada em particular; apenas sua existência levava meu sangue a vibrar como se cantasse louvores a ela. Na noite em que se despiu na minha frente, quase caí de joelhos e implorei para provar pelo menos um pouco.

O que ela fazia comigo, sem sequer tentar, tinha que ser um pecado em algum reino ou no próximo. Em Rashearim, chamavam mulheres como ela de tentadoras. Capazes de seduzir qualquer pessoa com um olhar, um dedo ou um sorriso suave. Ela era a personificação de uma tentadora, e eu sofria por ela, não importava o que vestisse ou como falasse. Tudo o que precisava fazer era olhar para mim, e eu ficava duro por ela. Ela me capturou no incêndio selvagem que era, e queimei feliz, mas temia não poder dar-lhe o que ela desejava. O pensamento estragou meu humor.

Dianna se aproximou e passou a língua pelos lábios. Quase gemi e tive que me forçar a me concentrar em suas palavras.

– Eu queria saber se você quer fazer alguma coisa. Apenas nós dois. E desta vez sem brigarmos. Tenho um lugar em mente que seria divertido. Você se lembra como é se divertir, certo?

O cheiro dela me envolveu, misturado com a doçura dos crepes. Juro que meu coração saltou para minha garganta e se alojou ali. Sorri para suavizar minha resposta.

– Embora eu ador...

Ela apoiou a mão pequena contra meu peito, e as palavras morreram na minha língua.

– Apenas me escute antes de responder "não" e fingir que está ocupado. Por favor.

Minha mão cobriu a dela, segurando-a contra meu peito.

– Nunca finjo que estou ocupado. Realmente estou.

– Claro que está. De qualquer forma, seria apenas por um dia. Um dia mortal inteiro. Você pode me dar pelo menos um dia.

Não me olhe assim, minha mente e meu coração sussurraram. Tanta coisa aconteceu tão depressa, e agora Dianna praticamente implorava para passar um tempo comigo. O dever me dizia que eu não deveria, mas meu coração se enfureceu, porque ela ia apenas se isolar ainda mais se eu recusasse. Dianna estava tão frágil naquele momento, porém, além disso, eu queria que estivéssemos juntos, queria passar tempo com ela.

– S-sim. – Tropecei nas palavras antes de limpar a garganta. – Tenho coisas para resolver hoje, mas posso tentar amanhã.

Ela tirou a mão da minha, e uma expressão de mágoa cruzou suas feições. Foi passageira, mas estava lá. Ela sorriu e recuou assim que Neverra e Imogen desceram. Ambas carregavam sacolas grandes, e estavam vestidas e prontas para partir.

Mantive meu olhar nela, notando que aquele sorriso não havia tocado seus olhos, a cor avelã estava nublada.

– Posso não voltar esta noite devido a...

– Tudo bem. Amanhã, lembre-se. Apenas me dê amanhã – falou Dianna, me interrompendo.

Neverra e Imogen pareciam prender a respiração, todas esperando pela minha resposta. Eu balancei a cabeça.

– Amanhã.

LXVIII
SAMKIEL

Um rugido sacudiu o chão, e outro celestial voou através do grande portão. Cameron segurava a ponta de uma corrente grossa, e Xavier estava do lado oposto, esforçando-se contra a própria corrente. Ao menos algumas dezenas de celestiais se esforçavam com eles, tentando mantê-lo imóvel.

Ele soltou outro rugido ensurdecedor, debatendo-se contra as amarras, tentando se libertar.

— Gigantes. — Minha voz vibrou nas paredes de pedra, acrescentando outro tremor. Seixos caíram, espalhando-se pelo chão. — Fique parado.

— Você! — trovejou ele, avistando-me na enorme entrada em arco.

Sua cabeça arranhava o alto teto de pedra, enquanto ele continuava a puxar as correntes. Invoquei uma arma de ablazone, acendendo as runas gravadas nas algemas que continham os pulsos do gigante. Seus braços se contraíram com força, esticando os músculos salientes do peito. Cameron, Xavier e os celestiais soltaram, recuando, uma vez que a magia assumira o trabalho de contenção. Runas iguais brilharam acima do arco, selando a porta.

Ele praguejou e vomitou ódio em sua língua enquanto me encarava.

— Deuses, você demorou um bocado — ofegou Cameron, curvando-se com as mãos nos joelhos. Sujeira e detritos cobriam sua armadura como se ele tivesse se desenterrado várias vezes. E, dado o que encontraram, não me surpreenderia descobrir que o gigante havia pisado nele.

Xavier cuspiu algumas ordens para os celestiais, enviando-os para garantir que a infraestrutura da cela resistiria, antes de caminhar em minha direção. Ele parou ao lado de Cameron, coberto de suor, e sua calma jovial foi substituída pelo guerreiro experiente que o tornava um dos mais poderosos d'A Mão. Sua mão protegida pousou com força no ombro de Cameron, e seu olhar deslizou pelo amigo em busca de ferimentos.

— Retornem ao Conselho. Preciso de todos os olhos e ouvidos presentes na reunião — ordenei.

— E você? — perguntou Xavier, com sua voz quase abafada pelo rugido do gigante que se debatia contra o selo.

— Preciso de informações.

Horas haviam transcorrido. Eu estava monitorando o tempo. Ele passava de forma muito diferente em outras dimensões. Minutos aqui poderiam ser horas para outro mundo, dias para alguns, mas eu tinha prometido o dia seguinte a Dianna e pretendia estar lá.

– Você não treme de medo diante da minha presença?

Suspirei e cruzei os braços, com a armadura me cobrindo da cabeça aos pés. A criatura jogou o corpo contra as runas, e o chão tremeu sob seu peso quando ele caiu. Ele olhou para mim de joelhos, tremendo de raiva. Os retalhos que usava grudavam nele, cobrindo os cílios e as marcas em sua pele cinza-esverdeada. Eu tinha ouvido histórias sobre gigantes quando era mais jovem, mas eles haviam morrido muito antes de eu existir. Então, ver um ali era inacreditável.

– Deveria? – perguntei.

– Eu sou Porphyrion. – O ritmo de seu discurso era o de um canto monótono cheio de poder. – Matei deuses, quebrei seus ossos como galhos, devastei aldeias e dizimei mundos. Sou um rei entre gigantes, e histórias serão contadas em meu nome.

Assenti, checando a hora mais uma vez.

– Sim, agradeço sua capacidade de compartilhar de forma tão espontânea. Infelizmente, a maioria precisa de um pouco de incentivo para fazer isso.

Fiquei parado diante da porta, cruzando as mãos atrás das costas. A parede de guardas celestiais se moveu quando Porphyrion se levantou e deu um grande passo à frente.

– E quem você é, prateado?

Girei um anel no dedo, e meu capacete se desfez.

– Eu sou Samkiel. Meu nome vem com muitos títulos, mas presumo que você já saiba disso. – A arrogância atou minhas palavras, mas sorri educadamente.

– Samkiel – resmungou ele. Porphyrion fez uma careta, como se meu nome tivesse deixado um gosto amargo em sua língua. Ele se abaixou sobre os cotovelos, o corpo ocupava metade da entrada da cela. – Você cheira a sangue velho. O sangue de Unir, agora que estou perto o suficiente.

Estreitei meus olhos para ele.

– Você não sabe nada sobre mim, não é?

Ele balançou sua cabeça.

– Parece que você está trancado aqui há um tempo.

– São 3.742 anos, para ser exato. Eu contei. Nas minhas antigas paredes. Todos que entraram aqui falavam do tempo, da era, e contei.

Tentei manter a surpresa longe do meu rosto, mas o suor escorreu pelas minhas costas.

– Esta dimensão existe há tanto tempo?

Ele assentiu.

– Mais do que isso. Você não faz ideia de onde está, não é?

– Yejedin.

– É um dos nomes para esse lugar.

– E o que é Yejedin?

Seus olhos se estreitaram sobre mim como se ele estivesse tentando decidir se eu era insano ou se apenas estava fazendo perguntas para irritá-lo.

– Você não sabe mesmo, não é? Você é um deus jovem, mas fala minha língua? Como?

– Eu falo mil línguas de mil mundos. A sua foi apenas uma que digeri por curiosidade quando não estava lutando.

– Há quanto tempo você é rei, aquele que chamam de Samkiel?

Olhei para cima, tentando lembrar minha própria idade.

– Perto de 2 mil anos, mais ou menos. Desde o meu nascimento.

O sorriso dele era tão largo que vi os afiados dentes carniceiros brilhando atrás de suas gengivas.

– Ah, então foi você quem causou a ruptura. Foi você que tornou os reinos tão voláteis.

– O que você quer dizer?

– Os governantes desta dimensão começaram a falar. Mesmo tão distante, eu conseguia ouvir através das celas quando os outros prisioneiros não estavam gritando. Os Antigos falaram de um menino que ia destroná-los e assim planejaram.

– Os Antigos?

– Sim – respondeu ele, sentando-se e recostando-se na parede. O chão tremeu, e alguns celestiais se endireitaram antes de voltar às suas posturas de guarda. – Achei que os Antigos tivessem voltado.

– Como assim?

– Essa dimensão estremeceu. Ouvi o rugido e senti o cheiro das chamas. As runas queimaram minha cela original. Paredes caíram, e poderosas asas de morte bateram no céu. Rastejei para fora dos escombros no momento em que vi uma enorme fera de escamas e espinhos passar. Destruiu tudo em seu caminho. Até eu corri e me escondi. Depois os seus pequenos soldados me encontraram – contou ele, puxando as correntes para causar efeito.

Morte alada. A mesma coisa da qual Santiago tinha chamado Dianna, e suponho que para eles ela era isso mesmo. Ela massacrou Tobias e destruiu grande parte daquela dimensão. Se Kaden fosse um dos Antigos, faria sentido ela ter o poder dele. Um poder tão forte que fez até um gigante tremer.

– Conte-me sobre os Antigos.

Ele suspirou.

– Talvez depois de uma refeição.

Massageei a testa, sabendo que aquilo levaria mais tempo do que eu tinha.

Reforcei todas as runas no lugar antes de deixar Porphyrion. Eu havia estabelecido um rodízio de guardas celestiais para garantir que nada acontecesse enquanto eu estivesse fora. O sol já havia se posto quando retornei ao Conselho, o que significava que ainda tinha horas antes do amanhecer. Suspirei de alívio e me sentei, esfregando a mão no rosto. Prometi a ela o dia seguinte e, apesar de tudo o que ainda tinha para fazer, mal podia esperar para passá-lo com ela.

Minha cabeça se ergueu quando Logan deslizou uma pequena bandeja com ave assada e legumes cozidos no vapor para perto de mim.

– Neverra cozinhou, e você precisa comer. Passou a noite toda aqui.

A Mão estava ali comigo desde que voltei de Yejedin. Peguei todos os livros e pergaminhos que consegui encontrar sobre reinos, prisões e até mesmo mundos dentro de mundos. Eles tinham estado ali, lendo e tentando descobrir por que se sabia tão pouco sobre aquele reino, mas não conseguimos. Portanto, quando começaram a falar sobre pegar comida, eu os dispensei pelo resto da noite.

– Não estou com fome. – Ergui a mão, massageando minha têmpora, com milhões de pensamentos escavando meu cérebro.

A cadeira perto de mim gemeu quando ele se sentou.

– Nev levou algo para Dianna comer. Ela está bem. Eu falei para Nev voltar aos nossos aposentos.

– E por que você não está com ela?

Ele bufou.

– Alguém tem que cuidar de você.

Balancei a cabeça, com minha mão ainda sobre os olhos.

– Parece que não sei de nada. Como meu pai esperava que eu fosse rei de tudo se havia coisas que ele escondia de mim?

Logan bufou.

– Talvez ele não tenha tido tempo de contar a você.

Abaixei minha mão e voltei meu olhar para Logan.

– Ele se esqueceu de mencionar um mundo-prisão que existe há milhares de anos?

Os lábios de Logan se estreitaram em uma linha, e ele deu de ombros.

– Não sei.

Suspirando, puxei o prato para mais perto e peguei os talheres. Logan folheou um livro enquanto eu comia. Minha mente continuou a trabalhar, tentando descobrir o que estava faltando.

– Eu… – Mordi a frase que ameaçava sair dos meus lábios e espetei um pedaço de carne.

Logan ergueu os olhos do livro.

– O que há de errado?

– Nada – menti, respirando fundo. – Não é nada.

Ele inclinou a cabeça, tentando encontrar meu olhar.

– Olha, vamos descobrir por que esse lugar estava escondido, mesmo que tenhamos que ler todos os malditos livros deste lugar.

– Não, eu sei. Não é isso.

Espetei minha comida de novo, a ansiedade corroía meu intestino. Considerando o que havíamos encontrado, eu nem deveria estar pensando nisso, mas parecia que não tinha controle.

– Samkiel.

– Não é nada – insisti, concentrando-me na comida.

Senti o olhar de Logan.

– Por favor, volte ao seu livro. A pesquisa é mais útil do que ficar olhando para mim.

– O que você está evitando? – Logan me ignorou e persistiu.

Suspirei e terminei de mastigar antes de dizer:

– Estou me perguntando quão importante esse mundo-prisão é para Kaden. Ele era apenas um prisioneiro lá? Provavelmente esteve escondido lá por eras, fazendo armas e planos. Se ele está esperando para acabar comigo, quer dizer que provavelmente deve haver um ritual. Faz sentido, já que foi necessário um ritual que me envolvesse para selar os reinos. Assim, seria preciso um para abri-los. E os rituais, não importa o tipo, exigem sacrifícios ou grandes eventos celestes. Talvez ele esteja esperando por isso.

Logan suspirou.

– É um ótimo raciocínio e tudo mais, mas estou falando de outra coisa que faz sua perna bater debaixo da mesa com rapidez suficiente para sacudir o chão.

Eu lhe lancei um olhar furioso.

– Não é nada.

– Samkiel.

– Quero dizer, provavelmente não é nada. Tenho tendência a pensar demais em muitas questões.

– Samkiel – repetiu ele, mudando seu tom. Ele não ia desistir, e a verdade era que eu precisava conversar sobre aquilo. Eu estava pensando demais e talvez, se falasse em voz alta, conseguiria obter alguma clareza. Coloquei meu garfo na mesa e cruzei as mãos na minha frente.

– É Dianna.

– Ela está bem? Os poderes dela retornaram?

– Não. – Levantei a mão, coçando a nuca. – Ela deseja passar um tempo comigo. Só nós dois. Ela solicitou um dia e deixou claro que alguns de seus sentimentos por mim retornaram.

– Ah. – Logan sorriu largamente. – Então é por isso que você cheira a nervosismo? Eu sabia que não era o monstro colossal em uma dimensão de prisão secreta. Dianna é a única coisa que já fez você suar assim.

O olhar que lancei para ele só o fez sorrir ainda mais.

– Acho que estou pensando demais. Antes, Dianna tentava me matar ou estávamos discutindo, mas ela começou a se abrir mais em relação ao seu trauma. É o que eu desejo, porém, às vezes, ela me olha de um jeito que faz com que eu não consiga respirar. É como se todo o ar fosse sugado dos meus pulmões. Ela passa a mão no meu peito ou deita a cabeça no meu ombro, e sinto algo muito maior do que desejo. Antes de Gabby morrer, houve vislumbres disso, mas era apenas uma ideia. Agora… parece um verdadeiro começo. Como se meus pés estivessem em um caminho, e, se eu der o próximo passo, não haverá como voltar atrás. Não sei. Estou pensando demais. – Minhas mãos se flexionaram sobre a mesa. – Diga-me que estou pensando demais.

Logan encolheu os ombros.

– Não acho que esteja. Acho que você vem destruindo as paredes que ela construiu tão furiosamente, tijolo por tijolo, e é normal que os sentimentos dela por você retornem. Não era o que você queria? Por que isso o deixa perturbado?

– Parece impróprio se preocupar com essas coisas quando estamos lidando com tantas outras questões importantes.

Logan riu e cruzou os braços.

– Uhum.

– Estou sendo irracional?

– Você? Nunca. – Logan sorriu.

Suspirei, colocando a cabeça entre as mãos.

– O que exatamente ela falou?

– Um dia. Ela deseja um dia.

– Ah, então, ela gostaria de um encontro?

Olhei para ele por entre meus dedos.

– O que é um encontro?

Ele se inclinou para a frente, apoiando os braços em cima da mesa.

– Lembra de quando comecei a cortejar Neverra e a levava para a praça? Havia musas lá que tocavam música ou recitavam poesia durante a noite. Muitos casais iam para lá. Um encontro é isso. Algo que casais fazem e que não está relacionado ao trabalho. – Ele fez questão de frisar a última parte.

Minha cabeça bateu na mesa, e fiquei ali de bruços.

– E se você estiver errado e eu estiver apenas vendo o que quero ver? E se não for real, Logan? – murmurei contra a mesa.

A risada de Logan só deixou meus nervos mais agitados.

– Escreveram canções de guerra sobre você. Homens e feras iam se mijar se você pisasse em um campo de batalha, e agora o grande e temível Destruidor de Mundos tem medo de um encontro.

– Não gosto de você agora – declarei.

– Você deveria levar flores.

– Flores? – perguntei, levantando a cabeça. – Por quê? Para que ela possa jogá-las na minha cara? Esmagar ainda mais meu coração? Acabamos de chegar ao ponto em que ela consegue me tolerar novamente. Não quero assustá-la. Às vezes ela se retrai tanto em sua mente que nem eu consigo alcançá-la.

– Certo, bem, que tal isto? Você vai saber se é um encontro se a vir amanhã e ela estiver com o cabelo e a maquiagem feitos. Nev sempre faz isso, além do cheiro.

– Cheiro? – perguntei, mais confuso do que quando começamos aquela conversa.

A risada de Logan reverberou pelos salões do Conselho.

Eu realmente o detestava.

LXXIX
CAMILLA

Brinquei com as correntes presas às algemas ao redor dos meus pulsos. O zumbido do sistema de ar-condicionado soava acima da minha cabeça. Sentei-me no banco da minha cela e coloquei as pernas sob o corpo com um suspiro. Tentei contar quantos dias fiquei presa contando as refeições que Vincent me trouxe, mas meu relógio biológico estava bagunçado demais, e o celestial mal-humorado não ajudava em nada.

Minhas mãos se flexionaram, e me concentrei na palma, desejando que apenas um lampejo de magia esmeralda se formasse, mas, como em todas as outras vezes, nada aconteceu. Suspirando, encostei-me na parede fria.

Uma porta se abriu, e me sentei direito. Qualquer distração dos meus pensamentos era bem-vinda naquele momento. Uma luz invadiu a sala, seguida por vozes. Meu coração acelerou, pensando que Vincent havia retornado, mas logo reprimi essa reação. Mal nos tolerávamos, mas pelo menos, quando ele estava ali, eu não me sentia tão sozinha. Mesmo que ele apenas ficasse sentado em silêncio ou reclamando.

Ouvi uma risada profunda quando dois pares de pés vieram em minha direção. Logan. Minha esperança e entusiasmo diminuíram.

– Vou suspendê-lo se você não parar. – A voz de Samkiel era um rosnado baixo cheio de exasperação.

Ao som de sua voz, me levantei. Eu não via Samkiel desde que me trancaram ali. Minha mão instintivamente correu para meu pescoço. Engoli em seco, lembrando-me da sensação de seu poder correndo por minhas veias, quase fervendo meu corpo vivo. Os pensamentos sombrios continuaram vindo, e não pude deixar de lembrar as histórias que ouvi sobre Samkiel e Logan. Que, quando os dois apareciam juntos, seus inimigos morriam. Seria esse meu destino? Será que minha utilidade havia chegado ao fim? Não pude evitar começar a tremer, o terror me retorcia em nós.

Ambos pararam na minha frente. O poder que irradiava dos dois arrepiou minha pele e fez minha magia cantar. Eram forças de luz, ar e puro poder bruto em forma de homens.

– Olá, Camilla. Está gostando da sua cela? – perguntou Samkiel. Sua voz sempre me lembrava o oceano. Parecia linda, mas poderia criar uma tempestade tão sombria e violenta que o afogaria em segundos se você permitisse.

– É adorável. – Levantei as mãos, e as algemas de prata entalhadas chacoalharam. – Correntes celestiais e tudo. Ah, e a companhia. Vincent é o melhor guarda.

Samkiel olhou para Logan, com a testa franzida em confusão.

– Estranho, só o mandei vigiar aqui uma vez. Ele voltou?

Logan deu de ombros.

– Não sei. Ele não falou nada sobre isso para mim.

Aquilo me pegou desprevenida, e percebi que provavelmente devia ter ficado de boca fechada. Vincent voltava com regularidade. Ele mandava os outros irem embora e, então, geralmente ficava emburrado, quase sem falar. Mas, nas noites em que ele falava, conversávamos sobre tudo e mais um pouco.

Samkiel ignorou, pondo uma das mãos no bolso. Até mesmo seus trajes do Conselho gritavam poder, a prata contrastava fortemente com o preto implacável dos celestiais. Eu sabia que ele era o protetor e salvador de todos os reinos, mas naquele momento parecia um predador. Puro poder emanava dele. Talvez fosse isso que Dianna mais amava nele. Ou talvez fosse o ego do qual ela reclamava, mas eu a conhecia e sabia que ela achava a confiança dele sexy. Quero dizer, sendo justa, ele fez por merecer. Não precisava de ajuda nem de exércitos. Eu tinha ouvido as histórias, lido os textos e testemunhado um pouco em San Paulao. Ele quase destruiu a sala depois que Dianna foi baleada. Eu podia facilmente imaginá-lo fazendo o mesmo com Onuna se ela tivesse morrido em Yejedin. Não sobraria nada após tal destruição.

Samkiel era apenas um garoto apaixonado por uma garota. Eu sabia disso, mesmo que eles não tivessem dito. Ou, no caso dela, negassem. Eu podia sentir aquilo dançando sobre minha pele, deixando arrepios. O amor nada mais era do que magia em sua forma mais pura.

– Presumo que esteja aqui para me falar que serei executada em breve, certo? – Engoli o nó crescente em minha garganta.

Logan riu e Samkiel lançou-lhe um olhar repressor antes de dizer:

– Na verdade, muito pelo contrário.

Dei um passo, as correntes em meus pés chacoalharam.

– Você vai me soltar?

Se Samkiel ouviu meu coração acelerado, não mencionou.

– Temporariamente – respondeu ele.

– Por quê? – O "depois de tudo" foi silencioso.

Samkiel deu um passo à frente, e recuei. Sua grande estatura ocupava metade da porta da cela, bloqueando parcialmente minha visão de Logan.

– Por favor, não fique muito animada. Isto não são… – Ele olhou para Logan. – Qual é a palavra que estou procurando?

– Férias, talvez?

– Ah, sim, não são férias para você. Apenas preciso que faça uma coisa. Um favor, não, desculpe-me, um pedido, por assim dizer.

Meus nervos dispararam. O que ele poderia querer de mim?

– Do que você precisa?

– Apenas de um dia.

– Um dia?

Ele esfregou a barba crescente em seu queixo como se procurasse as palavras. Parecia nervoso. Para que ele precisaria de um dia?

– Sim, desejo que você se passe por mim. Apenas por um dia. Logan estará com você o tempo todo, auxiliando-a caso o Conselho queira conversar, mas ninguém mais saberá.

O suor percorreu minha espinha.

– Quer que eu finja ser você durante uma reunião do Conselho por um dia?

Samkiel assentiu.

– Por quê?

– O motivo não é da sua conta.

A maneira como ele falou isso e arrastou os pés me contou tudo o que eu precisava saber. Esforcei-me para manter o sorriso longe do meu rosto. Dianna. Tinha que ser por causa dela. Ela era a única que eu conhecia que seria capaz de enervá-lo o bastante para quebrar seu exterior duro.

– Está bem. Eu faço isso. É o mínimo que posso fazer, considerando…

Samkiel me prendeu no lugar com seu olhar, e parei de falar pouco a pouco. Um vento gelado varreu a sala, e, se olhares pudessem matar, eu estaria morta.

– Isso não muda nada em relação à sua prisão, nem compensa o que você fez. Entendido?

Assenti, baixando o olhar.

– Eu sei.

– Perfeito – declarou, bem na minha frente. Ele nem perdeu tempo baixando as barras brilhantes. Simplesmente apareceu dentro da minha cela. Congelei quando ele inclinou a cabeça na minha direção.

– Se tentar fugir enquanto eu estiver fora, tentar ferir ou enganar alguém importante para mim, vou garantir que sua morte dure eras. Eu sei como e posso mostrar a você. Seria fácil depois do que fez com minha Dianna. Isso também está claro?

Meu aceno foi mais um tremor febril. Ele se endireitou, meus olhos perfuraram seu peito largo. Num momento ele estava lá. No seguinte, eu estava olhando para Logan além das barras azuis.

Logan encostou os dedos na tela na parede ao lado da minha cela, e as barras desceram.

Ele entrou e pegou uma chave antes de alcançar minhas mãos. Notei a sombra de uma tatuagem curvando-se em torno de seu pulso enquanto ele destravava as algemas.

–Vou precisar comer alguma coisa se for fazer um feitiço de transfiguração. Principalmente se eu tiver que mantê-lo o dia todo.

As correntes caíram no chão e minha magia veio à tona, envolvendo-me em calor.

Logan recuou, sua expressão era dura.

– Estou surpreso que Dianna tenha deixado você viver depois do que fez.

–Você se preocupa com ela.

– Ela é minha rainha.

– Como? – A palavra deixou meus lábios em um suspiro.

– Se Samkiel assim escolher, ela será. Mas ela também é mais do que isso. – Logan me pegou pelo braço e me levou até a porta. – Ela salvou minha vida duas vezes e possibilitou que eu resgatasse minha esposa de Yejedin. Então, dizer que me importo com ela nem sequer começa a expressar o que sinto por Dianna. Ela é minha família agora, quer ela saiba, quer não. Então, vamos alimentá-la e começar este dia, e talvez, apenas talvez, funcione o suficiente para que os dois possam ter um dia de paz juntos.

Um sorriso surgiu nos cantos dos meus lábios. Talvez, da maneira mais cruel, Dianna tenha conseguido aquilo que desejava tão desesperadamente: uma família.

LXX
DIANNA

Uma luz, intensa e radiante, passou ao lado da janela. Fechei o zíper da jaqueta e desci as escadas quase correndo. As botas grossas que Neverra tinha me dado me deixaram um pouco mais lenta. Corri para a cozinha e parei abruptamente perto da ilha quando ele virou a curva.

—Você conseguiu sair?

O sorriso em seu rosto aumentou.

—Você pediu. Eu tornei possível.

Eu não tinha percebido o quanto queria aquilo até ouvir essas palavras. O alívio me inundou, e sorri de volta.

Ele franziu as sobrancelhas, e, por um momento, pensei que ia me falar que era tudo uma piada. Esperei que ele me tirasse isso, a crueldade era muito mais familiar para mim do que a gentileza. Ele gesticulou em minha direção e limpou a garganta.

— Seu cabelo... está lindo.

Deslizei meus dedos pelos fios.

— Ah, obrigada. Eu fiz uma escova. Imogen me emprestou algumas coisas.

Ele engoliu em seco e assentiu, mas eu não tinha certeza se ele tinha me ouvido. Seu olhar deslizou lentamente por mim, e o senti como uma carícia. Ele estava nervoso?

Samkiel limpou a garganta de novo.

— Muito bem. – Ele colocou as mãos nos quadris, seus trajes do Conselho esvoaçavam atrás dele. – Que torturas horríveis você inventou para nós hoje?

Dei um sorriso radiante, saltando na ponta dos pés.

—Você vai precisar de roupas mais quentes no lugar para onde estamos indo.

Uma de suas sobrancelhas se ergueu.

— É mesmo?

—Vai ser muito perigoso.

— Então, este é o seu plano? É assim que você vai finalmente me matar? – gemeu ele, esparramado de costas, com os braços e as pernas estendidos.

— Meu Deus, o poderoso e lendário guerreiro derrotado por lâminas e gelo. – Apoiei as mãos nos joelhos e sorri para ele. – Quem poderia imaginar?

O olhar feio que ele me deu me fez rir tanto que quase acabei ao seu lado. Assim que controlei minhas risadas, estendi a mão.

—Vamos.

Ele aceitou, permitindo-me ajudá-lo. Ele corrigiu sua postura, mas continuei segurando sua mão, sem soltá-la.

– Continue segurando minhas mãos.

Ele pareceu chocado, mas obedeceu, com suas mãos enluvadas engolindo as minhas. Comecei a patinar para trás, e Samkiel continuou de pé dessa vez. A neve caía enquanto uma melodia lenta e alegre tocava. A folhagem espessa cercava o rinque, e luzes multicoloridas flutuavam ao redor da arena.

– Não gosto disso.

Eu me movi um pouco mais rápido.

– Por quê? Apenas requer equilíbrio. Isso é seu forte.

O olhar que ele me deu me fez jogar a cabeça para trás e rir.

– Sapatos com uma lâmina parecem uma boa arma, mas não são uma boa ideia para se movimentar no gelo.

– Você consegue – falei, enquanto me movia, sorrindo para ele. – Vou soltar agora.

– Por quê? – Ele soou quase assustado, e reprimi outra risada.

Com cuidado, soltei-o e continuei a patinar para trás. Ele cambaleou, balançando os braços, mas conseguiu ficar de pé.

– Não balance os braços. Você vai cair.

– Já caí oito vezes – retrucou ele, avançando.

Sorri e dei de ombros.

– Talvez você precise se livrar de alguns músculos.

Ele conseguiu lançar um daqueles olhares devastadores que faziam meu sangue ferver.

– Se eu fizer isso, o que você vai olhar quando pensa que não estou vendo?

Continuei a patinar, pondo as mãos atrás das costas.

– Não tenho ideia do que você está falando – respondi inocentemente.

– Humm.

Fiz um grande círculo ao seu redor e fui para o seu lado.

– Observe-me. Mova seus pés igual a mim.

Ele olhou para baixo, observando meus pés deslizarem para a esquerda e para a direita. Ele copiou o movimento, sua graça natural entrou em ação, e logo nossos pés estavam em sincronia.

– Bom trabalho.

Samkiel sorriu largamente, desta vez olhando para mim.

– Obrigado.

Estendi a mão em sua direção e pude sentir seu prazer surpreso. Ele a pegou quase com reverência, mas segurou com firmeza.

– Como ficou tão boa nisso? Você nunca me contou.

Apertei sua mão enquanto dávamos a volta no rinque mais uma vez.

– Gabby e eu viemos aqui durante a primeira grande Celebração da Queda que passamos juntas. Foi alguns anos depois que abriram. Consegui uma semana longe de Kaden e passamos todos os dias aqui. Caí de bunda muito mais do que ela, no entanto. Ela tinha um talento natural em tudo e eu a detestava por isso. – Sorri, percebendo que a memória não veio com a mesma dor aguda de antes. – Tentamos fazer isso todos os anos para que pudéssemos nos reunir no feriado.

A expressão dele mudou, mas não consegui decifrar as emoções.

– O que foi? – perguntei.

Ele balançou a cabeça.

– Embora sua história seja adorável e eu desejasse que vocês duas pudessem ter vivido muito mais dessas aventuras, é muito estranho para mim e, acredito, um pouco desconfortável, que Onuna celebre um dia que me assombra.

Eu não tinha considerado esse aspecto do feriado. Samkiel não tinha nada além de lembranças dolorosas associadas à Queda.

– É mais para celebrar a vida, não a destruição. Todos ficaram apavorados, pensando que o mundo estava acabando. Quer dizer, para nós o céu literalmente caiu, mas não foi de todo ruim. Gabby me ajudou a ver isso. Pode ter mudado o nosso mundo, mas nos deu tecnologia que nunca teríamos desenvolvido e conhecimento médico que ajudou a curar tantas coisas, e as pessoas se tornaram mais generosas depois disso. A Celebração da Queda é apenas outra forma de mostrar apreço. Ela nos mostrou como a vida pode ser frágil e como valorizar sempre quem você ama.

Não percebi que Samkiel estava me observando até terminar.

– O que foi?

– Isso foi lindo.

Sorri suavemente, batendo de leve em seu ombro.

– Palavras de Gabby, não minhas. Acredite, eu ainda odiava todos vocês e pensava que eram o flagelo do universo.

Ele inclinou a cabeça para trás e riu.

– Aí está ela. Fiquei com medo de que você tivesse amolecido.

– Quem? – Apontei para o meu peito. – Eu? Nunca.

Patinamos, e apenas o som de nossas lâminas cortando o gelo quebrava o silêncio.

– Obrigado por me trazer aqui. Sei que isso significa algo para você. Qualquer coisa que queira compartilhar comigo significa muito.

Meu coração saltou com suas palavras. Eu sabia que realmente estava falando sério. Ele sempre falava sério e nunca se esquivava de como se sentia. Fui partida em muitos pedaços, e Kaden me ensinou que cada fragmento poderia ser usado como uma arma contra mim. Era tão difícil sair daquele buraco e me sentir segura para expressar qualquer emoção. Essa foi uma das razões pelas quais o levei até ali, longe de todos os outros. Eu queria tentar.

Abaixei a cabeça, deixando meu cabelo cair para a frente para esconder minha expressão.

– Você não cai há quase cinco minutos. Esse é um novo recorde.

Samkiel permitiu a mudança de assunto e assentiu com orgulho.

– É porque você ainda não me deixou ir.

Ele apertou minha mão, e sorri para ele. Uma mecha escura de cabelo escapou de sua touca dele e caiu sobre a testa. Ele parecia tão mortal tentando me acompanhar, tão fora de seu ambiente. Seu casaco grosso de inverno era preto, o meu era branco, e nossos jeans eram quase idênticos. Eu me perguntei se ele tinha intencionalmente combinado suas roupas com as minhas, mas atribuí isso ao meu cérebro que pensava demais. Ele não soltou minha mão, e parte de mim queria puxá-la de volta, rebelar-se. A mesma parte que tinha medo de vivenciar qualquer coisa e se reconfortava em ser insensível e cruel.

– Posso fazer uma pergunta?

Ele bufou.

– Por que hesitaria agora? Você não faz sempre?

Bati meu ombro contra o dele.

– Estou falando sério.

Ele sorriu.

– Vá em frente, pergunte.

– Por que Logan e Neverra não têm filhos? Sei que celestiais podem ter.

Ele ficou quieto por um momento enquanto patinávamos. Demos outra volta no rinque antes de ele responder.

– Havia um procedimento em Rashearim. A maioria dos homens, em especial os que estavam no poder, o faziam para evitar gravidezes indesejadas. Muitos não queriam herdeiros de suas consortes e, além disso, aguardavam sua marca antes de terem filhos. É reversível para quem desejar, mas a maioria não quer.

– Ah. Presumo que você também fez, certo?

Samkiel riu.

– Por que a pergunta? Segundas intenções?

– Não. – Dei de ombros, fingindo inocência. – Apenas curiosidade.

– Sim, também fiz. Logan e eu fizemos depois de um... bem... um susto.

Não consegui esconder o ciúme que me tomou. Bati minha cabeça nele, mas isso só o fez rir.

– Como falei, um susto.

–Ah, então não há mini-Samkiels correndo pelo universo que você talvez não conheça?

– Não. – Ele olhou para mim com cautela, e me preparei. –Tive muitas consortes e não queria mais sustos nas minhas horas vagas. Além disso, a maioria desejava ir para a cama comigo para me dar um herdeiro, e eu também não queria isso. Meu pai podia ter desejado isso para mim, mas, depois de testemunhar o que aconteceu com minha mãe após o meu nascimento, eu não condenaria ninguém a esse destino, em especial alguém com quem eu desejasse compartilhar a vida. Não me importo se teria beneficiado os reinos. É um preço alto demais.

Meu coração doeu por ele, mesmo que eu não gostasse de ouvir sobre suas consortes. Era quase tão ruim quanto reviver seus sonhos de sangue.

–Você realmente é um cavaleiro de armadura brilhante, não é?

Ele fez uma careta.

– O que é isso?

Eu balancei a cabeça.

– Nada.

–Aham – disse ele, obviamente não acreditando em mim. – E você? Quer ter filhos?

Pensei nisso, e meu coração se apertou.

–Talvez antes, mas eu nunca condenaria uma criança a viver comigo.

Senti seus olhos me percorrerem.

– Sei que não vê assim, mas não creio que alguém se consideraria condenado por estar com você.

Não o refutei, mas sentia o oposto. Filhos significavam lar e família, e eu já havia desistido disso muito tempo antes. Se eu me permitisse sonhar, poderia imaginar filhos e um marido, mas nunca ia querer sobrecarregar alguém comigo. Mesmo que ele falasse o contrário, eu sabia a verdade. Eu feria a todos com quem me importava e nunca faria isso com meus bebês.

Patinamos lado a lado, com as mãos entrelaçadas, enquanto deslizávamos suavemente sobre o gelo.

– Não queria chatear você – disse ele. Sua voz afastou os pensamentos que me atormentavam.

– Não chateou. Promessa de mindinho. – Lancei a ele um sorriso forçado.

– Então, no que está pensando? Você desaparece às vezes.

– Eu?

Ele assentiu.

— Às vezes você afunda tanto em sua cabeça que temo não poder alcançá-la.

Eu era um livro aberto para ele, e ele lia cada página que eu aprendia. Eu não podia atirar minhas palavras como ácido para queimá-lo; ele apenas as ignorava. Não podia me esconder por trás da minha raiva e ódio, porque ele entendia. Sempre entendia. Suas palavras acalmavam uma fera indomada em mim, tranquilizando seu corpo agitado de volta ao sono. Samkiel não fazia ideia de quão absolutamente errado estava. Ele sempre me alcançava, e esse era o problema e outro motivo entre muitos pelos quais fui embora quando Gabby morreu. Samkiel era capaz de me tirar da minha dor e sofrimento, e me ajudava e estava ao meu lado quando tudo o que eu queria era vingança e sangue. Eu não queria sua ajuda naquela época nem queria que me alcançasse, mas agora? Agora eu achava que estava pronta.

— Desculpe, estou com fome. — Apertei sua mão para tranquilizá-lo e para que ele soubesse que não era de todo mentira.

— Uhum — falou ele, permitindo que eu mudasse de assunto de novo. — Não conheço nada próximo que ainda esteja aberto. — Ele estava certo. Já passava muito da hora de o rinque fechar, e, como estávamos tentando evitar ser vistos em público, nossas opções eram limitadas.

Avistei uma van cinza meio escondida atrás das árvores e parei, o gelo foi esmagado sob nossos patins.

Um sorriso travesso iluminou meu rosto.

— Tenho uma ideia.

— Preciso questionar mais suas ideias antes de concordar — disse Samkiel bufando.

Inclinei-me, vasculhando o armário. Havia uma variedade de todos os itens necessários para fazer o que eu desejasse congelada na geladeira. Sorri, e o ar frio roçou minhas pernas quando me levantei e apoiei os braços sobre a pequena mesa de metal.

— O que você quer, lindo? — perguntei, inclinando-me pela janela e apontando para o cardápio na lateral do *food truck*.

Seu sorriso era perigoso, e seu prazer com o elogio era fácil de ver.

— Isso é roubar. Você sabe, não é?

Acenei com a mão.

— Eh, eu chamo de empréstimo, e, tecnicamente, você é cúmplice. Você arrombou a fechadura e depois ligou a van. Sendo assim... — Minha voz sumiu.

Ele encolheu os ombros.

— Eu sou inocente. Você me coagiu.

— Muito pouco. — Eu ri.

Ele mordeu o interior da bochecha, abafando a risada, antes de olhar para o cardápio colorido pendurado na lateral do caminhão.

— Você consegue mesmo fazer o que eles têm aqui?

Coloquei a mão no peito.

— Você duvida das minhas habilidades?

— Você é insuportável. — Ele sorriu e apontou para um dos itens retratados no menu. — Certo, que tal esse?

Dei um pequeno assobio entre os dentes.

– Um deus que gosta de doces.

Ele riu enquanto eu entrava no veículo para pegar os ingredientes, e o som me envolveu em calor.

Sentamos em uma pequena mesa do lado de fora, embrulhados em nossas jaquetas e sentados próximos. Uma música saía do veículo, baixa o suficiente para não incomodar. Havia cinco pratos entre nós. Depois das minhas duas primeiras tentativas fracassadas, Samkiel subiu no caminhão comigo, e trabalhamos juntos até acertar. Nós nos divertimos. Pela primeira vez em muito tempo, consegui relaxar o suficiente para me divertir, e não parecia que ele estava me evitando. Eu ficaria bem se pudesse tê-lo sozinho assim.

– Está fazendo de novo – comentou ele, cutucando-me com o ombro antes de dar uma mordida na doce sobremesa.

Inclinei a cabeça e lambi minha colher.

– Fazendo o quê?

– Desaparecendo – murmurou ele, com seus olhos esquentando enquanto me observava.

Sorri para ele e espetei a esfera circular congelada até que ela estourasse, e o chocolate pingou em uma névoa de vapor.

– Eu só estava pensando.

– Sobre?

– Estes últimos dias foram a primeira vez que me diverti desde... – Minhas palavras foram sumindo. Não precisei falar mais nada.

– Eu também.

– Estou surpresa que você tenha concordado em vir hoje. – Inclinei-me para a frente e dei uma mordida.

– Por quê?

Eu não queria mencionar a tensão crescente entre nós, por isso mudei de assunto.

– A última vez que estive em Onuna não correu muito bem. Você não tem medo de que Kaden apareça para me arrastar de volta?

– Ele não estava em Yejedin, e duvido que aparecesse. Ele parece querer ficar escondido.

Minha colher parou a meio caminho da boca, e o observei. Senti a cor sumir do meu rosto, meu estômago se revirou.

– Você foi para Yejedin? – Meu coração parou no meu peito. – É onde esteve? Por isso me deixou por seis dias?

Ele suspirou e baixou a colher para esfregar a mão no queixo, como se não tivesse a intenção de me contar.

– Você foi. – Senti como se o ar tivesse sido arrancado de mim. – Você disse que estava ocupado, mas isso... Foi por isso que perguntou sobre Yejedin quando fomos à praia.

– Dianna.

O sangue latejava em meus ouvidos.

– Você está mentindo para mim.

– Não, só não contei tudo o que estava fazendo.

– Por quê?

– Porque a sua cura é...

– Ah, me poupe – rebati. – Eu não me importo com minha cura, e não use isso como desculpa. Nós dois sabemos que você foi lá para matá-lo.

Ele apenas olhou para mim, confirmando tudo sem dizer uma palavra. Bati minha colher com força suficiente para quebrá-la.

– Essa vingança não é sua!

– Não? – retrucou ele, enfrentando fogo com fogo como sempre fazia. Nunca agressivo ou cruel, mas jamais com medo. E um lampejo de chama em mim se inclinou em direção a ele e sua vontade indomável. – Você não perdeu apenas uma irmã, Dianna. Eu perdi você de todas as maneiras possíveis. Ele feriu você. E vai pagar por isso, quer você considere aceitável, quer não. Não contei porque você teria corrido para confrontá-lo. Você é uma tola em pensar que eu a deixaria se aproximar dele sem seus poderes. Você significa demais para mim.

Minha raiva diminuiu um pouco, mesmo com meu peito doendo.

– Não tente me acalmar com palavras bonitas quando nós dois sabemos a verdade. Você está fazendo de novo. Está me excluindo. Igual fez na casa de Drake. Está me evitando. Praticamente tive que implorar para que você passasse pelo menos um dia comigo.

– Não, não estou, e não, você não fez isso. Eu disse que estava ocupado.

– Sim, procurando por ele para tirar a última coisa que tenho… – As palavras morreram na minha garganta. Era a última coisa que eu tinha dela, a última coisa que podia fazer por ela. Tive a chance e escolhi fugir para retornar para o Deus-Rei que olhava para mim. – Olha, entendi. Você não precisa mais de mim. Você os tem. Eles podem ajudar e lutar ao seu lado enquanto eu espero seu retorno na porra de um palácio.

Ele recuou como se eu tivesse lhe dado um tapa.

– Isso não chega nem perto de ser verdade.

– Bem, como eu ia saber?

– Ouça, sim, abri Yejedin para encontrá-lo. Eu queria matá-lo para que isso acabasse. Quero você segura, Dianna, e estou disposto a eliminar qualquer coisa que possa machucá-la neste mundo e no próximo. Mas, quando chegamos lá, encontramos algo que não me sinto confortável em discutir em um lugar aberto como este.

– Bem, mas você também não planejava falar disso quando voltássemos. Você vai embora. De novo – rebati, inclinando-me um pouco para longe dele.

– Não fui eu quem partiu, Dianna. Foi você.

E era a mais absoluta verdade. No entanto, ali estava eu, agindo como se ele precisasse me contar tudo o que fez quando fui embora, quando o magoei de todas as maneiras possíveis, menti para ele, usei o que ele havia me ensinado e cuspi em sua cara. Eu não tinha direito.

– Está certo – respondi. – Fui embora, mas matar Kaden parece ser a única parte dela que me resta. Não sei como explicar.

– Eu entendo, de verdade, mas a morte, mesmo pelas suas mãos, não lhe trará a paz que deseja. – Seu olhar encontrou o meu, todo o cuidado e a compaixão rodopiavam naquelas profundezas. Balancei a cabeça, engolindo o nó que crescia na minha garganta.

– Isso é tudo que vamos fazer? Discutir? – suspirei. – Sinto falta de como éramos. – Ele fez uma expressão de choque. – Sinto falta de como era antes de tudo virar uma merda.

Um sorriso suave curvou seus lábios.

– Bom, nós ainda discutíamos.

Assenti, e minha raiva desapareceu tão depressa quanto surgiu.

– Dianna, estou tentando. Estou realmente tentando dar conta de tudo, ajudar você, ajudar o mundo e derrotar esse psicopata. Por favor, tenha paciência comigo. Não estou tentando esconder as coisas de você. Sua vida é mais importante que qualquer coisa. Apenas não posso perder você de novo e não tenho certeza de como lidar com tudo isso.

– Bem, não precisa lidar com isso sozinho. Costumávamos confiar mais um no outro.

– Eu sei. Só quero que você... se cure.

– E quero ajudar.

Samkiel suspirou e tirou o gorro, passando a mão pelos cabelos, com exaustão gravada em suas feições. Naquele momento percebi. O quanto ele estava cansado ultimamente e como eu não estava ajudando, apenas piorando. Eu não queria mais machucá-lo, nem um pouco. Deixei minha raiva de lado, porque a verdade era que eu me importava o bastante para me preocupar com ele.

– Estraguei tudo. – Soltei um longo suspiro.

– Tudo?

– Sim, era para ser um encontro.

Os olhos dele faiscaram, engolindo em seco com nervosismo, como se estivesse esperando ouvir exatamente essas palavras.

– Um encontro?

Balancei a cabeça.

– Eu queria que fosse um.

– Bem, não acho que você tenha estragado nada.

– Vamos concordar em discordar. – Bufei, colocando a mão sob meu queixo. – Nós meio que brigamos.

Ele encolheu os ombros com indiferença enquanto cruzava os braços e se apoiava na mesa.

– Um pequeno mal-entendido, no máximo. Tivemos muitos.

Não pude evitar o pequeno sorriso que curvou meus lábios.

– Bem, não quero brigar com você ou ter qualquer pequeno mal-entendido. Eu quero ter um dia bom.

– Concordo. Também não quero brigar com você. Sei que não está acostumada, mas sua segurança está em primeiro lugar para mim. Você não pode chegar a um centímetro de Kaden sem seus poderes. Não porque eu a considere fraca, mas, se ele ferisse você de novo, se a tocasse, eu seria capaz de destruir o mundo.

Sustentei seu olhar, sabendo que ele tinha poder para fazer isso e não hesitaria. Devia haver algo de errado comigo, porque foi a coisa mais sexy que já ouvi.

– Sé me deixe esfaquear ele. Uma vez.

– Dianna. – Ele falou meu nome como um aviso.

– Olha, sei que matar Kaden não vai melhorar nem a trazer de volta, mas seria feito pelas minhas mãos, e isso me daria algum consolo. Uma maneira de eu sentir que não fui um fracasso completo quando se tratava dela.

Seus olhos se fixaram em mim enquanto ele considerava isso por um momento.

– Está bem.

– Só isso? Você vai deixar?

Ele pegou a colher e deu outra mordida.

– Claro. Você pode desferir o golpe final assim que eu terminar com ele. Vou me certificar de que ele esteja incapacitado o suficiente para que não possa machucá-la caso seus poderes não voltem. Isso será suficiente?

Meus lábios se torceram em um sorriso.

– Você fica fofo quando está homicida.

Ele fez um barulho baixo na garganta.

– Não seja cruel para depois flertar comigo.

– Por quê? É toda a nossa dinâmica.

Ele resmungou enquanto comia.

– Além da patinação no gelo, eu trouxe você aqui por um motivo.

Ele arregalou um pouco os olhos, parando a colher em sua boca, como se estivesse pensado que eu o levei até ali para matá-lo. Ele pegou um guardanapo e limpou a boca.

– Mais atividades dolorosas no gelo?

Balancei minha cabeça.

– Não. Nenhuma dor envolvida.

O interesse dançou em seu olhar.

– Muito bem. Sendo assim, conte-me.

– Quero lhe mostrar uma coisa.

LXXI
DIANNA

Pousamos e Samkiel me pôs no chão com delicadeza. Eu sonhava muito com aquela casa, mas parecia tão diferente das minhas memórias. O caminho de tijolos sobre o qual Gabby e eu rimos e brigamos enquanto o construíamos estava se desfazendo, pequenos trechos de grama cresciam entre as rachaduras. Arbustos grandes e deformados o ladeavam, como sentinelas do abandono. A vizinhança estava tranquila. Não havia nada nem ninguém nas ruas. As luzes da rua zumbiam, e eu não sabia se era por causa de Samkiel ou apenas o som das lâmpadas.

– Que lugar é esse? – perguntou Samkiel.

– É a primeira casa que Gabby e eu compramos depois de deixar Eoria. Foi nosso primeiro esconderijo.

Virei-me para ele e estendi a mão. Samkiel me estudou, e vi compreensão em seus olhos. Ele entendia o quanto isso era importante para mim. Ele, de todas as pessoas, sabia quão difícil era compartilhar memórias que tornaram você a pessoa que você é e que o marcaram até a alma.

– Quero mostrar a você.

Ele pegou minha mão e a levou aos lábios, dando um beijo suave em meus dedos em um agradecimento silencioso. Mesmo com as luvas que eu estava usando, pude sentir a energia irradiando dele. Subimos os degraus de madeira e paramos na varanda. Um adesivo brilhante estava colado na porta da frente.

Execução hipotecária. Propriedade da cidade de Adonael.

Soltei a mão de Samkiel e passei os dedos pelas bordas desgastadas do aviso.

– Parei de pagar por este lugar depois que... – Dei de ombros, deixando cair minha mão. – Achei que não fazia mais sentido, sabe?

Samkiel me observou como se pudesse ver minha alma muito ferida e magoada. Ele estendeu a mão e girou a maçaneta até a fechadura se quebrar. A porta se abriu com um rangido lento.

– Conte-me mais. Mostre-me.

Ele estava fazendo de novo, tentando me ajudar a me curar. Só que, desta vez, nos meus termos. Respirei fundo e entrei, com Samkiel logo atrás de mim. A casa estava silenciosa e escura. Samkiel fechou a porta atrás de nós, com a palma da mão irradiando em prata, iluminando o cômodo. Partículas de poeira giravam no ar, perturbadas por nossos passos e pela brisa fria que entrava sorrateira. Olhei ao redor, e eram agridoces as lembranças das horas que Gabby e eu passamos procurando, em lojas de segunda mão, os móveis que não combinavam.

Samkiel me seguiu até a cozinha, erguendo a mão para garantir que eu tivesse luz suficiente. A cozinha estava vazia, com uma cadeira encostada na mesinha. Perguntei-me vagamente onde a segunda tinha ido parar, enquanto passava a mão pela parede mais próxima de mim.

– Ela odiou o padrão que estava aqui quando a compramos, então passamos quase duas semanas tentando encontrar um melhor. Tinha que ser perfeito. Esta foi nossa primeira casa de verdade. Eu queria que ela a amasse e a tudo que havia nela. Eu queria que parecesse um lar.

Deslizei a mão sobre a bancada enquanto passávamos pela pequena cozinha, saindo em um pequeno corredor do outro lado. Ele se dividia em quartos, um de cada lado, e voltava para a sala na outra direção.

– Era um lar?

Assenti, parando de repente.

– Gosto de decorar, principalmente este lugar. Era nosso.

Virei-me devagar, meu olhar foi atraído para a gravura na parede. Meu coração disparou, batendo tão forte que tive certeza de que estava morrendo. Um suor frio escorreu pela minha pele, e tremores assolaram meu corpo. Eu não percebi que tinha me movido, apenas que eu estava lá. Estendi a mão e tracei as iniciais gravadas na parede.

– O que é isso? – Samkiel perguntou, atrás de mim, me aterrando e me arrancando das memórias que ameaçavam me arrastar de volta para a escuridão.

– São as iniciais de nossos pais e as nossas. Estávamos pintando, e eu queria algo para lembrar deles. Algum símbolo de que todos pertencíamos uns aos outros. Eu era tão sentimental naquela época. – Abaixei a mão, e a verdade da minha realidade foi sendo absorvida. Não tinha nada a ver com meu passado, apenas com meu futuro.

Samkiel estendeu a mão, traçando as letras também.

– Não é sentimental. Minha mãe e eu gravamos nossos nomes em uma árvore em Rashearim. Foi quando eu era mais jovem e meu pai estava fora, travando uma batalha.

– É mesmo?

– Uhum. Aquela árvore permaneceu até meu mundo cair. Que bom que você ainda tem sua árvore – falou ele, com a voz cheia de sinceridade.

Ele estava fazendo de novo, penetrando com cuidado na minha alma fraturada. Uma palavra, um olhar, uma afirmação de que ele ia cuidar de mim e de que eu ficaria bem. E eu detestava isso. Detestava porque não merecia. Eu não o merecia.

– Contei a você que Kaden foi meu primeiro. Primeiro tudo, na verdade. Tentei fazer algo dar certo entre nós enquanto estava presa na situação em que estava e, a princípio, pensei que tínhamos. Parte de mim gostava dele, mas tudo mudou quando o peguei com outra. Nosso relacionamento deixou de existir, se é que algum dia existiu. Ele estava empenhado em me controlar. Eu tinha que fazer o que me mandassem, quando me mandassem. Se eu não fizesse… Bem, apenas digamos que Kaden era criativo em suas punições.

Respirei fundo e fechei os olhos, lutando contra as lembranças da pior de suas retaliações. A visão da mão dele segurando o queixo de Gabby antes do som do estalo que destruiu meu mundo. Engoli em seco e me forcei a continuar.

– Ele tinha amantes. Eu tive amantes, mas nunca mais me apeguei a ninguém. Mesmo com Camilla, nunca foi sério para mim. Até você aparecer. É difícil para mim confiar. – Uma pequena risada sem fôlego escapou dos meus lábios. – Tenho muitos problemas e sei que posso ser má, rude e cruel. Também sei que nunca vou me curar totalmente. Ele destruiu uma parte de mim, uma das melhores partes, e nunca vou recuperá-la. Estou sendo sincera do fundo do coração. Sei que você quer ajudar, me ajudar a recuperar meus poderes, mas, quando eles voltarem, se voltarem, ainda não serei a mesma garota que você está buscando. A última parte da minha família se foi. Sei que você quer aquela garota que

383

riu no festival, que tirou fotos com você, que o abraçou, que teria dado a vida por você e pela irmã, aquela que tinha esperança e conseguia ver o lado bom da vida, mas temo que ela também tenha ido embora. Samkiel, estou sendo tão honesta e aberta com você quanto sou capaz. Sou uma confusão de pedaços pontiagudos e partes quebradas, mas...

Samkiel franziu as sobrancelhas, mas não pressionou nem ficou frustrado comigo. Apenas observou e escutou.

– Mas – falei por fim – cada fragmento, cada pedaço de mim que ainda resta se importa com você. Até mesmo as partes muito perigosas e feias.

– Dianna – ele segurou minha bochecha, e senti o calor de sua palma áspera contra minha pele –, não há partes ou pedaços feios em você, e me importo com todos, quebrados ou não.

Senti uma rachadura se formar na porta trancada dentro de mim. Era pequena, mas soltou um cintilar de luz.

A próxima parte foi a mais difícil de admitir e engoli em seco, reforçando minha determinação.

– Magoei você, punindo-o pelos erros de outra pessoa, e sinto muito. Eu não podia afastar Gabby, mas posso afastar você. Não foi justo. Eu só... – Fiz uma pausa, forçando as palavras que partiram meu coração. – Eu só não queria levar você a ter uma vida horrível também.

Algo brilhou atrás de seus olhos, como se minhas palavras acariciassem uma parte quebrada dele também. Eu não me desculpava. Nunca. Apenas para Gabby e agora para ele. Duas vezes. Eu esperava que Samkiel conseguisse ver isso e entender o que ele realmente significava para mim.

– Dianna – ele parou, parecendo reunir as palavras –, não há nenhuma vida com você que pudesse ser horrível. Horrível é viver sem você.

O cadeado na porta da casa em que estávamos desapareceu.

Seu sorriso foi devastador. Ele gentilmente afastou uma mecha de cabelo do meu rosto.

– Obrigado por se desculpar e me trazer aqui. Se quiser ficar aqui a noite toda conversando, nós podemos, ou, se quiser ficar sentada em silêncio, podemos fazer isso também.

Ele era tão doce e gentil, e eu não merecia, nem um pouco. Mas eu queria e ia aceitar.

– Eu menti antes.

A testa de Samkiel se ergueu.

– Ah é?

– Você perguntou se eu tinha segundas intenções, e eu tinha – sussurrei, expondo meu coração partido. – Eu não trouxe você aqui só para falar isso.

Uma pequena carranca apareceu em suas feições, e me perguntei se ele pensava que talvez eu o tivesse levado até ali para tentar matá-lo de novo.

– Por que me trouxe aqui, Dianna? – perguntou ele, e sua voz já profunda caiu uma oitava.

Dei um passo para trás, minha mão subiu para o zíper da minha jaqueta. O som do metal se separando ecoou pela casa silenciosa. Ele me perguntou se eu estava com frio mais cedo, e menti quando disse que não estava. Tudo o que eu usava por baixo da jaqueta era um sutiã de renda vermelha tão fino que meus mamilos apareciam. As alças cruzavam meus seios e costas, combinando com a calcinha por baixo da minha calça. Neverra me deu um sorriso cúmplice quando pedi a ela que me comprasse a lingerie sexy.

Samkiel baixou o olhar lentamente, parecendo saborear a visão de mim. Todo o corpo dele ficou tenso, e eu podia jurar que ele tinha parado de respirar.

– É difícil ficar sozinha com você, e eu queria um lugar que ninguém, nem mesmo você e A Mão, conhecesse. – Tirei a jaqueta e a deixei cair no chão atrás de mim.

O olhar dele se voltou para o meu, seus olhos estavam cheios de luxúria pura e genuína, com prata emoldurando suas íris.

Aproximei-me e fiquei na ponta dos pés, deixando meus seios roçarem em seu peito. Pressionei meus lábios nos dele e segurei seu rosto carinhosamente. Samkiel, pela primeira vez desde que o conheci, congelou. Sua boca não se moveu contra a minha. Ele não tentou separar meus lábios ou assumir o comando do beijo. Ele não me beijou de volta.

As mãos de Samkiel agarraram meus braços e me afastaram, mas ele não me soltou. Engoli o nó crescente em minha garganta. Era tarde demais. Todos os medos que tinham me atormentado nos últimos dois dias voltaram correndo, e meu coração doeu com a perda que eu sabia que estava por vir. Eu ia sobreviver a ela? Talvez eu o tivesse pressionado demais e causado danos demais. Eu não o culpava. Até deuses tinham limites para o que aguentavam. Eu não merecia a gentileza dele e sabia melhor do que ninguém que não o merecia.

– Dianna. – Ele olhou para mim, meus lábios, meu rosto e depois olhou novamente. – Não posso fazer isso.

Os fragmentos que restavam do meu coração se partiram. *Era* tarde demais. Eu me afastei de seus braços, e ele permitiu.

– Tem mais alguém? – rebati, pegando minha jaqueta descartada e enfiando os braços nela.

– O quê? – Ele recuou com a sugestão. – Não. Como pode me perguntar isso?

– Bem, porque eu estava praticamente com os seios à mostra na sua frente, tentando beijar você, e você me impediu.

Ele esfregou o rosto com a mão. Ele estava com raiva? Irritado? Eu não o culparia. Eu era terrível.

– Você não entende. Logan falou...

– Logan? – Bufei. – Está pensando em Logan enquanto beijo você?

– Não! – ele praticamente gritou. – Ele falou que, da próxima vez que estivesse com você, eu precisava esclarecer minhas intenções. Você me deixou com tanta facilidade na última vez que estive perto assim de você, Dianna. Não posso fazer isso de novo. Eu me recuso a arriscar perdê-la. Não faremos isso sem que você saiba o que significa.

Ele sustentou meu olhar, e pude ver seu desejo sufocado. Meu coração batia forte.

Era disso que se tratava?

– Preciso que entenda o que está fazendo. O que está pedindo. Sei o que falei antes sobre você me usar, mas menti. No segundo em que eu tocar você, uma vez que eu a tomar por completo, não haverá outra. Não vou compartilhar você. Não haverá outros amantes. Não sou Kaden. Vou exigir você e somente você. Compreende? Você significa demais para mim. Se fizermos isso, você será minha, e não a compartilharei.

Minha respiração acelerou, acompanhando meu coração disparado. Samkiel não me odiava. Ele só queria deixar claro o que estávamos prestes a fazer porque eu *significava* alguma coisa para ele.

– Compreende?

Lambi meus lábios, minha boca estava seca. O medo agitou minhas entranhas com a esperança que surgiu em meu coração. Deuses, esse homem poderia me destruir. Respirei fundo e assenti.

– Eu entendo.

– Ótimo.

Ele se moveu tão depressa que nem senti a mudança de ar. Toda a preocupação e a insegurança desapareceram no segundo em que ele colou seus lábios nos meus. O mundo explodiu. As luzes tremeluziam dentro da casa, alimentadas pelo seu poder, sua energia vazava conforme ele deixava sua necessidade correr solta. No entanto, eu estava tão cega pelo desejo que podia estar imaginando coisas.

Minhas mãos percorreram cada parte dele que consegui alcançar. Puxei sua jaqueta, tentando tirá-la de seus ombros largos. Ele se afastou, me ajudando a tirá-la de seus braços. Ficamos parados, olhando um para o outro, ambos ofegantes, com nossos lábios inchados. Calor, tão puro e quente quanto minhas chamas, queimava entre nós.

Samkiel estendeu os braços para mim e dei um passo ansioso em sua direção. Sua boca desceu com força sobre a minha de novo, desta vez totalmente no comando do beijo. Pulei em seus braços e ele me pegou, com as mãos agarrando minha bunda. Minha pele estava ansiosa por tocar a dele. Praticamente o escalei, envolvendo sua cintura com minhas pernas. Girei meus quadris, pressionando o calor dolorido do meu abdômen contra a frente da calça jeans dele. Um som imortal retumbou em seu peito com a fricção. Repeti o movimento para sentir de novo a rigidez que eu ansiava ter dentro de mim.

Explorei cada centímetro de sua boca antes de morder seu lábio inferior. Ele rosnou com a dor e retomou meus lábios, com sua língua penetrando minha boca. Eu o senti se mover, mas estava consumida demais no beijo para prestar atenção até que minhas costas atingiram uma superfície macia. Meus olhos se abriram quando ele se afastou. Apoiei-me nos cotovelos, preparei-me para segui-lo, mas parei, espantada.

Samkiel tinha transformado a sala sem que suas mãos deixassem meu corpo. Olhei ao redor, vendo que ele tinha me colocado no chão onde antes estavam os sofás. Um edredom grande e grosso e travesseiros macios de vários tamanhos e cores amorteciam meu corpo. Centenas de velas iluminavam a sala com um brilho dourado. Um pequeno sorriso curvou meus lábios quando notei as pétalas que decoravam o chão, seu perfume pairava pesado no ar.

– As flores são um belo toque – elogiei, apontando para elas.

Um sorriso arrogante iluminou suas feições.

– Foi o que pensei – respondeu ele, desabotoando a camisa. A luz das velas acariciava seu cabelo escuro e seu queixo marcado, dourando os músculos pesados de seu peito. Ele era exatamente como os mortais idealizavam os deuses, tão intensamente lindo que quase doía. – As amarelas e azuis chamaram sua atenção naquela noite no jardim enquanto caminhávamos. Foram as únicas que você estendeu a mão para tocar.

A lembrança e o fato de que ele havia tido o cuidado de notar me encheram de calor. Eram também as mesmas flores que ele tinha me dado naquela noite.

–Você merece algo bom, minha Dianna.

Minha Dianna.

Ele não sabia o que isso provocava em mim. Levantei minhas pernas, dobrando um pouco os joelhos conforme as separava. Os olhos dele acompanharam cada movimento, e, do jeito que ele olhou para mim, seria possível pensar que eu já estava completamente nua.

– Uhum – ronronei, curvando um dedo e chamando-o para mais perto. – Repete.

Os olhos de Samkiel faiscaram como prata derretida. Ele se moveu com a graça de um predador enquanto se ajoelhava entre meus joelhos e se inclinava por cima de mim, e o calor daquele corpo perfeitamente esculpido me deixou em chamas.

– Minha Dianna – sussurrou ele contra meus lábios antes de dar beijos na ponta do meu nariz, na minha bochecha e depois na minha testa.

Era tão bom e carinhoso. Isso era tudo o que eu desejava, mas sempre temi ter esperança de um dia conseguir, porque sabia que estava fora do meu alcance. Eu nunca recebia gestos doces, flores ou poesia romântica. No entanto, ali estava Samkiel, realizando meus sonhos. Meu coração inchou tanto que quase explodiu.

– Você merece ser adorada como a deusa que é – declarou ele, dando outro beijo em minha testa.

– Eu não sou uma deusa.

– Você é para mim.

Um calor se acumulou entre minhas pernas com as palavras dele, e deslizei as mãos por baixo de sua camisa, acariciando seu peito e ombros.

– Eu não quero uma trepada rápida com você, Dianna. Levo muito a sério minhas intenções. – Ele segurou meu queixo, inclinando-o para cima. – Vou demorar com você, mas, se em algum momento quiser parar, me diga. Entendido? – sussurrou ele, com seu hálito quente contra meu ouvido.

Um gemido escapou dos meus lábios e balancei a cabeça, mesmo sem entender por que ia querer que ele parasse.

– Sim.

Seus lábios tomaram os meus. O beijo começou suave, mas se aprofundou quando gemi. Ele se apoiou em um braço e agarrou meu cabelo com a outra mão, mantendo-me no lugar enquanto devorava minha boca. Minha respiração se tornou a dele, o fogo irrompeu em meu âmago. Sua língua dançou com a minha antes que ele a sugasse em sua boca. Eu me remexi embaixo dele, tentando puxá-lo para mais perto, e meu corpo vibrava de vida.

Ah, sim, eu precisava daquilo. Eu sentia falta e estive procurando por isso tão desesperadamente. Minhas mãos puxaram a base do pescoço de Samkiel, incitando-o a repetir. Envolvi suas coxas com minhas pernas e me arqueei embaixo dele, esfregando o calor dolorido entre minhas pernas contra sua rigidez. Choraminguei, a fricção da minha calça jeans me apertando não era suficiente. Ele sorriu contra meus lábios antes de se afastar. Seus olhos encontraram os meus, e eu não precisava dos meus poderes para saber que algo monumental entre nós estava prestes a mudar. Parecia que o mundo sabia disso e tinha prendido a respiração com a expectativa.

O frio tomou conta de mim quando ele se sentou, a perda do calor dele me fez tremer. Ele traçou meu lábio inferior, e seu peito roncou com um grunhido baixo quando passei minha língua sobre a ponta de seu polegar. Lenta e meticulosamente, ele deslizou a mão entre meus seios, e minhas costas arquearam, buscando mais do seu toque.

Samkiel sustentou meu olhar conforme seus dedos circularam meu mamilo direito, e não consegui conter um gemido baixo. Ele estava me provocando e sabia disso. Ele beliscou meu mamilo através da renda vermelha do meu sutiã, e meus quadris se ergueram por vontade própria. Gemi, xingando por estar usando um maldito sutiã. Ele sorriu, malicioso, e passou para meu seio esquerdo, concedendo-lhe a mesma provocação torturante.

Estremeci e sibilei quando ele puxou um pouco mais forte, mas não foi de dor, nem perto disso. Ele me observava atentamente, mesmo através de sua luxúria e desejo, aprendendo o que me fazia reagir e como fazer meu corpo cantar. Deuses, ele ia me arruinar. Os músculos se flexionaram em seu peito quando ele abandonou seu ataque aos meus seios agora inchados e doloridos. Samkiel deslizou os dedos pela minha barriga, e minha respiração ficou presa quando ele parou no topo da minha calça para passar os dedos provocativamente ao longo do cós. Meu gemido de decepção morreu quando ele de repente segurou meu sexo, pressionando a palma de sua mão perfeitamente contra meu clitóris.

– Acha que consigo sentir quão molhada você já está através disso?

Meus quadris se moveram contra a mão dele, e assenti. Fechei os olhos por causa da pressão adicional, minhas mãos agarraram os cobertores embaixo de mim. Afastei ainda mais os joelhos, abrindo-me ao seu toque.

— Posso sentir você praticamente pulsando — ronronou ele, e sua voz era um ronco baixo. Seus dedos acariciaram e pressionaram meu âmago, mas não era suficiente. — Você me quer tanto assim?

Meus cílios subiram apenas uma fração, apenas o bastante para vê-lo através do véu grosso.

— Sim. — Consegui dizer uma palavra desta vez e não me importei com o quanto soei desesperada. Eu só precisava que ele continuasse me tocando.

— Hmm, vamos ver então, hein? — disse Samkiel, quase arrancando o botão da minha calça. Levantei meus quadris em antecipação, e ele agarrou as laterais, tirando-a de mim e jogando-a fora. Ele envolveu meu tornozelo com a mão grande e segurou meu pé sob a luz. — Vermelho? — perguntou, olhando para os dedos dos meus pés.

Balancei a cabeça, mordendo o lábio.

— Você disse que era o seu favorito.

Ele levantou minha perna para dar um beijo no meu tornozelo. Um gemido me escapou. O calor úmido de sua boca queimou meus ossos, disparando eletricidade da minha perna até meu abdômen, fazendo meu ventre se contrair. Ele sorriu, deslizando seu hálito quente contra minha pele enquanto subia pela minha perna, lambendo a parte de trás do meu joelho antes de beliscar e beijar a carne sensível da parte interna da minha coxa.

— Quero provar cada parte de você — disse ele com um gemido — e pretendo fazê-lo.

Minha expectativa aumentava a cada roçar de sua língua e toque de seus dentes. Ele traçou a dobra sensível da minha perna onde ela encontrava minha virilha, e me movi sob sua boca. Suas mãos agarraram meus quadris, me segurando com firmeza. Em vez de se virar para o lugar em que eu mais o desejava, ele subiu até meu quadril, mordendo a renda da minha calcinha. Ele mordeu o elástico, puxando-o para trás antes de soltá-lo com um estalo na minha pele. Eu gritei, a risada abafada dele vibrou em mim, apenas aumentando minha frustração. Lutei contra seu aperto, tentando posicioná-lo onde eu queria que sua boca fosse. Samkiel ignorou minhas tentativas, mantendo-me exatamente onde ele me queria.

Safado.

Seus olhos dispararam em direção aos meus enquanto ele lambia minha barriga e passava pelo meu umbigo, rumando para longe de onde eu mais ansiava.

De fato, um safado.

Minha expressão deve ter dito tudo, porque o sorriso dele aumentou quando ele passou pelos meus seios para mordiscar de leve meu pescoço.

— Deseja alguma coisa, minha Dianna? — sussurrou ele em meu ouvido. Estremeci com a sensação, esfregando minha bochecha contra a dele, saboreando a sensação de sua mandíbula áspera. Eu queria dar um tapa nele por me provocar, mas a forma como ele falou e a sensação de sua respiração e seus lábios contra minha orelha forçaram outro gemido em mim. Um ponto sensível que eu nem sabia que tinha antes de estar com ele.

Sacudi a cabeça e passei as mãos pelos seus cabelos.

— Diga-me o que lhe dá prazer, Dianna. — Seus dentes puxaram o lóbulo da minha orelha, enviando choques de prazer até a parte inferior da minha barriga. — Diga-me o que deseja, do que precisa. Diga-me do que gosta para que eu possa fazer melhor do que qualquer pessoa com quem você esteve.

— Você. Só você. — As palavras saíram da minha boca em um gemido ofegante.

A boca de Samkiel seguiu a linha do meu pescoço, sua língua percorreu meu pulso.

– Que parte primeiro? – Eu o senti sorrir contra minha pele. – Você não está tão molhada quanto preciso que esteja para receber meu pau sem machucá-la. Quer meus dedos igual quando estávamos em Chasin ou prefere minha boca e língua primeiro?

Safado maldito.

– Sua boca – ofeguei. – Sua língua.

Achei que tinha dito algo errado quando ele se apoiou em um cotovelo, mas minhas dúvidas logo desapareceram quando faíscas prateadas brilharam em seus olhos. Observando-me, ele passou os dedos pela alça do meu sutiã. Não parou até chegar ao centro da taça de renda.

– Devo começar por aqui? – perguntou, com um tom provocador.

Samkiel não me deu chance de responder antes de abaixar a cabeça e levar meu seio à boca. Sua língua raspou a renda, e meu mamilo endureceu sob o tecido. Um prazer intenso me atravessou. Gemi, levantando meus quadris em convite, fazendo um calor derretido acumular-se entre minhas pernas.

– Adoro essas roupas íntimas intrincadas que você usa – comentou Samkiel antes de morder suavemente meu mamilo, e a renda adicionou uma abrasão extra à ponta sensível. Ele a arrancou, e senti o puxão em meu clitóris. Gritei, enterrando meus dedos em seus braços e ombros. – Embora eu ache que prefiro você nua.

Samkiel rasgou as tiras entre as taças com um puxão forte que mal senti. O sutiã caiu, e as mãos dele tomaram seu lugar, segurando o volume sensual. As pontas ásperas de seus polegares percorriam as pontas tensas e sensíveis.

– Absolutamente perfeita – disse ele com reverência.

Uma emoção forte e intensa percorreu meu corpo, misturando-se com minha luxúria.

– Acho que você pode ter batido a cabeça no gelo com mais força do que pensava – brinquei, passando os dedos pelos cabelos dele, e minha voz foi pouco mais que um sussurro.

Samkiel sorriu e abaixou a cabeça, sugando meu seio para o calor de sua boca. Ele passou a língua sobre meu mamilo extremamente sensibilizado e deslizou o joelho entre minhas pernas. Gemi e levantei meus quadris, esfregando-me contra sua coxa. Cada raspar de seus dentes e sugada de sua boca fez minha boceta se contrair, desesperada para que ele a preenchesse. Entre a renda da minha calcinha e o músculo firme da coxa dele, eu estava quase chegando lá. Tão perto, que eu quase podia…

Samkiel moveu a coxa, tirando um pouco da pressão de que eu precisava. Meu orgasmo se perdeu, e choraminguei e olhei para ele. Puxei seu cabelo, quase fazendo beicinho.

– Sami. – O apelido deixou meus lábios em um gemido estrangulado de protesto. Olhei para ele suplicante, sem me importar com o modo como eu soava.

– Sami? – Satisfação masculina encheu seu sorriso. – Me chame assim de novo.

– Me faz gozar, e eu chamo.

– Ainda não. – Samkiel segurou meu queixo, o beijo que ele me deu foi breve e brusco. Ele se afastou apenas o suficiente para sussurrar contra meus lábios. – Quero que a primeira vez que você gozar seja na minha língua.

– Ah, deuses, Samkiel – gemi, tentando processar suas palavras, enquanto ele descia pelo meu corpo. Ele beliscou e lambeu meu pescoço antes de dar um beijo entre meus seios, esfregando a bochecha contra as curvas suaves. Seu hálito quente e sua boca úmida provocaram a pele sensível da minha barriga, e me contorci sob ele. Meus dedos pentearam seu cabelo, e afastei mais minhas pernas para dar mais espaço para seus ombros largos. A risada dele vibrou contra meu umbigo.

– Que impaciente!

– Deuses do céu, se eu tivesse meus poderes agora, ia incinerar você por me provocar. – Olhei para ele.

– Aí está minha garota – rosnou ele, com sua voz rouca de desejo.

Minha frustração se transformou em desejo com suas palavras, e ele percebeu. Então fez uma pausa no topo da minha calcinha.

– É isso que você quer, Dianna?

Ele deu outro beijo logo acima da borda da renda, colocando sua boca tão perto de onde eu precisava que ela estivesse.

– Sim – praticamente implorei, agarrando seus ombros. – Por favor.

Os dedos de Samkiel seguraram a lateral da minha calcinha, e seu poder pulsou. Senti o calor contra minha carne mais íntima enquanto ela se desintegrava. Ele baixou a cabeça e tocou meu abdômen com a língua, depois, bem devagar, como se estivesse me saboreando, lambeu em direção ao meu clitóris. Quase entrei em combustão. Eu nunca tinha sentido nada tão bom. Meus olhos se reviraram para trás. Um calor inundou meu corpo, e minha pele se arrepiou. Parecia que havia uma faísca de eletricidade na ponta da língua dele, fazendo todo o meu corpo entrar em frenesi. Minhas costas arquearam, e estendi a mão, procurando algo para me firmar. Cravei as unhas de uma das mãos no cobertor macio e felpudo. Se eu tivesse meus poderes, certamente estaria em pedaços. A outra mão estava enrolada em seu cabelo.

– Gosta disso? – perguntou Samkiel, com seu hálito quente contra meu sexo. Ele me deu outra lambida longa e lenta, e ofeguei. – Eu quero as palavras, minha Dianna. Fale para mim do que você gosta.

Palavras? Ele queria palavras? Minha mente tinha derretido. Eu não tinha certeza se lembrava como falar quando ele fazia aquilo. Minha resposta foi um aceno de cabeça brusco e um gemido enquanto empurrava meus quadris em direção ao rosto dele. Eu arfava, meu peito subia e descia, conforme ele sorria e abaixava a boca muito devagar.

Ele deu outra lambida, longa e lenta. Eu queria sair da minha pele, meu corpo era uma confusão tensa esperando para se desfazer. Não me importava como eu soava enquanto me contorcia debaixo dele. Era *tão* bom. Tão, tão bom. Pressionei o mais forte que pude contra sua boca, enquanto ele passava a língua sobre meu clitóris, uma, duas vezes, e... eu não conseguia contar.

– Você tem um gosto tão bom, querida. Eu poderia ficar aqui para sempre.

Samkiel deslizou as mãos por baixo de mim, segurando minhas coxas e usando os polegares para separar meu sexo. Ele girou a língua em volta do meu clitóris antes de chupá-lo. Meus dedos dos pés formigaram, o prazer percorreu meu âmago. Eu estava tão perto.

– Como você prefere?

Ele estava me provocando?

– Lento?

Ele passou a língua da minha abertura até meu clitóris e parou. Estremeci e gemi, minha cabeça caiu para trás.

– Rápido?

Sua língua girou em torno do meu clitóris tão depressa que quase saí do chão. Seu aperto em mim aumentou.

– Samkiel! – gritei.

– Ou um meio-termo?

Ele combinou os dois movimentos, e meus olhos rolaram tanto para trás que temi que ficassem presos.

– Responda-me, Dianna.

– Tudo – ofeguei, quase coerente. – Tudo. Qualquer um. Mais. Por favor.

A cabeça dele mergulhou, e meus gemidos se tornaram ofegantes, conforme ele lambia e chupava minha carne sensível. Eu me ouvi e sabia que estava falando palavras, mas não tinha ideia de quais eram. O prazer era demais, mas empurrei meus quadris contra seus lábios e língua, desejando que ele nunca parasse. A barba por fazer em seu queixo roçava a parte interna das minhas coxas, e eu sabia que ficaria marcada. Ele tinha todo o poder naquele momento e sabia disso.

Ele levantou a cabeça e lambeu os lábios. Choraminguei em desespero, levantando a cabeça para olhar para ele. Minha respiração parou. Samkiel podia ter parecido estar no controle, mas seus olhos contavam uma história diferente. Estavam pura prata derretida, quase reluzindo com poder. Normalmente, quando queimavam assim, alguém morria.

– Você quer apenas a minha língua ou os meus dedos também?

Ele queria que eu falasse de novo?

– Dedos – choraminguei.

Sustentei seu olhar por entre meus cílios, com meu corpo tremendo de expectativa. Samkiel estendeu a mão e traçou meus lábios. Eu os separei sob seu toque e ele deslizou dois dedos para dentro da minha boca. Chupei, curvando minha língua contra eles enquanto minhas bochechas se encolhiam. Ele sibilou e os deslizou até que meus lábios descansaram contra a borda de seus anéis.

Samkiel nunca quebrou o contato visual enquanto movia os dedos para dentro e para fora algumas vezes antes de removê-los e abaixar a mão para provocar meu clitóris. Ele lentamente deslizou o dedo médio e o anelar em minha boceta antes de curvá-los na minha entrada. Mordi meu lábio inferior ao senti-los se pressionarem em mim. Eles eram muito maiores e pareciam muito melhores que os meus. Eu os apertei, e meus olhos se fecharam em êxtase, meu corpo reconheceu o que estava faltando. Não o quê, mas quem. Era Samkiel. Sempre tinha sido Samkiel. Nada jamais voltaria a ser o mesmo.

Ele moveu os dedos em mim devagar, provocante, e baixou a boca. Ao primeiro toque de sua língua contra meu clitóris, deixei meu corpo. A combinação foi eletrizante.

Eu me contorci embaixo dele, meus punhos agarraram o tecido ao lado dos meus quadris. Persegui meu orgasmo, meus músculos tensos e meus dedos dos pés se enrolaram, a pressão foi aumentando com cada movimento de sua língua e deslizar de seus dedos. Ele bombeou com mais força, como se pudesse me sentir chegando lá. Eu estava tão perto e não tinha estado havia tanto tempo. Não importavam o que eu fizesse ou os amantes que tive, ninguém me fazia sentir, ninguém exceto ele. Minhas unhas cravaram em seu couro cabeludo, implorando para que ele não parasse com cada suspiro e gemido que separava meus lábios. Eu não me importava com quão desesperada eu soava, apenas que ele nunca parasse.

Samkiel levantou a cabeça e passou a língua contra minha pele brilhante antes de dizer:

– Eu amo esse ponto. Se eu curvar meus dedos fundo o suficiente e aplicar a pressão certa...

Eu gritei.

– Também gosta disso?

Assenti, ou pensei que tivesse. Eu não conseguia mais dizer. Era um prazer tão intenso que parecia que a dor tinha ricocheteado da ponta dos meus dedos dos pés até os mamilos e voltado ao meu abdômen. Era como se ele controlasse cada maldita corrente do meu corpo com suas palavras e seu toque. Oscilei mais uma vez naquele limite de felicidade pura e genuína, com meu orgasmo ao meu alcance. E ele tirou de novo.

Ele enrolou os dedos profundamente dentro de mim.

– Use suas palavras, Dianna.

– Sim! – gemi, cobrindo meus seios com minhas mãos. Apertei e belisquei meus mamilos. – Deuses, sim. Eu amo tudo que você faz comigo.

O desejo ardeu nos olhos de Samkiel enquanto ele me observava, o brilho era quase tão forte quanto o das velas. Sua língua varreu meu clitóris antes de ele abaixar a cabeça e gemer contra minha carne inchada, e o som vibrou através do feixe ultrassensível de nervos. Puro êxtase era a única maneira de descrever o que eu sentia. Meu coração disparou, e minha respiração saiu em pequenos soluços. Agarrei seu cabelo, segurando sua boca exatamente onde eu queria. Eu estava tão perto. Eu só precisava de um pouco mais, mas Samkiel levantou a cabeça, e seus dedos pararam, arrancando-o do meu alcance.

Soltei um gritinho de frustração e dei um tapa nos ombros dele. Samkiel riu e torceu os dedos dentro de mim. Ele sabia muito bem o que estava fazendo, provocando-me até quase gozar e depois parando.

Eu choraminguei.

– Pare de me provocar.

Os lábios de Samkiel se curvaram em um sorriso contra minha pele, e eu o odiei. Eu o odiei. Eu o odiei.

– Peça gentilmente. – Ele curvou os dedos, atingindo aquele pequeno ponto dentro de mim com precisão infalível. Eu gritei, minhas costas se arquearam.

– Por favor, por favor, por favor!

– Boa garota.

Ele caiu sobre mim, banqueteando-se, exigindo tudo de mim. Senti naquele momento aquela centelha de energia que ele controlava dentro de mim. Meu corpo se dobrou e ardeu por ele, o suor escorria pela minha pele. A pressão em meu abdômen aumentou. Pela primeira vez em meses, senti alguma coisa. Minha boceta estremeceu em torno de seus dedos, e meus gemidos se tornaram súplicas, sabendo que eu estava prestes a gozar.

– Essa é minha garota – gemeu Samkiel contra meu clitóris. – Goze para mim.

Eu gritei, o prazer rasgava todo o meu ser. Foi tão intenso que quase desmaiei. A sala girou, e ofeguei buscando o ar enquanto orgasmo após orgasmo tomava conta de mim. Samkiel agarrou minha bunda com a mão livre e me levantou, me segurando contra sua boca, e meu corpo estremecia sem controle. Ele não parou. Graças aos deuses, ele não parou.

– *Sami. Sami. Sami.* – Eu não sabia se estava gritando e não me importava. Ele reteve meu orgasmo por tanto tempo e agora não parava.

Safado maldito mesmo.

Era como se eu não tivesse controle sobre meu corpo. Minhas pernas tremiam, caídas frouxamente sobre seus ombros. Tentei afastá-lo com as mãos trêmulas. Foi por isso que ele me perguntou se eu queria parar? Eu poderia morrer de prazer? Meu coração parecia que ia explodir. Ele ateou fogo em todas as minhas terminações nervosas. Nunca senti nem experimentei um orgasmo tão quente e ofuscante quanto aquele. Meu corpo era dele. Sempre tinha sido.

Samkiel finalmente levantou a cabeça, retirando com delicadeza os dedos de dentro de mim. Gemi com o vazio, já desejando mais. Lutei para encontrar forças e enfim consegui abrir os olhos. Ele se mexeu, colocando minhas pernas na cama enquanto se ajoelhava entre minhas coxas abertas. Ele observou meu corpo encharcado de suor se contorcer, os tremores de prazer ondulando por mim. Meu interior se contraiu com o olhar presunçoso de orgulho masculino esculpido em suas belas feições, e eu não tinha nenhum comentário, nem um sequer. Ele mereceu toda aquela arrogância.

– Tão carente, minha Dianna.

Sem palavras, eu não tinha palavras. Apenas balancei a cabeça ou achei que balancei.

Samkiel puxou a barra da própria camisa, e me sentei. Ele revirou os ombros, deslizando-a pelos braços. Minhas mãos se espalmaram contra as laterais de seu corpo, seus músculos se contraíram sob meu toque. Inclinei-me, passando minha língua sobre seu mamilo antes de mordê-lo de leve. Ele gemeu, seus quadris ondularam.

Deslizei as mãos sobre as linhas estriadas de seu abdômen, sentindo os músculos se flexionarem. Meus dedos encontraram o botão de sua calça, e a rasguei. Ele estava rígido contra minha palma, mas escorregadio com uma fina camada de umidade. Ele já tinha gozado? Meus olhos encontraram os dele, a confusão franziu minha testa.

Samkiel me fez deitar de costas e deslizou as calças sobre os quadris. Ele se inclinou por cima de mim e a chutou.

– Eu poderia gozar mil vezes ouvindo você implorar e os pequenos sons obscenos que você faz. – Minha respiração ficou presa, e separei minhas coxas, envolvendo-o conforme ele se acomodou em cima de mim. – E pretendo.

A extensão grossa de seu pênis se acomodou contra meu sexo inchado, e eu não consegui conter meu gemido. Eu me contorci contra ele, balançando meus quadris.

– Acho que não consigo mais gozar, Sami.

Ele sorriu, beijando minha bochecha, a ponta do meu nariz e depois meus lábios.

– Consegue, sim. Eu vou mostrar.

– Idiota arrogante.

Ele sorriu contra meus lábios antes de tomar minha boca em um beijo profundo e sensual. Provei cada pedacinho do prazer que ele tinha tirado de mim em sua língua. Estendi a mão entre nós e agarrei seu pau, e seu tamanho me fez hesitar. Ele era longo e grosso, meus dedos não se encontravam ao redor dele. Ele estremeceu em minha mão conforme acariciei a extensão sedosa, com meu polegar deslizando facilmente pela ponta escorregadia. Interrompi o beijo, ofegante, enquanto esfregava a cabeça grossa da minha entrada até o clitóris e de volta.

Samkiel gemeu, com seu pau pulsando em minha mão.

– Mulher traiçoeira – ele rosnou e agarrou minhas mãos. Ele as prendeu acima da minha cabeça, segurando meus pulsos com uma das mãos grandes. Samkiel descansou a cabeça de seu pênis na minha entrada, e eu levantei meus quadris para encontrá-lo.

– Sami – choraminguei.

Samkiel moveu os quadris para trás e pressionou mais fundo, provocando-me apenas com a ponta. Minhas mãos se fecharam em punhos, minhas unhas afundaram nas minhas palmas. Ele entrou em mim centímetro por glorioso centímetro, bem devagar, dando-me tempo para me ajustar ao extremo alongamento que seu tamanho exigia do meu corpo. A ardência era uma dor magnífica, ao mesmo tempo bem-vinda e avassaladora.

– Mais – implorei, torcendo minhas mãos em seu aperto, precisando tocá-lo, precisando que ele fosse mais rápido. – Por favor, Sami, preciso de você todo.

Ele se inclinou sobre mim, lambendo e mordiscando meus lábios, saboreando cada palavra ofegante, saboreando cada gemido. Seu pênis me preencheu, meu corpo respondia a cada uma de suas estocadas superficiais com uma onda de líquido, banhando-o em calor, mas seu ritmo nunca vacilou. Ele estava indo devagar demais quando eu precisava tanto dele.

Levantei a cabeça e aprofundei o beijo, provocando sua língua com a minha. Quando ele continuou com seu ritmo enlouquecedor, penetrando lenta e profundamente, ajustei minhas pernas em volta de sua cintura e usei minha própria força para puxá-lo contra mim. Empurrei meus quadris para cima quando ele caiu, enterrando seu pênis até o final dentro de mim. Eu gritei com o choque de prazer e dor.

Samkiel se segurou antes que pudesse me esmagar. Ficamos imóveis, e saboreei um tipo de conexão e intimidade que nunca sonhei que existisse.

– Dianna, querida. – Ele alongou meu nome enquanto gemia. – Eu machuquei você? Machucar? Dor? Tudo passageiro, tudo temporário. Mas isso, o que eu sentia por ele? Isso era eterno.

– Nunca – ofeguei, mordendo seu lábio inferior e apertando meus músculos ao redor da parte de aço dele que estava alojada tão fundo dentro de mim. – Agora me foda, por favor.

Ele gemeu tão alto que temi que os vizinhos ouvissem, caso já não tivessem. Colocando a mão no meu cabelo, ele tomou minha boca e moveu a outra mão para prender meu quadril. Seu primeiro golpe fez meu corpo arquear, meu grito se derramou em sua boca. Minhas unhas arranharam suas costas, rasgando sua pele. Ele avançou mais uma vez, e meu corpo estremeceu ao redor de seu pênis, apertando e dando-lhe boas-vindas.

– Minha – gemeu ele. – Você é minha.

– Sua – ofeguei. Sua afirmação destruiu a feiura de minhas dúvidas e medos, os ecos dolorosos de rejeição e solidão. Eu sabia que iam ressurgir, a cicatriz era profunda demais, dolorosa demais para que não voltasse, mas esse homem também tinha as suas.

Meu corpo se curvou e se moldou ao dele, como se tivesse sido feito para mim e eu para ele. Nós nos encaixamos tão bem que nada podia se comparar. Nunca me senti tão preenchida, tão completa, tão *viva*.

A sensação do corpo dele era como uma marca. Mesmo se meus poderes retornassem, eu o desejaria mais do que sangue.

– Dianna, querida. – Seu impulso foi forte e quente, uma queimadura deliciosa na carne inchada pela força dos meus orgasmos anteriores. Seu pau entrava e saía de mim em um ritmo exigente que me banhava em um calor rico e escuro. Mordi o ombro dele, pescoço e qualquer parte que pude alcançar quando ele atingiu aquele ponto perfeito dentro de mim, e quase vi estrelas. – *Porra.* Você é tão gostosa.

– Porra. Sami. – Foi um gemido, um grito e um pedido. Eu precisava de mais. – Mais forte. Ele gemeu, seu punho apertava meu cabelo.

– Caralho. Me chame assim de novo.

– Sami – gemi. Ele rosnou, e seu próximo impulso fez meu corpo cantar de dor e prazer. Essa união não foi gentil nem calma. Foi furiosa e primitiva. Brusca e bruta, com uma pitada de dor, marcando um ao outro com dentes, garras e palavras sussurradas em meio ao som de carne se chocando. Nós dois estávamos desesperados para possuir tudo o que pensávamos ter perdido.

– Fale que você me quer. – Minha voz saiu em um sussurro ofegante, meus dedos se enterraram nos músculos grossos dos braços dele.

Ele encostou a testa na minha.

– Eu sempre quero você.

– Diga que você precisa de mim.

Eu precisava ouvir e sentir isso e não me importava como isso me fazia parecer ou se me tornava fraca. Eu estava tão cansada de ser usada. De ser indesejada. De ser sozinha.

– Sempre – ofegou ele. – Mal consigo respirar sem você, Dianna.

Eu nunca me senti tão possuída, tão mimada. Emoções rasgaram meu coração e alma quando ondas de prazer dispararam da minha barriga até os dedos dos pés. Eu não sabia mais onde eu terminava e ele começava. Eu não me importava.

O toque invisível de seu poder passou entre nós, massageando meu clitóris enquanto ele me penetrava de novo e de novo. Joguei a cabeça para trás e gritei, meus músculos tremiam com a força da paixão que emanava de mim. Gozei intensamente, a mais deliciosa conclusão do prazer, músculos delicados vibrando em torno da espessura dele, implorando para que ele se juntasse a mim.

– Ah, Dianna. Querida. – Ele ofegou. – Caralho, assim. Isso é tão bom. *Tão bom*. Eu vou...
– Sim. Por favor.

– *Dianna*. – Ele pronunciou meu nome como se fosse uma oração, gozando em mim em um furioso clarão de incandescência. A força de seu orgasmo estilhaçou a mobília. Choveram partículas, mas elas nunca nos tocaram, como se, mesmo no meio de seu orgasmo, ele me protegesse. As luzes da rua lá fora piscaram e explodiram. Cada vela que ele tinha acendido se apagou enquanto ele se esvaziava dentro de mim. Onuna caiu na escuridão, a energia dele cobriu o mundo.

Ele enterrou o rosto no meu pescoço. Eu o segurei ali até que os tremores que assolavam nossos corpos diminuíssem, e aos poucos paramos de tremer. Seu poder radiante e imortal ainda estava despertado, repousando sobre mim de forma protetora, e pensei ter sentido o meu ascender para encontrá-lo. Talvez fosse minha imaginação, mas eu jurava que podia sentir lampejos de emoção nele, desde a intensa satisfação masculina até a própria surpresa dele, em choque com nossa união e uma fonte profunda e insondável de carinho.

Ficamos ali pelo que pareceram eras, tentando processar tudo o que havia acontecido, tudo o que nos levou até ali. Eu não falei nada. Não tinha nada a dizer. Eu tinha aprendido algo que não poderia desaprender agora que sabia. Samkiel destruiu minha compreensão do que significava fazer amor. Por mais clichê que parecesse, eu havia me transformado em outra pessoa. Algo em mim mudou, e me tornei uma humilde estranha para mim mesma. Perguntei-me se ele sentia a mesma coisa. Tudo o que eu sabia era que um vínculo tinha se solidificado entre nós naquela noite. Parecia diferente, mais forte, indestrutível e muito, muito perigoso.

Fechei os olhos e deslizei os dedos pelos cabelos dele, minhas unhas roçaram de leve seu couro cabeludo. Seus braços se apertaram, todo o peso dele caiu sobre mim. Pela primeira vez, me senti segura e aquecida. A fera enterrada tão fundo dentro de mim parou de se atirar contra as paredes de sua prisão e estremeceu de alívio. Samkiel aninhou-se ainda mais a mim, como se estivesse com medo de que, caso me soltasse, aquilo desapareceria.

– Eu não ia mais alimentar seu enorme ego, mas isso foi... bom.

Um ronco vibrou por todo o meu corpo enquanto ele ria.

– Uhum, se você diz.

Eu ri mesmo não conseguindo fazê-lo por completo com o peso dele me pressionando.

– Honestamente eu esperava melhor.

Senti-o sorrir contra meu pescoço antes de beijá-lo e saboreei o arrepio que percorreu meu corpo.

– É sempre assim com você? Quero dizer, eu vi os sonhos, ouvi as histórias, mas... – Minha voz sumiu. As palavras saíram da minha boca antes que eu pudesse processá-las. – Isso foi idiota. Desculpe. Ignore. – Odiei a maneira como me encolhi, sem querer ouvir a resposta. Ele tinha estado com deusas, e eu não era uma deusa.

Ele levantou a cabeça para me olhar como sempre fazia, como se eu fosse mais preciosa para ele do que qualquer coisa neste reino ou no próximo. Como se eu fosse mais preciosa que sua coroa, seu trono, tudo, e naquele momento acreditei de verdade. Seus dedos percorreram meu rosto, afastando meu cabelo molhado de suor.

– Eu sonhava com qual seria o meu destino, o meu futuro. Todo mundo tem uma *amata*. Foi escrito antes de o universo ser formado. – Ele se levantou acima de mim, com sua mão segurando meu queixo, seu polegar percorrendo minha bochecha. – Você é muito especial para mim. Ninguém se iguala a você. Ninguém mais pode me arruinar tão completamente. Sei, sem sombra de dúvida, que, se eu tivesse uma *amata*, mesmo que ela estivesse viva hoje, eu ainda escolheria você. Sempre será você, Dianna.

Senti lágrimas surgindo em meus olhos.

– Dane-se o destino?

– Você é melhor que qualquer destino.

Meu peito doeu. Eu não sabia o quanto precisava ouvir essas palavras dele. Com essas palavras, Samkiel acalmou a parte magoada e partida de mim que Kaden deixou destruída e precisando de cura.

Puxei-o para baixo, encaixando meus lábios nos dele, enquanto levantava meus quadris. Samkiel demonstrava que se importava com palavras e gestos bonitos. Eu demonstrava com algo muito mais cru. Eu o senti endurecer dentro de mim conforme me movia de novo. Ele gemeu em minha boca, sua língua dançava com a minha.

– Insaciável. – Ele sorriu contra meus lábios. – Eu gosto disso.

– Apenas espere até… – Minhas palavras morreram na minha garganta quando raios brilharam na janela e uma batida veio da porta.

Samkiel saiu de mim e se levantou. Ele me jogou um cobertor para que eu me cobrisse e foi até a grande janela. Puxando a cortina para o lado, ele espiou e depois se virou para sorrir para mim como um bobo.

– Acho que você atraiu uma plateia.

Corei e arregalei os olhos, lembrando de quanto barulho eu tinha feito.

– Todos os vizinhos desta rua estão reunidos ao redor da casa. Vejo alguns celestiais os mantendo afastados. Espere, conheço esse cara. Eu mandei Vincent demiti-lo.

– Samkiel – sibilei, jogando um travesseiro nele.

Acertou a lateral de seu corpo, e ele riu.

Alguém bateu na porta de novo e gritou:

– Ei, esta é uma propriedade privada. Recebemos uma reclamação de barulho. Vocês têm um minuto para abrir a porta, ou nós a arrombaremos.

– Temos que ir embora – sussurrei, levantando e procurando minhas roupas atiradas.

Eu deveria estar trancada a sete chaves, e não correndo solta por Onuna. Os celestiais dariam uma olhada para ele e para mim e saberiam. Isso se espalharia como um incêndio, e eu nem queria pensar no que o Conselho faria caso descobrisse.

Como se estivesse lendo meus pensamentos, Samkiel correu para o meu lado. Com um estalar de dedos, limpou a sala e recolocou nossas roupas em nossos corpos. Ele me pegou nos braços. A porta da frente se abriu no instante em que Samkiel disparou pela porta dos fundos.

LXXII
CAMERON

Voltei para o salão do Conselho com uma pilha de livros, mas apenas um importava. Empurrei as portas do Conselho com meu quadril, e Logan e Imogen ergueram o olhar quando entrei. Vincent nem sequer se mexeu, com o nariz enterrado no texto, procurando respostas que não tínhamos.

– Onde esteve? – perguntou Neverra. Sua voz finalmente soava normal. O olhar assombrado que ela tinha desde seu tempo em Yejedin finalmente havia desaparecido, e eu queria que continuasse assim.

Joguei os livros em cima da mesa, espalhando-os enquanto Xavier se inclinava para a frente.

– Achei que você estava nos trazendo algo para comer.

Eu ri e movi alguns textos pesados, pegando o que eu queria.

– Ah, isso é melhor do que lanches – declarei, segurando o caderno cinza.

– O que é isso? – perguntou Imogen, recostando-se na cadeira.

– Um caderno, e não é qualquer um. É de Elianna.

Vincent ergueu a cabeça, apoiando o queixo na mão.

– Elianna? – perguntou Xavier. – Como conseguiu isso?

– Tenho meus métodos. – Olhei para Imogen, e ela revirou os olhos. Meus métodos geralmente incluíam entrar e sair furtivamente de lugares onde eu não deveria estar, como os dormitórios de conselheiras arrogantes que eram ótimas com a língua.

Vincent gemeu.

– Você não fez isso.

– Não fiz o quê? Obter informações confidenciais para nos ajudar? Bem, sim, sim, eu fiz.

Esperei que Xavier risse como sempre fazia, mas seu rosto estava cauteloso e fechado quando me virei para ele. Ele olhou para o caderno que eu segurava, então, por um momento, encontrou meu olhar antes de abaixar a cabeça para evitá-lo. Inclinei a cabeça, mas, antes que eu pudesse processar sua reação dele, Imogen estava ao meu lado, arrancando o caderno da minha mão.

Neverra caminhou até as portas do Conselho e as fechou antes que ela e Logan se reunissem em torno de Imogen.

– Certo, vamos roubar dos membros do Conselho agora, entre outras coisas? – Vincent disse maliciosamente.

– Ei, é mais produtivo do que fingir estar vigiando uma bruxa que não pode sair.

A mandíbula de Vincent ficou tão tensa que pensei que ele estava prestes a atirar seu livro e brigar comigo. Ele não fez isso.

A outra coisa em que eu era bom era saber tudo sobre todo mundo. Mas isso também me colocava em apuros. Olhei para Xavier, que parecia estar me ignorando deliberadamente, seus olhos voltavam-se para todos os lugares, menos para mim.

Logan olhou entre nós, percebendo a tensão repentina.

– O que está escrito, Immy? – perguntou Neverra, inclinando-se sobre a mesa.

Imogen virou outra página.

– Está tudo em língua antiga. Vou ter que transcrever.

– É claro que Elianna ia escrever na língua antiga.

– Sim, ela tem muitos talentos – debochou Xavier. Ele olhou para mim uma vez antes de virar uma página com um pouco de força demais.

Vincent ignorou todos nós e voltou a ler.

Neverra limpou a garganta.

– Certo, transcreva, enquanto isso, vamos continuar lendo mais sobre as centenas de diferentes dimensões-prisão.

Eu grunhi e me sentei. Aquilo levaria mais tempo do que eu esperava. Tirei um livro antigo da pilha e o abri.

Imogen pegou papel e caneta antes de se sentar com o caderno.

– Você sabe o que nunca entendi?

– O quê? – perguntei, imerso no texto chato.

– Os reis estiveram lá, certo? Ou pelo menos alguns deles. Por que não os sentimos nem os encontramos antes?

Xavier deu de ombros.

– Camuflagem, talvez? Camilla trabalhava para Kaden, e a magia dela praticamente canta para a minha. Ela pode ser descendente de Kryella. Talvez ela os tenha escondido.

– Santiago trabalhou mais para Kaden do que Camilla – interrompeu Vincent, sem nem mesmo se preocupar em erguer os olhos enquanto virava outra página.

Imogen balançou a cabeça.

– Independentemente disso, ela traiu Dianna, com o Príncipe Vampiro. Mas é magia demais para esconder.

Sorri ao ver Imogen defender Dianna. Ela e Neverra pareciam gostar dela de verdade. Todas se deram bem na praia no outro dia e passaram a noite seguinte com ela. Eu a achava legal. Acho que Vincent era o único que ainda parecia não gostar de Dianna.

Logan mordeu o interior do lábio antes de suspirar.

– Sei que Athos era sua deusa e de Cameron. A Deusa da Sabedoria e da Guerra, embora Cameron tenha perdido a parte da sabedoria.

– Ei!

Logan me ignorou enquanto prosseguia.

– Sei que você refletiu muito sobre isso, Imogen. Então, o fato de você estar perplexa meio que me preocupa.

Imogen fechou o livro e se apoiou na mesa.

– Pense nisso. Mil anos em que eles... fizeram o quê, exatamente? Esconderam--se? Misturaram-se? E não ouvimos nada sobre? É impossível, mesmo que estivessem recuando para Yejedin para se esconderem. Acho que está faltando alguma coisa, alguma peça que não encontramos. É como se estivessem esperando por alguma coisa.

– Espere. – Logan saltou da cadeira e começou a andar. – Algumas noites atrás, eu estava conversando com Samkiel. Ele mencionou rituais em um dos textos que estava lendo.

– Rituais? – questionou Imogen, inclinando a cabeça para o lado.

– Sim, normalmente exigem um sacrifício ou um grande evento celestial. Nev falou que ouviu Kaden e Tobias discutindo algo que começava com a letra E, certo? E se tudo isso estiver relacionado?

– Certo, um ritual então. Nenhum grande evento celestial vai ocorrer por pelo menos mais cem anos – declarou Imogen, com a testa franzida enquanto pensava, batendo a caneta no queixo.

Logan suspirou, caindo de volta em seu assento.

– Que merda.

Neverra se inclinou, e deu um beijo na bochecha dele, que sorriu e ergueu a mão dela para roçar os lábios em seus dedos.

Vincent bocejou.

– Não pense tanto, honestamente. Tudo vai acabar em breve. Dianna matou Alistair. Se é que Alistair era um deles. Tobias está morto, então só resta Kaden agora. Não acho que vá importar por muito mais tempo.

Imogen deu de ombros, colocando a mão sob o queixo e soltando um suspiro que fez uma mecha de seu cabelo se mover.

– Acho que sim.

– Todos vocês se preocupam com as questões erradas.

Quase saltei para fora do corpo.

Roccurrem se materializou próximo à janela. Ao contrário da maioria das criaturas vivas, ele não tinha aura. Isso o tornava difícil de detectar. A massa rodopiante de névoa cintilante de onde ele saía provavelmente também contribuía.

– Eu juro, vou comprar a porra de um guizo para você usar.

– Roccurrem. Boa noite – cumprimentou Imogen.

– Olá, minha senhora.

– Ele é sempre tão polido – comentou Imogen, lançando-me um olhar de falsa repreensão. – Você poderia aprender um pouco, Cameron.

– Obrigado, mas não, obrigado.

Logan fez um som profundo com a garganta e balançou a cabeça para nós antes de se voltar para o Destino.

– O que você quer dizer com estamos preocupados com as questões erradas?

– As informações que importam não serão mais encontradas em textos. Nenhum que vocês possuam.

Todos fechamos nossos livros ao mesmo tempo, soltando um suspiro de alívio.

– Então, peguei isso à toa – comentei. – Ótimo.

Roccurrem afastou-se da janela, cruzando as mãos atrás das costas.

– Bem, se esse for o caso, do que precisamos? – perguntou Logan.

– O caminho em que vocês estão é aquele no qual devem permanecer para o que está por vir.

Mais um dos seus enigmas. Destinos eram safados traiçoeiros, e Roccurrem não parecia ser diferente. Recostei-me na cadeira e juntei as palmas das mãos.

– Sabe o que eu ouvi? Ouvi que não precisamos estar aqui neste momento. Estou morrendo de fome. Vamos comer.

– Cameron. – Imogen balançou a cabeça, mas estava sorrindo. – Samkiel falou…

– O Deus-Rei está ocupado neste momento com assuntos que devem ser resolvidos – interrompeu Roccurrem.

– O que diabos isso significa? Ele foi para Yejedin sem nós de novo? – perguntei.

Neverra deu de ombros um pouco depressa demais. Imogen coçou atrás da orelha e de repente ficou interessada no livro que acabara de fechar. Logan evitou os olhares de todos e afundou ainda mais na cadeira.

– Ei, eu vi isso! O que todos vocês sabem? – questionei.

Logan ergueu as mãos, soltando um suspiro.

– Nada. Ele disse que ontem ia para Onuna com Dianna. Isso é tudo que eu sei.

Bati a mão na mesa para um efeito dramático antes de apontar para Roccurrem.

– Ele está fazendo sexo com Dianna?

Os seis olhos de Roccurrem se abriram, todos brancos e opacos, surpresos com minha franqueza. Ele se recuperou depressa e fechou todos, exceto dois.

– Ele está com sua rainha, sim.

Vincent baixou a cabeça entre as mãos.

– Ai, deuses.

Eu ri.

– Por favor, fala para mim que a queixa sobre ruído que Vincent recebeu, fora a possível tentativa de assassinato de Onuna, foi por causa deles. Por favor, Roccurrem, dê-me esta pequena partícula de alegria.

– Eu odeio você – gemeu Vincent.

Era só o que eu precisava. Eu ri tanto que Logan se juntou a mim. Limpei as lágrimas que surgiram no canto dos meus olhos enquanto suspirava.

– Ah, graças aos velhos deuses mortos. Vocês fazem ideia do cheiro da tensão sexual? Não é legal.

Neverra riu, e foi maravilhoso ouvir isso.

Imogen estendeu a mão por cima da mesa e me deu um tapa.

– Tão maduro – repreendeu ela, balançando a cabeça.

– Honestamente, todos nós temos sorte por eles não terem destruído uma cidade.

Vincent empurrou o livro e se levantou.

– Cameron. Pelo amor dos deuses antigos e dos novos. Cale-se.

– O que foi? Só estou falando o que todos estamos pensando aqui. – Dei de ombros, ignorando o revirar de olhos de Imogen, mas observei Vincent. O humor dele parecia mais amargo do que a situação justificava. Olhei para Logan. Ele também observava Vincent com cautela.

– Ninguém estava pensando isso – brincou Imogen.

– Certo, de qualquer forma, isso significa que temos bastante tempo para comer. Samkiel definitivamente vai estar ocupado. – Afastei-me da mesa, e os outros seguiram o exemplo.

– Acho que Samkiel nunca esteve com uma garota má antes. Sem ofensa, Imogen – comentei.

Ela riu.

– Não me ofendi.

Logan abriu a porta.

– E aquela em Cvisor? Você se lembra daquela com chifres verdes?

– Bobagem. Ela foi uma breve aventura. Ele estava só devolvendo uma pedra preciosa mítica.

Neverra passou o braço ao redor de Logan e se aconchegou ao lado dele, enquanto saíamos do salão do Conselho.

– Sim, aquilo durou apenas uma semana. Você tem razão.

Acenei com a mão quando dobramos uma esquina.

– Isso não conta. Samkiel se fechou depois de ver como o pai estava com o coração partido. Acho que ele nunca quis sentir esse nível de tristeza, mas aí Dianna apareceu, e acho que o que ele sente por ela é diferente de tudo o que ele já sentiu por alguém. Sem ofensa, Imogen.

Imogen revirou os olhos mais uma vez, jogando as mãos para o alto. Passei meu braço em volta dos ombros dela enquanto andávamos.

– Ai, meus deuses, Cameron. Quantas vezes tenho que dizer que não tínhamos nada sério? Dei de ombros.

– Como eu estava falando, agora que Samkiel tem alguém de quem realmente gosta, ele vai ficar ocupado por um tempo.

– Não com uma dimensão de prisão aberta e o mundo ainda em perigo – retrucou Xavier atrás de nós.

Parei e me virei a fim de olhar para ele.

– Quer apostar?

Xavier balançou a cabeça, passando por nós.

– Hoje não. Se não vamos procurar ativamente hoje, preciso resolver uma coisa.

– Está bem – falei, enquanto ele se afastava quase correndo, sem nos olhar.

– Eu aposto – declarou Vincent, enfiando as mãos nos bolsos enquanto observava Xavier ir embora.

–Vincent, meu caro.

– Eu também – interrompeu Logan.

–Você também? – exclamou Imogen, colocando as mãos nos quadris.

– Ok, aposto em um dia – falei.

– Aposto em mais algumas horas – declarou Logan, balançando a cabeça de um lado para o outro. – Quero dizer, ela é mortal ou está perto disso agora, certo? Quanto pau divino ela consegue aguentar antes de desabar?

Vincent revirou os olhos diante do largo sorriso de Logan. Foi o primeiro sorriso verdadeiro que vimos desde que Neverra voltou.

– Eu digo menos de uma hora, sendo assim é melhor nos apressarmos e comermos.

– Fechado. – Sorri, mas de repente parei. – Sabe, não perguntamos a Roccurrem se ele queria ir. Fiquem bem aqui.

Eles assentiram e continuaram a brincar. Corri de volta para a sala do Conselho. Roccurrem ainda estava diante da janela com as mãos atrás das costas.

– Ei, quer vir conosco? Não me lembro do que Destinos comem, mas você é mais que bem-vindo para nos acompanhar.

Ele não se virou para mim, mas suspeitei que aqueles malditos olhos brancos estivessem abertos.

– Será doloroso.

Eu sorri.

– Comer? Bastante improvável.

– Mas é necessário para o que tem que acontecer. Eu gostaria que houvesse outra maneira, mas parece que nem isso pode ser evitado. Você perderá muito, jovem caçador. Todos vocês vão. Espero que valorize sua família enquanto ainda a tem. Eu tentei. Lembre-se disso.

O medo deslizou pelas minhas costas.

– Tentou? Tentou o quê?

Ele não falou mais nada antes de desaparecer da sala, e suas palavras ficaram ecoando em meu ser.

XXVIII
CAMERON

TRÊS DIAS DEPOIS

Atirei a bolinha na parede da sala do Conselho, pegando-a com facilidade quando ela ricocheteou. Os salões do Conselho estavam vazios, a luz do sol poente brilhava no chão de pedra lustroso.
– Onde está Neverra?
Logan suspirou e virou outra página.
– Ajudando Imogen a transcrever aquele caderno.
– Estou entediado.
Logan fez uma careta para mim.
– Você provavelmente ficaria menos entediado se me ajudasse.
– Roccurrem falou que não há nada nos livros. – Joguei a bola e a peguei de novo quando ela voltou para mim. – Junto com uma outra merda de enigma esquisito.
Deixei cair a bola sobre a mesa e cutuquei um texto sobre as diferentes dimensões.
– Já lemos esse. Yejedin não é mencionada neles, e nenhum de nós sabe a razão. Talvez descubramos assim que Immy conseguir transcrever o caderno. Então, quer ir comigo ou não?
Logan fechou o livro e se inclinou para a frente.
– Por quê? Porque Xavier está ignorando você?
Eu me irritei. Xavier estava me ignorando e me evitando. Eu simplesmente não sabia o porquê. Cada vez que eu tentava brincar ou conversar, ele falava que tinha outro lugar para ir e ia embora.
– Beleza. – Fiquei de pé. – Eu mesmo vou dar uma olhada em Samkiel.
– Samkiel?
– Sim, já se passaram três dias. Presumo que Dianna tenha recuperado seus poderes e o matou a sangue frio.
Logan soltou um suspiro exasperado.
– Ele não está morto. Todos os reinos estariam abertos e nós também estaríamos mortos.
Meus lábios viraram para baixo.
– Você acha?
Logan deu de ombros.
– Sim, não há como dizer o que esteve crescendo atrás daqueles portões.
– Certo. Então, ele provavelmente está perto da morte.
– Não, você é apenas intrometido.
Dei de ombros.

– Um pouco, mas ele não entrou em contato nenhuma vez. Não está nem um pouco preocupado?

Os olhos de Logan se estreitaram, minhas palavras acertaram o alvo. Acenei e me virei, indo em direção à porta.

– Espere! – gritou Logan.

Não diminuí a velocidade, mas ouvi a cadeira cair e passos pesados quando Logan praticamente correu atrás de mim.

Pousamos fora do palácio. Nenhuma luz piscava ou brilhava em nenhuma das janelas. Subi o caminho até a porta da frente depressa.

– Duvido que haja algo errado – falou Logan, seguindo logo atrás.

– Pff. Samkiel é como uma mãezona preocupada. O fato de ele não ter verificado se não incendiei o Conselho é motivo para preocupação.

Logan deu de ombros quando chegamos ao fim da ponte.

– Verdade.

Entramos no longo salão e soltei um assobio baixo.

– Ele tornou este lugar extravagante mesmo. Fez para ela um palácio inteirinho – comentei.

– Sim. Ele a ama.

Parei, Logan quase colidindo comigo.

– Ele falou isso para ela?

Logan deu de ombros e fez uma careta, esquivando-se para não bater em mim.

– Acho difícil. Nem ele mesmo consegue falar.

– Eu estava prestes a dizer. – Balancei a cabeça, pondo as mãos nos bolsos. – O cara tem evitado sentimentos desde que a mãe morreu.

– Ela também tem feito isso desde a morte da irmã.

– É mesmo.

– Acho que é coisa demais, para ser honesto. Ambos perderam muito. Acho que essa palavra simboliza morte para os dois mais do que qualquer outra coisa. Pense bem. Quem foram as últimas pessoas para quem disseram isso? Samkiel para a mãe e o pai, e Dianna para a irmã.

Eu fiz uma careta.

– Sim, isso é demais mesmo.

– O que foi aquilo no outro dia?

– O quê? – perguntei, genuinamente confuso.

– Ah, certo, vamos continuar ignorando?

Encostei na parede e cruzei os braços por cima do peito.

– Honestamente, não sei do que você está falando.

– Elianna? É sério? De todas as pessoas?

Meus lábios se curvaram em um sorriso lento.

– Ah, estamos julgando agora? Não vamos esquecer que você não era nenhum santo antes da linda Neverra entrar em sua vida.

– Não se trata disso. É sobre Xavier.

Joguei minhas mãos para o alto.

– Você acabou de dizer que era sobre Elianna.

– Vi a cara dele e sei que as coisas têm estado tensas por aqui ultimamente, mas acho que Dianna abalou mais do que apenas Onuna.

Meu sorriso desapareceu, dei as costas para ele e entrei na cozinha. O que quer que Logan estivesse prestes a falar morreu quando paramos à porta. A geladeira estava entreaberta, a luz dentro dela escapava. A ilha tinha uma montanha de potes vazios empilhados. Dei um passo à frente, migalhas e detritos se esmagaram sob minha bota.

– Que porra é essa?

Logan passou por mim, indo em direção à sala de estar. Eu o segui, olhando espantado para a bagunça. Os móveis estavam virados, a mesa de lado, faltando grandes pedaços nas bordas. Almofadas e travesseiros desfiados estavam espalhados pelo chão, penas flutuavam no ar.

– Acha que um animal selvagem atacou e matou os dois?

Logan riu e apontou para cima. Meu olhar seguiu e vi o que parecia ser uma calcinha de renda pendurada em um dos lustres.

– Se por "animais selvagens" você quer dizer Samkiel e Dianna, então sim.

– Bem, eles não destruíram uma cidade, mas estão definitivamente tentando derrubar um palácio. – Logan e eu rimos. Eu me virei e recuei, engolindo meu grito.

Samkiel elevava-se acima de nós.

– O que estão fazendo aqui? – Sua voz me lembrou da batalha de Hazlun, quando ele arrancou a cabeça de um rei inimigo com uma das mãos.

Ele deu um passo à frente. A luz da lua o iluminou, e percebi que Samkiel estava completamente nu.

– Santos deuses, cara! Guarde essa arma de destruição em massa!

Seus olhos ardiam como prata pura na sala escura. O brilho diminuiu quando ele percebeu que não havia ameaça. Ele deve ter nos ouvido e pensado que éramos intrusos. Seu primeiro instinto foi proteger, e nem se preocupou em parar para se vestir.

Logan riu.

– Estávamos preocupados. Não tínhamos intenção de alarmar você.

Pequenos hematomas cobriam o pescoço e os ombros de Samkiel, marcas de mordidas marcavam os músculos pesados de seu peito.

– Parece que você é o brinquedo de mastigar dela – comentei com uma risada.

– Por quê? – Sua voz saiu um pouco mais rouca do que o normal.

– Não sei. Diga você.

Samkiel me lançou um olhar gélido que me calou, e percebi que ele estava respondendo à pergunta de Logan e me ignorando por completo.

– Já se passaram três dias. Cameron pensou que você poderia estar morto e queria ver como você estava. Eu o segui.

O rosto dele relaxou.

– Três dias?

– Sim. Perdi uma aposta. Não pensei que você ficaria fora por mais de um.

– Estávamos apenas preocupados – interrompeu Logan. – Nada mudou do nosso lado, apenas mais pesquisas.

Samkiel assentiu.

Levantei a mão em direção a um dos hematomas no ombro dele.

– Presumo que Dianna tenha recuperado seus poderes – declarei.

Samkiel deu um tapa e fez cara feia para mim.

– Não.

Olhei para Logan, apontando para um Samkiel que rosnava.

– Isso foi sem poderes.

Logan sorriu um pouco mais e cruzou os braços, e uma risada profunda ressoou em seu peito.

— Nós não...

— Sami! — Uma voz feminina cheia de sono gritou de cima. Samkiel ergueu a cabeça tão depressa que quase quebrou o pescoço.

— Sami? — sussurrei com admiração.

Um toque prateado faiscou nos olhos de Samkiel quando ele se virou para mim. Ele estendeu a mão e deu um tapa leve na minha cabeça. Baixei o olhar, mas meu sorriso permaneceu.

— Calado — mandou ele, balançando a cabeça.

— Violência nunca é a resposta — repliquei, esfregando a nuca.

Logan disfarçou uma risada com uma tosse e agarrou meu cotovelo.

— Estávamos de saída.

— Estarei de volta amanhã assim que...

— Um dia — disse Logan, e Samkiel sorriu com alguma piada interna.

— Um dia. — No segundo seguinte, Samkiel tinha ido embora, e Logan estava me puxando para fora.

— Sami?

— Não insiste — repreendeu Logan.

— Nunca. Só acho fofo e tudo mais, mas você lembra da última vez que alguém tentou dar um apelido para ele? Ele praticamente o estripou.

Meu humor morreu quando olhei para trás, em direção à borda da floresta e ao salão do Conselho mais à frente. Eu não estava pronto para voltar ao olhar fixo de Elianna, ou a Xavier me ignorando, ou a livros sem respostas.

— Está com fome? — Quis saber Logan, me observando.

— Anda lendo minha mente agora? — perguntei.

Logan me deu um sorriso de compreensão que resultou em um desconforto da minha parte.

— Eles têm tigelas de chocolate legais nesta época do ano em Onuna. Sai vapor delas quando você as corta. Eu estava pensando em pegar uma para Neverra e Imogen, se você quiser vir... Assim ficamos longe do salão do Conselho por um tempo e das pessoas que você deseja evitar.

Meus lábios se estreitaram.

— Estou tão apaixonado por você agora.

— Cale a boca. — Logan riu.

— Estou falando muito sério. Anule seus votos com Neverra. Caso com você agora mesmo.

Logan inclinou a cabeça para trás, rindo enquanto me puxava para um abraço de lado. Disparamos para o céu em direção a Onuna.

LXXIV
SAMKIEL

— Roccurrem. — O nome ecoou pelos salões do Conselho quando eu o chamei.

A sala pareceu se curvar assim que ele se formou no centro dela. Cruzei os braços sobre a armadura pesada que revestia meu corpo.

— Sim, meu rei?

— Onde está todo mundo? Verifiquei, mas apenas o Conselho está no último andar.

— O loiro disse que eles foram tomar café da manhã.

— Que loiro?

Roccurrem inclinou a cabeça num movimento sinistro e estranho.

— O barulhento.

Esfreguei a mão no rosto antes de concordar. Claro que foram. Eu estava atrasado. Três dias, Logan dissera na noite anterior. O tempo parecia não existir quando eu estava com Dianna.

— Muito bem. Quando saíram? Eles voltam logo?

Seus olhos ficaram distantes como se ele pudesse senti-los mesmo naquele momento.

— Talvez seja melhor que eles aproveitem o tempo juntos. Yejedin é uma dimensão pequena em comparação com outras que você e seu pai supervisionaram. Eles não devem ser necessários.

Mordi a ponta do lábio, ainda capaz de sentir o gosto de Dianna daquela manhã. Nós realmente éramos insaciáveis. Não importava onde ou quantas vezes a tomasse. Eu precisava de mais. Mesmo naquele instante, meu corpo praticamente me implorava para voltar para ela. Dianna alegava que não tinha seus poderes, mas os arranhões nas minhas costas e as marcas de mordidas diziam o contrário.

Talvez Roccurrem estivesse certo. Deveria deixá-los relaxar e passar algum tempo juntos. Eu sabia que, quando isso acabasse, haveria muitas mudanças.

— Suponho que você esteja certo — concordei e me virei para sair.

— Como ela está? — perguntou Roccurrem, me parando no meio do caminho. Voltei-me para ele. Seus olhos me examinaram da cabeça aos pés como se procurassem por algo. Seu olhar parou na minha mão antes de ele se afastar.

A agora normal onda de ciúme irrompeu em minhas entranhas, inflamando meu temperamento. Por alguma razão, eu via Roccurrem como uma ameaça. Era uma ideia ridícula, mas não parecia importar. Respirei fundo, tentando acalmar meus nervos.

— Por quê? — Meu tom soou áspero e agressivo, até mesmo para meus próprios ouvidos.

— Você não tem nada com que se preocupar com relação a mim, Deus-Rei. Minha curiosidade não é uma ameaça para você.

— Peço desculpas. Sei que minha reação não é racional. Dianna me deixa... — Fiz uma pausa e dei uma risada cabisbaixa, tentando encontrar a palavra correta — ... louco, ao que parece.

Roccurrem sorriu.

– É bastante normal, considerando a situação.

Percebi, com um sobressalto, que era a primeira vez que o via sorrir. Limpei a garganta e, tomando cuidado para moderar meu tom, falei:

– Dianna está bem, dadas as circunstâncias. Ela se abriu mais, mas sei que ainda não é o suficiente. Ainda mantém uma parte de si escondida. Não importa quão íntimos tenhamos nos tornado, ainda há uma parte dela que, mesmo com todos os meus poderes, não consigo alcançar. Acho que a culpa ainda a atormenta, embora eu não saiba sua origem.

– Vai levar tempo – aconselhou Roccurrem, com um pequeno aceno de cabeça.

– Antes, quando nos contou sobre a profecia, você disse que havia uma parte dela que nunca seria curada. Ainda continua assim? É essa parte que não consigo alcançar?

– A morte muda tudo, Deus-Rei. Sabe disso. A profecia é mais complicada do que até eu sou capaz de compreender. Uma massa de palavras novas e antigas.

– Entendo. – Balancei a cabeça antes de me virar para sair.

– Eu não me angustiaria com essa parte da profecia, Deus-Rei – observou Roccurrem. Então, antes que eu pudesse perguntar o que ele queria dizer, ele desapareceu.

– Senti falta da era dos deuses arrogantes. Seu poder faz você se sentir seguro e protegido, mas sua arrogância será sua ruína, como foi para tantos outros.

– Sim, você já disse isso. – Mordi a fruta crocante.

Ele havia implorado por aquilo, por qualquer comida. Essa era apenas uma pequena demonstração da tortura com que o ameaçava se ele não começasse a falar.

– Agora, tem certeza de que não consegue se lembrar de nada antes da ruptura?

Joguei o caroço perto da borda de sua cela. Seus olhos grandes e vidrados o seguiram enquanto eu o rolava para a frente e para trás sob a bota.

Porphyrion suspirou e bateu com o traseiro no chão da cela. Um braço poderoso descansou sob seu queixo enquanto ele me encarava fixamente, furioso.

– Lembro-me do som do trovão. Quatro vezes, contei. Depois, um vento forte. Tudo o que sei é que os prisioneiros foram libertados, todos, exceto alguns como eu, que não tiveram tanta sorte. Presumi que os outros ficaram com fome e pereceram.

– Mas você não?

– Não, eu não. Como você pode não saber?

Meu pé parou.

– Saber o quê?

– Que sua família é cheia de mentirosos, assassinos e trapaceiros, Samkiel.

Suspirei, cruzando os braços enquanto me encostava na parede.

– E como você sabe tanto sobre minha família?

– Quem você acha que construiu este lugar? Esculpido e imbuído do poder dos deuses e destinado a prender todos que ousassem enfrentá-los. Um ser. O Criador de Mundos. Seu pai.

Desencostei da parede.

– Está mentindo.

– Não tenho motivo para mentir. Três generais comandavam este lugar: um derramava sangue, o outro o controlava e o terceiro se deleitava com ele. Apenas dois permaneceram após a Grande Guerra. Então um deles retornou, tirou os prisioneiros daqui e fez chover fogo sobre Rashearim.

– Como pode saber disso se tudo o que você ouviu foi o estrondo de um trovão?

Porphyrion inclinou-se para o mais perto que ousou das barras de cobalto, com uma linha de saliva pendurada em suas mandíbulas conforme sibilava:

– Porque conheço o cheiro do lixo da realeza.

– Então, está alegando que meu pai construiu esta prisão, escondeu-a de todos os reinos e depois a invadiu para libertar os prisioneiros, apenas para terminar com suas cinzas espalhadas entre as estrelas?

Ele não respondeu.

– Está errado, e sei que os Reis de Yejedin tiveram parte nisso. Talvez você esteja enganado sobre quem deixou quem sair.

Porphyrion bufou.

– Não, você está enganado. Os Reis de Yejedin não são tão fortes comparados ao General.

Passei a mão no rosto, ficando cada vez mais frustrado.

– O General? Mais fábulas?

– Diz o rei idiota que não sabe de nada.

Ergui minha lâmina, a prata pura brilhava no salão escuro.

– Fale comigo assim mais uma vez, e lhe corto um membro.

Porphyrion engoliu em seco e recuou, mas continuou:

– Assim como você tem A Mão, Unir tinha generais. Três. Eles ajudaram a moldar o cosmos. Um General fez os reis. O General de Unir que se alimenta de sangue é capaz de moldar criaturas aterrorizantes com seu sangue.

– Moldar criaturas com seu sangue?

As enormes narinas de Porphyrion se dilataram.

– Sim, e você fede a uma delas.

Dianna. Minha garganta ficou seca.

– Kaden foi um dos generais do meu pai?

– Se esse é o nome dele, então suponho que sim. – Porphyrion coçou o cotovelo. – O General nunca falava conosco, que estávamos aqui. Eu só via a armadura com pontas pretas e laranja quando ele passava. Mas ele criou outras criaturas terríveis antes de criar os reis. Ele criou Apphellon, que controlava mentes.

Ele devia estar falando sobre Alistair.

– Haldnunen era quem controlava os mortos – continuou Porphyrion.

Ou Tobias, no mundo de Dianna.

– Havia também Gewyrnon, que conseguia controlar pragas e doenças, e Ittshare, que conseguia manipular o gelo. Não sei o que aconteceu com todos eles. Nós, gigantes, lutamos contra eles, e você vê onde estou. O passado se torna confuso quando se fica aqui apodrecendo por tanto tempo.

– Há mais alguma coisa de que consegue se lembrar?

– Não. – Ele cruzou os braços enormes sobre o peito, e eu soube que não estava mentindo dessa vez.

Suspirei.

– Muito bem, então. Parece que nosso tempo aqui acabou. Posso lhe oferecer duas opções. Primeira, você fica aqui e continua a apodrecer, ou posso conceder-lhe a libertação na forma de vida após a morte.

– Estou cansado, lixo real. Não desejo mais tortura e ouvi dizer que Iassulyn não é agradável.

– Não, não é. Posso oferecer a Aniquilação.

Porphyrion assentiu e vi o alívio em seus olhos. Com um movimento do meu pulso, a sombria lâmina mortal apareceu na minha mão, pulsando como se tivesse o próprio batimento cardíaco. Gavinhas de fina energia violeta dançavam ao redor dela, buscando um alvo.

— A famosa espada lendária. Que honra.

— Espero que a morte lhe dê a paz que você não teve nesta vida.

— Poupe sua pena, lixo real. Não pode me enganar. Nenhum de vocês pode, e sei por que você cheira como a fera do General, por que encontra conforto nela. Você também não passa de um monstro para nós.

LXXV
DIANNA

Neverra usou um pouco de sua energia para abrir a porta da frente, e entramos, sorrateiras. Não vimos nenhum segurança enquanto descíamos para os níveis inferiores, mas, quando chegamos ao andar mais baixo, ouvimos um assobio e o tilintar de chaves. Viramos a curva, coladas à parede enquanto o guarda passava. Ele manteve a cabeça baixa, concentrado em algum jogo em seu tablet, a tela multicolorida iluminava-se com uma vitória. Neverra sorriu e deu de ombros para mim quando passamos por ele e avançamos pelo corredor, claramente nos divertindo em nossa pequena aventura.

Paramos diante de outra porta grande, e Neverra a chutou, quase arrancando-a das dobradiças. Uma fraca luz amarela se espalhava pela sala vazia.

– Neverra! É uma entrada forçada, mas você não precisa de fato quebrar nada – sibilei.

Ela se virou, e a ponta do longo rabo de cavalo balançou contra a jaqueta de couro.

– O que foi? Estava trancada, e já desarmamos o sistema de segurança. Vincent é realmente paranoico. Acho que ele tem algum problema.

Sacudi a cabeça e respirei fundo, tentando acalmar meus nervos. Segurei a lanterna com um pouco mais de força, meio que esperando o toque de um alarme e o barulho de pés, mas nada aconteceu. Se Samkiel descobrisse que eu tinha retornado a Onuna sem ele, ficaria chateado. Mas eu precisava saber e não queria que ninguém soubesse o que estávamos fazendo caso eu estivesse errada.

Entramos e fechamos a porta atrás de nós. A escuridão encheu o armazém, metade das luzes do teto estava queimada.

– Obrigada por escapar comigo – sussurrei, enquanto olhávamos as fileiras de caixas e arquivos.

Ela sorriu.

– Obrigada por me chamar. Estou surpresa que você tenha tido tempo, já que Logan disse que você e Samkiel andam se agarrando como feras no cio.

Apontei a lanterna para ela, quase a cegando.

– Como ele sabe disso?

Ela cobriu os olhos e sorriu.

– Ele foi com Cameron outro dia para ver como Samkiel estava. Vocês dois estavam desaparecidos havia três dias, e eles ficaram preocupados.

– Três dias? – praticamente gritei.

– Você sabe que o que está fazendo é bom quando perde a noção do tempo. – Neverra riu e começou a percorrer o corredor formado pelas prateleiras.

Fiquei parada, tentando compreender o fato de ter perdido tanto tempo. Isso nunca tinha acontecido comigo, mas, mesmo sentindo meu rosto corar, não me arrependia.

Bom não chegava nem perto. Bom era uma sensação agradável e aconchegante depois. O que Samkiel e eu fizemos não era descrito tão facilmente. O corpo de Samkiel junto ao meu era como ar nos pulmões. Não era um desejo, mas uma necessidade, e eu sabia que ele sentia a mesma coisa. Várias vezes nos unimos movidos por algo primitivo, incapazes de nos cansar um do outro. Era um frenesi de necessidade, e não importava o quanto eu estivesse dolorida ou quantas vezes ele me curasse, eu não conseguia parar. Não podíamos parar e tínhamos dificuldade de nos separarmos para comer. Eu culpava toda a tensão reprimida que carregamos por tanto tempo.

Balancei a cabeça, desalojando as imagens que passavam pelo meu cérebro, e segui Neverra, iluminando com a lanterna as caixas nas prateleiras.

– Obrigada por isso, a propósito. Pelas roupas e por vocês manterem o Conselho ocupado.

Neverra sorriu.

– É para isso que servem os amigos, para ajudar os amigos a transar.

Minha risada escapou antes que eu pudesse impedi-la, e cobri a boca para abafar o som. Neverra sorriu enquanto eu lutava para controlar meu riso.

– Por que quis fazer isso? – perguntou ela.

– Tive um sonho.

– Um sonho? – sussurrou Neverra. – Estamos infringindo a lei por causa de um sonho?

– Não foi um sonho qualquer. Tobias disse algo quando estávamos em Yejedin, e no sonho havia um cântico, repetido várias vezes, e... Parecia tão real.

Neverra parou, cheia de energia protetora.

– O que ele falou? – perguntou ela, e sua voz assumiu um tom de aço.

Engoli em seco, sem encontrar seu olhar, mesmo que pudesse senti-lo me incomodando.

– Que Gabby não era minha irmã.

Neverra apareceu ao meu lado, mas não a encarei. Comecei a mover caixas, procurando o sobrenome da minha família.

– Ah, Dianna. Você sabe que ele era mau. Vilões nos falam coisas para nos distrair o tempo todo.

Continuei procurando.

– Tobias me odiava. Realmente me odiava. Ele usaria qualquer coisa que pudesse contra mim. Ele considerava um bônus se pudesse me fazer mal com a verdade.

Fiquei calada por um momento. Eu só precisava encontrar o nome da minha família naqueles arquivos. Meus dedos percorreram os sobrenomes na frente de algumas caixas.

– Sinto muito por tudo que teve que suportar, Dianna – declarou Neverra. Não ouvi pena em sua voz, apenas compaixão, cuidado e a própria dor pela perda de Gabby.

– Tudo bem. Eu faria tudo de novo por ela caso fosse necessário. Valeu a pena pelo tempo que passamos juntas, mas, mais do que isso, Gabby tornou o mundo melhor. Ela me fez melhor.

– Você sabe que sempre terá uma família conosco – disse ela, gentilmente, como se temesse que eu a rejeitasse. – Se você quiser.

Virei-me para ela, apontando a lanterna em sua direção para poder ver seu rosto. Abri a boca para responder, mas fechei quando o feixe de luz pousou no nome escrito claramente na caixa acima de seu ombro.

Essam.

Ela percebeu minha pausa e olhou para trás, apontando para a caixa.

– É esta?

Balancei a cabeça e dei um passo à frente para retirá-la da prateleira. Ajoelhamo-nos, e levantei a tampa. Neverra manteve a lanterna firme sobre a caixa enquanto eu vasculhava as páginas gastas.

– Minha mãe e meu pai trabalharam em muitos templos. Ambos eram curandeiros, mas meu pai também se envolvia em alguns outros negócios para ajudar. Um deles era fornecer armas aos guardas reais. Ele me ensinou como segurar minha primeira adaga. Não fico surpresa que ainda existam tantos arquivos, mas o que preciso é...

Um berro rompeu o silêncio do armazém um momento antes de a porta ser arrancada das dobradiças e bater contra a parede. Garras bateram no chão, e eu não precisava dos sentidos do Outro Mundo para sentir seu cheiro.

Irvikuvas.

Desligamos nossas lanternas, e Neverra passou a mão em meu pulso.

– Segure minha mão. Estamos de saída.

Segurei a mão dela e me levantei, ouvindo mais e mais pés arrastando-se pelo chão de pedra.

Neverra nos empurrou lentamente para uma pequena alcova.

– Há muitos deles – sussurrou Neverra.

– Quantos? Não consigo ver.

– Doze. E são enormes.

Engoli em seco e espiei os cantos escuros do armazém. As luzes amarelas piscaram, e vi uma cauda chicoteando para o lado. Sim, eram definitivamente maiores. Um arrepio fantasma passou por mim quando me lembrei daquelas garras e presas me rasgando, me arrastando de volta para Kaden.

Um deles deu uma gargalhada, quase uma risada histérica que me deu vontade de fugir. Ouvi um estrondo quando algo foi jogado, seguido por um coro de silvos – a caixa. Toquei nela, e eles sentiram o cheiro. Agora, aqueles papéis de que eu tanto precisava estavam espalhados sob seus pés.

– Posso distraí-los por tempo suficiente...

– Não. – Engoli em seco, os ruídos que eles faziam ficaram mais altos. – Nós temos que ir.

– Espere – sussurrou Neverra.

– Não, não me importo. Não vou arriscar você. – Eu estava falando sério. Eles podiam invocar um portal e nos arrastar de volta. Eu não deixaria Kaden levá-la de volta para Yejedin. Eu não a colocaria em risco por motivos egoístas.

Não como fiz com Gabby.

Seus olhos se suavizaram como se ela soubesse tudo o que eu estava pensando.

Ela assentiu.

– Na parte de trás, vi uma saída. Podemos alcançá-la assim que o maior passar pela terceira prateleira ali.

Olhei pelo canto, vendo o que ela queria dizer quando a luz amarela piscante brilhou entre a escuridão e os monstros.

– Certo. Diga quando.

Nós observamos e esperamos. Assim que aqueles pés com garras passaram, disparamos e corremos para a saída.

LXXVI
DIANNA

Neverra pousou fora do palácio e me colocou de pé, e nós duas cambaleamos de exaustão. Os Irvikuvas nos perseguiram pelo prédio. Conseguimos escapar, e Neverra disparou para o céu. Uma agitação de asas se seguiu, as criaturas gritavam sua frustração e ódio enquanto fugíamos.

Entramos no saguão principal. Samkiel e eu tínhamos batizado cada cômodo, deixando um rastro de destruição em nosso caminho. Depois de nos desvencilharmos um do outro, colocamos a casa de novo em ordem.

— Obrigada por ir comigo, Neverra. Mesmo que tenha sido um completo desperdício.
Larguei-me no sofá e suspirei.
Ela se sentou, inclinando seu corpo em minha direção.
— Eu não diria que foi um desperdício total — disse ela, tirando algo do bolso de trás.
Ela me entregou uma pilha grossa de papel dobrado. Lancei-lhe um olhar perplexo, mas a peguei de sua mão. Ela observou enquanto eu desdobrava e examinava os documentos, e o choque me atingiu quando vi o nome da minha família.
— Como? — perguntei sem fôlego.
— Eu os agarrei assim que ouvimos a comoção. Espero que alguns deles sejam o que você precisa.
Meus braços a envolveram antes que eu percebesse o que estava fazendo. Sua risada foi suave e cheia de surpresa, mas ela retribuiu o abraço.
— Obrigada. — Eu a soltei e caí no chão, espalhando as páginas que ela havia pegado. Neverra se juntou a mim, e procuramos nos documentos. Soltei um pequeno grito de vitória quando encontrei um maço que continha os registros de nascimento da minha família. Neverra se aproximou enquanto eu os lia, e minha respiração ficou presa quando cheguei à linhagem.
— O que isso significa? — perguntou ela, franzindo a testa enquanto se concentrava nos registros que listavam minha mãe, meu pai e Gabby, mas não eu. Passei para a próxima página e encontrei um documento separado usado em Eoria e, eventualmente, em Onuna — um direito de guarda para uma criança que não era sua. Tinha meu nome escrito com letra clara na parte superior.
Coloquei as páginas em cima da mesa, meu estômago estava se revirando.
— Significa — engoli em seco e me recostei — que Tobias estava certo. Eu fui adotada.
Os olhos de Neverra se arregalaram.
— Oh.

Fiquei sentada no sofá, roendo a unha do polegar e olhando para a pilha de papéis organizada. Uma coisa tão pequena para definir a minha vida, ou era mesmo a minha vida? Eu não fazia ideia. Milhões de pensamentos passavam pela minha mente, todos berrando e cheios de ódio. Uma última farpa dolorosa que Tobias lançou contra mim.

Neverra finalmente saiu para se limpar e ver como Logan estava, mas tive que forçá-la a ir. Ela não queria me deixar sozinha, mas eu não queria companhia. Por isso, fiz o que sempre fazia quando alguma coisa acontecia. Recuei para dentro de mim, onde poderia me proteger por trás de minhas escamas, dentes e garras impenetráveis. Lá eu estava segura, mesmo que eles fossem apenas mentais agora.

Tomei banho e vesti uma das camisas de Samkiel. Ela me envolveu, o cheiro dele me trazia conforto. De volta ao sofá, puxei as coxas até o peito e descansei a cabeça nos joelhos, passando os braços em volta das pernas. Quem eu era? Mer-Ka não era meu nome. Dianna não era meu nome. Quem eram meus verdadeiros pais, minha verdadeira família? E por que ninguém tinha me contado? Gabby se parecia comigo. Eu sabia disso, mas talvez estivesse errada.

As feridas em meu coração estavam apenas começando a cicatrizar e agora parecia que haviam se aberto novamente. Elas infeccionaram, e aquela raiva fria e insensível ameaçava me dominar novamente. A dor me atingiu, e explodi, derrubando a mesa e espalhando os papéis pelo chão. Mentiras. Toda a minha vida não passou de mentiras. Essa era apenas mais uma, mas parecia muito pior. Meu peito doía como se estivesse a segundos de implodir.

Ouvi o já familiar assobio de um deus cavalgando o vento. Eu não tinha notado, mas inconscientemente ficava atenta àquele som. Meu olhar se voltou para a janela, e, enquanto eu acompanhava a luz prateada no céu, a raiva devastadora e destrutiva diminuiu. Uma calma refrescante tomou conta de mim, um bálsamo contra meu coração dolorido. A fera dentro de mim o sentiu próximo, sabia que estávamos seguras e decidiu descansar.

Meu primeiro instinto foi esconder os documentos, mas Samkiel não era Kaden. Ele não ficaria bravo comigo. Não me puniria por buscar essa informação. Samkiel nunca faria com que eu me sentisse menos, mas ficaria chateado comigo quando descobrisse que eu tinha ido para Onuna sem ele e encontrado com os malditos Irvikuvas.

Respirei fundo, estremecendo. Nos momentos íntimos que passamos nos dias anteriores, fizemos promessas um ao outro, tanto faladas como não ditas. Havíamos prometido conversar e recorrer um ao outro em momentos de necessidade. Peguei os papéis e arrumei a mesa. Ao ouvir suas botas armadas contra o chão de pedra, coloquei os documentos em cima da mesa e fui ao seu encontro.

Samkiel me viu e parou. Eu não sabia por que estava nervosa. Talvez fosse porque eu nunca tive alguém com quem compartilhar nada além da minha irmã e fiquei magoada por saber que ela não era minha irmã de verdade.

O capacete de Samkiel desapareceu, revelando a beleza de seu rosto. Deuses, eu mal conseguia compreender o que sentia por esse homem. Ele me olhou de cima a baixo, com curiosidade e faíscas prateadas brilhando em seus olhos.

– É sua – falei, tocando a barra da camisa.

– Estou vendo. Acho que prefiro isso às pequenas peças rendadas que você usa, mas só um pouco. – Samkiel diminuiu a distância entre nós em dois passos largos e se inclinou para me beijar. Virei a cabeça, balançando-a.

– Ei – ele segurou meu queixo, virando meu rosto em direção a ele –, não faça isso. Não se afaste de mim. Não vamos voltar a isso. Beije-me, Dianna.

Pressionei meus dedos em seus lábios quando ele se inclinou de novo, impedindo-o. Olhei para ele através dos cílios e sussurrei:

– Eu fiz uma coisa.

Suas sobrancelhas se juntaram enquanto ele murmurava contra meus dedos:

– O que você fez?

Coloquei a mão em seu peito e abaixei o olhar, olhando para a armadura brilhante.

–Você não pode ficar chateado.

Sua voz caiu uma oitava.

– Não prometo nada.

Suspirei e encontrei seu olhar.

– Fui a Onuna de novo.

– Dianna. – Seus olhos reluziram como prata pura quando ele se endireitou. – Quem levou você?

Dispensei a pergunta, sem me perturbar com a exibição de energia.

– Não é importante.

– Nós conversamos sobre isso. Dianna, você podia…

Eu não sabia o que ele tinha visto em meus olhos, mas suas palavras foram sumindo, e ele ficou em silêncio. Estendi a mão.

–Você pode, por favor, se sentar comigo?

A prata em seus olhos morreu, sua raiva protetora se dissipou, deixando para trás apenas preocupação. Ele assentiu e pegou minha mão, com sua grande mão envolvendo a minha e o metal de seus anéis e armadura frio contra meus dedos. Levei-o para a sala, e nos sentamos, inclinando nossos corpos um em direção ao outro. Samkiel ainda usava sua armadura, como se estivesse tão confortável nela que não percebia, ou estava tão focado em mim, que não era uma prioridade.

–Tive um sonho ontem à noite – expliquei, pegando os papéis que gritavam minha realidade.

– É? Foi por isso que me chutou?

Meu sorriso durou apenas um momento, mas desapareceu quando coloquei os documentos entre nós.

–Tobias me falou alguma coisa na caverna, mas aconteceu tanta coisa que não prestei atenção ou, talvez, enterrei. Não sei. Talvez eu não quisesse acreditar, mas ontem à noite depois de… bem, sabe, eu dormi, dormi de verdade. Sonhei que estava num lugar escuro e, então, ouvi muitas vozes. Parecia que muitos seres estavam cantando.

– Cantando o quê?

Coloquei o papel com o lado certo para cima e o virei na direção dele, que se inclinou para a frente, examinando-o, com uma pitada de confusão apertando os cantos dos olhos.

– Que ela não é minha. Esses papéis dizem que ela não é minha irmã.

Ele pegou o documento para lê-lo melhor. Não falou nada, mas, quando olhou para mim, vi que um lampejo de raiva havia retornado aos seus olhos. Uma semana antes, isso teria me devastado e me feito correr para trás das paredes para proteger meu coração, mas o que quer que tenha acontecido entre nós me dava uma compreensão dele. Samkiel não estava bravo comigo; estava bravo porque algo tinha ousado me machucar. Ele me trancaria e me protegeria do mundo se pudesse.

– Se isso for real, se o que estou sonhando for real, então vi outra coisa.

Samkiel esperou.

–Vi uma lua vermelho-sangue em um mundo que não era este nem Onuna. Quero dizer, pode ser apenas meu cérebro, porque Kaden fez os lobisomens investigarem os ciclos lunares. Então, é claro, por que eu não sonharia com luas? Mas houve outra palavra sussurrada. A mesma palavra: equinócio.

– Equinócio?

Meus ombros caíram e torci os dedos.

– Não sei o que significa, nem mesmo se é importante, mas havia algumas silhuetas no meu sonho.

Samkiel ficou estranhamente imóvel.

– Quantas silhuetas?

– Três. Eu não conseguia ver seus rostos, mas usavam coroas. – A mandíbula dele se contraiu, e eu o conhecia bem o suficiente para ver a preocupação escurecer suas feições. –Você também os viu.

–Vi, assim como a lua vermelho-sangue.

Não perguntei por que ele não me contou nem fiquei brava. Aqueles últimos meses foram um completo caos para nós dois, mas estávamos unidos de novo. Podíamos conversar sobre esse assunto novamente e isso me dava um pouco de paz.

– Certo, então, também compartilhamos sonhos psíquicos agora? Adicione isso à nossa lista de coisas estranhas.

Os lábios dele se retorceram em divertimento, mas depois ele ficou pensativo, esfregando a mão no queixo.

– Neverra disse que, quando estava em Yejedin, ouviu falar de um grande acontecimento. Poderia ser esse equinócio. Mas verificamos, e nenhum evento celeste raro acontecerá tão cedo. Nada poderoso o suficiente para alimentar um ritual.

Exalei devagar e me recostei, tentando me lembrar de detalhes do sonho. Eles pareciam tão nebulosos e distantes naquele momento.

– Eu não sei, Samkiel. Talvez tenha sido apenas um sonho, minha mente finalmente tentando processar tudo o que havia acontecido e confundindo os acontecimentos. Mas meus instintos estão me dizendo que é mais do que isso.

– Não duvido de você, Dianna. Mas a lua pode ser apenas um símbolo. Sonhos são interpretados como o espectador achar melhor. A lua representa a mudança e a passagem do tempo. É um poder capaz de moldar as marés. Você passou por muitas mudanças e perturbações importantes e que alteraram sua vida.

Coloquei a mão no queixo enquanto suspirava.

–Você é tão esperto.

Ele me deu um sorriso tímido.

– Sedutora.

– Ok, bem, é um começo, eu acho. – Estendi a mão para pegar os papéis, mas ele a segurou.

– Dianna.

– Sim?

–Você devia ter me levado junto. – Ele me olhou, e baixei o olhar, observando o documento sob nossas mãos. – Isso não é algo que você deva descobrir ou ter que aguentar sozinha.

Dei de ombros.

– Eu não estava sozinha. Neverra estava lá.

– Neverra levou você? – Ele inclinou a cabeça para o lado, mais curioso do que irritado, mas algo mais estava me incomodando.

Ignorei a pergunta, incapaz de conter a dor das minhas dúvidas.

– Isso significa que Gabby não é minha irmã? Quer dizer, sei o que estou vendo e sei o que diz, mas...

– Isso não muda nada. *Nada*, Dianna. Ela ainda é e sempre será sua irmã. Aquela com quem você cresceu, aquela com quem viveu, aquela por quem você morreu, viveu e lutou. O sangue é o mínimo que constitui uma família. Confie em mim.

Eu confiava nele. Samkiel sempre me falava a verdade. Inclinei-me para a frente e agarrei a gola de sua armadura. Puxando-o para mim, eu o beijei. Uma. Duas. Três vezes antes de voltar a me sentar.

– Agora você me beija?

– Eu precisava contar o que tinha feito antes de você me beijar. Você precisava saber, porque eu não queria que se sentisse enganado ou manipulado. Sei o que é isso e não gostaria que você se sentisse assim em minhas mãos, Samkiel. – Dei-lhe um sorriso angelical e comecei a reunir os documentos. – Além disso, você estava sendo legal.

– Obrigado por proteger meu coração, Dianna – respondeu ele, com os olhos brilhando com uma emoção que tive medo de nomear. – E sou sempre legal. Você, por outro lado...

Olhei feio para ele. Seu sorriso em resposta foi radiante e brincalhão. Pela primeira vez, notei a fina camada de poeira em seu rosto. Limpei meus lábios, e as costas da minha mão ficaram manchadas com uma linha cinza.

– Por que está com um gosto horrível? – perguntei com uma careta, olhando para ele de verdade pela primeira vez naquela noite. A poeira cinzenta cobria sua armadura, o único ponto brilhante era a marca da minha mão em seu peito, diretamente sobre seu coração.

– Aí está ela.

– O que aconteceu com você? Você está bem?

Ele riu, e o som masculino profundo ressoou em minha alma.

– Desculpe, e sim, estou bem.

– Então, por que você está nojento? – perguntei, arqueando uma sobrancelha.

– Achei que essa era uma qualidade que você apreciava em mim.

O calor se inflamou, queimando a tristeza que havia me dominado de forma tão violenta.

– Hmm... talvez. Posso pensar em algumas outras, no entanto.

Os cantos de sua boca se ergueram em um sorriso maligno.

– Acho que você precisa me mostrar.

Meu estômago se revirava toda vez que Samkiel sorria, mas aqueles sorrisos que ele exibia quando pensava em algo obsceno eram completamente safados e faziam meu corpo inteiro esquentar.

– Talvez depois que você tomar um banho. Não tenho meus superpoderes mágicos e me recuso a pegar uma infecção porque você está nojento.

Sua risada reverberou pela minha pele, minha alma.

– Eu simplesmente curaria você.

– Uhum. – Levantei e estendi minha mão para ele. – Vamos.

Ele pegou minha mão e me permitiu puxá-lo para ficar de pé. Ele não lutou comigo enquanto subíamos as escadas e riu quando o empurrei para dentro do banheiro. Liguei o chuveiro enquanto ele se despia atrás de mim. Assim que a água ficou quente o bastante, saí do caminho, e ele entrou. Virei-me e peguei um pano no balcão. Molhando-o, limpei a sujeira da boca e do rosto. Observei Samkiel no espelho do banheiro enquanto ele enxaguava a sujeira daquele corpo lindo e poderoso.

Ele me pegou olhando e sorriu.

– Sabe que não precisa pedir. Venha se juntar a mim – convidou ele, a própria tentação.

– Eu já tomei banho. Foi você quem chegou tarde em casa. - Larguei o pano e me virei para ele, recostando-me no balcão.

De repente, toda a atenção dele se concentrou em mim. Ele ficou parado com a água caindo sobre os músculos esculpidos de seu peito e coxas.

– O que foi? – perguntei, inclinando a cabeça.

– Casa? – perguntou ele, com a voz rouca e baixa, mas eu o ouvi.

Eu nem tinha pensado nisso. A palavra saiu com facilidade. Olhei para o cinza profundo de seus olhos e percebi que ele havia se tornado meu lar.

Não me incomodei em tentar esconder isso. Eu era uma péssima mentirosa, de qualquer forma.

– É assim que me sinto com você.

Ele sorriu como se eu tivesse acabado de lhe entregar um presente inestimável.

Revirei os olhos.

– Ai, não faça essa cara. – O sorriso dele se alargou, alegre e triunfante. Cruzei os braços e falei: – Agora é sua vez. O que aconteceu hoje?

O sorriso de Samkiel vacilou, e ele pegou um frasco de xampu.

– Eu matei Porphyrion.

Samkiel me contou sobre Porphyrion em outra noite, enquanto comíamos – o gigante que encontraram trancado em Yejedin. Afastei-me do balcão e me juntei a ele no chuveiro, passando as mãos por seu corpo, desta vez procurando por ferimentos.

Um grunhido de prazer retumbou em seu peito, enquanto meus dedos dançavam sobre as ondulações e os planos escorregadios e firmes dos músculos. Coloquei as mãos nos meus quadris, ignorando a água encharcando meu cabelo e minhas roupas.

– Está machucado? Eu falei para você...

– Você me falou o quê?

Eu olhei e belisquei seu flanco. Ele se afastou e olhou para mim.

– Você está bem?

– Estou, e você não tem o direito de me repreender por fazer algo arriscado depois de ter viajado de volta para Onuna enquanto Kaden está caçando você – retrucou ele, esfregando o xampu no cabelo, flexionando os bíceps.

Apertei os lábios e joguei água nele antes de me sentar no banco do chuveiro.

– Justo.

Ele riu e abaixou a cabeça, entrando na água para enxaguar a espuma do cabelo. Observei a água cair em cascata sobre seus ombros e descer pelas linhas elegantes e poderosas de suas costas e...

– Ele me contou sobre Kaden e quem ele realmente é.

Um pavor frio tomou conta de mim, substituindo o calor do meu desejo.

– Como assim?

Ele se virou para mim e pegou o sabonete, esfregando-o no abdômen.

– Você não vai acreditar.

– Quem é ele?

– Um dos ex-generais de meu pai.

– Do seu pai?

Ele assentiu enquanto lavava a virilha. Manuseou seu pau com praticidade, mas ainda tive que desviar o olhar de como ele parecia dar água na boca.

– Sim, junto com outros dois que supostamente morreram na Guerra dos Deuses.

Ele ensaboou uma coxa poderosa e musculosa, depois a outra.

– Kaden criou os Reis de Yejedin, e é por isso que eram tão leais a ele. Agora faz sentido por que ele me odeia tanto. Se houve um desentendimento com meu pai ou se ele não apoiou meu nascimento. – Ele suspirou. – Apenas mais inimigos antigos, como se eu não tivesse o suficiente.

– Um – falei, levantando meu dedo. Samkiel olhou para mim, alcançando os pés. – Um inimigo poderoso sobrou. Eu matei Tobias e Alistair, então, assim que a merda que está me bloqueando desaparecer, eu… – Parei. Eu não estava mais sozinha. Não. Eu também precisava aprender isso. – Nós vamos matá-lo também.

Ele sorriu.

– Sedutora.

Sorri quando ele entrou embaixo da água, uma estranha sensação de alívio tomou conta de mim. Eu sabia que deveria me preocupar mais com o fato de Kaden ser um general superpoderoso, mas a verdade é que eu não dava a mínima para Kaden. Não mais. Eu só me importava com o homem ali comigo.

Um cadeado na porta de uma casa chacoalhou.

– Bem – falei, incapaz de lidar com a força da minha reação a ele no momento. – Pelo menos temos algumas respostas agora.

– Contudo, ele falou outra coisa. Claro, ele me lembrou de como minha família mentiu, mas também falou sobre mim, o que fiz, o que fui treinado para fazer e quem eu sou. Então, provei que ele estava certo ao destruí-lo. Isso só faz com que eu me sinta… – Ele fez uma pausa, e percebi a mudança em seu humor.

– Faz com que você se sinta como antes?

– Sim. – Ele assentiu. – Eu queria ser Liam depois da queda de Rashearim, mas, toda vez que me viro, lembro que sou e sempre serei Samkiel. O Destruidor de Mundos. Temido entre estrelas e reinos. Um rei. Um conquistador. Não quero ser temido. – Ele suspirou e desligou a água. – Só quero ajudar as pessoas.

– Você ajuda. Você ajudou. – Levantei-me e peguei duas toalhas. Parando na frente dele, entreguei-lhe uma para o cabelo e passei a outra por seus ombros e braços. – Você é o ser mais forte que conheço. – Deslizei o pano macio sobre seu peito e abdômen, enquanto ele esfregava o cabelo. – Você é bom de verdade, não importa o rótulo que os deuses antigos ou o mundo lhe deem. – Ajoelhei, secando suas coxas, uma perna de cada vez. – Você nunca tem medo de nada.

– Questionável. – A voz de Samkiel caiu uma oitava. Seu pênis se contraiu, e sorri para ele, feliz em ver aqueles olhos cor de tempestade brilhando de desejo em vez de mergulhados na dor.

Levantei e andei ao redor dele. Sequei a água de seus ombros e costas largos.

– Você é corajoso e doce e salvou minha vida mais de uma vez. Você arrisca sua vida pelos outros sem se importar com o que acontece com você. – Puxei seu braço, virando-o para mim. – Ouvi as histórias. Deuses, vi metade delas nos sonhos de sangue. – Enrolei a toalha em volta dele e o puxei para mais perto. – Você é metade sua mãe e metade seu pai. Forte e resistente como ele. Gentil e compassivo como ela. É um protetor, um guardião e – estendi a mão, segurei a nuca dele, puxando-o para mim enquanto eu ficava na ponta dos pés – meu melhor amigo.

Um sorriso iluminou seu rosto, afastando as sombras de seus olhos. Corri meu polegar por sua mandíbula.

– Gostei de tudo, menos da última parte – declarou ele.

Demorou um pouco para que eu entendesse.

– Ai, deuses, a palavra "amigo"? Ainda isso? – Empurrei seu rosto de brincadeira.

Ele encolheu um daqueles ombros poderosos e deslizou a mão pelas minhas costas para me puxar para mais perto.

– Me chame de outra coisa.

– Hum. Egoísta? Hipócrita. Exigente? – Seus olhos se estreitaram. – Não me olhe assim. Quem mais vai mantê-lo humilde? – Sorri largamente, dando tapinhas em sua bochecha e virando as costas para ele.

Não senti o movimento do ar, mas senti uma pontada quando ele bateu na minha bunda. O barulho que soltei não foi de dor. Esfreguei minha bunda e me virei para mostrar o dedo do meio para ele.

Ele ergueu uma sobrancelha como se estivesse me desafiando, e corri, quase escorregando no chão. Eu mal tinha passado pela porta do banheiro quando senti seus braços me envolverem, me erguendo. Gritei quando ele me jogou na cama e pulou em cima de mim. Ele agarrou minhas mãos e puxou-as acima da minha cabeça quando tentei afastá-lo. Sentou-se em cima de mim com um sorriso largo. Olhei para ele enquanto bolhas de felicidade explodiam dentro de mim.

– Trapaceiro.

Senti o gosto de sua risada quando sua boca tomou a minha em um beijo ardente. Eu estava ofegante quando ele se afastou.

– Meu beijo está melhor agora? – perguntou ele, apoiando-se nos cotovelos.

– Poderia ser melhor – respondi, e minhas palavras foram desmentidas pelo tremor da minha voz e pela maneira como eu me contorcia embaixo dele.

Samkiel riu e soltou meus pulsos. Seus dedos percorreram minha pele conforme ele afastava o cabelo do meu rosto. Ele não falou nada por um longo momento, apenas olhou para mim. Às vezes, a maneira como ele me tocava e me segurava era mais íntima do que sexo.

– Há outra coisa sobre a qual quero conversar com você.

Meus olhos se estreitaram.

– Eu conheço essa cara.

– Que cara?

– A cara de Samkiel quando está tramando algo. É a carranca profunda de um antigo rei cansado da batalha e tem essa aparência. – Forcei minhas sobrancelhas juntas, arrancando outra risada dele. – Geralmente significa que alguém falou algo de que você não gostou. Dado o gigante que você visitou, presumo que seja ele. Tem outra cara na qual seus olhos ficam meio desfocados e você vai para algum lugar dentro dessa sua cabeça. Normalmente, quer dizer que posso escapar impune de qualquer coisa.

Ele riu.

– Justo.

– Sim, há também a sua cara pensativa. É semelhante à que você faz agora, o que provavelmente significa uma entre duas coisas. Ou você tem um plano que provavelmente vai me aborrecer, ou está irritado e gostaria de estar em qualquer lugar menos aqui. Dado esse adorável terceiro apêndice atualmente rígido e pressionado contra meu abdômen, vou chamá-lo de mentiroso se você me disser que não quer estar aqui.

– Você está certa. Estou perfeitamente contente aqui. – Ele pressionou seu pau contra mim. – Realmente presta tanta atenção assim em mim?

Deslizei minhas mãos pelo peito dele.

– Noto tudo em você.

Samkiel deu um leve beijo em meus lábios, e senti a emoção nele. Lambi seu lábio inferior, ansiosa para prová-lo também. Suspirei e sussurrei contra sua boca:

– Então, não vou gostar disso, vou?

Ele balançou sua cabeça.

– Receio que não, minha Dianna.

Meu humor morreu, substituído pela preocupação.

– O que é?

– Houve coisas que Porphyrion falou em Yejedin, coisas sobre as quais preciso saber a verdade. Estou ficando cansado de ouvir rumores sobre segredos de família dos quais nada sei. Há uma divindade relacionada aos Sem-Forma que posso visitar, mas não é sem riscos. Fica fora do reino físico, a entrada é guardada nos salões do Conselho.

Inclinei a cabeça.

– Como você pode chegar até eles se os reinos estão selados?

– Os físicos estão, mas não os mentais. Esse requer extremo foco e poder, um nível acima da meditação, para ser visitado. Pode demorar alguns dias ou até uma semana. Sair é uma tarefa tão delicada quanto entrar. Pode-se destruir a mente fazendo isso de maneira incorreta. Não tenho certeza de quanto tempo vai demorar, mas prometo voltar o mais rápido possível.

Eu não perguntei por que não tínhamos usado essa divindade antes. Assim que deixamos Roccurrem, tudo havia mudado.

– Está bem – suspirei. – Apenas tenha cuidado e não se apresse. Eu vou entender se demorar um pouco. Só não exagere e prometa voltar para mim.

– Eu juro. – Ele enrolou uma mecha do meu cabelo entre os dedos.

– Isso não foi tão ruim. Por que estava nervoso?

– Bem… – Ele fez uma pausa. – Nós concordamos em não mentir ou esconder as coisas um do outro, mas também estou ciente do quanto você é protetora comigo.

Eu apertei os olhos, encarando-o, minhas suspeitas aumentaram.

– Certo…

– Houve uma breve relação anterior com a referida divindade. Vamos apenas lembrar que eu era um ser muito solitário antes de conhecer você.

Eu dei um tapa no ombro dele.

– Você poderia ter começado com isso.

– Volátil. – Ele riu antes de agarrar meu rosto e esmagar seus lábios contra os meus. O beijo foi duro, exigente e breve. Ele se afastou para sussurrar contra meus lábios:

– Por que fico tão excitado quando você fica com ciúmes?

– Porque você é doido e gosta de dor. – Mordi seu lábio inferior para provar meu ponto, o que o fez rir, mesmo enquanto seu pau se contraía contra minha barriga.

– Certo, então você vai ver uma ex-namorada em um reino mental onde não posso entrar em contato com você. Parece divertido.

– Não é uma ex-namorada. A divindade não tem sexo, na verdade. Eles podem ser tudo e qualquer coisa que você desejar. Além disso, foi apenas uma vez.

Coloquei a mão entre nós, agarrei o pau dele e apertei.

– Ah, melhor ainda.

– Ciumenta – ele gemeu e mordiscou a ponta do meu nariz.

– Sim, mas não tenho o direito de estar. Fiz muitas coisas para fazer você me odiar antes de realmente ficarmos juntos. Além disso, você tem mais de 1.000 anos, Samkiel. Não posso matar todos os seus amantes anteriores. Mesmo que eu queira.

– Você quer?

Assenti. Tinha decidido não esconder dele nenhuma parte de mim. Não mais. Eu o acariciei, adorando a sensação de seda sobre aço, latejante e quente.

– Sim.

O peito dele roncou com uma pequena risada que terminou em um silvo.

– Está vendo o que quero dizer? Tão sexy.

– Está bem. Estou bem. Por que não usamos esses caras antes?

Ele balançou a cabeça.

–Você não está me ajudando a me concentrar.

Torci minha mão em um movimento descendente.

– Tente.

Ele gemeu enquanto seus quadris se projetavam, empurrando seu pênis ainda mais em minha mão.

– Roccurrem fala em enigmas metade do tempo, e a Superior geralmente pede algo em troca. Se eu quiser respostas, terei que pagar o preço, e isso varia.

Minha mão parou.

– Qual é o preço?

– Não sei. – Ele engoliu em seco, estremecendo ao respirar. – Mas, se o preço for alto demais, irei embora. Porém, há segredos demais, Dianna, coisas demais que meu pai escondeu de mim.

–Tudo bem. Eu só queria ter meus poderes. Talvez eu pudesse ir com você e incinerá-los se tentassem mantê-lo lá.

Samkiel estendeu a mão entre nós e tirou minha mão de seu pau. Ele pressionou minha palma no centro do peito dele.

–Você está sempre comigo.

Revirei os olhos e soltei um grunhido.

–Você é tão cruel comigo. – Ele riu.

– Considere uma lição de humildade – retruquei, mas mantive minha mão em seu peito, sentindo aquela batida lenta e rítmica dentro de minha alma. Dei-lhe um sorriso irônico e disse com toda a honestidade: – Não posso lhe dizer palavras bonitas. Já não sei como.

Sua expressão suavizou e ele colocou a mão sobre a minha.

– Eu sei.

–Também quero ser honesta com você, porque isso não significa que eu me importe menos com você.

– Eu sei.

Movi meus quadris e levantei uma perna, pressionando meu joelho contra o peito dele. Ele olhou para baixo antes de eu empurrar com força suficiente para virá-lo de costas. Um suspiro suave deixou seus lábios quando montei nele.

– Mas posso mostrar a você à minha maneira todos os dias, se você deixar.

– Mulher perigosa. – Um sorriso malicioso curvou seus lábios, seu abdômen se flexionou quando ele começou a se sentar.

Espalmei a mão em seu peito, parando-o, com sua boca a poucos centímetros da minha. Eu o pressionei de volta na cama.

– Fique.

– Isso é uma ordem?

– Sim – respondi com altivez.

O peito dele vibrou quando ele riu, e eu sabia que ele se lembrava das palavras que havia falado para mim semanas antes. Aquele sorriso arrogante não saiu de seus lábios quando ele cruzou os braços atrás da cabeça, e os músculos de seus bíceps se contraíram como se ele tivesse que se esforçar para não desobedecer.

Levantei as mãos até os botões da camisa que eu usava, desabotoando-os um por um. Seus olhos seguiam cada movimento que eu fazia, como se estivesse memorizando cada centímetro de pele que eu descobria. Cheguei ao último botão e deixei a camisa úmida escorregar dos meus ombros.

Meu cabelo caiu em ondas ao meu redor, cobrindo meus seios. Samkiel estendeu a mão para tirar meu cabelo da frente, mas dei um tapa de brincadeira em sua mão.

– Não. Você não me toca até que eu diga.

Observei seus olhos se tornarem prata derretida e sua língua se mover atrás dos dentes quando ele sorriu. Ele não estava acostumado a ter alguém lhe dizendo o que fazer. Eu culpava sua coroa acima de tudo, mas eu estava no comando agora, e ele parecia gostar disso. Eu o senti pulsar e se enrijecer ainda mais embaixo de mim.

Estendi a mão entre nós, acariciando sua extensão. Ele gemeu quando meu polegar percorreu a parte inferior sensível e passou por cima da cabeça, espalhando a gota de umidade que se acumulara na ponta. Seu pau se contraiu na minha mão.

– Nem toquei em você ainda, e você já está latejando por mim.

– Não precisa me tocar para isso. Tudo em você é atraente.

O sorriso que lancei para ele foi totalmente malicioso antes de deslizar por seu corpo e abaixar a cabeça. Lambi a ponta de seu pau, saboreando as gotas de umidade que se acumulavam ali, mas não o coloquei na boca.

– Porra – sibilou ele, com seus quadris se movendo e a mão apertando o edredom. – Por favor, Dianna.

Eu o neguei, com minha língua girando sobre a cabeça grossa de novo. Ele rosnou e empurrou contra minha boca. Eu o provoquei, lambendo e beijando cada centímetro dele, para cima e para baixo em seu membro pesado, explorando a veia grossa que pulsava contra meus lábios, sem nunca o tomar por completo na minha boca. Eu ficava mais quente e mais úmida a cada gemido abafado e xingamento que escapava de seus lábios.

Os olhos dele se fixaram em mim, ardentes e predatórios, e olhei para ele através do véu dos meus cílios, sorrindo enquanto dava outra longa lambida da base à ponta. Mergulhei de novo, deslizando minha língua sobre suas bolas em uma lambida longa, lenta e luxuriosa. Seu pau se contraiu na minha mão.

– Você é uma provocadora – ele gemeu e agarrou os lençóis com uma das mãos, colocando o outro braço sobre o rosto.

– Sou? – perguntei, lambendo-o. Girei minha língua ao redor da ponta antes de dar um beijo nela e depois outro na parte inferior sensível.

Ele estremeceu embaixo de mim, todos os músculos de seus braços, abdômen e pernas estavam tensos e esticados.

– Chupe-me, Dianna.

Eu sorri, com seu pau descansando contra meus lábios.

– Não.

Seu gemido enviou calor derretido ao meu abdômen.

– Por favor.

Eu o ignorei, passando minha língua mais uma vez.

– Deseja que eu implore? Eu imploro – ofegou Samkiel.

Minha mão o acariciou preguiçosamente, continuando minha tortura.

– Reis não imploram.

Seus quadris empurravam impotentes.

– Eu imploro a você.

– Sério? – perguntei. Meu aperto aumentou na base de seu pênis, passando minha língua provocativamente contra seu eixo.

– Sim – sibilou Samkiel.

– Tentador, mas não.

423

Ele gemeu, flexionando os braços enquanto praticamente os fechava em volta da própria cabeça, tentando evitar me tocar.

– Acho que eu poderia fazer você gozar assim.

Ele assentiu, seus olhos cor de tempestade ardiam como prata brilhante.

Outra lambida lenta e agonizante e vi as linhas sob a pele dele reluzirem e cintilarem. Ele tinha controle, mas estava perdendo.

– Você quer?

Ele balançou a cabeça.

Dei um último beijo na cabeça do pau dele e me empurrei para cima, deslizando ao longo de seu corpo até montá-lo. Ele tirou o braço do rosto, e me inclinei para tomar sua boca. A determinação dele se rompeu quando ele segurou meu rosto, quase devorando minha boca. Gemi durante o beijo, sua língua varreu a minha antes de chupá-la em um ritmo que havíamos memorizado nos últimos dias.

Colocando minha mão entre nós, esfreguei a cabeça do pau dele contra meu sexo, deixando-o sentir quão molhada eu estava antes de posicioná-lo na minha entrada. Desci sobre ele centímetro por centímetro, e o som que saiu de mim não foi muito mortal.

– Dianna – gemeu ele quando o tomei totalmente dentro de mim, com meu corpo se apertando ao redor dele em doces boas-vindas.

Apoiei as mãos de cada lado de sua cabeça e subi, arrastando o aperto quente da minha boceta ao longo de seu pênis antes de descer de novo, arrancando um gemido rouco de nós dois.

– Nunca vou me acostumar com o quanto isso é bom – ofeguei.

– Que bom. – A cabeça dele caiu para trás contra os travesseiros quando aumentei o ritmo. Suas mãos agarraram minha cintura, me firmando, mas não se moveram para baixo, como se ele quisesse que eu tomasse cada pedaço dele para mim. Eu queria mostrar a ele que me importava. Mesmo que as palavras me faltassem, queria lhe provar que eu era dele.

Inclinei-me para trás, reposicionando minhas pernas para montá-lo de maneira diferente. Apoiei uma das mãos em sua coxa poderosa e com a outra pressionei meu baixo ventre. Samkiel levantou a cabeça, observando a forma como meu corpo o recebia. Agarrei sua mão, colocando-a entre meus seios, sobre meu coração.

– Seu – suspirei, girando meus quadris, com meu coração disparando sob sua palma.

– Meu – concordou ele. E soou como uma promessa. A expressão em seu rosto me deixou sem fôlego, e eu sabia que nunca a esqueceria. Eu me lembraria até que eu virasse poeira entre as estrelas.

Passei a mão de Samkiel para o meu seio. Ele apertou e beliscou meu mamilo, e diminuí meu ritmo, montando-o profunda e lentamente. A tempestade que assolava seus olhos seria capaz de afundar navios.

– Seu – sussurrei, pressionando sua mão contra meu seio.

Envolvi meus dedos em torno de seu pulso grosso, arrastando sua mão pelo meu torso, guiando-a para o meu centro, onde estávamos unidos. Não quebrei o contato visual, mantendo seu olhar enquanto o prazer ardia em minhas veias.

– Sua. – A palavra saiu em um gemido, a sensação dos dedos dele contra a carne sensível tão esticada e apertada ao redor de seu pênis fez meus olhos rolarem para trás.

– Minha. – O polegar dele roçou de leve meu clitóris, enviando uma onda de eletricidade através de mim que fez meu cérebro entrar em curto-circuito. Contraí-me ao redor dele, com meu corpo banhando seu pênis com uma onda de calor líquido. Seus olhos reluziram, e gemi, mordendo o lábio, tentando manter os olhos nele. Eu queria que ele soubesse, que visse que, mesmo se eu não pudesse falar as palavras que ele tão desesperadamente desejava, ele era meu dono, mente, corpo e alma.

Como se pudesse ler minha mente, as mãos de Samkiel agarraram meus quadris, e ele entrou em mim com tanta força que quase desmaiei de prazer. Os lábios de Samkiel colidiram contra os meus. Nós nos encaixávamos perfeitamente em todos os sentidos.

Eu não conseguia respirar ou pensar enquanto ele devorava minha boca, enroscando sua língua na minha. Suas mãos desceram para a minha bunda, apertando com tanta força, que eu sabia que deixaria marcas. Com uma facilidade ridícula, ele me levantou e me desceu em seu pau.

– *Porra! Sim! Por favor, Sami* – gritei, arrancando minha boca da dele.

Ele me segurou com mais força, suas mãos grandes controlavam meus quadris conforme ele me penetrava com tanta força que vi estrelas. Inclinei a cabeça para trás e percebi que não estava apenas imaginando. O teto havia desaparecido, a galáxia girava e brilhava acima. Samkiel agarrou meu cabelo com uma das mãos, me forçando a olhar para ele.

– Eu disse que tomaria você sob as estrelas – rosnou ele, e suas estocadas eram poderosas e firmes. – Eu estava falando sério.

A boca dele cobriu a minha, reivindicando cada grito, cada suspiro e cada gemido. Ele consumiu a mim e ao meu prazer.

– Incline-se para trás, Dianna – exigiu ele. – Mostre-me o que é meu de novo. Eu quero ver.

Um arrepio passou por mim com as palavras. Minha boceta o apertou quando coloquei as mãos em suas coxas e reajustei minhas pernas. Era fácil me mover com ele assim quando eu estava encharcada por ele, e ele sabia disso também. Seu olhar focou onde seu pau desaparecia dentro de mim. Ele mordeu o lábio inferior, e seus olhos cintilaram.

– Você tem uma boceta tão linda, querida. Adoro ver meu pau desaparecer, entrando e saindo. – Suas mãos agarraram meus quadris, seus anéis beliscaram minha pele. – Você me recebe tão bem. – Ele gemeu, seu rosto elegante estava selvagem de fome. – Você foi feita para mim. Só para mim.

O poder dele se alinhou com o meu, sua presença me cercava e sustentava. Suas mãos estavam em todos os lugares ao mesmo tempo. Literalmente. Dedos espertos afastaram uma mecha do meu cabelo que havia caído para o lado e acariciaram a parte inferior dos meus seios, traçando círculos que iam diminuindo até alcançarem meus mamilos com pontas escuras. Ele rolou as pontas sensíveis entre os polegares e os indicadores.

Outro conjunto de dedos segurava minha bunda, traçando a dobra onde minhas nádegas encontravam minhas coxas, indo para a frente e provocando a pele sensibilizada da parte interna das minhas coxas antes de seguir para o meu clitóris. Ele mudou o ritmo de suas estocadas, me observando, faminto. Seus dedos fizeram círculos pequenos e deliberados ao redor do botão inchado, fazendo meus dedos dos pés se contraírem e me levando à beira de gozar.

Senti o toque fantasma de seus lábios quentes e úmidos sugando meu pulso. Ao mesmo tempo, mãos grandes seguraram meus seios, apertando suavemente ao mesmo tempo que meus mamilos eram sugados e mordidos.

Ai, meus deuses.

Ele estava por toda parte, obstinado e faminto, tomando meu corpo com ganância carinhosa.

– Sami – gemi, cravando minhas unhas em suas coxas.

– É isso, querida. Diga meu nome. Diga-me quem faz você se sentir tão bem. Diga-me a quem você pertence.

– Samkiel. – O nome dele deixou meus lábios sem fôlego enquanto ele penetrava mais fundo dentro de mim. – Samkiel. – A segunda vez mais alta, quando ele atingiu aquele ponto que só ele conseguia alcançar. Minha barriga se contraiu, o prazer percorreu minhas pernas e voltou conforme eu gritava seu nome mais alto: – Samkiel! – Eu soava como estava me sentindo... completamente louca.

– Foda-me, Dianna – gemeu ele, com seus dedos apertando meus quadris. – Cavalgue meu pau, querida.

Ele sempre era tão educado, mas era completamente depravado quando eu o tinha assim.

Fechei os olhos e estendi as mãos, tateando inutilmente, desesperada por algo em que me agarrar. Samkiel segurou minhas mãos com seu aperto quente e firme enquanto tocava meu corpo como se fosse um instrumento estimado. Aumentei a velocidade, movendo-me nele com mais força, movendo-me com um ritmo instintivo e primitivo em uma dança tão antiga quanto o tempo.

– Deuses, sim. Sim, sim, sim. Bem desse jeito – ele ofegou.

A sensação dele era tão boa e certa, seu pau grosso e duro me preenchia. Ao mesmo tempo, aqueles toques fantasmas exploravam as áreas mais íntimas do meu corpo, tocando meu clitóris, sugando meus mamilos e acariciando delicadamente minhas costas. O tempo todo, ele segurou minhas mãos, me ancorando a ele. Alguém estava xingando, num fluxo incoerente de palavrões, e pensei que poderia ser eu.

– Ah, Dianna, querida – ele ofegou meu nome. – Você me fode tão bem.

Mesmo no meio da minha necessidade frenética, o som puro de sua voz me atraiu, e eu abri os olhos.

Samkiel resplandecia, as linhas prateadas pulsavam com cada batida de seu poderoso coração. Seus olhos estavam cristalinos e radiantes como diamantes, cintilando com poder e emoção. Minha respiração ficou presa, a visão dele tão fora de controle acabou comigo.

Atirei minha cabeça para trás e gritei, os músculos tremeram com a força do meu orgasmo. Contraí-me ao redor dele, meu corpo exigia que ele se juntasse a mim. Samkiel grunhiu e começou a falar numa língua bela e fluida. Ele soltou minhas mãos e agarrou meus quadris com força suficiente para deixar marca. Ele me puxou para baixo e se moveu uma, duas vezes antes de gozar com tanta força que quase me levou ao limite de novo.

Meu corpo tremia ao observar o abdômen dele se contrair e os músculos se flexionarem enquanto o orgasmo passava por ele. Eu não sabia quem tinha gritado o nome de quem primeiro, só que nós dois estávamos caindo quando a estrutura da cama quebrou embaixo de nós. Caí para a frente, com Samkiel me segurando, como sempre fazia antes de rolarmos para o chão.

As costas de Samkiel bateram no chão com um baque, e ele ficou esparramado embaixo de mim, com o peito escorregadio de suor e arfando. Olhei para a cama quebrada e de volta para ele enquanto ofegava em seu peito, com os cabelos grudados em meu rosto encharcado de suor. Não pude evitar a risada que saiu dos meus lábios.

– Quebramos a cama de novo.

Ele grunhiu, com as pálpebras pesadas, e apenas uma pitada de prata brilhava através do véu espesso de seus cílios.

– Vou fazer uma cama nova para nós antes de ir.

Eu ri quando meus braços o envolveram, abraçando-o com mais força.

– Esta é a terceira.

Ele fez um barulho incompreensível.

Nós dois ficamos ali deitados, com tremores sacudindo nossos corpos enquanto nos acalmávamos. Minha respiração acompanhava a dele, bem como meus batimentos cardíacos.

– Eu também tenho outra ideia – sussurrei.

– Você sempre me pede coisas depois de acabar comigo, porque sabe que direi sim.

– Bem, não vou negar isso.

A risada dele retumbou sob meu ouvido.

Virei a cabeça e coloquei as mãos sob o queixo enquanto olhava para ele.

– Apenas algo para fazer antes de você ir.

Ele forçou os olhos a se abrirem e me olhou.

– O que é?

LXXVII
IMOGEN

Xavier gravou as fotografias das runas que os celestiais haviam tirado, mapeando diferentes celas e estruturas. Cameron entrou, relaxado, com um enorme saco de salgadinhos na mão. Ele parou ao lado de Neverra, oferecendo-lhe um pouco. Ela sorriu para ele antes de pegar algo do saco e se voltar para Xavier.

– Certo, isso é a maioria delas. Metade das palavras são mais antigas que nós.

Folheei o grande livro códice de tradução. Eu o estava usando para traduzir o caderno de Elianna, mas não consegui avançar muito.

– A maioria não faz sentido. Acho que é apenas uma confusão de palavras e símbolos – declarou Vincent, elevando-se acima de mim para ler por cima do meu ombro. Ele havia amarrado o cabelo para trás, mas pequenas mechas tinham escapado do nó. Vincent normalmente só prendia assim quando estava de mau humor ou estressado. – E se for uma língua e estivermos apenas olhando para ela de forma errada? – perguntou ele, apontando para o texto que eu havia destacado.

Virei a cabeça para o lado e foi então que vi.

– Tem razão.

Cameron riu com a boca cheia de batatas fritas.

– Ah! Vincent certo? Quem poderia imaginar?

Vincent mostrou o dedo médio para ele. Cameron recostou-se e apoiou os pés na mesa com um sorriso preguiçoso.

– Não é estranho que Kaden tivesse um arquivo inteiro sobre Samkiel e os outros deuses? – perguntou Cameron, mastigando ruidosamente mais batatas fritas. Neverra se inclinou e pegou o saco de sua mão. Ela se recostou, compartilhando o lanche salgado com Logan.

– Não havia um boato de que Unir e Nismera eram, sabe... – Cameron fez um movimento obsceno com as mãos que eu ignorei.

Logan assentiu.

– Houve rumores.

– Por favor. Os deuses faziam reuniões que duravam dias o tempo todo. Cameron só presume que todo mundo está transando – declarou Vincent com uma carranca.

– A maioria está – retrucou Cameron. – Tudo o que estou dizendo é: e se Kaden for um filho secreto de Unir?

A tensão cresceu atrás dos meus olhos.

– Você sabe como bebês funcionam, certo? – perguntei a Cameron.

– Sim, Immy, assim como você e...

Lancei-lhe um olhar letal. Ele riu, e virei outra página do caderno.

– Se ele tivesse um filho, isso estaria documentado. Além disso, Kaden é um Ig'Morruthen. Como isso funcionaria?

Cameron deu de ombros.

– Quero dizer, todos nós sabemos que ele era igual a Samkiel antes de conhecer Zasyn. Sendo assim, não sei, Imogen, mas, se ele tivesse um segredo, isso não seria documentado.

Neverra riu.

– Deixando de lado a brilhante teoria de Cameron, duvido muito.

– Acho que ele é mais velho que o próprio Unir, principalmente se consegue abrir portais. Portanto, quem pode dizer que ele não criou Yejedin? Os reis o seguem, certo? – acrescentou Vincent antes de se sentar.

– Esse é um bom ponto, Vincent. Unir tinha uma longa lista de inimigos – concordou Neverra.

Logan colocou uma batata frita na boca e engoliu antes de dizer:

– Isso faz mais sentido.

Cameron suspirou e vasculhou o saco, procurando por mais salgadinho.

Neverra puxou um livro da pilha ao lado dela. Ela abriu uma página que havia marcado e virou-a para nós.

– Encontrei uma breve história do bisavô de Samkiel. Conta como ele enlouqueceu e culpou os deuses por alguma escuridão futura que macularia e arruinaria a linhagem. Ele espalhou suas mentiras e erradicou milhares de pessoas antes que elas o destronassem.

Coloquei a mão sob meu queixo.

– Isso também poderia criar uma legião de inimigos.

– Phanthar, avô de Samkiel, assumiu o trono em seguida, isso todos sabemos, mas sabem o que dizem. Corte a mão, e o sangue que sai escorrerá para a criança.

– É, isso não faz o menor sentido – retrucou Cameron.

Eu olhei para ele.

– Bem, não fui eu quem inventou.

– Ah. – Cameron sentou-se um pouco mais ereto. – Não seria uma droga se Kaden fosse um tio de Samkiel há muito tempo perdido ou algo assim?

Todos na sala pararam. Até Logan parou com um salgadinho a meio caminho da boca.

Cameron olhou para todos nós e suspirou.

– Ele está bem atrás de mim, não está?

Eu assenti.

– Kaden não é meu parente de sangue ou o que for que Cameron tenha inventado em seu cérebro – declarou Samkiel calmamente.

Cameron inclinou a cabeça para trás para encarar o olhar de Samkiel.

– Como você sabe? – perguntou Logan antes que o resto de nós pudesse.

– Porphyrion me informou.

– Você voltou lá? Sozinho? – questionou Vincent.

Samkiel assentiu.

– Ele me informou que Kaden era um dos generais de meu pai. Estava lá com ele antes da Guerra dos Deuses. Kaden criou os Reis de Yejedin.

Todos ficaram mortalmente estáticos.

– Ele me contou algumas outras coisas, mas preciso descobrir mais antes de discuti-las.

Xavier coçou a nuca.

– Ele criou os Reis? Isso é…

– Poder – concluiu Cameron. Eles trocaram um olhar, mas logo desviaram. Eu não sabia o que tinha acontecido entre eles, mas não tinham se falado muito nos últimos dias.

– Sim, poder que preciso entender – declarou Samkiel.

Cameron exalou um suspiro baixo.

– Coletamos mais símbolos daquela sala destruída que encontramos, mas na maior parte parece uma confusão – falei, espalhando as fotos sobre a mesa. Samkiel contornou a mesa, estudando as imagens antes de levantar uma delas.

– Feitiços – determinou Samkiel.

–Você acha?

Samkiel assentiu.

– Ou encantamentos. Não tenho certeza do que fazem, mas tenho certeza de que é isso que são.

– E se forem mais? – perguntou Neverra.

Samkiel lançou um olhar para ela que fez Logan ficar tenso. Neverra engoliu em seco como se soubesse que estava em apuros.

Neverra pigarreou e ergueu o queixo antes de continuar.

– Quando Dianna e eu fomos para Onuna, as feras dele apareceram. Estavam atrás de Dianna. Sei que discutimos a possibilidade de rituais, mas e se for por isso que ele está tão desesperado para recuperá-la? E se ele precisar dela para o que quer?

Todos ficaram congelados de choque. Um estalo soou no canto da sala, e me perguntei o que ele teria quebrado.

Neverra tinha voltado a Onuna e levado Dianna. Não só isso, mas aquelas criaturas horríveis que Kaden controlava chegaram perto delas.

– Quando foi isso? – Logan praticamente gritou ao lado dela. – Nev.

Neverra colocou uma mecha de cabelo atrás da orelha.

– Ela me pediu, ok? Foi de última hora, e eu não podia dizer não. Ela me salvou ou, pelo menos, planejou isso. Escute, não sabíamos que eles iam aparecer.

Os olhos de Cameron dispararam entre Samkiel, que parecia uma estátua prestes a explodir, e Neverra.

– Bem, pelo menos eu não sou o único com problemas.

– Olha, todos vocês podem estar com raiva de mim. Tudo bem, mas Dianna é minha amiga, ou pelo menos estamos tentando ser. Gabby também era minha amiga. Eu só queria ajudar as duas. – Neverra não interrompeu o contato visual com Samkiel, mesmo enquanto Logan praticamente fervia ao lado dela. Suas palavras pareceram acalmar a tempestade que assolava os olhos de Samkiel. Ele pôs as mãos em cima da mesa, apoiando-se, e balançou a cabeça.

–Tudo o que estou dizendo é que algo vai atrás de Dianna toda vez que ela pisa em Onuna.

– Isso significa que Kaden está observando – interrompeu Vincent.

Neverra assentiu.

– É o que estou pensando.Você nos contou antes o quanto ele estava desesperado para tê-la de volta. E se ela for, e sempre tiver sido, a chave para tudo o que ele está planejando?

Samkiel inclinou a cabeça como se uma memória o atacasse.

– Eu tinha minhas teorias sobre isso.

Vincent fechou o livro à sua frente, feliz por termos alguma pista.

– Devíamos voltar para Onuna. Procure até encontrá-lo. Ele tem que estar lá.

Samkiel bateu os nós dos dedos na mesa.

–Vou ficar.Tenho algo que preciso fazer e não vou deixar Dianna.

Logan ainda fervia de raiva.Todos podíamos sentir sua raiva silenciosa.

– Ok, quando partimos?

– Depois do jantar – declarou Samkiel.

Todos nós nos entreolhamos.

– Jantar? – perguntou Vincent, quase hesitante.

– Sim – falou ele. – Na verdade foi ideia de Dianna, mas desejo uma noite tranquila para todos nós depois de tudo. Algo divertido, algo que não seja pesquisa e trabalho dias a fio. Acho que todos podemos aproveitar algum descanso antes de lidarmos com esse problema mais recente.

Meus lábios se contorceram. Diversão. Sorri para Neverra, que já estava olhando para mim. Já fazia muito tempo que não nos reuníamos e fazíamos algo realmente divertido.

– Eu dispenso – declarou Vincent, voltando ao seu livro.

Senti a crescente bolha de animação na sala estourar. Meu dom de Athos muitas vezes era uma maldição. Cameron tinha recebido o impulso do caçador, aquele olfato extra-aprimorado e capacidade de rastrear que deixava até os deuses com inveja. Mas eu? Eu tenho empatia pura. Se a aura de alguém muda, eu sinto. Consigo sentir emoções em algum nível básico, o que me torna excelente em reuniões do Conselho e negociações. Mentirosos? Posso sentir cada falsidade que cospem.

Naquele instante, a química básica de Samkiel parecia estar mudando. Não de forma desagradável, mas algo que esperava pacientemente para ser conhecido, algo poderoso e transformador. Naquele momento, as peças se encaixaram. Fiquei com a respiração presa, e um sorriso se espalhou tanto pelo meu rosto que minhas bochechas doeram. *Finalmente,* pensei.

Minha alegria durou pouco, pois Samkiel se virou para Vincent, concentrando-se totalmente nele.

– Peço desculpas se não fui claro, mas não foi um pedido – disse Samkiel. Logan sentou-se um pouco mais ereto, preparando-se para fazer o que sempre fazia e agir como uma barreira entre eles.

Eu sabia o que estava por vir. Havia muita tensão entre ambos ultimamente. Todos podiam sentir.

– Como eu disse, dispenso. Não quero brigar, mas não vamos fingir que não estamos apenas ignorando o fato de que Dianna é uma assassina em massa e que quase destruiu o mundo. Prefiro fazer as malas e chegar cedo a Onuna.

Samkiel suspirou e colocou as mãos nos quadris.

– Vincent.

Vincent balançou a cabeça e olhou ao redor da sala para todos nós.

– Vocês podem fingir o quanto quiserem, mas eu me recuso.

Até mesmo a atitude normalmente calma de Xavier se esvaiu.

– Cara.

Vincent fechou o livro com força.

– O que foi? Por que sou o vilão quando sou o único que está pensando racionalmente? Essa não é uma pessoa aleatória de quem Samkiel decidiu que gosta por enquanto. Ela é a porra de uma Rainha de Yejedin. Agora, sabemos que Kaden é um general do seu pai, pelo que o gigante falou, e que ele é poderoso o bastante para criar algo parecido com ela. Então, não, não me importo com jantares idiotas, e vocês também não deveriam. – Vincent se levantou, encarando Samkiel. – Sabe, aposto que ela ainda tem os poderes. Eu costumava respeitar você. Mas agora ela tem você na porra da palma da mão, como um cachorro adestrado, fazendo o que *ela* quer, usando nossos recursos para correr atrás dela, a troco de quê? Uma boceta? Seu pai ficaria envergonhado.

Relâmpagos cortaram o ar, o clarão de luz era tão intenso que cegava. Quando pude ver de novo, Samkiel havia encurralado Vincent. A mesa abaixo dele quebrou ao meio.

Relâmpagos chiavam nas bordas da sala, o rosto de Samkiel estava a poucos centímetros do de Vincent.

– As próximas palavras a saírem da sua boca precisam ser um pedido de desculpas – rosnou Samkiel, com ameaça pingando de cada palavra.

Vincent não recuou, sustentando o olhar de Samkiel desafiadoramente.

– Ou o quê? Ouça, eu entendo. Foi divertido quando éramos todos jovens, mas não somos mais. Ela é o sangue de Kaden, não importa o que você sinta ou quantas vezes transe com ela. Acha que palavras bonitas vão detê-la na próxima vez que ela ficar volátil? Ela é uma bomba-relógio. Eu sou o único que não está cego para isso. Você é nosso rei, nosso protetor e vai fazer com que todos nós morramos. O que aconteceu em Rashearim vai acontecer de novo, e tudo por causa *dela*.

O punho de Samkiel acertando o rosto de Vincent enviou ondas de choque pela sala. Cadeiras caíram quando Logan e eu ficamos de pé num pulo.

Samkiel largou Vincent, percebendo o que tinha feito. Logan já estava ao lado dele, empurrando-o para trás pelo ombro. Lembrei-me do jovem rei temperamental com quem todos crescemos. Seus olhos ardiam prateados quando ele afastou a mão de Logan e se concentrou em Vincent como se enfrentasse um inimigo.

Vincent lutou para ficar de pé, nenhum de nós se moveu para ajudá-lo. Livros e papéis caíram no chão.

– Estão vendo o que quero dizer? – Cuspiu ele, passando a mão na bochecha cortada. –Vocês são todos idiotas.

Ele ajustou seus trajes de Conselho e encarou Samkiel por mais um momento. Depois, sem dizer mais nada, saiu furioso, quase arrancando as portas das dobradiças.

Samkiel passou as mãos no rosto antes de erguer uma delas e reparar a sala. Neverra, Xavier e Cameron pegaram os livros e papéis espalhados enquanto Logan batia no peito de Samkiel e dizia algo baixo demais para eu escutar. Samkiel respirou fundo, e os dois foram até a varanda.

Lancei um olhar para os outros.

–Vou falar com Vincent.

Sem esperar que respondessem, saí depressa da sala, correndo para alcançá-lo.

–Vincent.

– Sabe que ela tentou matar você e é tão ruim quanto eles. Eu soube da praia, Immy!

– Ela estava sofrendo. É diferente.

– Ah, besteira! Você acha que ela é a única pessoa que já perdeu alguém? Mas que palhaçada – retrucou ele. – Pessoas sofrem o tempo todo. Elas não matam.

– Ei, por que você está agindo assim? – Corri até ele. – Converse comigo como costumávamos fazer. Somos uma família. – Agarrei o braço dele, virando-o em minha direção. O corte no lado esquerdo de seu queixo já estava cicatrizando, mas mesmo assim um hematoma tinha se formado. Estendi a mão para tocá-lo, mas ele empurrou minha mão para o lado, repudiando meu toque, e pôs tudo para fora.

– Não me dê sermões sobre família! Que família? Ele ficou mil anos longe. Você, Xavier e Cameron também foram embora. Vocês três ficaram aqui. Quantas vezes você visitou, Imogen, hein? Enquanto Logan, Neverra e eu ficamos em Onuna. Neverra também nunca veio ver você. Logan foi o único que tentou, e foram poucas e raras vezes. Admita. Faz muito tempo que não somos uma família.

As palavras dele me cortaram profundamente, minhas próprias emoções foram intensificadas pela dor que ele estava sentindo. Eu sentia nas palavras que ele falou, mas havia algo além: medo.

– Perdemos muito, Vincent. Não pode nos culpar pela forma como escolhemos lidar com as consequências. E estamos tentando agora.

– É tarde demais, Immy. – Ele passou as mãos pela cabeça, soltando o coque no topo. – É tarde demais.

– Qual é o problema? Estou sentindo medo. Do que você tem medo?

Ele evitou meu olhar, e o senti tentar reprimir suas emoções para que eu não pudesse lê-las.

– Devíamos procurar uma maneira de deter Kaden sem nos preocuparmos com mais nada.

– Nós estamos.

– Não estamos, não. – Vincent inclinou a cabeça para trás, respirando fundo.

– O problema é mais do que apenas Kaden, não é? Mais do que Dianna?

Ele virou a cabeça em minha direção.

– O quê? Não.

Ele era um péssimo mentiroso, especialmente comigo.

– Conte-me qual é o verdadeiro problema.

O sorriso de Vincent foi pequeno e forçado. Sua mão segurou minha nuca enquanto ele se inclinava para a frente, dando um beijo no topo da minha cabeça.

– Divirta-se no jantar – sussurrou ele contra meu cabelo. E depois se foi, com suas botas ecoando pelo corredor.

LXXVIII
DIANNA

— Você está calado. — Eu me virei um pouco na cadeira na qual estava em pé, pendurando outro cordão de grandes lâmpadas transparentes.

Samkiel grunhiu atrás de mim, desenrolando mais alguns conjuntos de luzes.

— Sabe que posso simplesmente pendurar essas decorações, não sabe? Você não precisa se equilibrar em uma cadeira frágil.

Bufei enquanto prendia a última parte no lugar. Virei-me e coloquei as mãos nos quadris.

— Sim, mas isso tira toda a diversão. É feriado em Onuna, e, se vamos dar esse jantar, precisa ser perfeito.

Ele sorriu ou pelo menos tentou.

— O que você tem? Está quieto desde que voltou do Conselho. — Ele me entregou outro conjunto de luzes, e me estiquei para prendê-las no lugar. — Achei que você ficaria feliz com a vinda de todos.

Ele olhou para as luzes que estava segurando para mim, passando seu polegar por uma lâmpada grande.

— Todo mundo vem, exceto Vincent, creio eu.

Ah, então era isso. Olhei para ele.

— Não estou surpresa com isso. Ele me detesta.

— Ele está… sendo levado pelas emoções, mas eu também, suponho.

Isso chamou minha atenção.

— O que você quer dizer?

— Bem, eu talvez tenha… atacado ele?

Quase caí da cadeira. Samkiel estendeu a mão para me firmar.

— O quê?

— Ele falou algumas coisas sobre você. Apenas reagi.

— Ah.

Eu podia imaginar as coisas maliciosas que Vincent tinha falado sobre mim. Eu sabia que sua antipatia vinha de séculos de inimizade mortal, mas às vezes parecia ser mais profunda. Samkiel olhou para as lâmpadas em suas mãos. Elas ganharam vida, e a luz dançou nelas por apenas um momento antes de se apagar.

— Portanto, não, ele não vem, mas é mais por minha causa do que por você. Ele me culpa por ir embora e está certo. Abandonei todos, isolando-me por mil anos após a queda de Rashearim.

— Samkiel, você sabe melhor que…

— Estou tentando, Dianna. Eu estou, mas não consigo evitar a sensação de que tudo o que faço é falhar. Cada decisão que tomo afeta outra, e assim por diante. Qualquer coisa que eu faça… Vincent tem razão. Eu não sei o que estou fazendo. Meu pai sempre soube o que fazer e como agir. Se ele me visse agora, o que sou, como falhei… Ele ficaria decepcionado. Não é o bastante.

Seus ombros poderosos caíram, o peso de mundos repousava sobre eles. Ele abaixou a cabeça, escondendo as lágrimas não derramadas em seus olhos.

– Ei, é o bastante. *Você* é o bastante – falei, pulando da cadeira. Apoiei as mãos em seus braços, e ele olhou para mim. – Você perdeu seu mundo e seu pai em uma guerra que sente que causou. Confie em mim. Poderia ter feito muito pior. Sabe, como sair em uma onda de assassinatos.

Os lábios de Samkiel se contraíram, mas ele não sorriu.

– Suponho que sim. Eu só queria que estivessem todos aqui. Mas entendo que as coisas mudaram e que tudo está diferente.

Aquilo me atingiu com força. Tudo estava diferente. Ali estava eu, tentando tornar esse momento com a família de Samkiel especial e importante, fazendo coisas que fazia quando Gabby e eu comemorávamos a Queda. As luzes sempre a deixavam contente. Achei que faria o mesmo com todos nós. Até os pratos que o obriguei a me ajudar a preparar quando ele voltou significavam alguma coisa.

– *Ninguém consegue ficar bravo quando tem comida deliciosa. Comprovado pela ciência.*

– *A ciência não prova isso, Gabby.*

– *Quem tem um diploma? Exatamente.*

A memória veio e foi embora, e eu deixei, aceitando tanto a dor quanto o calor que veio com ela. Suspirei.

– Entendo. Tudo mudou, e você sente falta da sua família.

– Sinto.

– Talvez a separação seja boa para todos vocês. Como se costuma dizer, a ausência aumenta o carinho.

– Talvez.

– Ou – apertei seus braços – posso matá-lo. Basta dar a ordem.

Ele olhou para baixo enquanto balançava a cabeça.

– Isso só provaria que ele está certo.

– Certo. Bem, vou usar um vestido bonito esta noite para fazer você se sentir melhor.

Ele me deu um pequeno sorriso, foi como uma rachadura naquela armadura grossa e pesada.

– Você é muito bondosa.

Dei um passo à frente, as luzes entre nós brilhavam com o poder dele quando sussurrei:

– Sem nada por baixo.

As luzes brilharam com mais intensidade, iluminando nós dois.

– Estou curado.

Eu ri e toquei sua bochecha, querendo protegê-lo tão furiosamente quanto ele sempre me protegeu. A parte mais sombria de mim, feita de dentes afiados, garras e escamas impenetráveis, parecia sorrir de orelha a orelha ao pensar até onde eu sabia que iria para fazer exatamente isso. Então, deixei uma pequena lasca daquela porta trancada brilhar quando falei em seguida.

– Mas sinto muito. Gostaria de poder fazer tudo ficar melhor, de verdade.

– Não é você. As coisas estavam complicadas muito antes de você. Obrigado por isso. O fato de estar fazendo tudo isso por nós significa muito. É bom. – Samkiel olhou ao redor do grande pátio, a grade cor de areia era feita da mesma pedra clara do palácio.

Pisquei para ele.

– Eu sou uma garota boa.

Samkiel sorriu, e todas as luzes que eu havia pendurado caíram, e a corda as arrastou uma por uma, como se o universo discordasse.

– Bem – falei com uma bufada de desgosto. Samkiel riu, e balancei a cabeça. – Apenas conserte, por favor.

O sorriso de Samkiel não vacilou quando ergueu a mão e estalou os dedos. As luzes estavam penduradas, perfeitamente dispostas ao longo do toldo e da grade, brilhando com uma luz suave e quente. Uma grande mesa apareceu no meio do pátio, com talheres e flores impecáveis.

Eu olhei.

– Sabe, se essa coisa de ser deus não der certo, você também pode seguir carreira em planejamento de festas.

Ele deu uma risada baixa e profunda.

– É perfeito – disse ele. Mas não olhou para as luzes ou para os arranjos, apenas para mim.

Nós nos viramos, voltando para dentro da casa, e, mesmo sem meus poderes, eu o sentia atrás de mim como sempre. Fui até a geladeira grande e tirei uma variedade de pratos que havíamos preparado antes.

– Espero que gostem. Estou fazendo isso por todos vocês. Eles foram gentis comigo, mesmo quando eu não merecia, e Gabby... – Fiz uma pausa, minha garganta se fechou. – Fique aqui – pedi, decidindo derrubar outra camada de paredes.

Corri escada acima até a única cômoda onde guardava algumas roupas velhas e uma das camisas de Gabby. Meus dedos encontraram a carta que eu havia enterrado no fundo da pilha. Quando voltei, Samkiel ainda estava no mesmo lugar, esperando. Samkiel sempre esperava por mim. Parei diante dele, o calor de seu poder me envolveu. Levantei o pedaço amassado do meu coração.

Ele olhou para mim e pegou a carta. Observá-lo desdobrar o papel fez meu peito doer. Seus olhos encontraram os meus mais uma vez antes de ele ler, e os segundos pareceram anos. Ele a dobrou como se fosse a coisa mais preciosa que já segurou.

– Ela os amava. Ela sentia que tinha uma família com eles, um lar, e queria isso para mim também. Então, quero fazer algo de bom para quem cuidou de alguém tão precioso para mim. Em especial quando não fui tão gentil.

Ele segurou meu rosto entre as mãos e beijou meus lábios, apoiou a testa na minha, me ancorando com seu gosto, cheiro e toque.

– Isso é lindo, Dianna. Obrigado por compartilhar.

Balancei a cabeça, um pouco de calma tentava superar a recente onda de emoções. Apoiei minha cabeça em seu peito, e nos abraçamos.

– Você me mostra seus segredos obscuros, e eu lhe mostro os meus.

– Isso mesmo.

– Espero que melhore. Para nós dois.

Samkiel se balançou comigo em seus braços.

– Vai. Confie em mim. Não é algo do qual se recupera em meses ou mesmo anos, mas estarei aqui com você em cada passo do caminho, para o que precisar, assim como você esteve comigo. Você me tirou da minha escuridão, Dianna. Agora deixe-me guiá-la, ou posso segui-la na escuridão, mas não existe eu sem você. Não mais. Entende?

Eu balancei minha cabeça.

– Não, acho que você precisa me lembrar. De preferência nu.

Ele riu pela primeira vez desde que voltara.

– Talvez mais tarde. Se você for boazinha.

– Então, isso significa que não posso matar Vincent?

Sua mão acariciou minhas costas.
– Não, você não pode matar Vincent.
– Tudo bem – falei com um suspiro desapontado.

Arrumei as alças traseiras do minúsculo vestido preto que Samkiel fez para mim. Falei que ele só podia olhar sem tocar até mais tarde, já que me proibiu de matar Vincent. Ele alegou que eu o estava torturando e se recuperou colocando uma camisa branca de botões e calças escuras que serviam bem demais.

Todos chegaram juntos, bem-vestidos e devastadoramente lindos. Quase esqueci que eram meros celestiais, já que todos pareciam quase divinos em suas roupas elegantes.

Distribuí bebidas, nervosa e desesperada para que a noite corresse bem. Eles ficaram na cozinha, conversando e rindo juntos. Tinham tantas histórias de batalhas e do tempo que viveram juntos. Se fossem escritas, poderiam encher uma biblioteca. Depois de algumas taças de vinho, relaxei. Ainda estava rindo de uma história que Xavier me contou, que envolvia Cameron e Imogen sendo pegos atirando na tapeçaria favorita de algum velho deus, quando a sala ficou em silêncio.

Vincent tinha entrado.

Ele usava calças e uma camisa larga. Samkiel parou no meio da frase quando fez contato visual com Vincent.

– Eu trouxe bolo – declarou Vincent com um pequeno dar de ombros, segurando uma caixa rosa como se não tivesse certeza do que mais dizer. – Cameron gosta de chocolate, e só tinham esse sabor.

Cameron passou por mim.

– Porra, sim, eu quero.

– Não. – A taça de vinho em minha mão se quebrou, e meu temperamento explodiu junto com ela. Foquei nele. O impulso predatório era tão inato em mim que eu rasgaria sua pele até os ossos caso tivesse meus malditos poderes. Com fogo ou não, minha postura não era algo que eu tivesse perdido junto com meus poderes.

– Dianna – chamou Samkiel atrás de mim. Todos os olhos, inclusive os de Vincent, estavam voltados para mim.

Caminhei em direção a Vincent, parando na frente dele.

– Não me importo se você me detesta, mas desrespeitar alguém que *morreria* por você é mais do que baixo, mesmo para você.

– Dianna. – Senti a mão de Samkiel em meu braço enquanto ele me afastava de Vincent. Vincent não falou, não se mexeu.

– Eu fiz algumas coisas terríveis e trabalhei para criaturas vis e asquerosas, mas isso foi pior, parabéns! Merece um bolo como esse. Mas aí toda a sua animosidade volta porque você não pode liderar? Não é culpa dele você se sentir diminuído. Se você tem um problema comigo, você resolve comigo. Até você deveria ter culhões suficientes para fazer isso.

Eu não sabia se tinha sido Cameron ou Xavier quem disfarçou uma risada com uma tosse e não me importava. Esperei que Vincent me respondesse ou saísse furioso, mas ele não fez nada disso.

Seus olhos focaram acima de mim.

– Vim pedir desculpas pelo que disse. Passei dos limites e sinto muito.

– Tudo bem. Não está perdoado, mas é um começo. – Samkiel me puxou para si antes de dizer: – Você também precisa se desculpar pelo que falou sobre Dianna.

Vincent olhou para mim em seguida.

– Desculpe-me.

Eu sabia que não precisava de desculpas, mas Samkiel era protetor, e essas palavras ajudariam a acalmar sua raiva por tempo suficiente para que os dois tentassem resolver qualquer tensão que existisse entre eles. Eu sabia que ele queria o amigo de volta. Vincent fazia parte de sua família, e ele o perdoaria.

Samkiel deu um passo à frente, tirando o bolo das mãos de Vincent.

– Há muita comida. Cameron ainda não devorou tudo.

– Ei!

E assim todos relaxaram. Peguei Cameron e Xavier trocando algumas moedas e rindo sozinhos. O rosto de Imogen tinha empalidecido, mas a cor estava voltando aos poucos. Logan deu um tapinha nas costas de Samkiel, sussurrando algo. Vincent foi se juntar a eles, mas estendi a mão, agarrando o braço dele e impedindo-o. Inclinei-me e sibilei:

– Se jogar o pai na cara dele de novo ou magoá-lo mais uma vez, não vou precisar dos meus poderes para arrancar sua língua do seu crânio.

Ele não falou nada, apenas assentiu enquanto se afastava. Cameron puxou o bolo das mãos de Samkiel, e a caixa saiu voando.

Respirei fundo, acalmando a raiva que borbulhava em meu sangue. Samkiel olhou para mim por cima do ombro de Logan, e estampei um sorriso no rosto, sabendo que ele tinha ouvido minha ameaça a Vincent.

Samkiel desviou o olhar e sorriu quando Vincent lhe entregou uma bebida, e os dois riram de algo que Logan havia dito.

– Homens – falou Neverra com um suspiro, observando Cameron se juntar a eles com um pedaço gigante de bolo na mão. – Eles não ficam bravos um com o outro por muito tempo.

O jantar correu bem. Enquanto estávamos conversando e comendo a sobremesa, notei Neverra olhando para Samkiel e seu aceno para ela e Logan. A cabeça de Imogen virou-se para eles como se tivesse sentido uma mudança na atmosfera. Neverra limpou a garganta e se levantou, Logan pôs-se de pé ao seu lado. Ela ergueu a taça de vinho.

– Samkiel convocou este jantar, mas também temos novidades. Logan e eu queremos tentar ter um bebê.

Cameron quase se engasgou.

– Espere, você está grávida agora?

– Não – respondeu Logan com um pequeno sorriso nervoso que era absolutamente encantador. – Note a ênfase: vamos *tentar*. Ainda tenho que reverter o procedimento.

O sorriso de Imogen foi tão radiante que era contagiante.

– Isso é incrível, Nev! Eu vou ser tia.

Xavier riu.

– Ah, seu bebê vai ser tão mimado.

Vincent se remexeu na cadeira, mas não falou nada enquanto erguia o copo em saudação. Cameron parecia ainda estar processando a notícia. Então seu rosto ficou sombrio.

– É por isso que estamos aqui esta noite? – perguntou ele.

– Não foi por isso que chamei todos vocês aqui – respondeu Samkiel, e sua voz ficou tensa. Todos se endireitaram e ficaram tensos como se esperassem uma ordem. – Sei que as coisas têm estado caóticas, para dizer o mínimo, mas já é assim há algum tempo. Eu parti quando sabia que deveria ter ficado.

Eu me mexi, deslizando a perna contra a dele em um pequeno ato de apoio e conforto.

– Nós protegemos Yejedin. Novas runas foram implementadas, e celas estão disponíveis se precisarmos delas, embora eu duvide muito que precisaremos. Não pretendo capturar Kaden. Quando isso acabar, ele será executado imediatamente. – Samkiel fez uma pausa e olhou para cada um deles. Eu podia ver amor, orgulho e dor nos olhos dele. – Não haverá mais utilidade para A Mão depois disso.

A sala explodiu em conversa, todos falando ao mesmo tempo. Samkiel ergueu a mão, e todos voltaram a se calar. Até Vincent parecia chocado e um pouco perdido.

– O que estou tentando enfatizar é que Kaden é o último elo. Uma vez partido, a paz retornará a Onuna e a este reino. Isso significa que A Mão não será necessária.

Preocupação e descrença consumiam a todos, exceto Logan e Neverra. Tudo que vi neles foi alívio.

– Quero uma vida para todos sem a ameaça de guerra e sofrimento. Do fundo do meu coração, não acredito que vocês foram criados para lutar para sempre, nem deveriam. Devem ter paz e amor. Todos merecem. É tudo o que sempre quis para cada um, e poderão tê-los quando isso estiver acabado. Uma vida. Uma quase normal, pelo menos.

– Mas o que faríamos? – Xavier inclinou-se sobre a mesa. – Esta tem sido a nossa vida desde… bem, desde sempre.

– O que vocês quiserem. Não estarão mais presos ao fardo de servir às ordens superiores. Sem ordens. Quero o que há de melhor para vocês, para todos. Quero que tenham uma família e envelheçam. – Samkiel parou e sorriu. – Bem, envelheçam mais, de qualquer maneira.

Isso pareceu aliviar o clima por um momento.

– Vocês são minha família. Não posso ser egoísta com vocês. Estão se distanciando há algum tempo, ao que parece. Sei que carrego grande parte da culpa por isso. Deixei-os aqui para recolher cacos com os quais nunca deveriam ter que lidar. Mil anos limpando minha bagunça. Não mais.

Logan e Neverra sorriram um para o outro. Imogen suspirou tão fundo que temi que ela estivesse prestes a chorar. Cameron estava cobrindo o rosto com as mãos, e Xavier cutucava os restos de comida em seu prato. Vincent olhava para Samkiel como se o visse pela primeira vez.

– Quer dizer, ainda seremos uma família, certo? – Xavier ergueu o olhar, sua expressão era quase desesperada quando seus olhos pousaram em todos na mesa antes de se fixarem em Samkiel.

– Claro. Isso nunca vai mudar.

– E ainda podemos nos visitar? Sabe, ver como estamos? – perguntou Cameron em seguida, baixando as mãos.

– Sim. – Samkiel sorriu. – Pensei que talvez pudéssemos ter nosso próprio feriado. Algo especial para todos nós. Um dia em que, não importa o que aconteça, poderemos voltar a ficar juntos, mesmo que por pouco tempo.

Xavier sorriu, assentindo.

– Eu gostaria disso.

– Eu também – declarou Imogen, com a voz soando um pouco embargada. Logan e Neverra concordaram com entusiasmo. Vincent e Cameron entraram na conversa, ambos estranhamente quietos. Samkiel assentiu e passou ao planejamento, discutindo que datas seriam melhores para todos e o que poderiam fazer com seu futuro.

Fiquei sentada, calada, observando a sala. Eles riam e brincavam sobre toda e qualquer coisa. A tensão diminuiu, mas pude sentir a mudança mesmo sem meus poderes. A centelha de alegria que permeara a reunião no início da noite havia desaparecido.

Descansei meus braços no corrimão de pedra e tomei um gole de vinho, precisava de um momento para mim. Podia ouvi-los todos lá dentro, gritando por causa de um jogo que Cameron havia escolhido.

Uma estrela distante parecia cintilar enquanto eu olhava para o céu noturno.

– Sabe, nem mesmo as sombras se movem dessa maneira, certo? – falei.

– Peço desculpas. Você parecia querer ficar sozinha.

Dei de ombros e me virei para me apoiar no corrimão, de frente para Roccurrem.

Até o Destino havia se arrumado naquela noite. Olhei de novo para dentro da casa e peguei Samkiel olhando para mim. Podia ser o ângulo em que eu estava inclinada com o vestido subindo pelas coxas, mas achei que ele nem tinha notado Roccurrem ao meu lado. Ou talvez tenha sido apenas um truque do Destino.

– Olhares desejosos entre amantes – comentou Reggie, apontando para Samkiel. Cameron deu um soco no ombro de Samkiel, balançando as mãos enquanto o repreendia por não prestar atenção.

Sorri, observando os dois discutirem com bom humor.

– O que você está fazendo aqui?

– Samkiel me permitiu comparecer se eu quisesse.

Quase me engasguei com o vinho.

– Permitiu?

– Sim, ele me proibiu de ver você. Sinto que foi, em grande parte, devido aos sentimentos dele por você e à preocupação com o seu bem-estar.

– Ou ele é um idiota ciumento.

– Não o culpe. Há razões pelas quais ele não consegue controlar essa parte de si.

– Sim, vi essa parte dele.

– Parece um momento apropriado para vocês dois.

Eu ri e tomei outro gole de vinho.

– Como você está... – Reggie fez uma pausa como se mil perguntas passassem por sua cabeça – ... se sentindo?

Inclinei a cabeça.

– Preocupado com meu bem-estar?

Ele esperou, perfeitamente confortável com o silêncio.

– Se eu disser que estou bem, me sinto culpada porque ela não está aqui, e, quando olho para eles e vejo como são felizes e gentis comigo, me sinto ainda pior pelo que os fiz passar por causa dele.

– E então?

Observei Samkiel se mover em direção à cozinha. Eu podia ouvir as risadas dali, mesmo que fosse uma bagunça murmurada.

– E, então, me sinto fria e implacável, porque sei que a parte de mim que destruiu Onuna e Yejedin não se foi, mesmo que eu não consiga invocar o fogo ou mudar minha forma. Ela está aqui para ficar, e isso é particularmente aparente considerando minhas ameaças de eviscerar Vincent.

– Isso a perturba?

Eu balancei minha cabeça.

– Não, pela primeira vez em muito tempo, sei quem sou. Eu gosto de mim. É com todos os outros que estou preocupada. Reagi muito rápido antes e sei que, caso lhe fizessem mal, família ou não, eu ia acabar com eles em pedaços e dormir como um bebê depois. Então – inclinei minha taça de vinho em um brinde –, estou sentindo uma infinidade de coisas.

O sorriso de Reggie, o primeiro verdadeiro que vi dele, brilhou um pouco mais quando ele inclinou a cabeça.

– Eu não esperaria menos de você.

– Isso faz de mim um monstro?

Reggie balançou a cabeça.

– Não, faz de você uma protetora.

Repousei meu copo na mureta grossa de pedra e esfreguei as mãos. Os olhos de Reggie se voltaram para elas como se procurassem alguma coisa. Olhei para minhas mãos. Nenhuma chama, nenhuma cócega ou vislumbre do meu poder ou força, mas Reggie olhou para elas como se fossem explodir em chamas a qualquer momento. Antes que eu pudesse questioná-lo, a porta de vidro se abriu.

– Por que está aqui sozinha? – perguntou Xavier, saindo.

Virei-me para lhe dizer que não estava sozinha, mas Reggie já tinha ido embora, não havia sequer um rastro de fumaça atrás dele.

Em vez disso, levantei uma sobrancelha e disse:

– Você está me vigiando?

– Eu observo as pessoas. Além disso, você desistiu do jogo que Cameron está forçando todo mundo a jogar.

– Perseguidor.

Xavier riu enquanto andava até o meu lado, trazendo um prato cheio de bolo e dois garfos.

– Quer dividir?

Eles eram tão legais. Eu não estava acostumada com isso e duvidava que algum dia estaria.

Xavier me deu um pequeno sorriso e simplesmente esperou, com seus olhos cheios de bondade esperançosa. Não percebi que isso estava pesando sobre mim e não tinha planejado dizê-lo, mas as palavras escaparam.

– Sinto muito pelos devoradores de sonhos. Sobre o que fizeram você ver.

O choque passou pelo rosto de Xavier.

– Nunca um Ig'Morruthen me pediu desculpas antes. Em geral, tentam nos matar ou nos devorar.

– Bem, a noite é uma criança.

Xavier riu e pegou um garfo, cortando uma pequena fatia.

– No entanto, aquela ameaça contra Vincent foi muito engraçada. Não é sempre que o põem no lugar dele. Às vezes ele precisa disso.

– Mas estou falando sério. Sobre meu pedido de desculpas. – Minhas mãos agarraram a grade atrás de mim. – Samkiel ama vocês, todos vocês, então – parei por um segundo para respirar fundo –, machucar algum de vocês o magoaria, e não quero magoá-lo.

Xavier curvou-se ligeiramente.

– Bem, estou honrado.

441

Xavier encostou-se na grade ao meu lado, e observamos os outros na cozinha. Cameron fez um gesto estranho, e Imogen riu. Vincent revirou os olhos atrás deles, todos pegaram lanches. Samkiel, como sempre, me procurou. Ele viu com quem eu estava e ficou com Logan e Neverra.

– Foi uma adaptação difícil quando Samkiel nos reuniu pela primeira vez. Estávamos todos com muito medo de dizer ou fazer a coisa errada. Estar sob o domínio dos deuses não foi uma experiência agradável para a maioria de nós. Muito menos para Vincent.

Engoli.

– Sim, ouvi falar.

– Ele atacou mais do que o normal. Acho que só está com medo de você.

Eu balancei a cabeça.

– Ele está certo em estar. Todos vocês deveriam estar.

Xavier parou.

– Gabby e eu tivemos pouco por muito tempo depois que meus pais morreram. Eu a tinha e a amava muito. Até que a perdi. Sou muito protetora com as coisas de que gosto, e perdê-la não ajudou meus instintos superprotetores. Se eu tivesse meus poderes, teria arrancado a língua de Vincent da cabeça pela forma como falou com Samkiel e não pensaria duas vezes. Samkiel é gentil, doce e muito atencioso. Ele é bom e não merece ser tratado dessa forma. Nem por mim, nem pela família, nem por ninguém.

Xavier nem sequer recuou, seus olhos seguiam Cameron. Ele estendeu o prato para mim.

– Eu entendo.

Peguei o garfo e cortei o bolo, dando uma mordida.

– Raio de sol – disse ele.

Balancei a cabeça enquanto observávamos as duas pessoas sem as quais sabíamos que não poderíamos viver.

– Raio de sol.

Quando a noite começou a se acalmar e todos se prepararam para ir para casa, Neverra fez um gesto para que eu me aproximasse, vasculhando a bolsa dela.

– Cheguei bem a tempo – sussurrou ela, entregando-me uma pequena caixa. – É uma ótima ideia, e Logan e eu levamos apenas algumas horas para localizar o estande.

– Fico feliz que Logan não esteja mais bravo. Desculpe por colocar você em apuros.

Ela fez um gesto dispensando.

– Não se preocupe. É para isso que servem os amigos. Além disso, Logan adora transar para fazer as pazes, então estamos bem.

Eu ri.

– Eu realmente agradeço. Por tudo – falei para ela, referindo-me a muito mais do que apenas as últimas semanas.

Ela sorriu suavemente, com seus olhos cheios de compreensão.

– Enquanto estávamos lá, também mandei fazer isso. Dei um para Immy e tenho um. Este é para você, se quiser – falou ela, hesitante, vasculhando a bolsa de novo e tirando um porta-retratos. Era a foto que tiramos quando ela e Imogen passaram a noite comigo. Peguei a moldura, meu coração se apertou.

– Agora você tem mais duas irmãs – declarou Neverra.

Eu a abracei, e ela riu, surpresa.

– Desculpe – falei, me afastando.

– Não precisa se desculpar. – Ela pôs a bolsa no ombro. – Boa noite, Dianna.

– Boa noite – retribuí e acenei.

Neverra se virou e correu para Logan, que estendeu a mão, e ela entrou sob seus braços. Ele a envolveu em um abraço, dando um beijo no cabelo de Neverra antes de irem embora. Voltei para dentro e coloquei a foto acima da lareira ao lado daquela de Gabby e de mim na praia. Eu a tinha levado para baixo para que ela pudesse fazer parte da nossa casa.

– Você está certa, Gabby. Gosto deles.

Uma estrela cintilou para mim pela janela aberta. Joguei um beijo para ela e subi as escadas com a caixinha.

A sala estava silenciosa, as luzes apagadas, o que significava que ele não tinha se movido desde que subira. Elas se acenderam quando entrei. Um sorriso apareceu em meu rosto ao ver Samkiel esparramado de bruços na cama. Corri e pulei em suas costas, fazendo-o gemer.

– Isso não doeu, seu bebezão. – Passei meus braços em volta dele, dando um beijo em sua bochecha. – Isso não foi tão difícil, foi?

– Depende do que estamos falando.

Levantei minha mão, batendo no ombro dele enquanto ele ria embaixo de mim.

– Não – admitiu ele, com os olhos ainda fechados. – Poderia ter sido muito pior, já que você ameaçou Vincent na frente d'A Mão.

– Você tem sorte de ter sido tudo o que fiz depois do que ele lhe falou. – Sentei-me, passando os dedos de alto a baixo em sua espinha.

– E quanto ao que ele falou sobre você?

– Já fui insultada por homens muito mais assustadores. – Meu dedo traçou uma linha em suas costas, os músculos abaixo se contraíram. – Um até me chamou de verme e disse que eu estava abaixo dele, embora ele fique abaixo de mim com mais frequência agora.

A risada de Samkiel tomou o quarto. Ele virou debaixo de mim, segurando meus quadris com as mãos.

– Tenho uma coisa para você – falei, me mexendo contra ele.

– Tem é? – Ele se mexeu embaixo de mim. – Está por baixo deste lindo vestidinho?

Eu ri e me afastei. Fui em direção às longas cortinas grossas que dançavam no chão perto da janela.

– Acho que você vai ter que descobrir – respondi, balançando meus quadris de leve para provocá-lo.

No momento em que abri as cortinas, permitindo que a luz da lua iluminasse o interior, Samkiel estava atrás de mim.

Virei-me e olhei para ele, colocando minha mão em seu peito.

– A Celebração da Queda está chegando.

Samkiel fez um barulho no fundo da garganta que me contou exatamente como ele se sentia a respeito. Ele tinha muitos motivos para odiá-la, o que era apenas mais um motivo para eu ter feito o que fiz.

– E – falei, atraindo a atenção dele de volta para mim – a tradição dita que troquemos presentes. Principalmente para celebrar a vida como um presente, blá-blá-blá, mas Gabby e eu sempre conseguíamos algo uma para a outra, mesmo quando eu estava a milhões de quilômetros de distância dela. Havia um entreposto para onde ela me mandava coisas todos os anos. Eu normalmente escondia os presentes ou mentia e falava que eu mesma tinha comprado, para não ter que ouvir Kaden reclamar. De qualquer forma, como eu disse, é tradição.

Ele afastou uma longa mecha do meu cabelo, e seu toque acalmou a dor que vinha com as lembranças. Peguei a caixa que Neverra e Imogen me ajudaram a conseguir. Imogen

– graças aos deuses antigos – tinha distraído o Conselho enquanto Neverra e Logan estavam fora. Abri a caixa, tirei o colar com pingente de prata em camadas e o levantei.

– O que é isso? – ele perguntou.

– Sei que você guardou aquelas fotos do festival, e eu as queimei. Então, pedi a Neverra que voltasse ao estande do festival e pegasse uma cópia. Eles as guardam em arquivo por anos. Ela pegou uma cópia e mandou colocá-las neste pingente. – Eu o segurei um pouco mais alto. As imagens planas e verde-escuras brilhavam ao luar. – É de um joalheiro dos arredores de Veistran, perto de Naaririel. Ele consegue transformar qualquer coisa em joias, fotos impressas ou palavras entalhadas. Sempre quis algo dele. Era onde amantes iam comprar itens um para o outro, mas eu... – Eu parei e balancei a cabeça. – Eu só pensei que, se você for ficar com elas, pelo menos agora não vão se perder.

Samkiel olhou para mim e depois para o colar que eu segurava entre nós. Ele ficou olhando por tanto tempo que meu coração acelerou. Inclinei-me para trás sobre os calcanhares, considerando se havia cometido outro erro. Talvez tenha sido demais? Talvez eu fosse demais.

Puxei o colar para mais perto de mim.

– Bem, se você odeia...

– Não. – Samkiel o tirou de mim como se eu estivesse prestes a jogar fora uma joia preciosa. Ele o colocou ao redor do pescoço, sem nunca desviar os olhos dos meus. O pingente de prata pequeno e achatado repousou entre suas clavículas, cobrindo uma pequena cicatriz. Ele pôs a mão sobre ele, e seu poder irradiou sob sua palma. Pequenos pulsos de luz percorreram a corrente, cobrindo-a com um brilho prateado intenso.

– Pronto, agora nunca mais sairá.

Sorri e estendi a mão para tocar o pingente com reverência, alívio e uma emoção quente queimando a insegurança que se elevava.

– Bem, a menos que eu seja decapitado, suponho.

Eu bati no peito dele.

– Samkiel! Ai, meus deuses, por que falar uma coisa dessas?

Ele esfregou o local no peito como se estivesse machucado, mas sorriu para mim.

– Estou apenas dizendo.

Estreitei os olhos e dei um passo em sua direção, mas ele se esquivou. Eu contra-ataquei, estendendo a mão para ele de novo. Ele agarrou meus pulsos e os prendeu com uma das mãos grandes, puxando-me para si, encostando meu peito no dele.

– É perfeito – sussurrou, soltando minhas mãos antes de segurar meu rosto e dar um beijo na minha testa. – Eu não conhecia a tradição. Não comprei nada para você.

–Você não precisa me comprar nada. – Coloquei a mão contra a larga parede de músculos do seu peito, e o coração dele batia sob minha palma, o ritmo parecia acompanhar o do meu. – Isso não tem preço para mim.

– Dianna sendo doce. Quem poderia imaginar?

– Não é? Sou totalmente terrível – falei com orgulho.

Ele se inclinou, parando a um fio de cabelo dos meus lábios.

–Totalmente enlouquecedora.

Um beijo leve roçou meus lábios, quase imperceptível. Meu corpo inteiro foi inundado por calor.

Seus olhos estavam derretidos ao se afastar. Ele segurou meu rosto, seu polegar acariciou minha bochecha, um movimento lento e carinhoso mais abrasador do que qualquer beijo ou toque íntimo. Quando Samkiel olhava para mim, era como se visse minha alma e se importasse com cada parte – a boa, a má, a feia e a cruel.

Uma corda dentro de mim se rompeu, uma corda que existia atrás de uma parede de pedra e chamas.

E um cadeado na porta de uma casa chacoalhou.

– Sinto muito por ter ido embora – falei. Seu polegar parou contra minha bochecha. – Prometo ficar se as coisas piorarem. Não vou deixar você nunca mais.

Samkiel estudou meu rosto, o alívio encheu seus olhos como se ele já estivesse esperando que eu falasse isso havia algum tempo. Era um consolo que eu não sabia que ele precisava, mas faria com que ele não duvidasse do meu comprometimento no futuro.

Ele ergueu a mão entre nós, estendendo o dedo mínimo.

– Promessa de mindinho? Uma beldade de cabelos escuros me disse há muito tempo que isso é praticamente a lei em seu mundo.

Sorri e segurei o dedo dele com o meu.

– Promessa de mindinho.

Ele me puxou para a frente, e nossas mãos se pressionaram entre nós enquanto ele selava o voto com um beijo.

LXXIX
CAMERON

A caminhada saindo da casa de Samkiel foi silenciosa. Todos planejamos voltar naquela noite e fazer as malas antes de ir para Onuna. Logan e Neverra andavam de braços dados à nossa frente. Eles pararam no caminho, conversando com Imogen, suas risadas eram transportadas pela brisa perfumada pelas flores. Imogen deu um beijo na bochecha de Neverra e abraçou Logan. Ouvi-a dando boa-noite antes de disparar para o céu, e sua luz foi a primeira a partir.

— Bem, foi divertido — falou Vincent atrás de Xavier e de mim. Apenas assenti com as mãos nos bolsos enquanto Xavier e eu andávamos até o fim da ponte.

— Sim, Xavier e eu apostamos quando ela ia fazer você chorar. Embora eu não tenha visto uma lágrima, estava bem perto de você mijar nas calças — falei, lançando um olhar provocativo por cima do ombro para ele. Vincent bufou, mas não falou nada.

Xavier riu enquanto jogava no ar a moeda que ganhou de mim.

— Fico contente que vocês dois possam encontrar humor nisso. Isso ainda só prova meu ponto. Ela é volátil — retrucou Vincent, com a voz rouca.

Dei de ombros.

— Eu me diverti mesmo que o jantar tenha acabado de um jeito inesperado. — Era um eufemismo. Meu peito ainda doía com as palavras de Samkiel. A Mão não era mais necessária. Balancei a cabeça, limpando-a. — Você estava mais calado que o normal, Vin.

— O que eu deveria falar? Parabéns por não ser um babaca como os outros deuses? Obrigado por nos dar nossa liberdade? Samkiel nunca nos manteve como animais de estimação, mas isso parecia diferente, mais permanente.

Xavier grunhiu em concordância.

— É, parecia.

Nós três paramos no final da ponte. A brisa diminuiu, e as árvores se aquietaram.

— Quero dizer, esse é o plano. Se Kaden estiver morto, não haverá mais monstros grandes e maus para enfrentar. Não haverá mais mundos correndo perigo de serem destruídos. Dianna nivelou o campo de jogo do Outro Mundo, matando quase todos os lacaios dele. O que mais existe?

Vincent olhou de volta para o palácio.

— Sempre há mais monstros para enfrentar.

Eu bufei.

— Você está mesmo com tesão por ela, não é?

A cabeça de Vincent se virou em minha direção enquanto Xavier abafava uma risada.

— Absolutamente não, mas ela ainda é do sangue de Kaden, o que significa que seus poderes estão apenas adormecidos. Não foram embora. O que acontecerá se ela realmente se descontrolar, hein?

–Vincent – interveio Xavier, estendendo a mão e segurando o ombro dele. – Ela não é Nismera.

Vincent olhou para a mão de Xavier antes de afastá-la, e seu rosto se contorceu com a expressão normal de raiva que todos conhecíamos tão bem.

–Você sabe o que quero dizer. Mesmo sem Kaden, sempre restará algum monstro.

Xavier também não recuou.

– Sim, e, se isso acontecer, o que duvido, já que ela poderia ter matado a todos nós depois que a irmã morreu, Samkiel pode lidar com ela.

Cocei a orelha, olhando para o palácio.

– E, pelos sons vindos do palácio agora, acho que ele já começou.

Os lábios de Vincent se curvaram em desgosto, linhas cobalto reluziram por seu corpo.

– Que seja. – Ele se elevou para o céu noturno em um raio de luz, deixando Xavier e a mim sozinhos.

– Ainda acho que ele sente tesão por ela.

Xavier riu, pondo as mãos no bolso de novo.

– Acho que ele é superprotetor com todos nós e não confia nela, o que faz sentido. Mesmo sem seus poderes, ela é assustadora.

Dei de ombros.

– Bem, ele não vai ter que se preocupar com isso por muito mais tempo. Parece que vamos todos seguir caminhos separados.

Esperei que Xavier mordesse minha isca, proclamasse que todos podiam ir embora, mas que permaneceríamos iguais. Eu estava com um aperto no peito desde o momento em que chegamos. Senti o cheiro da tensão muito antes de entrar no palácio e sabia que não ia gostar – e não gostei mesmo. Nunca imaginei que não ficaríamos juntos para sempre. Parecia que eu estava errado ao pensar que íamos passar por tudo juntos.

– Falando nisso, preciso conversar com você.

O tom de Xavier chamou minha atenção, e fiquei um pouco mais ereto, não mais apoiado no parapeito da ponte.

– Conversar comigo? Sobre Elianna? Ouça…

– Não, bem, sim, mas na verdade não.

Ele estava olhando para os pés e esfregando a testa. Ele estava nervoso? Com raiva? Meu coração acelerou. Ou era algo mais? Algo que ambos tínhamos evitado abordar. Eu sabia que tinha a ver com Elianna, mas, como qualquer outro relacionamento sexual que tive, não era sério.

– Xavi. O que é?

Xavier tirou a mão do bolso, e congelei. Ele tinha se esquivado a noite toda, até mesmo sentado longe de mim durante o jantar, e então eu soube o porquê. Ele puxou um anel e colocou-o no dedo. Meu coração parou. Independentemente de eu querer ou não, parou. Ele esfregou um dedo sobre a aliança simples de ouro.

– Ele me pediu em casamento. Propôs, como dizem os mortais, há algumas semanas.

– Semanas?

– Eu não tinha certeza no começo e não aceitei de imediato, mas… Não me olhe assim. Não contei a ninguém. Eu queria fazer isso hoje à noite, mas, depois do grande anúncio de Logan e Neverra, seguido pelo de Samkiel, não achei que fosse o momento certo e, para ser sincero, eu só queria contar a você primeiro. – Ele mexeu na aliança de ouro. – Eu conto tudo para você.

Eu não conseguia falar nem me mover, fui incapaz de desviar o olhar daquele anel. Ele zombava de mim.

– Eu aceitei. Sinto que, mais do que nunca, é hora de um novo começo. Ele é bom para mim, e também quero uma vida, sabe?

Eu me sentia como se não estivesse mais no meu corpo, o sangue pulsava em meus ouvidos tão alto que levei um momento para registrar o que ele falou.

–Você está brincando, certo? – exclamei.

Xavier olhou para cima, chocado.

– Como?

– Isso é... – Comecei e parei. –Você ao menos o conhece de verdade? Quero dizer, vocês não estão juntos há muito tempo. Não achei que fosse *tão* sério.

Xavier estreitou os olhos, a dor brilhava em suas feições.

– Uau, você quer dizer como você e Elianna?

Eu não conseguia impedir as palavras que saíam da minha boca.

– Então é por isso? Você aceitou por conta de um caso?

A dor desapareceu, substituída pela raiva, e em seguida seu rosto ficou frio, todas as emoções estavam bloqueadas.

– Um caso? Como todos os que você teve durante séculos? É sempre outra garota, outro cara, outro ser. – Era a primeira vez que Xavier se exaltava comigo. A primeira vez desde que nos conhecemos, nos tornamos amigos ou seja lá o que somos. – Agora você faz isso? Depois de tudo, você quer confessar alguma coisa agora?

– Xavi...

– Não me chame assim. Que palhaçada. Você andou transando com Elianna e escondeu isso de mim, e olha que você me conta tudo.

– Ora, vamos, não significou nada.

– Significava algo se você escondeu. Você sabia dos meus sentimentos e não fez nada ou, na verdade, fez tudo, menos o que deveria ter feito.

– Isso não é justo.

Tudo pareceu vir à tona. Cada emoção e sentimento que mantivemos escondidos transbordou, ameaçando nos consumir.

– Como não é?

– Porque você está em um relacionamento, lembra?

– Sim, estou. Depois de quanto tempo, Cam? – Ele parou e sacudiu a cabeça. – Quer saber? Sou.feliz com ele. Ele é bom e gentil.

Joguei as mãos para o alto, revirando os olhos com tanta força que tive medo de que ficassem presos na porra do meu crânio.

– Ah, besteira. Qualquer pessoa decente deveria ter essas características.

– E ele me escolhe – retrucou ele. – Ele escolheu, e você sabe que teve anos e anos para me contar, falar ou dizer algo. Você não fez isso.

Ele parou de andar e levou a mão à boca. Meu coração martelava no meu peito. Como eu poderia lhe dizer que estava apavorado por causa disso, daquele exato momento? Aquele em que ele me rejeitaria ou em que eu o perderia para sempre por causa do que fiz.

– Desculpe-me. – Mesmo enquanto dizia as palavras, eu sabia que não eram as corretas. Ele tirou a mão do rosto, e foi nesse momento que vi o brilho das lágrimas em seus olhos escuros.

–Você sabia que eu estava à sua espera. Esperei que me notasse desse jeito e, quando você não fez nenhum avanço, respeitei sua decisão e o que você podia me dar. Aceitei que você não me queria. Agora estou com alguém que quer ficar comigo. Ele não tem medo de dizer que me ama ou que quer um futuro comigo. Ele luta por mim.

Parecia que ele tinha me dado uma bofetada.

– Como eu não luto? – Ele ficou calado, muito calado, enquanto passava a mão pelo rosto. – Está apaixonado por ele? – perguntei.

– O quê?

–Você vai se casar porque está apaixonado por ele ou está se conformando?

– Ah, vá se foder, Cameron.

–Você está apaixonado por ele? – berrei, com as emoções à tona governando-me com mais força do que qualquer tempestade que Samkiel pudesse conjurar. Meu coração se partiu quando ele não respondeu. Ele me encarou. Por favor, meu coração implorou, chorou, gritou. *Por favor, não esteja apaixonado por ele. Por favor.*

– Não importa. – Ele desviou o olhar do meu. – É tarde demais. Estou feliz e vou me casar com ele. Você teve todas as oportunidades ao longo dos séculos em que nos conhecemos, e não vou partir o coração de ninguém porque você finalmente decidiu falar. Não é justo.

Meus ombros caíram. Já fui esfaqueado, quase desmembrado e engolido inteiro, mas nada doeu tanto quanto aquelas palavras. Meu peito parecia ter implodido. Talvez ele estivesse certo. Esperei tempo demais, minhas próprias inseguranças me corroeram. E se não fosse real entre nós? E se eu estragasse tudo como fiz com tantas outras coisas na minha vida? E se não fôssemos nem *amata* um do outro e eu apenas o mantivesse longe de quem ele realmente precisava? Athos, como qualquer outro deus e deusa, dizia que o amor enfraquece e faz com que se perca o foco. E se estivessem certos?

–Você está certo – falei e menti, menti e menti.

Xavier olhou para mim como se eu tivesse partido algo nele também, porém apenas assentiu antes de disparar para o céu e sair da minha vida.

LXXX
KADEN

— Gosta de música, Roccurrem?

O Destino apenas deu de ombros. O terno que ele vestia era uma cópia daqueles que a maioria dos homens abaixo estavam usando.

— As vibrações às vezes são agradáveis, às vezes não.

Uma centena de mortais agitados se arrastou em direção aos seus assentos quando a orquestra começou a tocar. Os instrumentos variavam entre instrumentos de sopro, de cordas com arco, metais e percussão, mas o meu favorito era segurado por uma mulher a menos de dez metros de mim. Os braços dela se moviam enquanto ela preparava as cordas de seu veslir. Eu estava em um balcão, com vários mortais de terno e gravata andando atrás de mim. Considerando tudo o que tinha acontecido nos últimos meses, o evento de gala era maior do que eu esperava. Ajustei a máscara de renda fina no meu rosto. Era idêntica às que todos usavam ou seguravam em uma vareta. Baile de Máscaras era o tema da noite. Cruzei os braços sobre o peito, o paletó se curvou em meus ombros. As luzes diminuíram, e um mortal subiu ao palco para anunciar o primeiro ato.

— Está atrasado — falei, sentindo-o parar atrás de mim.

— Cheguei aqui o mais rápido que pude.

A música começou, lenta no início, enquanto todos se acomodavam.

— Hmm... — murmurei, virando-me para encará-lo. — Belo terno, Vincent.

Vincent veio até o meu lado, tão tenso quanto estava quando começou a trabalhar para mim. Ele deu uma olhada em Roccurrem, mas o Destino pareceu ignorá-lo. Ele se inclinou para a frente, agarrando-se ao parapeito enquanto falava.

— Você é um tolo por sair do esconderijo quando todos estão à sua procura.

Eu o ignorei, voltando-me para a orquestra. A loira começou seu solo, dedilhando as cordas do veslir.

— Nunca entendi de música até vir para Onuna. O veslir deve ser uma das minhas partes favoritas deste mundo inferior — comentei, acenando para a mulher. — É o menor da família, mas, ah, o tom é o mais alto. Sinto que às vezes se esquecem disso. Claro, as pessoas sabem o nome dele, mas não o que realmente pode fazer.

— Isso é outro jogo mental?

Bati com a mão em seu ombro, e ele se sobressaltou. Girei-o em minha direção.

— Basta de jogos, amigo. O ato final está prestes a começar, e preciso de vocês onde quero.

Ele assentiu.

— Está feito. Os devoradores de sonhos fizeram a sua parte plantando as sementes de liberdade nas mentes deles.

Apertei o ombro de Vincent com força, seus ossos rangeram sob meu aperto. Ele se encolheu sob minha mão.

– Ótimo. Ótimo. Preciso deles separados para o que planejei.

– O que vai acontecer com eles? Depois?

Sorri, voltando-me para observar a musicista enquanto ela trabalhava no instrumento, extraindo beleza dele.

–Você sabe o que vai acontecer. Não se faça de bobo agora. Não é o seu forte.

–Vai doer?

Um sorriso se formou em meus lábios quando olhei para ele.

– Não me diga que Vincent, líder de Onuna e d'A Mão, de repente está perdendo a porra da coragem.

A mandíbula dele se contraiu.

– Não tenho escolha nessa questão.

–Você está certo, não tem.Você trabalha para *nós*. É isso. Não me faça perguntas sobre a suposta família que você está traindo. Não é da sua conta. – Dei dois tapas em seu braço e sorri.

Vincent permaneceu quieto, assistindo ao show abaixo.

– Foi o que pensei. Nós dois sabemos que, uma vez que os reinos forem abertos, você vai desejar nunca ter se aliado a Samkiel.

Vincent assentiu e recuou, ajeitando a jaqueta.

–Vou me certificar de que eles estejam separados.

– Bom.

A música aumentou, e me voltei para a orquestra, claramente dispensando-o. Eu o ouvi dar alguns passos e depois parar.

– Ele está com ela, sabe? Totalmente. Não os separou. Na verdade, os tornou mais fortes.

Senti o balcão sob minhas mãos ranger e a madeira se lascando sob minhas garras.

– Se os dois completarem o terceiro ato e selarem o vínculo, ela vai…

–Vá embora,Vincent, antes que eu faça algo do qual até vou me arrepender – rosnei, sentindo Roccurrem se mover ao meu lado.

Vincent assentiu e deixou a área do balcão. Encarei Roccurrem, esforçando-me para não o despedaçar e arruinar tudo o que construímos e pelo que trabalhamos. Ciúme, quente, ofuscante e violento, me atravessou.

– Sabia disso?Você falou que transformá-la evitaria *isso*. Matar a irmã falsa evitaria *isso*. Você tem a porra da mínima noção…

– A marca não está no dedo dela.Você reage exageradamente, tal qual uma criança faria. – Os olhos dele se abriram, todos os seis. – Vi uma infinidade de possibilidades, a ligação deles é a menos provável. O tempo ainda passará.

Rosnei, presas saíram de minhas gengivas.

– Se a Ordem não conseguir…

–A Ordem terá o que deseja – interveio Roccurrem. – O que todos desejam.A morte de Samkiel.

Soltei o balcão, pequenas lascas de madeira caíram na multidão abaixo.A música atingiu seu *crescendo* e diminuiu, deixando a sala em silêncio por um breve momento antes que a multidão abaixo se levantasse e chovessem aplausos.A mulher fez uma reverência profunda enquanto as cortinas se fechavam.

LXXXI
DIANNA

Rolei e estendi a mão, apenas para encontrar a cama vazia. Eu fiz uma careta e me sentei.
— Sami? — chamei, mas não houve resposta.
Afastei as cobertas e me levantei para atravessar o quarto. Ele já havia partido para ver a Superior e não tinha se despedido?
— Sami? — chamei de novo, pegando um roupão e vestindo-o. Desci as escadas e fui até a sala, mas estava silenciosa. Verifiquei a cozinha e o cômodo que ele usava como pequeno escritório. Nada. Abracei-me e voltei para a sala, congelando ao ver as fotos na lareira vibrando.
Aproximei-me, vendo que elas não estavam apenas vibrando. Estavam derretendo. Dei um passo para trás, esbarrando em alguém atrás de mim. A sala derreteu e sumiu.
Dei um passo para o lado e me virei. Gabby olhava para mim, com uma mancha de tinta na camisa.
Eu estava de volta à casa onde Gabby e eu tínhamos morado. Só que desta vez estava um desastre completo e absoluto. Os móveis estavam destruídos e em pedaços, molduras no chão, cacos de vidro por toda parte. Parecia que um tornado havia devastado a casa.
Engoli em seco e perguntei a ela:
— O que você está fazendo?
— Consertando as rachaduras. Estamos quebradas.
— O quê?
Ela me ignorou, cantarolando enquanto passava o pincel em cima de uma grande fenda na parede. Havia rachaduras por todas as paredes. Um desconforto me atravessou.
— Se não conseguirmos abrir a porta, não vamos conseguir consertar as rachaduras — murmurou ela enquanto pintava —, e o mundo acaba.
— Como assim? — Balancei minha cabeça. — Não sei o que isso quer dizer.
Ela cantarolou a música da nossa infância.
Uma escuridão longa e irregular pulsava no canto mais distante. Havia aumentado desde a última vez que estive ali e se espalhado como um câncer pela casa. Ela respirava, e eu sentia o sopro de sua respiração contra meu cabelo.
No final do corredor, passando pela cozinha e pela parede onde havíamos gravado nossas iniciais, uma luz fraca penetrava por baixo de uma porta. Afastei-me de Gabby, precisava ver o que havia atrás daquela porta. Parei na frente dela, minha mão buscou a maçaneta, mas parei, a inquietação aumentava.
— Você não vai gostar do que está atrás dessa porta. — Gabby apareceu ao meu lado. Seu cabelo ainda estava preso em tranças, e ela ainda usava a mesma camisa e o mesmo macacão coberto de tinta. Ela sorriu e ergueu o pincel. — Você tem que abrir aquela porta — falou ela, apontando para o final do corredor, para a porta coberta de correntes e cadeados maiores que minhas mãos.

Eu balancei a cabeça.

– Não.

– Então as rachaduras vão aumentar – ela murmurou.

Como se estivessem ouvindo, outra fissura dividiu a parede perto de nós, indo em direção àquela maldita porta. Parou bem no topo do batente da porta, espalhando-se em veias semelhantes a aranhas.

– O que é aquilo? – Apontei para as rachaduras.

– Quer sair.

– O quê?

– Eu. – Os olhos dela ficaram vermelhos, seu cabelo escureceu, suas feições se transformaram nas minhas antes que escamas substituíssem a pele e garras substituíssem as unhas curtas. A Ig'Morruthen cresceu, enchendo a casa inteira, mas não conseguiu se libertar.

Percebi que as rachaduras eram causadas por ela se movendo e tentando se libertar. Asas grossas e pesadas se expandiram e se pressionaram contra o teto. Suas longas mandíbulas se abriram, brasas ardiam atrás de sua língua. Nem pensei antes de abrir a porta e passar; ela se fechou no momento em que as chamas iluminaram o espaço onde eu estava. Um grito uivante cheio de desespero e raiva quase destruiu a casa. Minha bunda bateu no chão, os gritos da fera reverberaram na minha cabeça. Ela implorava por liberdade.

Levantei e girei, querendo escapar daquele cômodo. O choque congelou meus pés no chão. Eu não estava mais em nossa casa. A água escorria das paredes da caverna, e ouvi um riacho sibilando próximo. Um rugido estrondoso atravessou o céu, assustando-me tanto que tropecei e quase caí de novo. Um enorme buraco se formou acima de mim, expondo uma massa rodopiante de estrelas roxas e prateadas.

O céu brilhava, fios de magia violeta e azul rodopiavam acima. Estrelas e planetas flutuavam muito mais perto do que eu já tinha visto. Um rugido ressoou na caverna, mas desta vez milhares de outros responderam. Meu coração deu um salto, e tapei os ouvidos. O som era ensurdecedor. À medida que desaparecia, o bater de asas tomou seu lugar, as feras foram despertando de seu sono e subindo para o céu, finalmente livres.

Mundos, tantos mundos, eu conseguia ver tudo, e isso me apavorava. A barreira entre o nosso reino e o próximo fora aberta.

Não.

– É lindo, não é? – perguntou Kaden, aparecendo ao meu lado.

– Isso não é real.

– Não, ainda não, pelo menos.

– Estou sonhando – falei e fechei os olhos com força, tentando me forçar a acordar. – Estou sonhando.

– Está? – Abri meus olhos. A cabeça de Kaden estava inclinada para trás, e segui seu olhar. Criaturas extremamente poderosas voaram pela galáxia, contornando mundos e mergulhando neles. – Ou é mais?

– O que é isso? – questionei, prendendo-o no lugar com meu olhar.

Kaden sorriu e acenou com a cabeça para trás de mim. Olhei por cima do ombro, meu estômago estava embrulhado. Movi-me tão depressa que acho que meus pés nem tocaram o chão, e parei no grande altar de pedra que se elevava no meio da sala. Flores, amarelas e manchadas, estavam grudadas nas laterais, mas o que estava em cima dele me encheu de pânico.

Samkiel.

Ele jazia ali perfeitamente imóvel, a pele era de um cinza pálido profundo. Seu corpo estava vestido com um antigo traje sagrado, com as mãos cruzadas em cima do peito, um peito que não subia nem descia.

Em um instante, eu já estava na laje de pedra, sacudindo-o. Frio, ele estava tão frio. Agarrei seus ombros e braços, qualquer coisa para fazê-lo acordar. Uma raiva quente e ardente atingiu meu estômago, e a fera atrás da porta se enfureceu.

– O que você fez? – gritei com Kaden, enquanto ele contornava a laje de pedra. Sua forma estava embaçada por causa das lágrimas não derramadas, e, se tivesse presas, eu as teria mostrado.

– O que prometi. – Ele parou do outro lado, olhando para os restos mortais de Samkiel. Kaden encontrou meu olhar, com seus olhos brilhando em vermelho. Silhueta se formaram atrás dele, andando em um só ritmo. Era um exército, mas não foi o que me fez recuar. Foram as duas figuras que o flanqueavam que causaram arrepios de terror na minha espinha. Eram tão altas quanto Kaden, uma igualmente musculosa, a outra, uma forma feminina esbelta, mas não menos agourenta. Mesmo que suas feições estivessem escondidas na escuridão, senti o poder irradiando delas e soube, sem dúvida, que o que quer que Kaden fosse, elas também eram. Essas eram as três figuras coroadas do meu último sonho.

– O último guardião está morto. Não há mais guardiões. Não há mais paz. O fim começa.

Meus olhos se abriram. Meu corpo estava vermelho de calor, como se minhas entranhas ameaçassem ferver. Coloquei a mão sobre meu coração, tentando diminuir a batida. Sentei-me e olhei para Samkiel deitado dormindo ao meu lado. Sua boca estava ligeiramente aberta e seus olhos dançavam por trás das pálpebras. Dormindo, sonhando e vivo. Deitei-me o mais silenciosamente que pude. Não havia nenhuma luz no quarto escuro. O nascer do sol ainda estava a horas de distância. Respirei fundo, tentando processar o que acabara de ver.

O último guardião está morto. Não há mais guardiões. Não há mais paz.

Aproximei-me mais de Samkiel, levantando seu braço e me aconchegando contra seu peito. Seu corpo enorme cobriu o meu conforme eu me mexia, aninhando-me ainda mais embaixo dele. Seus braços se apertaram em volta de mim enquanto ele se ajeitava, me puxando para a curva de seu pescoço. Beijei todas as partes dele que pude alcançar. Sua carne aquecida encontrou meus lábios. Não está cinza. Não está frio. Não está morto. Vivo.

Samkiel gemeu, mudando de posição de novo, dessa vez com a mão enrolada em meu cabelo. Ele me puxou para si, encaixando sua boca sobre a minha.

Deslizei as mãos sobre os flancos, ombros e costas dele. Não está frio. Não está morto. Vivo. Eu o beijei com mais força antes de me afastar e sussurrar:

– Morda-me.

A mão dele segurou meu queixo, virando minha cabeça. Ele abaixou a cabeça e lambeu a curva onde meu pescoço encontrava meu ombro. Minha respiração ficou presa, e gemi quando ele mordeu e chupou com força suficiente para deixar marca. Eu só precisava saber que não estava sonhando, que ele não estava frio. Não estava morto. Vivo! Meus quadris subiram, esfregando-se contra ele quando ele mordeu de novo, desta vez logo abaixo da minha clavícula.

– Mais – gemi.

Samkiel colocou a boca sobre meu seio, sugando e roçando meu mamilo com os dentes. Minhas costas se arquearam com a mão dele apertando e beliscando o outro mamilo. Senti seu sorriso contra minha pele quando ele começou a descer, mas eu não o queria assim, não naquela manhã.

Empurrei seus ombros e ele se levantou, com a cabeça inclinada para o lado. Sorri para ele e virei de bruços. Samkiel gemeu, percebendo o que eu estava fazendo. Suas mãos fortes e calejadas deslizaram pelas minhas costas. Agarrei o travesseiro sob minha cabeça e levantei minha bunda, soltando um silvo suave quando ele deu um tapa primeiro em uma nádega e depois na outra.

– Você é tão bonita. – O calor dançou pela minha pele em antecipação quando ele deu um beijo no meio da minha coluna. – E toda minha.

Balancei a cabeça, agarrando o travesseiro com mais força.

Samkiel beliscou minha pele, deixando um rastro de beijos ardentes no centro das minhas costas. Suas mãos agarraram minha bunda com tanta força que doeu, enquanto ele descia mais. Seus dentes arranharam uma das minhas nádegas, depois a outra, mordendo minha carne antes de sua língua deslizar entre elas.

Ofeguei com o toque obscuramente íntimo, gemendo com a sensação repentina. Minha mão desceu pela frente do meu corpo até meu clitóris. Massageei o pequeno ponto em círculos rápidos, movendo meus quadris em conjunto com a boca dele.

Ele agarrou minha mão e puxou-a enquanto se levantava.

– Pare. Isso é meu em seguida.

Um gemido suave me escapou quando ele agarrou meus quadris e os ergueu um pouco mais alto. Abri mais as pernas, mostrando a ele cada parte de mim.

– Você é tão linda, Dianna.

– Hmm… Você vive falando isso.

– Estou falando sério – retrucou ele, e nesse instante, sua boca desceu sobre minha boceta. Sua língua correu do meu clitóris até o meu centro. Enterrei o rosto no travesseiro, abafando meus gemidos baixos. Estendi a mão para trás, agarrando o cabelo dele, forçando sua boca onde eu a desejava. Sua língua me penetrou, e balancei para trás, com o prazer apertando minha barriga.

– Caralho – choraminguei. – Sami. Eu vou gozar assim.

Ele riu, e o som vibrou contra minha carne já excessivamente sensível. Samkiel lambeu e chupou meu clitóris, cada nervo estava tão sensível que as sensações beiravam a dor. Era disso que eu precisava para afastar pesadelos sobre morte. Eu precisava do toque dele para afastar o terror e o temor avassaladores de perder mais alguém que amo…

Samkiel moveu a língua do jeito perfeito, e meu corpo se desfez, o prazer me atravessou. Ele não parou enquanto eu estremecia, suas mãos agarraram meus quadris quando tentei me afastar, extraindo implacavelmente outro orgasmo de mim.

Eu ofeguei, tremores secundários ondularam pelo meu corpo, enquanto Samkiel se levantava atrás de mim. Meu corpo chorou com meu orgasmo, a parte interna das minhas coxas ficou molhada, mas eu sabia que ainda não tínhamos terminado.

Minhas mãos serpentearam entre minhas pernas, alcançando-o. Segurei suas bolas com carinho, deslizando cuidadosamente minhas unhas pela pele sensível antes de fechar a mão ao redor de seu membro.

O gemido dele fez outro arrepio me atravessar, meu corpo estava tão sintonizado com o seu, que até mesmo o som de seu prazer me fazia pulsar de desejo.

– Desesperada, é? – perguntou ele, com voz uma oitava mais baixa e carregada de tesão.

Minha única resposta foi um aceno de cabeça e alguns movimentos longos e lentos para cima e para baixo em sua extensão antes de colocar a coroa grossa de seu pau na minha entrada. Esfreguei para cima e para baixo em meu sexo inchado, cobrindo-o com minha umidade.

– Preciso de você – sussurrei, olhando para ele por cima do ombro. E eu precisava. Sempre precisava. Era uma verdade que tinha negado por tempo demais.

Senti seu pau se contrair na minha mão com essas três pequenas palavras.

– Então, me tome – exigiu ele, com seu controle falhando. – Sou apenas e sempre seu.

Eu me movi para trás, tomando-o centímetro por glorioso centímetro. Gememos a uma só voz quando ele entrou em mim por completo. Apertei-me ao seu redor, ajustando-me ao volume, acolhendo a ardência.

– Deuses, Dianna – ofegou Samkiel, com suas mãos apertando meus quadris. – Você é tão gostosa.

Consegui apenas choramingar quando comecei a me mover contra ele. Ele ia tão fundo, quase fundo demais nessa posição, mas eu não me importava. Precisava senti-lo, sentir o calor dele.

Não está morto. Não está frio. Vivo.

– Sabe quantas vezes fantasiei com cada parte sua?

Balancei a cabeça e abaixei os ombros até a cama, arqueando as costas e levantando a bunda, movendo-me contra ele, querendo ele o mais fundo possível.

A mão de Samkiel se chocou com força contra minha bunda. Meu corpo estremeceu com o contato, uma onda de calor líquido banhou o pau dele com a dor. Meus mamilos endurecidos roçavam contra os lençóis, lançando outra onda de prazer através de mim.

Olhei por cima do ombro enquanto empurrava meus quadris para trás. As mãos de Samkiel se flexionaram, e eu sabia que ficaria com as marcas de seu aperto. Balançamos para a frente e para trás em um ritmo próprio. Olhei por cima do ombro, encontrando com força suas estocadas. A boca de Samkiel estava ligeiramente aberta, seu olhar baixo observava seu pau desaparecer dentro de mim. Minhas mãos agarravam os lençóis. Com cada impulso, ele atingia aquele ponto dentro de mim, enviando choques agudos e intensos de prazer por todo o meu corpo.

– Tome tudo de mim – grunhiu Samkiel entre os dentes.

Empurrei minha bunda com força contra ele e gritei, todo o meu corpo tremia.

– Boa garota – gemeu ele quando se inclinou para a frente, agarrando um punhado do meu cabelo. Meu corpo se arqueou, e me apoiei nas mãos. Ele me segurou exatamente como queria e me tomou com mais força, mais rápido, até que eu só conseguia gritar seu nome. Ele estava atingindo algum ponto profundo dentro de mim que me fazia quase chorar a cada estocada. Carne se chocava contra carne, o som se misturava com nossos gritos de prazer.

Era disso que eu precisava, o que eu queria. Ser totalmente possuída por Samkiel, não pertencer a nenhum outro.

Meu corpo tremia, esforçando-se, buscando meu orgasmo, com o calor úmido e apertado da minha boceta contraindo-se ao redor dele.

Ele puxou meu cabelo, colocando-me de joelhos e me puxando contra si.

– Me sufoque – ofeguei, cada impulso tirando meu fôlego.

Ele soltou meu cabelo e passou a mão em volta do meu pescoço. Levantei meu queixo e me apoiei em sua palma.

– Mais forte – implorei. Eu só precisava sentir. Ele tinha que me provar que aquilo era real e que eu não estava sonhando.

O aperto de Samkiel aumentou, seus anéis beliscaram minha pele, e, durante todo o tempo, ele me penetrava em um ritmo constante. Senti o toque fantasma de seus dedos entre minhas coxas, separando os lábios do meu sexo ao redor do meu clitóris antes que o movimento de sua língua provocasse o ponto sensível.

Quase chorei, dominada pela sensação e pela necessidade. Colocando as mãos para trás, agarrei as coxas dele, precisando me segurar em alguma coisa.

A voz dele era um sussurro quente e ofegante em meu ouvido.

– Eu sou o único que pode tocar em você. Foder você. Diga.

– Sim, você – gritei. – Só você.

Ele afastou seu poder do meu clitóris, substituindo-o por sua outra mão que desenhava círculos ao redor da minha carne dolorida. Meus gritos se transformaram em exigências enquanto ele se enfiava em mim. Seus anéis beliscaram minha garganta conforme eu implorava para ele meter mais forte, mais rápido. Ele atendeu a todas as minhas demandas e muito mais. Era bom demais. Minha boceta se contraía toda vez que ele gemia, um som inebriante, sabendo que era por minha causa, para mim.

– Você quer gozar?

Balancei a cabeça e gemi, sentindo sua mão se flexionar contra minha garganta.

– Implore-me por isso.

– Por favor – choraminguei, mas seus movimentos diminuíram, e o orgasmo que eu queria ficou ainda mais fora do meu alcance.

– Você pode fazer melhor do que isso.

– Samkiel! – gritei, balançando meus quadris para trás para encontrar cada impulso dele. Eu podia sentir quão perto chegava a cada vez, e ele também. Ele se retirou até que apenas a ponta do seu pau permanecesse dentro de mim, e seus dedos no meu clitóris pararam.

Eu dei um tapa na coxa dele.

– Samkiel.

Ele pegou minha mão e a colocou onde nossos corpos se uniam. Estremeci com a sensação de nossos dedos contra a carne inchada e ultrassensível.

– Está sentindo o quanto está molhada por mim? – Ele deslizou as nossas mãos para onde a ponta do seu pau ainda estava presa dentro de mim.

Eu ofeguei e balancei a cabeça, sentindo minha boceta se apertar em torno dele, tentando-o a entrar mais fundo.

Ele moveu os quadris, empurrando seu pau para dentro de mim em um ritmo agonizantemente lento.

– Como é fácil para mim entrar e sair de você. Você está pingando em mim, querida. Sua boca, aquela maldita boca.

Apertei-me ao redor dele enquanto ele se retirava mais uma vez antes de se embainhar dentro de mim no mesmo ritmo torturantemente lento.

– Tão apertada.

– Por favor – gemi, jogando minha cabeça para trás por cima de seu ombro. – Por favor, me faça gozar, querido. Samkiel, por favor.

Samkiel me empurrou de bruços e entrou em mim por trás, por completo, fundo e com força. O som que ele soltou foi quase primitivo, e algo em mim respondeu. Ele se inclinou por cima de mim, apoiando as mãos de cada lado da minha cabeça. Agarrei seus pulsos para me apoiar, a pulseira que ele usava estava fria em meus dedos.

O calor de seu poder, agora familiar, se moveu abaixo de mim, beliscando meus mamilos antes de descer. Bastou um toque em meu clitóris já dolorido, e me desfiz. Meu corpo tremeu quando meu orgasmo me atravessou. Minhas unhas se cravaram em seu pulso quando gozei, meu corpo parecia que ia se despedaçar. Tudo bem. Eu sabia que ele ia me recompor.

Suas estocadas diminuíram, e então ele me penetrou o mais fundo possível. Samkiel gozou, falando meu nome várias vezes enquanto se esvaziava dentro de mim. Ele abaixou a cabeça, dando um beijo no hematoma e na marca de mordida na curva do meu pescoço. Suas mãos deslizaram por baixo de mim, e ele me segurou apertado, com seu peso me pressionando ainda mais contra a cama. Nunca me senti tão necessária, tão cuidada, tão protegida.

– Humm... me acorde assim todas as manhãs – murmurou ele contra meu pescoço.

Suspirei e segurei seus braços com firmeza.

O silêncio caiu, e um pensamento me ocorreu, todos os meus medos voltaram.

– Prometa que vai voltar para mim. – Não tentei esconder o tom de insegurança em minha voz. Não agora, não depois de tudo.

Ele se mexeu, me segurando um pouco mais forte, com a cabeça apoiada nas minhas costas.

– Como se você pudesse se livrar de mim.

– Estou falando sério.

– Dianna – falou ele, espalhando beijos pela minha coluna. Afastou meu cabelo do rosto e gentilmente me virou. Tremi contra ele. – Não há força neste mundo ou no próximo que seja forte o suficiente para me manter longe de você. Entende?

Suas palavras acalmaram a dor sombria e fraturada do sonho.

– Certo. – Balancei a cabeça uma vez, roçando meu nariz no dele. – Mas, se você não voltar, vou ter que destruir o mundo ou fazer algo drástico, e quem vai limpar a bagunça?

Ele riu antes de me beijar suavemente, com seu polegar acariciando meu rosto.

– E você diz que não é doce.

– Não sou, mas... – Não falei nada, não disse o que queria, apenas deixei as palavras se esvaírem, mudando de assunto. – Certo, tomar banho, comer e depois você vai sair para visitar sua ex mística.

Ele gemeu e se sentou, puxando-me junto. Gritei quando ele me jogou por cima do ombro e caminhou até o banheiro.

– Tão ciumenta.

Tomamos banho, e o observei enquanto ele se vestia. Ele deu um beijo em meus lábios, depois em minha testa, e sorri uma última vez quando ele partiu para ver a Superior. Ele disparou com um clarão de luz radiante, e meu estômago se revirou. Depois daquele sonho, eu realmente desejava ter ido com ele, mas talvez estivesse louca. Eu tinha perdido Gabby. Era normal temer perdê-lo, mas algum instinto insistia que não era só um sonho, mas um presságio.

E o cadeado na porta de uma casa chacoalhou.

LXXXII
LOGAN

Escovei os dentes antes de cuspir na pia.
— Adorei o lugar que você escolheu — gritou Nev do quarto.
Abri a torneira, enxaguando a pia antes de limpar a boca na toalha próxima.
— Achei que era uma boa mudança em relação às montanhas. Que lugar melhor do que perto da praia?
Nev sorriu para mim enquanto prendia o cabelo.
— Podemos nadar quando não estivermos caçando um psicopata.
— Você sempre lê minha mente, querida. — Inclinei-me e a beijei.
— Eu sei. É por isso que pedi comida para nós enquanto você tomava banho.
— Eu amo você.
Ela sorriu.
— Também amo você.
Beijei as bochechas dela antes de pegar sua mão e ir em direção à porta do quarto. Uma vez no andar de baixo, acendi a lareira. Fazia um frio terrível em Onuna naquela época do ano.
— Vincent está em Arariel conversando com os embaixadores, para que todos não surtem com a nossa volta.
— Parece bom — falei, enquanto as chamas se acendiam e aumentavam. — Que filme hoje à noite?
— Ah, que tal...
A campainha tocou, e sorri para ela.
— Nossa, foi rápido.
— Pegue meu cobertor, e vou receber — disse Nev, sorrindo para mim antes de desaparecer na curva.
Balancei a cabeça e peguei nossas malas onde as deixamos quando entramos. Abrindo o zíper das dela, puxei o grande cobertor de lã e parei. A foto emoldurada dela com Imogen e Dianna estava abaixo dele.
— Nev. Você imprimiu isso? — perguntei, virando-me em direção ao corredor.
A foto caiu, despencando no chão. Vidro se estilhaçou em volta dos meus pés quando invoquei uma arma em chamas.
Neverra estava ali, com a pele brilhante e os olhos queimando em azul-cobalto, mas foi o homem atrás dela que fez raiva e horror me atravessarem.
Kaden.
— Toc, toc — disse Kaden, colocando as mãos atrás das costas.
Meu lábio se curvou quando estendi a mão em direção a Nev, silenciosamente dizendo a ela para vir até mim.

459

– Você cometeu um erro vindo aqui.

– Cometi? – perguntou Kaden, quase divertido. Ele deu mais um passo para dentro, ficando atrás de Neverra. Ele se inclinou perto do pescoço dela, e meu corpo congelou. Ele olhou para cima. – Lindo lugar que você escolheu. Vi aquela luz azul dançando no céu e soube que sua preciosa família havia retornado. Mal podia esperar para ver todos vocês de novo.

Ele estendeu a mão, movendo os pequenos fios de cabelo na nuca dela. Com um movimento do meu anel, a armadura envolveu meu corpo. Dei um passo à frente e congelei, observando a boca dele se mover, e Neverra saltou, sua lâmina parou a minha.

– Nev.

Ela se afastou de mim, girando a lâmina para o lado em defesa *dele*.

– O que está fazendo?

Kaden caminhou ao redor de Neverra enquanto os olhos dela ardiam focados nos meus.

– Ela não pode ouvir você – falou Kaden, sentando-se na cadeira perto da porta. Meu coração batia furiosamente contra meu peito. Rosnados e latidos se seguiram quando aquelas grandes feras dele entraram na casa. Neverra olhava para mim, sem medo, sem vida e imóvel. O vínculo entre nós estava nulo e vazio.

– O que fez com ela? – Minhas palavras saíram em um grito agudo.

Num segundo ele estava sentado na cadeira e, no seguinte, estava na minha frente, agarrando meu queixo com tanta força que as placas da armadura perto de minhas bochechas se quebraram.

– A mesma coisa que farei com todos vocês.

LXXXIII
SAMKIEL

Estalei os dedos, esperando que os presentes aparecessem como eu havia planejado. Se Dianna tivesse caído no sono, ela devia estar dormindo tão profundamente que não acordaria. De qualquer forma, era o mínimo que eu podia fazer. Levantei o pingente que ela me deu e o beijei para dar sorte. Eu só esperava não ficar preso ali por muito tempo.

Exalei e invoquei uma lâmina, deslizando-a pela palma da mão. Desenhei um grande círculo no chão, traçando runas ao redor do perímetro com meu sangue. Em pouco tempo já estava completo, e a ferida na palma cicatrizou.

A sala do Conselho estava silenciosa, todos trabalhavam no andar de cima enquanto A Mão voltava para Onuna. Instruí os membros do Conselho a não me incomodarem e posicionei alguns guardas do lado de fora das portas principais, apenas para o caso de eu ficar longe por mais tempo do que esperava. Qualquer interrupção poderia ser perigosa. Rodei meus ombros para relaxar os músculos tensos antes de pisar no centro do ringue. Sentei-me, dobrando as pernas e apoiando as mãos nos joelhos, limpando a mente e acalmando o corpo antes de falar as palavras sagradas.

Minha mente se desviou primeiro para ela, sempre para ela, depois uma grande corrente veloz me levou embora.

— Você usa muito poder para vir me ver, Deus-Rei. — A voz oscilava indo e vindo, ecoando ao meu redor.

Um arrepio percorreu minha espinha e tocou minha mente. Avancei para a enorme sala branca. Ela continuava para sempre em ambas as direções, sem fim ou criatura à vista.

— Eu sei, e é por isso que esta viagem precisa ser breve.

—Você costumava amar minha dimensão. — A sala se transformou, e eu estava de volta ao palácio, em nosso quarto. — Mas parece que seu coração pertence a outra agora.

A cama se moveu naquele lugar-fantasma quando Dianna rolou dela. Só que não era a minha Dianna.

— Sim.

A Superior ergueu uma das mãos, passando os dedos pelo rosto.

— Ela é bonita. Ela é sua?

— Sim.

A Superior fez uma careta, acenando com um longo dedo com unha vermelha para mim enquanto avançava.

– Errado de novo.

–Você precisa assumir a forma dela? – perguntei, com meu estômago se revirando.

– Por quê? É uma distração? – Deslizou a mão por um roupão fino de renda, expondo a lingerie combinando por baixo. Era um conjunto que Dianna tinha me pedido para fazer para ela. A Superior estava brincando em meu cérebro, usando minhas memórias em seu benefício.

–Você não pode me distrair – declarei, e a sala vibrou. –Você não é ela.

– Pena. – A Superior olhou para as unhas dela. – Então, a profecia é verdade. Que triste.

– Sim, sim, todo mundo está chateado porque encontrei alguém com quem quero passar minha vida. Estou cansado de ouvir isso.

– Essa não é a parte triste.

– O que você quer dizer?

A Superior pulou na cama, cruzando uma perna tonificada por cima da outra enquanto se deitava.

–Você conhece as regras, nada de mim até…

– Que preço me pede por essa informação?

A Superior deslizou a mão pela coxa e depois mais alto.

– Se não pode me ajudar sem isso, nosso tempo aqui acabou – falei e me virei para partir.

A Superior riu.

– Estou brincando. Só queria ver se você estava falando sério, e está. O Samkiel de antigamente não teria perdido tempo em aceitar meus avanços.

– Estou ficando cansado. Qual é o seu preço, então?

– Não preciso de preço. Eu vi, assim como o Destino, o que está por vir. Você já está prestes a pagar um preço alto, Deus-Rei.

– Serei punido porque fui primeiro a Roccurrem? Ele fala em profecia e enigmas. Eu não preciso disso de você.

A Superior suspirou e revirou os olhos.

– Roccurrem foi preso por um motivo. O Destino é inconstante.

Meu sangue gelou.

– Explique.

– O Destino deseja a velha profecia, que ela o ame, mas a semente já se enraizou no peito dela, fecundada e nutrida por uma criatura feita de trevas. Ela é muito bonita, Samkiel. – A Superior ergueu a mão e acariciou seu rosto. O rosto de Dianna. – Mas ela é má.

Dei um passo à frente.

– Não, ela não é – rosnei.

– Para você, talvez, mas o limite da loucura em que ela caminha é tênue, e o que ela está disposta a fazer por aqueles que ama não conhece limites. Ela massacraria a sua própria família caso levantassem a mão contra você. Isso é amor?

– Amor?

A Superior inclinou a cabeça e saiu da cama.

–Você já disse a ela que a ama?

Olhei para baixo.

–Você está com medo – sussurrou ela, com admiração e choque. Então sua risada ecoou pelo aposento, saltando em milhares de vozes diferentes. – Por eras, seu nome incitou medo nos corações de seus inimigos, e eles buscaram maneiras de fazê-lo sentir o mesmo, mas sem sucesso. Agora, isto – a Superior indicou a casca de Dianna que ela estava usando – o assusta?

Não falei nada, minha garganta ficou seca.

A Superior transformou-se em uma névoa rodopiante sem forma, sua verdadeira forma, e gritou:

– Diga-me! Você busca verdades. Dê-me esta!

– Sim! – bradei para o turbilhão de fumaça que me envolvia.

A nuvem mudou, retornando à cópia de Dianna.

– Sim, estou com medo. Ela foi embora com tanta facilidade antes. Mesmo que eu diga as palavras, o que a impede de me deixar de novo? E se ela não sentir o mesmo? Então, sim, estou com medo. Na verdade, não temo monstros, reinos ou qualquer coisa, mas isso, a rejeição dela, me aterroriza.

– Vocês compartilham carne como feras febris, mas se pergunta se ela o ama? – A Superior riu. – Patético.

– Só porque atendo às necessidades físicas dela não quer dizer que ela me ama.

– Por mil anos, você não deixou ninguém se aproximar e agora, mesmo com todo esse ego e orgulho, está inseguro. – Ela riu mais uma vez. – Isso é melhor do que qualquer troca que poderíamos ter feito. O grande protetor tem um ponto fraco em sua armadura.

– Basta! – falei, perdendo a paciência. – Eu não vim para ser ridicularizado. Ou você me ajuda, ou vou embora.

A Superior deu de ombros.

– Muito bem. Faça sua pergunta.

– O gigante contou que uma criatura invadiu Yejedin, onde Kaden e os outros Reis de Yejedin residiam. Preciso saber o motivo e qual é a fera.

A Superior andava de um lado para o outro com um sorriso sábio no rosto.

– Ainda considera Kaden um rei de Yejedin?

Balancei a cabeça, confuso.

– Não, eu sei que ele é um dos generais do meu pai.

– É mesmo?

– O que mais ele poderia ser? Somente os quatro reis poderiam entrar e sair de sua dimensão.

A Superior ergueu um dedo delicado.

– A menos que algo estivesse trancado com eles. Algo que um antigo deus queria esconder. Esquecer.

Meu estômago se embrulhou, e engoli o nó crescente em minha garganta, sabendo quem havia arrombado aquele lugar. Eu tinha ouvido os sussurros dos segredos, mas me recusava a dar atenção a qualquer um dos rumores.

– Meu pai?

Aquele sorriso felino voltou quando ela se virou para mim.

– Bingo. Temos um vencedor.

– Por que ele colocaria seu general lá? Por que ele protegeria os reis? A única razão seria desencadear o caos para que pudessem nos derrotar na guerra.

– Não eram os reis que ele queria proteger, mas o que Kaden havia feito.

– Kaden criou os Reis de Yejedin. Sim, sei disso.

A Superior assentiu.

– Seu pai mentiu quando disse que foram os Primordiais. Os Primordiais viram o poder bruto que Kaden detinha e reconheceram seu potencial. O poder de Unir cresceu dez vezes com Kaden ao seu lado, e eles reconheceram o nível de ameaça. Eles o desafiaram, e seu pai queria paz, sendo assim, trancou todos eles. – A Superior formou-se diante de mim, ainda com o rosto de Dianna. Ela estendeu a mão, roçando as pontas dos dedos na minha bochecha.

Movi a cabeça para o lado, evitando seu toque. Ela apertou meu queixo, virando-me para encará-la.

– Pense, Samkiel. Por que ele mentiria para tantas pessoas com quem afirmava se importar? Por que mentir para começar? A menos que o que ele escondeu fosse muito precioso para ele. Não gostaria de esconder aquilo que tanto ama se todo o reino desejasse que morresse?

Meu coração bateu forte.

– Kaden era mais que um general para ele?

A Superior assentiu.

Minhas mãos se fecharam em punhos.

– Um amante?

– Não. – Ela deu um sorriso largo e balançou a cabeça, seu cabelo escuro caiu sobre os ombros. – Um filho.

Filho.

A palavra ecoou em meu crânio.

Filho.

Minha cabeça caiu para trás, a bile subiu pela minha garganta.

– Kaden?

– É seu irmão. – Um sorriso vil e cruel surgiu em seus lábios.

Fiquei sem palavras. Minha mente passou por milhões de cenários antes de parar bruscamente. Tudo me atingiu de uma vez. O portal, o poder, sua capacidade de criar Dianna, curar a irmã dela por tempo suficiente para usá-la para controlar Dianna. Ele ficou longe de mim porque sabia que eu sentiria e reconheceria poder tão semelhante ao meu. Foi assim que ele soube da batalha, d'A Mão, e da Queda de Rashearim. Kaden não era o rei que pensei que fosse. Não, era muito pior.

Ele era meu irmão.

– Como? – Minha voz soava tão distante.

–Você está fazendo as perguntas erradas. A próxima deve ser sobre seus outros irmãos. Irmãos que ainda existem, mutilando e destruindo além das barreiras dos reinos que você mantém selados. – A Superior recuou e ergueu a mão, levantando três dedos. – Unir teve três filhos muito antes de você, Deus-Rei.

– Três? – Sufoquei a palavra, segurando meu estômago. Ele não tinha me contado. Ninguém me contou. – Minha mãe nunca falou nada sobre meus irmãos. Eu não sabia.

A Superior inclinou a cabeça.

– Por que ela falaria? Você é o único nascido da carne, Deus-Rei.

– Mas você acabou de dizer...

– O poder de Unir ultrapassava em muito até mesmo os deuses mais próximos dele. Ele teve uma visão da Grande Guerra. Só que não percebeu que ia começá-la quando criasse seus preciosos filhos. A Grande Guerra ocorreu por causa deles. Unir criou um plano, uma forma de construir armas para destruir qualquer ameaça de uma vez por todas. Muito antes de você ser cogitado, ao que parece. Mas é proibido criar vida sem compartilhá-la. E ele seguiu em frente mesmo assim. Ele se importava tanto com os reinos, seu povo e com outros, que fez uma escolha, e isso acabou custando-lhe tudo. O universo leva muito a sério suas dívidas. Não se pode ganhar tanto sem equilibrar a balança.

Eu oscilei, e minha cabeça começou a latejar, o choque e a força necessária para ficar ali tanto tempo estavam cobrando seu preço. Mas eu tinha que continuar. Precisava saber de tudo.

– Conte-me o que aconteceu a seguir.

A Superior olhou para mim e continuou.

– Unir fez crianças, criando deuses por geração espontânea. Ele fez alguns de luzes tão radiantes que poderiam cegar, e outros ele esculpiu na própria escuridão. Três eram tão fortes que Unir perdeu o controle deles. Três nascidos do sangue: um que o derrama, outro que o manipula e outro que o consome.

Aquele que consome é Kaden. Mas quem eram os outros dois?

– Os outros viram o que Unir era capaz de fazer. Sementes de dúvida se espalharam sobre os filhos poderosos que ele criou, e deuses se voltaram contra deuses. Unir escondeu os filhos, trancando-os. Todos, menos um, e esse vive debaixo do seu nariz há muito tempo. Na tentativa de trazer a paz, ele semeou o ódio e o ciúme daqueles que criou. Ciúme porque o amor verdadeiro chegou e deu frutos. Uma criança tão cheia de luz que solidificou o ódio deles. *Você* é essa luz. *Seu* nascimento deu início à Guerra dos Deuses, e sua *morte* desencadeará o próprio caos. – A Superior deu de ombros, roendo as unhas. – Acho que seu nome tem mais mérito agora do que nunca. Isso é meio engraçado, hein?

A sala girou, minha mente tentava processar tudo enquanto eu me equilibrava e me mantinha naquele plano. Agarrei minha cabeça, desejando ficar, sangue escorria do meu nariz. Limpei e fiquei mais ereto.

– Eu simplesmente não vi. Achei que ele se referia a ela. *É assim que o mundo acaba.* Mas não era ela. Nunca foi ela.

A Superior olhou para mim com ar de curiosidade.

– Quem? Sua *amata*?

Meu coração parou.

– Minha o quê?

– Sua *amata*. Sabe, este ser lindo – disse ela, apontando para a fachada de Dianna que vestia. – Sabe, pensei mesmo que a Ordem a tivesse matado quando ela era criança, mas aqui estamos. Meio engraçado, hein? Mas ela é definitivamente o seu tipo.

Meu mundo inteiro se alterou.

A Superior sorriu.

– Você não sabia mesmo? Isso explica por que vocês dois têm feito amor com tanta voracidade e provavelmente brigado. É a marca tentando se formar e se selar, unir suas almas por qualquer meio necessário. Por que acha que o fogo dela não queima você? Seu raio, seu poder, eles não são iguais? O trovão é apenas calor expandido. A natureza sempre faz vocês em pares, às vezes mais. Quero dizer, você é a criação para a destruição dela. É sincronicidade.

As palavras partiram minha alma. Eu tinha uma. Era Dianna. Sempre foi Dianna. Cada pensamento, cada sentimento que tive por ela desde o dia em que a conheci, por que ela tocava cada parte de mim, por que eu não conseguia parar de pensar nela. Tudo se encaixou como se eu tivesse encontrado a última peça de um quebra-cabeça, e tudo finalmente fez sentido. Era mais profundo que o amor em termos mortais. Dianna fazia parte da minha alma.

A Superior prosseguiu como se não tivesse acabado de revelar algo tão importante e especial.

– Estou surpresa que tenha demorado tanto para vocês dois se encontrarem. Vocês estavam trancados no mesmo reino. Realmente pensei que iam separá-los ainda mais, em especial porque o Destino trabalha para o Único e Verdadeiro Rei.

Destino. Minha cabeça se virou em direção à Superior.

– Roccurrem trabalha para Kaden? – Eu estava fervendo. Esse tempo todo? A raiva ardeu em meu sangue, as tatuagens em meu corpo se inflamaram em prata. Ele esteve perto de Dianna o tempo todo. A sala tremeu, a dor perfurou meus olhos e penetrou em meu crânio.

A Superior riu e balançou a cabeça.

– Ah, deuses, não. Roccurrem trabalha para seu pai. Os outros dois Moirais trabalham para o Único e Verdadeiro Rei.

Os outros dois Moirais? Os Destinos. Irmãos de Roccurrem.

– Ainda estão vivos?

A Superior assentiu com ar brincalhão, assumindo mais dos maneirismos de Dianna.

– Sim.

– Esse tempo todo, mentiram para mim como se eu fosse uma criança. Informações importantes que alteram minha vida foram escondidas de mim. Por quê? – sibilei. Um líquido quente escorria do meu nariz, minha cabeça latejava enquanto meu corpo tentava me forçar a retornar.

– Isso não importa agora. É tarde demais. O equinócio chegará em breve. – A Superior se moveu, aparecendo na minha frente. Ela estendeu a mão e agarrou a minha, segurando-a para examiná-la. – E não vejo a marca em seu dedo. Parece que seu tempo acabou. Acho que ele realmente conseguiu.

Puxei minha mão.

– Conseguiu o quê?

A sala girou enquanto eu sacudia a cabeça, lutando contra a força do meu corpo para me acordar. Dei um passo para trás, minha visão estava embaçada.

A Superior se aproximou, sua forma se curvou.

– Não posso dizer o quanto estou animada. O quanto todos estão entusiasmados porque você enfim vai morrer. Veja, eu era apenas uma distração para mantê-lo imóvel enquanto a Ordem trabalhava. Porque, quando você morrer, enfim estarei livre. Todos nós estaremos. Seu pai trancou muitos de nós, tentando preservar um futuro para todos os seres vivos. Tudo o que ele acabou fazendo foi criar uma legião que destruiria tudo o que ele buscava proteger.

Meu corpo se dobrou, meus joelhos bateram no chão. Meus ombros doeram quando meus braços foram puxados para os lados, mantidos tensos como se correntes pesadas prendessem meus pulsos.

A Superior olhou para cima, estendendo a mão em direção ao teto branco alto.

– Sinto falta do cosmos.

– O que é isso? – Era uma exigência, não uma pergunta. A sala tremeu enquanto meus poderes aumentavam, tentando vir em minha defesa.

A Superior entrou na minha frente, com a imagem de Dianna derretendo. Ela se dissipou em sua névoa escura e disforme, sua voz ecoou ao meu redor.

– A verdadeira tragédia é que você não tem aliados, falso rei. Nunca teve. Acho que você e sua *amata* também são parecidos nesse aspecto.

A sala estremeceu quando minha mente, meu ser chocou-se de volta em meu corpo. Tentei me sentar, uma dor aguda e violenta perfurava meu crânio. Obriguei-me a me virar, tentando me apoiar nas mãos e nos joelhos, parando quando correntes bateram no chão de pedra polida. Um círculo selado de runas me envolvia, meus pulsos estavam acorrentados, as outras extremidades, fundidas com o chão.

– Ótimo. Você está acordado. Agora podemos começar.

Levantei a cabeça e, pela primeira vez, notei Elianna e o resto do Conselho parados fora do círculo.

LXXXIV
CAMERON

Aquele maldito bipe. Minha mão se estendeu, batendo na mesa perto de mim até ele parar. Enrolei-me sob os corpos que me cercavam, o casal ainda estava dormindo. O bipe recomeçou.

– Que porra é essa?

Tirei um braço de cima de mim e me sentei, apertando os olhos para enxergar no quarto escuro. Meu telefone. Que horas eram?

Eu me mexi, desvencilhando-me do casal que tinha conhecido horas antes em algum bar cujo nome já tinha esquecido. Tudo o que eu sabia era que queria ficar longe dos restos mortais de Rashearim e de Xavier. Eu só queria esquecer por algumas horas. Obviamente, meu tempo acabou, o trabalho estava atrapalhando, como sempre.

Peguei minhas calças no chão e as vesti antes de encontrar minha camisa. Eu mal tinha um braço enfiado na manga, e o bipe começou de novo.

– Estou indo. Maldição.

Estendi a mão para pegá-lo no momento em que o marido – eu tinha esquecido o nome dele – se mexeu na cama, agarrando a esposa. Também não me lembrava do nome dela.

Bocejei, mas fiquei totalmente alerta quando vi o nome piscando no meu telefone.

Xavier.

Meu coração disparou, chocando-se contra minhas costelas. Por que ele estaria me ligando? Ele tinha deixado suas escolhas perfeitamente claras. O nome desapareceu, a tela escureceu. E se ele estivesse ferido?

O telefone se acendeu mais uma vez na minha mão. Respirei fundo, esfregando a mão no rosto antes de atender.

– Você é um homem difícil de encontrar.

O medo me tomou. Não era Xavier.

– Quem é você? Por que está com o telefone de Xavier?

A risada era quase um ronronar.

– Venha até a rua 52, e você descobrirá, pequeno caçador.

A linha ficou muda, e eu já estava do lado de fora no segundo seguinte.

O letreiro de neon do bar piscava, as luzes dançavam na rua vazia. Nada se mexia, nem mesmo o ar, mas meus sentidos estavam em alerta máximo. Meus anéis vibravam, reagindo ao meu desconforto. Meus instintos gritavam perigo, lembrando-me da primeira vez que encontrei Dianna.

Abri a porta e entrei no bar sem hesitar. A música me assaltou primeiro, e, depois, o cheiro me atingiu – sangue e carne, carne podre. Sob esse aroma nocivo, havia um toque de canela, mas com um elemento sombrio e amargo.

– Guarde a lâmina. Está passando vergonha.

O homem estava esparramado em uma cadeira sem se preocupar em olhar para mim. Ele inclinou a cabeça para trás, tomando uma dose de licor escuro. Pelo seu tamanho, pelo poder que cheirava como Dianna e pela arrogância que emanava dele, eu sabia quem ele era.

– Kaden.

Ele virou a cabeça em minha direção, um sorriso lento e sinistro se formou em seus lábios. Meu sangue gelou. Olhos vermelhos brilhavam em todos os cantos da sala, as grandes feras aladas chilreavam umas para as outras. Suas enormes mandíbulas e fileiras de dentes estalavam enquanto se alimentavam dos corpos espalhados pelo chão.

– Estavam com fome, e temos uma longa viagem para casa.

– O que você fez com Xavier?

Ele pousou o copo.

– Sabe, eu temia que aquilo que Vincent me contou sobre você estivesse errado.

Engoli em seco.

– Vincent?

Kaden se levantou. Ele era mais alto do que eu imaginava. Seu poder arranhou minha pele como uma lixa.

– Quero dizer, você demorou uma eternidade até para atender o telefone, e o seu cheiro… Tsc, tsc. Briga de amantes?

Cerrei os dentes, levantando minha lâmina.

– Onde ele está?

O sorriso de Kaden se alargou, e ele acenou com a cabeça em direção a algo atrás de mim.

– Vire-se.

Dei um passo para o lado e me virei para mantê-lo em minha visão periférica. Ainda com a lâmina erguida, olhei para o lado. Xavier saiu das sombras, o brilho cobalto de seus olhos combinava com as tatuagens que fluíam em sua pele.

– Xavi?

Nenhuma resposta, mas eu realmente não esperava uma. Não quando ele tinha aquela aparência, aquela sensação. Eu não conseguia explicar, mas não podia mais senti-lo. Era como se sua faísca tivesse sido apagada.

Eu olhei para Kaden.

– O que você fez? – questionei.

Kaden apareceu na minha frente, seu cheiro fez meu nariz se retorcer. Minha lâmina pousou no centro de seu peito. Ele se inclinou, pressionando o metal ainda mais em sua pele, com os olhos ardentes.

– Ah, só a ponta?

– O que você fez com ele? – praticamente gritei.

– Faça. – Encorajou ele.

Eu queria golpeá-lo, mas não podia arriscar, não enquanto ele tivesse Xavi.

– Você está tremendo, caçador. – Ele sorriu e foi totalmente maligno. – É por causa dele? É por amor? – Ele acenou com a cabeça para mim como se soubesse de tudo, franzindo os lábios. – A destemida Mão de Rashearim. Os guardas reais de Samkiel. Os guardiões da paz e da justiça. Exceto que aqui estão todos vocês, fingindo ser tudo menos as armas que criamos para serem. Sente-se. Vamos conversar.

Kaden deu um passo para trás e se virou, indo em direção ao bar. Meu olhar se voltou para Xavier. Ele passou por mim sem me dar uma segunda olhada. Ignorando-me por completo, ele se sentou ao lado de Kaden.

Enfim consegui mover meu corpo e me sentei do outro lado de Kaden. Ele deslizou um copo em minha direção antes de servir uma bebida para cada um de nós.

– Beba. Temos uma longa viagem pela frente.

Observei Xavier engolir sua bebida sem pensar duas vezes. Kaden me pegou olhando e sorriu ao engolir a dose.

– Não se preocupe com ele. Ele nunca esteve melhor.

– O que fez com Xavier? Por que ele não fala?

Kaden ergueu a mão, concentrando-se em um ponto além de mim. Um portal se abriu no centro do lugar. Alguns daqueles horríveis Irvikuvas saíram de quatro, mas o homem que caminhava com eles fez meu estômago se embrulhar.

– A mesma coisa que fiz com ele.

Eu podia sentir a cor sumindo do meu rosto. Nunca pensei que veria essa pessoa de novo. Seus olhos e pele queimavam em azul-cobalto, seu cabelo caía bem abaixo dos ombros, algumas mechas finas se enrolavam em volta de seu rosto. Ele havia mudado, mas eu me lembraria daquele nariz largo, pele bronzeada e poder em qualquer lugar. Ele era um dos celestiais mais antigos e poderosos que existiam, e todos pensávamos que estava morto havia muito tempo.

– Azrael. – Meu corpo começou a suar frio. – Você ainda está vivo.

Azrael me ignorou como se eu nem existisse. Caminhou em nossa direção e sentou-se do meu outro lado.

Kaden deu de ombros e cerrou o punho, fechando o portal.

– Digamos apenas que as luzes estão acesas, mas não há ninguém em casa.

Engoli em seco e olhei para Xavier. Eu poderia invocar uma lâmina rápido bastante para cortar o rosto de Kaden. Talvez isso me desse tempo suficiente para pegar Xavier e…

– Eu não tentaria nada, Cameron. Xavier não irá com você, não mais. Ele pertence a mim agora.

– Não, ele não pertence. – Quase cuspi, e meu punho se fechou no balcão.

– Quer apostar? Não é disso que você gosta? Tenho monitorado você e seus amiguinhos.

– Como?

Antes que eu pudesse considerar as ramificações de sua afirmação, ele ordenou:

– Xavier, levante-se.

Xavier desceu do banco do bar e ficou ao lado de Kaden, com o corpo relaxado e o olhar vago.

– Agora pegue uma lâmina e corte sua garganta – mandou Kaden calmamente, servindo outra dose.

Eu saltei do meu banco, fazendo-o cair no chão enquanto Xavier invocava uma lâmina. Agarrei a mão com a qual ele segurava o punho, afastando a faca de seu pescoço. Ele lutou, tentando se inclinar para ela.

– Xavier! – gritei, usando toda a força que tinha para impedi-lo de fazer o que Kaden havia mandado. – Pare.

Kaden estava sentado tomando sua bebida e nos observando lutar. Aquilo era um jogo para ele, um jogo doentio e distorcido. Xavier lutou comigo com mais força, mas me recusei a permitir que ele se ferisse.

– Pare com isso – falei entredentes.

Kaden sorveu sua bebida de forma irritantemente alta.

– O que eu ganho em troca?

Meus músculos gritavam com esforço.

– O que você quer?

– Sabe, eu amo o amor. – Ele bateu o dedo no copo. – Tão fácil de manipular.

Suor se formou na minha cabeça, meus pés escorregavam enquanto Xavier se esforçava contra meu aperto.

– Xavier, guarde sua lâmina e sente-se, por favor.

E assim um interruptor foi acionado. A lâmina de Xavier voltou para seu anel, e ele retomou seu assento, fazendo exatamente o que Kaden ordenara. Abaixei as mãos, meu coração batia de modo descontrolado.

Kaden riu.

– Dói, não é? – perguntou ele, acenando para Xavier. – Ver quem você mais ama completamente sob o feitiço de outra pessoa. Queima suas entranhas, faz seu coração disparar.

– Isso é algum jogo doentio para você? Isso é vingança porque você não pode ter Dianna?

– Você e eu somos muito parecidos, Cameron.

– Não, não somos.

– Nós nos enterramos nos outros porque não podemos ter quem realmente queremos. Não nos sentimos dignos deles.

– Não sei do que está falando.

Kaden sorriu.

– Não é? – Ele se inclinou para trás no assento e apontou para o meu banco vazio. – Já contou a ele por que Kryella enviou toda a sua equipe para aquele planeta desolado?

Culpa e medo tomaram conta de mim. Kaden deu um tapinha no assento perto dele e encheu meu copo de novo. Contra a minha vontade, sentei-me.

– Como você sabe disso?

– Eu sei muitas coisas, em especial a culpa que corrói sua alma. Por que você acha que não é bom o suficiente para ele? Sente-se culpado pela família que ele perdeu, pela irmã que perdeu, mas não foi culpa sua. Você apenas seguiu ordens. Ordens de Athos, certo?

Peguei minha bebida e tomei de um só gole.

– Você tenta afogar sua culpa com amantes e piadas, mas a verdade é que você é tão monstruoso quanto eu.

– O que você quer? – perguntei mais uma vez, colocando o copo vazio na mesa.

– Quero você comigo, e acho que você também seguirá minhas ordens de bom grado. Sabe por quê?

Meus dedos traçaram as saliências do vidro.

– Por quê?

– Porque você o ama. Veja, como eu disse, eu amo o amor. E acho que você o ama tanto que faria qualquer coisa por ele. Estou certo?

– Vou perguntar de novo: o que você quer?

Kaden olhou para mim.

– Não é o que eu quero. É o que você vai querer e terá que querer para que funcione. Acho que você obedecerá assim que souber o que está por vir. Acho que fará qualquer coisa para mantê-lo a salvo.

Ele levou o pulso à boca, afastando os lábios, expondo caninos afiados e mortais. Eu sabia o que estava por vir, mas deixei que ele me forçasse seu sangue. Minha própria alma parecia queimar. Ela berrava enquanto eu engolia; depois, não houve nada além de escuridão absoluta. Meu último pensamento foi sobre ele. Sempre foi ele.

LXXXV
DIANNA

"... o tempo acabou."

Meu corpo se levantou, arrancando-me do sono. Pisquei, tentando acostumar meus olhos. A memória da voz ecoou na minha cabeça antes de desaparecer por completo. Esfreguei a mão sobre os olhos e respirei fundo. O que foi isso?

Estendi a mão para Samkiel, mas voltei de mãos vazias. Certo, ele estava fora da mente andando com uma divindade superpoderosa que também era sua ex. Suspirando, cruzei as mãos no colo e soprei uma mecha de cabelo do rosto. O que poderia ter me acordado de forma tão agressiva? Corri por todo o maldito perímetro do castelo até que minhas pernas e meu corpo ficassem esgotados e então adormeci tão profundamente que nem sonhei na noite anterior.

Suspirei e olhei ao redor do quarto, meus pensamentos gaguejavam. Havia grandes laços brancos sobre caixas vermelhas de tamanhos variados. Elas estavam empilhadas umas sobre as outras e espalhadas pelo quarto. Eu ofeguei, a surpresa afugentou o pavor que persistia do sonho e meu despertar abrupto.

Engatinhei até a beirada da cama, derrubando os lençóis enquanto avançava. Uma torre de presentes se alinhava ao pé da cama, e não consegui conter meu grito de animação. Peguei a caixa mais próxima. Tinha uma flor e um pequeno bilhete anexado a ela. Passei as pétalas da flor na minha bochecha antes de ler o cartão.

> *Você falou dos presentes como uma tradição, e eu não consegui escolher apenas uma coisa para comprar para você, sendo assim, comprei algumas de suas coisas favoritas.*
>
> *Todo seu, Samkiel*

Mordi o lábio inferior e levei a flor ao nariz, inspirando fundo. Pulei da cama, meu sorriso era tão largo que fez minhas bochechas doerem à medida que eu examinava cada caixa. Samkiel me deu sapatos tão lindos, que eu não conseguia acreditar que existiam, perfumes e joias que eu não sabia onde usaria e vestidos. Tantos vestidos. Havia um punhado de itens rendados com um pequeno bilhete cheio de promessas de prazer.

Coloquei um conjunto de renda preta antes de vestir uma camisa larga e calças creme. Meu sorriso nunca vacilou, enquanto eu andava pelo quarto, guardando tudo o que ele havia me dado. Peguei uma caixa grande e percebi que devia ter deixado essa passar.

Arrancando a tampa, me engasguei e gritei, dando pulinhos. Toquei o longo vestido prateado bordado quase com reverência. Era lindo demais para jantar ou qualquer coisa que eu pudesse imaginar, então por que ele o comprou?

Uma música inundou o andar de baixo, uma melodia suave que fez minha cabeça se virar em direção à porta. Deixei o vestido na cama e desci as escadas correndo para investigar. Talvez a reunião não tivesse demorado tanto quanto o esperado e ele tivesse voltado mais cedo. Se Samkiel tivesse preparado o café da manhã para mim e estivesse tocando música de Celebração da Queda, eu teria que admitir que os estúpidos filmes de contos de fadas de Gabby eram de fato reais.

Meu coração saltou para a garganta e meus passos vacilaram nas escadas conforme a melodia aumentava. Uma única nota, uma mudança rápida, e o reconhecimento tomou conta de mim. Minha mente me trouxe a lembrança de uma caixinha de música comprada nas ruas de Eoria para duas garotas que odiavam o silêncio mortal do deserto. Teria sido um gesto gentil se Samkiel tivesse me deixado uma canção simples naquela manhã. Mas ninguém conhecia aquela música.

Somente Gabby e eu.

E, claro, Kaden.

Parei no saguão aberto, o terror me deixou um pouco tonta.

– Já era hora de você aparecer.

Kaden estava no meio da sala com um veslir enfiado entre o ombro e a bochecha, tocando a maldita música. Ele girou, com seu longo casaco esvoaçando em torno de suas coxas, quando me viu e sorriu.

– Gostou? – Ele apontou para o veslir em sua mão. – Lembro que você amava essa música. Tocava sem parar até aquela maldita caixa quebrar.

Olhei ao redor da sala, verificando meus arredores, mas não havia nenhum Irvikuva. Nenhum bater de asas ou mandíbulas, apenas Kaden. Avancei mais para dentro da sala, procurando por qualquer objeto que pudesse usar para me defender. Se eu conseguisse cegá-lo ou distraí-lo por tempo suficiente, poderia chegar até a porta. Se eu conseguisse sair, gritar, qualquer coisa, talvez Samkiel me ouvisse. Eu era inútil assim. Impotente.

– Desde quando sabe tocar? – perguntei, endireitando meus ombros e esperando que meu cheiro não revelasse quão aterrorizada eu estava.

O sorriso de Kaden se alargou, seus dedos dançavam sobre as cordas.

– Comi uma veslirista e então, você sabe, *comi* uma veslirista.

Balancei a cabeça e me aproximei da mesa de canto. Kaden estava tão centrado em si mesmo que nem percebeu. Usei toda a força que tinha e chutei a mesinha em sua direção. Não esperei para ver se acertava, mas a ouvi bater em alguma coisa, e então ele riu.

– Você não pode ir embora, Dianna – gritou ele, enquanto eu corria em direção à porta aberta.

Ele estava certo. Não fui muito longe. Duas figuras preencheram o vão da porta, e meu sangue gelou. Derrapei e parei, quase tropeçando, enquanto a descrença me inundava.

– Não estou surpresa com a traição de Vincent – falei, recuando. Dei de ombros como se meu coração não parecesse que ia explodir no meu peito. – Mas Cameron? – Balancei a cabeça. – Isso eu não esperava.

– Ah, não culpe o garoto – murmurou Kaden atrás de mim. – Ele só está apaixonado. Honestamente, é minha coisa favorita e a arma perfeita. Se encontrar a única coisa sem a qual alguém não é capaz viver e a usar, farão qualquer coisa. Você deveria saber.

Cameron e Vincent me conduziram de volta ao saguão de entrada, e me virei para encarar Kaden. Cruzei os braços, tentando acalmar meu coração acelerado.

Kaden deixou o veslir de lado e sentou-se no sofá com um suspiro. Ele cruzou uma perna sobre a outra e passou os braços nas costas.

– Cameron, seja lá o que ele prometeu a você…

Kaden fez um clique com os dentes e ergueu a mão, me interrompendo.

– Não vamos ser rudes agora, Dianna. Eu lhe dei uma vida incrível até você me trair.

– Trair você? – zombei. – Você me manteve encoleirada, usando minha irmã para que eu fizesse qualquer coisa que você dissesse.

– Tecnicamente, ela não é sua irmã, mas é justo. – Ele encolheu os ombros. Deuses, eu o detestava. – Gostou de descobrir? Vincent tem Onuna toda conectada. Toda imagem de câmera que você possa imaginar. É útil ao tentar ocultar ou transmitir um evento televisionado entre mundos.

Virei a cabeça para Vincent, e até Cameron pareceu surpreso. Vincent sustentou meu olhar. Ele sabia o tempo todo. Estava ajudando Kaden o tempo todo.

– Vi você e Neverra invadindo o armazém para pegar os arquivos. Qual é a sensação de ter todo o seu mundo virado de cabeça para baixo pelas mentiras da sua suposta família?

– Apodreça em Iassulyn – sibilei para Kaden, desviando os olhos de Vincent e Cameron.

O sorriso dele se alargou, e ele acenou com a mão em direção à sala, olhando ao redor.

– É uma bela casinha que ele fez aqui para vocês dois, hein? Sabe, conhecendo-o e sabendo sua reputação, nunca achei que ele parecesse ser o tipo de pessoa que sossega. Já ouvi histórias por todo o cosmos sobre quantas pessoas são necessárias para satisfazê-lo de verdade. – Ele olhou para mim, sem arrogância ou petulância marcando seu rosto. Pela primeira vez, Kaden me chocou. – Você provavelmente deveria praticar mais.

Ignorei a provocação, e a preocupação substituiu a raiva.

– Onde ele está?

Kaden encolheu os ombros com desdém.

– Detido.

– O que você quer? – perguntei, embora soubesse a resposta.

– Você – ele zombou, deslizando seus olhos pelo meu corpo, enviando um arrepio de nojo através de mim. – Agarrem-na.

Cameron e Vincent avançaram, cada um agarrando um dos meus braços. Dobrei-me, tentando me libertar e falhando miseravelmente.

– Cameron. Pare – implorei, suplicando naquele momento. Eu esperava conseguir convencer Cameron. No entanto, Vincent me odiava desde o primeiro dia.

– Eu gostaria de poder – respondeu ele. – Gostaria mesmo que fosse diferente, mas não é. Ele o tem, e não posso deixá-lo ficar lá sozinho com eles.

Fiz uma pausa nos meus esforços.

– Ele? O que você quer dizer? – Então me dei conta. – Xavier? Ele está com Xavier? – Os olhos dele escureceram, não eram mais daquele exuberante azul-cobalto, mas de um vermelho violento. Meu coração desabou. – Ai, Cameron.

– Valeu a pena? Por ela? Por Gabby? Desistir e abandonar tudo. Tornar-se um monstro. Valeu a pena? – perguntou Cameron, sua dor era palpável. – Sinto que é por alguém que se ama. Alguém sem o qual não se pode viver. É uma troca justa, sabe?

Meu coração ficou preso na garganta.

– Isso é lindo, mas precisamos mesmo ir – falou Kaden, invocando um portal.

Caímos, e meu grito de raiva foi interrompido. Cameron e Vincent pousaram, mas meus pés não tocaram o chão, os dois me seguravam com facilidade entre eles. Kaden pousou na nossa frente e acenou com a cabeça em direção a uma grande laje de pedra. Vendo as restrições para pulsos e tornozelos, esperneei, lutei e mordi enquanto os dois me erguiam.

Engoli em seco, e a realidade me atingiu como um soco na cara.

– Cameron. Por favor. Por favor, não faça isso. Samkiel precisa de nós.

– Sinto muito, Dianna. De todas as pessoas no mundo, sei que você vai entender – respondeu Cameron, com a culpa escorrendo de suas palavras.

Kaden ficou com as mãos nos bolsos.

– Ele faria qualquer coisa por Xavier. O mesmo que você faz com sua irmã-não-irmã.

– Como? – Ignorei sua provocação, olhando para Cameron com o coração partido. Ele caiu com muita facilidade, assim como eu. – Você tentou fazer mais, mas não conseguiu.

Kaden passou a mão pela mandíbula, um movimento familiar e estranho ao mesmo tempo.

– Bem, acontece que não posso transformar mortais. Se eu tentar, acaba em um Irvikuva. Algo sobre a linhagem estar tão distante da nossa ou algo assim, mas posso transformar celestiais. Bem, celestiais desesperados. Para funcionar, minha magia requer uma ganância egoísta, um desejo de fazer qualquer coisa pelo seu objetivo. Poucos têm esse impulso, determinação e comprometimento.

Ele sorriu largamente, exibindo dentes brancos e brilhantes.

– Celestial? – Arqueei as costas e estiquei o pescoço, tentando olhar para ele. – Mas você me transformou.

Não fazia sentido.

– Sim, sim, transformei. Uma coisa sobre seus documentos de adoção forjados é que eles não contam tudo. – Ele olhou para a porta esculpida, e, um momento depois, ouvi dois pares de passos pesados. – Você sempre foi uma arma, Dianna, mas não minha.

Xavier e um homem que parecia estranhamente familiar saíram do corredor escuro. Alto, magro e com a mesma estrutura física dos celestiais, mas o tempo havia esculpido linhas profundas nos cantos de seus olhos. Seu cabelo era tão escuro quanto o meu, caindo bem além dos ombros largos e fortes e formando cachos nas pontas. Inspirei fundo, não porque seus olhos brilhavam em um azul celestial, mas porque eu tinha visto o livro que ele trazia nas mãos. O mesmo livro que Samkiel e eu procuramos, aquele pelo qual eu estava disposta a morrer. Eu soube com perfeita clareza quem ele era.

– Diga olá ao papai – regozijou-se Kaden, enquanto meu sangue se transformava em gelo.

Azrael.

LXXXVI
DIANNA

Kaden desapareceu naquele maldito corredor com meu pai. Lutei e gritei quando Cameron agarrou meu pulso, prendendo uma algema de obsidiana em volta dele. Eu me contorci e esperneei, e minhas costas se arranharam na laje de pedra fria. Vincent agarrou meu tornozelo com tanta força que eu sabia que ia deixar marca. Meu outro pé disparou, chutando-o no peito. Ele travou o grilhão no lugar, o golpe nem mesmo o perturbou.

— Não faça isso! — gritei. — Não me importo comigo, mas e Samkiel? Ele ajudou vocês, todos vocês.

Cameron não falou nada, mas a dor brilhou nos olhos de Vincent, dor e arrependimento que ele tentou mascarar.

— Não tenho escolha.

— Sim, você tem, sim. Todos nós temos. Por favor. Kaden quer matá-lo. Se ele morrer, o mundo irá junto. Vincent, Cameron, por favor. Pensem.

Cameron hesitou, com as mãos na algema em volta do meu pulso. O conflito nele era claro, mas, então, seus olhos se voltaram para Xavier. Ele estava paralisado no canto, o olhar vidrado e mirando para o nada. Não havia sinal do homem amoroso e brincalhão. Cameron baixou a cabeça.

— Não vou escolher Samkiel em vez de Xavi. Não posso. Sinto muito, Dianna.

E lá estava — a verdade absoluta e devastadora.

— Desde quando você se preocupa com o mundo? — sibilou Vincent, finalmente prendendo meu tornozelo na laje de pedra. — Você estava em uma missão para destruí-lo e agora se importa?

Bati os dentes para Vincent, desejando poder rasgar sua garganta.

— É melhor você torcer para que eu não saia daqui. Eu *vou* matar vocês dois se ele morrer.

Vincent apertou dolorosamente a tira do meu tornozelo e Cameron desviou o olhar. Rosnei e descansei minha cabeça contra a pedra, freneticamente repassando minhas opções. Tinha que haver uma saída para isso. Eu tinha que chegar a Samkiel.

Respirei fundo e observei ao redor da sala. Não, não era uma sala, mas uma gruta. Móveis cobriam a caverna, tochas iluminavam as paredes irregulares com uma luz amarela fraca e bruxuleante. O choque me atingiu de novo, e engoli em seco. Eu reconhecia aquele lugar. Fazia parte de um dos sistemas subterrâneos do mapa. Eu já tinha estado ali antes, mas aquela caverna era nova. A laje de pedra onde me prenderam era a maior, mas havia outras menores ao redor dela. Contra as paredes havia pilhas de caixas e caixotes parcialmente abertos e descartados.

No corredor escuro, passos pesados ecoaram na pedra. Esforcei-me para enxergar nas sombras. A risada miserável, doentia e distorcida dos Irvikuvas vazou da escuridão, e meus braços e pernas se arrepiaram. Asas farfalharam, e suas formas enormes irromperam na caverna, curvando-se no ar. Eles pousaram acima de nós, com suas garras arranhando e agarrando o teto de pedra. Muitos pares de olhos vermelhos surgiram de repente, olhando para nós de forma sinistra, e percebi que nunca estivemos sozinhos. A luz das tochas não alcançava aquelas alturas, e, pela primeira vez, me dei conta de que o que eu pensava serem formações rochosas irregulares eram na verdade Irvikuvas. Estavam pendurados como grandes morcegos, famintos e esperando o comando de seu mestre.

Deitei, testando e puxando metodicamente minhas restrições, enquanto os passos se aproximavam. Kaden entrou primeiro, seguido por Azrael, com um olhar medonho e assombrado enchendo seus olhos. Minha pele se arrepiou quando vi a lança curva de cor cinza como malaquita e aquele maldito livro nas mãos de Azrael.

– Gostou? – perguntou-me Kaden, apontando para a lança irregular. – Foi preciso muito ferro para fazer. O ferro era um elemento necessário para forjá-la. É um fantástico condutor de calor e eletricidade, exatamente do que é feito o seu precioso Samkiel. Quero dizer, ainda não está completa, mas, quando estiver, teremos uma arma para matar deuses.

Meu coração batia forte, meu corpo suava frio. Lá estava tudo o que eu temia. Kaden tinha feito uma arma, e eu não tinha poder para tirá-la dele.

Minha respiração engatou.

– Como?

– Qual parte?

Azrael não se moveu nem vacilou enquanto meus olhos o encaravam.

– Ah, isso. – Kaden acenou com a mão, olhando de pai para filha e vice-versa. Ele pegou o livro de Azrael e caminhou em minha direção. – Azrael teve um sonho, como muitos têm. A premonição de uma filha que mudaria tudo. Victoria nunca acreditou nele, e os dois não estavam tentando, mas você sabe como são os celestiais e seus impulsos sexuais intensos.

Kaden parou, uma careta marcou suas feições e uniu as sobrancelhas. Ele se inclinou sobre mim, com os braços cruzados em volta do livro.

– Desculpe, isso é estranho para você, já que é seu pai e tudo mais? – Ele deu de ombros antes de continuar. – De qualquer forma, Victoria descobriu que estava grávida, e seu querido e velho pai surtou. Veja bem, havia uma profecia de que uma igual a Samkiel nasceria na crista de uma lua minguante. A Ordem sabia disso, mas escondeu de Unir. Azrael trabalhava para o verdadeiro rei e não podia deixar ninguém descobrir sua doce garotinha. Você teria sido massacrada. Então, sendo os pais amorosos que eram, enviaram sua doce filhinha para Onuna. Por medo, Azrael pousou tão depressa e com tanta força que devastou o ambiente ao redor. Nunca se perguntou por que Eoria era o único deserto de Onuna?

Engoli em seco, meu coração estava disparado e meu corpo tremia com as palavras dele.

– Loucura, certo? Pense nisso. Por que você nunca se sentiu inteira aqui entre os mortais? Por que nunca ficou doente? Por que sonha com estrelas e mundos distantes? Você não pertence a este lugar. Nunca pertenceu.

Lágrimas ameaçaram embaçar minha visão. Olhei para Azrael, com lágrimas enchendo meus olhos e borrando a imagem dele, mas ainda pude ver que suas feições se pareciam com as minhas, e nossos cabelos tinham a mesma cor e textura. Minha mente se voltou para a escultura em pedra de Victoria na tumba e para como eu me senti atraída por ela.

Balancei a cabeça e zombei:

– Ele não é minha família. Eu tive uma mãe, um pai – uma única lágrima escorregou pelo meu rosto – e uma irmã.

Kaden deu de ombros.

– Não é sua família verdadeira, embora eu admita que ele escolheu uma boa. Com um gostinho da magia divina, Gabby até se parecia com você. Ele precisava de um lugar onde escondê-la, e Gabby e sua falsa família lhe deram algo para amar. Azrael escondeu você por mais de vinte anos antes que ele e Victoria tivessem outra filha. Ava, você se lembra dela, certo?

Imagens de seu cadáver em decomposição passaram pela minha mente. Meus olhos se fecharam enquanto eu tentava engolir a bile e tudo o que havia descoberto.

– Entretanto, Azrael se saiu bem. Nem mesmo Unir ou os outros deuses sabiam sobre você ou o que carregava no seu sangue. É seu destino matar Samkiel. Precisava haver uma brecha para o feitiço de Kryella funcionar. É sempre necessário manter um equilíbrio cósmico. Se Samkiel tinha a imortalidade verdadeira, então deveria haver uma maneira de quebrar o feitiço. O sangue dele trancou os reinos, e o sangue de sua companheira os abrirá. Sabe, é engraçado. Azrael pensou que estava salvando você ao escondê-la aqui, mas os Destinos mentiram, enganaram até ele. Eles também trabalham para o verdadeiro rei. Convenceram Unir de que a companheira de Samkiel estava morta. Foi perfeito. Unir vinculou o feitiço a algo que ele acreditava não existir, garantindo que seu precioso filho permanecesse vivo. – Kaden fez uma pausa, deslizando os dedos ao longo da curva da minha bochecha. Eu me afastei, o toque dele fez minha pele se arrepiar. – No entanto, aqui está você.

Minha mente voltou ao festival e à primeira vez que perguntei a Samkiel sobre *amatas*.

– *Então, basicamente, sua outra metade? – perguntei.*

– *Em termos simples, suponho, mas é muito mais do que isso. É mais profundo. É uma conexão que as palavras não podem expressar plenamente.*

– *Todo mundo tem um? Você tem um?*

– *Não. Apesar de suas histórias e lendas, o universo não é bondoso assim.*

As palavras de Samkiel fervilhavam na minha cabeça, e ele estava certo. O universo não era assim, pois nos separou. Até as palavras de Roccurrem faziam sentido agora. Eu era uma abominação porque eu não deveria existir. Minha mente disparou, as peças foram se encaixando.

– O livro. É por isso que você queria que eu o encontrasse. Você falou que saberíamos, que sentiríamos, mas era eu?

Ele sorriu e mordeu o lábio inferior.

– Claro. Sempre foi você. A filha de Azrael conseguiu encontrar o livro porque foi feito com a magia dele. Sangue, Dianna, é sempre uma questão de sangue. É a força vital motriz de cada ser neste reino ou no seguinte. É por isso que os outros me acham tão assustador. Eu poderia ler cada pecado, cada pensamento, com apenas um toque. O mesmo poder que você tem. Somos condenados, Dianna. Sempre fomos, porque somos poderosos demais, desequilibrados demais e incontroláveis. Foi isso que os antigos deuses pregaram e foi por isso que decidiram que a erradicação era a única forma de garantir a própria sobrevivência. – Kaden olhou para os celestiais. – Mas não funcionou a favor deles, não é? Assim que soubemos a verdade sobre você, fui enviado a Onuna para pegá-la.

– Você enviou a praga?

Ele estalou os dentes.

– Não, quão poderoso acha que eu sou? Quero dizer, a praga foi um belo toque. Matar um bando de mortais para que possamos encontrá-lo mais facilmente. Então, é claro, o querido Drake fez o que sabia fazer de melhor, e aqui estamos.

Minha respiração estava rápida e ofegante demais, e meu peito doía. Toda a minha vida foi uma mentira. Ali estava eu amaldiçoando e odiando os celestiais, odiando Samkiel, pensando que eles tinham tirado minha família e minha vida, quando tinha sido o monstro que estava na minha frente o tempo todo.

Dessa vez não consegui conter as lágrimas e tentei, repetidas vezes, quebrar meus próprios pulsos para sair. Kaden me observou, completamente inabalável. Os nós dos dedos dele roçaram minha bochecha, enxugando as lágrimas de raiva que derramei.

— Você é um monstro. — Fiz uma careta, a raiva fervia em mim.

— Você me considera um monstro, mas não tem ideia do que fiz por você e das regras que quebrei. Tive que esperar mil anos, porque você me afetou, mil anos com você. A princípio pensei que poderia usar Ava no seu lugar. Desse modo, eu poderia ficar com você. Eu os convenceria de que você era minha, não dele. Mas, mesmo com o sangue celestial dela, não foi suficiente. Ela estava fraca e ferida, então eu a entreguei para Tobias devorar. Interrompi os planos por você, procurei aquele maldito livro, esperando que houvesse outra maneira de ficar com você.

Os dedos dele deslizaram preguiçosamente pelo meu queixo, e lutei para me livrar de seu aperto. Seus olhos me diziam que tudo o que ele falava era verdade, embora eu conhecesse Kaden, e ele não mentia.

— Eu amo você. De verdade. Do meu jeito distorcido. Tentei afastar você por séculos, mas não consigo tirá-la da minha cabeça, da minha carne, da minha alma tão destruída e sombria como é. Pode olhar para mim com ódio e aversão, mas amo você, Dianna. Sempre amei.

A bile atingiu meu estômago, e me encolhi para longe dele. Balancei a cabeça, minha voz era quase um sussurro.

— Nós nunca nos amamos, Kaden. Não se trata alguém que se ama da forma que nós tratamos um ao outro. Isso não é amor.

— Ah, mas o que você sente por ele é amor? Você o conhece há minutos em comparação com o que tínhamos.

— O que Samkiel e eu temos é diferente. Às vezes é confuso e doloroso, mas é real. Ele nunca me machucaria, não importa o que eu dissesse ou fizesse. Ele nunca machucaria as pessoas que amo nem as usaria contra mim. Samkiel é gentil, ele é bom e se importa. Ele se preocupa comigo e aceita cada parte de mim, a boa, a ruim e a feia. Ele viu tudo e ficou. Você me destruiu por completo, Kaden. A cada chance que teve, você me quebrou. Samkiel me curou. — Não me encolhi sob seu olhar furioso. — Isso é amor.

Ele recuou como se eu o tivesse esfaqueado bem no coração, e talvez tenha sido isso que aconteceu. Por trás daqueles malditos olhos, vi cada pedacinho de sua raiva e frustração. A sala tremeu, e eu sabia que não era por causa de outro portal que ele estava abrindo, mas de raiva pura e genuína. Não me importei.

Nem um pouco, mas eu deveria.

— Eu os convenci a me deixar ficar com você.

— O quê? — arquejei. — Você matou Gabby, Kaden, e, se você matar Samkiel, realmente acha que eu o perdoarei? Também pode me matar, porque, se não o fizer, não vou parar até que você morra.

Ele se afastou da laje de pedra e jogou o livro para o lado, fazendo-o deslizar pelo chão.

— Você vai me perdoar. Você vai superar isso. Esperarei séculos se for preciso, mas você será minha. O que são alguns milhares de anos entre amantes, certo?

— Você é louco — consegui falar, lutando contra as malditas restrições.

— Amor — suspirou ele — enlouquece.

Abri a boca para falar que ele não sabia nada sobre o amor, mas a dor roubou minhas palavras. Espinhos afiados perfuraram meus braços, pernas e costas, a agonia percorria cada nervo, arrancando um grito da minha garganta. Fiquei ali deitada, incapaz de me mover, sentindo meu sangue jorrar do corpo, quente, espesso e cheio de meu poder reprimido.

A sala estremeceu, pedras caíram no chão conforme a rocha acima de mim se dividia, formando uma fissura no mundo. Ela se abriu, e, além das bordas irregulares, vi estrelas desconhecidas, um vasto céu roxo e o vislumbre de uma lua vermelha, inteira e radiante.

– A cada mil anos, o equinócio atinge o auge no aniversário da queda. Samkiel mudou o próprio universo quando fechou os reinos. Agora, sua morte abrirá todos eles. Sem fronteiras, sem limites. Sem guardiões.

Sem guardiões, sem protetores. Sem paz.

As palavras ricochetearam dentro do meu crânio.

A sala tremeu, e o chão se moveu, vapor saía das rachaduras irregulares que se formaram na pedra. A sala brilhou laranja, calor encheu a caverna. Dois Irvikuvas se moveram acima de mim quando Kaden levantou a mão. Um altar retangular menor ergueu-se do chão. Azrael deu um passo à frente e encaixou a lança na laje de pedra, e logo percebi que era o mesmo molde usado para fazê-la.

Vincent e Cameron não saíram de seus lugares e ficaram observando Azrael. Os dois Irvikuvas se moveram à minha volta, erguendo duas tigelas circulares. Minha visão ficou turva, meu corpo cansado e fraco, e percebi o que havia naquelas tigelas. Sangue. Meu sangue.

Os Irvikuvas se esticaram nas pontas dos pés com garras, derramando meu sangue no molde com a lança. Uma escuridão penetrou nas bordas da minha visão, e eu perdia e recuperava a consciência. Um zumbido vibrou no ar, me despertando. Forcei meus olhos a se abrirem para ver Kaden erguer a lança.

Não mais revestida de metal rústico, ela brilhava com um brilho iridescente. Runas cintilavam ao longo do cabo, e lâminas curvas e afiadas brotavam de ambas as extremidades.

– É linda. Espero que seja doloroso quando eu o despedaçar com isso.

– Quando eu sair daqui, vou matar você – gemi, puxando minhas restrições com força suficiente para rasgar a pele sob as algemas.

– Não vai, porque, quando você acordar, serei tudo o que lhe restará neste mundo miserável.

Kaden olhou para a lua vermelho-sangue acima. Com um movimento da pulseira escura em seu pulso, uma armadura com chifres, grossa, pontiaguda e que lembrava sua forma de serpe, revestiu seu corpo. Olhos vermelhos me encararam das profundezas de seu capacete. Os Irvikuvas começaram a uivar e a ganir, seus guinchos e assobios ecoavam pela caverna.

Então compreendi, e meu estômago afundou. Eu estava errada, muito errada sobre ele.

– Azrael, mantenha sua filha aqui até voltarmos para buscar vocês dois. Ela está proibida de sair – ordenou Kaden.

Azrael apenas assentiu. Ele era um soldado obedecendo a ordens, não um pai.

Minha cabeça rolou fracamente em direção a Kaden.

– Eu sei quem você é – sussurrei.

Sua mão enluvada e com garras tirou o cabelo do meu rosto.

– Isso não importa agora.

Ele estendeu a mão, e um portal de chamas ondulantes irrompeu. Xavier saltou primeiro, seguido por Cameron. Kaden deu alguns passos e voltou aqueles olhos vermelhos para mim.

– Que o caos reine – declarou. Então desapareceu, e suas palavras partiram meu coração.

Eu sabia o que estava para acontecer e não podia fazer nada a respeito. Meu corpo doía, e eu nem tinha forças para chorar. Tentei me mover, me libertar, mas só consegui cravar os espinhos mais fundo em mim, me despedaçando. Soluços secos me fizeram estremecer. Não consegui salvar Gabby. Eu não podia salvar Samkiel. Não consegui salvar ninguém. Kaden tinha ido embora, mas suas palavras permaneceram, afundando em meu crânio, ossos, coração e alma. Minha consciência se foi, e o mundo escureceu.

LXXXVII
SAMKIEL

Tantos símbolos, símbolos antigos e malditos que fizeram meu coração disparar. Não. Eu conhecia aquela língua. Era a mesma língua escrita nas celas de Yejedin. Correntes perfuravam as paredes, apertando meus pulsos com tanta força que eu não conseguia me mover. Cerrei os dentes, sabendo o quanto era inútil.

— O que é isso? — bradei.

Elianna inclinou a cabeça.

— Suponho que possam ser considerados escudos. Seu pai os fez para as criaturas terrivelmente malignas que ousavam desafiar os deuses. — Ela riu. — Não, estou brincando. A língua escrita no chão é uma maldição para os próprios deuses. Unir a fez para aprisionar Primordiais. São inquebráveis. Somente quem as escreve pode quebrá-las, e ainda não tenho permissão para fazê-lo.

Puxei mais uma vez, os músculos dos meus braços se flexionaram a ponto de doer até eu parar.

— Você pode tentar, mas nem mesmo todos esses belos músculos podem rompê-las.

Lancei um olhar mortal para ela antes que meus olhos fossem atraídos para o outro lado do salão do Conselho. A visão deles quase partiu meu coração. Eu não os notei porque não os senti.

Logan estava de um lado, Imogen do outro, olhando para a frente com os braços cruzados sobre o peito. Eles usavam equipamento de batalha, prontos para a guerra. Não foi o traje ou a linguagem corporal que me alarmaram. Foi a dor vazia que senti quando olhei em seus olhos e não senti uma única faísca de magia dentro ou ao redor deles.

— O que você fez? — As palavras saíram dos meus lábios cheias de uma promessa de morte.

Elianna olhou para os dois e deu de ombros.

— As palavras de Ezalan, é claro. Sempre me perguntei por que mais deuses não as usavam e desligavam esses sentimentos incômodos.

Meus ombros se contraíram quando um suspiro de desespero me deixou.

— Como pôde fazer isso com eles? Sabe o que isso faz, como os faz se sentirem.

— Faz com que não sintam nada. Tudo o que sabem é servir como deveriam desde o início dos tempos. Você, Unir e os outros queriam que eles tivessem sentimentos, ignorando completamente sua natureza. Eles foram feitos para a guerra, Samkiel, e para a guerra irão.

— Vou *acabar* com vocês por isso, todos vocês — bradei. Devo ter colocado mais veneno na minha voz do que pensava, pois os membros do Conselho atrás dela recuaram.

— Não. Quando terminarmos aqui, você não será mais uma ameaça, Samkiel. Eu sabia que não poderíamos enfrentar você. Os exércitos tentaram e falharam. O governante mais poderoso que existe. O filho de carne de Unir. — Elianna ficou olhando para os símbolos no chão, caminhando lentamente de um lado para o outro. – Gosta desses? Não tivemos oportunidade de usá-los no seu pai. Estava morrendo de vontade de experimentá-los.

–Você. – Esforcei-me para formar as palavras. –Todos vocês o traíram. Por quê? – Olhei para cada membro do Conselho. Alguns encontraram meus olhos, e outros me evitaram por completo.

– Nós não o traímos. Nós nunca fomos dele ou seus. Seu Conselho morreu com Rashearim e foi substituído por metade da Ordem.

– A Ordem? – Balancei minha cabeça. – Nunca ouvi falar de tal coisa.

– Claro que não. A Ordem é anterior a você, mas não temos tempo para uma aula de história. – Ela acenou com a mão, e Jiraiya deu um passo à frente.

Jiraiya desamarrou um pequeno saco brilhante e senti o cheiro de areias cinzentas antes mesmo de ele começar a derramar água.

– Por que você precisa das areias se estou trancado aqui?

Elianna sorriu, cruzando as mãos na frente do corpo.

– Isso ajudará a selá-lo dentro, então, quando toda aquela luz explodir do seu corpo, matando você, ela abrirá o portal de que precisamos. Provavelmente abrirá o céu também, mas quem sabe?

Ele colocou a areia no chão, movendo-se em sentido anti-horário. Ela faiscava ao atingir o chão, brilhando em um roxo vibrante e fluindo em direção aos símbolos. Eu me esforcei contra as restrições, rastreando Jiraiya conforme ele dava a volta.

–Você deixou isso acontecer com Imogen? Deixou que eles a levassem? – Minha voz soou tão magoada quanto eu me sentia. – Por quê?

– Não é pessoal – respondeu ele, recusando-se a olhar nos meus olhos.

– Ela se preocupa com você – disparei, olhando para Imogen. Seu olhar vago estava implacavelmente vazio. –Você a feriu por quê? O que Elianna tem contra você?

Os olhos dele encontraram os meus, sem um pingo de simpatia neles.

– É pela Ordem. Pelo nosso rei. Imogen não é importante.

– Ela é importante para a família dela. Todos eles são.

Jiraiya não falou mais nada, recuou e caminhou até a escadaria do Conselho.

– Chega de conversa fiada. O equinócio se aproxima – declarou Leviathan, olhando para cima.

Elianna sorriu e olhou para cima. Segui sua linha de visão, chocado ao ver o topo do salão do Conselho girar lentamente.

– Esperamos mil anos.

Detritos caíram, o ar fresco da noite entrou. O teto branco brilhou antes de se dividir e se dobrar, revelando a lua vermelho-sangue e a galáxia acima.

– O equinócio foi o seu início e agora será a nossa libertação de você. Mundos se alinharam quando você nasceu, eles se alinharam quando você destruiu Rashearim e agora se alinharão para a sua morte. – Os olhos de Elianna ficaram de um azul derretido, e as marcas celestiais ganharam vida, girando sobre sua pele. Todos os membros do Conselho atrás dela seguiram seu exemplo, o salão brilhava em azul. – Seu governo foi realmente um fracasso. Mas já é hora de outro governo. Seu reinado já acabou há algum tempo, Samkiel. Os reinos têm um verdadeiro governante agora, e, quando este reino for aberto, você verá o quanto é realmente um fracasso.

– Acha mesmo que me matar e abrir os reinos lhe trará paz? – Reuni toda a força que tinha e me esforcei contra as correntes que prendiam meus braços. O metal gemeu, mas resistiu.

– Quem precisa de paz quando teremos poder? – Nunca soube que Elianna era uma mulher cruel e sem coração.

As portas se abriram e todos olharam para trás. A Ordem se ajoelhou, abaixando a cabeça. Esforcei-me para virar a cabeça e olhar por cima do ombro. Logan e Imogen se afastaram para os lados, mantendo as portas abertas. Meu coração estremeceu no peito, e o tempo pareceu parar.

Cameron e Xavier.

Os olhos de Xavier estavam vidrados e vazios, iguais aos de Imogen e Logan, focados e olhando além, para mundos passados. O olhar de Cameron colidiu com o meu, mas ele o desviou, incapaz de manter a conexão. Ele se concentrou na casca que era Xavier. Eu não sentia mais o vínculo que tinha com A Mão. Era como se a vida tivesse sido sugada dele, e eu sabia que ele tinha feito algo terrível por Xavier. Olhei para cada membro d'A Mão, e meu coração se partiu dez vezes mais. Seus olhos não encontravam os meus, cada um deles estava em posição de sentido.

Soldados, armas de guerra, é tudo o que são.

As palavras dos antigos deuses sussurravam em minha mente, e então eu consegui sentir a separação entre nós. Algum vínculo havia se rompido.

Vincent entrou, segurando Camilla. Eu ainda podia senti-lo em algum nível. Ele não encontrou meu olhar, e por que faria isso? Ele traiu sua família e me traiu.

Camilla lutou contra seu aperto, mas não conseguiu se libertar quando ele entrou no salão. Ela tropeçou, tentando acompanhá-lo, e o olhou feio, com as mãos presas pelas correntes celestiais. Seus olhos encontraram os meus e se arregalaram, sua expressão desabou vendo onde eu estava e como estava acorrentado. Vincent puxou-a para o lado, arrastando-a em direção ao Conselho.

– Bem, devo dizer que estou impressionado. A Ordem pode fazer algo certo. – Kaden entrou pela porta, com metade do corpo coberta por uma armadura grossa e pesada. Uma variedade de chifres com pontas afiadas retorcia-se em seu capacete. Eu já tinha visto aquela armadura quando era adolescente. Lembrava-me claramente da foto. Meu pai quase quebrou meus dedos quando fechou o livro e o arrancou de mim. Nunca mais tinha visto o livro, mas lembrava-me das palavras escritas abaixo da imagem.

Armadura perdição do dragão.

Foi feita para ele, destinada a quebrar e destruir exércitos, exatamente as feras que os Irvikuvas eram. Meu coração desmoronou, e esse foi o único pensamento coerente que tive antes de um raio disparar de suas mãos. Era da mesma cor das chamas de Dianna. Um poder igual ao meu, mas muito diferente, e corroía minha carne.

Caí para a frente e gritei, o som ecoou nas paredes.

– Ah, ele grita. – Ouvi Kaden dizer, circulando ao meu redor. – Você é tão arrogante. Pensou que eu ia me esconder de você? Por quê? Medo? De jeito nenhum. Eu sabia que não podia chegar perto. Você ia sentir, perceber, o bom e velho laço de família.

Outro raio ofuscante me atingiu, o círculo que me envolvia acendeu em um tom laranja brilhante. Cerrei os dentes, sentindo uma agonia verdadeira e implacável. Eu não sentia esse tipo de dor havia eras. Somente um deus podia ferir outro deus dessa maneira. Respirei fundo conforme a última onda diminuía. Minhas mãos se fecharam nas algemas enquanto eu tentava recuperar o fôlego.

A Ordem permaneceu observando e esperando em silêncio.

– Diga-me, irmão, como é ser acorrentado e surrado?

Ele se ajoelhou na minha frente enquanto eu ofegava com a dor que ainda ricocheteava em meu sistema nervoso.

Não é o único filho de Unir...

Um filho…

Irmão…

Como eu não tinha percebido antes? O modo de andar, a postura, a estrutura e o rosto, tudo era familiar. Meu coração doía porque as feições dele lembravam apenas uma pessoa: meu pai. Nosso pai. Ele tinha muitas mentiras e condenou o mundo, condenou a todos nós.

– Sem palavras? Essa é a primeira vez. Quero dizer que sinto muito pelo atraso. Eu me distraí. – Kaden suspirou e olhou para mim. – Acontece quando passo tempo com Dianna, sabe?

Minha respiração parou. O salão ficou estático e meu sangue latejava em meus ouvidos tão alto, que quase abafou tudo.

Dianna.

– Onde… ela… está? – rosnei, e foi um som tão primitivo que a sala estremeceu, e os símbolos que me envolviam vibraram. Todos perceberam. Até Kaden parou por uma fração de segundo.

– Posso sentir o cheiro dela em você. – Os olhos dele flamejaram um pouco mais, um olhar de puro nojo surgindo em suas feições frias.

– O que fez com ela? – Eu não sabia se estava gritando ou não. O medo que sentia era devastador.

Se ele a levar, você nunca mais a verá…

Ele vai arrastá-la de volta em pedaços caso fosse necessário…

Meu coração falhou, a dor em meu corpo ficou esquecida. Se ele a tivesse tocado, machucado, matado… Não! Eu matei o pensamento. Dianna estava bem. Ela estava bem. Ela estava bem. Ela tinha que estar, porque eu não podia viver se ela não estivesse.

Detritos caíram, e todos, exceto A Mão, olharam nervosamente ao redor do salão. Eu não sabia que tinha me descontrolado, mas o círculo que me prendia se dobrou e tremeu – uma runa e depois outra foram se queimando até virarem pó, o selo que me continha se rompeu. Partes do prédio racharam sob a pressão do meu pânico e fúria. Longas rachaduras dividiram as paredes, o chão e o teto. Pedaços de pedra e poeira caíram no chão. Pensei que era o meu mundo mudando ante a ideia de perdê-la, mas era o próprio prédio ameaçando desmoronar.

Kaden encontrou meus olhos de novo, e algo que parecia surpresa passou por eles.

– Você realmente a ama, não é?

Continuei empurrando contra o poder sob minha pele. Minha cabeça latejava, e então meu corpo cedeu. As runas eram fortes demais. Caí para a frente, meu corpo ficou sustentado apenas pelas correntes e algemas.

– Sabe, Vincent me contou quão perto Logan chegou da verdade. Ele não estava errado sobre as frequências. A única diferença é que foi feita para que todos pudessem ouvir. O verdadeiro truque está nos espelhos. Na verdade, qualquer superfície reflexiva, se souber usá-la corretamente. Eles temem vocês dois juntos. Por causa do que ela é. Do que você é. – Ele inclinou a cabeça para o céu. – Você viu o caos sob a pele dela. Ela é uma ferramenta de destruição, e você teria tudo isso na palma da mão. Vocês dois são duas faces da mesma moeda. Achei que poderia ficar com ela e, dessa forma, mantê-la longe de você. Eu queria mudar o que o Destino declarou como seu. No entanto, o Destino tem senso de humor, ao que parece. Um ser feito de pura luz e um esculpido das trevas. Poético pra caralho.

Kaden balançou a cabeça, um sorriso de escárnio distorcia suas feições. Eu sabia que ele faria o possível para me matar. Ele não só recebera ordens e acreditava que o destino dos reinos dependia da minha morte, mas também queria Dianna.

– O plano era simples. Eu pegaria o livro, você retornaria, eu tomaria A Mão de você, e você morreria miserável e sozinho, assim como nosso pai. Mas não. Ela se importou quando ninguém mais se importava. Tentei afastá-la, sabe. Peguei outras na frente dela e dei-lhe liberdade para fazer o mesmo. Não ajudou, não para mim, pelo menos. Ela me fez *sentir*. Ela fez você sentir também. Exceto que ela amou você, ao que parece.

Kaden fez um movimento fluido, dando um passo para trás. Vi a centelha de energia, era igual à minha, igual à do nosso pai. Ele a observou dançar nos nós dos dedos. Tive um segundo para me preparar antes que uma energia pura e furiosa percorresse todo o meu ser e fui atirado para trás com tanta força que senti como se minha coluna fosse quebrar. Não sei quanto tempo durou, mas, assim que o poder foi retirado, desabei, pendurado frouxamente em minhas correntes, enquanto tremores assolavam meu corpo.

– Você fica com *tudo*, a coroa, o trono, *ela*. Por que você merece isso se fomos nós que fizemos todo o trabalho? Reconstruímos o mundo para ele. Massacramos os Primordiais, mas você recebe o nome, o título e os elogios. O que o torna tão especial?

– Talvez – ofeguei – seja porque não sou um babaca desequilibrado.

Kaden me atingiu com outro raio de energia, e minha cabeça se levantou, minhas entranhas ferveram. Ele me soltou, e caí. O suor escorria por minha pele e meu cabelo, encharcando cada parte de mim. Ele rugiu, gritando sua raiva contra mim. Deve ter mantido essa raiva enterrada por séculos. Tentei me levantar, mas, por causa do círculo de aprisionamento e da energia com que ele me atingira, eu estava fraco. Eu precisava de tempo para me curar e formular um plano antes que ele lançasse outra explosão através de mim. Tinha que haver uma maneira de sair daquilo, de salvar a ela, à minha família e ao mundo.

Kaden olhou para baixo, passando a mão por uma pulseira escura no pulso.

– Recebi alguns dons do pai. Todos nós recebemos. A maioria foi feita para a guerra. É fácil manipular moléculas e química básica. Temos a capacidade de disfarçar as armas como objetos que ninguém consideraria perigosos. Especialmente os que matam deuses. - Ele sacudiu o pulso, e uma lança dourada se formou em suas mãos. Runas envolviam o cabo, eram tão pequenas que pareciam bordas elevadas. Ela ressoou com um poder familiar e energia pura, e todos os meus sentidos foram atraídos para ela quando reconheci a fonte. O perfume de Dianna cobria a lâmina.

Kaden não hesitou e mergulhou a lança em meu corpo. Senti a lâmina atingir meu âmago, mas não doeu como eu imaginava. Ele agarrou meu cabelo e puxou minha cabeça para trás, sussurrando em meu ouvido:

– É hora de abrir os reinos, irmão, e dar as boas-vindas à nossa família.

Uma virada em minhas entranhas, a chave exata para uma fechadura que liberava todo o cosmos. Ele arrancou a lâmina da lança da minha barriga e recuou, com a boca aberta em puro assombro. Um trovão estalou e rugiu, ameaçando quebrar o céu, só que era eu quem estava quebrando. De repente, a dor me atingiu, e alguma força arrancou meu poder. Minha cabeça caiu para trás com tanta força que deveria ter quebrado meu pescoço. Cada grama do meu poder e força vital explodiu de minha boca, narinas e olhos em um feixe de luz aguçado como um laser. Ele perfurou o ar e atingiu o céu, abrindo o universo.

LXXXVIII
SAMKIEL

A morte era pacífica? Muitas vezes eu me perguntava isso, durante as intermináveis noites dolorosas, quando minha tristeza era demais e o sono não chegava. Quando existir parecia demais, muito antes de ela entrar na minha vida. Mas, se a morte fosse pacífica, então aquilo era certamente viver. Meu corpo doía, e a dor irradiava por mim, ameaçando despedaçá-lo. Minhas veias gritavam como se meu sangue tivesse se tornado ácido. O suor me cobria, e eu tremia violentamente.

Minha visão ficou turva, tentei e não consegui abrir os olhos várias vezes. Era essa a dor que eu sentia? Não conseguia dizer. Estava por toda parte, consumindo tudo, e em seguida vieram as vozes e os gritos ecoando pelo cosmos. Meu pai amaldiçoou o universo. Ele não apenas os trancou; os selou com todo o seu sofrimento, e eu era a chave para sua liberdade.

Uma massa uivante de rugidos encheu a sala. Ouvi asas, grossas e pesadas, batendo acima. Lutei para abrir os olhos de novo, sem me lembrar de tê-los fechado. Quando consegui, gritei. Tudo estava inundado de vermelho, como se eu estivesse olhando através de um filtro. Meu nariz e lábios doíam. Muita força bruta expelida rápido demais queimou todas as partes de mim enquanto escapava.

Ouvi os gritos dos celestiais à distância, na cidade, e minhas preocupações comigo mesmo morreram. Eu precisava me mover e ajudá-los, mas estava fraco demais.

Minhas pálpebras pareciam tão pesadas, mas pisquei e forcei-as a abrir. Várias silhuetas se moviam atrás de Kaden. As silhuetas fizeram meu coração se partir. Eu podia jurar que tinha notado as formas da Ordem saindo. A Mão, minha família, atravessou os portões abertos carregando grandes caixotes. Eu podia jurar que tinha visto Cameron dar uma última olhada para mim, ajoelhado no chão, e de volta para Xavier antes de partirem. Camilla atirou uma pequena esfera de energia verde em minha direção enquanto Vincent a arrastava lutando pelo portão.

Aquela pequena esfera verde saltou silenciosamente. A pequena luz parou em meu joelho, e ouvi a voz dela sussurrar:

– *Espere. Ela está vindo.*

Uma forma surgiu diante de mim, bloqueando minha visão do portão e das silhuetas. Pisquei, meus olhos ainda lutavam para se curar e se ajustar. Uma versão borrada de Roccurrem se inclinou em minha direção como se ele se importasse.

– Por quê? – perguntei. A palavra saiu rachada e quebrada, a única que eu havia falado.

– Os Destinos servem ao único e verdadeiro rei, infelizmente. É uma lei decretada por seu pai e pelos pais dele antes dele e não pode ser quebrada.

Balancei a cabeça com esforço, doía mais do que eu gostaria que percebessem.

– Kaden.

Roccurrem balançou a cabeça lentamente.

– Não.

– Então quem?

O salão oscilou. Olhei além de Roccurrem para ver Kaden arrastar a lança coberta com meu sangue pelo centro do cômodo, dividindo a própria estrutura deste reino em duas. Criaturas, grandes e pequenas, saíram correndo da fenda e subiram ao céu, rugindo e berrando. Meu coração batia como uma fera raivosa em meu peito, e meu sangue gelou. Pisquei de novo, convencido de que estava tendo alucinações. Uma criatura emergiu da fratura, seguida por vários homens maiores que vestiam a mesma armadura de Kaden. Botas de guerra afiadas e mortais agarravam suas pernas, terminando no alto das coxas. Ela usava uma armadura pesada e manchada de sangue, com caveiras sobre os ombros. O cabelo prateado dançava atrás de si em um vento fantasma quando ela me viu e sorriu. Em seus olhos, vi uma raiva tão antiga que tinha nome próprio. Fúria.

– Olá, Destruidor de Mundos – ronronou ela, sacudindo pedaços de carne de sua espada. – Senti *saudades*.

Eu não precisava de uma visão perfeita para saber exatamente quem ela era. Sua voz criava pesadelos cheios de medo, morte e sangue.

Nismera.

LXXXIX
DIANNA

Xinguei, atirando minhas mãos para cima de novo. Andei por aquela maldita calçada, corri e corri, tentando sair da porra da minha própria cabeça. Samkiel estava de volta às ruínas de Rashearim, possivelmente morrendo, e ali estava eu, presa na minha própria mente. Gritei, e nenhuma luz em nenhuma casa piscou.

Suspirando, voltei para o único lugar que continuava me atraindo. A porta de madeira da primeira casa onde Gabby e eu moramos se abriu devagar. O rangido das dobradiças ecoou, e endireitei os ombros.

— Está bem. Quer que eu entre nessa casa estúpida? Então vou entrar nessa casa estúpida.

O vento soprou os arbustos crescidos ao longo do caminho de pedra que Gabby e eu construímos tijolo por tijolo. O bairro estava quieto, silencioso demais. Coloquei as mãos nos quadris e olhei para a casa por um momento antes de começar a subir o caminho. As tábuas de madeira da varanda rangeram. Passei pela soleira e entrei, com um arrepio percorrendo minha espinha. A casa estava exatamente como a deixei, como *nós* a deixamos. Uma camada de poeira cobria os móveis, as portas pendiam nas dobradiças da cozinha abandonada, e o corrimão quebrado se pendurava torto ao longo da escada.

Dei um passo mais para dentro, e a porta se fechou atrás de mim.

— Estou aqui. E agora? Vai ocupar mais do meu tempo ou já posso sair e voltar para o meu corpo?

Minha voz ecoou pela sala, mas não recebi resposta — não que eu realmente esperasse uma. Por que eu estava presa ali? Eu estava morrendo?

Afastei esse pensamento da mente, concentrando-me em nossas iniciais gravadas na parede oposta. Atravessei a sala, estendendo a mão na direção delas, mas parando a alguns centímetros de distância. Meus dedos se fecharam em punho, e deixei cair a mão. O que importava agora? Tudo tinha sido uma mentira.

— Sabe, quando éramos pequenas, você sempre falava em trancar as coisas nas quais não queria pensar. Só não achei que você se referisse a uma casa de verdade com portas — comentou Gabby.

Meu coração saltou uma batida ao som daquela voz, minha respiração ficou presa. Não, não podia ser. Virei-me, quase esperando um fantasma, uma forma cintilante, mas nunca pensei em encontrá-la inteira, intacta e na minha frente.

Ela puxou as pontas do vestido esvoaçante quase branco enquanto oscilava ao vento.

— Na verdade não temos uma forma onde estou agora, mas lembro que usávamos vestidos combinando quando fomos...

As palavras dela terminaram em um grunhido quando a agarrei, envolvendo-a com meus braços com tanta força que nem eu conseguia respirar. Minha cabeça descansou em seu ombro, mechas de seu cabelo fizeram cócegas em meu nariz, e seu cheiro, deuses, aquele cheiro. Eu tinha esquecido o cheiro dela. O último cheiro que senti dela foi frio e vazio, com a morte já tomando conta dela. Seus braços me envolveram, e apertei com mais força.

– Como? – A palavra saiu da minha boca em um soluço entrecortado.

– Não temos muito tempo.

A casa rangeu mais uma vez, seguida do som de madeira se quebrando. Eu me afastei, e nós duas olhamos para cima. Uma rachadura começou no canto e deslizou pelo teto. Olhei ao redor, notando quantas fraturas haviam se formado desde a última vez que estive ali. Rachaduras semelhantes a teias de aranha desciam pelas paredes e chegavam ao chão.

– O que está acontecendo?

–Você reprimiu por tempo demais, Di.

– Como assim?

Um baque soou no corredor. Gabby me soltou e foi embora, desaparecendo na curva. O som veio novamente, e corri atrás dela.

Tum

Tum

Tum

Parei derrapando, uma luz fraca saía por baixo da porta no final do corredor. Correntes a atravessavam com cadeados pesados pendurados nelas.

Gabby parou na frente da porta, olhando para ela.

– Eles disseram que nunca tinham ouvido falar de alguém que suprimisse os próprios poderes antes, mas falei para eles que nunca tinham conhecido alguém tão teimosa quanto você.

– O quê? Quem falou isso?

O baque soou de novo, e a porta se projetou para fora, a luz brilhava pelas bordas. Mais rachaduras se formaram quando a porta se curvou mais uma vez. Parecia que estava respirando.

–Você trancou lá dentro. Essa parte de você.

– Tive que fazer isso – falei, recuando e olhando para o chão. – Eu falhei.

Gabby colocou as mãos nos quadris enquanto se virava para mim.

–Você está sendo boba e agindo como uma fraca. Essa não é minha irmã. – Ela estendeu a mão e agarrou um dos cadeados.

Disparei pelo corredor, colocando a mão sobre a dela.

– O que você está fazendo?

– Abrindo esta maldita porta. Não temos muito tempo.

– Gabby. Pare.

Ela virou a cabeça para mim com um olhar de pura determinação.

– Não, pare você. Não há casa com porta trancada.

– Gabby, não posso apenas ter um momento para ficar feliz por você estar aqui?

– Não, preciso que você abra a porta, Dianna. – Suas mãos puxaram uma fechadura tão pesada, que mal se mexeu.

– Gabby.

O vento uivava na casa, formando mais rachaduras. Senti aquela escuridão angustiante espreitando como um predador às margens de uma floresta escura, esperando o momento de atacar e me devorar inteira.

– Preciso que admita que enterrou seus poderes tão fundo porque acha que falhou comigo, que eles falharam comigo, e então você virou as costas para eles.

Não falei nada, lágrimas nadavam em meus olhos.

– Você sabe que não estou errada. Conheço você. Você é a mesma mulher que bateu em um menino com o dobro do seu tamanho quando éramos pequenas porque ele pisou no meu pé, a mesma que roubou uma laranja quando a mamãe disse não, porque eu chorei por não poder comer. Você é a mesma que amarrava minhas sandálias quando eu não sabia como e a mesma que me deu a própria camisa quando a minha rasgou e assumiu a culpa para mamãe não ficar brava. Esta é você, cada parte boa e ruim é você, e estou cansada de você fingir ser algo que não é. Não importa como se sinta, amo você por isso, por cada parte, e ele também.

Uma rachadura na casa se espalhou acima de nós, e ela olhou para cima.

– É isso que apavora você? Você acha que ninguém seria capaz de amá-la?

A casa estremeceu, o chão cedia sob nossos pés. Um rosnado baixo fez os pelos dos meus braços se arrepiarem.

– Ninguém deveria – falei.

– Dianna. – Gabby largou o cadeado, virando-se para mim.

– Vai me dizer que estou errada? – Minha voz falhou. – Você viu tudo o que fiz. Acha que mereço amor? Não sou boa igual a você e ele. Nunca fui.

– Você está errada, Di. – O olhar dela se suavizou. – Tão errada.

– Acha que estou? – Bufei, minha última parte se partiu. – Está bem. Vou mostrar para você quão errada está.

Arranquei os cadeados, correntes e trancas. Gabby deu um passo para trás enquanto eu jogava a massa de metal para o lado, deixando a porta rachada à mostra.

– Só saiba que sinto muito.

Ela olhou para mim.

– Pelo quê?

– Pelo que você está prestes a descobrir.

A porta se abriu. Pedra branca salpicada de ouro avançou, substituindo as tábuas de madeira da nossa casa. Um labirinto de livros e estantes pendiam nas paredes, uma escada em espiral subia em direção aos níveis superiores. Havia uma grande mesa oval coberta de pergaminhos e textos antigos no meio. Os olhos de Gabby se arregalaram, e ela se virou para mim.

– O que é isso?

Vozes surgiram dentro da sala, e Gabby virou a cabeça para ver o que havia ali e o que eu havia escondido.

– Foi quando aconteceu.

– Quando aconteceu o quê?

Apontei com a cabeça em direção à área da varanda onde Samkiel e eu estávamos.

– Menti para Logan no túnel. Em Yejedin. Pensei em um futuro.

Meu coração disparou, e meus olhos arderam, mas cerrei os punhos, contendo as lágrimas. Vi minha forma Ig'Morruthen sair das sombras. Ela andava de quatro, pisando com patas silenciosas, com seu corpo elegante e ágil. Seus olhos ardiam em vermelho-escuro, e sua pelagem era da cor da noite, com sombras profundas de rosetas violeta. Ela circulou Gabby e eu, parando em meus calcanhares, com sua longa cauda balançando atrás de nós.

Observamos Samkiel respirar fundo uma vez, depois outra, com minhas mãos firmes em seus antebraços. Eu não tinha notado isso na época, mas via agora. Samkiel olhava para mim com tanta admiração enquanto eu falava que meu coração se apertou de novo.

– Ele tinha acabado de se recuperar de um ataque de pânico quase devastador depois que voltamos da conversa com Roccurrem. Ele quase se perdeu de novo. Eu o acalmei e o consolei como fazia com você durante tempestades fortes, e funcionou. Ele estava tão assustado, Gabby. Tão só. Esse mito, essa lenda em todo o cosmos, era assustador. Ele tinha o mundo inteiro sobre os ombros, e tudo o que queria fazer era ajudar os outros. Samkiel não se importa consigo mesmo. Nunca se importou. Ele estava preparado para treinar exércitos e fazer qualquer coisa para manter todos seguros, e lá estava ele, se quebrando. Eu soube naquele momento.

Gabby olhou para mim enquanto eu continuava observando.

– Soube o quê?

O medo se contorceu através de mim, mas falei.

– Que eu o amo.

Os olhos de Gabby se suavizaram.

– Dianna, por que isso é uma lembrança ruim? Por que trancá-la?

Olhei para a memória de Samkiel e de mim. Uma parte do meu coração se partiu de novo quando olhei para Gabby.

– Porque outra coisa aconteceu também. Eu sabia que faria *qualquer coisa* para garantir que ele nunca mais ficasse assim. Eu nunca mais queria ver esse tipo de medo nos olhos dele. Nunca estaria sozinho.

Os olhos de Gabby suavizaram.

– Dianna.

– Foi apenas por um segundo que o pensamento passou pela minha cabeça. Só um segundo, mas me tornou a pior pessoa do mundo inteiro.

– Dianna, o amor não é…

Eu a interrompi enquanto a outra eu olhava para ela também.

– E se Kaden tivesse você e Samkiel? E se ele me forçasse a escolher? – Respirei fundo estremecendo. – Eu hesitaria, e foi o que fiz.

– O quê?

Logan irrompeu pela porta, a memória de mim e Samkiel desapareceu. Desta vez, a sala girou, levando-nos à memória que lutei para enterrar mais fundo do que a maioria das outras. A Cidade Prateada, uma cidade de arranha-céus e luzes, reluzia do lado de fora da grande janela. Eu estava ajoelhada no chão, imersa no que acontecia na tela. Kaden falava, Gabby estava em suas mãos.

Gabby se mexeu, desconfortável.

– Por que isso?

– Eu fiquei quando ele tinha você. Fiquei com Samkiel naquela maldita cidade mesmo depois de ver aquilo. Havia mais que eu poderia ter feito. Eu poderia ter vasculhado a cidade, poderia ter caçado até meus pés sangrarem, mas escolhi ficar. E depois fiz uma escolha contra minha necessidade de vingança em Yejedin, pondo a segurança de Logan e Neverra acima de ir atrás de Kaden.

Abaixei a cabeça e me virei lentamente em direção a ela. A fera aos meus pés se dissipou em fumaça e subiu pelo meu corpo, absorvendo minha alma. Gabby engoliu em seco e deu um passo para trás. Eu sabia que meus poderes haviam voltado, eu os senti me preencher com a dor de finalmente falar sobre isso.

–Você não vê? Deixei você morrer porque sou egoísta e cruel. Porque eu só queria que tudo acabasse. Por uma fração de segundo, eu queria que tudo acabasse. Você estaria morta, e Kaden não teria mais poder sobre mim. Eu estava tão cansada de ser usada. – Meu rosto se contorceu, lágrimas turvaram minha visão. Eu havia traído minha irmã, meu coração, a pessoa que mais amava. – Estou tão cansada, Gabby. Eu estava tão cansada de lutar e de ter medo de ele usar você contra mim. E, por um segundo, pensei que poderia ficar com Samkiel. Que poderia ter uma vida, e esse foi o pensamento mais maligno que já passou pela minha cabeça. Foi só por um segundo, mas fiquei feliz. Então, a culpa e a preocupação com você voltaram e me devoraram viva. Já matei, mutilei e fiz coisas que fariam as pessoas desejarem a morte, mas esse pensamento, esse único pensamento, foi o pior de toda a minha existência. Talvez eu pudesse ter salvado você. Eu poderia ter continuado procurando depois de Novas. Em vez disso, dei ouvidos a ele, fiquei com ele, voltei para a Cidade Prateada e, então, matei você. Não foi Kaden. Fui eu. E nunca vou me perdoar.

Eu esperava que ela gritasse comigo e fosse embora. Que me dissesse que eu era a escória do mundo e que merecia todas as coisas horríveis e terríveis que aconteceram comigo. Que eu merecia apodrecer para sempre, morrer completamente sozinha e miserável. Mas ela não fez isso.

Gabby me observou sentada em frente à tela e balançou a cabeça.

– É só isso?

Fiquei boquiaberta para ela, em estado de choque.

– O que você quer dizer com "é só isso"?

Ela se virou para mim, com seu rosto cheio de descrença.

– Só isso?

Apenas a encarei.

Ela jogou as mãos para cima, gemendo de aborrecimento.

– Ai, meus deuses, Dianna, quanta culpa de sobrevivente. E daí?

– E daí? – Eu não tinha palavras. Abri e fechei a boca, tentando, mas sem conseguir entendê-la. – Gabby, acabei de contar uma coisa que está me corroendo de dentro para fora, e você zomba de mim? Eu…

– Você não me matou.

– Mas…

Ela se aproximou, a sala foi se dissipando e se reformando, nos levando de volta à nossa antiga casa.

– Você passou mil anos cuidando de mim e me protegendo, mas nunca a você mesma. Sabe o que significa pensar em si mesma por um segundo? Significa que alguma parte de você é normal. Só isso. Você estava feliz, e tudo bem. Você queria uma vida? Ótimo. Já era hora.

– Você não está brava comigo?

– Não. Quanto estresse acha que uma pessoa, do Outro Mundo ou não, pode suportar antes de querer apenas uma pausa? Você não me deixou morrer e não me matou. Dianna, você nunca me machucaria. Kaden fez isso. Você não é responsável pelo que Kaden fez e tinha todo o direito de estar com Samkiel. Ser feliz. Isso é tudo que eu sempre quis para você.

Abaixei meu olhar, parte de mim era incapaz de acreditar nela.

– Ei, olhe para mim – exigiu Gabby, esperando que eu encontrasse seu olhar. – Você me protegeu. Sempre fez isso. Agora, isso? O que você está sentindo? Isso é apenas tristeza. Você me ama, sente minha falta e se culpa. Ok, é normal, é real, acontece, mas você me deu a melhor vida, Dianna. A melhor. Uma mais longa do que eu jamais teria tido. Não há problema em querer uma vida também. Está tudo bem você amá-lo. Só porque essa coisa ruim aconteceu, não significa que você é responsável.

Minha mandíbula se apertou, lutando para não se quebrar, minhas emoções eram uma massa turbulenta ameaçando me dominar. Gabby estendeu a mão e pegou a minha, o sentimento familiar me ajudou a me firmar.

– Kaden teria me levado mais cedo ou mais tarde. De alguma forma, era inevitável. Você não poderia me manter segura para sempre, nem eu teria permitido. Eu sobrevivi, Dianna. Durante mil anos eu vivi, e você não. Você tem sido uma sombra do que ele queria por muito tempo, a maldita marionete dele. Então, Samkiel aparece, e você ri, sorri e *sente*. Eu não poderia estar mais feliz. Que tipo de irmã eu seria se não quisesse que você fosse feliz também? Você não me matou, Di. Você me salvou. Contudo, você se deixou morrer no processo. Já é hora de você viver.

A represa se rompeu, e não consegui mais conter as lágrimas. Elas queimaram minhas bochechas, mas o alívio foi avassalador. O peso que eu tinha carregado foi retirado dos meus ombros, e desabei sob a leveza. Gabby me pegou, seus braços quentes e sólidos me abraçaram enquanto meu corpo estremecia com soluços sufocados. Enterrei meu rosto em seu ombro, muito grata por ela estar ali e não ser apenas mais uma invenção da minha imaginação, e chorei. Meu corpo cedeu, e chorei até não ter mais nada para dar.

– Sinto muito sua falta. Muito.

As mãos dela acariciaram meu cabelo.

– Eu sei. Também sinto saudade.

– Não sei como me perdoar. Mesmo que tenha sido apenas um segundo.

– Então não perdoe.

Eu me afastei, enxugando os olhos.

Ela deu de ombros.

– Ei, todos nós temos falhas de uma forma ou de outra. Seja egoísta, então. Ame destemida e cegamente, mas ame de qualquer forma. Eu não ia querer mais nada para você. Acho que você é perfeita do jeito que é. Com defeitos e tudo. Ele também. Não há nada que eu mudaria... Bem, talvez aquela viagem para Nappale, mas é isso.

Sufoquei uma risada enquanto fungava.

– Eu sou uma pessoa terrível.

– Não. – A voz dela falhou quando ela sorriu para mim. – Você é apenas uma garota que desistiu de tudo que tinha por aqueles que amava. Você merece ser amada de volta.

A casa estremeceu violentamente, sacudindo-nos para o lado e quase nos derrubando no chão. Quadros caíram das paredes, o vento uivava tão alto que cobri os ouvidos. Sussurros e rugidos pairavam no ar, soando como se Iassulyn tivesse se aberto acima de nós.

Os olhos de Gabby ficaram dourados e brilhantes quando ela se levantou.

– Os reinos estão se abrindo.

As palavras bateram em mim.

– Samkiel. Ele está...

Ela balançou a cabeça.

– Ainda não, mas quase.

– Tenho que ir – falei, me levantando e correndo em direção à porta.

Gabby correu atrás de mim, estendendo a mão e agarrando meu braço, me girando de volta para ela. Não percebi quão rápido tinha me movido, foi tão rápido que quase cheguei à porta da frente.

– Espere. Di, não são apenas os reinos abertos. Alguém voltou. Uma pessoa velha, raivosa e violenta.

– Quem?

Ela engoliu em seco.

– Nismera.

Passei por Gabby, ainda mais desesperada para chegar até ele, mas desta vez ela entrou na minha frente, me impedindo.

– Dianna.

– Gabby, amo muito você, muito mesmo, mas, se você não me deixar ir...

– Não, ouça.Você não pode lutar contra ela. Não sozinha. Ela é forte demais.Até Kaden a teme. Unir era o único que poderia ao menos feri-la, e ele está morto. Entende? Ela é uma deusa da guerra e da destruição. Uma das primeiras.

– Certo, bem, tenho que tentar. Não posso deixá-la chegar perto dele. Ela vai matá-lo.

– Eu sei, mas você não pode lutar contra ela. Ainda não.Você tem que ir até Samkiel. Chegue até ele primeiro, não importa o que aconteça. A vingança pode vir mais tarde.

– Como você sabe tanto?

– Eu tive ajuda. Conheci o pai e a mãe de Samkiel. Eles são muito legais, na verdade.

–Você conheceu Unir? – Encarei-a boquiaberta.

Ela assentiu.

– Não acho que eu tenha permissão para entrar no Vale dos Reis, mas ele me levou depois que… Ele precisava da minha ajuda, já que eu era a única além de Samkiel que poderia alcançar você.

O corpo de Gabby enrijeceu, e seu olhar se ergueu. Reconheci o leve olhar de raiva desafiadora que brilhou em seus olhos. Se eu tivesse que adivinhar, diria que algum poder acabara de repreendê-la e proibi-la de falar mais alguma coisa. Quando o olhar dela encontrou o meu de novo, seus olhos brilhavam em um amarelo radiante.

– Eu não devia ter contado isso para você. Essa não é a questão. Mas você entende? Lute com Nismera mais tarde, salve Samkiel primeiro. Preciso que seja poderosa e cruel, porque eles serão.

Balancei a cabeça, tentando absorver tudo o que ela acabara de me contar.

–Você me conhece, Gabs.Vou rasgá-los em pedaços. Ninguém toca em alguém que amo.

– Essa é minha irmã. – Ela se recostou, sorrindo enquanto segurava minhas mãos nas dela. Um brilho dourado se formou ao redor dela, e eu sabia que meu tempo com ela havia acabado.

– Será que algum dia vou ver você de novo?

– Eu nunca deixei você. – Um pequeno sorriso brincou em seus lábios. – Estou sempre com você e sempre estarei.Você é minha irmã. Nosso vínculo é mais forte que sangue ou qualquer papel estúpido que diga o contrário. Lembre-se, amo você. – A mão dela escorregou da minha quando ela deu um passo para trás. – E, ei, se você vai ser um monstro, pelo menos seja o melhor.

Ela se dissolveu em luz brilhante e disparou para fora da sala.

Deixei cair minhas mãos ao lado do corpo enquanto todo o meu mundo mudava e tremia.Achei que minha luz nesta vida havia partido, mas percebi que estava cega demais para enxergar que tinha outra. Ele acreditava, cuidava e nunca tinha desistido de mim. E, já que Kaden estava prestes a tirá-lo da minha vida, ele era alguém que agora precisava de mim.

XC
DIANNA

Meus olhos se abriram, e o poder, quente e ofuscante, rasgava cada parte de mim.

A lua vermelho-sangue debochava, brilhando através do buraco no teto. Um rasgo irregular dividia o céu, expondo vislumbres de um universo violeta e azul muito escuro. Criaturas moviam-se no vazio entre planetas e estrelas.

Puxando meus braços com força, quebrei as algemas de metal em volta dos meus pulsos antes de me sentar para libertar meus pés. Olhei em volta, me orientando e decidindo minha saída. Eu tinha que ir, tinha que ir...

Uma mão agarrou minha garganta, me levantando.

— Você está proibida de sair — falou Azrael. Meu pai olhava fixamente para mim. Seus frios olhos azul-metálicos perfuraram os meus, e pude ver o lampejo de... dor. As peças clicaram em minha mente, e eu soube que Azrael não queria fazer aquilo. Ele não tinha escolha. Minhas garras rasgaram a carne de seu pulso, mas seu aperto não vacilou. Levantei meu braço e bati meu cotovelo contra seu braço com força suficiente para ouvir um osso estalar. Ele me soltou, mas me alcançou com a outra mão. Eu me abaixei e fiquei de pé, nós dois tropeçamos enquanto o chão balançava.

Porra. Eu não tinha tempo para isso. Precisava chegar a Samkiel.

— Você está proibida de sair — repetiu Azrael, estendendo o braço para reposicionar o osso. Estendi a mão quando ele deu mais um passo em minha direção.

— Azrael. — Fiz uma pausa e engoli em seco. — Pai. Você não quer fazer isso. Posso ver em seus olhos.

Azrael invocou não uma, mas duas armas de ablazone.

— Você está proibida de sair — falou ele, inclinando-se para a frente e brandindo as lâminas em minha direção.

Dei um passo para o lado, esquecendo quão depressa podia me mover com meus poderes. Acrescente isso ao fato de que eu não estava treinando ou comendo direito, aí tropecei, e uma das lâminas cortou meu antebraço. Sibilei e agarrei o ferimento, o sangue se acumulou sob meus dedos.

— Você é... — Azrael hesitou e diminuiu a velocidade de seu ataque. Ele deu mais um passo lento em minha direção, depois outro. — Ayla.

Eu o observei com cautela, pronta para desviar de outro golpe. Ele olhou para mim, na verdade, para meu braço. Algo brilhava em seu olhar. Eu não sabia o que era, mas me dizia que ele estava lá.

Ayla. Esse era meu nome, meu verdadeiro nome?

— Sim, sou eu.

Azrael gritou e caiu de joelhos. Soltando as lâminas, agarrou a cabeça, seus dedos se enrolaram em seu longo cabelo despenteado enquanto ele balançava para a frente e para trás. Linhas azul-cobalto tremeluziam sobre sua pele e brilhavam em seus olhos conforme ele tentava recuperar o controle.

– Está vendo. Você não quer fazer isso. Sou eu. Ayla. Sua filha. Assim como Ava. Você se importa conosco. – Eu não sabia se isso era a coisa certa a dizer a ele, mas tinha que tentar. – Você se importa com Victoria e Rashearim.

As mãos dele se fecharam em seus cabelos, seus braços tremiam enquanto ele lutava contra quem quer que tivesse o controle sobre ele.

– Vic… Victoria.

– Sim.

– Eu… eu me lembro de você. Eu costumava visitá-la quando podia, disfarçado como outro. Eu lhe dei sua primeira adaga. Uma lâmina feita em Rashearim. Tentei mantê-la segura, Ayla.

Azrael estremeceu, agarrando a cabeça, e sussurrou como um canto:

– Você está proibida de sair. – Então ele gritou, o suor escorria por seu corpo enquanto ele lutava, forçando a compulsão a desaparecer. – Eu mostrei a você onde esfaquear para matar e preciso que faça isso de novo. Agora.

Azrael tinha vindo me ver. Quantas vezes era ele comigo, e não quem eu pensava ser meu pai? Não falei nada nem me movi, enquanto ele voltava a se curvar. Sangue azul vibrante escorria de seu nariz e orelhas.

O mundo estremeceu, e olhei para cima, me apoiando na parede. Samkiel precisava de mim. Eu tinha que ir embora, mas como poderia deixar Azrael assim?

– Você… – Pedaços de pedra caíram no chão, a caverna estava se despedaçando. Um rugido vibrou no ar, e senti o som como um golpe. Azrael enfiou a espada no chão, usando-a para se firmar enquanto se levantava. – Você tem que me matar. – Ele limpou o sangue sob o nariz enquanto se levantava. – As palavras de Ezalan – ele agarrou a cabeça de novo, quase caindo de joelhos mais uma vez – só podem ser quebradas com a morte. Era o uso de poder mais proibido. Eu gostaria de ter conhecido você, Ayla. – Azrael gritou mais uma vez, e estremeci. Ele agarrou sua cabeça e se inclinou. O som torturante parou, a mudança repentina foi mais assustadora do que o som de sua dor.

A tremulação em sua pele parou, e, em vez disso, as linhas de cobalto arderam radiantes e sólidas. Ele voltou a olhar para mim sem remorso ou tristeza, apenas um celestial preso ao dever.

– Você está proibida de sair.

Meu coração se retorceu. Lamentei por esse guerreiro forte. Ele tinha sido brilhante, criando armas de morte e de guerra, e agora era uma casca, nada mais do que uma marionete controlada por um mestre cruel. Lamentei pela vida que roubaram de todos nós. Kaden tinha muito pelo que responder.

Ele brandiu a espada para mim, e me esquivei.

– Se pode me ouvir aí, saiba que me deu uma boa vida, uma boa família. – Ele girou, e rolei para o outro lado da sala. Sua lâmina atingiu a parede com tanta força que lascou a pedra. – Eu os amei muito, então, obrigada.

Ele deu um passo à frente, e soltei minha fera, minha forma ondulou.

Escamas substituíram a pele, e o fogo consumiu a caverna ao disparar pela minha garganta em um rugido estrondoso. Uma luz azul radiante disparou para o céu, e eu a segui, irrompendo pelo teto da caverna e disparando em direção à fenda.

XCI
SAMKIEL

O salão do Conselho estremeceu conforme mais portais se abriram. Os guardas de Nismera invadiram a sala, marchando em um só ritmo, com as botas ecoando na pedra. Eles formaram uma fila e giraram em direção à saída. Eu a ouvi sussurrar algo sobre Onuna, enquanto eles avançavam sob as ordens de Nismera, com as armas tão afiadas e retorcidas quanto eles. Eu gemi, tentando me levantar. Eles destruiriam aquele planeta, e eu não podia permitir. Eu sabia o que aconteceria.

Não é o suficiente. As palavras do meu pai ecoaram na minha cabeça.

E não foi.

Nismera tinha um exército de Ig'Morruthens e seres para cumprir suas ordens, e eu temia ter visto apenas uma fração dele. Ela ficou de lado, com os braços cruzados enquanto falava com Kaden. Um punho blindado atingiu meu rosto, abafando seus sussurros. A armadura perdição do dragão nos nós dos dedos rasgou minha pele, e a força do golpe me fez cair no chão. Alguém pisou na minha mão estendida, esmagando-a sob uma bota pesada. Gemi e me empurrei o máximo que pude, cuspindo sangue no chão. Meu corpo estava tão fraco e eu estava tão cansado. Uma mão com ponta de garra agarrou minha nuca, puxando-me pelos cabelos.

Isaiah ajoelhou-se ao meu lado com armadura completa, exceto pelo capacete. Kaden o apresentou como um dos meus irmãos, e eu conseguia ver a ligação. Ele se parecia com Kaden no rosto, mas sua constituição era um pouco mais esguia e um pouco mais alta. Cachos curtos e fechados enfeitavam o topo de sua cabeça com um padrão em zigue-zague raspado nas laterais. O nariz de Isaiah parecia com o de nosso pai e o meu, e ele franzia a testa da mesma forma que eu vira Unir fazer com tanta frequência.

Meu estômago se revirou. Ali, em meio a toda a minha dor, o lampejo de familiaridade parecia de alguma forma errado. Segredos. O mundo e eu pagaríamos caro pelos segredos que meu pai guardava.

— Lembro-me de quando você era apenas um bebezinho chorão. Agora, veja você. — Aqueles malditos olhos vermelhos dançaram por meu rosto. — Todo crescido.

— Eu não me lembro de você — sibilei.

Isaiah deu de ombros e sorriu, exibindo uma única presa brilhante. Ele sacudiu o pulso, sacando uma adaga dos renegados. A ponta era irregular, afiada e esculpida em osso escuro como a noite.

— Não é um problema.

Ele pressionou o joelho contra o ferimento em meu abdômen. Cerrei os dentes, uma nova onda de agonia tomou conta de mim. Ele pressionou meu braço no chão, observando-me o tempo todo. Isaiah pôs a lâmina no meu pulso. Resisti pouco, com o sangue borbulhando pelos meus lábios, meu corpo se desligando. Ele pressionou devagar, a lâmina devastadoramente afiada cortou minha carne. Tentei me concentrar e não desmaiar de dor quando ele decepou minha mão no pulso. Minha pele queimou com o contato, mas não gritei. Eu não lhes daria essa satisfação.

Isaiah levantou-se, orgulhoso, com um sorriso satisfeito nos lábios. Nismera e os outros olhavam para nós. Ele arrancou os anéis dos meus dedos antes de jogar minha mão decepada para o outro lado da sala e caminhar até onde Nismera estava.

– O Anel da Aniquilação – ele ofereceu para ela o anel escuro como um presente –, como você pediu.

Não.

Apoiei meu braço contra o peito, o suor fluía em meus olhos, meu corpo tentou se curar e falhou. Como poderia? A maior parte do meu poder dançava pelo universo, abrindo portais muito além do alcance deste mundo.

Isaiah colocou o anel de obsidiana na palma da mão dela, que sorriu. Kaden apenas olhou de relance para ele.

Minha visão ficou turva enquanto eu estava deitado no chão, a agonia em meu corpo foi diminuindo conforme eu ficava entorpecido. Nem mesmo meu pulso ou abdômen doíam tanto mais. O sangue acumulado ao meu redor estava esfriando, e eu estava tão cansado. O sono se aproximava, mas eu sabia que, se relaxasse e me deixasse levar, se fechasse os olhos por um segundo, tudo acabaria. Eu não acordaria. Algo em mim se rebelou, exigindo que eu ficasse acordado, que ficasse ali. Parecia Dianna, mas não podia ser real, e eu estava tão cansado.

As botas afiadas de Nismera estalaram no chão à medida ela se aproximava segurando sua lança dourada da morte. Tentei me levantar e falhei. Sua capa preta longa e rasgada esvoaçava atrás dela, com caveiras nos ombros ancorando-a no lugar. Sangue manchava a frente de sua armadura. Era semelhante à de Kaden, só que a dela era mais esguia, afiada e letal. Ela parou, com Kaden e Isaiah de cada lado. Nismera girou sua lança e bateu a ponta no chão. As runas que me continham se dissolveram no chão, um pouquinho de energia tentou rastejar de volta para mim. Não era suficiente, nem perto disso.

Ela enviou um olhar cruel para Kaden.

– Estou um pouco decepcionada por você ter se livrado do meu exército de mortos e meus perturbadores de mentes. Você me prometeu vampiros, lobisomens, devoradores de sonhos, mas não tenho nada.

–Você me falou para matar a irmã, e a matei. Essa foi a consequência do seu comando.

– Não seja tão duro com ele, Mera. Ele trouxe para você A Mão, o Anel da Aniquilação e logo terá a cabeça de Samkiel – interveio Isaiah.

Nismera tinha ordenado o assassinato da irmã de Dianna? Minha mente vacilou. Por quê? Que rancor ela poderia ter contra Dianna? Minha cabeça latejava enquanto as peças se reorganizavam em minha mente e tudo enfim fez sentido. Agora eu entendia a transmissão e por que Vincent tentou nos fazer ignorá-la. Logan estava certo. Quando Kaden tirou a vida de Gabby, não foi apenas visto pelo mundo inteiro. Era para enviar uma mensagem para Nismera.

Eu queria perguntar, gritar e me enfurecer, mas estava tão cansado. Minha visão ficou turva quando a sala tremeu outra vez. Mais guerreiros saíram do portal, organizando-se pela sala. Um general com a forma e constituição de um réptil ereto parou ao lado de Nismera. Seu longo focinho se abriu, expondo dentes cônicos afiados enquanto zombava de mim.

Pisquei quando outra criatura se aproximou, esta mais alta que ela, com sua constituição muscular coberta de penas e garras nas pontas dos dedos das mãos e dos pés. Ela inclinou a cabeça, seus olhos de pássaro focando em mim com o olhar de uma ave de rapina.

498

– Ele não parece tão impressionante – comentou ele na língua antiga.

– Ele nunca foi. – Nismera olhou para mim com desdém. – Todas as relíquias estão seguras?

– Sim, meu rei – respondeu o emplumado.

– Excelente. – Nismera sorriu. – Reúna o resto da sua frota. Vamos para Yaegomar assim que terminarmos aqui.

– Sim, meu rei. – Ele se curvou num sussurro de penas antes de sair.

O general reptiliano grunhiu.

– E quanto a este mundo e Onuna?

– Nós os reivindicaremos. Apagaremos tudo o que ele construiu. Quero matar qualquer esperança que este reino ou o próximo tenham de seu precioso rei perdido. Além disso, foi uma longa viagem. Tenho certeza de que meus animais estão com fome.

O sorriso dela era tão vil quanto eu me lembrava. O general ao seu lado ergueu uma única mão com garras, e Gryhpors emergiu do túnel. Ele girou nos calcanhares, com criaturas de placas grossas, escamas e sem pernas o seguindo. Senti as ruínas de Rashearim tremerem de repulsa.

– Gostaria de ver outro mundo cair antes que eu apague totalmente aquela linda luz?

Meu coração batia rapidamente no meu peito enquanto uma ideia se formava. Eu poderia usar a última fagulha de poder que me restava para me sustentar por mais algum tempo ou poderia usá-la em um último ato de desafio. Podia salvar as pessoas de Onuna. Era o mundo de Dianna. Ela o compartilhou comigo, mostrando-me suas luzes ofuscantes e seus mortais excessivamente cuidadosos. Aprendi a valorizar tudo isso. Essas pessoas não enfrentariam a ira de Nismera nem pagariam como Dianna e sua irmã pagaram. Ninguém devia ter que pagar pelos erros da minha família de novo. Eu não podia impedir o que estava por vir para todos, mas para aqueles em Onuna, sim.

Ela riu ao ver a luz crescer em minha mão.

– Você acha que está em condições de lutar comigo, Samkiel?

– Não, mas não vou deixar você destruí-los.

Sussurrei um cântico, um que meu pai me ensinou há muito tempo. Ele esperava que eu nunca precisasse usá-lo, e era irônico que eu tivesse que usá-lo por causa de seus segredos. Eu precisava salvar o máximo que pudesse. A luz explodiu da minha mão, banhando este mundo e Onuna com luz prateada. Eu poderia mandá-los embora. Eu só esperava poder arrancar todos das garras traiçoeiras dela. Se os reinos fossem abertos, eu sabia de pelo menos um mundo onde estariam seguros. Pelo menos um.

Terminado o cântico, fechei a mão em punho, e o último pedaço de energia que tinha foi arrancado de mim. Caí no chão, meu coração parecia que ia parar a qualquer segundo.

– Você não terá mais sangue enquanto eu viver.

Nismera, Kaden e Isaiah olharam em choque enquanto ondas de luz disparavam em direção ao céu. Sorri, minha tarefa estava concluída.

– Unir sentava-se em um trono que lembrava o sol e carregava um cajado que podia criar mundos. Ele tentou esculpir a paz quando na verdade não era nada mais do que os monstros que afirmava caçar – declarou Nismera, cuspindo veneno frio e sem coração em mim. Ela batia a mão enluvada naquela lança de ponta dourada. – Você é igual a ele e morrerá como ele.

Ela arrastou a ponta curva de sua lâmina pela minha bochecha em direção ao meu pescoço. O ferro frio atingiu meu pescoço conforme ela passava a lâmina pela mesma cicatriz que havia feito na última vez que nos encontramos. O mesmo ferimento que quase me decapitou há tanto tempo. Ela jogou o colar que Dianna me deu para o lado, sem saber o quanto era importante para mim.

– Isso traz de volta memórias? – Ela torceu a lança dourada na mão, pressionando minha carne. – Lembra-se da sensação do meu aço, Samkiel? Já pensei bastante nisso. Naquele campo de batalha. Em como, se eu tivesse sido um segundo mais rápida, seu sangue teria encharcado a terra. Eu adoraria ter visto o rosto de Unir quando ele percebesse que a coisa mais preciosa no mundo para ele estava morta. O pensamento me traz pura alegria. – Ela pressionou a ponta da lança com mais força contra meu pescoço, e cerrei os dentes. – Espero que ele esteja observando dos céus e chore quando eu recuperar *minha* coroa, *meu* trono.

Eu sabia o que estava por vir e não tinha forças nem para ficar de pé, muito menos para lutar e impedir aquilo. O sorriso de Nismera se tornou cruel. O tempo desacelerou, e olhei para os três portais abertos atrás dela. Os mesmos que A Mão, minha família, atravessou. Eu nunca mais os veria. Meu poder estava esgotado, eu podia sentir minha vida se esvaindo. Mesmo que a lâmina de Nismera errasse, eu ainda estaria acabado.

– Não mato um deus há anos. Vamos ver se ainda consigo. – Nismera puxou o braço para trás, pronta para enfiar aquela lança em meu pescoço e terminar o que havia começado muito tempo antes.

Meu último pensamento ao morrer, quando aquela lâmina se aproximou, não foram os sorrisos cruéis dos meus inimigos ou a família traidora que estava ao meu redor. Não, foi ela.

Dianna.

A risada dela. Seu calor. O sabor dela, o toque dela. Como ela me abraçava, curando feridas que não cicatrizavam havia séculos. A maneira como ela falava comigo. Como tinha me conduzido atravessando Onuna. As luzes multicoloridas de um festival que estava barulhento demais, mas que com ela era divertido. Como me mostrou a comida mais doce. Cuidou de mim. Um pequeno presente dado em uma varanda que construí à mão em um palácio só para ela. O breve tempo que passamos juntos de verdade e como talvez ela pudesse ter me amado se o tempo tivesse permitido. Lembrei-me do seu sorriso e do jeito que seu nariz se retorcia quando ela estava irritada com as coisas que eu falava. Seu jeito brincalhão quando me dava tapas pelos comentários que ela secretamente amava.

Paraíso. Isso é o que ela era para mim e do que eu tanto sentiria falta. Eu sabia que, mesmo na morte, não encontraria paz na vida além, pois não havia paz sem ela. Meu único arrependimento foi não ter dito para ela antes o quanto ela havia se enterrado profundamente em meu coração, tornando-se um pedaço da minha alma.

Um rugido agudo explodiu pelo ar, seguido por um estalo e som de trituração. Nismera fez uma pausa, e todos olhamos para a porta. A cabeça grande e de dentes afiados do general reptiliano passou rolando. Ela parou, com a língua pendurada e o branco dos olhos à mostra.

– Que nojo, nunca vou tirar isso das minhas unhas.

Um choque passou por mim, meu coração ferido e surrado lutou para bater forte em meu peito.

Dianna.

Quase chorei. Mas não, ela não podia estar ali. Não com eles.

Os lábios de Nismera se curvaram em um grunhido, enquanto ela olhava para seu general morto e de volta para Dianna.

– Ai, me desculpe. Isso era seu?

Os sapatos de Dianna guincharam no chão, encharcados com o sangue de tudo o que se pôs no seu caminho. Seus olhos vermelhos encontraram os meus, e meu coração se apertou ao vê-la. Seus poderes estavam de volta com força total.

Isaiah parecia perplexo, e todos deram um passo para trás. Quem quer que fosse o general, era o suficiente para fazer Nismera hesitar por alguns segundos. Nismera olhou para Kaden, a ameaça saía dela em ondas. Kaden abaixou a cabeça em submissão.

– Deuses, vocês todos falam muito mesmo. Acho que são todos os egos – comentou Dianna, sacudindo sangue e entranhas coagulados das mãos. Seus lábios se curvaram em nojo, e ela tirou um pedaço de carne do ombro. – Mas, admito, isso me poupou algum tempo. Principalmente porque tive que comer e estripar muitos monstros para chegar até aqui. – Ela entrou na sala, e todos ficaram em silêncio. Nismera agarrou a lança com tanta força que os nós dos dedos ficaram brancos.

– Di... – Tentei avisá-la para não lutar contra eles, contra Nismera, mas minhas palavras morreram quando Nismera me chutou na lateral da cabeça com tanta força que minha visão ficou turva. Não precisei ver para saber que Dianna estava mais perto agora. Eu podia senti-la com todo o seu poder, esperando, enrodilhada e pronta para atacar.

– Você veio buscar seu *amata* ferido. Que fofo – sibilou Nismera.

Tentei e não consegui levantar a cabeça. O melhor que consegui foi virar a cabeça para poder ver Dianna. Ela olhou para mim, sinalizando com uma mão para eu ficar abaixado e quieto.

– O que posso dizer? Protejo o que é meu. Todos nesta sala cometeram um erro ao tocá-lo. Tenho certeza de que Kaden pode informá-la sobre as consequências.

A risada de Nismera ecoou nas paredes do Conselho.

– Ah, que idiota ingênua você é. Realmente acha que me assusta, criança?

Dianna não vacilou. Ela sorriu e deu um passo para o lado. Nismera e os outros seguiram cada movimento dela, dando um passo para longe de mim.

– É isso? Essa é a sua ameaça? Sabe, vi você nos pesadelos dele e ouvi histórias sobre a poderosa Nismera. Vamos. Vou lhe dar outra chance. Diga-me que você vai arrancar minha pele dos ossos ou algo assim.

Se eu pudesse, teria rido. Claro que Dianna ia insultar e provocar uma das deusas mais terríveis conhecidas em nosso reino.

As costas de Nismera se enrijeceram. Ela deu mais um passo em direção a Dianna, com os generais ao seu lado. Isaiah invocou o seu capacete de volta, todos estavam prontos para atacá-la ao comando de Nismera. Vi então o que Dianna estava fazendo. Ela estava preparando uma armadilha e afastando-os de mim.

Minha garota inteligente e linda.

– Você é arrogante, assim como ele – Nismera quase cuspiu.

– Já me falaram que sou uma bocuda.

A pequena risada de Nismera estava cheia de aborrecimento. Ela girou a lança dourada, acompanhando Dianna.

– Estou contente por você estar aqui. Agora posso matar a parceira de Samkiel na frente dele. Isso vai me trazer alegria.

– Sabe, dei outra chance para você, mas, se esse é o seu discurso maligno e intimidador, é sem graça, para dizer o mínimo. – Os olhos de Dianna arderam em um tom mais escuro. – Posso fazer melhor. Vejo uma sala cheia de crianças crescidas fingindo ser governantes. Vocês todos ficam aqui, reclamando de seus problemas com o papai. Pelo amor dos deuses, todos vocês tiveram que prender Samkiel para *vencê-lo*. Acham que isso é poder? Por favor. Vocês são todos patéticos.

Isso foi tudo o que era preciso. Nismera lidava com os insultos como lidava com todo o resto – com extrema violência. Ela ergueu a lança e a apontou para Dianna. Os outros atacaram. O medo por ela me arrepiou. Fiz uma careta, tentando me levantar. Eu não a deixaria morrer sozinha. Ela veio por mim, voltou por mim. Se morrêssemos, morreríamos juntos.

Acontece que meus esforços não eram necessários. A sala explodiu em uma nuvem branca leitosa, estrelas e poeira espalharam-se em todas as direções, protegendo Dianna e a mim.

Roccurrem.

Um rugido estrondoso percorreu a sala quando Nismera expressou sua raiva. Roccurrem gritou de dor, e o clarão de luz branca foi quase ofuscante. A sala logo voltou à vista, e os generais cegos esbarravam uns nos outros.

Os olhos de Nismera ardiam, veias prateadas brilhantes corriam pelo branco ardente. Ela rosnou, procurando por Dianna e pelo Destino que acabara de traí-la. Incapaz de localizar seus alvos, virou sua cabeça em minha direção. Ela empurrou os próprios generais para fora do caminho. O ódio distorcia suas feições enquanto ela avançava em minha direção, mas era tarde demais. Dianna foi mais rápida; deslizou pelo chão. Seus braços me envolveram, e o grito de gelar o sangue de Nismera quebrou as janelas restantes enquanto o chão abaixo de nós se abria, engolindo-nos inteiros.

XCII
DIANNA

O DIA

Meu corpo atingiu o chão, Samkiel caiu em cima de mim de modo que recebi a maior parte do impacto da queda. O portal acima de nós se fechou, bloqueando minha visão de Nismera furiosa com nossa fuga. Levantei, erguendo Samkiel comigo. Foi como em Eoria, quando entrei correndo em um salão cheio de monstros para salvar Gabby. Só que desta vez era por Samkiel. Quase cheguei tarde demais. A memória de Nismera de pé acima do corpo ferido, ensanguentado e surrado dele, com aquela lança encostada em seu pescoço, fez minhas entranhas se liquefazerem de medo. O fato de só terem posicionado alguns poucos guardas ajudou. A arrogância de Nismera sem dúvida trabalhou a meu favor. Eu os matei e os devorei rapidamente, mas, mesmo com o reforço da alimentação, eu estava em severa desvantagem, minha pele se arrepiava com o poder que pulsava no salão. Mas não me importei e não hesitei. Samkiel estava morrendo.

Usei meu poder em excesso de novo e conjurei um portal, tentando escapar para o mais longe possível deles. Não podia pensar em Roccurrem e no que ele havia feito. Ele tinha nos salvado. Para variar, alguém traiu *por mim*, e isso significava mais do que eu seria capaz de expressar.

Meus pés derrapavam enquanto eu tentava nos manter em movimento, suportando quase todo o peso de Samkiel. Isso me aterrorizava. Samkiel nunca se apoiaria tanto em mim se pudesse evitar. Meu corpo doía por causa dos ferimentos e por usá-lo como um aríete para conseguir entrar em Rashearim. Os cortes permaneciam em meu ombro e na lateral do meu corpo, mas cicatrizavam devagar.

Samkiel segurava a própria barriga com a mão restante, grunhindo de dor, quando se virou para olhar para mim. Seus olhos encontraram meu ombro.

—Você está ferida.

Ele estava preocupado comigo? Claro que estava. Sua vida estava se esvaindo, e eu era sua única preocupação.

— Diz o cara com a ferida aberta e sem uma das mãos.

Meu pé escorregou nas pedras irregulares, água escorria pelas paredes de pedra a cada lado de nós, deixando tudo escorregadio. Eu estava com dificuldade para sustentar o peso do corpo de Samkiel e correr pelo maldito túnel. Eu nem sabia onde estávamos. Meu único pensamento tinha sido ir o mais longe possível.

O mundo estremeceu de novo, e ouvi rugidos de criaturas que nem conseguia imaginar. Os reinos estavam se abrindo, e todo o universo sangrava. Estávamos tão fodidos. Demos um passo, depois outro antes que as pernas de Samkiel cedessem por completo.

Não!

Eu o segurei, seu peso me fez desabar de joelhos, mas me recusei a deixá-lo cair no chão. Tínhamos que continuar, mas, quando tentei levantá-lo, ele cerrou os dentes e conteve um grito de dor. Parei, com medo de movê-lo, meus olhos corriam, procurando em vão por algum lugar seguro. A quem eu queria enganar? Não havia mais lugar seguro.

Seu cabelo estava vários tons mais claro, como se o poder arrancado dele também tivesse tirado a cor. Ele estava tão ferido e mutilado, com a pele ao redor de seus olhos e boca queimada, o nariz quebrado e torto para o lado. Tanto sangue encharcava suas vestes do Conselho que meu coração se contraiu – meu pobre amorzinho.

Samkiel apoiou a cabeça no meu ombro, e um gemido escapou de mim.

– Você está tão quente, e estou com tanto frio. – A voz dele soava tão rachada quanto a pele ao redor dos seus olhos.

– Deuses não sentem frio. – Ouvi-me dizer, com minha voz falha e rouca, como se parte de mim estivesse se partindo. Eu não sabia o que fazer nem como curá-lo. Samkiel era o curandeiro. Eu era uma criatura de destruição. Sua pele normalmente dourada tinha ficado daquele maldito tom de cinza que eu tinha visto em meu sonho.

– Nós sentimos – suspirou ele, ofegante e ruidoso – quando morrermos.

O som que me escapou foi primordial. Um grito de medo, dor e pesar que qualquer criatura viva reconheceria.

– Não diga isso. Nunca diga isso. Onde eles o feriram? Deixe-me ver. Deixe-me ajudar.

Mudei de posição embaixo dele, segurando-o com uma das mãos e examinando seu corpo com a outra. Rasguei os trajes do Conselho encharcados, expondo seu torso. Minha respiração saiu de mim em um soluço. Um corte brutal e irregular dissecava seu abdômen, profundo, devastador e ainda sangrando. Veias escuras em forma de teia de aranha ramificavam-se da ferida, a pele estava rachada e seca. Por que ele não estava se curando?

Coloquei a mão acima do corte e invoquei meu poder. As bordas da ferida formaram bolhas, mas o sangramento continuou.

Samkiel estremeceu e cerrou os dentes com tanta força que vi sangue. Parei, deixando cair a mão e abraçando-o mais apertado.

– Desculpe. Desculpe. Desculpe. Porra. Por que não está funcionando? – Afastei meu cabelo, impacientemente, prendendo-o atrás das orelhas com a mão manchada de sangue, manchando meu rosto com o sangue dele. Em desespero, olhei ao redor buscando por ajuda, sabendo que não havia nenhuma disponível.

– Está tudo bem.

– Você consegue se curar? Usar o poder que lhe resta?

Ele balançou a cabeça fracamente.

– Não tenho mais nenhum poder.

– O que você quer dizer? – Ele não respondeu, fechando os olhos. – Samkiel – gritei, sacudindo-o –, o que você quer dizer?

O peito dele subia e descia devagar demais.

– O que sobrou de mim… – Ele parou – … meu pai vinculou aos reinos. Toda a minha força vital. Por isso fiquei tão cansado depois que o feitiço foi feito.

A raiva me inundou, pura e ofuscante. Eu despedaçaria Unir caso ele ainda estivesse vivo. Minhas unhas se transformaram em garras. Eu os odiava. Eu odiava todos eles. Deuses egoístas, egoístas. Como ele pôde fazer isso com o próprio filho?

– Você tem que ir. Nismera virá atrás de você. Todos virão.

– Não, não vou deixar você. Nunca mais vou abandonar você, entendido? – prometi.

Ele assentiu e se virou para mim, tentando se aproximar.

– Posso senti-los. Os reinos rachando, abrindo-se. Tantos. Há tantos. Ele trancou todos.

– Certo, bem, vamos enfrentar isso juntos também. Apenas me diga como posso ajudá-lo. Por favor.

Eu o puxei para mais perto, arrepios de medo me atravessavam a cada respiração difícil. Se ao menos eu pudesse dar meu próprio calor e vida para ele.

–Você é meu mundo inteiro. – Ele olhou para mim, e meu coração se partiu. Seus olhos cinzentos, outrora vibrantes, escureciam conforme sua pele empalidecia. – Eu... eu não parei de pensar em você desde que a conheci. Com você, finalmente senti o que queria e sempre busquei. Você me despertou e me deu um objetivo. Você me fez sentir que eu era suficiente. Nunca me senti como o Destruidor de Mundos com você. Nunca me senti menos. Você é o que procurei durante toda a minha vida. Você, Dianna, conquistou meu coração muito antes de eu tocar o seu.

– Sami. – Não consegui conter as lágrimas. Meu peito arfava, e tentei mais uma vez fechar seu ferimento. Ele sibilou de dor e agarrou minha mão, impedindo-me.

– Queria nunca ter partido quando meu mundo caiu. Talvez eu tivesse ouvido você. Talvez eu encontrasse você e Gabby. Eu também teria amado você naquela época.

Amor.

Amor.

Aquela palavra. Aquela maldita palavra.

Meu coração se partiu, minha alma explodiu em um milhão de pedaços, e cada estilhaço pertencia a ele. Abaixei a cabeça até a dele, pressionando minha testa na sua. Eu me concentrei, tentando me derramar nele e impedir o que eu sabia que estava por vir. Lágrimas turvaram minha visão, queimando meu rosto enquanto continuavam a cair.

–Você tem um gosto horrível para mulheres – falei, sufocada, em meio aos soluços.

O corpo dele tremeu, e um som borbulhante e úmido escapou de seus lábios, como se ele estivesse tentando rir mesmo tão perto da morte. Aquele movimento, aquele som e depois a completa imobilidade. Samkiel relaxou contra mim, sua mão caiu do meu braço, e o mundo silenciou.

Meus pesadelos estavam se tornando realidade. Samkiel usava as mesmas roupas, só que agora eu sabia que eram os trajes do Conselho. Seu rosto, ai deuses, toda a cor havia sumido de sua pele. Eu o havia perdido.

Não, não podia ser.

Se eu conseguisse estancar o sangramento, eu poderia... Movi as mãos, usando meu poder para tentar cauterizar o ferimento de novo. Samkiel não se mexeu desta vez, não se mexeu nem se contorceu. Afastando-me, vi que a ferida não sangrava mais, mas não porque eu o tivesse curado. Apenas não restava mais nada dentro dele.

Curvei-me sobre ele e pousei minha cabeça contra seu peito, tentando ouvir os batimentos cardíacos, mas não consegui ouvir nada além das batidas do meu próprio coração. Eu o abracei mais perto, com uma mão embaixo dele, a outra em seu rosto.

– Samkiel. – Bati em sua bochecha. Ele estava frio. Ele estava frio demais. Igual a ela. – Samkiel. – Outro tapinha. – Samkiel. – Uma lágrima caiu, deixando um rastro em sua bochecha ao deslizar. – Sami – chamei, com minha voz embargada.

O mundo parou de tremer, todos os reinos estavam abertos agora que ele se fora.

– Não vai funcionar.

Ergui a cabeça depressa e encarei Roccurrem. Sua forma cintilou antes de se solidificar de novo. Arquejei quando ele deslizou pela parede. Metade de sua forma saía em gavinhas. Nismera não tinha errado em sua raiva. Roccurrem sorriu, metade de seu rosto não era nada além de uma massa escura e rodopiante. Eu estava perdendo-o também.

– Eu queria pagar a dívida que tinha com Unir por ter me protegido. Fiz tudo ao meu alcance para unir você e Samkiel e evitar tudo isso. Mas eu tinha que agir de forma que Nismera e sua legião não notassem. Um sussurro no vento para levar Zekiel àquela caverna. Uma pequena ideia de um vínculo selado com sangue, prolongando a viagem que você e Samkiel fariam para procurar o livro. Um empurrão, mandando você para os vampiros que você pensava serem amigos. Um beijo de uma bruxa. Tudo por isso. Para a salvação de uma deusa de puro ódio.

Um soluço me escapou.

Baixei o olhar para Samkiel. Ele estava mole em meus braços e mortalmente cinza, toda a sua cor tinha sido removida, meu raio de sol tinha se apagado. Minha alma se partiu em duas. Dor não chegava nem perto de descrever o que eu sentia ao segurá-lo. Era uma agonia brutal, e eu não sabia se sobreviveria a uma perda como essa de novo.

– Tentei acelerar a formação da marca. Tentei ajudar. Mesmo com a profecia, avisei a vocês dois.

Virei a cabeça para Roccurrem.

– Profecia?

Os três olhos ilesos e opacos de Roccurrem fitaram Samkiel e a mim.

– Um cai, um se eleva, e o fim começa. Assim foi predito no segundo em que Unir vinculou seu filho. A esculpida da escuridão é você. O esculpido da luz é ele. O mundo estremecerá como faz agora. É assim que o mundo acaba.

– Eu não consigo... não consigo fazer isso de novo. Não vou sobreviver.

Até o Destino pareceu desmoronar com a súplica em minha voz.

– Consegue.

Minha mão se fechou sobre a de Samkiel, a frieza penetrou em meus ossos. Virei meu olhar para Roccurrem.

– E a marca? Eu sou a *amata* dele, certo?

– Sim. Você já iniciou a união, mas ela está incompleta.

Uma friagem intensa tomou conta do local, e minha pele se arrepiou. Não tirei os olhos de Roccurrem, mas sabia, sem sombra de dúvida, que não estávamos mais sozinhos. Segurei o corpo de Samkiel mais perto de mim e encarei Roccurrem. A névoa fria, fosse lá o que fosse, pareceu hesitar.

– Diga-me como funciona. – As palavras eram um sussurro estrangulado.

– Não tenho certeza se vai aju...

– Diga-me! – bradei, minha voz era profunda e cruel, o som de uma criatura antiga e violenta.

Roccurrem estremeceu. O universo parou. O frio no local se eriçou em alarme.

– O primeiro passo do ritual é o sangue.

Nosso acordo de sangue.

Sangue do meu sangue.

A forma de Reggie vacilou como se ele lutasse para se manter inteiro.

– O segundo passo é o corpo.

Sexo.

Eu quero você.

– Por último e o mais importante, é a alma. Isso é tudo que a marca de Dhihsin de fato é. A união de uma alma dividida. Seu poder se torna o poder dele.

– Alma?

– O amor é a expressão mais pura de uma alma que se pode compartilhar, e as palavras ditas selam a marca. É a última etapa. Achei que falariam antes, mas vocês dois são criaturas teimosas e feridas.

Esperança flamejou em meu peito.

– Samkiel me disse que me amava antes… Se eu disser, há uma chance?

Roccurrem lançou um olhar às minhas costas e não precisei me virar para saber que a morte pairava, esperando e observando.

– Mesmo que funcione, será necessário um sacrifício de alguma magnitude. A ressurreição tem um preço.

Esperança flamejou em meu peito.

– Eu não me importo.

– Não sei como isso afetará você ou ele. A morte nunca esteve tão perto. Nem mesmo com Gathrriel e Vvive.

Gathrriel e Vvive.

Lembrei-me do nome de quando Logan e eu estávamos em Yejedin.

Gathrriel era um guerreiro poderoso ferido em batalha e à beira da morte quando Vvive o encontrou. Ela jurou por seu sangue, corpo e alma, orando aos Sem-Forma, os que existiam antes da criação, para salvá-lo. Foi então que a marca surgiu. Foi o primeiro laço de alma e os selou de todas as maneiras possíveis. Ela o salvou naquele dia, salvou o mundo, na verdade.

Um vento gélido soprou, mais cortante do que qualquer lâmina, e o frio doloroso arranhou meus ossos. Olhei ao redor e me inclinei de modo protetor por cima de Samkiel, seu corpo enorme estava inerte em meus braços.

Eu não traria Gabby de volta. Não seria tão egoísta. Mas Samkiel? Os reinos precisavam dele. Ele era uma luz, uma força da natureza e possivelmente o único ser que seria capaz de erradicar Nismera. Todas essas eram boas razões, mas, acima de tudo, eu precisava dele.

– Se há um preço pela ressurreição, que assim seja. Eu pagarei. – A alternativa era perdê-lo, o que nunca seria uma opção para mim.

Eu falava para Gabby todos os dias que a amava. Ela era minha irmã, e tínhamos compartilhado tudo. Quando ela morreu, eu queria que a palavra "amor" morresse junto com ela. Eu nunca mais queria sentir algo tão profundo por alguém, não queria nunca mais me ferir daquela forma de novo. Não importava o quanto eu tentasse, Samkiel se recusou a permitir que eu trancasse meu coração. Ele me mostrou o que eu podia ter. Ele prometeu que nunca me deixaria, mas ali estava eu, com minha alma despedaçada e Samkiel frio em meus braços.

Respirei fundo e me concentrei, transformando cada pedacinho de dor e tristeza em aço frio e duro. Inclinei-me para a frente, pressionando minha testa contra a dele e entrelaçando meus dedos nos dele.

– Se Roccurrem estiver errado e de fato não houver mais tempo, se isso não funcionar, quero que saiba que não sou nada parecida com seu pai, Samkiel. Eu me recuso a viver sem você. Não haverá paz neste reino nem no próximo. Vou incendiar este universo até que ele vire cinzas por você. Não deixarei nada intocado, vou destruir pedaço por pedaço qualquer pessoa que já tenha ferido você. Portanto, quando ouvir os gritos, não importa quão longe esteja de mim; quando você sentir as próprias estrelas tremerem por causa da raiva da qual você não estará aqui para me afastar, quando os ouvir implorar e clamar por misericórdia, preciso que se lembre de que é porque você e seu jeito estúpido, irritante e perseverante me afetaram. Quero que se lembre de que me conquistou quando eu o odiava. Quero que se lembre de que me fez feliz e me fez sentir quando ninguém mais era capaz. Quero que se lembre de que me salvou de todas as maneiras possíveis e nunca desistiu de mim. Portanto, quando a própria estrutura do universo queimar, quero que se lembre de que eu amo você.

O ar no túnel ficou pesado, a escuridão fria recuou com um sussurro oco. Dor irradiou na minha mão esquerda. Sibilei e olhei para baixo. Um brilho laranja-avermelhado queimou sob minha pele, gravando espirais intrincadas em volta do meu dedo anelar. O feixe semelhante a um laser esfriou, deixando para trás uma marca preta, mas era muito mais e era bem mais profunda.

Um selo.

A marca de Dhihsin.

Tão depressa quanto ardeu, quanto surgiu, desapareceu.

Samkiel respirou fundo, seus olhos se abriram antes de se fecharem mais uma vez, mas um batimento cardíaco ritmado ecoou pelo túnel, sincronizando-se rapidamente com o meu.

XCIII
DIANNA

A CIDADE FLUTUANTE DE JADE

— O quanto é preciso amar uma pessoa para que a própria morte tema levá-la?

Estávamos em um cômodo enorme, com uma parede aberta revelando o céu de um mundo muito distante do meu. Os dois sóis pintavam o céu em tons dourados, laranja e violeta, num constante espetáculo de luz acima. Pedaços partidos de uma antiga lua cercavam o planeta, afetando sua gravidade. Nuvens douradas e rosadas cercavam a cidade flutuante. Vinhas e flores cobriam as paredes e pendiam do teto, a transição entre o exterior e o interior era perfeita.

— Como está se sentindo? — perguntei a ele.

— Excepcional, graças a você, que nos trouxe aqui a tempo — respondeu Roccurrem.

Dei de ombros.

— Você me falou para onde ir. Apenas voei.

Olhei para ele de relance. Sua forma não estava mais rasgada e partida.

— O Destino de fato obedece a alguém? — Sorri e apoiei minha cabeça na porta lisa.

— Estávamos destinados a coexistir com os deuses e aqueles que vieram antes deles. Anseio pelo retorno daqueles dias.

Não respondi, o peso do dia anterior finalmente pesou sobre mim.

— A ressurreição tem um preço. Presumo que você tenha pagado o seu.

Olhei para meu dedo nu e liso, tentando esquecer a aparência e a sensação daquela marca.

— Creio que sim.

Um gemido baixo fez com que eu me endireitasse e focasse em Samkiel. Ele estava deitado, inconsciente, em uma cama flutuante a poucos metros de mim. Eu não o tinha deixado desde que chegamos ali. Seu peito subia e descia, mas eu ainda contava cada respiração e cada batimento cardíaco.

Senti os olhos de Roccurrem fixos em mim.

— Você o salvou.

Assenti, sem desviar os olhos dele, parte de mim tinha medo de que ele me fosse tirado de novo caso eu o fizesse. Os seres a quem Roccurrem chamava de Asclépios trabalhavam em Samkiel enquanto ele repousava. De uma raça pacífica e reservada, eram curandeiros poderosos conhecidos em todo o cosmos. Sua pele rosada tinha um fulgor dourado que combinava com o céu. Suas roupas eram uma variedade de vestidos longos e túnicas que deslizavam pelo chão, com joias penduradas nos ombros e pulsos.

Os seres se moviam ao redor de Samkiel. Alguns carregavam feixes de plantas secas às quais tinham ateado fogo e cujas pontas ardiam, emitindo uma espessa nuvem cinzenta de fumaça com cheiro ardente e amargo. Outros espalhavam uma pasta de um verde brilhante no grande corte em sua barriga, a única ferida que não havia cicatrizado quando nosso vínculo se formou. A rainha deles não ficou nada feliz quando chegamos, e o fato de meus olhos brilharem em vermelho não ajudou em nada. Mas esse era outro problema para outro momento.

— Por que a ferida não está cicatrizando por completo?

Meus olhos nunca se afastaram do peito dele, conforme subia e descia, pois temia que, caso eu piscasse, ele pararia de novo.

— Samkiel não deveria sobreviver a ela.

Meu lábio se curvou em desagrado.

— Vou matar todos eles.

Observei, tomando cuidado para ficar imóvel, enquanto eles trabalhavam. Da última vez que respirei alto demais, gritaram e se encolheram. Aparentemente, os Ig'Morruthens eram mais temidos nesse reino do que em Onuna.

— Nismera não sabe que ele ainda está vivo. Como os reinos estão completamente abertos, ninguém vai suspeitar.

— Ótimo. Quero que continue assim.

— Os Asclépios não falarão.

Minha cabeça se virou para ele, e eu sabia que meus olhos estavam brilhando.

— Se falarem, vão morrer também, e incendeio esta cidade até que ela desabe no chão.

O salão ficou silencioso, todos os olhos se voltaram para mim. Roccurrem sorriu para eles, e os demais retornaram nervosamente ao trabalho.

— Precisamos nos concentrar em recuperar A Mão e em deter a família psicótica dele. — Tentei falar com calma para não os incomodar enquanto passavam um líquido multicolorido no flanco de Samkiel. Ele gemeu, se contorcendo por causa do frio. Dei um passo à frente, emitindo um grunhido antes de perceber que ele não estava sentindo dor. Eles pararam, e todos me lançaram um olhar como se eu fosse explodir.

Roccurrem suspirou e se voltou para eles, cujo idioma melódico saía com facilidade de sua língua. Eles assentiram e relaxaram, alguns até sorrindo antes de retornarem às suas tarefas.

— Nismera não deve ser subestimada ou menosprezada. Ela tem uma legião, e agora, com a morte de Samkiel, eles a verão como rei de todos os doze reinos e de todos os mundos intermediários — afirmou Roccurrem.

— Não por muito tempo.

— Ela tem ligações com o Outro Mundo, Dianna. Laços antigos, profundos e poderosos. O Outro Mundo está aberto agora. É para lá que ela irá primeiro.

Balancei a cabeça, olhando para Samkiel mais uma vez.

— A raiva borbulhando em suas entranhas não deve nublar sua mente com planos de avançar às cegas.

Comecei a andar de um lado para o outro. Os Asclépios guincharam e correram para a porta.

Roccurrem balançou a cabeça, mas ficou me observando.

— Ela é uma deusa, minha soberana. Uma deusa muito antiga, muito poderosa e muito raivosa.

— Não temo deuses nem reis.

— Eu sei. Por favor, tenha cuidado. Você é necessária. — Roccurrem entrou no corredor.

— Não conte a ele. — Ele fez uma pausa e se virou para olhar para mim com todos os seis olhos. — Deixe que eu conte. Por favor.

Roccurrem assentiu.

– Não é minha história para contar.

– Boa noite, Reggie.

Um lampejo de emoção passou pelo rosto do Destino. Pensei que o conhecia bem o suficiente para dizer que ouvir o apelido que eu tinha dado a ele o deixava feliz.

Ele assentiu mais uma vez e fechou as portas duplas atrás de si. Um silêncio caiu sobre a sala exuberante, nem mesmo as plantas farfalhavam ao vento. Deslizei com cuidado para a cama, aconchegando-me ao lado de Samkiel. Repousei a mão no peito dele, incapaz de evitar verificar meu dedo, nossa marca desaparecida. Mas a batida constante do coração dele acompanhava a minha, e isso bastava. O corpo de Samkiel relaxou como se me sentir perto o confortasse mesmo durante o sono. Ele estendeu a mão e me puxou para perto, puxando-me contra seu corpo e repousando a cabeça em cima da minha. Inspirei fundo e me encostei nele, e o mundo desapareceu enquanto eu ouvia seu coração bater, assim como tinha feito tantas noites antes.

A ressurreição tem um preço.

O pavor encheu meu ser, e me questionei, enquanto o sono me tomava, se eu tinha pagado com mais do que apenas a marca.